新潮文庫

あるキング

完全版

伊坂幸太郎著

新潮社版

10222

目次

あるキング

完全版

あるキング

hardcover

〇歳

君に何を話すべきなのか、何から話すべきなのか分からないが、とりいそぎ、ある物語を、ある人物の物語を話しておこう。もちろん話が終わる前に出てきたければ出てくればいい。伝記とも童話ともつかないが、まずは、ある野球チームの話からはじまる。

仙醍(せんだい)キングスは、地元仙醍市の製菓会社「服部(はっとり)製菓」が運営しているプロ野球球団だ。負けて当たり前、連勝すればよくやったと感心されるチームだった。優勝はもとより優勝争いですら目的ではないため、勝利へのこだわりは他球団のそれに比べれば微々たるものだ。以前、服部製菓の二代目社長、仙醍キングスのオーナーである服部勘吉(かんきち)は、チームのあまりの弱さについてコメントを求められ、「仙醍峡の紅葉を知っているか」と答えた。曰く、「仙醍キングスはあの紅葉と同じなのだよ。毎年、見物客を迎えて、地元の人間のちょっとした誇りになっている。紅葉が勝ったり負けたりするだろうか？　紅葉に勝利を望むだろうか？　そんなことはないはずだ。それと同じだ。仙醍キングスは勝った負けたではなくて、そこに在ることが大事なのだ」

記者は、「野球チームは勝ってくれないと誇りにならないですが」と再度質問をした。すると服部勘吉は目を丸くし、「え、そうなの？」と驚いた顔をしたのだという。

五年前、アメリカのマイナーリーグからきた、フランクリン・ルーズベルトという打者がいる。第三二代のアメリカ大統領と同姓同名の彼は、ろくな記録も残さぬまま帰国したが、「仙醍キングスにこれ以上いると、悟りを開いてしまう」と言い残した。

半分は皮肉だったのだろうが、残りの半分は本心だったに違いない。仙醍キングスはチーム創立以来、今シーズンに至るまで一度も日本一になったことがなく、リーグ優勝すらも経験していない。それどころか大半が最下位なのだ。ひたすら敗戦に耐えることが日常的に続くため、何らかの悟りの境地に至ってもおかしくはない。そのアメリカ人選手は、「私たちが恐れるべきは、負けることではなく、負けることを恐れなくなっていることだ」と、まさにルーズベルト大統領の演説のアレンジとも言える台詞を残した。

仙醍市に住むからといって、誰もが仙醍キングスのファンだ、ということはない。むしろ地元の汚点である、と憎んでいる者も少なくなかった。が、それでもファンはいる。弱小球団を応援するということに使命感を覚えた者もいれば、判官贔屓（ほうがんびいき）を感じている者もいる。純粋な地元市民としての仲間意識を持つ者も存在する。もちろん、ファンは自分たちがどうしてその球団を応援するのか、と分析することはなく、そこに仙醍キングスがあるから、としか答えようのない思いに衝（つ）き動かされている。

食卓の椅子（いす）に腰を下ろし、臨月の、風船にも似た腹を抱えている妻を眺め、山田亮（りょう）は、もし、と思っていた。もしテレビ中継がなかったら、妻は、臨月とはいえ、南雲慎平太（なぐもしんぺいた）監督の最後の試合を観（み）るために球場へ出向いただろう。予定日をすでに二日過ぎている。得てしてこういうタイミングで陣痛が起きるのかもしれない、とぼんやりと考えた。

テレビの画面には、仙醍球場で行われているペナントレースの最終戦、東卿（とうきょう）ジャイアンツと仙醍キングスの試合が映し出されている。七回表で、仙醍キングスの、エースナンバー18を付けた投手が、独特のアンダースローで投球を続けていた。

山田亮は仙醍市で生まれ、それから三十二年間仙醍市から出て生活をしたことは一度もない。妻の山田桐子（きりこ）も同様だった。二人は、地元球団である仙醍キングスのファンであり、その熱意は一般のファンの程度をはるかに超えていた。特に、山田桐子の、南雲慎平太への思いはひとかたならぬものがあった。

監督の南雲慎平太はもともと仙醍市生まれで、少年野球の頃から注目を浴びていた。高校、大学野球でも見事な成績を残し、プロでも活躍が見込まれた。だから、ドラフト会議のくじ引きで仙醍キングスへの入団が決まった時には、誰もが同情した。こんなに優れたバッターがいたところで、仙醍キングスには宝の持ち腐れであるし、彼がいくら奮闘したところで優勝は経験できないのだから、あまりに可哀想だ、と。その通りだった。仙醍キングスは、南雲選手をまさに持ったまま腐らせた。個人としてはそれなりの成績を残し、たとえば、ある年には本塁打王の、ある年には打点王の、ある年には首位打者のタイトル争いに加わったが、一つもタイトルは取れなかった。個人記録とはいえ、チームの勢いや周囲の選手の士気が影響することは間違いなく、仙醍キングス以外のチームにいればこのような悲劇は起きなかっただろうに、と誰もが哀れんだ。

南雲慎平太がFA権を取得した時、大半の人間が、彼は移籍するものだ、と考えた。仙醍キングスの首脳陣すら、そう思った。だから、南雲慎平太がFA宣言をせず、移籍の「い」の字も口に出さないことに周囲は動揺し、当時の監督がわざわざ、「おまえ、移籍できるんだよ」と親切に、その権利について説明したという話や、チームメイトが「仙醍キングスにいるデメリット」を箇条書きにし、南雲慎平太に渡したというエピソードまであった。それでも南雲慎平太は当然のような顔で、引退まで仙醍キングスに在籍し、主力打者として活躍した。一般の野球ファンからすれば、ただの物好きにしか見えなかったが、仙醍キングスファンにとっては、自己犠牲の神様のようなものだった。

山田桐子が小学生の頃、長期入院をしている同級生がいた。病名は教えてもらっていなかったが、山田桐子は仲の良いその彼女のことをよく見舞い、授業のノートを貸し、学校での出来事を伝えた。ある時、その同級生がベッドで、晴れやかな顔をしている日があった。理由を聞けば、「今まで、南雲選手が来てたんだよ」と彼女は頰が落ちんばかりの表情で言う。「入院中、時間があるから、南雲選手にファンレターを書いて、何通も何通も送ってたの。そうしたら、来てくれたの」

それはすごい、と山田桐子は自分のことのように、はしゃいだが、南雲慎平太が去り際(ぎわ)、「次の試合でホームランを打つから、君も手術を頑張るんだよ」と約束したと聞き、さらに興奮した。興奮し、少し不安になった。そんな約束を交わし、もしもホームランが打てなかったらどう責任を取るのだろうか。

「まるでベイブ・ルース」その話を初めて聞いた時、山田亮は言った。

「ベイブ・ルースと一緒。ホームランを子供と約束して」

「で、どうなったんだっけ」

「三本、打ったよ。三打席連続ホームラン」

山田亮はその試合のことを覚えていた。特に、三打席目の、特大の本塁打は記憶にまざまざと残っている。雲のない夜空は真っ暗で、球場の照明が派手に光ってはいたものの、空がどれほどの高さなのかはまるではっきりしない。その夜の幕を突き刺すかのように、南雲慎平太の放った打球は飛んだ。はじめは打席の真上に上がった内野フライだと思う観客も多かった。高く、垂直に近い角度で打ち上がったからだ。音はしなかった。その球は空の奥行きを測るかのように高く上昇し、そして、たっぷりと放物線を描いたかと思うと、外野スタンドに落ちた。

　見たこともない打球と、前代未聞(みもん)の滞空時間に、山田亮は全身に鳥肌が立った。そうか、あの試合の、あの本塁打の裏側にはそのような感動的な話があったのか、とうっとりし、仙醍キングスのファンであることを誇りに感じた。

　山田桐子は、まだ精神の殻が柔らかく、スポンジ並みに物事を吸収する小学生の頃に、そのような出来事を体験したのだから、その感激たるや、想像してあまりある。

「責任を取り、今年で監督を辞任する」南雲慎平太監督が洩(も)らしたのはシーズンも終盤に入り、仙醍キングスのリーグ最下位が確定となった頃だ。就任してから五年間、セ・リーグ六球団中、五位もしくは六位の成績しか残せなかったのだから辞めることは当然とも言えたが、一方では、「いつも下位であるのだから、いまさら責任を感じることもないのではないか。どうしたの急に?」という雰囲気はあった。南雲慎平太の真意は分からない。精神的な疲労が溜まったのか、もしくは、監督を務めるメリットが皆無であることにようやく気がついたのか、そうでなければ、野球自体に飽きてしまったのか。

山田亮にとって、そして山田桐子にとって、その最終戦は、南雲慎平太監督最後の試合となるわけだから、とても重要なものだった。

対戦相手である東卿ジャイアンツはセ・リーグはもとより、日本プロ野球チームの中で最も人気のある球団だ。歴史も古く、過去に活躍したスター選手は数知れない。試合のほとんどは地上波のテレビ放送で中継され、人気チームの定めと言うべきか常に勝つことが求められ、優勝争いに絡むことは当然で、三連敗などすれば袋叩きに遭う。期待に見事、応えるシーズンもあれば、期待を裏切り、目も当てられない年もある。今シーズンは、開幕から連勝を重ね、あっという間にリーグ優勝を決めていた。

「1対0では心許ない」山田亮は、球場が映ったテレビ画面を見ながら言う。

「さすがの東卿ジャイアンツも心得ているよ」

すでにリーグ優勝を決め、日本一へのシリーズ戦に照準を合わせている東卿ジャイアンツと、最下位の仙醍キングスとの試合なのだから、ここでの勝敗がお互いの成績に重大な影響を与えることはない。であるなら、南雲慎平太監督最後の試合である最終戦は、仙醍キングスに花を持たせるのが道理ともいえよう。もちろん公式な約束はないが、そこは暗黙の了解、武士の情け、紳士協定と呼ぶべきもののはずだ。実際、東卿ジャイアンツのスタメンは、普段はベンチをあたためている一軍半とも呼べる選手が多く、投手も今年入団したばかりの、高卒の新人だった。手加減不要、甘く見るな、と憤る気持ちは山田亮たちにはない。手加減は必要なのだ。目くじらを立てるよりも、この大切な、記念すべき一戦で勝利という結果を残すことのほうが明らかに大切だった。

七回裏の、仙醍キングスの攻撃はずいぶんあっさりと終わった。山田桐子はほうじ茶を啜る。「どっちだろうね」

「さっき君が言ったじゃないか。勝利に固執する東卿ジャイアンツもさすがに心得ているはずだ。今日はこのまま、勝つよ」

「そうじゃなくて、子供だよ。男か女か」

「ああ、そっちか、そうだよな」

定期健診でのエコー検査では、子供の性別は分からずじまいだった。一応、エコーの写真を見るたびに、「これが男性器ではないか?」と疑ってかかるのだが、確証は得られぬまま臨月を迎えていた。

「いったい、どっちなんだろうね、君は。男かな、女かな」と自分のお腹を愛しげに撫で、話しかける山田桐子に眼差しを向けながら、山田亮はごく当たり前の、シンプルな感想を抱いていた。「人の心は変わる」という感慨だ。七年前に合コンで出会い、数回、一緒に食事をした後で交際がはじまったのだが、その頃の彼女は、「子供なんて欲しくない」と何気ない会話の中で言ったことがある。軽口だったのか、軽口に見せかけた宣言だったのかは判然としなかったが、山田亮はべつだん嫌悪(けんお)感を抱かなかった。

妊娠したのは意図的ではなかったが、事故というほどでもなかった。山田亮は、「へえ」と驚いたが、続ける言葉に悩んだ。すると、先に彼女のほうが言った。「とりあえず、産んでみるよ」

山田桐子の内なる変化は少しずつ、着実に、起きた。つわりを越え、病院へ通い、膨らんでくる腹を見つめていくうちに、ジャンクフードを慎みはじめ、運動を兼ねて歩くことが増え、育児書を次から次に読みはじめた。自分の体内で動く子供に彼女が愛着を感じているのは、火を見るより明らかだった。人は変わる。いや、人はなかなか変わるものではないが、身体(からだ)の中に別の生命が出現するという出来事は、その、なかなか変わらざるものを揺さぶるほどの力を持っていてもおかしくはない。

テレビが野球中継に戻る。八回の表、東卿ジャイアンツの攻撃だった。打順は九番、高卒の新人投手からだ。彼はまだ、筋肉もさほどついておらず、華奢(きゃしゃ)で、少年のようでもあった。高卒ピッチャーはさすがに前の回で交代になると思っていたため、山田亮は少し驚いた。まだ投げさせるのか。

山田桐子が、よいしょ、と椅子から立った。台所へと歩き出す。急須(きゅうす)を取りにいくのだと分かり、それならば俺が行くよ、と止めたが、彼女は、これも運動だ、と断った。

歓声が上がった。テレビ画面の中、バットを振った高卒ルーキーが空を見上げ、高らかに拳(こぶし)を突き上げている。山田亮は短く声を洩らし、台所の山田桐子も、「あ」と言った。

仙醍スタジアムが一瞬、静まり返った。その、しんとした空気は、画面越しにも伝わってくる。茫然(ぼうぜん)と立ち尽くす、背番号18、仙醍キングスの投手の姿が映し出される。まさか、新人の投手に本塁打を打たれるとは思ってもいなかったのだろう。

山田桐子は急須を手にしたまま、立っていた。無表情と言うほどではなかったが、心ここにあらずの様子で、山田亮は慌(あわ)ててしまう。「打たれたけど、まあ、同点になっただけだ」と取り繕うように言い直した。が、山田桐子は表情を変えず、ぼうっとしていた。自分の名前が思い出せず、記憶を片端からひっくり返しているかのような、戸惑いながらも何かを思案する顔つきだった。

「どうしたんだ？」「破水したみたい」

中央区の西側、自宅と仙醍市役所のちょうど中間あたりに位置する、個人経営の産婦人科医院だった。院内に入ると山田桐子は、当番の助産師に連れられ奥の部屋に一度消えた。山田亮は待合所に残される。ほどなく戻ってきた妻は、出産用の服に着替えていて、「やっぱり破水」と言った。山田亮は入院準備の入ったバッグを持ち上げ、唾(つば)を飲む。緊張で実感がなく、柔らかい地面に立つかのように足元が覚束(おぼつか)ない。

助産師がいつの間にか前にいた。「まだ本格的に陣痛がはじまるまでには時間がかかると思います。空いてる部屋があるので、お母さんにはそこで休んでもらいますが、お父さんはどうされますか。一度、帰宅されますか」

山田亮は、お父さんと呼ばれることに慣れておらず、恥ずかしさを感じた。

「一緒にいます」答えたのは山田桐子だった。「ちなみに、その部屋、テレビ観られますか」

こんな時にわざわざテレビを観なくてもよいのではないか。助産師の表情には一瞬、そんな感情が浮かんだ。山田桐子は堂々としたものだった。「試合結果を確認するだけです。もしかするともう終わっているかもしれないし」

案内された部屋に入ると、山田桐子はドアを閉め、すぐにテレビの前に座った。これから初産(ういざん)に臨もうという妊婦の態度ではなかったが、山田亮は違和感を覚えず、むしろ筋が通っている、今までの生き方とずれがない、と納得した。

薄型のテレビが徐々に明るくなり、仙醍球場が映し出される。リモコンをいじくり、音声を消した。画面の真ん中に、仙醍キングスの投手がいた。32の背番号が見える。エースの彼はいつの間にか降板していた。

打席に立つ相手チームの打者を見て、山田亮は目を疑う。

何度もまばたきをし、呼吸を整えた。これはいったい、いつの試合だ？　と思った。家を出てくる際、試合は八回の表だった。そして今つけたテレビの中も、まだ八回の表なのだ。しかも打席にいるのは、東卿ジャイアンツの投手だった。高卒で新人の、少年の面影を残す、華奢な身体の男だ。彼はつい先ほど八回表に、ホームランを打ったばかりではないか。これは録画なのかと思いかけるが、画面の隅に出ている点数表示はそれを否定する。「八回の表　ツーアウト」とあり、スコアは、「5対1」となっていた。

「打者一巡」山田桐子が察し良く、言った。

二万人収容の球場は、半数ほどの観客で埋まっていた。座席はチームカラーの青色で塗られているため空席の青が海に見える。土の茶色や芝の緑は、その海の中心に現われた湿原のようだった。画面に映った観客席では、東卿ジャイアンツの応援なのか、大勢の人間たちが歓声を上げている。打者の活躍を願っている。山田亮はえもいわれぬ、強い怒りを感じた。頭に血液が大量に、それこそ川の濁流よろしく流れ込み、脳の細胞がその勢いで、ぷつぷつと泡を立て、弾(はじ)けるようだった。

仙醍キングスベンチが見えた。南雲監督がいた。腕を組み、無表情ではあるもののその顔には今までに見たこともない、寂しさが滲(にじ)んでいる。寥々(りょうりょう)たる地に立つ細く脆(もろ)い木が、悲しい泣き声にも似た風に吹かれている、そのような空虚な物寂しさに満ちていた。

東卿ジャイアンツの高卒投手が、一イニング二打席連続となるホームランを放ったのは、その直後だ。投手が投げたと同時に、レフトスタンドに球が飛んだ。観客席の東卿ジャイアンツファンがいっせいに蠢くように万歳をする。

山田亮はしばらく固まったまま、動けない。無邪気に、飛び跳ねながら塁を回る高卒投手が、ひどく高慢に見えた。山田桐子に視線を向けると、彼女は奥歯をぐっと嚙み、テレビを食わんばかりの迫力で見入っている。腹に両手を当てていた。

チェンジになった時、長大な時間が過ぎたように感じた。八回の裏、仙醍キングスの攻撃がはじまり、山田亮は、ここから反撃がはじまるのではないかと期待した。一縷の望みというよりは、「そうならなくては辻褄が合わない」と感じたのだ。この重要な試合が、こんな惨めな展開で終わるはずがないのだから、なるほど、これも演出の一つなのだな、と思い込むほかなかった。ツーアウトからではあったが、ヒットと死球、四球と続き、満塁になった時には、やはりこういう筋書きになっていたのか、と腑に落ちた。

打席に、仙醍キングスの四番が立つ。山田亮は興奮する。拳を強く握り、自分の息が激しくなっていることにも気づかない。隣にいる山田桐子のことが気になり、ふと視線をずらそうとしたが、そこでドアが開き、助産師が顔を出した。「どんな具合ですか？」

「痛いです。間隔も短くなってます」山田桐子が言った。見れば、呼吸も荒く、額には汗があった。目はテレビを捉えたままだ。いつの間に陣痛がはじまっていたのか、と山田亮は驚いた。何か声をかけようか、と喉を動かしかけたが、その時、仙醍球場の打席に立つ四番打者が空振りをした。画面のこちらまでその空を切る音が聞こえてくるような、豪快な空振りだった。

「山田さん、そろそろ陣痛室に移動しましょうか」助産師の声はとても冷淡に響いた。

驚くべきことが二つ、あった。一つは、仙醍キングスの四番打者が、何の工夫も粘りもなくあっという間に三振をし、八回裏の攻撃を台無しにしたこと、もう一つは、陣痛室に向かう山田桐子が、「あなたはここで試合の結末を見届けてくれないか」と言い出したことだった。

最初は戸惑い、何を言うのかと焦ったが、彼女が本心からそれを願っていることが分かり、山田亮は従うことにした。助産師は心底、呆れ、「何のためにここに来たのだ」と言いたげだった。

妻と助産師が部屋を出て行った後、一人残った山田亮はテレビを眺めた。九回表の東卿ジャイアンツの攻撃は想像を絶するほど、長引いた。それは、すでにダウンし、意識不明に近い状態にあるボクサーを、サンドバッグよろしく、殴りつけ、弄ぶのに似ていた。東卿ジャイアンツの打者たちは次から次と、投手の球を打ち返し、出塁し、終わることのない攻撃を続ける。極めつきは、カメラが仙醍キングスのベンチを映し出した時だ。弱っている人間の、惨めな様子を晒そうとしたのか、画面に南雲監督の顔が大きく映った。口を若干尖らせた、その表情は、泣くのを我慢する子供にしか見えない。

そこに、打球が飛んだ。バッターの振り遅れたバットが、打球を横に飛ばし、ファウルボールとなったのだ。ボールはまっすぐ、南雲監督に向かった。幸いなことにぶつかることはなかったが、それに驚いた南雲監督は体勢を崩し、綺麗に転び、頭をベンチの端にぶつけた。南雲監督は弱々しい、恥ずかしそうな笑みを浮かべ、起き上がるが、その姿は見るに忍びなかった。

山田亮の鼻息は荒くなる。頬に湿り気を感じ、涙が流れていることに気づいた。テレビをじっと見つめ、こんな日に、こんな夜に、子供が生まれてくるのか、と思っていた。鼓動が速くなる。焦りなのか、恐怖なのか、とにかく取り返しのつかないことが起きようとしている予感を感じた。九回表が中継時間内に収まったのは、中盤までの試合展開が早かったからだろう。スコアは、「15対1」となっていた。

仙醍キングスの八番バッターが打席に立ち、弱々しくバットを構えた時、唐突に野球中継が終わった。放送時間が終了したのだ。南雲監督最後の試合への敬意などどこにも見受けられない、ぶつ切りだった。

エレベーターを降り、陣痛室に着くと、山田桐子が助産師に付き添われ、分娩室に入るところだった。山田桐子はかなりの疲労と苦痛を見せていたが、分娩台に寝ると、横に座る山田亮を見て、ほんのわずかではあるが目を細めた。どうだったか、と訊いた。山田亮は彼女の右手を握ったまま、口をもごもごとさせる。試合は負けた。しかも、十四点もの差をつけられた屈辱的な敗戦だったが、それを口にすることがなかなかできない。手を強く握り返してくる妻の力を感じ、山田亮は顔を上げる。山田桐子は両目に涙を溜めながら、顎を引いた。「私たちが恐れるべきは、負けることではなく、負けることを恐れなくなっていることだ」外国人選手の発したその台詞が、頭にこだました。

「わたしには分かるけど」ささやくように山田桐子は言う。「男の子だよ」

一時間後、山田桐子は、体重三〇五〇グラムの男の子を産んだ。その産声は、分娩室にしばらく響き渡り、その場にいた助産師たちは目を丸くし、「こんなにすごい泣き声ははじめてかも」と感心した。山田亮は、ぎゃあぎゃあと甲高く泣く赤ん坊を前にし、狼狽しつつも、これは雄叫びだ、と考えている。自分の息子のやるべきことを、自らのすべきことを完璧に把握した。

同じ頃、仙醍市内の救急病院には南雲慎平太がいたことを、後に、山田亮は知る。南雲慎平太は試合後、ホテルに戻った後で嘔吐し、眩暈に耐え切れず、救急車で運ばれ、そして、救急隊員と医師の処置も空しく、死亡した。九回表、ベンチに頭が衝突した際、脳に与えられた衝撃が原因だった。

三　歳

おまえの三歳の誕生日、おまえの父親はいつもより早く帰宅した。七月に急遽、異動となったばかりの新しい部署でイベントの準備を担当していたため、九月下旬から残業が続いていたのだが、その日は同僚たちに無理を言って帰ってきたのだ。ただいま、と玄関を開けた父親は挨拶をし居間に向かうが、おまえは返事をしない。マンションのリビングで野球中継を観ていた。座った母親の太股を座布団代わりに腰を降ろしている。

　おまえの父親は、「おかえりなさい」の言葉がないことに落胆しなかった。むしろ、野球を熱心に観戦するおまえに安堵を覚えた。

　東卿のドーム型球場で行われている、仙醍キングスと東卿ジャイアンツの試合だ。三連戦の二戦目で、これがシーズン最後の対戦カードとなる。おまえは先ほどから、仙醍キングスの選手が映るたび、「あ、ジョージ」と二塁手の福田譲二を指差し、「あ、タカハシ」と右翼手の高橋宗宏を呼んだ。そして、東卿ジャイアンツの白と黒のユニフォームが見えると、「ぶー」と、否定の意味を込めた低い唸り声を発し、首を横に強く振る。

そうすると両親がとても喜ぶことを知っていた。

「試合は？」おまえの父親が訊ねてくる。

「3対1。まあ、予想通りだね」おまえの母親が言う。淡々とした声だ。怒りの口調も諦めの調子もない。

「南雲さんのことには何か触れられていたか？」おまえの父親の声はさり気なかったが、それはさり気なさを装っただけだ。おまえはまだ知らないが、三年前のこの日、おまえの両親を襲ったのは、信じ難いほど屈辱的な試合結果と監督の死だ。

「放送がはじまった時に、実況の佐藤何とかって人が、『思えば、三年前の今日、仙醍キングスの南雲慎平太監督が亡くなったんですよね』なんて言っただけ。『思えば』ってどういうことよ」

母親は膝の上のおまえを床に下ろし、立ち上がった。夕食の支度をするためだ。その母を目で追った際、父親の手に紙切れがあるのを、おまえは発見した。薄い、一枚の色のついた紙だ。

「これ何？」と立ち上がり、首を傾けながら、紙を引っ張る。おまえの父親は、おまえの母親のいる台所へとその紙を持っていく。「この辺に、変質者が出るらしいぞ」

「変質者？」母親が聞き返した。

「下着泥棒とからしい。警戒しろというビラが入ってた」

「怖いわね。護身用というか、防犯用にバットでも買おうかしら。いずれ、王求も使うんだし。木製のバットとか」

おまえはそこで自分の名前を呼ばれたことを察する。自分が？　何を？　何を使うことになっているのだ。その、そわそわとした感覚は、おまえが自分のやるべきことに気づきはじめた証拠だ。

「木製は、まだ早すぎるよ。王求が使うのはずっと先だ」

早すぎる？　何が？　おまえは混乱しているだろう。自分に関することが、自分には分からない言葉で、頭上を飛び交うのはもどかしい。

「軽いバットで思い切り振ることからはじめるんだ」

おまえの父親は地味な背広姿で働く、公務員だ。痩せぎすで一重瞼、横分けの髪に、下がり気味の眉、鼻は低くもなければ高くもない。特徴のない男だ。中年に差し掛かりつつも、人生について何も分かっていない三十五歳でしかない。が、おまえはまだそのことに気づいてはいない。おまえの父親は、おまえにとっては唯一無二の、指導者であり、見本だった。

王求という名前をつけたのは、おまえの父親だ。

産院のベッドで横になり、母乳を飲み終えて眠るおまえを眺めながら、母親は閃いた。

「将来、この子は仙醍キングスで活躍をする男になるのだから、王という漢字がつかないのはおかしいと思ったの」王という漢字をつけたい、でもなければ、「王という漢字を使うのはどうかしら」でもなく「つかないのは、世の摂理としておかしい」という言い方だった。

　おまえの父親もすぐに賛同した。「それならば、将来、キングスに求められる存在なのだから、王に求められる、と書いて、王求はどうだろう」と提案した。

「王が求める、という意味でもいいよね」

「王が求め、王に求められる。凄くいい」

　おまえの両親の気持ちは盛り上がり、悩むことなく、その名を決定した。おまえの父親は区役所に出向き、出生届を記入したが、その時、王求と横書きではじめて書いた瞬間、その文字の並びが、「球」という漢字を横に間延びさせたようにも見えることを発見した。それは気が利いているというよりは、時代遅れの駄洒落にも似た気恥ずかしさを伴っており、もしかすると小学生や中学生になるとその名前を理由に迫害されるのではないか、と嫌な予感もよぎった。子供は悪意がなくとも、どんなことでもからかいの材料にするものだから、「王求」を「球」と読み変え、「球野郎！」「ボールボーイ！」と嘲笑まじりに呼んでくる可能性はあった。

　が、おまえの父親は少しの間しか悩まなかった。数回、まばたきをした程度だ。すぐに決断し、当初の予定通り、「王求」と出生届を出した。おまえの母親にはこう説明した。「この子の未来を考えたら、名前を理由にからかわれるくらいの試練は楽々と乗り切らなくてはいけないだろう。そう思ったんだ」

食卓に全員が座り、おまえの誕生日を祝う晩餐がはじまる。テレビはつけたままだ。いつの間にか点差は開き、「5対1」となっている。

仙醍キングスは、おまえが生まれる前から、リーグ最下位が定位置ともいえる、弱小チームだが、おまえが生まれて以降、つまりはあの屈辱的な夜以降は、その弱さがさらにひどくなった。

三年前、監督に就任したのは、仙醍キングスに投手として在籍していたことのある、佐藤武だ。とはいえ現役だったのは五十年も前、半世紀も前のことだ。彼はあたりさわりのない、目立たない名前そのままに、現役時代に残した実績も、あたりさわりのない目立たないものだった。年齢はすでに七十五を超えている上に、闘争心も向上心もなく、チームを強くするつもりなどまったくない男で、就任会見の時に、「定年後にやることもなく、年金生活も張り合いがないので、趣味でパチンコに興じるつもりで、引き受けました」とうっかり発言するくらいに責任感もなかった。どうしてそんな男に監督を要請したのか、チームの事情からすればいたし方がない部分もある。

そもそも、球団に資金力がない。やる気がない。たとえばオーナーの服部勘吉は、

「そろそろ、選手にはこちらから年俸を払うのではなく、月謝をもらうことにしようかな」と洩らしたことがあるくらいで、チームを強くするためにお金を使う気などさらさらなかった。つまり監督になったとしても、遣り甲斐もなければ報酬も良くない。負けるのが宿命付けられているチームを率いるなど、よっぽどの物好きでないと務まらない。

そのような球団が強くなるはずがない。リーグ最下位という順位こそ三年前から変わらないが、勝率は年々、下がり、点は取れず、失点も多い。監督は置物に近く、置物にしては可愛げがまるでない。これ以上魅力のないチームはない、というレベルにまで、仙醍キングスは落ちた。

が、おまえの父親と母親は落胆していなかった。

仙醍キングスの数少ないファンたちは、目も当てられない弱さに悲壮感を抱き、場合によっては、ファンであることをやめ、野球観戦から遠ざかることを決意していたし、熱狂的なファンは、「どんなに弱くなってもこれが仙醍キングスなのだ」と自らを鼓舞し、究極の判官贔屓を体現するかのような、使命感を覚えていた。何とも胸が痛むことだ。

おまえの両親はそのどちらでもなかった。つまり、一般的なファンはおろか熱狂的なファンでもなくなっていたのだ。いつからか？　おまえが生まれた、あの三年前の今日からだ。

「今はこれでいい」それがおまえの両親の共通認識だった。今はまだ、弱小球団で構わないのだ。どんなに連敗を続けても、どんなに屈辱的な試合を経験しても、耐えていれば、それでいい。二人はそう思っている。意識の射程はもっと遠い場所に置かれている。おまえの両親は、仙醍キングスが驚くべき大変身を遂げ、勝利に勝利を重ね、今までの鬱憤(うっぷん)を晴らす未来を見つめていた。仙醍キングスはいずれ、変わる。ある選手が入団し、大いなる変化を遂げるのだと確信していた。ある選手、もちろん、おまえのことだ。

「これもまだ早いんじゃないの」食事をはじめた後、父親が手渡してきたプレゼントの箱をおまえが開けると、母親が言った。

箱から出てきたのは、おもちゃのバッティングマシンだった。プラスチックの小さいバット、カラフルなプラスチックボールが十個ほど、それから、電池で駆動する、ボール投球用の機械だ。土台に、回転するアームがついた簡単な仕組みになっている。

「まだ、王求はできないでしょ」

「そうだな」おまえの父親はあっさりと認める。「ただ、慣れておくのはいいんじゃないかと思ったんだ。バットとボールはやっぱり身近にあったほうがいいし。最初は俺が遊んでもいい」

子供に野球をさせるためには、まず、親がその野球で楽しんでいる姿を見せるべきだと、ガイド書にはあった。嫌がる子供に無理やり、バットを持たせ、素振りを強要し、バッティングセンターに連れて行ったところで、身につくものは何もない。むしろ、嫌悪感を抱かせることのほうが多い、と。それは正しい。おまえの両親は、正しい選択を積み重ねている。

食事を終え、おまえの母親が食器を片付けはじめた。おまえは背伸びをし、自分の使った皿とカップを重ね、胸で抱くようにするとよたよたと、母親のいるシンクまで運んでいった。「王求、ありがとう」頭を撫でられ、おまえは笑みを浮かべる。温かい空気が胸を満たす。

居間に戻ると、テレビが点いたままだ。目をやったおまえは、「ぶー」と口を膨らませる。打席に立っているのが、東卿ジャイアンツの選手だったからだ。テレビの脇に父親が立っていた。手には、先ほど箱から引っ張り出したばかりのプラスチックのバットが握られている。おまえは、父の手にあるバットと、テレビの中で選手が持つ木製バットを交互に眺めた。「同じ、同じ」と指を向け、それが同一の形状をしていることを指摘する。

父親がプラスチックバットを構えた。右打ちの姿勢であったため、テレビの中の左打者とは姿が異なっている。バットを振った。子供用のおもちゃだから両手に持ってスイングするのはかなり窮屈だ。ぶん、と軽い音がし、近くにあったサイドボードにバットがぶつかった。おまえは唐突に鳴った物音と、驚いたような顔をする父親が可笑しくて、けたけたと声を立てる。

　父親は何度か、素振りをする。そのうちにボールをつかみ、軽く放り、バットで打とうとしたが空振りだった。苦笑いをしながらも、父親の表情に強張りがある。それはそうだ、おまえの父親にしてみれば、これは遊びなどではなく、人生における使命にほかならない。今までに見たことのない父親を発見したように、おまえは感じる。

　父親は顎を上げ、バットを置く。運動不足だな、と言いながら椅子に腰を下ろした。テレビの試合中継に目をやる。おまえも釣られるように、視線をテレビへ戻した。

　体格のいい男が打席に立つところだった。左打ちのバッターボックスに入ると、スパイクで地面をこすった。堂々たる姿勢で、仙醍キングスの投手を睨んでいる。

「今年、二冠王となった大塚文太ですが今日は球場にご家族が観戦に来ているらしいですよ」実況中継の男が言った。試合はいつの間にか、12対1となっており、すでに結果は出たも同然であった。試合展開に面白味を見出すのが難しかったからか、中継の男はどうにか観客の興味を引こうと、必死に話題を探している。

「息子さんがいるんでしたっけ」元東卿ジャイアンツ投手の解説者が応じた。

「この間、三歳になったばかりだそうです。実は試合前に、お父さんへの応援メッセージをもらいました」実況者が言うと、画面が切り替わる。母親に抱かれた子供が映った。

おまえの父親が舌打ちをした。「試合中にそんなの映していいのかよ」と独りごちる。「仕方がないよ。あっちのテレビ局なんだから」母親が台所から戻ってきた。皮を剝いたりんごを皿に、山のように載せていた。爪楊枝が二つ、刺さっている。

おまえが見つめているテレビ画面には、大写しで、おまえと同い年の子供が映っていた。髪が長く、眉がくっきりとした、四角い輪郭の顔つきだ。唇を尖らせ、「洋一はピッチャーやる」と力強く、マイクに向かって言い、「うん、なるんだよね」と自らを納得させるかのような声を出した。おまえはその子供の顔をよく憶えておくべきだ。いずれ、おまえはその、大塚洋一と会う。そういうことになっている。

録画映像が終わり、再び、打者の大塚文太の姿が画面に戻る。実況者が、「お父さんと対戦するのが夢みたいですよ」と言った。

「彼がプロのマウンドに上がるまで、現役でいないといけないから、文太も大変ですね」解説者が言い、実況者が笑った。追従笑いとしか思えない、乾いた笑い声だ。

「プロ野球選手の子供がプロになれると思ったら大間違いよね」おまえの母親は特に感情も込めずに言うと、りんごを齧った。果汁が飛ぶとともに、甘い匂いが鼻先に漂い、おまえはテーブルの皿に手をやった。りんごを手づかみにし、齧る。予想していたよりは、酸味が強かったが、それもまた心地好かった。あふれ出す果汁が口の中を満たすと、甘さが広がる。歯を動かすたびに、頭に軽やかな音が鳴るのも楽しい。

　りんごを齧りながら、おまえは、テレビの大塚文太選手を見つめた。彼は顎を引き、腰を落としている。高い位置に固定されたバットは、天を指し示すようでもあった。頑丈な置物にも似た、どっしりとした重心を感じる。風が吹こうが手で押そうが、ぴくりともしないのではないか。不気味な角度で枝のねじれた、樹木さながらだった。ふと、その大塚文太のフォームが頭に飛び込んでくる。テレビ画面の中から浮き出し、明瞭な実体を持った絵として、間近に見えた。りんごを皿に置き、テレビの前に落ちているプラスチックのバットをつかみテレビの横に並ぶと、頭の中でくっきりと描かれている大塚文太の姿をなぞるように、自分の身体を動かした。左右の向きが分からず、混乱したが、そのうち肘の動かし方をつかんでくると、イメージ通りの体勢を作ることができた。

「お、おい」

　おまえの父親がいつになく神妙な声で、おまえの母親を呼んだ。「おい、桐子」と名前を呼ばれ、彼女も顔を上げた。父親が、指し示すように顎をくいっと動かし、目を見開いた。おまえは、自分の背後が光っているのか、とバットを下ろし、背中に首を捻る。自分を見た両親の表情が、眩しさに陶然としているようだったからだ。

「王求、そのまま」と父親が少し声を強めて、言った。

「王求、もう一回」母親が人差し指を立て、うなずく。

　何がそのままなのか、何をもう一回なのかぴんと来なかった。が、大塚文太のバッテイングフォームを真似たことを指しているのだろうか、と思い、先ほどやったのと同様にバットを構える。

おまえの両親は、神々しいものでも見たかのような表情になる。父はまばたきもせず、うっとりするようであったし、母親は口に手を当て、やはりぼうっとしていた。彼らは少しすると顔を見合わせ、うなずき合った。おまえは両親の態度を訝りつつ、横のテレビ画面を見やった。仙醍キングスの投手が振りかぶった。

ボール、と内心で思う。おまえはすでに野球用語のいくつかを学んでいる。一年前に、地元のケーブルテレビ局が、仙醍キングスの試合を放映するようになってから、ほぼ毎日、母と一緒に野球中継を観ているため、否も応もなく、用語が耳に入ってくるのだ。ある程度は自分で口に出し、発音することもできた。「ボール」は言える。「ストライク」は後半部分だけをどうにか、「アイク」と歪ませる形でなら発音できた。

テレビをじっと見つめていると、ボールは向かって左側へと軌道を描き、キャッチャーが左手をどうにか伸ばした位置で、グローブに入った。

いつの間にかおまえの父が横に立ち、おまえの髪の毛をくしゃくしゃと触ってくる。

「何でそんなに綺麗なフォームなんだ。教えてもいないのに」

おまえはテレビ画面を指で触れた。液晶画面に指紋をつけるように、そこにいる左打者、大塚文太をなぞった。「これ」

「これを真似したの？」しゃがんで、おまえと視線の高さを並べたおまえの母親が訊ねる。おまえは首肯した後でテレビ画面に見入る。投手が身体を捻り、投球の動作に入った。

ストライク、とおまえは察した。理由は分からないが、おまえには球の通る道筋が頭に浮かんだのだ。「アイク」と言葉が洩れ出るが、両親は気づいていない。

投手の手を離れたボールが飛んでいく。大塚文太の待つ、ホームベースに吸い込まれるように、まさにストライクゾーンに飛び込むように、伸びていく。おまえは何かを考えるより先に、バットを振っていた。構えは崩れていたため、右手ででたらめに振り回しただけだった。横にいたおまえの父親の脚にバットがぶつかるのと、テレビから打撃の音が飛び出すのが同時だ。「オームアン」とおまえは言った。

その日以降、おまえはおもちゃのバットをよく振り回すようになる。が、大塚文太のバッティングフォームを真似てはみるものの、頭に残っていたそのイメージが時間が経つうちに薄くなる。もう一度、テレビで観れば思い出せるのだろうが、ペナントレースが終わり、それも叶わなかった。

バッティングフォームが、当初の美しく完成されたものから、徐々に崩れてきても、おまえの両親たちはがっかりしなかった。あれは偶然の産物だったとは微塵も思わず、むしろあれは、数年後に到達する完成形の、予告だったのだと判断していた。それもまた、正しい。

その通りだ。あれは、予告だ。

おまえはバットを振り、時にはボールを叩いた。両親たちは特別、バットの構え方を教えようとはしてこなかった。簡単な持ち方は口に出したが、グリップがどうこう、腕がどうこう、とは言わない。まだそういう時期ではないことを、彼らは知っていた。

年末の近づいた日曜日のことだ。おまえは父親と総合スーパーを訪れた。投球マシン用の電池を買うためだったのだが、敷地内の特設会場で、戦隊ヒーロー物のショーが行われており、その前で立ち止まった。野球の中継以外にテレビ番組を観たことがないおまえはもちろん、それが何であるのか分からない。自分と似たような背恰好の子供たちが夢中になって見つめるステージには、赤や青のピカピカした服を着た数人が、怒った顔をした獣のような存在とぶつかり合っている。あれは何か、とおまえは訊ねる。

「何とかレンジャーだろうな。悪い奴らを、いい人たちがやっつけるんだ」と言いながらおまえの父は、あれは、「人」なのだろうか、と疑問を覚える。

「どっちが？」

おまえの問いに父親は一瞬、きょとんとする。

「どっちが悪いの？」

「ああ、そりゃあ」と言いかけ、おまえの父親は、なるほどな、と感心の声を洩らした。見てくれの良い、清潔感のあるほうが正義で、不恰好で醜い姿のほうが悪者だと決め付けるのはもしかすると、偏見かもしれないと思ったのだ。そういった先入観こそが様々な悲劇を生むようにも感じられた。さすがこの子は、固定観念に縛られていない、と感嘆する。本質を見抜いているぞ、と。そう、その通りだ、おまえは大事なものを見抜くのだ。だからこそ、ストライクとボールの判断を直感的に行える。

「さあ、みんなで応援するよ。せえので、頑張れーって声をかけるよ」ステージ脇に現われたマイクを持った女性が、ショーを観ている子供たちに呼びかけた。

おまえは見知らぬ儀式を見るかのような新鮮な気持ちでそれを眺めている。

「頑張れー、って言うだけで頑張れるんだったら楽だよな」おまえの父親はただ頭に浮かんだことをそのまま口に出した。

せえの、の掛け声の後、子供たちが大きな声で、「頑張れー」と言う。釣られるようにしておまえの父も、頑張れ、と小声でこぼす。

その後でおまえたちは歩いて、隣接する公園に行った。

遊具が並び、砂場のある場所で駆け回る。父親は息を切らしながらも目尻に皺を作り、おまえを追いかける。前回やってきた時には途中で降りてしまった滑り台の階段を、おっかなびっくりではあるが、父親の手を借りずに昇り切れた。おまえの身体は日々、大きくなり、できることが増えてきている。滑り台の頂で手すりにつかまり、下にいる父を見下ろすと、自分が浮遊するかのような心地好さがあった。

　敷地の外から、三人の女性がやってきたことにはなかなか気づかなかった。ブランコに腰掛け、父に押してもらいながら、足をゆらゆらとさせ、自分の靴が地面に着かないだろうか、と試していると急に、「おーく」と声がした。

　おまえの父親がさっと首を捻り、おまえのことをブランコから下ろした。おまえも視線をやる。すると、上から下まで黒い服の女性が三人、砂場脇の植え込みのところで立っていた。いよいよと言うべきか、さっそくと言うべきか、彼女たちが現われた。これで、おまえの運命もまた確定したようなものだ。

　女たちは三人とも似たような背恰好で、黒色のロングコートを羽織り、頭には黒のチューリップハット、靴まで黒かったために、おまえが直感的に、「魔女」のイメージを重ねたのも無理からぬことだ。先ほどの、戦隊ヒーローショーで見かけた、悪い怪獣のようなものよりもよほど不気味だった。

　おまえの父親は、女たちを不審に感じ、睨みつけた。無視をし、遠ざかろうともしたがそこで女の一人が、「おーく。おおくをのぞむがいい」と大きな声で歌うようにした。多くを望むがいい、と。

「おーく。おおくをのぞむがいい」もう一人の女が言った。

「おーく。おおくをのぞむがいい」と三人目の女も言った。

おまえは恐怖は感じなかったものの、あれは何のことなのか、と父を見上げる。おまえの父は眉根を寄せながら、女たちを眺める。

「めでたいねえ。おまえは王になるのだから」女の一人が喚いた。表情は真剣で、威嚇するようでもなく、ただ、おまえたちに向かい呼びかけている。

「めでたいねえ。おまえは王になるのだから」

「めでたいねえ。おまえは王になるのだから」

三人が同じ言葉を高らかに口にするのは、芝居がかっており、おまえは可笑しくて、くすっと笑う。可笑しいね、と同意を求めるような気持ちで父を見れば、おまえの父はひどく真剣な面持ちで、いつにない迫力を伴って、「本当だろうな」と大きな声を出していた。「本当だろうな。この子は王になるのだろうな」

おまえの父親の問いかけに、三人の女たちは一瞬きょとんとし、お互いに顔を見合わせると得心がいったかのようにうなずき合い、真ん中に立つ女が代表するかのように、

「バーナムの森が動くようなことがなければ」と通る声で言った。

「森が動かなければいいのか」

「ファウルとフェア」と女のうち一人が言う。おまえは、ファウルのことは知っていたが、フェアのほうはぴんと来ない。

「おーく、フェアに生きろ」別の女が歌うような声を出す。

「おーく、フェアネスを貫けるか」

「当たり前だ」おまえの父親は毅然とした態度を取る。「この子は、フェアに生きる」

「そううまくいくだろうか」「まわりがフェアに扱ってくれるだろうか」「いや無理だ」

「きれいはきたない。きたないはきれい」

「フェアはファウル。ファウルはフェア」

「フェアネスを貫こうとする者は不幸になるぞ」

「その通り、この物語はそういう物語になるぞ」

「おーく。それでも王になるお方。めでたいね」

何のことかおまえは当然分からない。おまえの父親も不可解な顔つきで、肩をすくめる。気味が悪いな、と呟くのが、おまえには聞こえる。気味が悪い、とはこういう黒ずくめで謎めいた台詞を発する女のことを言うのだな、と学んだ。

そこで父親の携帯電話が鳴った。「お母さんからだ」と携帯電話に耳を当てる。

お母さん、とおまえは思いながら、その電話をじっと見つめた。何があったのか、と不安になる。母親はオープンしたばかりの有機野菜の販売店へ買い物に出かけていた。

「お母さんが来てほしいらしい。一緒に行こう」

はっと見れば、先ほどの、黒ずくめの気味の悪い三人組の姿はすっかり消えていた。

だが、寂しがることはない。彼女たちはおまえの人生において、何度も現われる。

おまえたちは公園の脇に路上駐車していたワゴンに戻る。父親は、後部座席におまえを乗せた時もまだ、浮かない面持ちだった。おまえは心配と不安で少しだけ泣き出しそうになるが、車が発進した揺れで機を逸した。

ワゴン車はスポーツ用品店の前に停車した。県道沿いにある店舗だ。母親がここにいるのだろうか、と疑問に感じるおまえをよそに、父親は店の中に入っていく。はじめて入る場所であったから、おまえは好奇心と怯(おび)えを感じ、胸にもぞもぞとした違和感を覚えるが、それに浸っている間もないほどに、父親は足早に店内をうろつき、野球帽の売り場を見つけ出すと、そのうちの一つを迷わずつかんでレジに向かった。白と黒で、洒落た柄の、東卿ジャイアンツのキャップだった。「それ、買うの?」と訊ねた。どうして、その模様の帽子なのか、理解できないでいる。

「お母さんが、持って来いって言うんだよ」おまえの父親も状況が把握できていないようだった。

ワゴンは北へ向かった。心なしか、父親の運転はいつもよりも荒いように感じられた。到着したのは、老舗(しにせ)スーパーマーケットだった。おまえの父親は駐車場に車を停め、おまえを外に引っ張り出した。

「急に、悪かったね」母親が待っていた。おまえを抱え、ごく自然に頬ずりをしてくる。

「どうしたんだよ一体」おまえの父親は少し責めるような口調だ。こんなものまで買わせて、と汚いものでも触るかのように、スポーツ用品店の袋を持ち上げた。

「ちょっとついてきて」

おまえの母親は、おまえの手を繋ぎながら、歩きはじめた。スーパーマーケットの裏を通り、細い階段を下る。古い住宅街だ。山を切り崩して造成されたのか、坂道が多い街並みで、下り坂を踏ん張るようにして進んだ。おまえは、長身で痩せた母親の長い脚が小気味良く動くのを見ている。工事現場に出た。おまえの母親は、「ここをたまたま通ったら」とその敷地を横切っていく。マンションの建設予定地らしいが、日曜日であるためか、作業者はいない。工事車両も眠ったかのように止まっている。建材が積まれた場所に近づいていく。「たまたま、こっちを見たら、おかしな影があるのに気づいたの」

倒れている人がいて、おまえは、「あ」と人差し指を出してしまう。「あ」とおまえの父親も言った。ぴくりとも動かない、人形のようだった。仰向けで左手を上に、右手を下に折り曲げ、非常口のマークを模すかのような体勢で倒れている。おまえにとってははじめての死体であるから、特別なことは感じなかっただろうが、その死体は綺麗なものだった。出血もなければ、骨が飛び出してもいない。首が不自然に折れているだけだ。

「誰なのかは知らないけど、でも、たぶん」母親は言って、天を仰ぐ。おまえも同じように首を傾ける。斜め、上方にマンションがあった。濃い茶色で、聳（そび）えるように立っている。「あそこのベランダから落ちたのかも」

それは大変だ、救急車は呼んだのか、と父親は泡を食う。携帯電話を取り出した。「もう死んでるって」おまえの母親の言い方は乾いていた。「それに、ほら」と倒れている男の手を指差す。男は二十代の後半あたりに見えた。なで肩で、頰がこけ、ひょろっとしている。青白い肌だった。作業着のような服装で、その左手には布のようなものが握られている。ピンク色の薄い生地だ。

「これは」おまえの父親は不気味がりながらも近づく。「下着だ」と言った。「これは、彼が落ちる時に胸から外したブラ？」

「だったらすごいよね」

「じゃあ、何だろう？」

「きっと下着泥棒だよ」

「こんな昼間に泥棒？」

「昨日の夜に落ちて、そのままだったのかも」

おまえの両親はしばらく無言で、その、下着をつかんだ若者の死体を眺めている。無意識に、空気を強く吸い込んでいた。特別な匂いは感じなかった。

「可哀想に」おまえの父親がしんみりと言う。

「可哀想じゃないよ、自業自得よ」と母親は冷淡だ。

「で、これが必要だったのか」父親はすでに、どうしてそのキャップが必要だったのか、把握した様子だ。もちろん、おまえには分からない。

「警察に通報する前に、と思って」おまえの母親は落ち着き払った声で言う。いつの間にか手にはハンカチを巻き、そのハンカチで包むように、東卿ジャイアンツのキャップを受け取った。死体に近づくと、死体の頭に載っていた、爽やかな水色の帽子を外した。男は、仙醍キングスのトレードマークがしっかりと刻まれた帽子を被っていたのだ。そのかわりに、東卿ジャイアンツのキャップを載せる。

「下着泥棒が、わたしたちの仙醍キングスファンだなんて許せるだろうか」おまえの母親は冗談めかして言う。

「いや。許せないね」父親も強く同意した。

　東卿ジャイアンツのキャップを死体に被せると、おまえの母親はおもむろに携帯電話で、警察に通報をはじめる。おまえは、死体の、瞼で空をつかむかのように大きく見開かれた目を見下ろしながら、両親の満足そうな態度に、満足した。

十歳

　またやっている。教室の廊下側の一番後ろの席、開き戸の近くに座っている山田君が、机に手を出していた。手の甲を上にして、指をぐっと開いて、それを覗き込むようにしている。授業中は縦横にきっちり並んでいる机が、昼休みだからなのか、少しばらけて、教室は乱れた雰囲気だった。給食が終わってすぐに、クラスの男子のほとんどは校庭に出て行った。クラスにサッカーを流行らせたのは、サッカークラブの田之上君だ。彼が中心となって、みんなを校庭へ引っ張っていった。運動が得意ではないはずの古谷君や高橋君も、昼休みになればサッカーをやりに行く。僕もその一人だったが、先週、左手首を骨折したばかりなので、さすがに無理で、だからギプスをしたまま、この一週間は一人で本を読んでいる。左手の肘の部分でページを押さえ、右手でめくっていけば、読むのはそれほど大変ではない。

　図書室で借りた、世界の偉人シリーズをずっと読んでいる。今読んでいるのは、キュリー夫人の伝記だ。昔から、野菜のキュウリの話題が出ると、クラスで一人くらいは、キュウリ夫人、という駄洒落を口にするから名前はよく知っていたが、いったい何をやった人なのかは知らなかった。サンドウィッチを発明したのがサンドウィッチ伯爵だっていうのを聞いたことがあったし、キュウリを作り出した人なのかと思っていた。読んでいくと、キュリー夫人が、自分の身体の危険を恐れずに、実験を続けた、偉い人だと分かり、驚いた。

ただ、それよりも僕が驚いたのは、本の中には、キュリー夫人の子供の頃の話が載っており、そこに、キュリー夫人が何を思ったのかが書いてあることだった。たとえば、「その時、彼女は、お母さんのことが怖くなった」であるとか、「彼女は、二度と同じ失敗はしないと心に固く誓ったのです」であるとか、そんな風に記されている。キュリー夫人が偉くなったのは、大人になってからなのに、どうして、子供の時の彼女の心情が克明に書かれているのか。それが不思議でならなかった。将来偉くなることを知っている誰かが、こまめに日記をつけるように、キュリー夫人の気持ちや出来事を記録していたのかもしれない。そう考えると今度は寂しくなった。今の自分のまわりには、誰もいないからだ。誰も、僕の子供の時のことを記録していないし、ノートに書いてくれてもいない。今、何を思ったのか、何を考えたのか、インタビューもしてくれなければ、メモも残してくれていない。それはたぶん、大人になっても、偉い人にはならないと分かっているからだろう。偉人伝を書く必要がないからだ。僕は偉人にはならない。

教室の前のほうに、女子の集団があって、トランプをやっている。給食当番が食器を片付け、がちゃがちゃと音を出していた。数人でスケッチ帳に漫画を描いている女子や、将棋をやっている男子がいる。一人きりでいるのは、僕以外には、端の席で手を見つめる山田君だけだ。

山田君はクラスの中でも、人一倍背が高い。たぶん、学年の中でも、学校の中でも一番かもしれない。がっしりと筋肉がついているわけではなく、ひょろっとした体型でもない。ただ、大きい。いつも、青色のジャージを着ている。胸のところには、難しい漢字が刺繍(ししゅう)されている。

山田君は不思議な存在だった。苛(いじ)められているわけでも、無視をされているわけでもないのに、いつもだいたい一人だ。野球が好きで、市内のリトルリーグで練習していることは有名だけれど、それ以外のことはあまりみんな知らなかった。

話しかければ、返事をしてくれる。授業中も先生に呼びかけられれば、答える。無愛想というのとは少し違う。ただ、気づくと一人で行動している。あの田之上君も、クラス替えの後、最初の頃は、サッカーに誘ったり、遊びや会話の輪に入れようとしたり、いろいろ声をかけていたけれど、最近は、あまり気にかけていないようだった。

昼休みになると、山田君が一人で手を眺めている。そのことに気づいたのは、二日くらい前だ。手相でも眺めているのかな、とも思ったけれど、手の甲が上を向いている。

昨日もそう、今日もそうだった。そして、十分くらいすると今度は、教室の後ろに置いてある、大きな辞典を持ってくるのだ、と思っているとまさに山田君が立ち上がり、辞典を取りにいくところだった。鈴虫の入った飼育ケースの横、小さな書棚に入っている、みんなで使う辞典だった。机に置いて、ぱっと開いて、そして、すぐに閉じた。また、開く。それを繰り返す。いったい何をやっているのか見当もつかない。

席を立ち、戸のところまで歩いた。緊張を必死で隠す。たまたま山田君の動きが目に入った、というふりをして、「ねえ、それ、何を調べているの」と声をかけた。

ゆっくりと山田君が顔を向けてくる。

「あ、その、辞典を開いたり閉じたりしてるから」周囲をちらちら確認した。山田君に声をかけるのが悪いことであるかのように思えた。

ああこれ、と彼はぼそっと言った。山田君は丸い顔だ。髪は短く、一重瞼で、目尻が少し吊りあがっている。鼻が大きく、唇は横に広かった。耳がすごく大きい。改めて近くで見ると、動物のような野蛮な感じと、たとえば博士のような賢さが、まざっている。

「眼の運動」山田君の声は小さくはないけれど、ぽとっと落ちるような重さがあった。「こうやって、辞典を開いてすぐに閉じて、瞬間的に何が書いてあったか覚えるんだ。で、開けて確認する」と彼は言いながら、机の上の辞典をばたんばたんとやった。

瞬間視と呼ぶのだ、と彼は話してくれ、それから、手の甲をじっと見ている理由も教えてくれた。あれは、ツメを見つめて、眼を素早く動かす訓練をしているのだ、と。左手の親指のツメからはじめ、右手の親指、左手の人差し指、右手の人差し指と、ジグザグに眼を動かし、眼の運動をしているらしい。「顔とか首は動かさずに、眼だけで、できるだけ速くやる」

「どうしてそんなことをやるの」

「そりゃ」山田君はそんな質問をされる理由が分からない様子だった。「野球だよ。眼の力は、野球に必要だから」

学校が終わると、山田君の後をつけた。見失わないように、ばれないように気をつけながら後ろを歩いた。白いガードレールの設置された歩道を進んでいくと、上り坂につながる。クリーニング屋の横道を右に歩いていく。公園があったので、そこに用があるのかと思った。でも、山田君は公園を横切るだけで、まだまだまっすぐに歩いていく。

着いたのは、総合スーパーの隣にあるバッティングセンターだった。道路や駐車場、淡い色の建物の一画に、ぽつんと緑色のネットで囲まれている。まるで、街中で育った巨大なカビのようだった。おばあちゃんの家にある蚊帳(かや)も思い出した。不気味で、不吉な印象を受ける。

ネットの張られた場所の手前に、小屋があり、そこが受付らしい。出てきたおじさんが、すぐに、バットを山田君に手渡した。山田君も当然のようにバットを受け取り、ランドセルをおじさんに差し出した。一番奥へと歩いていく。僕は、ぐるっと遠巻きにするようにして、山田君が入っていったネットのほうへと近づいた。バッティングセンターの看板があったから、その柱に隠れる。

山田君がバットを構えると、機械からボールが飛んできた。山田君の身体が素早く回転する。打球が一直線に、向かい側のネットに突き刺さる。一瞬のことで何が起きたのか分からない。びゅん、と球が飛んできて、すぐに、きん、と音がして打ち返されている。アニメで観たことがある、忍者の戦う場面を思い出した。右と左から二人が走ってきて、空中に飛んだ、と思うと、甲高い刀の音だけが鳴って、交叉して着地する、それと似ている。びゅん、と来て、きん、と打つ。ばさ、とネットにぶつかる。次々と、ボールが飛んできた。山田君はそのたび、綺麗に打ち返した。しばらくすると、ボールが飛んでこなくなる。機械に硬貨をまた、投入する。さっきと同じことが続く。ボールが飛んできて、山田君の身体が回転する。空振りなんて一回もなくて、次々と、ボールを打ち返した。見ているだけで、気持ちが良くて、ぼうっとした。

怪しげな人影があった。僕の前方、緑色のネットの外側で、大きな柱に隠れるようにして黒い服の大人が立っているのだ。しかも、三人だ。黒ずくめで、黒い帽子の三人組で、全員が女の人のようだった。彼女たちは身を隠すように肩を寄せ合い、バットを振る山田君を見ていた。怪しい人たちだな、と僕は、自分も同じように覗き見をしているにもかかわらず、思った。管理人のおじさんに伝えるべきだ、と考えたけれど、そこで別の人が現れた。野球チームのユニフォームを着た男が、犬を追い払うかのように手を振りながら、黒服の三人に近づいていく。あっちへ行け、という仕草に見える。それに怯(おび)えたのか、僕がまばたきをしている間に黒い服装の三人はいなくなっていた。

　音がまた響き、視線を山田君に戻す。打ち返す球が、全部、右側に飛んでいってることに気づいたのは、少ししてからだ。最初に打ちはじめた時は、真正面のネットに刺さっていたのに、今は右方向に、飛んでいる。もう一度、硬貨を入れて、山田君が打ちはじめる。今度は、打つ球打つ球、すべてが左方向へと飛んでいった。どっちに打ち返すのか、わざと狙(ねら)っているんだ、と分かって、ぞくっとした。

　ユニフォームを着た男性は、先ほどまで三人の女の人たちがたむろしていた場所に立ち、柱の陰から、やはり山田君を見ていた。あの人も結局、山田君を観察しているのだ。山田君は常に誰かに注目される運命なのか。一方で、男の人がユニフォーム姿でいることが奇妙に思えた。平日に草野球の試合でもあったのだろうか。それにしても着替えるべきにも感じられる。これは何かの幻なのかな、と思ったところで風が吹き、目にゴミが入った。手を動かすと、骨折したところが痛んだ。ギプスを押さえる。顔を上げると、ユニフォームの男の姿はない。あれ、と目をこすると山田君もいない。大慌(おおあわ)てでまわりを見渡す。バットを持ったまま、来た道を歩いていく山田君を見つけ、追った。

「付き合えよ」そう言われたのは、すぐ後だ。細道の角を右に、何も考えずについていったら、曲がり角のところに山田君が立っていたのだ。僕は驚いて、しりもちをついた。

「暇なんだろ、俺のことつけてきてたんだし。それなら、付き合ってくれよ。練習」

「練習？」返事をしながら、「あ、ばれてたんだ？」と訊ねてしまう。

「俺は目がいいから」

断ることもできなくて、気づけば僕は公園で、山田君の練習に付き合っていた。左手が使えないし、僕は野球なんてできないから、と尻込みしたものの、「大丈夫」と言われた。「父さんが手伝ってくれる予定だったんだけど、急に仕事で駄目になったんだ」

「山田君のお父さん、何をしているの？　平日が休みの仕事？」

「市役所だよ」と山田君は答える。「いつもは母さんが練習の相手をしてくれる。ただ、母さんに用事がある時には、父さんが仕事を早退してくれる」

「わざわざ？」野球の練習のために、仕事を早退してくるなんて、考えられなかった。

山田君はその後、タオルを脇に挟んで、バットを振りはじめた。フォームが崩れたら言ってくれ、と頼まれたけれど、僕には、何回素振りをしても山田君の動きは崩れていないように見えた。それが終わると今度は、バドミントンの羽根を、渡してきた。公園の端っこに、フェンスがある。それだって山田君が用意したのかもしれない。「片手でも投げられるだろ。トスしてくれよ」

緊張しながら、バドミントンの羽根を放ってみた。はじめはうまくいかず、羽根は、地面近くに落ちたり、山田君の身体にぶつかったりして、焦った。ただ、山田君に怒る感じはなく、「もう少し強く」「もっとこの辺に」と言うだけだった。少しずつ慣れてくると、うまく投げられるようになった。すると山田君は上手に、その羽根を打った。間近で見る、山田君のバッティングはすごかった。ぶん、ぶん、と鋭く風が切られて、大袈裟ではなく風の力で、僕は飛ばされそうになる。ふわっと浮いたバドミントンの羽根が、瞬間的に、バットで叩かれるのは、本当に、剣で何かを斬るようだった。日が少しずつ、沈んでいく。山田君の振るバットの回転が、時間とか空とかを回しているようだ。

「さっき、僕以外にも山田君のバッティングを見ている人がいたけど」あの黒服と黒帽子の三人組やユニフォームの男が気になって、途中で一度、訊ねた。

「黒い服の三人?」山田君はバットを止めた。

「そう。三つ子じゃないけど、似た恰好で。魔女みたいで」

「じゃあ」山田君はこともなげに言う。「魔女かな」

「ユニフォームの人は?」

彼は黙った。首を捻ると、「未来の俺かな?」と真面目な顔で応える。

その後、山田君は、僕に硬式ボールを寄越し、「次はこれを投げてくれ」と頼んできた。最初、硬球を手に握らされた時、僕はその重量感にバランスを崩した。先ほど放っていたバドミントンの羽根と、あまりに重さが違ったからだ。腕ががくんと落ちるほどだ。はじめはなかなか加減が分からず、上手に投げられなかったけれど、だんだんと弓なりに放ることができるようになる。山田君は綺麗に打つ。飛ぶ硬球の響きは、まるで自分が殴られているかのような感覚を与えてきた。

夜の七時近くになり、空はかなり暗くなった。山田君は練習をやめた。僕の右手は、硬球の重さにすっかりだるくなり、うまく放れなくなっていた。

「山田君、いつもこんなに練習してるわけ？」

「そうだよ。帰って、夕ご飯を食べたら、またやるけど」

「え？」

「あそこのバッティングセンター、夜もやってるんだよ。遅くまで」

「一日中、野球しかしないみたいだ」

「そんなことない。息もしてる」

同級生たちが言うような冗談を、山田君は淡々と、顔色ひとつ変えずに口にする。

自分の家に戻ってきて、玄関を開けると、沓脱ぎ（くつぬ）のところにお父さんの黒い靴があり、暗い気持ちになった。胸の中に黒いもくもくとした煙が浮かんでくる。お父さんが帰ってきている。そうか、山田君の後をつけたのは、山田君のことが気になったせいもあるけれど、家に帰りたくなかったからでもあるんだな、と僕は、別の人の気持ちを想像するような感覚で、思った。「キュリー夫人は家に帰りたくなかったのです。父親が苦手だったからです」と本に書きたくなった。何でもかんでも、キュリー夫人のことにしてしまえば面白いのに、と思う。

　お父さんはいつからか今までと変わってしまい、そのことを寂しく感じていました。お母さんは、「お父さんは悪くないのに会社で悪者にされちゃって、悔しいし悲しいし、だからちょっと苛々しているのよ」と言います。お父さんに早く元気になってほしいと思いましたが、お父さんの機嫌が悪くなって、薬を飲んでぼうっとしていたり、時々、びっくりするくらい大きな声を出して物を投げるのは、怖くて仕方がありませんでした。はじめはただ不機嫌で乱暴になっただけでしたが、やがてお父さんは言葉を失い、四つん這いとなり、獅子と虎がまじったかのような猛獣に姿を変えました。顔面の色は緑になり、背中には硬いうろこのようなものも生え、見たことのない獣に変わりました。家の隅でだらしなく寝そべっていたかと思うと、喉を鳴らして歩き回り、自分の気に入らないものを見つけると歯茎を剥き出しにし、低い唸り声を発するのです。お母さんの腕に噛み付くこともあります。一週間前には、お父さんが階段の上から飛び掛かってきたのを避けた拍子に、僕は左手の骨が折れてしまいました。痛みと怖さで、お父さんへの恐怖がさらに強くなりました。自分で自分のことが可哀想になります。とキュリー夫人は思いました。頭の中で、そんな文章を浮かべて、僕はくすっと笑う。

廊下を進み、居間に入ると、台所のお母さんが、「遅かったわね。心配したのよ」と言う。顔色は悪くなかったけれど、影で隠れているような雰囲気があって、とても疲れているのが分かる。お父さんは？　と訊ねると、「寝てるのよ」とお母さんが二階を指差した。ぐるるる、と喉を鳴らす音、もしくは発作的に上げる獣の雄叫(おたけ)びが聞こえてきそうで、頭を強く左右に振った。

次の日も、学校が終わると、山田君のあとを追った。というよりも、追おうとしたのだけれど、昇降口の下駄箱のところで、ばれた。「今日も来るのか」と言われ、一緒に帰ることになった。前の日と同じように、坂道を上って、公園を横切って、バッティングセンターへ辿(たど)り着いたけれど、違っていたのはそこに山田君のお母さんがいたことだった。背が高くて、痩(や)せていて、山田君とそっくりの丸顔だった。「昨日、練習手伝ってくれたんだってね。ありがとう」と山田君のお母さんは言い、「野球チームはどこのファン？」と質問してきた。その目がまったく笑っていなかったので緊張してしまう。山田君がいつも着ている青いジャージの胸の部分に、仙醍キングスのマークが入っていることに気づいていたので、「地元だからやっぱり」とぼそぼそ答えてみた。

「あら、ほんと」と山田君のお母さんの表情がやわらいだ。それならいいんだけど、とも言う。そうじゃなかったらまずかったのだろうか。

練習内容はほとんど、昨日と同じだった。バッティングセンターでバットを振り、公園に移動して、脇にタオルを挟んだり、バドミントンの羽根をバットで打ったりした。昨日見かけた黒い服の女たちやユニフォームの男はいなかった。山田君のお母さんはずっと付き添って、時々、声をかけた。大声で怒鳴ったり喚(わめ)いたりすることはなかった。分厚い本みたいなのを持っていて、それを見ながら、「この写真みたいに、もっとこうしたほうがいいよ」であるとか、「この練習、今度やってみようか」であるとか、山田君と一緒に相談している。

「いつも、こんなに練習してるんですか」

「こんなに、というか、そうね。ずっと」

「山田君はやっぱり、プロ野球選手を目指しているんですか」

「ひまわりの種に、ひまわりを目指しているんですか、って質問する？」

「どういうことですか」

「ひまわりになっちゃうのよ。絶対に」

公園から帰る途中、「山田君のチームって強いんですか」と訊ねた。

「王求の？　東仙醍リトルのこと？」

「はい」僕は答えている。「山田君、すごく上手そうだけど、みんな、あんなに上手いんですか」

山田君のお母さんは、「今月末、試合があるんだけど、観にくれば分かるわよ」と言った。その隣にいる山田君はにこりともしないで、もちろん怒っているわけでもなく、まっすぐに前を見ているだけだった。

――

日曜日、山田君の試合を観に行けたのは、お父さんのおかげだ。朝食の時からお父さんは機嫌が悪く、独り言を言いながら、いや、涎を垂らして唸りながら、新聞を前肢で引っ掻くのだ。びりびりと破り、噛み付き、歯で引きちぎる。怪しげな猛獣になったお父さんはまさにそんな狂暴さを見せている。いつ、吼えるか分からない。僕は怖くて、近づきたくなかったし、お母さんもたぶん同じ気分だったんだろう。「買い物に出かけてきますね」と僕を連れ、外に出た。ただ、出たはいいものの買い物に行く予定もないようで、「どうしようか」と自転車の準備をしながら、溜め息をついていたので、「野球観たい」と思わず、言った。「友達の試合があるんだ」

お母さんと縦に並んで自転車に乗り、廣瀬川の土手まで行った。空は澄んだ青色で、土手の道は高い場所だったから、気持ちが良かった。広い運動場が見え、野球をやっているのが見下ろせた瞬間、胸の中にあたたかい風が吹いた。どうしたの、にこにこして、と自転車を止めたところで、お母さんに言われて、そうかにこにこしていたのか、と分かった。

土手の階段を下り、野球グラウンドへ歩いていく。試合は始まっていた。打席にいるのが山田君だった。学校帰りの練習で見た時と同じ、あのしっかりとした、頑丈そうな構えをして、立っている。「ほら、あれが山田君」とお母さんに教えたのとほとんど同時に、山田君の身体が回転した。打った球が、青空に向かって、ぽーんと飛ぶ。打球の飛んでいく先を無言で見送る。グラウンドに視線を戻すと、赤のユニフォームを着た守備の選手たちが全員、肩を落としていた。あらあ、とお母さんが口を開け、笑った。お母さんの笑うところを久々に見た。スコアボードを見るとまだ、一回の裏で、そうか、第一打席でいきなりホームランだったんだ！　いいタイミングに間に合った、と思った。お母さんも、「ちょうど良かったね」と幸運を喜んでいたけれど、試合が終わってみれば、それほど貴重な場面ではなかった。山田君はその試合、五回打席に立って、五回ともホームランを打ったからだ。ライト方向へ、レフト方向へ、まるで毎回違った方角を狙って、打っているかのようだった。

近くを流れる川が音を立てているのかもしれないが、河川敷グラウンドはとにかく静かで、空に雲がまるでないせいか、とても平和な光景に思えた。山田君の打ったホームランが、青空に向かって手を伸ばすかのような雰囲気で飛んでいく。こーん、と気持ちのいい音を出して、空を撫でるように落下する。気持ちが晴れ、胸の中が大きく膨らむ。目を閉じ、深呼吸をしているかのような、ふんわりと浮かぶ感覚に襲われた。

奇妙だったのは、打った山田君が冷静なのはまだしも、味方であるはずの、東仙醍リトルのベンチにいる選手たちがみんな、白けた顔つきだったことだ。

試合後、山田君に声をかけたくて、グラウンド整備や後片付けが終わるのを待つことにした。すると、お母さんの携帯電話が鳴った。かかってきた番号を見て、まず眉をひそめて、すぐにベンチから立つ。離れた場所で喋っているお母さんを見ていると、その電話から猛獣の呼吸や威嚇の声が聞こえてくるように感じた。お母さんもその声に吹き飛ばされそうだ。電話を切ると、「お父さんからなんだけど、家にすぐに帰らないといけないから、先に行ってるね」とお母さんは言い、そそくさと自転車で去った。

一人残って、ぼんやりとグラウンドを眺めた。土が綺麗で、盛り上がったマウンドが柔らかそうだった。その丸みを見ているうちに、なぜか、昔、お父さんたちと出かけた信州の高原のことを思い出した。ソフトクリームを買った時、お父さんが、「一口だけ一口だけ」と頼んできたので、仕方がなく渡したら、口を思い切り開けて、ほとんど全部食べてしまった場面が浮かんだ。ごめんごめん、とお父さんは謝りながら、別にもう一個、買ってくれた。あれは本当に可笑しかったなあ、と思う。あの時のお父さんの面影が、今は微塵もない。今は、生臭い匂いをふんだんに撒き散らし、四つん這いで鼻をひくひくさせ、荒い鼻息と共に僕たちに襲い掛かってくる不気味な猛獣と化している。

グラウンドを片付け終わった東仙醍リトルの子供たちが何人か、こっちに向かってきた。それぞれ、親と一緒で、汚れたユニフォームのまま、立派なバッグを持っている。前を通る時、子供の一人が、「ねえ、お父さん、王求がいるとつまんないよ、やっぱり。そう思わない？」と言っているのが聞こえてきた。先ほどまで山田君と同じチームでピッチャーをやっていた選手だった。「そうなんだよ、あんなのつまんねえよ。打てばいいってもんじゃねえよ」とその隣にいた別の、バットを担いだ選手も言った。

通り過ぎていく彼らの後ろ姿を見送って、それからまたグラウンドに目をやるが、この間のバッティングセンターの時と同じように、いつの間にか山田君がいなくなっていた。はっとし、立ち上がり、周囲を見渡す。土手を駆け上がり、視線を走らせる。ふと後ろを見ると、グラウンドとは逆側に土手を下ったところに小さな駐車場があり、そこに大人が立っているのが分かった。白い四角い車の横で、ユニフォームを着た男の人がいて、その前に立つ男の人と女の人が箱のようなものを差し出していた。あ、と思った。その女の人が、すらっと背筋の伸びた山田君のお母さんだったからだ。

「お金、渡してるんだ」急に隣から言われたため、ひい、と悲鳴を上げた。山田君が立っていた。いつもと同じ顔つきで、笑顔でもなければ、怒っているわけでもない。「父さんと母さんが、向こうの監督に約束していたんだ」

山田君のお父さんは、とても真面目そうだった。「約束ってどういう」

「俺を敬遠しなければ、お金をあげるって」

意味が分からず、返事に困る。

「俺はよく敬遠されるんだ。最近の試合、三試合連続で、最初の打席以降は全部、敬遠。試合で敬遠ばっかりだと、俺のためにもならない。だから、父さんたちが念のため、相手の監督に頼んだんだよ」

白い車をもう一度見る。山田君のお父さんとお母さんはそこからいなくなっていて、箱をもらった相手チームの監督がそれを車の助手席に入れていた。

「一緒に帰ろうか」山田君が言ってくる。「父さんたちには、先に帰っていいと言われたから」

僕は動揺を隠すために、「それにしても」と言う。「全打席ホームランってすごいよね」

「昔から、ピッチャーの投げる球が分かったんだ。ピッチャーが振りかぶった時に、ストライクになるかボールになるかは」

「直感？」「なんだろう」

山田君が自転車を漕(こ)いでくれて、僕は後ろの荷台に乗った。二人乗りは禁止されているのかもしれないけれど、気にするつもりもなかった。家に着いた時、何かが変だ、とすぐに察した。その時、キュリー夫人は何かが家で起きている、と分かったのです、と頭の中で文章を考えてしまう。たぶんキュリー夫人は、庭に近い和室の障子が、朝は何事もなかったのに、今はあちこち破けていることを変だと思ったのかもしれません。

山田君が自転車を止めて、じゃあまた、と言う。返事をせず、僕は家の玄関にゆらゆらと近づいていった。胸騒ぎがあった。玄関の戸を開け、そっと足を入れると廊下の奥から、お母さんの声が聞こえた。感情的な、言葉にならない声だ。靴を脱ぐと中に入った。床が汚れていて、靴下のまま、ぬるっと滑った。べとべとした感触がある。血だった。気が遠くなりかけるが、そこで、低い地響きにも似た音がした。居間のドアから、ぬっと姿を見せたのは、獅子とも虎ともつかない、獣だった。毛むくじゃらで、顔面の部分が緑色に照り、口のまわりを赤く染め、廊下についた肢をぶるっと震わせる。ぐわっと顎(あご)が開くと、そこから轟音(ごうおん)とも呼べる唸り声が噴き出し、廊下の壁がびりびりと振動した。恐怖のあまり僕は腰くだけとなり、四つん這いの恰好で、後ろに下がる。身体を捻り、どうにか立つ。足に力が入らないものだから膝が曲がり、倒れた。すると後ろから、雄叫びじみた声が聞こえた。壁と床がまた震え、後ろの獣の身体が風船のように膨らんで、巨大な河豚(ふぐ)のようになり廊下を塞(ふさ)ぎ、そのまま飛び掛かってくる。火でも吐き出さんばかりの迫力だ。緑の毛や背中の鱗が光る。それは恐竜のように硬い身体なのか、それとも、ぬめぬめとしたやわらかいものなのか、僕には分からない。飲み込まれる、と怖くて仕方がない。悲鳴を上げる余裕もなく、その場で転がり、避けた。獣は廊下の壁に顔面をぶつけたのか、肉がひしゃげるような音がした。「一緒に死のう」と廊下から聞こえてきた。明らかにお父さんの声だったけれど、あの不気味で野蛮な獣が発したのだと考えると、鳥肌が立つ。居間に逃げ込む。テレビの置いてある横に、お母さんは倒れていた。お腹を押さえ、血だらけだ。顔は真っ白で、がたがた震えているので、その震えに合わせて僕も震える。居間の窓を開けると、靴下のまま、庭に飛び出した。踏み石の上を駆けて、外に向かう。獣の喚く声が反響した。

家の門を出て、道路に出ると真正面に山田君が立っていた。まだ帰っていなかったことに僕は少し驚く。どうかしたのか、と訊ねるような表情で山田君はこちらを見て、僕のシャツに血がついていることに気づいたらしく、目を丸くした。そして、危険を察知したのかバッグからバットを取り出した。

立ち止まり、振り返る。門から出てきたのは、膨れ上がるかのように身体を大きくした、緑の獣だ。視界に膜がかかり、はっきりと把握できないが、口を大きく開き、そこからまたしても、炎を吹くような叫び声を吐き出した。僕はその家から出てきた、血に塗れた巨大な獣を見上げ、立ちすくんだ。

そこでその獣の顔面がへこんだ。鈍い音とともに、額に球体のものがめり込んでいる。え、と驚き、横を見る。山田君が美しい姿勢でバットを振り切っていた。バッグから取り出した、ずしりとした重量感の硬球を、バットで打ったのだ。その球が、獣の額の真ん中に激突した。ものすごい速度の打球は、そのまま獣の頭を貫通しそうでもあった。

獣は白目を剝くと、身体を揺らして、その場にひっくり返った。地響きはない。山田君は唇を少し尖らせただけで、あとは、自分のフォームを確認するように、数回、素振りをその場でやっている。竜を倒した騎士ともいえる山田君のフォームはやはり、とても美しかった。

お父さんは結局、意識を取り戻すこともなく、そのまま死んでしまい、死んだまま、お母さんを傷つけた犯人として、逮捕された。

僕と山田君は、お父さんが家の中で暴れ、包丁を振り回している時、たまたま、外でバッティングの練習をしていました。興奮したお父さんが玄関から飛び出してきて、山田君が打った球が、運悪く、頭にぶつかったんです。狙ってもあんなふうに当たらないのに、本当に、びっくりしました。ショックです。

警察には、そう証言をした。お母さんも話を合わせてくれた。

十二歳

十二歳の山田王求の話を記しながら、彼の人生における重要な人物たちのことにも触れていかなくてはならない。彼らは直接的もしくは間接的に、山田王求の生活に触れ、その人生を揺り動かし、時には、針路を変える存在だ。

たとえば、津田哲二（つだてつじ）だ。彼は盛丘（もりおか）市で生まれた。もちろん当時は、バッティングセンターの管理人ではない。であるばかりか、幼少時から野球には無縁の生活だった。父親は運動が苦手で、彼自身もそうだった。中学入学前に、親の転勤により仙醍市に引っ越し、高校まで公営団地で暮らすようになる。私立大学への入学を機に東卿での生活を開始、卒業後は証券会社に勤務し、年下の女性と結婚し、一男一女の子供を得て、そして子供たちの自立と自らの定年を機に、妻と二人で仙醍市に居を移した。スポーツとはその時まで縁遠く、テレビで野球観戦をする程度で、それよりはアニメや漫画を楽しむことのほうが多かった。退職金を使い、中古の一戸建てを購入した。どうして仙醍市を選んだのかといえば、十代の頃には、刺激が少なく穏やかで物足りなく感じていた地方都市のたたずまいが、還暦を過ぎた今の自分たちにはむしろ住み心地が好いのではないか、と思ったからだ。

年金と貯蓄で生活するお金には困らなかったが、気分転換や日々のリズムをつけるために、何かパートタイムの仕事はないだろうかと思っていたところ、まさに渡りに船で、家から目と鼻の先に、働き場所を見つけることができた。津田バッティングセンターの管理人だ。近所の整骨院の待合所で知り合った男性が、その男も苗字がたまたま、「津田」で、あちらこちらでビルを所有していた。「空き地にバッティングセンターを放置しているんだが、あんた、管理人、やってみるかい。津田バッティングセンターって名前だから、あんたがオーナーのつもりにもなれるぞ」

バッティングセンターの管理人は閑だろうな、と予想したが、その予想通りに閑だった。朝から夕方まで小屋に座り、時折訪れる客たちの両替に応じ、機械の簡単な整備やボールの片づけをするだけだ。閉店時にお金を回収し、金庫に保管すればそれでいい。性格的に、地味で退屈なことは合っていたため、不満はなかった。家で妻とずっと顔を合わせているのも息が詰まる。小学生や大人がバットを無邪気に振り回しているのを眺め、その合間に好きな、アニメ雑誌やシェイクスピアの戯曲などをめくっていれば気分も晴れた。

王求がやってきたのは、働きはじめて一年も経たない頃だ。

「一番速いので、何キロですか？」と一緒に来た父親がまず、話しかけてきた。

左バッター用だと百三十キロだけど、右だと百四十キロのが一番端っこにあるよ、と津田哲二は答えた。

「今すぐじゃなくていいんですけど、いずれ、左打者用のも百四十キロくらいは出るようにしてくれないですか」と今度は母親が言ってくる。バットを担いでいる少年を見て、「ぼくは、左打ち？」と質問してみると、彼が、こくん、とうなずいた。「ぼく、百四十キロとか打つようになりたいの？」

「それ以上ですよ」父親がうなずく。

将来の夢はプロ野球選手、と意気込む親子が、バッティングセンターの客の中には少なからず、いた。というよりも、意外に多かった。子供がバットを振る後方、ネットの外から厳しく指示を出す父親や、しゃにむに高速の球に挑戦しようとする子供もよく、いた。教育熱心なのか、子供の夢を後押ししているのか、もしくは、自分の夢を子供に託しているのかは分からないが、そんなにむきにならないでもいいではないか、と思ってしまうこともしばしばだった。何事も楽しくやるのが一番なのに、と言いたくもなる。

だから、山田親子に対しても同じ印象を持った。

ただ、山田家が毎日のように通いはじめると、津田哲二は、もしかすると、という思いを抱きはじめた。もしかすると、自分は本当に、将来のプロ野球選手の成長を目の当たりにしているのではないか？　小学校の高学年となるにつれ、それはもはや、疑いようのないものに思えた。山田王求のフォームやスイングは、素人目にも完璧に見えた。どのような速度の球も打ち返すようになり、初めの約束通り、百四十キロの機械を左打者用に変更せざるをえなくなったのだが、それすらも王求少年は容易に打った。気づくと津田哲二は機械のメーカーに問い合わせていた。自分で駆動ベルトの調節を行い、どうにかそれ以上の速球を可能にしようと試みたのだ。もちろん、そのような改造は難しかった。仕方がなく、打席を通常の場所よりも前、機械寄りに移動させることにしたが、それすらも王求は苦にしなかった。日に日に力を増し、優秀な打者に育っていく少年のために、自分は少しでも役立たねばならない、と津田哲二はそんな思いに駆られた。使命感という言葉こそ浮かばなかったが、それは、使命感以外の何物でもなかった。

小学校六年生となった王求を前にして、「これ以上、球は速くできないし、これ以上、前に出るのも効果はないと思うんだ」と告げた時には、まさに、王の希望に応えられない家臣のような思いで、力の至らなさにぺしゃんこになってしまったのだが、当の王求は、バッティングセンターの管理人のそんな思いを知るはずもなく、「できることしか人はできないよ」とぼそっと言うだけだった。

王求少年は、津田バッティングセンターの管理人からランドセルを受け取り、肩にかけた。夕方を過ぎているのに空気はまだ、ずいぶん暑い。

「全国大会は来月だったっけ」管理人のおじさんが聞いてきた。王求少年はうなずく。東卿で開催される大会が、来月の日曜にある。全国の地方予選を勝ち抜いた十六チームがトーナメントで試合をするのだ。「去年の雪辱を果たしておいで」

王求少年は首を傾げた。するとおじさんは、雪辱という言葉の意味を説明してくれ、「去年はほとんど敬遠だったじゃないか」と続けた。

「悔しくないのか」

「慣れてるから」王求少年はごく普通に答える。「プロになったら敬遠されない」とも続けた。

「プロのほうが敬遠するかもしれないぞ。なりふり構わないからな」

「でも、父さんたちが言ってた。プロは真っ向勝負をしてくるって」

「王求のお父さんたちだって、プロのことはよく分かんないだろう」

王求少年は耳を疑う。まただ、と思う。最近、そういうことが何度かあった。うまく表現できないが、自分の心の中の枝をぽきんと折られるような、感覚があるのだ。目の前が一瞬だけ暗くなる。頭の中の豆電球が一瞬、切れる。

「どうかしたか」

「最近」と王求少年は言いかけて、黙る。自分のその感覚を何と説明していいのか分からなかった。ただ、昨日の夜に見た夢について話した。自分はどこかの見知らぬ国で、巨人に乗り、悪人たちと戦っている。どういうわけか巨人の腹部には、人が入り込める空間があり、そこに自分が立ち、木製バットを振り回すとその動作に合わせ、巨人も武器を操作するのだった。巨人に乗り、戦い続ける。そして、その夢には決まって、親が登場してくる。父の時もあれば、母の時もあるのだが、とにかく突然現われたその親は、「これを使え」と不思議な機械を手渡してくる。目覚まし時計を分解したかのような、小さなもので、「これを使えば、もっと強くなる」と真剣な面持ちで言う。王求少年はそれを受け取るが、その機械がまったく役立たずの、時代遅れのがらくたであることをなぜか知っている。が、そのことを親に伝えることはできない。その、達成感に満ちた親の表情に気圧され、小声で礼を口にするのが精一杯だ。

「で、帰り道にその機械を海だか川に投げ捨てるのか？」夢の話を聞いた管理人のおじさんは哀れむように言った。

何で知ってるのだ、と王求少年は訊ねる。

「ガンダムだよ、それ」

おじさんは言うが、王求少年には意味が分からない。

公園に移動すると、先ほどのバッティングセンターで打ちそこなった球のことを思い出しながら素振りをやった。頭の中には自分に向かって投げられたボールの軌道や速度がきっちりとした映像として、記憶に残っている。そのイメージを再生させバットを振る。打ち返す映像を確認する。ボールがなくとも頭で、打った手応えを感じる。

次にフェンス脇（わき）の物置を開けた。大きな布袋が置かれている。両親が練習用のグッズを収納するために用意したものだ。袋を開け、プラスチックのコップを二つ取り出す。

つい最近まで放課後の練習には、両親のうちどちらかが付き添ってくるのが常だった。練習メニューの指示を出し、フォームや動作の確認をするためだ。ただ、最近になり、それこそ例の巨人の夢を見るようになった頃から、一人きりで練習をしている。

「でも、暗くなった公園は一人じゃ怖いでしょ」母はそう心配したが、彼女もパートで働く必要があるため、最終的には、一人での練習を了解した。

公園の時計を見ると夕方の五時だ。日が長くなってきているからか、薄ぼんやりとしながらも、周囲は充分に明るかった。水道でコップになみなみと水を注ぐと、それを両手に持ち、階段へと向かう。噴水のある敷地が高台にあり、水で満杯のコップを両手に一つずつ持つ。腰を落とし、その階段を昇った。「下半身は力強く、上半身は柔らかく」という身のこなしがバッティングには重要であるため、その動きを身体（からだ）に馴染（なじ）ませるための練習だった。足を踏ん張り、コップを持つ腕は柔軟に、だ。「足は踏ん張り、腕は柔らかく」と念じながらやる。何度かやると、水を捨て、コップを布袋へ片付ける。また、素振りに戻った。

バットを持ち、構える。体の二つの軸、左の肩甲骨と骨盤を結ぶ軸、右の肩甲骨と骨盤を結ぶ軸を意識しながら身体を回転させる。テイクバックからフォロースルーまで、イメージ通りにバットを振ることができると、何者かに褒められたような安堵とも喜びともつかない気持ちになる。父親や母親の拍手が聞こえる。

バットが風を切る音と自分の呼吸の音だけが周囲にはあったが、途中で、人の声がかすかに聞こえ、動きを止めた。がさごそと音もする。右後方の植え込みから、数人の男たちが出てくるところだった。学生服を着た三人で、王求少年よりも大きかった。公立中学校の生徒たちだ。彼らが銜えている煙草と、そこから立ち昇る煙を、何とはなしに目で追った。すると彼らのうちの一人が、「何をじろじろ見てるんだよ」と威勢のいい声を発し、王求少年を脅した。けたたましく笑う。別の一人が、「あ、なんだ、あいつ人殺しじゃん」と言った。え、と他の二人が足を止める。あいつ、たぶん俺の弟の同級生なんだけど、小四の時に人を殺してんだよ。「なあ、そうだよな」

王求少年は直立不動で立ち、バットを持ったまま、返事ができなかった。気づけば、空は暗い。周囲の景色が把握できない。公園の植え込みが風もないのに、ざわざわと揺れ、囁き合うように思える。

「あれは、事故だよ」王求少年は答えた。

「事故と言っても、相手が死んじゃったのは本当だろ」先ほどまでは数メートルの間隔があったはずであるのに、あっという間に、中学生たちが王求少年の前に移動していた。見下ろしてくる黒い制服の彼らには、素行が悪いもの特有の威圧感があったが、王求少年は怖いと感じなかった。

「それは錯覚だろうに。あれは事故ではなかっただろうに。狙って、額を狙ったのだろうに」

どこからかそんな声が聞こえ、王求少年は後ろを向く。敷地を囲むようにして立ち並ぶ木々のひとつ、その裏側に黒い影のようなものが見えた。さっと姿を出したかと思うと、「王になるお方」と叫んだ。叫び声は風にまざり、というよりも風の音以外の何物でもない震えとなって、聞こえてくる。

「それは錯覚だろうに。あれは事故ではなかっただろうに。狙って、額を狙ったのだろうに」隣の木からも黒い人影が覗く。

「それは錯覚だろうに。あれは事故ではなかっただろうに。狙って、額を狙ったのだろうに」さらにその隣からも聞こえた。

王求少年はその三つの黒い影を特別、気にかけなかった。怖さも感じず、さらには、正体を確かめるつもりにもならない。そのかわり、「その通りだ」と内心で考えている。あの時、同級生の家から飛び出してきた男を目の当たりにした瞬間、自分はおぞましい怪物を退治する思いで、バットを取り出した。事故ではない。

「王になるお方。それでいい」

「さすがですな。その通りだ」

「事故ではない。あれでいい」

三つの影が口々に言う。

続けて頭に浮かんだのは、黒い布だった。あの事故、同級生の父親が死んだ後、王求少年の父が突然、大きな黒い布を持ってきたことがある。この公園に持ってきて、広げた。その布の四つの角には紐がつけられ、それぞれを引っ張り、樹や遊具にくくりつけた。黒い布が、小さな的のようになった。

「よし、王求」と父親はうなずいた。「この黒い布には、おまえの抱えているもやもやとした気持ちが入ってる。罪悪感とか、恐ろしさとか、不安とか、そういうものすべてこの黒布なんだ」

どういう意味なのかよく分からなかったが、王求少年は顎を引く。

「じゃあ、今から球を打って、この黒布を吹っ飛ばすんだ」

え、と王求少年は首をかしげた。

「ホームランというのはそういうものなんだ」父親は興奮の色を浮かべ、うんうん、と同意の相槌を自分で打った。

「そういうもの？」

「世の中の不安だとか、怖いこと、忌々しいこととかを全部、突き刺して、空というか宇宙に飛ばしてしまうんだ」

　本気で父親はそんなことを信じているのか、と王求少年は意外に感じた。が、それ以上に、父親がそう言うのであればそうに違いないとも思った。父親が軽く投げてきた硬球を王求少年は打った。打球は鋭く力強さを漲らせ、黒い布に激突し、王求少年の鬱々とした思いをごっそりどこかへ解放するかのような爽快感とともに、彼方まで飛んだ。

「なあ結局、その同級生は引っ越しちゃったんだろ。父親を殺した奴と同じ学校には通えねえもんな」中学生がまだ言う。顔を見つめる。彼の弟が誰なのか、思い浮かばない。

「知ってる？　法律で裁かれるのって十四歳からなんだぜ。いいよな、小学生は人を殺しても関係ないなんて」

「あれは事故だから」王求少年が繰り返すと、「あれは事故だったから」と中学生は同じ台詞を、わざと女々しい言い方に変えて口にした。木々の向こう側から、またしても、「事故ではないだろうに」の呼びかけが飛んでくるのが分かる。「王になるお方！」

　中学生たちは王求少年の持つバットを眺め、「野球の練習したって、偉くなれねえぞ。女にもてねえし」と嘲笑した。火の点いた煙草を下ろし、王求少年の眼前に移動させる。「ほら、おまえも吸う？」

かぶりを振り、「いらない」と答えた。彼らは甲高い笑い声を上げ、つまんねえなあ、ちんぽに毛も生えてねえやつは、などと言っている。ちんぽの毛がどうしたのだ、と王求少年は自分の股間を見下ろした。

「打ってみろよ」

声がして顔を上げると、同級生の兄だという男が離れた場所にいて、投手の真似をするようにして立っていた。ゆっくりとした動作で振りかぶる。王求少年は反射的にバットを構えた。

男の構えは綺麗ではなかった。力を鼓舞するかのような大袈裟な腕の動きの割に、バランスが悪い。手から放たれたのは、石だ。拳の半分くらいの大きさで、王求少年の脇に投げ込まれた。ストライクゾーンからは外れていた。おい打ってみろよ、と男は笑う。

「こいつ、野球めちゃくちゃうまいんだってよ。弟が言ってたけどよ」

彼は腰をかがめ、また石を拾った。ぶつけるなよ、と一人が冗談めかして言う。

もう一度、石が飛んできた。あまりに外れた場所だったため、バットは振らなかったが、小さいからかバッティングセンターの球よりも速く感じた。王求少年は少し嬉しくなる。「もう一回」と思わず口に出している。

「おいおい、馴れ馴れしいな」男は苦笑しつつも、大きく振りかぶる。「もう少しこの辺に」と王求少年は自分の腰の高さ、ホームベースがあるだろう位置を指し示す。コースを要求する王求少年のふてぶてしさに、ほかの二人の中学生は愉快そうだった。

石は風を切り、鋭く飛ぶ。王求少年は身体を回転させる。バットが石を捉える。尖った鏃で削られるような感覚がある。実際、バットに傷がつく。チップして、石が横に飛んだ。おお当たった当たった、と中学生二人が手を叩いている。木々の後ろからも拍手が、ぱらぱらと散発的に聞こえてきた。黒い三つの人影が手を鳴らしている。石を投げた男が、銜えていた煙草を足元に捨てた。

「もう一回」

「もう疲れた」男は面倒臭そうな声を発し、「付き合えねえよ」と言う。が、王求少年は、「ごめんなさい。もう一回だけ」と頼む。ストライクゾーンに入ってきたにもかかわらず、うまく打ち返せないなんて、と思った。屈辱的というよりは、新鮮だった。自分が前に打てなかったことなんて、いつ以来なのか。

　何なんだよおまえ。中学生は苦々しそうに言ったが、不快なわけではなさそうで、背を丸め、長い手をぶらんと下げたかと思うと石を探し出した。公園の外灯が点灯し、王求少年たちを照らしている。男が石をつかみ、投球フォームに入る。王求少年は目を凝らし意識を集中する。球が、石が、飛んでくる。バットを振る。短い音がした。

芯を捉えた手ごたえが、身体に響く。

がしゃんとガラスが割れる音がした。

打った石が、右前方のマンションの二階窓を直撃したのだ。王求少年も中学生も一瞬、黙った。外灯の、空気を振動させるかのような音がするだけで、あたりは静まり返っている。「逃げるぞ」中学生がしばらくして囁いた。王求少年も慌てて、ランドセルを拾う。「いいか」石を投げた男が、王求少年の肩に手を置いた。「おまえは悪くない。俺も悪くない。これは事故だ。事件じゃない」と調子のいいことを言い残し、消えた。公園を飛び出す瞬間、黒い女たちの、「王になるお方が逃げますぞ」と囃す声がする。


次の日曜日、母親の車に乗って河川敷の野球グラウンドに行く。駐車場に車を停め、グラウンドへの階段を下りはじめたところで、いつもとは雰囲気が違う、と王求少年は思った。東仙醍リトルの青いユニフォームを着たメンバーが集まり、ベンチ脇に父母たちがお弁当の支度をしているのは普段通りだが、それ以外の部分で、華やかさを感じたのだ。ユニフォームを着た、普段見かけない大人が何人も交じっているのが見える。グラウンドを歩いていくと、母親たちからの挨拶が飛んできた。王求少年の母親はおざなりに返事をしつつ、監督のところへまっすぐ向かった。

「何なんですか、これは」王求少年の母は、奥寺監督に訊ねる。

「言ってなかったでしたっけ？　今日は野球教室なんですよ」奥寺監督は、あちゃあ、と困惑しつつ頭を搔く。

「聞いていないです」

「山田さん、こんなことって滅多にないですよ、プロ野球選手が時間を割いて指導してくれるなんて」奥寺監督は顔を左へ向けた。ユニフォームを着た大きな男たちが五人ほど立っている。それを取り囲むようにテレビカメラやマイクを持った者もいた。「全国大会を前に、いい刺激になるかなー、と思って」

「なるかなー、じゃないですよ」

王求少年は、母親がなぜそこまで怒っているのか、すぐに理解できた。野球教室のことを聞いていなかったからではない。通常通りの練習をやってほしかったからでもない。問題は、やってきたプロ野球選手が、地元の仙醍キングスではないからだ。「何で、ジャイアンツなんですか」と母親は声にも出した。

「東卿ジャイアンツが来てくれるなんて、すごいことですよ」奥寺監督は言う。口は笑っているが、眉がぴくぴくと痙攣していることに王求少年は気づき、監督はたぶん、母がうるさいのでわざと言わなかったのだな、と察した。

「監督、どうされました」白と黒のユニフォームを着た、東卿ジャイアンツの大久保幸弘選手が近づいてきた。

「いや、何でもないんですよ」奥寺監督は目を細める。「山田さん、ほら、大久保選手は一昨年まで仙醍キングスにいて」

「知ってますよ」王求少年の母はむすっと答える。王求少年も当然、知っている。大久保幸弘選手は一昨年のシーズン、全試合出場、三割五分の打率、二十本の本塁打と大活躍をした。守備の面でも失策ゼロ、仙醍キングスで唯一ゴールデングラブ賞をもらった。いつも通りチームの成績は最下位だったが、それだけに大久保選手の活躍は光った。

「その関係もあって、今日、野球教室にも来ていただけたんですよ」

「裏切って、東卿ジャイアンツに行ったくせに、ですか」

「え」奥寺監督と大久保選手は、清々しい青空の下、耳をそばだてれば川のせせらぎすら聞こえてくるのではないか、と思えるほどの平和な空間に、まさかそんな攻撃的なメッセージが飛び出してくるとは思ってもいなかったのか、虚を突かれたかのようだった。

「フリーエージェントとか言ったところで、結局はお金が欲しいだけじゃない」

「山田さん」奥寺監督がさすがに、たしなめるような声を出した。大久保選手は戸惑いを浮かべていたが、むっとした様子はなかった。そういった批判については慣れているのかもしれない。優しい笑みを浮かべ、「そこはもう、分かってもらうしかないんです」と言った。場を取り繕うように、王求少年に向かい、「君は、どこを守っているんだい」と話しかけた。

「決まっていない」王求少年はぼそっと答える。「どこでも」

「どこでもできるんですよ。王求は。でも最近は、レフトに固定していますけど」奥寺監督は微笑みながら説明するが、その日は誇らしげで、鼻の穴も膨らんでいる。

「ああ」大久保選手が合点がいったように、相槌を打つ。「俺も子供の頃はそうだったよ。プロになる選手はたいがい、そうだよな。ピッチャーで四番ってパターンも多い」

「一緒にしないで」王求少年の母がぼそっと、吐き捨てるように言ったが、王求少年にしか聞こえない。

「じゃあ、素振りしてみる？ フォームを見るよ」

王求少年はうなずき、持っていたバッグを下ろすと、バットをつかんだ。膝の屈伸でもしようかと思ったところで、「王求、帰ろう」と母親の声が降ってきた。え、と見上げる。「今日は帰って、お母さんと練習しよう」

奥寺監督が驚いたように何か言い、母親が言い返し、言葉の応酬が続く。王求少年はその間、大久保選手をじっと見つめていた。こんなに間近でプロ野球選手と向かい合うのは初めてのことだった。これが自分の将来なるべき職業の人間か。憧憬も、落胆も、緊張もなく、王求少年はまじまじと、がっしりとした体格の男を見た。

「バット振ってみるか？」と言ってくる。

「どうした」ともう一人、東卿ジャイアンツのユニフォームを着た男が現れた。白髪まじりの中年の男で、明らかに現役選手ではない。「コーチの駒込です」と彼は、王求少年と母親に挨拶をする。白い歯が光る。肌は日に焼け、健康的で、体格の良い姿は若々しくもあった。

「お母さんもご存知ですよね。東卿ジャイアンツで犠打の名手と呼ばれ、鉄壁のセカンド守備を見せた、あの駒込さんです」奥寺監督は急に、憧れの相手を紹介するかのように言った。

「昔の話です。それに、ただの地味な選手です」駒込良和は苦笑いを見せる。するとそこで奥寺監督が今までとはまったく異なる無表情で、それはまるで操作される舞台上の人形のような動きで、「そんなことはありません。駒込さんはまさに公明正大、高潔にして賢明、勇あって誠実な人物です」と言い、王求少年はいったいどうしたのか、と当惑した。

「王求、今日は家で練習しよう」母親が、王求少年の右手を引っ張る。

「おい、王求、それでいいのか。プロの選手に見てもらったらどうだ?」奥寺監督の声は優しく、切実だった。

「勝手なことを言わないでください」

「でも、お母さんも野球をやっていたわけではないんですから」

何気なく、奥寺監督はそう言った。母親も受け流していたが、王求少年にはその瞬間、またしても例の巨人と、時代遅れの機械部品の夢が思い浮かぶ。熱心に巨人の説明をする母が、実のところ一度も巨人を動かしたことがなく、時代からも取り残されている、という悪夢だ。母親が不満を洩らしながら、土手の階段を上がっていくので、王求少年もそれに続いた。上り切ったところで一度だけ振り返ると、グラウンドに立つ奥寺監督が手を上げ、こちらをずっと見ていた。

家に着くと、小さな事故が起きた。マンション駐車場に車をバックで入れる際、隣のワゴンにぶつける、という些細なものだったが、母親は動転した。ああ、どうしよう、と珍しく落ち着きを失った。「悪いけど、王求、今日は一人で練習してもらえる？」

王求少年は了解した。荷物を持つとバッティングセンターへ向かう。頭の中にはどういうわけか、先ほど向かい合った大久保選手の大きな身体、太い腕がこびりつき、それが離れなかった。バッティングセンターでは、いつも通り管理人のおじさんが現われる。「あれ、リトルの練習はどうしたのだ」と歯を見せたが、そこで王求少年は自分でも驚くくらい滑らかに、「河川敷のグラウンドに行きたいんだけど、バス代を貸してくれないかな」と言っていた。自ら、はっとする。どうしてそのような台詞が飛び出したのか、と驚いた。が、その戸惑いよりも、「早く行かないと」という思いのほうが強かった。王求少年は、いったいどうしたんだい、家出かい、とおじさんは的外れなことを口にした。王求少年は、野球教室のことを話す。

「それは早く行ったほうがいい。タクシーを使え」おじさんは財布から五千円札を取り出す。「これで往復できるはずだ」

いいのか、と王求少年は確かめる。

「そりゃ、いいに決まっている。行くべきですよ」どういうわけか、おじさんは丁寧な言葉を使った。

王求少年がタクシーで河川敷に到着すると、空はまだ透き通るほどに青く晴れていた。グラウンドの土の色が映え、眩（まぶ）しい。足早に土手の階段を下りる。奥寺監督が駆け寄ってきて、「やっていくか」と抱きしめんばかりの興奮を見せた。王求少年はうなずき、すぐにバットを構え、素振りをした。いつの間にか、大久保選手と駒込良和が脇にいる。王求少年はひたすらにバットを振る。大久保選手はしばらく無言でそのスイングを眺めていたが、フォームについての指示を出すわけでもなく、駒込良和に向かって、「すごいですね」と上擦った声で言うだけだった。

「すごいな」高潔の士、公明正大の士、駒込良和は言いにくそうに言った。王求少年の完成されたフォームに唾（つば）を飲み込む。

「鈴木卓投手の球を打たせてあげてもいいですかね」奥寺監督は満面の笑みで、居酒屋に誘うかのような口ぶりで言った。

「え」大久保選手が聞き返す。

「この子に、プロの凄(すご)さを教えてあげたくて」

大久保選手はきょとんとしたが、すぐに、「うそでしょ、それ。この子の力を試したいんじゃないですか?」と苦笑する。

「そんなことないですよ」

「奥寺さん、プロを舐(な)めてもらっては困りますよ。フォームは良くても、プロの球が打てるというのは別問題です」駒込良和は諭すように言う。

「いえ」その時だけ、奥寺監督は尊敬すべき相手に逆らう、不敵な表情を見せた。「王求にかかれば、別問題ではないのです」

十数分後、バッターボックスに立つ少年と向き合った鈴木卓は、そのしっかりした構えに感心した。小学生だから身体は小さかったが、バットをしっかりと立てたフォームの美しさは本物だった。「頑張れよ、王求」と三塁側のベンチ脇にいる、リトルリーグの監督が、少年に声をかけている。その横に、ほかのチームメイトたちも座っていた。野球教室では、地味な基礎的な練習を指導するのが目的だが、こういった余興のようなものがあってもいいだろう、と鈴木卓は思っていた。だから、「あの子、チームの主砲らしいんだが、一打席分、投げてやってくれないか」と駒込コーチに提案された時もすぐに承諾した。テレビや新聞の取材陣の姿はもう、ない。もちろん本気で投げるつもりはなかった。それなりの速度で、打ちやすいコースに投げ込む。それを少年が打ち返す。それでいい。そうすれば彼は今日の練習を楽しく終えるだろうし、楽しい記憶が残れば、野球をさらに好きになる。自信がつき、野球が上達する。そういった好循環は、自分も経験したことであるし、プロ野球選手が、子供たちに会うのはその循環を起こさせるためだという意識もあった。

少年はホームランを打った。

ライト方向の空を打ち抜くかのような、鋭い打球を放った。観ている子供たちが盛り上がり、後ろにいる東卿ジャイアンツの同僚たちがからかいの声をかけてくる。鈴木卓は苦笑しつつ、大袈裟に悔しがってみせる。そして今度は、球速はそのままにコースを変え、低目を狙って、投げた。

するとまた、軽々と打たれた。今度はレフト方向へ打球が飛ぶ。背後から揶揄の声が飛んでくる。まいったな、とバッターボックスに向いた鈴木卓は、ふとそこで違和感を覚えた。どこか、何かが、変だ。

全力で投げたわけではないから打たれても不思議ではない。小学生がホームランを二球連続で打ったことは感心し、驚くことではあるものの、ありえないわけではない。だからそのことは奇妙ではなかった。それ以外の何かが引っかかった。

そして、分かる。打席にいる少年がまったく嬉しそうではないのだ。プロ野球選手が投げた球をホームランにしたというのに、そこには、満足そうな顔も、嬉しそうな面持ちも、まるでなかった。当然のことをしただけのような冷めた気配すらあり、もっと言えば、物足りなさそうだった。

これは、と鈴木卓は気を引き締める。正確には、むっとした。自分の力を侮られた気分になり、最後は全力で放り、プロと少年との圧倒的な差を見せつけてやらなくてはならない、と決意した。ファウルグラウンドに立つ駒込コーチを見れば、彼も少年の力に何かを感じていたのか、意味ありげにうなずいている。

鈴木卓は大きく振りかぶり、全力に近い力で、球を放った。少年の動きが、ひどくゆっくりと見えた。バットが動き、身体が回転する。どういうわけかバットがホームベースの上を過ぎるあたりで、少年の姿が天を突くかのような巨大なものに見え、鈴木卓はその圧迫感にのけぞり、転びそうになった。音がする。少年がバットを振り切っている。鈴木卓は目を丸くし、身体をねじり、センターの方角に飛んでいく球を見送った。頭の中にどんよりとした屈辱や悔しさの泥がどっと流れ込むが、それも束の間、すぐに泥は消え、爽やかな空気で満たされる。鈴木卓は笑い声を立てた。

王求少年が、プロの投手の全力投球を本塁打にしたのとほぼ同時刻、名伍屋市にいる倉知巳緒は自宅で本を読んでいた。王求少年と同い年、つまり小学校の六年生だ。仙醍からずっと離れた、新幹線を乗り継がなくては辿り着かない、そのような土地で生活しているのだから、彼女が、王求少年と知り合いのはずがなかった。彼女は、両親の買い物に付き合わず、留守番をすると申し出て、居間で読書に励んでいる。年齢の割には大人びて、知性や感受性も小学生とは思えない彼女は時間があると、本を読む。その時は、戯曲を開いていた。

自分ではそうは思っていなかったが、親は彼女を、早熟だと認めていた。シェイクスピアを読むだなんて、と娘を誇らしく感じながら、同時に、戸惑ってもいた。

シェイクスピアの、「ジュリアス・シーザー」を読んでいる。彼女は、シーザーとブルータスよりも、シーザーの側近だったアントニーに惹かれた。巧妙な演説により、民衆の心を誘導し、「高潔にして賢明、勇あって誠実」と言われるブルータスの立場を危うくする演説に感心し、そして、民衆の心理を熟知したかのような言葉に怖さを感じた。シーザーの死後、アントニーが召使に言った台詞も印象に残った。「胸も張り裂けよう、向うへ行って、存分に泣け。悲しみというやつ、どうやらうつるものらしいな、見ろ、おれを、お前の目頭ににじむ悲哀の滴を見て、おれの目も濡れてきたぞ」

悲しみというやつ、どうやらうつるものらしいな、という言い方がとても良かった。倉知巳緒は、自分にもその悲しみがうつるのが分かり、袖口で目尻の湿りを拭う。

十三歳

十三歳のおまえは顔を蹴(け)られる。鼻が熱く、何かが目の前で炸裂(さくれつ)したように感じた。長身の男に両手で押し飛ばされ、背中から壁にぶつかり、その振動で地面に尻(しり)をついたところを、その顔面を、学生服の男に蹴られた。「いいぞ」と横にいる別の男子学生が囃(はや)してくる。おまえを取り囲んでいるのは五人、同じ中学の上級生、三年生だった。二人は煙草(たばこ)を吸い、一人は眼鏡をかけ、全員が太股(ふともも)の膨らんだ制服を着ている。小部屋の外で、見張りをしている者もいた。

頭部にまた衝撃がくる。目の前が一瞬、暗くなる。おまえは手を鼻にやる。漠然とした衝撃が退き、くっきりとした痛みが現われた。塩水を鼻の奥に注入されたかのような、匂(にお)いがある。拭(ぬぐ)うと血がついた。骨が心配で鼻の筋を触るが状態は分からない。

おまえが初めてふるわれる暴力だ。

仙醍東五番中学校の北側にある体育館、そのステージの裏側だ。暗い狭苦しい空間に詰め込まれた体操用マットや跳び箱、ふんだんに溜(た)まった綿埃(わたぼこり)を避け、さらに先へ踏み込んだところに、小さな部屋がある。おまえはそこへ、先輩生徒たちによって連れて来られた。入学してから半年が過ぎ、おまえも中学校の生活に慣れてきていたが、体育館の中にこのような部屋があることは知らなかった。

体育館ではバドミントンの羽根が飛び交い、卓球の球が軽やかに空気を小突き、誰かの発する掛け声や靴が床とこすれる音が響き、熱気に満ちていた。が、おまえのいるこの裏部屋はひんやりとした冷たさが漂っている。

「王求、森先輩が呼んでたぜ」声をかけてきた乃木(のぎ)の言葉を思い出した。ほんの二十分ほど前、野球部の練習に行くため、教室でユニフォームに着替えていた時のことだ。乃木は凝った髪型をした、色白の男だ。東卿都の小学校にいたのが、親の転勤のために中学から仙醍市にやってきた。軽薄な優男(やさおとこ)じみた外見で、運動部にも属していないが、小学校時代には百メートル走で都大会上位の成績を残したことがある。ただ、おまえを含め、同級生たちはそのことを知らないままだ。

「森先輩？　何部の？」

「あれだよ、ほら、三年を締めてる」

森久信は三年生の中で、最も体格が良く、最も素行が悪い男だった。小学生の頃に空手とキックボクシングを習っていただけあり、喧嘩(けんか)は強く、教師たちも森久信と向き合う時は緊張を隠せなかった。親は医師で病院を経営しているのだが、その病院の薬を持ち出し、物騒でいかがわしいことをやっているとの噂もあり、というよりもそれは事実なのだが、悪い評判は尽きなかった。けれど、おまえには上級生のことなど関心がなく、森久信の存在も知らなかった。その先輩がどうして自分を呼ぶのかも理解できなかった。

「俺は練習に行くんだ」おまえは答える。週末には、練習試合が控えていた。

「でも、呼ばれたのに無視したら、かなりやべえよ」乃木は言う。顔が引き攣っていることに、おまえは気がつかない。

おまえは、乃木を好きになれない。かと言って嫌う理由もなかった。クラスの中では、もっとも頻繁に、おまえに話しかけてくる同級生だった。乃木は、おまえにまとわりついてきた。クラスの女子生徒の胸の大きさについて言及したり、雑誌を開き、おまえが望んでもいないのにバイクの説明をしたりと煩わしかった。おまえは教室内で特別に親しい友人がいなかったから、声をかけてくる乃木は、疎ましい一方でありがたくもあった。授業と授業の合間の休憩時間、小便に席を立つ以外にはほとんどやることもなく、まわりの席で何人かが集まって笑い合っているのを見ると、おまえは自分が集団に溶け込んでいない居心地の悪さを覚えた。孤独や孤立感に悩んでいたわけではないだろう。自分が無愛想にただ椅子に座っていることで、クラスの規律や雰囲気を壊しているのではないか、とそれが気になっていたのだ。だから乃木が話しかけてくるとおまえは、げんなりしつつも、自分が教室の中の一生徒として機能している安心感も覚えた。

「王求は」と乃木は最初からおまえを呼び捨てにし、馴れ馴れしかった。「身体でかいし、むすっとしてるから、みんなびびってんだよ。だから喋りづらいんだよなあ」

おまえの身長は中学校に入学する際から百七十五センチを超え、学年でもかなり目立った。夏休みを過ぎたあたりから筋肉が付きはじめ、胸板は厚く、二の腕は太くなった。

おまえに、性行為のことをレクチャーしたのも乃木だ。梅雨が明けた時期の放課後、男子トイレに王求を引っ張っていったかと思うと、女性の裸の載った写真集や漫画を鞄から取り出し、「王求、おまえ当然、童貞だよな」と肩に手を回してきた。女性器が露わになった写真や裸の男女が絡み合う絵に、おまえは驚いた。そういった行為を知ったのも初めてのことで、嫌悪感と気色悪さを覚えたが、同時に、今まで感じたことのない興奮にはっとした。胸がそわそわし、じっとしていられず動揺した。おまえの様子を見た乃木は少し優越感を浮かべ、王求はマスターベーションをしているのか、とも訊ねた。おまえは何のことか分からず眉をひそめる。乃木は勝ち誇ったかのように、その手法と手順を説明した。

その日、野球部の練習を終え、バッティングセンターで百球を打ち、家に戻り、風呂に入り、眠るために布団についたところでおまえはさっそく、乃木の言った通りに性器を触った。今までも股間が硬くなることはたびたび、あった。が、興奮と硬直をどう鎮めるべきなのかは分からず困り果てていたため、なるほど、と感心した。はじめのうちはぎこちなかったが、要領を得てくると夢中になった。マスターベーションを終えると、ある種の達成感とともに虚脱感がおまえを取り囲む。得体の知れない罪悪感に戸惑った。翌日、おまえは、母親と顔を合わせると気まずさで居たたまれなくなった。二度としないほうがいいのではないか、と思うが夜になるとおまえは性器を触った。

一週間ほど経ち、自ら乃木の席に近づき、「あれは、癖になる」とぼそっと言った。それは諧謔や自虐的な思いから出たのではなく、事実を述べただけだったのだが、乃木は愉快がり、たまたま周囲にいたほかの男子生徒も喜んだ。彼らはおまえのことを、逞しく頑丈で、無欲恬淡を地で行く男だと思い、自分たちとは格が違うと認識していたのだ。それが、おまえも性欲に翻弄される仲間だと分かり、ほっとしたのだろう。言うまでもないが、もちろんおまえは依然として彼らとは別格で、マスターベーションの一点をもって、同じ程度の人間だ、と安堵した彼らは明らかに間違っているのだが、ここでそれをたしなめても仕方がない。

「やりすぎると身体に悪いっていうけど、限度が分かんねえよな」と乃木の隣の席のバスケットボール部の男が言う。「スポーツなどで発散しましょう、なんて言われてもよ、性欲は別物だよ」

「今度は、ＤＶＤとか貸してやろうか？」乃木が、おまえに言った。「えろいやつ」

いや、とおまえは答える。ＤＶＤを観るにも、機械は居間にしかなく、それをこっそりと使うことを考えると面倒で仕方がなかった。そして一方で、ちょうどその頃からおまえは、あの、巨人の中に潜り込み、恐ろしい敵と戦闘を繰り返す夢を見なくなったことに気づいた。これには関連があるのだろうか、と考えるが答えは出ない。

「ああ、早く、やりてえよなあ」と別の同級生が口元を緩め、ほかの生徒たちも笑った。おまえも少しだけ表情をほころばし、性行為への漠然とした期待にぼうっとしてしまう。自分もいつか誰かと裸で抱き合い、性器を触るのかと想像するが、現実的なものとは考えられなかった。まさか、それから二年もしないうちに自分がそれをやることになるとは、おまえは思ってもいない。

「でもよ、そのうち、女とほんとにやる時のために、素振りしてるようなもんだよな」乃木が言った。「素振り素振り」とスイングする恰好をした。マスターベーションを素振りと言い切るのが可笑しくて、おまえは噴き出した。

おまえが笑ったことに、乃木をはじめ、ほかの同級生が驚く。おまえ自身も同じだった。「早く、素振りの成果を見せてえよな」と誰かがうっとりするように言った。

「おまえ、何、調子に乗ってんだよ。少し、野球が上手いからって、いい気になるんじゃねえぞ」顔面を蹴ってきた長身の男、つまり森久信が唾を吐いた。埃だらけの床にその唾が落ちる。おまえは立ち上がりつつ、声を出す。「何で、俺を」

すると彼らの一人、煙草をくわえていた茶色い髪の男が、「おまえ、俺らのことボロクソに言ってるらしいじゃねえか」と言った。「他校の奴らに、森も俺らも大したことねえし口だけだ、ってしゃべってるんだろ」

もちろん、おまえには心当たりがない。

このあたり、だ。おまえの人生のレールはさまざまな方向へと延び、そのどの線路を実際に進むのかはさまざまな要因やきっかけによるのだが、このあたりで、おまえの線路はある方向へ傾きはじめる。

「あのな、俺の彼女が西中なんだよ。西仙醍中。で、そこの後輩が言ってたんだと。東五番中の森ははったりだけだ、ってな。で、誰に聞いたのかって訊けば、うちの学校の後輩だって言うじゃねえか。で、いろいろあちこち聞きまわったらよ、ほら、おまえのクラスの」

乃木か、とおまえは咄嗟に閃く。

「乃木ってやつだ。昨日、呼び出して話を聞いたんだよ。そうしたら、まあ、情けないくらいにびびって、吐いたよ。もともとは、おまえが言いふらしてるんだってな。おまえが、俺らの悪口、吹聴してんだってな」

「お、森、難しい言葉、知ってるな。吹聴って」茶色の髪の男が笑う。

「馬鹿にするなよ、俺もそれくらい知ってるっての」

乃木が嘘をついたのだ、とおまえにも分かる。なすりつけてきた。

「おまえ、一年で速攻、野球部のレギュラーなんだろ？　だからって、三年舐めたら、どうなるか分かってるのかよ」森久信の身体が動いた。おまえは目を見開き、その彼の姿勢を捉える。向かって右側の足に重心がかかっていて、左足が浮かんだ。膝が曲がる。甲で蹴るのではなく、靴の裏を押し付けるように蹴り飛ばすつもりに違いない、と考えた。視界の広さと状況の判断力に関して、おまえはやはり、他の人間よりも群を抜いている。おまえは横に身体を倒した。森の靴は壁を叩いただけだ。

避けるんじゃねえよ、と茶色の髪の男が怒鳴る声で、はっと意識が戻る。拳を振ってきた。「遅い、まるで、トンボールだ」とおまえは思う。小学生の頃、リトルリーグの仲間内で、あまりに遅くて、トンボが羽根を休めるために止まることすらできるのではないか、という意味で、球速の遅いボールを、「トンボール」と揶揄した。長身の男の拳は、トンボールどころか、さらにゆっくりしたものだった。軌道もはっきり見え、まったく怖くない。おまえは左手を上げ、グラブで球をキャッチする感覚で、その拳をつかんだ。先輩生徒たちの表情が一瞬、固まる。拳を受け止めたことが、おまえの宣戦布告、暴力を受けて立つ表明だと思ったのだ。

筋肉の付き方は未完成ではあるものの、おまえは体格が良く、本気を出して暴れたなら厄介なことになるのではないか、とその場の五人は恐れていた。だから慌てて、動いた。五人でおまえを取り囲み、殴り、蹴った。おまえはさほど痛いとは感じなかったが、息つく間もなく攻撃を受け、その場に座り込むことになる。上から靴で蹴り潰されるような恰好で、腹を抱えて丸くなるほかなかった。誰かが頭を蹴りつけた際、意識が遠のく。学生服のボタンが取れて落ちた音で、我に返る。おまえはひたすら、身を小さくし、暴力が止むのを待つ。

　マンションに帰ると、おまえの父親と母親は、「どうしたんだ」と青褪めた。夜の七時前であるから、普段であればおまえの父親はまだ役所で働いている時間だが、たまたま外回りの仕事があり、早めに帰宅していたところだった。いつものように野球部の練習をしてきたと思いきや、おまえが破れた学生服を着て、顔に痣を作っているものだから、驚くのは当然だった。

　何があったのか、誰にやられたのか、とおまえの母親はまくし立てる。丸顔で、いつもは穏やかな笑みが浮かんでいるのが真っ赤になり、目は三角で、唇は震えていた。おまえは居間に移動すると学生服を脱ぐ。袖が破けている箇所を確認しながら、腕の傷に触れ、痛みの残っている場所を探る。

「王求、どうしたんだ、それは」

「喧嘩したんだ」おまえは隠す必要を感じなかった。「言いがかりだよ。三年生が急に呼び出してきたんだ」

「野球部か」おまえの父親は目を充血させている。「だから中学の軟式野球部には入れたくなかったのだ」と嘆きたかったのだろうが、そもそも硬式野球のリトルシニアに入りづらくなり、おまえを中学の野球部に所属させるほかなくなったのは、彼ら両親の責任であるから、口にはできないはずだ。

「野球部じゃないよ。ただの三年生だ。あちこち痛いけど骨とかは問題がないと思う」

日曜日に、神奈川県の横濱中学校が練習試合にやってくる。春の全国大会で優勝した中学校だ。どうして伝統ある強豪チームが、わざわざ新幹線に乗り、おまえの仙醍東五番中学校と試合をするかといえば、理由は二つだ。一つは、横濱中学校の野球部顧問が、仙醍市内に住んでいる女性と不倫関係にあることだ。遠征を口実に、週末を仙醍市で過ごそうと考えているのだ。もう一つの理由は、その野球部顧問が最近、横濱中学校のＯＢであるプロ野球選手から、「仙醍東五番中にすごい中学生がいる。又聞きではあるけど、小学生の時、プロの投手の全力投球を軽くホームランにしたようだ」と聞き、眉に唾をつけながらも興味を持っていたからだ。一つ目の理由は誰にも明かされず、二つ目の理由は、仙醍東五番中学校軟式野球部の顧問に伝えられ、王求の耳にも入った。自分の力に興味を抱き、確かめに来る人間がいることに、おまえは少しではあるが興奮していた。そして、そのことは両親には黙っていた。

自分の部屋に戻り、学生服をクローゼットにかけた。部活の練習を休んだのは初めてのことだ。ジャージを穿き、浴室に向かう。

脱衣所の手前で、母親が立っていた。「王求、大丈夫なの」と手を伸ばし、おまえの頬を撫でてくる。おまえはのけぞり、その手を避けそうになった。母親に触れられることが気恥ずかしく、気を抜くと、母親への甘えが飛び出し、あっという間に自分が幼児へ逆行するような恐怖を無意識に察していた。思えば、野球チーム内での諍いや試合中の小競り合いで、ちょっとした喧嘩はあったが、本格的に殴られ、蹴られたのはこれが初めてのことだった。自分が暴力を受けた時、両親がどういう反応を示すのか、おまえはこれで学んだわけだ。

「その言いがかりは、誤解は、解けたの？」

「分からない」おまえは正直に答える。たぶん誤解は解けていない、と思った。その通り、誤解は解けていない。あの長身の森久信は体育館の奥、埃だらけの暗い部屋で、おまえが惨めに丸くなり、殴る蹴るの攻撃に耐えている姿を見て、とりあえずは溜飲を下げたが納得したわけではなかった。近いうちにまたおまえを痛めつけようと考えている。

おまえは脱衣所に入る。家の電話が鳴った。自分には関係あるまいと思い、シャツを脱ぎ、トランクスに手をかけたがそこで、おまえの父親がドアの向こう側にやってきて、「おい王求、同級生の乃木君から電話だ」と言った。上半身裸のまま、居間に出る。

喧嘩した奴か？　と真剣な顔で囁く父親が可愛らしく見え、笑いそうになる。無言で、首を横に振り、受話器を耳に当てた。

「王求、大丈夫か。ごめん」と乃木の声がして、おまえは苦笑する。答えないでいると、「怒ってるか？」とも言った。

怒ってない、とおまえは返事をする。確かに、おまえは怒っていない。それから乃木は、言い訳と謝罪のまじった話を長々とはじめるので、「今から風呂に入るんだ」とおまえは答えた。ああ、そうか、と乃木は声を震わせる。おまえは分からなかっただろうが、乃木は恐怖を感じ後悔をしていた。上級生に脅されたとはいえ、おまえに罪をなすりつけるのではなかった、おまえに見捨てられることがこれほど心細いこととは知らなかった、と震えていたのだ。「風呂から出た頃にまた電話していいかな」

「困る」とおまえはむげに言う。風呂から出たら、柔軟体操と腕立て伏せ、腹筋と背筋、握力の強化をやらなくてはいけない、と告げる。「今日は、練習できなかったからな。少し、増やすんだ」

そうか、と乃木は言った。その悲しげな声の響きに気づいたおまえは、自分が怒っていないことを伝えたくなり考えるよりも先に、「あとは、性器をいじって、寝る」と続けていた。電話の向こう側の乃木の顔に光が差したが、もちろんおまえには見えない。

ここからはおまえが眠った後の話だ。二十三時だ。おまえの父親はそれまで居間のソファでニュース番組を眺め、おまえの母親は台所のシンクの掃除をし、服にアイロンをかけていたのだが、おまえが眠りについたのを察知すると、おもむろに動きはじめる。

着ていたスウェットを脱ぎ、滅多に穿かないジーンズに足を通した。母親が薄手のジャンパーを手渡してくる。「腕時計はなくてもいいんじゃない？」と言う。おまえの父親はうなずき、手首に巻いていた時計を取り外し、棚に戻す。おまえの父親と母親は特別なことを話し合ったわけではない。が、何をすべきか理解していた。

おまえが風呂に入っている間にも準備は行われていた。入浴中のおまえの動きを気にしながら、おまえの母親は電話機の着信履歴を確認し、電話をかけた。その電話はもちろん、乃木に繋がる。乃木は最初、「どうして王求の母親が？」と首を捻った。

おまえの母親は淡々と嘘をつく。「今、王求が家を飛び出して、報復に向かったの。相手はどこの人なのか分かる？　教えてもらえる？　止めにいかないと」と心配してみせた。乃木はあまり迷わずに、「森先輩のところかもしれないです」と答えた。「自宅は大学病院近くの森医院なんですけど」

母親は礼を言い、電話を切る。ソファに座っているおまえの父親の横に行き、その情報を伝えた。おまえの父親はうなずき、すぐに携帯電話を操作し、森医院の場所を調べる。東卿ジャイアンツに森という名の投手がいたな、とぼそっと呟く。そのような偶然ですら、意味のあるものに思えたわけだ。「やっぱり、そういうものなのよ」と応じたおまえの母親の目には、炎が小さく揺らめいた。

そしておまえが眠った後、おまえの父親はいよいよ動き出す。数時間前から降り始めた雨が、まだ粘っているので、傘を取り、ほかには何も持たなかった。繰り返しになるが、おまえの両親は、その目的や行動の内容について相談したわけではない。ただ、分かっていた。抱いていたのは共通の思いだ。わたしたちの息子に暴力を振るった者を、わたしたちの息子に迫り来る暴力を、見過ごすわけにはいかない。

おまえの父親は暴力的な行動に出ようとは考えていなかった。息子が殴られたからと言って、相手を殴り返してしまったら、子供のやり取り、もしくは国家間のいざこざと同じではないか、待っているのは、決着のつかない泥沼でしかないと分かっていた。そうだ、おまえの両親は理性的なのだ。

小雨の降りしきる中、轍の水を撥ね散らかす車を避け、歩道の隅を歩きながらおまえの父親は、相手に会ったら何と言ってやるべきか、と考えている。

森医院はすぐに見つかった。国道の右側、深夜の霧をまとう、暗い城さながらの大学病院の建物を眺めながら、右手に折れ、細い道を北へ向かっていくと、辿り着いた。車が五台停められるほどの駐車場を備えた、二階建ての広い建物だ。おまえの父親はさっそく建物の入り口を探した。病院の出入り口ではなく、個人住宅用の門、門扉、門札のようなものがどこかにあるに違いなく、そこから訪れるつもりだった。インターフォンを押し、出てきた森に、もしくは森の親に、自分の怒りをぶつけよう、と。気づけば雨は上がっており、おまえの父親はビニールの傘を畳む。コンビニエンスストアで売っている、どこにでもある透明の傘だ。すると背後から、幼くも騒がしい声が聞こえた。男と女だ。少年と少女と言ったほうが近い。おまえの父親は、もしや、と振り返る。十字路の角で、別の道を行く少女と別れ、少年が手を振っているところだった。街路灯でその姿がうっすら見えた。背が高く、手には煙草があり、学生服だった。

少年は、おまえの父親の前をすっと通り過ぎ、少し先のところでがちゃがちゃと音を立てた。門の取っ手を動かしているのだ。おまえの父親はすぐに、大股で近寄っていき、その門の脇に、「森」と格調の高い表札が飾られていることを発見し、悩むこともなく、「森？」と口にした。少年が振り返った。

「森か」

「何だ、おっさん？」

おまえの父親は一瞬、怯んだ。そのまま何も言わず、踵を返し、立ち去ろうかと思うほどだったが、そこで森邸の庭からはみ出ていた松の木の枝から雨の雫が垂れ、顔面に落ちてきた。はっとし、立ち止まる。瞼のあたりに当たったのだ。おまえの父親は目を閉じ、手で水滴を払う。周りの光景がぼやけ、よく見えない。「おい、おっさん」と森久信が言ってくる。おまえの父親が目を開くと、最初に目に入ったのはどういうわけか、そこにいるはずのない東仙醍リトルの監督、奥寺の姿だった。夜の湿ったアスファルトにぽつんと立ち、「お父さん、さすがにそれは受け入れ難いですよ」と言う。「いくら王求が敬遠されるからって、相手チームにお金を渡すのは許されないことですよ」

一年ほど前におまえの両親の前で、奥寺が口にした台詞だ。奥寺は、おまえの親が、相手チームの監督やコーチ、選手の親に付け届けを渡そうとしていることを知り、咎め、チームから抜けてくれ、と言った。おまえの両親はどうしたか。怒った。こちらから願い下げだ、と中学校入学以降は、軟式野球部に進むことを決めたのだ。

「八百長とは違う。真っ向勝負しろと頼んでどこがいけない」おまえの父は、深夜の幻とも呼べる奥寺に向かって、言った。

「はあ、おっさん何を言ってるの」と答えたのはもちろん、森久信だ。彼には、奥寺の姿など見えるわけがない。

「あれが八百長だろうか。否。才能の保護だろうに」歌うような、声がする。

「あれが八百長だろうか。否。才能の保護だろうに」同じ言葉が別の影から発せられる。

「あれが八百長だろうか。否。才能の保護だろうに」

いつの間にそのような者たちがそこにいたのかはっきりしないが、おまえの父親の左右と背後に、三人の影が立ち上がっている。黒いコートを羽織り、黒い帽子を被っているかのような、夜の闇以上に真っ黒の影だ。おまえの父親は、その三つの影の気配を感じているが、はっきりと存在を認めているわけではない。ただ自分の周囲に風が吹き、囁いてくるような感覚はあった。

「家で寝ているところかね。王になるお方は」

「この若い子供かね、王に怪我をさせたのは」

「王は、女の股から生まれた男には負けない」

三つの小声が語りかけてくるのを、おまえの父親は感じていた。

「おっさん、何だよ。黙ってて、気持ち悪いな」森久信は不快さを吐き出し、その場で携帯電話を取り出した。

「バーナムの森が動くようなことがないかぎり、王になるだろう」

「バーナムの森が動かなければ」

「森が動かなければ」

森久信が横に動いた。おまえの父親は傘を振った。勢い良く、森久信の耳を叩く。いたっ、と森久信は手で耳を押さえ、呻いた。するとおまえの父親を取り囲む三つの影が、それぞれ傘を、すっと取り出した。それ自身も影のようだった。厳密に言えば、仙醍キングスのロゴの入った傘だった。その傘が乱暴に振られた。三つの影が、先端の尖った傘で、森久信をひたすらに殴り続ける。金属音と鈍い音が低く繰り返される。音が鳴り、傘が折れるように影が折れるが、それでもしばらく、鞭のようにそれは振り下ろされる。おまえの父親は最初の一撃以降は、ただ立ち尽くしていただけだ。


翌朝、おまえが登校し、いつもと同様に座席に着くと乃木が素早くやってきて、「おい王求、大丈夫か」と言う。へらへらした口ぶりではなく、口を尖らせ、いかがわしい相談事でももちかけるような素振りだったので、おまえは訝ったが、昨日のことだなと察し、「もう怒ってない。大丈夫だ」と答えた。体のあちこちに痣はできていたが、特別な痛みは残っていない。右頬は青く腫れていたので、ガーゼで隠してあった。

「王求、昨日、おまえ、森さんに会ったのか」

おまえは、何のことを確認されているのか分からない。会ったかと聞かれれば、会った。俺のことを呼び出したではないか、だからこうして痣ができたのだ。乃木は首を横に振る。声を落とした。「違う。夜だよ。おまえ、家を出て、森さんのところへ行ったんだろ」

おまえは首を捻る。乃木からの電話の後、風呂に入ってトレーニングしたらすぐに寝たぞ、と告げる。そうだ、おまえは何も知らない。それで良いのだ。

乃木はしばらく、納得がいかない様子で唇をへの字にし、思案顔になったが、「まあいいか」と言い放つ。「さっき聞いたんだけどよ、森先輩が行方不明なんだと」

森久信は朝から学校に来ていない。もちろん、普段から真面目に学校に来るような生徒ではなかったから、そのこと自体は不思議ではないのだが、自宅にも帰ってきた様子がなく、さらには森邸の近くには血の痕のようなものが残っていたため、森の両親が心配になり、学校に相談したらしいぞ、と乃木は続ける。

森久信の一件は隠れたままなのだ。

「そうか」とおまえは返事をする。

話題のなくなったところで乃木が、「俺も、王求と一緒に野球をやってみたくなった」と言い出した。おまえは週末の試合のことを考えていたため、聞き流しているが、乃木は間違いなく本気であるし、二年後の夏には重要な試合の打席で、「こんなにグラグラ地面が揺れているのに」と動揺することになる。

十四歳

こんなにグラグラ地面が揺れているのにみんな平気で野球をやっている場合じゃないだろう、どうなのよ、と俺は思った。実際には地面ではなく、自分の脚が震えているだけだ。鼓動が激しい。それほど必死になって、血を送り込む意味あるのか、と心臓に問い質したくなる。バッターボックスにひざまずきそうだ。振り返り、審判に手を挙げる。

「タイムお願いします」

打席から出て、息を吐き出す。向かい側、一塁側のダッグアウトから後輩が何やら叫んでいるが、聞き取れない。

県大会の決勝ともなると、会場は市営球場で、今までの試合に比べると雰囲気がまるで違った。監督も部員もダッグアウトの中に行儀良く収まっている上に、正面のスコアボードも立派で、プロ野球の試合に自分が放り込まれたかのような気分だった。

落ち着けばどうにかなる、と自分の胸で唱える。バットを置き、膝に両手をやり、屈伸する。バットを再び拾い上げ、両手に持ち、伸びをした。マウンドにいる長身のピッチャーは涼しい顔だ。腹が立つもののすぐに思い直す。あいつも緊張はしているはずなのだ。仙醍白桃中学は強豪で、全国大会には五年連続で出場し、地元の甲子園の常連校、東北すみれ高校へ何人もの選手を送り込んでいる。目指すは全国大会での優勝なのだから、この県大会の決勝戦で、俺たちのような格下の中学校相手に苦戦するのは許されないことに違いない。ましてや、こちらの四番打者を全打席、四球で歩かせて、逃げ回った上での一点差なのだから、これで負けたら言い訳のしようもない。

「いい試合になればいいねえ」と三日くらい前に、練習を見に来た権藤が言った。フリーのスポーツライターらしいが、少し前から王求のまわりをうろちょろしてる。小学生の時にプロの投手からホームランを打ったのは本当か、人を殺したことがあるのは本当か、そんなことばっかり聞いてきて、とても邪魔だった。あんまりにしつこくやってくるから、マネージャーかよ、と部員たちでからかうが、「それでもいいよ」とへらへらしている。時折、ファストフード店やパン屋でおごってくれることもあって、いいところもなくはないが、やはり得体の知れない大人には違いない。あの権藤もこの試合を見に来ているんだろうな、と見渡すが姿は見つけられない。観客席もやたら立派で、フェンスやネットが邪魔なため、誰がいるのか把握できない。

深呼吸をする。両腕を大きく開閉して、息を吸ったり吐いたり、とやってみる。どこからか野次が飛んでくる。相手チームのベンチよりからかいの声が、たとえば、「ぼっちゃん、お遊戯、上手にできるかな」というような囃しが、飛んできているようだが、聞き取れなかった。

心臓の高鳴りが収まらない。脚に力も入らない。バットをつかみ、素振りをする。ベンチのヒラメが見えた。顧問の、体育教師の、ヒラメ顔の平井だ。手を口の近くに添え、何か怒鳴っている。「いいぞいいぞ、そのスイングだ」とでも言っているのだろうが、目がもういっちまってるじゃねえかと俺は苦笑する。俺以上にヒラメのほうが浮き足立っている。まさかうちのような中学で、全国大会の目前まで来られるとはヒラメにとっても予想外のことなのだろう。今やった自分の素振りがひどいものだってことは、こんなに緊張している俺にも分かる。それにも気づかないようでは、ヒラメはもう駄目だ。

落ち着こうにも頭の中身がふわふわと浮かんだままで、何も考えられない。次の打順の王求が、ネクストバッターズサークルの中でしゃがんでいる。こちらなんて見てはいなかった。片膝を立て、腰を落としている。誰かが押しても絶対に倒れないような、姿勢だ。実際、俺は前に、練習試合の時に、ネクストバッターズサークルの王求の背後からこっそり近づき、ひっくり返そうと押してみたことがあったが、びくともしなかった。杭でも打ってるのか、と冗談ではなく、確認したくらいだ。王求は今、俺のことなど関心がないようで、じっとマウンドを見つめていた。投手を睨んでいるのか、その背後の空を眺めているのか、それも分からない。

いったいどこを見ているのだ、という思いは中学に入ってはじめて会った時にも感じた。クラス分けの表を見て、着慣れない学生服、襟まわりの堅苦しさに戸惑いながら教室の戸を開けて中に入ると、見知らぬ同い年の奴らがぐちゃっといて、鬱陶しかった。どいつもこいつも子供っぽいか、そうでなかったら田舎者の顔つきで、こいつらと仲良くなり三年間過ごすのかと思うと無性に腹が立った。今なら認めるが、あれは自分自身が怖がっていたのだ。東卿から越してきて、知らない東北の土地に来たばっかりであったから、自分だけが浮いているのではないか、馴染めないのではないか、と不安があった。だからとにかく、目が合う奴、目が合う奴、全員を睨み、俺はおまえたちとは違うんだと分からせてやろうと必死だったのかもしれない。何が違うのか、といえばもちろん違うところなどないのだが、その時の俺は、「格が」違うのだ、と信じていた。そんな中、王求は独特の存在だった。俺のように周囲を威嚇することもなければ、教師に反抗的な態度を取ることもない。であるのに同級生たちは彼を、近寄りがたい存在として認めていた。たとえば、神社に見知らぬ謎めいた置物があり、それを誰も彼もが遠巻きに眺めているようなものだ。王求の身体は、クラスの誰よりも大きく、おそらくは学年でも一番だった。野球が上手い、それも半端な程度じゃない、とはほかの同級生から聞いた。野球少年かよ、健全だねえ、と思った。実際、小馬鹿にするように俺は言ったことがある。王求がいない場所で、王求の話題が出た時に、他の生徒に一目置かれたくて、「あいつ、体がでかいだけなんじゃねえの。実は大したことねえんじゃねえの」と言った。ようするに王求が気になったのだ。王求はまわりの生徒のことなど気にかける様子もなく、無口で、いつもどこを見ているのか分からない。ある時、俺は話しかけた。「何を見てるんだよ」と休み時間に声をかけたのが最初だった。

王求は、俺のことを警戒するわけでもなく、煩わしい虫の姿を確かめるみたいな目を向けてきた。「何を見てるんだ。ぼうっとして」と俺は繰り返した。すると王求は、「球だよ」と当然のように答えた。

「球?」

「この間の試合の打席を振り返ってたんだ。ファウルしたボール、どこで打ち間違えたかと思って」

もちろん意味が分からなかった。今なら分かる。王求の頭の中には今までに自分が見た投手の投球や野手のプレイがはっきりと残っている。たぶん自分のものだけではなくて、他の選手の打席や動きについてもだ。それを思い出しては頭の中で、バットを振っている。もしくは、想像の中の打球に向かい、グラブを伸ばし、捕球を試みている。

「イメージトレーニングってやつかよ」

「じゃあ、それだ」

きっと違うのだろう。休み時間にこっそり観察していると、机に突っ伏すようになっていた王求が汗だくになっていることがあった。あれは、昼寝の寝汗などではなくて、頭の中のプレイで汗をかいたのではないか。嘘のようだが、そうとしか思えない。とにかく、俺は最初、王求のことが理解できず、ことあるたびにちょっかいを出した。みなに認められたくて、神社の謎の置物を蹴飛ばす真似をし、内心では死ぬほどびくびくしている、そんな具合だった。

「乃木はどうして、えろい話ばかりするんだ」と王求が言ってきたことがあった。

「そりゃ、俺がえろいからだよ」俺は笑って答えた。「ってか、みんな、えろいの好きだろ。王求だって。男はそうだろ」

言い訳などではなかったし、嘘でもなかった。ただ、王求より優位に立って喋れる話題がそれしかなかった、というのも本音ではあった。王求の頭の中は野球のことでぎっしりだ。勉強もそれなりにできた。ただ、えろいことは俺のほうが詳しく、「何だよ王求、そんなことも知らねえのかよ」と笑う時だけは王求を見下せ、ほっとできたのだ。

くそ、と俺は小声で言う。空振りだ。涼しい顔の投手が放った球は、俺のバットの上を通り過ぎ、キャッチャーミットに入った。ストライクを高らかに宣言する審判の声が腹立たしい。足はまだ震えている。今の球もよく見えなかった。霧の中で闇雲にバットを振るようなものだ。顔を上げる。ピッチャーマウンドは見える。ライトやレフトが暗く感じる。空の色もよく分からない。曇りだろうか。天気予報では快晴だったはずだ。八月のはじめだというのに、夏らしさが微塵もない。スコアボードを見る。1対0で仙醍白桃中学が勝っている。つまり俺たちは、負けている。最終回の裏で、アウト数は二つだ。走者はいない。俺がアウトなら、ゲームセット、当たり前のことだった。分かっているからこそ緊張しているのだ。ピッチャーがグラブの中の球を触っている。いつ、キャッチャーは返球したのだ？　というよりも、俺はいつ打席に入っていたのだ？　タイムを取り、素振りをしたのは覚えているが、バッターボックスに戻った記憶がなかった。もう一度、タイムを取り、素振りをする。ベンチから、ヒラメが何か言い、他の部員もまた、声をかけてきた。下級生たちの応援には今まで耳にしたこともないほどの熱がこもり、空気を切り裂くような迫力を伴っている。俺の体の芯が、びりびりと震える。

　俺が野球部に途中入部した時、当然ながら俺は一番下手だった。だいたいが、転校生でもないくせに、一年の半ば過ぎになって入部する生徒など滅多にいないため、先輩からも一年部員からも変な目で見られた。それまでチェス部の幽霊部員だった俺は、生活態度が良くなかったし、教師にも始終、注意を受ける生徒だった。俺自身、自分のことを真面目な生徒よりは不良生徒だと認識していたし、適当にだらだらと、面倒臭いことはやらずに学校で遊んでいればいいな、と毎日考えていた。小学校の時の陸上クラブでの練習や大会のことを思い出すと、あんなにしんどいことは二度とごめんであったし、上級生の真似をして煙草も吸ったし、万引きもやった。不良と分類される生徒たちは似たようなことを多かれ少なかれやっていたため、特に、罪悪感もなかった。早く二年になって、新入生をびびらせて楽しみてえな、とそんなことを目標にしていた。

それが一年の秋に、急に、野球部に入ろうと思い立った。常に野球のことばかりを考え、超然としている王求の姿を見るたび、自分がどんどん置き去りにされる恐怖と劣等感を感じていて、いっそのこと、俺も野球の世界に、野球部に飛び込めば、恐怖と劣等感は薄れるのではないか、と思った。

マウンドの投手が振りかぶっている。勝手に投げ出すんじゃねえぞ、俺まだ打席に立っていないじゃねえか、と慌てるが俺はいつの間にか打席にいる。球が飛んでくる。身体を回転させるが、腰が引けていて、手打ちだった。かろうじてバットの先がボールにかすった。ネットにボールが激突する音がする。ファウル、と審判が大声で言う。

息を吐く。追い込まれた。この県大会が終われば、三年の俺たちは引退で、あとはもう受験や進路など、中学生活のおしまいを迎えることになる。

「何も命を取られるわけではあるまいし」その言葉が頭に響く。

もう一度、俺が空振りすれば、もしくはストライクを見逃せば、それで全部おしまいだ。足の震える自分がとてつもなく情けなく感じられる。笑いたいがそれもうまくいかない。空が暗い。その瞬間、俺の頭の中で、「絶対、塁に出るからよ」という囁きが届いた。聞こえるというよりは、暗闇の中で背中を丸めて擂ったマッチに点いた火が、ぽっと仄かに照るように、その声があった。俺の声ではない。誰かは分からないがその男もまた、「俺の次の、王求は必ず打つ」と確信を持ち、出塁することを約束している。俺はその声が自分のものではないと決めつけた上で、「おまえなら、王求に繋げられるぞ」と励ましを呟いた。根拠はねえけど、と続ける。

一年の秋、野球部に途中から入った時、野球の経験がなかったにもかかわらず、どうにかなるだろう、と俺は簡単に思っていた。別に顧問のヒラメが、「今からでも大丈夫だぞ」と調子良く言ったのを鵜呑みにしたわけではない。単に、「王求の真似すりゃいいんじゃねえか」と思っていたからだ。運動自体にはもともと自信があった。王求のバッティングフォームを真似して、守備の仕方を真似て、練習を真似すりゃどうにかなるんじゃねえか、いずれ追いつけるんじゃねえか、と思った。その作戦は半分当たって、半分外れた。確かに王求のフォームを必死でなぞり、筋力トレーニングでも王求に負けないようにと自分の限界を超えて必死に食らいつき、それが俺の技術をアップさせたのは間違いない。ただ王求は、俺の手が届くような奴じゃなかった。野球が上達すればするほど、王求の凄さを理解した。

王求が打席に入る前の癖や、素振りの仕方、タイミングなどを真似した俺は、そのうち、食事の仕方すら観察するようになった。

「おまえさ、ホモなの？　いつも王求のこと見て、ひっついてまわってるし、気持ち悪いな。ホモ乃木だな、ホモ乃木」

入部して二ヶ月くらい経った頃、二年の先輩に言われた。部室で、俺の背中を叩いてきた。ほかの二年がそれに同調するかのように囃し立て、一年部員も嫌な笑い方をした。俺は何も言い返さなかった。少し前であれば、殴りかかっていたはずだ。体格では敵わなくても、バットだとかボールだとか使えるものは何でも使って、先輩を殴りつけたはずだ。けれどその時はそうしなかった。俺はまだまだ野球が下手だったから、そこで喧嘩をはじめたら、野球が下手でその鬱憤をぶつけているだけのようにも思えた。

それから少しして、ヒラメに、「希望のポジションはあるか」と言われた時、「ショート」と即答したのは、その、「ホモ乃木」発言の先輩のポジションがショートだったからだ。レギュラーを奪ってやるつもりだった。実際、自信があった。筋肉の付き具合やバットを持った時のしっくりくる感じが日に日に良くなっているのが、自分でも分かった。予感通り、二年になるとすぐに、俺は正ショートとなった。

音がする。自分が素振りをしていることに気づく。いつタイムを取ったのだろうか。

相手チームから野次が飛んでくる。「ぼっちゃん、タイムが多すぎませんか。おしっこいかなくても平気かな」

一日前、野間口と喋っていた時のことを思い出した。「言いづれえけどさ」と呟くように発したピッチャーの野間口の声だ。ミーティングでヒラメがくどい話をした後だったから、てっきりその悪口でも言うのかと思ったが、違った。背が高く、じゃがいもじみた顔をした野間口は、「おまえのおかげだよ」と口元をゆがめる。

「はあ? 何がだよ」「俺たちが強くなったのがだよ」いったい何のことかと思った。「そりゃ、王求のおかげだろ。明日もスカウト来るみたいだぜ」「らしいな。ヒラメのところに、プロのスカウトも来たらしいぜ」「プロかよ」と俺は驚いてみせたが、思えば当然のことだ。あれでプロに行けなければ、そのほうがぞっとする。「とにかく、決勝に来られたのは王求のおかげだろうが」と俺はもう一度、言った。

「そうじゃねえよ。王求がすげえのはもとから分かってたし、俺たちは最初、もう観客みてえな気分だったんだ。王求は特別で、自分たちがついていけるわけがねえ。せいぜい近くでその天才っぷりを見させてもらうかな、と俺はそんな気分だったぜ。王求がプロになったら自慢になるな、とかな」野間口は渋い面をしていた。「でもよ、おまえが途中から入ってきて、やたら張り切ってただろ」

「初心者だからな」

「おまえは王求と張り合うみてえに練習してただろ。身の程知らずで馬鹿だなとか俺も思ったし、どうせすぐ辞めるって他の奴らも思ってただろうけど、おまえは続けた。それ見てたら、興醒めの顔してぼんやり見てる自分たちのほうが馬鹿みてえだなって思ってさ。だからもっと真面目にやるようになったんだ。おまえが、上級生を押しのけてショートを取ったことだって、純粋に、すげえ嬉しかったしさ。俺たちはおまえに引っ張られて、決勝まで来られて、相手が白桃中だなんてよ、入部した時には想像もしなかったよ。おまえのおかげなんだよ」

ふーん、と答えるしかなかった。が、喜びを露わにはできなかったものの、感激してはいたのだろう。家に帰り、夕食を食べていると珍しく家にいた母親が、「あんた、何かいいことあったのか」と言ってきたほどだ。「珍しく笑ってるし」

そりゃ俺だって笑う、とむっとして答え、決勝戦のことを話した。すると母親は、「野球もまあ大変だよね。でも、何も命を取られるわけではあるまいし、緊張しないように」と言われた。「長い人生の、いい思い出だね。勝っても負けても」

命は取られない。そりゃ間違いなかった。けれど緊張するなっていうのが無理な話だった。俺がここでどうにか塁に出れば、次は王求だ。王求はホームランを打つだろう。世の中に、「絶対」はないにしても、これは絶対だ。王求はその場面になれば、絶対にホームランを打つ。王求がホームランを打てば、「逆転サヨナラ」だ。ここで俺が打つかどうかで、全国大会が決まるというわけだ。中学校の生活が終わっちまう、と思い、息をまた吸っては吐く。「おまえなら、王求に繋げられるぞ」と俺にも誰かが言ってくれないものか、と空を見る。

打席に入りかけるがそこでまた、「タイム」を申し出た。焦れた相手チームから、背後から、罵声が飛んでくるが、それを聞く余裕もない。俺はネクストバッターズサークルに向かって歩いていた。滑り止めのロージンバッグを借りようとしたのだが、それは口実で、この最後の打席を前に、王求のそばに行きたかっただけだった。

王求は相変わらず、俺なんて存在していないかのような顔で、グラウンドを見ていた。真剣ではあるけれど、力みはない。でかい山とか馬鹿でかい河とかを眺めているような、見晴らしの良い場所から広い世界や民衆を見渡す王のような、目つきだった。「王求、ロージン」と俺が声を発すると、ようやくこちらに視線を向けた。すっと立ち上がり、無言で、ロージンバッグを寄越す。ぱたぱたと手で触りながら、「王求、俺、おまえに回すからな」と俺は言った。「絶対、塁に出るからよ」

王求は返事をしなかった。じっと俺を見て、それは睨むのとも見つめるのとも違い、珍しいものをただ、静かに観察するのと似ていた。

「じゃあ、打ってくるわ」俺はわざと身軽な様子で言ってみせる。ロージンを落とし、バットを持ち、打席に戻る。王求は結局、何も言ってこなかった。

王はお言葉をかけてはくださらなかった。が、包み込むような眼差しはいただけた。

打席に入る直前で、相手投手を見た。先ほどまでとは打って変わり、バックスクリーンの後ろに青い空が確認できた。快晴だ。先ほどまでの曇り空は何だったのだ、ずっとこんなに青かったのか、と目を疑う。視界は広がり、外野手の姿もはっきり見えた。目を落とせば、スパイクが目に入る。この靴は王求と一緒に買いに行ったのだ。仙醍駅前のスポーツ用品店のことを思い出す。眼鏡をかけた肥満体型の店長は、「乃木君はさ、足が速いだろ。このスパイク、走るのにいいんだよ」と勧めてきた。

足は震えていなかった。スパイクで地面を少し削る。

構えると、投手の顔がしっかり見えた。あいつはずいぶん汗をかいている、と思えば、俺の首筋にも汗が溜まっている。暑いな夏は。相手がワインドアップの動きをはじめた。

バットをぎゅっと握り、腰を捻り、腕を掲げる。空振りだけはしない、と内心で唱える。前にボールを転がしさえすれば、俺の足ならどうにかなる。当たれ、とにかくバットに当たれ、と念じる。もう、バッティングフォームなど関係ない。

ピッチャーの体が捻れる。球が手から離れた。俺の身体も回っている。左足が宙に浮き、すぐに地面を踏み、軸足の膝を前に入れ、腰を回し腕を振る。バットにぶつかってくるボールの形が見える。金属バットの芯が反響するような、心地好い感触を覚えた。

打球がまっすぐ、三遊間を突き刺すように飛んでいくのが目に入り、俺は走っている。

土の色は綺麗（きれい）な焦（こ）げた茶色で、白線がある。それに沿うように、駆けた。身体を前傾に、鉤型（かぎがた）に曲げた腕を振る。球の行方なんて気にしている場合ではない。腿（もも）を動かし、地面を蹴る。スパイクがグラウンドを抉（えぐ）る。前にいる一塁の選手が右手のグラブを伸ばし、構えている。視界の端に、ショートが送球動作に入っているのが見え、はっとした。抜けてない。てっきりレフトに抜けたと思ったが、ショートの奴が捕球してる。何でだよ。ショートゴロになるような打球じゃなかったはずだから、きっと飛びつくなりして、球を落としたのか。ショートが慌てて、一塁へ投げようとしている。息ができない。一塁ベースは目の前だった。背中を何かが、たとえばこの陽射（ひざ）しだとか、ベンチから飛んでくる掛け声だとか、そうじゃなかったら、俺の母親が言った、「命を取られるわけではあるまいし」という台詞（せりふ）だとか、そういった見えないものが押してくる。いつもよりも身が軽かった。間に合うと俺は思い、ベースを踏んだ時にはその感触に頭の中の脳がふわっと浮かぶような安心を感じた。一塁を駆け抜けた途端、脚が急に重くなる。転んだ。二十メートル強の長さだったが、俺は今までの人生で、最も速く走ったはずだ。土がユニフォームや腕につく。ファーストの選手がグラウンドの中心に向かい、駆け出した気配があり、あ、と思うのとほぼ同時に、「アウト」と手を挙げる審判の声が耳に入った。白桃中学の選手たちの歓声が聞こえてくる。

心臓が破れんばかりに、強く動いている。破裂するんじゃねえか、と心配になった。

どうにか膝を上げ、立ち上がる。眩暈が来た。息が荒れている。酸素を身体中が欲しがって、ぜいぜいと全身を動かしている。ベンチを見ると、空を仰いで目をぎゅっと瞑り、ヒラメが泣いていた。「僕泣いたりするもんか」と踏ん張る幼児のような恰好だ。ダッグアウトから出てきたみんなが寄ってきた。俺の坊主頭に触れてくる。「よくやったよ」「惜しかった」と聞こえる。ごしごしと髪を触られるので、頭を撫でられる地蔵や置物のような気持ちになった。「撫でても、ご利益とかねえから」と喚いてみせたがその声がひっくり返っている。俺も、他のみんなも泣いていた。ちくしょうちくしょうと繰り返した。しょうがねえよ、ショートのファインプレーだし、と誰かが言った。まわりの部員を振り払うようにした。きょろきょろとあちこちを見回して、王求の姿を探した。いない、いない、と母親を見失った迷子のような心細さに、次第に焦りはじめた。

応援席は、学校の生徒や親たちで埋まっていた。そうかこれほどの数の観客がいたのか、といまさら気づいた。手を叩いてる人が多い。一番前、フェンスに一番近い場所にはユニフォーム姿の人物もいた。背番号5をつけた彼は体格が良く、まるで野球選手が試合を終えたその足でそのまま応援に来たかのような、奇妙な雰囲気だったが、その彼も手を叩いている。優雅で静かな、ほかの人間とはまったく異質の拍手のようだった。王求の両親もいた。背広の男が近づいていく。どこかのスカウトかもしれない。私立の高校なのか、プロなのか、とにかく王求を観に来た誰かだ。今日、まともに打つ機会のなかった王求をどう評価するのだろうか。

ぼうっとしていた俺の顔に、王求の母親の視線がぶつかった。心臓がひときわ激しく、瞬間的にだったが、跳ねた。王求の母親の目つきは、俺を見て、明らかに鋭くなった。蔑みというよりは恨みに満ちていた。俺は目を逸らしてしまう。

肩が叩かれた。はっとし、振り返ると王求の後ろ姿があった。通り過ぎる際に、俺を叩いたのだろう。いつもと変わらず、何の感慨も疲労も、悔しさも浮かべずに、王求はバットを持ち、遠ざかっていく。すぐに追い、何か言いたかった。謝りたかった。そして、「気にするな」と言ってほしかった。

俺はその場に立ち尽くし、次々と溢れてくる涙をみっともなく拭う。王求に叩かれた肩の部分が熱い。じりじりとする。いったい何の熱なのだ、と動揺する俺をよそに、その熱さは全身に広がる。そしてさらには、スパイクから地面を伝わり、泣いている部員たちやヒラメを覆い、球場全体に熱を伝えていく。目には見えない熱い風船が、音もなくふわふわと膨らみ、球場を包む。ベンチの裏のドアを開け、王求が姿を消すと、その途端にぱちんと風船が弾け、これで中学生活は終わりだと俺は実感した。

十五歳

高校野球における山田王求の公式戦記録を先に記す。九打席、四安打。そのうち、ホームランが三つ。フォアボールが五つ。打率十割。出場した公式試合数は二、それがすべてだ。

山田王求の高校時代最後の試合、それは一年生の時の、全国高等学校野球選手権大会の宮城大会第三回戦だった。王求の通う仙醍南高校と櫻ヶ丘高校との一戦、仙醍南高校は県内で東北すみれ高校と並ぶ強豪で、甲子園常連校、対する櫻ヶ丘高校はごく普通の公立校、力の差は歴然としており、結果について誰かの興味を惹(ひ)くような試合ではなかった。それでも、スタンドにはカメラやパソコン、ノートやペンを携えた記者たちがちらほら見える。プロ野球チームのスカウトと思(おぼ)しき男たちの姿もある。

「井口ちゃん、あの山田ってのは本当に凄(すご)いのか」

スタンドに座っている井口光に、後ろの席にいた男が声をかけてきた。見知らぬ男だが、おそらくは自分同様、どこかの球団のスカウトマンかスポーツ紙の記者だろう、と井口光は見当をつけながら、「私はただのファンだからね」と答える。東卿ジャイアンツのスカウトマンである彼のその言葉は、嘘ではなかった。双眼鏡や手帳、ペンや携帯電話などは携えておらず、軽装で、手ぶらで、ただの観客としてそこにいる。

井口光が山田王求に注目し、接触を試みたのは、東卿ジャイアンツの慰労会の宴席で、投手の鈴木卓が、「俺の全力投球を打った小学生がいたが、あの子ももうそろそろ高校に入る頃だろうか」と洩らしたことがきっかけだった。井口光は、飲んだ酒のせいで壁に背をつけたままこくりこくりと眠りこけていたにもかかわらず、それを耳にした途端、がばっと目覚め、詳細を教えてください、と身を乗り出した。見上げたスカウト魂だ。

当時、山田王求は仙醍東五番中学の三年で、中総体の直前だった。井口光はすぐに学校に出向き、練習を見て感嘆した。体格の良さも目を引いたが、それ以上に、体が柔らかく、野球のセンスに富んでいることに驚いた。得てして、恵まれた体格や筋力に頼って活躍している若い選手は、遅かれ早かれ、成長の壁にぶつかってしまうことが多い。山田王求はそういう意味では体型はまだ未完成で、伸びしろを感じさせた。

「打率九割」練習試合をいくつか観戦した井口光はその結果に愕然とする。敬遠や四球が多いため、有効な打席数がもともと少ないのだが、それでもストライクゾーンに入ってくる球は確実に前に打ち返した。数字を見ると信じがたいが、試合を観ていると理解はできる。確かに山田王求はいつだって、ストライクの球は打ち返し、その大半はホームランにした。空振りは皆無だ。

「王求の凄さは、意外に、選球眼なんだよ」試合を観に行くたびに顔を合わせた、権藤というフリーライターは、井口光にそう教えてくれた。彼は、「俺はあの天才少年をずっと追い続けているんだ」と嘯き、「プロ野球球団も気づくのが遅えよな。まあ、でも、あんたが一番乗りだ」と笑った。

「選球眼、確かにいいですよね」

「あいつ、投手の球がストライクゾーンに入るかどうか直感で分かるらしい。本当か嘘なのかも分からないけどな。あ、おたくがあいつの親に会いに行っても、門前払いだぜ。それは保証する」

井口光はむっとしたが、中学校の野球部顧問の、ヒラメに似た顔の教師に挨拶に出向いた時にも、「きっと無理です」と哀れみの目で見られた。「王求の両親は、あなたの話に耳を貸さないでしょう」

どうして？　と訊ねた時の相手の答えは簡単だった。

山田王求の両親は、東卿ジャイアンツを目の仇にしているんです。

仙醍キングスにしか興味がないんです。

井口光は深刻には受け止めなかった。球界一の人気を誇る東卿ジャイアンツを毛嫌いする人間は少なからずいるから、山田王求の両親もその手合いだろう、と考えた。接触や最初の交渉に入るまでは難航するだろうが、時間をかければどうにかなるはずだ、こちらの誠意を伝えればどうにかなるはずだ、今までもそうだったではないか、と。

とんだ計算違いだった。

山田王求の両親の態度は頑なだった。削ることもできない岩壁のようだ。井口光が訪問した際も最初は喜びを浮かべたが、「東卿ジャイアンツの」と言った途端、「東卿」の「と」を発音した時には表情が変わった。不快感が滲むという程度ではなく、鬼の形相そのものとなった。父親のみならず母親までもが目を吊り上げ、眉をねじらんばかりにしかめ、「興味ないです」と言った。ぴしゃん、と拒絶の窓が閉じるのが分かった。

何度通っても同じだった。時に偶然を装い、時に事前に電話を入れ、会って話をしようとしたがことごとく拒絶された。取り付く島がなく、警察を呼ぶ、とも言われた。それでも諦めることができず、学校帰りの山田王求に直接、名刺を渡したこともあった。一度だけだ。駄目でもともと、の気分だった。あれほど強硬に、異常と言ってもいいほどに東卿ジャイアンツを嫌っている両親に育てられたのだから、息子の対応も似たようなものだとは思った。だから、名刺に目を落とした山田王求がひどく冷静な面持ちで井口光を眺め、わずかながら同情のようなものを浮かべながら、「ごくろうさまです」と丁寧に言ったことには飛び上がるほどびっくりした。「父や母に罵倒されませんでしたか？」と彼は穏やかに続けた。その時の井口光はどういうわけか、その場に背広のまま座り込み、ありがとうございます、と感謝を洩らして突っ伏したい思いに駆られた。

「俺が東卿ジャイアンツに行くようなことは絶対にないです」優しい口調ではないが、こちらを軽侮する様子はなかった。「せっかく声をかけてもらったのに申し訳ありません」

「君のご両親は、何か東卿ジャイアンツに恨みでもあるのかい」

山田王求は少しの間、黙った。答えに詰まったというよりは、真実を口にして相手がどれくらい理解をしてくれるのか、それを推し量るようでもあった。やがて、「南雲慎平太って知ってますか？　仙醍キングスにいた。監督もやった」と言う。

急に出てきた固有名詞に井口光は動揺したが、さほど苦労もなく思い出す。「ああ、あの、試合中に」

「ファウルボールで死にました」

ぴんと来た。あれは東卿ジャイアンツとの試合だった。山田王求の両親が、仙醍キングスのファンであるのなら、南雲慎平太にも並々ならぬ思い入れがあったのかもしれない。そして、その死の原因となった東卿ジャイアンツ戦を恨んでいるのだろうか？　分からないでもないが、それにしても極端にすぎないか？　あれは何年前のことだ。

「父や母はとてもいい人間なんですが、こと野球のこととなると人が違ってしまうんです。特に、仙醍キングスのこととなると」

「君は違うのかい」

「俺が生まれたのは、南雲慎平太が死んだ日らしいですよ」

山田王求は、それで説明はおしまい、と言わんばかりに立ち去った。

井口光はそれ以降、山田王求を勧誘することをやめた。プロのスカウトマンとしてはまさに失格としか言いようがない清々しいばかりの諦め方だったが、これ以上、接触しても逆効果になるだけだとは分かった。

「ファンだとか言っても、結局、スカウトしに乗り出すんだろ」観客席の後ろのシートにいる男は、井口光にさらに言ってきた。「東卿ジャイアンツお得意の、潜水艦みたいなやり方だ。興味がないふりして、息を潜めて、ある時ぶわっと顔を出したと思ったら、ぜんぶかっさらっていくんだ」

「いやあ」と井口光は愛想笑いを浮かべる。「山田王求はちょっと別格です。相手にしてもらえません」

「へえ、そんなことってあるの」

「だから、ただのファンですよ」

山田王求はネクストバッターズサークルにしゃがみ、グラウンドを眺める。バックスタンドのスコアボードを見た。五回の裏7対0で、山田王求のいる仙醍南高校が勝っている。打席に立つ先輩、三年生の金杉仁は真剣な顔をしていた。点差がついた試合、格下の対戦相手、格下の投手相手にも気を抜いていないその表情に山田王求は好感を抱く。

仙醍南高校野球部は名門だ。全国各地から生徒がやってくる。部員数はおよそ九十名で、ロッカーやジム施設、シャワー室まで整った部室を持っているような、立派な野球部だった。プロ野球選手となった仙醍南高校野球部OBが、恩返しという名目で多額の寄付を行い、それが設備や部員の質に反映されていく。

金杉仁の振った金属バットが軽やかに鳴った。軽やかではあっても、球場全体の空気を震わせる音だ。打球はセカンドベースの右脇をすんなり抜け、センター前に転がっていく。山田王求は腰を上げる。三塁の脇に立つ三年生が手をぐるぐる回しているのが、目の端に見えた。二塁にいた選手が三塁を蹴り、ホームを走り抜けていく。8対0だ。打った金杉仁はセカンドに到着する。喜びも見せず、ユニフォームの土を払っていた。

山田王求は打席に向かって、歩き出す。今日、四打席目だ。地区予選、しかも授業のある平日であるから、観客席にはベンチに入れなかった部員数十人と応援団がいるだけで、大人といえば、保護者を含めてもそれほど多くはなかった。それでも、場内に、「六番レフト」のアナウンスが流れた瞬間、歓声が湧いた。

スタンドの新聞記者やスカウトマンたちはぐっと身を乗り出す。三脚に置いてあるビデオカメラが動いているかどうかを再確認する男たちの姿がある。井口光も目を凝らすが、何かを記録する素振りは見せない。

打席の土をスパイクで均した山田王求はバットをゆらゆらと振った後で、姿勢を固める。投手の持つボールをじっと見つめ、その軌道を想像する。頭の中は、雲のない晴天さながらに、美しいほどの空白で、ただ一つだけ、曖昧模糊とした、確信の芯のようなものが、つまりは、「俺は打つだろう。ホームランを」という強い思いが浮かんでいる。

その打席が、山田王求にとって高校時代最後のものとなるとは、誰も想像していなかった。


同時刻、その仙醍球場から五キロほど離れた場所を二トントラックが走っていた。引越し業者に勤める三十五歳の男、中田庄次郎がハンドルを握り、会社へ戻るところだ。積荷を全部下ろし、午後から別の場所に出向くのだがその前に一度会社に戻るつもりなのだ。助手たちはすでに次の現場に向かっている。

中田庄次郎は前日の晩に電話で喋っていた相手のことを思い出し、溜め息をついた。不愉快が腹から胸にふわっと広がる。

「週末のことだけど、やっぱり、無理かもしれない」と彼女はむすっと言った。「大丈夫そうな時、わたしから連絡するから」

飲み屋で口説いた相手だ。スポーツ観戦が好きだというから、地元の仙醍キングスの試合を週末に観に行こう、と誘った。わざわざチケットも用意した。にもかかわらず、断りの電話だ。もちろん断ってくるのは仕方がないと中田庄次郎も思うが、「やっぱり」という表現が引っ掛かった。「やっぱり、無理」とはどういうことか。もとから断るつもりだったのではないか？　そして、断るのであればその理由を説明するのが筋ではないか？　彼女は、キャンセルに至る事情を話す素振りも見せなかった。理由をでっち上げる労力すら惜しんでいるのだ。中田庄次郎は不快になり、溜め息が止まらない。

後ろからクラクションが鳴らされた。信号が青になっている。慌てて(あわ)アクセルを踏む。歩道で立っている女性を見かけたのはその後だ。左折し、一番左側の車線を走っているところで、黒い服を着た細身の女性が手を振っていた。タクシーを捕まえようとしているのに違いなかったが、なぜか中田庄次郎はブレーキを踏み、助手席の窓を開け、「乗っていくか？」と声をかけていた。

山田王求はバットを途中で止めた。外側へ逃げていく変化球はホームベースを横切らず、キャッチャーのミットに入った。ボール、と審判の声がする。

中田庄次郎は道路標識を確認しながらも発進させる。隣に乗り込んできた女性はチューリップ型の帽子を被り(かぶ)、表情ははっきり見えなかったものの、耳が大きく、鼻筋が通り、整った顔立ちをしているように見えた。黒い衣装は喪服のようでもある。

「助かりました。タクシーもいなかったもんですから」と女は感謝した。中田庄次郎は背中にぞくぞくとした震えが走るのを、感じた。聞いたこともないような、色香漂う声だ。声の振動が、こちらの胸や足の付け根に這うような感覚すらある。会社のトラックにヒッチハイクの女性を乗せてはならない。そのくらいのことは理解している。同僚に見つかり、管理者に報告されたらかなりのお咎めを食らうだろう。が、乗せずにはいられなかった。地下鉄駅まで乗せてくれ、と女が言った時、その距離であるならば車ではなく徒歩で向かったほうがよほど近い、と中田庄次郎は思った。なぜわざわざ、と怪しむ。が、中田庄次郎はその浮かんだ疑念に気づかぬふりをする。

「野球とか好きですか？」突然、車内にそのような問いかけが聞こえた。うぶな高校生が同級生をデートに誘うために勇気を振り絞ったかのような口ぶりで、いったい誰がそんな台詞を吐いたのだ、と中田庄次郎は眉をひそめるが、自分が発したのだと気づき、赤面する。

「野球は好きですよ。仙醍キングスなんて特にいいですね」

「ああ、そうですか」中田庄次郎は、女の発する言葉に落ち着きを失う。寒気どころではなく、鳥肌が立ち、血の気が引くような感覚に襲われる。黒い帽子の女の顔をますます確認したくなった。かなりの美女に違いない。フロントガラスを見つめ、直線道路の信号が青であることと、路上駐車がないことを確認する。

「王の国には、王が必要だと思いませんか」女が澄んだ声を出す。「王様の一振りが、世の中の不安を取り除くんですよ」

「何だって？」

左を向きかけるが、正面の信号が気になりすぐに前を見る。青だ。対向車線を、別の引越し業者のトラックが通っていく。

「真の王は、舗装された道を歩むべきではありません。そう思いませんか」

いったい何を言ってるのだと訝り、問い質そうとした中田庄次郎であったが、どういうわけか口から飛び出したのは、「ええ、その通りです」という思ってもいない言葉だった。「王はまっすぐの道ではなく、曲がりくねった泥道を、そして、馬車ではなく、靴を脱いだ裸足で、進むべきです。その上で、王になるべきです」

俺はいったい何を言っているのだと怖くなり、それと同時に、女の美しい顔をしっかり見つめてやろう、と横を向いた。女が顔を上げた。帽子の下に隠れていた肌が白々と光る。眩しさに目を細めると、彼女はフロントガラスを静かに指差した。こんこん、と空気を突くように、だ。

慌てて中田庄次郎も前方に視線をやる。車道に影があった。茫然とする。前の車両のバンパーや荷台などではなく、まるで予期せぬものがそこにはあった。動物だ。四つん這いで、獅子とも虎ともつかない姿だったが、毛の色が緑に見え、そのことがますます頭を混乱させる。前脚の付け根、肩と呼ぶべきところだろうか、その部分が盛り上がり、堂々たる姿勢の獣は、中田庄次郎のほうに顔だけを向けると口を大きく開き、咆哮した。身体が膨張し、信じがたいほどに顎が開き、車を飲み込まんばかりだ。目を見開き、硬直した中田庄次郎には、その獣の額の部分に丸い陥没があるのが分かった。重い球が、まさに野球の硬球のようなものが、激突したかのような痕だ。獣の体軀はさらに膨張し、トラックを弾かんばかりになる。気づけば歩道方向へとハンドルを切っていた。

ストライクだ。山田王求には、投手がボールを手放す直前に分かる。飛んでくる軌道も見えた。バットを振る。ホームベースの直前で、ふわっと球が落ちたが、それすらも把握していた。バットがボールをがっしりと捉える。しっかりとした感触が腕から全身に走る。腰を振り切る。レフトスタンドに打球は消えた。山田王求はバットを置き、一塁へ向かった。五回十点差コールド勝ちを決める本塁打だ。ベンチで部員たちの喜びがいっせいに発散される。

中田庄次郎の運転するトラックは歩道に乗り上げ、小さな時間貸しの駐車場に飛び込んだ。歩行者が見え、さらにハンドルを捻る。混乱し、何も考えられない。ガラス越しの風景が回転するのをひたすら眺めるだけだ。ブレーキを踏み込んではいるが、なかなか止まらない。駐車場のフェンスを突き抜け、その横にある林に進入する。真正面に桜の木があった。激突し、トラックがようやく止まる。エアバッグが作動する。中田庄次郎はその膨らんだクッションに顔をうずめ、息を切らす。心臓は高鳴っているが、身動きが取れない。隣の女は、とようやくそこで思いが至った。あの女は無事だろうか、と気にかける。そもそもシートベルトをしていたかどうかも分からなかった。大丈夫か、と言おうとしたが声が出ない。するとその時、「どうもありがとう。めでたいのう」と何者かが言うのが聞こえた。

花弁のない裸の桜の木が傾く。根は地面を強くつかんでいるが、それもトラックの衝撃で引き剝がされた。周囲の土がめくれる。引越し業者の名前の入った荷台のまわりに、人が集まってきていた。マンションに住む子連れの主婦がほとんどだった。

ママ、あれ、何。子供の一人が、桜の木の足元の、根が折れ、ひっくり返った地面を指差した。白いものが転がっていた。人の骨だ、と誰かが叫んだ。

山田王求はゆっくりとダイヤモンドを回る。高校時代最後の一周とも知らず、特別な感慨も持たず、走った。

発見された白骨死体はその日のうちに、仙醍市内の森医院の長男、森久信のものだと判明する。衣類もなく、身元の特定は難航しそうだったが、上の歯の数が通常よりも二つ少ないという身体的な特徴が決め手となった。約三年前に行方が分からなくなっていたが、両親は家出だと決めつけ、捜索願いも出していなかったという。警察から連絡を受け、やってきた森久信の母はぼうっとしたままで、涙もほとんど見せなかった。

警察は、死体遺棄事件として捜査をはじめた。当時、森久信は中学の三年生だった。いわゆる、「不良」に分類される少年だったため、刑事の何人かは、「不良同士の喧嘩(けんか)じゃないですか。最近の若いのは物騒で、たちが悪いから、桜の木の近くに埋めちゃうくらいはやりますよ」「だよな」と言い合った。

捜査はすぐに別方向へと動き出した。死体が発見された土の中から、小さなビニール傘の切れ端が発見されたからだ。はじめはごく普通のゴミかと思われたが、ビニール傘の一部だということが分かった。しかも、透明のどこでも販売されているたぐいのものではなく、ある特定の商品だということも明らかになる。仙醍球場の売店もしくは仙醍キングスのグッズ取扱店で販売している、仙醍キングスファンのための傘だ。

球場で売ってる傘だからって、犯人が特定できますかね?

森久信の周辺で、仙醍キングスのファンがいないかどうか調べてみるべきだな。当時、中学生だったことを考えれば、野球部とか関係しているんじゃないか?

そんな安直な。それで手がかりが見つかれば苦労しませんよ。

苦労はしなかった。聞き込みをはじめて二日目には、刑事たちは、森久信の後輩であった、ある野球部員に注目した。当時、その野球部員は、森久信をリーダーとする不良グループから暴行を受けていたという情報も手に入った。何よりも大きかったのは、地元リトルリーグで一緒だった母親たちの話だ。

山田さんのところはもう、熱狂的な仙醍キングスファンだから。鬼気迫るものがあって、普通じゃなかったのよね。

普通じゃないとはどんな風にですか。

地区予選は三回戦から四回戦まで、数日の間があった。その試合のない時期、ある晩、山田王求は深夜にふと尿意を催し、目を覚ました。はっきりしない頭のまま、ぼんやりとトイレに行き、性器を出すがそこでまるで小便が出ないことに気づく。あの尿意は夢だったのか、あれほどしたかったのにと不思議に思う。トイレを出た後で、せっかくだから飲み物でも口に入れようかと思い立ち、居間に向かった。が、入り口で足を止める。電気の消えた居間の隅で、父親が立っているのが見えたからだ。どうしたのか、と声をかけようとしたがそれもためらってしまう。暗闇（くらやみ）に浮かぶ父親が何をしているのか、それが分からず、不審に感じた。

立って、運動でもしているのかと思った。つまり脚の屈伸運動をし、スクワットを繰り返し、筋肉のトレーニングをしているのか、と。実際、山田王求の父、山田亮はその時、立ったまま身体を上下に揺すり、腕を振るような動きを見せていた。

山田王求は秘密の光景を目（ま）の当たりにしたかのような気持ちで、自分の部屋へと立ち去りたかったが、目がどうしても動こうとしない。父親を見つめてしまう。

山田亮は暗い部屋の隅で、何者かを蹴っているかのようだった。床に転がる何者か、実際には何も存在していないのだが、その見えない者を蹴り、上から棒のようなもので突くかのような、そういう動作を続けている。

傘か何かを使い、落ちているゴミ袋を潰（つぶ）すような、そういう動きに見えた。

翌朝、山田王求は、父にそのことを遠まわしに訊ねた。「深夜に音がしたけれど、居間で何かしていたのか」と。

山田亮はきょとんとし、そんな覚えはない、と答えた。食卓にやってきた山田桐子も同様に、「わたしも起きなかったけど」と言った。

そこで山田王求は正直に説明すべきか否（いな）かと逡巡（しゅんじゅん）したが、結局のところ打ち明けた。策を弄（ろう）して変化球ではぐらかすよりも、正面から直球で勝負をするほうがはるかに効果があることを山田王求は、経験から知っている。

「俺が夜中に？」山田亮には嘘をついている様子はなく、心底、驚いていた。「まったく記憶にないよ」

「寝惚(ねぼ)けていたのかしらね」山田桐子が首をひねる。

山田王求は椅子(いす)から立ち、昨晩、父がいた場所へと移動すると、その時に目撃した動作を真似(まね)してみせた。

「ああ」はじめは不可解な表情をしていた山田亮がやがて得心のいった面持ちになる。

「それは」

「身に覚えがあるの？」

「ずいぶん前に」と山田亮は言う。「あの時の俺だよ」

それだけで山田桐子には事情が飲み込めたらしかった。「あの時の」

「俺は自分の行動に後ろめたさは感じていない。自分は正しいことをやった、と思っている。だけど無意識の中にそれとは別の、思いがあるのかもしれない」山田亮は自分自身を分析するかのようだった。「その、こだわりのようなものが、夢の中で俺を動かして、あの時の俺の行動を再現させているんじゃないかな。俺自身に、俺の再現を。傘で、彼を叩(たた)いたあの時の」

山田王求は、両親の顔を交互に眺める。いったい何の話をしているのかは分からなかったが、それがとても重要で、穏やかならざる話題であることは察知できた。

「警察に行くよ」山田亮は朝食を終えた後、すっくと立った。

山田王求が突然のことに言葉を失っていると、山田桐子が、「これもきっと」と発言した。「きっと必要なことかもしれない」

山田亮も顎を引く。「これはそういう、大きな力が働いているだけなんだ」

「じゃあ、俺は」と山田王求はしばらくして、ようやく口を開いた。「俺はどうしたらいいんだろう」

山田亮と山田桐子は同時に、彼を見る。それは愛しい息子を慈しむ、愛情に満ちた視線でありつつも、自分たちが続けている航海とはまったく別の海へと進む、偉大なる船を見送るような眼差しでもあった。

「おまえは、おまえの道を」山田亮がうなずく。

「今まで通り、王への道を」山田桐子が続ける。

「もし困難にぶつかったなら生まれた時のことを思い出すんだ」山田亮はさらに言った。

「思い出すも何も、憶えていないよ」

「生まれた時からわたしたちがずっと守ってきたんだから、大丈夫」

両親の目に涙がたっぷりと浮かび、それが頰を伝い、輪郭に沿って流れ落ちていくのを眺めながら山田王求は、「野球は続く」と内心で呟く。

翌日、山田王求は仙醍南高校を退学した。

十七歳

フランクリン・ルーズベルトは、「わたしたちが恐れなくてはいけない唯一のことは、恐れることそのものだ」と言った。仙醍キングスに在籍したことのある、あのアメリカ人選手ではない。同姓同名の第三二代大統領の演説の言葉だ。おまえの母親はその言葉を肝に銘じていた。何かを恐れてうろたえることが、もっとも恐ろしい。

そしてその言葉は、おまえの両親が心酔していた選手、あえて客観性を補うために名前で呼べば、南雲慎平太が、現役時代に残した台詞とも重なり合う。雑誌「月刊野球チーム」に掲載された、それはそれは小さなインタビュー記事の台詞だ。「まわりが、おまえたちのチームは弱すぎる、最低だ、って罵ってくるとね、必死に自分に言い聞かせるんです。恐れちゃいけないって。プレイをしているのは俺だから。俺は俺のプレイを、俺の野球をやらなくてはいけないって。俺の野球人生に代打は送れないですしね」

恐れてはいけない、正気を失って取り乱してはならない、とおまえの母親は分かっていた。まわりの雑音や攻撃に流され、山田桐子の人生を失ってはいけない。山田王求の母親の人生を生きなくてはいけない。母親に代打は送れない。そう考えると自然、落ち着くことができた。

マスコミに連日追い掛け回された頃は、いたずら電話が家に散々かかってきた。脅迫や非難、罵詈雑言は電話、メール、郵便、噂話などありとあらゆる通信手段を使って、おまえの家に届けられた。それでもおまえの母親は取り乱さず、生活を続けたのだから、さすがではないか。プロ野球の試合中継を相も変わらず楽しみにし、録画を予約し、おまえに野球の練習を促した。何より驚いたのは、おまえの父親がなしたことに対する罪悪感など、少しも見せなかったことだ。

人前に出る仕事、たとえば、レジ打ちなどの店員はできなくなったが、それでも、機械化された場所で弁当やパンを作る仕事には就けた。おまえの父親は公務員の給料を、きっちりと預金してもいた。当座の暮らしについて心配はなく、そのことがおまえやおまえの母親を、こっそりと救った。

そしてそんな頃、おまえの母親はある時、夢を見た。夢のような現実、もしくは、現実感のある夢、どちらにも思える奇妙なものだ。寝室の、二つ並んだシングルベッドのうちの壁側のほうで仰向けになっていると、窓が音もなく開き、カーテンがまくれ、そこから男がふらりと姿を見せたのだ。自らの家の二階に帰ってきたかのような、馴れ馴れしくもごく自然な動作で、いったい誰かと思えば見知らぬ若者だった。どういうわけか閉じた雨傘を手に持ち、そればかりか頭から別の傘の柄が突き出している。学生服を着た森久信に違いないが、もちろんおまえの母親はそれが分からず、「ずいぶん愛想の良い、朗らかな若者がやってきたな」と思うだけなのだ。傘が頭に突き刺さった森久信は満面の笑みを浮かべ、ベッドの周囲をぐるぐると歩き回る。歩いては顎に手をやり、ふむふむと思案するように首を振る。それを繰り返す。やがて枕元にしゃがんだかと思うとおまえの母親の耳元で、「王求のもとに誰かがやってきますよ。もうすぐかもしれませんし、来年かもしれませんが、その誰かは王求の人生の軌道を変えますよ」と優しい口調で言った。軌道を変える、とは良い方向になのか悪い方向になのか。

傘の刺さった男は小声を出す。「良いも悪いもありません。人生は決まっていますし、それにどちらにせよ野球は続きます」

それはまたどうも、と寝惚けながら返事をしようとしたところでおまえの母親は目を覚まし、そして今見たばかりの光景についてはすっかり忘れた。

忘れたからと言ってそれが嘘だということではない。おまえはそろそろ転機を迎える。

おまえは街中を歩いている。声をかけてきた相手が誰か判断がつかない。それも当然だ。知らない男だ。よくあることだから、声をかけてきたこと自体は不審には感じなかった。名前を呼ばれることはもとより、もっと抽象的に、「ほら、あれ見てよ、あの子」

とひそひそと言われることも頻繁だった。ほらあれ見てみなよ、中学生を殺しちゃった人の息子だよ。というより、あの子も人を殺しちゃったことがあるらしいよ、事故扱いだったけれど。

おまえの父親が警察に出頭したのはもう一年以上も前のことであるのに、未だに、後ろ指を差される。

当時、「殺人犯の息子は超高校級の高校球児」と週刊誌やテレビ局は騒いだ。おまえの住むマンションの周辺を囲み、さまざまな真偽不明の証言を流した。もちろん十代のおまえやおまえの母親の顔写真が公開されるようなことはなかった。目線を入れた写真もなかった。だが近隣の家や同じ学校に通う生徒たちの間では、おまえこそがその、人殺しの息子であることは明白で、おまえは体格も良かったために、遠くからも一目瞭然であったし、指を差し、「ほら、あいつ」とやられるのは避けられないことだった。

それにしても、おまえは堂々としていた。カメラを担いだ男たちが駆け寄ってきて、リポーターがマイクを突き出し、記者を名乗る男が近づいてきても、顔を背けず、しっかりと向き合い、質問に答えた。テレビに関しては結局、おまえの年齢のこともあるのだろう、放送はされなかったが、それでもおまえの態度は立派だった。

「今、どういう気持ちですか」という問いかけは漠然としている上に、無意味この上ないものにしか感じられない。が、意外に多くの人間がその問いかけを口にした。おまえはそのたび答えを真剣に考える。果たして、「気持ち」というものは言葉で表現できるのかどうか、それすらも分からない。「複雑です」と答える。何と素晴らしい回答だろう！ これ以外にない。にもかかわらず彼らは納得しない。仕方がなく、彼らが受け入れてくれそうな回答を探し、「父がああいう恐ろしいことをしてしまって、驚いていますし、悲しいです。父は、僕が苛められていると思い込んで、我を失ってしまったんです」と言う。もちろんその回答も彼らを満足させない。ただ、それ以上のことは要求してこない。おまえは芸能人でもなければ、政治家でもなく、ただの、高校を中退した未成年者に過ぎないのだ。そして世の中ではさまざまな事件が起きる。殺人事件など日常茶飯事と言ってもよく、おまえの父親の起こした事件は地味な部類だった。三ヶ月もしないうちに記者やリポーターたちは、おまえの周辺から消えた。

今、おまえに声をかけてきたのは、紺のジャケットを羽織った男だった。縦縞のワイシャツに、ベージュのスラックスも似合っている。年齢は三十歳くらいだろうか、とおまえは想像した。フレームに柄の入った眼鏡は気取った感じだったが、それも似合っている。ネクタイはない。

平日の昼食の時間が終わって間もない時間帯だ。アーケード街を一本外れた裏通りで、ひっそりとモーテルが二軒並んでいる。

彼は地元企業のセールスマンで、新しい住宅街をひとまわりしてきた帰りだった。会社に向かうための近道を選んだ結果、その通りに出た。一方のおまえは、アーケード街にあるファストフード店からの帰り道だ。アルバイトの面接に行ってきたのだ。高校を中退したのだから、自分の食費、雑貨を買うためのお金くらいはどうにか稼ぎたい、稼がなくてはならない、と思ったわけだ。けなげで感心だ。が、それは誤っている。そんなことをする必要はないのだ。

おまえはここに来て、少し、悩んでいる。このままで良いのか、と。もちろん、おまえはこのままで良いはずがなく、早く、野球に、プロ野球の世界に続く道に戻らなくてはならないのだが、おまえはそうではなく、このまま野球をしていて良いのだろうか、とそういう意味で悩みはじめていた。アルバイトをはじめ、父親の裁判費用や、被害者の森久信の両親に何らかの賠償金、そういったもののために金銭を稼がなくてはならないのでは、と気にかけていた。誤りだ。時給八百円のアルバイトで、一人の人間の死を償うのにどれほどの労働が必要になると思っているのだ。明らかに、見当違いの悩みだ。が、だからと言って、おまえが愚かなわけでもない。これは必要な時期であり、おまえが誤るべき季節なのだ。

紺ジャケットのセールスマンは、おまえとすれ違った直後に、「おい」と呼び止めて

きた。「おい、おまえ、何を考えてるんだよ」人殺しの息子じゃないか、こんな風にのこのこ街を歩いて、何を考えてるんだよ、と口を尖らせる。

「何を考えているか？　考えていることは、複雑ですよ」反射的におまえは答える。怯えず萎縮もせず、はっきりとした声を出した。諍いを起こして面倒になるのは自分のほうであるから、視線を逸らした。彼の背後に、モーテルが見える。クリーム色の外壁に、真っ赤なバルコニーが設置された五階建ての建物だ。アルファベットのホテル名が建物のいただきに大きく描かれている。まわりのビルや店舗からは明らかに浮き上がっていた。室内の装飾もパステル調で、ベッドには苺やらイルカが描かれ、しっとりとした密会のためではなく、軽薄な感覚で一休みをするため、という雰囲気に満ちたホテルだった。高校を中退する時までに数回、おまえはここに来たことがあった。中学校で同級生だった関口美登里と、だ。学校帰りに制服から私服に着替え、二人で初めてこのホテルに入った時、部屋選びに戸惑いながらも興奮を感じ、鼓動が痛かった。部屋に入ると同時に彼女に手を伸ばし、まるで数十枚の服を脱がすかのような焦れを感じながら、手を必死に動かし、自分の服も破るかのように脱いだ。その時のことをおまえは思い出したが、それはもはや、子供の頃に見た夢を無理やり呼び起こすかのような薄ぼんやりとしたものでしかない。実際に経験したものとは到底、思えなかった。

高校中退後は、関口美登里と連絡を取っていない。彼女からの連絡は途絶えたとおまえは思っている。実際は少し違う。関口美登里は何度かおまえの家に電話をかけていた。家の前にも一度やってきた。が、おまえの家の電話機はコードを抜いたままであるし、記者たちが邪魔で、彼女は玄関に近づくことさえできなかったのだ。

　目の前のセールスマンはなかなかおまえを解放しない。商品を売りつければ良いだろうにそうはしない。罵るだけだ。おまえの親父は人殺しだ、街を歩くならそれ相応の、わたしは人殺しの息子です、とでもいうようなプラカードをぶら下げてから歩け、と言う。「もうとっくの昔に越してると思ってたよ。よくもまあ、同じ街に住んでいられるもんだ。前にネットで見たよ。おまえも、子供の頃に人を殺したことがあるんだって？親子揃ってかよ。おまえが打った球が頭に当たって、そいつは死んだんだってな」

　ネットで見た、と言われておまえは、バックネットから自分の打席でも見てくれたのかと思いかけるが、すぐにそうではない、と気づく。おまえは彼を避け、先に進もうとする。彼が立ちふさがった。「人殺しのくせに」と嚙み締めるように言い、おまえの胸を突いた。いくら責め立てても表情を変えないおまえが怖かったためだ。後ろへ突き飛ばすつもりで、強く叩いた。ただ、想像以上におまえの胸板が厚く、しかも、ぴくりとも動かないことに慌てる。

「法律で裁かれるのは十四歳からなんだろ。小学生は人を殺しても関係ねえんだよな。ひどいもんだよな」セールスマンは捨て台詞のように言った。

するとそこで、その彼の背後から、手を叩きながら背広の若者が一人、現われた。「はいはい」とあしらうかのような口調だ。「あのさ、それとまったく同じ会話、五年くらい前にもう俺がやってるから。二番煎じ二番煎じ。なあ、王求君」

誰だよこいつは、という具合にセールスマンが振り返った。誰だ、とおまえも思う。

「どいてどいて」男は割って入るようにし、ゆったりとおまえに歩み寄ってくる。「よお。久しぶり。英語で言うと、アフターロングタイム、か?」

鼻が大きく、腫れぼったい目をし、人相が悪い。口が大きく、爬虫類の、たとえばトカゲに似た顔だった。年齢は若い。まだ、二十歳になったばかりだ。実はおまえは、その男を知っている。会ったことがある。忘れているだけだ。

「覚えてねえのか。まあ、当たり前か。五年前に一度、遊んだだけだしな。ファイブイヤーズアゴーな」

おまえはさらに首を傾げる。思い出すのは簡単だ。ほら、小石や割れたガラス、だ。あれを思い出せ。

「公園で、野球やったじゃねえか。俺が石投げて、おまえが打ってさ」トカゲの顔をした彼は、右手をひょいひょい動かし、物を投げる真似をする。「で、おまえが打って、見事、近くの家の窓を割っちまった。がしゃん」

記憶が甦ったか? 夜の薄暗い公園、木々が茂り、風が葉を揺する音がする。そこに三人の男たちが現われたではないか。「あの時の」そう、あの時の、だ。

セールスマンは取り残された形になり、不愉快だった。日ごろから疎外感を抱きやすい性格だったために、余計に耐えられなかったのだ。「おい、何だおまえ」と声を荒らげた。「割り込んでくるなよ」と言ったが、その後で、情けない悲鳴を発し、尻餅をついた。自分の尻に手をやり、体を捻り、必死にそのズボンを見ようとしている。「何をしたんだ」と怯え、怒りの声を出す。

「あ、これで刺したんだよ」背広の若者は子供のように笑みを浮かべると右手に持っているものを上げた。裁縫用の針だ。それをこっそり手に握り、下に構え、セールスマンの尻に突き刺したのだ。それも、かなり深くだ。セールスマンの男はズボンの中に手をやり擦るようにして、血が出ているぞ、と泣き声を出した。「早く消えないともっと刺すぞ。ニードルでグサッとな」と言いながら背広の若者は針を突く真似をした。セールスマンは尻をさすりながら顔を青くし、脚を引き摺るようにし、立ち去った。そして彼は家に帰り、尻に消毒薬を塗り、大きな絆創膏を貼り、くそあの人殺しのガキめ、と呻く。セールスマンからすれば、その傷もおまえが原因、おまえが諸悪の根源、という認識だった。彼はいずれ、おまえが疎ましいがあまり、野球関係者に熱心に手紙を書くことになり、それがおまえの人生に大きな影響を与えていくのだが、まだ少し先の話だ。

「俺が背広を着てるのは、会社員だからじゃない。会社員のふりをしてるんだよ」針をしまった後でトカゲ顔の男は、おまえにそう説明した。「こんな日中に、俺みたいな、いい年齢の男がうろうろしてたら気味が悪いだろ。怪しまれる。だから、背広を着るわけだ。背広でうろうろしている分には、営業で、外回り中なのかな、と勝手に納得してくれる。こういう時は、背広か作業用の制服、どっちかだ。で、俺は、あそこの写真撮ってるだけなんだよ」彼が親指を肩越しに、背後へと向けた。あそこ、と言われてそれらしいのは、クリーム色の外壁のモーテルしかなかった。「ホテルに入っていく利用客の写真を撮るのだ」と手に持ったデジタルカメラを揺らし、そして、「あ」と言ったと思うとモーテルへと小走りで進んだ。「ちょっと待っていてくれよ、仕事だ。まだ話をしたいから、ここにいてくれ。すぐに戻ってくる。アイルビーバックホームな」

モーテルの建物から中年の男女が出てきたところだった。背広姿の若者は、出てきたばかりの男女の前に立ち、話しかける。トカゲ顔の男はデジタルカメラを男女に見せているのだ。「これ、撮らせていただいたんですが」と言う。モーテルから出てきたばかりの男女は顔面蒼白(そうはく)、世をはかなむ詩人のようにうつろな目つきとなり、「え、撮ったんですか?」と返事をする。「二人で今、ホテルに入った写真を買い取りませんか」と持ちかける、それが彼の仕事だ。そのモーテルから出てきた男が財布から紙幣を数枚取り出し、トカゲ顔の彼に手渡した。紙幣を受け取った彼は満足げにうなずき、デジタルカメラを操作した。「はい、これで、画像は消えました。イトワズデリーテッド」しばらくして、おまえの前に戻ってきた背広の若者は言う。「ああやって脅して、金をもらうのが俺の仕事なんだよ。ホテルに来たのがばれたら困る人間ってのが、意外にいるんだ。世の中の仕事を有意義な順番に並べていったら、まあ、後ろから五十番くらいには入るような仕事内容だよな」

細い裏道を出て、大通りを反対側にわたり、バス停のベンチに腰を下ろした。バスを待っていないにもかかわらずベンチを占拠することにおまえは後ろめたさを感じたが、平日のせいか誰もいなかった。

「ほら食えよ」トカゲ顔の男がおまえにアイスを手渡してくる。すぐ近くのコンビニエンスストアで買ってきた、棒付きのアイスキャンディーだった。おまえは礼を言い、袋を開け、舐めはじめる。体がぶるっと震えた。十一月も近い。すっかり寒くなっており、外でアイスなどを齧れば、その冷たさで体の熱という熱が吹き飛んでしまう。それでもおまえたちは男二人でアイスを、音を立て、食べた。不用意に齧ったせいか、一口大のアイスが地面に落ちる。くしゃっと水分が弾ける。靴で伸ばすようにした。

「おまえ、高校を辞めたのは知ってるけど、ベースボールはやってねえのかよ」

「野球はやってますよ。練習を」

「試合はどうなんだよ。試合は」

「試合は」おまえは下を向いた。アイスが垂れ、落下する。「試合はあんまりやってないけれど」

嘘をついたな。あんまり、ではない。まったくやっていない、というのが真実だ。

高校を辞めてからの一年間、おまえは練習を一日たりとも休んでいない。授業を受ける時間もなくなったため、練習の時間は倍増した。最初はもちろん、記者やリポーターが、バッティングセンターにもやってきた。公園にもついてきた。が、黙々と汗を流し、ほとんど休憩もせずにバットを振り、筋肉トレーニングに息を荒くするおまえには、記事にできるような面白さはまるでなく、むしろ触れ難い恐れを感じずにはいられなかったため、そのうちにいなくなった。日に日におまえは強くなった。身体に筋肉がつき、スイングも早くなった。自分ではあまり実感していないが、高校の野球部に属していた時よりも、野球が上達していた。だが、試合には出られない。出ようという意志もなかなか持てないほどだ。体内で、野球力とでも言うべきエネルギーが膨らみ、出口を探し、溢れんばかりになっている。時折、顔面の皮膚や腕のあたりがひくひくと痙攣するのを感じるだろう？　それは、おまえの体の中で野球の獣が呻いているのだ。

「あの二人はどうしてるんですか」おまえはアイスキャンディーを食べた後で訊ねる。

「あの二人？　フィッチトゥーピープル？　さっきのホテルの前にいた奴ら？」

「俺が小学生の時、公園で石を打った時、一緒にいた」あの時、中学生は三人だった。

「ああ、あいつらか」若者は首を上下に揺すった。「もう知らねえよ。中学を卒業したら、だんだん付き合いはなくなったし、東卿とかに行ったんじゃねえのかね。信じられないかもしれねえけどさ、名前も思い出せねえよ」

バスがやってきた。西から勢い良く近づいてきて、ぴたりと停車場前で止まる。降りる客はいなかった。やってきたばかりの、赤ん坊を連れた母親が乗り込むと同時に、呼吸音のような音を出し、発車した。おまえと男はそのバスの尻が曲がり角に消えて行くまで眺めていた。

おまえにはその最後部のシートに、二人の少年が乗っていて、後ろを振り返るようにし微笑(ほほえ)んでいるのが見えた。手を振り懐(なつ)かしむような視線を向けてくる。おまえは分かっただろうか。そこに座っていたのは、五年前の公園にいた、残りの二人だ。あの時、公園での時間を共にした中学生が、当時の年齢のままそのバスに乗り、すれ違っていく。

「おい、王求」

おまえは顔を上げた。

「試合に出ろ。試合に出なけりゃ勘も鈍る。そんなこと、野球の素人(しろうと)の俺でも分かるよ」

その通りだ。

「それとな、そんな風に暗い顔をしてるんじゃねえよ」

そのようなことを初めて言われたのだから、おまえは戸惑うが、実際、最近のおまえの表情は曇っている。

「いつだって堂々としてろ。たとえば、こんなニードルで刺されても動じないでいろよ」

「無理だ」

「無理じゃねえよ。平気なふりをしろよ」

平気なふりをするにも限界があるだろう、とおまえは答えた。

「王様は平気なふりをしろよ」しつこく若者は言った。「ええと、英語で言うと」と眉をひそめた。「何だ？　ビー、クールか？」

三日後、バッティングセンターの管理人、津田哲二に対し、「試合に出たいのだ」とおまえは打ち明けていた。おまえからすれば、親しく話ができる相手が、津田哲二くらいしかいなかったのだ。

小学生の頃からほぼ毎日、津田バッティングセンターに通っている。高校中退後もそれは変わっていない。いわばそのバッティングセンターは、第二の自宅と言っても過言ではなく、学校以上に身近で必要な場所だった。津田哲二は学校の教師よりもおまえのことをよく知っていた。おまえが毎朝、裸足で乗る体重計よりも、津田哲二はおまえの体調を分かっていた。彼は今まで、おまえに何千回とバットを手渡してきた。おまえのスイングを何千回と見てきた。そして事件の騒ぎがひどかった頃には、津田哲二は執拗に付け回している記者たちに近寄って、教え諭すようなこともした。

「山田王求はわが友であり、私にはつねに真面目で純朴な野球少年であった。マスコミは言う。この少年は、父親の犯した罪を同じく背負っていると。もちろんマスコミは公明正大の士である。だが、この少年の態度に野心らしきものが少しでも窺われようか？　自分のバッティングを少しでも上達させようと、この少年は毎日ここに通い、バットを振っている。この少年の人生は野球とともにあった。真摯に練習を続ける姿をあなたたちも見ただろう。あの健気な魂に、どうして罪を負わせる必要がある。マスコミは言う、殺人は罪であり、彼の父はそれを犯した、と。もちろんマスコミは公明正大の士である。が、あの少年に罪はない。あの少年の繰り返してきた練習に、野球に、罪はない」

　それは彼自身が愛読しているシェイクスピアの台詞が変形したものでもあったが、言われた記者の大半は、支離滅裂でありながらも津田哲二の勢いに気圧され、理屈を超えた罪悪感を覚え、肩をすぼめた。残りの記者たちは特に何も感じなかった。

「そうだな、試合はやったほうがいい」おまえの相談に対し、津田哲二は答えた。「実は俺の知り合いが、会社員たちで草野球をしている。まずはそこでプレイをしたらどうでしょうか」とおずおずと提案した。興奮が浮かんでいたのは、彼自身、王求のために何かができることに幸福を覚えていたからだ。

おまえはすぐにその話に乗った。

約束の日の早朝、おまえは待ち合わせ場所である津田バッティングセンターに出向いた。そこから津田哲二が県の北部まで、車に乗せてくれる予定になっていたのだ。が、いざその場に行ってみれば、そこにいたのは津田哲二ではなく、恰幅のいい別の男だったため、おや、とおまえは思った。聞けば、その男の苗字も津田だった。

その、二人目の津田は、「君に伝えることがある」と重々しい口調で言った。おまえはてっきり、「君みたいな親子で殺人を犯したような人間は、このバッティングセンターに来ないでほしい。迷惑だ」と宣告されるのだと覚悟し、背筋を伸ばし、耳を傾けるが、その二人目の津田が口にしたのは予想もしない内容だった。

「てっちゃんが昨日の夜、自宅で倒れたんだ」

てっちゃん、が津田哲二のことだとは分かった。津田哲二は、脳の出血で意識不明になり病院に運び込まれ、だから今日は来られない。二人目の津田に連絡を寄越したのは津田哲二の妻、津田清美だ。彼女は病院での検査や入院手続きの合間に、おまえのことを気にかけた。前日の晩、津田哲二がそれはそれは嬉しそうに、「明日、王求を試合に連れて行くのだ」と語っていたことを思い出したのだ。

「だから、俺が来た」二人目の津田はおまえに言う。てっちゃんが来られない、だから俺がおまえを車に乗せていく、と。

「病院に行けますか」

「おまえは医者か？」恰幅のいい、二人目の津田はそう訊ねてきた。

おまえは首を左右に振る。

「じゃあ、てっちゃんは医者に任せておけ。おまえにはもっとやることがある」

そして夕方になり、つまりは試合を終えた後で、おまえは、二人目の津田と共に病院へ向かった。津田哲二は意識が戻らないまま、ベッドに眠っている。病室には、津田哲二の子供たちが集まっていたため、おまえと二人目の津田は、邪魔にならないようにと、飲食スペースで津田清美と会った。疲れと戸惑いを抱えた彼女は、おまえの顔を見ると真っ先に、「試合出られた？」と訊ねてきた。おまえはうなずき、手に持っているバッグを見下ろす。今日のチームに借りたユニフォームが詰め込んである。洗って返さなくてはいけない。たぶん、とおまえは分かっていた。たぶん、あのチームで試合をすることもうないだろう。試合中、草野球チームの家族や観客たちから指を差されることがあった。「ほら、あれ見てよ、あの子」と言われているのだとおまえは理解した。正解だ。おまえのことをそうやって噂する人間はどこにでもいる。が、気にすることはない。あえて言わせてもらえれば、王とはそのような陰口に晒される運命なのだ。「あの王様は、敵国の兵士はもちろんのこと、自国の兵士をもたくさん殺したのよ」

「打った？」津田清美が、おまえの表情のない顔を窺うように首をかしげた。津田哲二とはあれほど毎日、顔を合わせていたというのに、彼女に会うのは初めてだった。

「三本」二人目の津田が指を立てる。「三打席連続ホームランだ」

津田清美が顔を明るくし、「あの人、喜ぶわ」と病室のある方向を振り返る。「でも、驚かないでしょうね。あの人、あなたは、そんじょそこらの野球選手とは違うっていつも言ってたから。プロでも絶対に活躍するって」

おまえの頭の中を、子供の頃からの記憶が駆け巡る。はじめてバットを持ち、部屋の中で構えた時のことや、バッティングセンターへ親と向かい、管理人の津田哲二に胡散臭そうに見られたこと、マシンのベルトを調整し、球速を上げてくれた津田哲二の姿も浮かんだ。殴られた記憶も飛び出してくる。中学校の先輩、森久信たちに絡まれ、顔面を殴られた。中学、高校でのさまざまな試合での自分の打席が次々に頭に浮かび、自分のバットの振りが克明に過ぎる。

「ねえ、あなた、そんなに野球が上手なの？　天才なの？」津田清美が訊ねた。おまえは答えに困る。「そんなことはありません」と答えることはできたが、それをしては意識を失い横たわる津田哲二に申し訳が立たないのではないかと直感的に感じていた。

すると、「当たり前だ！　何てことを！」と声が聞こえた。病院内は静かではあったものの、それは現実のものとは到底思えないはっきりとした響きだった。飲食スペースからずいぶん離れた病室から、ベッドで天井を見つめる津田哲二が叫んだのだとは、おまえはもちろん他の誰もがなかなか気づかなかった。口を塞いでいたマスクを無理矢理、引き剝がした津田哲二は、「天才に決まってるだろうが。王様に何言ってんだ、おまえは。恐れ多いぞ！」と離れた場所にいる妻を叱ったのだ。津田清美が一瞬、言葉を失い、立ち尽くす。その後で彼女は噴き出し、目尻に涙を滲ませながら笑い続ける。それを眺めているうちに、おまえの迷いは消えた。

十八歳

株式会社服部製菓取締役、株式会社仙醍キングス野球団代表取締役社長兼仙醍キングスオーナー、それが服部勘太郎、四十歳の肩書きだった。彼より一つ年下の私はといえば、株式会社服部製菓総務部部長、株式会社仙醍キングス野球団総務部部長だ。総務部とはずいぶん曖昧で網羅的、どうとでも解釈できる名称だったが、仕事を簡単に言ってしまえば、服部勘太郎のお目付け役、相談相手だ。もっと乱暴に言えば、遊び仲間だ。

五年前、代表取締役である服部勘吉が私を社長室に呼び出し、こう言った。「息子をこっちに呼び戻そうと思っているのだが、相談相手になってくれないか」

服部勘吉が、私のような一兵卒のことを知っていることが意外であったし、一人息子の相談相手を探していることにもびっくりした。なぜでしょうか、と訊ねると、小柄で、角刈り頭の服部勘吉社長は、「息子の勘太郎は、父親の俺から見ても駄目な男でな。東卿では散々悪いことをしてるんだ。それで、こっちに呼ぶつもりなんだが、放っておいたら何をするか分からん。だから、おまえに、ついてもらいたいんだ」と答える。質問はいくつも浮かんだ。どうして私が指名されたのか。「散々悪いこと」とは具体的にはどういったことなのか。私がついていたところで効果があるのか。社長は最初の質問には即答した。「三田村、おまえは息子と一歳違いだろ。似た年の男性社員がほかにいないんだ」

積極的な理由ではなく、消去法のような形で私が残ったようだ。社長命令を断る勇気もなく、私は引き受けた。妻子がいる身としては、職を失うのが怖かった。

服部勘太郎は外見が社長そっくりで、小柄で角刈り、蟹股で歩く姿も同じだった。皺は少なく、餅肌で、太り気味だ。私が挨拶した時には、名刺をちらっと眺め、「三田村、よろしく。親父に何を言われているのか分からないけどな、親父よりも俺のほうが長生きするのは明らかだ。俺についてこいよ」と言った。それから五年、私はまだ服部勘太郎にくっついて行動している。無茶な命令は出されなかったが、何かあると、「三田村、来いよ」と呼び出され、付き合わされた。

社長、服部勘吉が、息子の服部勘太郎を仙醍キングスのオーナーに据えたのは、単に、自分がオーナーをやっていることに飽きたか、嫌気が差して誰かに押し付けたかったからだろう。どんなに不要な物であっても他人に譲るのは悔しい性格のようだったから、いくら弱小野球チームといえども、自分の血縁以外に渡すつもりはなかったはずだ。

服部製菓は創業百年以上を誇る、地味ながらしっかりとした企業だ。創業以来、餡と苺入りの、海苔を巻いた大福を売り続けている。その、旨いとも不味いともつかない曖昧な味わいが、独創性があると好意的に受け入れられ、経営は順調だった。仙醍市をはじめとする各自治体と密接な関係にもあり、時折、癒着の問題が取り沙汰されるほど地域に密着している。一方の仙醍キングスといえば、先代の社長が半ば道楽に近い感覚で買い取り、運営をはじめたものにすぎず、当時から余計なお荷物に過ぎなかった。

　球団オーナーの仕事はほとんどない。

野球の試合やチーム運営については現場の人間が考え、対外的なスポークスマンとしては、広報の人間が存在する。勘太郎は現場の人間の提案や広報の担当者の計画に了承を与え、もしくは却下をし、予算を増やしたり、削減したりの判断をするだけだった。つまり服部勘太郎は年中、暇だと言っても良く、結果的に、市内を遊び歩き、私もその遊び歩きに同行した。

苦痛に感じたのは最初の頃だけだった。私は、服部勘太郎に付き添い、行動をともにするにつれ、その危険で怪しげな世界に惹き込まれていた。真面目な中学生が、不良の先輩に引っ張られ、怯えつつも高揚を覚え、魅力を感じるのとまったく同じだ。

　実際、服部勘太郎のやっていることは物騒で、非合法のことが多かった。つまり、「東卿で散々悪いことをしていた」彼は、「仙醍に来ても、散々悪いことをしている」と、そういうことだ。住む場所を変更させたところで、人間は成長も改善もしない。

服部勘太郎は大のギャンブル好きだった。パチンコ、スロット、競馬のような一般的な遊びはもちろんのことだったが、それだけでは飽きたらず、気づけば仙醍の繁華街の裏カジノにも出入りをはじめた。舎弟分よろしく付き添う私は、彼が次々とそういった裏通りの人脈を作っていくのを目の当たりにした。ある賭場で常連になれば、そこの客から別の賭場を紹介される。そしてその別の賭場では、また別の客と知り合う。

服部勘太郎という男は大雑把で、退廃的、豪放磊落で面倒臭がり、しかし肝は据わっている。何より、安定したことよりも危険に満ちたことを好む。一般的な社会人としては不適切で、会社の経営者としても適切とは言いがたいが、非合法の世界で生きている人間たちからは好まれるタイプだった。服部勘太郎を、「ハットリ君」と親しげに呼び、可愛がる年配者もいれば、「勘太郎さん」と慕ってくる若者もいて、私はその様子に、まるで自分が信頼を得ていくかのような気持ち良さを感じた。もちろん最初は、彼が法律を犯したり、明らかに物騒な男たちと親しくなったりするのを見ると、社長の服部勘吉に報告すべきだと思った。そのために私は、相談相手になったわけだから、そうしなければ、職務を放棄したのと同じことだろう。が、私は、社長に報告することをためらった。社長に報告をしたところで、服部勘太郎の言動が大人しくなるとは思えなかったし、もともと社長の服部勘吉自身が破天荒な言動で有名だったのだから、その血に逆らうことはできないのではないかと感じた。何より服部勘太郎に惹かれていた。

かの如き強さを誇り、対戦相手のことごとくを負かし、金を奪った。
　服部勘太郎は賭け事に強かった。麻雀ともなれば、ほとんど確率の神に惚れられた

　三年ほど前、ある飲み屋で、「仙醍キングスのあの弱さは尊敬に値するよ」と寄ってきた男がいた。服部勘太郎が球団オーナーだと知り、親しげに話しかけてきたのだ。服部勘太郎は、「仙醍キングスは、弱いことに意味があるんだ。負けっぷりを楽しむのも娯楽の一つだ」と応じた。強がりでもなければ、でまかせでもない。服部勘太郎の父、社長の服部勘吉は昔、「仙醍キングスは勝った負けたではなくて、そこに在ることが大事なのだ。紅葉みたいなものだ」と意味不明の発言をし、「そろそろ、選手にはこちらから年俸を払うのではなく、月謝をもらうことにしようか」と口を滑らすほどに、チームの補強に関心を払わなかったが、服部勘太郎はそれよりさらに、「仙醍キングスは負けてりゃいいんだよ」論を前面に出していた。「どの会社でも一番金がかかるのは人件費だ。選手のギャラが一番、かかる。逆に考えりゃ、それを抑えれば経営は成り立つんだよ。勝とうとするから、いい選手を揃えたくなる。勝たなくていいなら選手はどうでもいい。一定のファンはいる。俺には理解し難いが、あんなに弱い野球チームを応援する物好きが、ある一定数いる。そのお客様相手に細々と経営していけば、まあ、悪い商売じゃない。服部製菓の宣伝にもなっている。強いやつより、弱いやつのほうが愛されるんだよ。判官贔屓ってもんだ」と言うのを、私は少なくとも十回は聞いたことがある。

服部勘太郎がオーナーになってからは、ほとんどがリーグ最下位、それも五位からも大量のゲーム差をつけられた最下位だった。セ・リーグにはもはや五球団しか存在しないかのようだった。だから飲み屋で、「仙醍キングスは弱い」と言われたところで服部勘太郎は怒りもしなければ、後ろめたさも見せなかった。が、ある夜、「あんたみたいな若造がオーナーならしょうがないね、それも。三代目が会社を潰すってのは本当だな」と笑われると、顔色を変え、急に立ち上がり、その男を殴った。鈍器まがいの灰皿で頭を殴り、蹴りつけた。血が噴き出し、男は気を失い、私は慌てふためいたが、幸い、男の命に別状はなかった。どうして彼がそこまで激昂し、暴力を振るったのかは分からなかったが、もしかすると、「三代目が会社を潰す」というフレーズが許せなかったのかもしれない。店は騒然となり警察がやってきた。しかし服部勘太郎は逮捕されず、その騒ぎが表沙汰になることもなかった。服部勘太郎の知り合いのおかげだった。彼に、借りのある人間は多い。高レートの賭け麻雀で、すっからかんになり、服部勘太郎に払うべき金を滞納している輩も多かった。そういった輩の中には、金はないが人の繋がりはある、何らかの権利を持っている者も多かった。役所勤めの人間、警察の関係者もいた。

マンションの一室で、男が土下座をしている。絨毯に額をこすりつけ、服部勘太郎に謝っている。高級な背広を着た、五十代の男だった。私は直接、紹介を受けていないが、聞けば誰もが知っている食品メーカーの重役だという。先ほどまで、リビングにぽつんと置かれた卓で、麻雀をやっていたところだった。参加者は、服部勘太郎と、その土下座をしている重役、芸能プロダクションの社長、東卿でプロの雀士として有名だという若者だ。このマンションでは時折、そういった、腕に覚えのある者や金を持っている者、もしくは金を欲する者が集まり、高レートの麻雀大会が開催される。

八時間にわたる麻雀は、服部勘太郎の圧勝で終わった。すべての半荘で彼がトップを取り、結果、ほかの三人が負けた。脇にあるダイニングテーブルには点数計算の用紙とともに、いくつかの札束やカード、履歴書まで置かれている。土下座をしている食品メーカーの男は最も負けが込み、どうにもならなくなった。金に見合う何か、も出せなくなった。芸能プロダクションの社長もずいぶん負けたのだが、うろたえていない。先ほど服部勘太郎に、「もう半荘勝負しよう、今日の負け分を全部取り返すために全額賭けよう」と持ちかけもした。それに対し服部勘太郎は、「クイズ番組とかで、『次は最後の問題です。今までは一問正解で十点でしたが、最後の問題は解けたら五万点です。全員に逆転のチャンスがありますね』とかいうのがあるだろ。あれ、俺はあまり好きじゃないんだ」と相手にしなかった。むっとした芸能プロダクションの男は、「うちの若いモデルの女をつけてもいい」と鞄の中から履歴書めいたファイルを取り出した。服部勘太郎は肩をすくめ、いいよ女はどうせ好かれないし、と首を左右に振った。

「それならこういうのはどうだ」芸能プロダクションの社長は顔を引き攣らせながらも、粘りを見せる。「俺の知り合いの奴らは、人の弱みを見つけてくるのが得意なんだ」

「人の弱みね」服部勘太郎はその時点で興味を半分失っている。提案の内容が想像できたのだろう。人の弱みを見つけてやるから、おまえが誰かを蹴落としたくなったり、利用したくなった時にはそういった面で役に立てますよ、とそういうことだ。私ですら、そういった提案には食傷気味だった。よくあることなのだ。仙醍市内にも似たような仕事をやっている人間は多い。服部勘太郎が雀荘で会った若者は、モーテルの前で、出てきたカップルの写真を撮影し、脅して金を取る、という小遣い稼ぎをやっていた。「価値はあるのかもしれないけれど、面白味を感じない」服部勘太郎はぼそっと言った。そうなのだ、彼を動かす原動力はいつも、面白味だ。

額を絨毯にこすりつける重役を無視するようにして、服部勘太郎はリモコンを手に取った。壁に設置された大きなテレビの電源を入れる。彼は、ギャンブルの後、「金がない」と訴えてくる相手が苦手だ。勝負をしている間は、真剣に、やるかやられるか、取るか取られるかの緊張感を楽しむが、実際に儲けることに興味はない。「どきどきできればいいんだよ。そう思わねえか、三田村」とよく言った。だから、勝負が決した後のことには関心がなく、かと言って、「お金はどうでもいい」と許してしまったら、次の勝負への緊張感が失われてしまう。こだわりはないが、許すこともできず、金のことで揉めることを何より嫌った。

テレビはワイドショーを放送している。もう朝なのだ。芸能プロダクションの社長がカーテンを開けると、眩しい陽射しが室内を白く照らす。画面には、体格のいい親子が映っていた。ユニフォームを着ていて、父親のほうは東卿ジャイアンツの監督、大塚文太だった。その堂々たる姿は、見てすぐに彼だと分かるほど、特徴的なものだった。

「夏の甲子園を沸かした、大塚洋一君の半生」なる特集だ。大塚文太の息子が高校野球で活躍したのは確かに話題になった。

「半生ってまだ、十代だぞ」服部勘太郎は心の底から驚いた顔をした。チャンネルを替えようとはしない。「エリートは違うよな」と、子供の頃から、エースとして活躍していた大塚洋一の映像を眺めながら、感心の声を出した。嫌味や皮肉、やっかみというよりは、純粋に心の底から羨んでいるようだった。「服部さんもエリートではないですか」と土下座をしていた重役が顔を上げた。あからさまな追従口で、私は、彼に軽蔑よりも同情を感じる。彼は彼で必死だ。服部勘太郎は重役に視線を向けたものの、無言だった。

私は五年、服部勘太郎と、悪友よろしく行動を共にしているが、それでも彼が自分の家業や立場についてどう感じているのかは分からない。服部製菓の三代目であることを嫌悪しているのか、喜んでいるのか、達観の境地にいるのか、把握できない。

「エリートなんかじゃないよ」と飄々と答える。

「賭け事の王様みたいなものです」さらに土下座の男が続けた。

服部勘太郎は溜め息をつく。「王様、ねえ」と顔をしかめた。「今のこの世の中、神様も王様もいねえよ」

「夢のない話をしますね」私はそう言ってみた。

「実際、そうだろ。庶民を救う王様なんてな、この世界には、少なくともこの国には、いねえよ。そもそも王制じゃねえんだし」と彼は笑う。「あ、でも、強いて言えば」

「強いて言えば、何ですか」

「野球がうまい奴ならいるよな」服部勘太郎はテレビ画面の大塚洋一に目を向けた。

「どういうことですか」

「ホームラン王だとか、打点王だとか言うだろ。王様は、バットを持ってんだよ」そう言うと、その発言が自分で気に入ったのか指を鳴らし、「『助けてください』『どうにかしてください』と縋るべき相手は、野球のすげえうまいやつだ」と大きな声を出した。

「そういえば、この大塚ってガキ、今年のドラフトで東卿ジャイアンツ入りが決まっているんだよな」と芸能プロダクションの社長が、テレビ画面を指差す。「父親が監督するプロ野球チームに、息子が入団ってのはいい話題になる」

「高校生のドラフト会議って籤引きじゃなかったでしたっけ」それまで黙っていた若者、

自称、最強の麻雀士が高い声を出す。

「どうにかなるんだよ、それも」芸能プロダクション社長は曖昧に言うが、嘘をついているそぶりでもない。

「そんな裏事情なんて知らないなあ」服部勘太郎は自らも球団オーナーであるにもかかわらず、言った。「うちはいつだって、本気で籤を引いてるぜ。まあ、いい選手は籤で当てたところで、うちには来ないけどな」

仙醍キングスの首脳陣は毎年、気を遣っていた。ドラフト会議で、有力な選手を指名したい、という思いのある一方で、「もし、うちの球団に指名されたら、優秀な選手は死ぬほどがっくりするのではないか」と心配していた。私にもその葛藤は伝わってきた。服部勘太郎は以前、そのことについて相談を受けた際、あっさりと回答を出した。「うちに来てもいいって奴だけを取ればいい。わざわざそいつの人生を台無しにしてまで、いい選手を取る必要はねえよ。金もかかるし、どうせ数年したらフリーエージェントでよその球団に行く。だいたい、俺がいつ、おまえたちに試合で勝て、と頼んだんだ」

それを聞き、チーム関係者は腹を括った。いくら弱小球団にいても、試合をすれば、勝ちたいと思うのが人情だ。「勝てるものならば勝ちたい」「強くなれるのであれば強くなりたい」と感じるはずだ。が、関係者も、服部勘太郎の言葉にうなずき、「仙醍キングスはそれでいいのだ」と改めて理解した。

「この大塚洋一君が、我が仙醍キングスに来てみろよ。まず間違いなく、宝の持ち腐れだぜ。意気消沈して、絶望でへこたれちゃうかもしれねえよ」テレビを指し、服部勘太郎が言う。

「面白いと言えば面白いけどね」自称麻雀士の若者が口を尖らせる。「エリートが絶望でへこたれちゃうのを見るのは、面白いですよ」

「俺の趣味じゃない。俺はな、優雅に飛んでる鳥が落っこちたりするのを見て溜飲を下げるよりも、絶対飛ばないような牛が空飛ぶのを眺めて、爆笑するほうが好きなんだ。面白味を感じるんだよ」

「それは、服部君」芸能プロダクション社長が愉快そうに声を弾ませた。「今の話は、東卿ジャイアンツが弱小になるのよりも、仙醍キングスが優勝するほうが面白い、という意味合いかい」

「そんなこと考えてもいなかったが、確かに似てるな」服部勘太郎は納得する。「ただ、仙醍キングスが優勝することは絶対にない」

「なぜですか」急に私がそう声を出したものだから少し驚いた面持ちで、服部勘太郎は振り返り、肩をすくめた。「俺が金を出すつもりがないからだ」

「資金がなくても、球団が強くなる可能性はありますよね」私は単に、彼との言い合いを楽しみたかった。

「そんな可能性はない」「言い切れる根拠は何ですか」

「仙醍キングスが証明している。金をかけないおかげで、万年ビリで、ひどいものだ」

「今日の予定は何だっけ」服部勘太郎が訊ねてきた。マンション麻雀を終えて、私は、車で彼を家まで送るつもりだった。「徹夜だったたし、眠ったほうがいいですよ」と率直に言った。何より、やるべき仕事などない。あったところで服部勘太郎は、気が乗らないと感じれば、いつだって簡単に、すっぽかす。「眠れないんだよな。何だか面白くなくてな」と服部勘太郎が助手席で頭を掻く。そして急に、「三田村、そういや、おまえの子供、どうしてる？　前に小学校で苛めにあってるって言ってただろ」とぶっきらぼうに口にした。

ああ、と私は唐突な話題に少し動揺し、同時に、小学四年生の息子の怯えるような表情が脳裏を過ぎり、胸が締め付けられる。「どうなんでしょうね。苛めと言っても、それほど悪質ではないようで」

「苛めに良質も悪質もないだろうが」

「まあ、そうですね。ただ、苛めている生徒がはっきりしないみたいです」

「そりゃ悪質だろ」

その後、しばらくは無言の間が続いた。ハンドルを回し、左折する。赤信号に停まったところで、十時から仙醍キングスの入団テストがあることを思い出した。いわゆるプロテストだ。秋になると各球団がちらほら開催する。

服部勘太郎は助手席の窓を開けると風が顔に当たるのが良かったのか、気持ちいいな、とうっとりした声を出した。「常識的に考えてな」と続けた。「仙醍キングスのプロテストにいい選手がやってくるとは思えないよな」

野球の才能がある人間はほぼ確実に、高校の野球部や、大学、社会人の野球部なりどこかのチームで活躍をしているだろうし、それらの選手はスカウトが確実にチェックをし、ドラフト会議で球団から選ばれるはずだ。プロテストはそれ以外の、どこのチームにも所属していない選手を受け入れるための仕組みだが、そこで優秀な選手が見つかる可能性はほとんどなく、仮に優秀な選手がいたとしても人気球団のテストを受けにいくに決まっている。つまり、仙醍キングスのプロテストなど、落ちこぼれも落ちこぼれ、箸(はし)にも棒にも引っかからず、そのくせプロ野球選手への夢を捨てられなくて、「もはやどの球団でもかまわない」と思うような人間が集まってくるだけなのだ。

「うちにとっては好都合だけどな」服部勘太郎は言った。「そいつらは年俸を払わなくても、月謝を取ったとしても、喜んでやってくるだろう。プロテストはありがたいな」

そういう考え方もある。実際、仙醍キングスのプロテストは合格者が多い。ほかの球団の場合は、百人から二百人近い選手が受けるが、一次テストを合格できるのが数十人、そして二次テストもクリアとなるのは一桁、というよりも大半がゼロだ。プロでプレイができるような人材は、プロテストをわざわざ受けることはないのだ。プロ野球選手へのルートが確立している現代日本では、そういう仕組みになっている。が、仙醍キングスでは毎年、数名が合格していた。理由は簡単だ。基準が甘いからだ。

「そういえば」私ははっとした。どうしてこんなに面白い話を服部勘太郎に言わずにいたのか、と自分でも驚く。信号が赤になり、ブレーキを踏んだところで、今年はすごいのが応募してきたらしいですよ、と言った。

「すごいのってどうすごいんだ」「人殺しです」「人殺し？」「正確には、人殺しの息子です」

仙醍市に在住の、十代の男だった。名前を山田王求と言う。数年前、彼の父親が中学生を殺害していたことが発覚し、大騒ぎとなったのだ。大人が、息子の上級生を殺害した事件は、テレビや週刊誌を賑わせた。

「あの息子が、プロテストに応募してきてたんですよ」

「あの息子って、その、上級生を殺害した父親の息子？　そいつまだいるんだ？」

まだいる、とは、「まだこの街にいる」という意味なのか、「まだ生きている」という意味なのかは分からない。「実はその子、昔から野球で有名だったらしいんです。小学生の時に、プロの投手の全力投球をホームランしたとかいう逸話も持ってるらしくて」

「小学生相手にプロが本気で投げるわけないだろ」

「東卿ジャイアンツのピッチャーだったらしいんですよ。噂によれば。中学、高校と打席に立てばホームランだったらしくて」

窓から風が車内に吹き込んでくる。服部勘太郎の髪をなびかせる。昼前の街中には人影がない。荒涼とした無人の廃墟をドライブしているような気分になった。いい年した男二人でドライブというのも妙な気恥ずかしさがある。

「二つ質問がある」服部勘太郎は窓から外を眺めながら言った。徹夜明けの疲れと、賭け事を終えたばかりの神経の高ぶりでぼうっとしているのだろう。「一つ目、そんなにすごい野球少年が、どうしてプロテストを受けるんだ。ドラフトじゃねえのかよ」

「人殺しの息子だからです」私は即答する。「父親が捕まった直後に、高校を中退してるんですよ。野球部には所属していないんです」

ふうん、と気のない相槌を打った服部勘太郎は、「二つ目」と言う。「テストを受けるにしてもどうして、うちなんだ？　いいか、俺はその山田とかいう奴のことはまったく知らないけどな、これだけは言える」

「何ですか」

「俺がそいつなら、仙醍キングスのプロテストは絶対に受けない」

「その答えも一緒です。人殺しの息子だからですよ」私は答えながら、黄色の信号を見て、アクセルを踏む。十字路を越え、次の大きな交差点を左折する。「人殺しの息子なんて、球団からすれば迷惑もいいところですからね。どこもほしがりません」

「そいつが人を殺したわけではないんだろ。犯罪者じゃない。しかも実力はすごいわけだ」

「まあ、そうですけどね。どの球団も余計なリスクは負いたくないんですよ。だから山田王求は他球団を受けても、合格できるわけがない。山田王求の名前は球団関係者やスカウトマンはよく知ってるらしいですし、応募した時点ですぐに切り捨てられちゃうでしょうね。実際、うちでも応募があった時点ですぐに判明しました。地元だということもありますが、みんな驚いていましたよ。あの、山田王求がプロテストに応募してきた、と」

「言っておくけど、うちだってごめんだぜ。入団させるわけがないだろ、人殺しの息子」服部勘太郎が笑った。

「当然です」高架下を通る。地下道に入って、すぐにまた外に出た。「うちも、応募の段階で、不合格にしました」書類選考で落ちるのは、体格や年齢のような基本条件に満たない場合がほとんどで、山田王求のような理由で却下するのは珍しかった。

「あ、そうなのか」服部勘太郎が、くるっと体をひっくり返し、私のほうを見た。「不合格にしたんだ？」

「寝て過ごすか」と欠伸まじりに言った。

「ないな」服部勘太郎は苦笑し、その後で、「じゃあ、今日はこのまま家に帰って、寝て過ごすか」と欠伸まじりに言った。

それがいいですよ、と私は答えようとした。が、その時、目の前に、フロントガラスの向こう側にさっと飛び出してくる影が見え、慌ててブレーキを踏み込んだ。体勢が良くなかったのか、靴がひっかかったためか、ブレーキからなかなか足が離れず、焦れば焦るほど強く、踏んでいた。車がつんのめるようにして停止する。服部勘太郎が席の上で跳ね上がり、シートベルトに引っ張られるのが目の端に浮かんだ。私自身も頭がハンドルにぶつかり、自分が宙に飛ぶかのような感覚に襲われた。

車が完全に停まり、恐る恐る顔を上げる。後続車両はなかったらしく衝突された気配はない。溜め息をつき、そこでようやく前を見る。見たこともない動物がいた。四本の脚で堂々と、フロントガラスの向こう側、車道の真ん中に、だ。獅子とも虎ともつかない顔つきで、しかも毛の色なのか肌の色なのか、くすんだ緑色に見える。感情のこもらない表情で私たちの車をじっと見つめていた。はじめは目が三つあるのかと思った。猫じみた鋭くも大きな目が二つと、額にも円形の瞳があるように見えたのだ。が、よく見つめると、それは目などではなく陥没した穴で、そこには線のようなものが刻まれている。野球の硬球の縫い目のようでもある。動物の額にそのような硬球がめり込むはずがないのだから、もちろんそう見えたに過ぎないのだろうが、二本の細やかな線があるのは確かだ。身体には、棘のような鱗のようなものがついている。

私は動揺してしまう。そして、自分でもどうしてそんな行動を取ったのか分からなかったのだが、ベルトを外し、ドアを開け、外に出ていた。獣に襲われる恐怖を気にする余裕もなかった。

どう考えてもそのような獣がこの街中の舗装道路に存在しているはずがない。そう思ってはいるものの、獣が目に映っているのは間違いなかった。外に出ると、その獣が発する生臭さが風に乗り、こちらに漂ってくるほどだ。警察に電話すべきかどうすべきか、と悩んでいるとどこからか男がやってきて、「しっしっ」とカラスや野良犬を追い払うかのようにした。その男は野球の、5と背番号をつけたユニフォームを着ているのだが、茫然としている私に向かい、ぺこりとお辞儀をし、獣をあしらうようにすると、その場から立ち去った。

頭が混乱したまま運転席に戻る。助手席の服部勘太郎は意識を失っていたようだった。瞼を開き、「おい、三田村、どうした。運転、大丈夫か」と言った。

詳細を説明するのもためらわれ、私は言いよどむ。すみません、犬が飛び出してきて、と分かりやすい嘘をつく。服部勘太郎は伸びをすると首をぐるっと回した。「今ので目が覚めた。どうせだから、プロテストの見学に行こうじゃねえか」

早めの昼食を蕎麦屋で済ませ、球場に到着するとすでに一次試験は終了していた。ダッグアウトから球場へと出る。太陽の光が私たちを照らした。先ほどまで遮光カーテンの部屋で麻雀をしていた私たちは、純朴な少年に見つめられるような気後れを感じた。「三田村さん、来てくれたんですか」と仙醍キングス野球団打撃コーチ、野田翔太が声をかけてきた。二十年前、仙醍キングスでレギュラーだったとはいえ、引退後は焼肉屋を経営していただけの彼は、でっぷりと太った体型で、まともに走ることもできない。が、そんな彼でも一軍コーチを任される。それが我が仙醍キングスの実状だ。「俺はいつも来るじゃないか。いつも来ないのは、この人だよ」後ろにいる服部勘太郎に目をやる。野田翔太は目を丸くし、「ひい」と悲鳴を上げた。「オーナー、来てくれたんですか」

「そりゃ来るよ。俺の球団だ」と嘯く服部勘太郎は台本を棒読みするようだった。プロテストの様子はどんな具合か、と訊ねると野田翔太は、ちょうど手に持っていたらしい受験シートを手渡してきた。一次をクリアした二十人の情報が載っているらしい。三分写真で撮られた、男のむすっとした顔が並んでいるのは気持ち良いものでもない。ぺらぺらとめくる。テストの結果も記されている。基準をクリアしている者もいれば、基準に満たない者もいる。五十メートル走で六秒五以内、遠投で八十五メートル以上という基準は、他球団に比べるとずいぶんハードルが低いが、それ以上に試験官であるコーチや二軍監督の一存で、記録に下駄を履かせることも可能なのが仙醍キングスだ。

「すごいのが一人」と野田翔太が目を輝かせた。一番後ろにあった受験シートを引っ張る。「乃木洋」とある。五十メートル走が六秒三、遠投百三十メートルとある。身長は百八十五センチメートルだ。高校を卒業し、今はどこのチームにも所属していない。横から覗き込んできた服部勘太郎は、へえ、と笑った。興奮はない。「すごいな、これ」

「素振りがまた、迫力あるんですよ。そろそろ二次試験ですから、観ていってください」野田翔太は言うとダッグアウトの奥へと消えていく。トイレにでも行きたかったのかもしれない。私は服部勘太郎と目を合わせる。「もう少し近くで観ましょうか」

「いいよ。観客席から観よう」と彼は肩をすくめた。

「オーナーなのに」「駄目な三代目は遠慮するんだよ」

二次試験は、希望のポジションごとに試される。野手志望の者はまず打撃からだ。投げるのは仙醍キングスの、しかも二軍の投手であるから高が知れていると言えば高が知れているのだが、その球ですらまともに打ち返せない打者が多いのも事実だった。

乃木洋は二番目に登場した。打席に立ち、バットを構えた瞬間、私は自分の座っている場所がどこであるのかを見失い、ぐらっと球場の構造が歪んだように思った。打席の乃木洋が、そびえる巨木のようで、私たちはその根のところから幹を見上げている、そのような気分になった。

乃木洋はいとも容易く、打った。外野スタンドに打球は飛ぶ。ピンポン球でも打ち返すかのようだった。しかも投手の真剣な様子に比べると、乃木洋は落ち着き払っていた。全力で投げられた球が、呆気ないほどに軽々とホームランにされる。時折、コースを外れた球が来ると、微動だにせず、見送る。そのうち、野田翔太と投手兼バッテリーコーチの野地栄太が相談しはじめるのが分かった。今度は別の投手がマウンドに上がった。あれは誰だ、と服部勘太郎がグラウンドに指を向けた。「佐藤ですよ。一軍から落ちてきたばかりですけど。いい投手です」「うちの中では、だろ」「ですね。仙醍キングスでは一流ですが、ほかでは分かりません」「三田村は正直だな」

乃木洋は、投手が代わってもまったく動じず、先ほどと同じように、ホームランを打ち続けた。ライトに打ったと思えば、次はセンター、センターの次はレフトだ。グラウンドにいるコーチ陣は口をぽかんと開けていたし、それはテストを受けにきていたほかの受験生たちも同様だった。打撃を終え、何事もなかったかのように打席から戻ってくる乃木洋に、コーチの野田翔太と野地栄太が握手を求めに行く。英雄に挨拶するかのようだ、と私が感想を述べると服部勘太郎は、「乃木君は」と言った。「乃木君はたぶん、ほかの球団に行くんだろ。小手調べでうちのテストを受けにきたんだろうな。でも、三田村、あんなにすごい若者がどうしてプロテストなんて受けてるんだろうな」

さあ、としか私は答えられない。強いて言えば、彼もまた人殺しの息子なんじゃないですか、といい加減に答える。もしくは、と続ける。

「もしくは何だよ、三田村」

「CGなんですよ」

三田村は真面目な顔で変なことを言うなあ、と服部勘太郎が笑い、グラウンドをじっと見つめた。見るとはなしに私もふらっと視線を客席に巡らせる。少し離れた場所で、腕を組んで立ったままのユニフォーム姿の男が目に入った。先ほど、獣の幻を発見した際に、「しっしっ」とやっていた男だ。5という背番号が見える。プロテストをあのように真剣に眺める男の正体は気にかかるが声をかける気持ちにもなれない。

夜、さまざまなことが判明した。まず乃木洋はなぜ、プロテストを受けなくてはいけなかったのか。答えは、私が冗談で言った通りだった。つまり人殺しの息子だったのだ。

「乃木洋ってのは偽名か」雀荘で牌を掻き回す服部勘太郎は言った。「CGではなかったわけだ」

「中学時代の友人が、名前を貸したそうですよ」山田王求は自分の正体を隠し、別人のふりをしてテストを受けに来たのだ。最初は自分の名前で応募したが門前払いを食らったために、彼も考えたのだろう。乃木洋の名を騙り、やってきた。仙醍キングスの事務方も、顔写真だけでは、「山田王求がまた応募してきた」と判断できなかった。

煙草(たばこ)の煙でくもった雀荘は、牌の音や舌打ち、掛け声で満ち、倦怠感(けんたい)と緊迫感のない交ぜになった空気があった。私は、服部勘太郎の下家(シモチャ)に座っていたのだが、「リーチ」と牌を横にした。

「服部さん、それ何の話なんですか」私の正面に座って、牌を触る若者が口を開く。心なしか前のめりになっている。

「すげえ奴が俺のチームのプロテストに来たって話だ」

「すげえ奴って誰ですか」

「人殺しの息子。誰君だっけか、三田村」

「山田です。山田王求」

若者の顔がぱっと明るくなり、「本当ですか！」と喜びの声を上げる。

「知ってるのか」私が訊(き)くと、彼は誇らしげに数回、うなずいた。「イエス、オフコースっすよ。アイスを奢(おご)ったことがあります」

「じゃあ喜んだほうがいいな」服部勘太郎はあっさりとした口ぶりだった。「来年からおまえは、山田王求のプレイが見られるぞ。仙醍キングスに入団したからな」

私は目を見開き、ぽかんとしてしまう。ちょうどその時、若者が、私の当たり牌をぽろっと捨てたが、「ロン」という余裕もなかった。服部勘太郎がそのようなことを考えていたとは露知らず、山田王求の入団がいつ決まったのかまるで知らなかった。いや、おそらくは彼自身も今この瞬間にそれを思いついたに過ぎないのだ。

どこからか拍手が聞こえた。いったい誰が、と振り返ると別の卓で麻雀をしていた女が、しかも何のコスチュームなのか黒ずくめの服装をした三人の女たちが背広の会社員を囲むかのようにそこにいて、俯いたまま、軽やかに手を叩いているところだった。影を身体にまとったかのような、その薄気味悪い三人組は、しめしめ、とも、にこにこ、ともつかない小さな微笑みを口元に浮かべている。

「いやあ、やりましたな」と囁くような声がする。

「やっと決まりましたな」

「ええ、これからですな」

三人の小さな声が、私にだけ聞こえてくるかのようだ。自分の首周りに冷たい風が吹き込むのを感じ、ぶるっと震えた。

マーヴェラス、マーヴェラス、と若者がぶつぶつ言っている。

二十一歳

少年が、「去年、あの時はどういう気持ちだったの」と言った。仙醍駅の西側、大きなホテルの裏側に位置するファミリーレストランの二階だ。小学校三年生の彼は野球帽を被(かぶ)っている。体格のいい山田王求は、ニット帽を深く被っているため周囲に正体はばれていないものの、そのせいで、子供を誘拐する怪人のようでもある。

「あの時とはどの時のこと?」山田王求は訊(たず)ねる。ウーロン茶を飲んでいる。月曜日の午前十時で、店内には人もあまりいない。

少年はチーズの載ったハンバーグを綺麗(きれい)に食べ終え、皿に残ったソースを舐(な)めた。

「ほら、敬遠された時だよ」

そう言われても山田王求にはどの時のことを訊(き)かれているのか、判断がつかなかった。去年一年で、山田王求は敬遠四球を二十二回体験している。

「ホームランの新記録を出しそうだった時だよ」

まだ絞りきれない。ホームランの記録にもさまざまなものがある。一シーズンにおけるホームランの数なのか、もしくは連続打席ホームランの数なのか、連続試合ホームランの数なのか。そのいずれについても山田王求は新記録を出しそうになった。出したものもある。

「九試合連続でホームランを打ってもさ、残りの打席はほとんど敬遠とかでまともに打てないんだから、絶対に記録なんて作れないよ」少年が続けた。

「あれはシーズン終わり間際で、残り試合も少なかったから」

プロ野球における、シーズン連続試合本塁打の記録は、四年前に東卿ジャイアンツの、車田史郎が達成した、「九試合連続」だ。十五年間もの間、誰も破ることのできなかった記録「八試合連続」を更新したのだから、当時は大きな話題だった。山田王求はそれを、津田哲二を見舞いに行った時のスポーツ新聞で知った。当時、二十代後半だった車田史郎は、二枚目の女好き、いくにんもの女優やテレビ局のアナウンサーと浮名を流し、揶揄されることも多かったが、長距離バッターとして脂が乗ってきたこともあり、野球界の新しいヒーローとしての立場を築いていた。山田王求はその記事を見た時、あまりぴんと来なかった。九試合連続でホームランを打つことがどれほど難しいことなのか、実感が湧かなかったからだ。

もし自分がプロ野球選手となったら、と考えてもみた。プロの投手にきりきりまいさせられ、プロの世界の厳しさやホームランの記録の偉大さを痛感することになるのか、それともプロに入ったところで、ホームランを打つことは苦でもなく、赤子の手を捻るが如く、九試合連続のホームラン記録など簡単に塗り替え、物足りなさを覚えるのか、どちらなのか、想像もつかなかった。結論から言えば、そのどちらでもなかった。プロの投手は、アマチュアに比べれば桁違いの迫力と技能を備えていたが、かと言って、恐れおののくほどのものでもない。九試合連続でホームランを打つことも、簡単ではないが、やってやれないことではない、とそう感じた。

プロの選手は敬遠しないと思っていた、と呟くと少年はその言葉を聞き逃さなかった。

「それはないよ。プロはまず、勝利することが第一なんだから、敬遠だって何だってするよ。根性とか青春とかの高校生と違うんだよ」

小学生の少年が大人びたことを言うものだから、山田王求は可笑しくて仕方がない。

「高校生の時から、俺は敬遠ばっかりだった。いや、それこそ、君くらいの年齢、リトルの時からだな。何打席も敬遠で、十回に一回、まともに打てる球が飛んでくれば幸運だったくらいだ。だから、野球はそういうスポーツなんだと思っている。基本的に、投手はストライクゾーンに球を投げてこない。だから、ひたすら待つだけだ。大事なのは、その少ないチャンスを逃さないことだよ」

「十打席に一回しかまともに打てないなんて、野球じゃなくて、剣道とか柔道みたいじゃん。睨み合って、隙ありー、ってやる感じの」

「俺のやってきた野球はずっとそうだったから、そういうもんだと思っていたよ」

山田王求は両親からこう言われて育った。「少年野球のうちは、投手の力量から言っても、おまえを敬遠せざるをえないだろうが、プロになればプライドを賭けた闘いにもなるから、敬遠されることは減るだろう」

実際、プロに入ってから敬遠されることは減った。理由の一つは、確かに、プライドの問題だったのだろう。相手チームからすれば、入団一年か二年の新人相手に始終、敬遠するような屈辱的な真似はできなかったはずだ。どうしても負けられない試合、しかも接戦の好機に山田王求に打順が回ってくる時は敬遠されたが、それ以外には、なかった。一方で、所属チームが仙醍キングスだったから、ということも大きな理由だったはずだ。もともとが弱小の球団であるため、王求に本塁打を打たれたところで、そして仮に一試合を落としたところで、優勝争いにはさほど影響がなかったのだ。相手チームの首脳が、「7対1で勝つのも、7対5で勝つのも勝ちは勝ち」と判断すれば、打たれてもともとの気持ちで、王求と勝負に出ても問題はない。

「東卿ジャイアンツが敬遠するなら、まだ分かるんだよ。自分のチームの車田が記録を持ってるからさ、それを守ろうっていうのは」と少年はもう一度言った。「なのに、他の球団まで、王求の記録を邪魔することないじゃないか」

山田王求がプロ野球の記録を塗り替える機会が来るたび、敬遠や四球、死球などの戦略が取られた。それは、記録を保持している仲間の名誉を守るためというよりは、もっと別の、憎むべき相手に領地を奪われてなるものか、というヒステリックなものだ、と山田王求は察していた。自分の父親のことが影響しているのだろうと分かっていた。殺人犯の息子が目立ってしまっては、世の中の規則が狂うような危機感があるに違いない。

おじいちゃんは元気か、と山田王求は訊ねた。

「うん、元気。先週もね、おじいちゃんちに遊びに行ったよ」

津田哲二と会ったのは去年のシーズンが終わった頃、バッティングセンターが解体されると知り、その工事の様子を眺めに行った時が最後だ。車椅子(くるまいす)に乗った津田哲二は、なぜ王求が新人王に選ばれなかったのか理解に苦しむ、と苦しそうな顔をしていた。

「一軍に上がったのが遅かったし」山田王求はそう答えた。

「一軍に上げなかったあの監督がおかしいんだよ。だけどそれにしてもな、おまえの成績はすごかったじゃないか。あの大塚洋一よりもよっぽどすごい」

新人王は各スポーツ紙などの記者たちによる投票で決まる。厳密に成績によって決定するのではないとはいえ、目立った活躍をすればおのずと票が集まり、基本的には、観客の直感的な評価とずれはない。山田王求は一年目から、驚異的な成績を残した。が、新人王には選ばれなかった。記者たちの感覚の中に、「山田王求を選んではならない」

と拒否反応が働いたとしか思えなかった。面白おかしく記事に取り上げ、お祭り騒ぎで持て囃すことはしても、正式に表彰することには臆したのだろう。山田王求の存在を正当化する責任を負いたくなかったのだ。そして、それは、一般の観客の感覚も同様だったのか、新人王のことは表立っては問題視されなかった。

「あれもまた嫌がらせなのか」と津田哲二は憤っていた。「まあいい、王求は新人の王なんかじゃなくて、本当の王なんだから」


　恋人が、「ねえ、大丈夫なの？」と言った。仙醍駅の西側、大きなホテルの一室、ダブルベッドの上でだ。山田王求もその女も裸だった。昼過ぎにホテルに来て、それから二人でひとしきり絡み合い、欲求を満たした後だ。女はシャワーを浴び、下着も穿かず、また布団の中に潜ってきた。大丈夫とはいったい何のことなのか、と山田王求は訊ねた。

「明日、試合でしょ。昼間からいちゃついてる場合じゃないんじゃないの」と女が言うので、山田王求は目をしばたたく。「それは、裸になる前に言うべきじゃないのか」

　女の表情が、ふわっと緩む。「はじめる直前で、『じゃあ、やめる』とか言われたら寂しいからね。王求なら言いそう」

　女とは一年前、名伍屋での試合の後、夜の公園で知り合った。その日、ナイターで山田王求は三打席連続して、死球をもらった。どの打席も二塁に走者を置いた、得点機だった。投手は際どいコースを狙おうとしたが、山田王求にファウルで粘られ、根負けよろしく身体にぶつけてしまった。そのことに腹は立たなかった。むしろ、それ以外の二打席で安打が打てなかったことに納得がいかなかった。試合後にホテルに戻っても、自分のスイングを確かめずにはいられず、スポーツ新聞の記者たちから食事に誘われたが、断った。遠征となると記者たちが、山田王求を食事や飲み屋に誘ってくる。愛想があるとはいえない山田王求だが、記者たちは近寄ってくる。「父親が殺人犯」ということにはじまり、育成枠で入団したにもかかわらず、一年目から大活躍しているのだから、ニュース性、話題性からすれば最高の対象だろう。山田王求自身もそのことは分かっていたし、彼らは彼らの仕事をしているだけであるから、むげにするのも気がひけた。ただ、その日は誘いには応じなかった。宿泊していたホテルを抜け出すと少し離れた場所、大きな公園に向かい、バットを振った。外灯と頭上の月が薄ぼんやりと照らす中、何度もバットを振る。特にスイングが乱れている感覚はなかった。打ちそこなった投球を頭の中で再生し、バットを振り続ける。悲鳴が上がったのは、ずいぶん経ってからだ。はじめはバットが切る風の音かと思ったが、違った。暗い、鬱蒼とした木々の方向から聞こえてきた。山田王求はバットを止めるとすぐに駆けた。目を凝らす。視界は良くなかったが、動く物体を把握するのは慣れている。目の端にちらと影が移動するのが見えた。不審者、と思い、バットで殴ろうとしたが、直前でそれが女性だと分かった。悲鳴を上げた張本人だ。「悪い奴でもいたのか」と訊ねると、胸元の開いたワンピースを着た、ハイヒールの彼女は、「いた」と顎を引いた。どこに？と訊くと、人差し指を山田王求に向け、「真夜中の公園で、バットをぶんぶん振り回す、おっかない人がここに」と答える。どこまでが冗談か分からず、山田王求は反応に困った。

「これは練習なんだ」と説明する。

「野球少年？」女はワンピースの裾を少し持ち上げると足を開き、架空のバットを構える恰好をした。さまになってると思ったところ、「わたしね、ソフト部だったの。高校生まで」と言った。「読書好きで、ソフト部」そこからどちらがどう誘ったのかははっきりしないが、山田王求と女は公園の隅でほとんど服を着たままの状態で、下着をずらし、性交をした。最初は横たわった姿勢だったが草や石が痛く、途中から立ち上がったものの今度は周囲の視線が気にかかった。スポーツ新聞の記者がいたら、歓喜するだろうな、と頭の隅では思いながらも途中ではやめなかった。遠征先での門限、午前一時に山田王求は間に合わず、罰金二百万円が科せられることになる。門限破りなどのルール違反に対する罰則は、監督やコーチの裁量で決まるが、罰金二百万円は仙醍キングスの慣習からすると重い。監督の駒込良和からは、他の選手への戒めだ、と言われた。どれほど力のある選手であっても、規律を守らなければならない、プロ野球選手にとってもっとも大事なのは技術や体力などではなく、正義感と使命感である、と公言して憚らないのが駒込良和という男だった。そもそも、引き受けるメリットが皆無と言える、仙醍キングスの監督を務めることにしたのも、使命感以外の何物でもなかった。縁もゆかりも、借りもない弱小球団の監督に就任したのはひとえに、野球界全体が盛り上がるのであればと考えてのことだ。口の悪いマスコミはそのような駒込良和を、「物好き」「売名」と茶化したが、大半の人間は好意的に評価し、素晴らしい自己犠牲だ、と称えた。「球団のために自分を犠牲にし貢献する」という意味合いでは、あの南雲慎平太を連想する仙醍キングスファンも少なくはなく、親愛と尊敬の目を向けられる監督だった。

「私はあまり認めたくはない」これは、駒込良和が監督に就任した際の記者会見で、同時期に入団の決まった山田王求のことを訊ねられた時に、洩らした言葉だ。それ以上の言葉は重ねなかったが、駒込良和の誠実で生真面目な性格からすれば、いくら才能やセンスに恵まれていても、殺人犯の息子を、プロ野球選手として育成することに抵抗を感じていたのだろう。記者の誰かが、「親が犯したことは許されませんが、息子には罪がありませんし、積み重ねてきた練習の苦労や結果を台無しにしてしまうのは酷ではないでしょうか」などと言えば、駒込良和も受け入れやすかったのだろうが、世間の論調はたいがいが、「天才なのだから、親の犯罪も帳消しでいいのではないか」と面白半分に囃すものだったため、余計に、駒込良和は反発した。

山田王求は罰金二百万について、不満はなく、特別な驚きも感じなかった。ただ、その女が予告もなく、仙醍市に引っ越してきて、親戚のふりをして連絡を取ってきたことには驚いた。「いいじゃない。付き合いましょうよ」と彼女は言い、それ以降、山田王求はその女とよく会った。

「ねえ、明日の試合、大事じゃないの」裸の女が、山田王求の頬をつねる。「記録がかかってるんでしょ」

山田王求は特に感慨もなく、うなずいた。連続試合本塁打が九試合続いていた。オフの今日を挟むものの、明日、ホームランを打てば、プロ野球記録を更新する。

「でもまあ、また敬遠されるよね」と女が思い出したかのように声を高くした。「いつものように」

数時間前に会った、津田哲二の孫といい、今日は似たような話ばかりだな、と山田王求は思った。

「去年は残り試合が少なかった。今年はさすがに、残り全部を敬遠するわけにもいかないだろうし、いつかは打てる球が来ると思う」

本当にそうなのか？　山田王求は誰かからそう言われているような気分にもなった。本当にストライクを投げてもらえるのか？

「でも、ずっと敬遠は無理でも、意地悪く、変なところばっかり投げてくると思うよ。よくみんな怒らないよね」

「母親は憤っている」「それ以外は?」

それ以外に憤っているのは、仙醍キングスの一部のファンくらいで、プロ野球全体からすれば、仙醍キングスの一部のファンの声など、藪で鳴く蚊の囁きにも似た、取るに足らないものであった。当の山田王求もコメントを発しなかったし、監督の駒込良和も関心を示さなかった。

ねえ、と女がそこで体を起こし、ベッドの上で、正座の姿勢を取ってくる。仰向けの山田王求の顔を上から覗き込んでくる。「王求の名前って、どこからついたの?」

山田王求は天井を見つめていたが、その視線を横にずらし、女の顔を見た。じっと見つめ、どうしてそのようなことを確認してくるのか、と訝った。「詳しくは知らないけれど、王求と書くと、球という字になるのは確かだ。駄洒落みたいなものかな」

女は愛想笑いに近い表情を作った。「王求は、王になるの?」

「どういう意味で?」

「王ってさ、凄いんだよ」女の台詞があまりに抽象的だったので、山田王求は可笑しかった。凄いとはどう凄いのだ。

「みんなを思いのままにできる」

女はある光景について、とうとうと語り出した。

広場に民衆が集っている。城の前に設けられた、石畳の敷き詰められた広場だ。何千という人々が、老人や赤ん坊、若者から少女までさまざまな人々がじっとし、王が現われるのを心待ちにしている。自分たちの抱える不安や恐怖を、王が振り払ってくれるのではないか、と期待している。そして城の中から胸を張り、堂々たる姿勢で王は姿を見せ、その瞬間、人々の口からは声にならない、音にもならない、息のかたまりのようなものがふわりと零れる。人々は地面に跪き、頭を深々と下げる。城壁には兵士たちが綺麗に整列し、微動だにしない。誰も彼もが口を噤み、王の言葉に神経を傾ける。

「そこでね」と女は言った。「民衆を指差して、『あの者の首を刎ねろ』と王様が言えば、さ、それはその通りになっちゃうんだよ。生殺与奪の力が王にはあって、そのことに誰も疑問を覚えない。王の決断は神の判断、王の野望は神の青写真、そんな感じで」

「君が何を言いたいのか分からないけれど、そんな王は物騒で、煩わしいだけだ」

「そう。だけどね」女はそこでとても大事なことを語るかのように、声を潜めた。「その逆に、王は人々を救うこともできる」

「救う?」

「王がその場で立ち上がって、『争いをやめろ』と一言、声を張り上げれば、争いは止むの。病人を指差して、『この者の命を救うのだ』と言えばね、病人は助かるのよ」

「無理だ」山田王求は即座に言った。「王様の権力と病気は無関係だよ」

頭にはふと、子供の頃に父親が広げた、黒い布のことが思い出された。

服部勘太郎が、「明日はがんばってもらわないとな」と言った。仙醍市の繁華街、古いビルの最上階にあるダイニングバーの個室だ。夕方に差し掛かる時間帯で営業時間ではないはずだが、服部勘太郎が常連客のよしみで開けさせた。広々とした座敷で、テーブルは六人が座っても余裕がある。囲んでいるのは三人、山田王求の向かい側に、仙醍キングスのオーナーである服部勘太郎、その横に総務部部長の、三田村博樹だ。

「がんばるというのは、例の記録ですか？　連続試合ホームランの」山田王求は出された料理に箸（はし）を伸ばし、訊ねる。そんな記録に、服部勘太郎が興味を持っているとは信じられなかった。彼の求めるのは、利益や名誉、記録や試合結果などではなく、もっと漠然とした感情だ。山田王求はそのことに気づきはじめていた。子供と同じなのだ。「何か面白いことないかな」という、単純な感情を原動力に生きているようにしか見えない。自分の入団を認めたのも、まさに動機はそれだけだったはずだ。

「記録なんてのは達成しようがしまいが、どちらでもいい。そもそも、おまえみたいな天才にかかったら、記録なんて達成して、当たり前なんだよ」四十代ではあるものの服部勘太郎の肌は、つやつやとし、子供のあどけなさを残しているが、一方で、昆虫の足や羽根をもぐような、無邪気な残酷さも持ち合わせている。「あの記録を持ってる、何だっけか、車田だっけ？　あいつなんて、おまえと比べたら、凡人もいいところだ。スター選手みたいにもてはやされてるけどな。天才の前ではかすむ」

服部勘太郎は入団した直後から山田王求のことを、「天才」と言った。馬鹿にするわけでもお世辞を言うのでもないのが分かるだけに、山田王求は特に気にかけなかった。

「だいたい、今シーズンなんておまえ、ほとんどの記録がおまえの断トツ一位じゃねえか。もう、みんな、二位争いだ」

「じゃあ、何をがんばるんですか」

「何でもだよ。おまえさ、子供の時に戦隊ヒーロー物のショーとか観に行ったことがないか？　ヒーローが危機に陥ると、お姉さんが、『さあみんな、頑張れーって応援するよ』とか言ってだな、みんなで大声出すだろ。頑張れー、って。そういうもんだよ。天才とかヒーローはいつだって、無責任な、がんばれ、って声に応えるんだ」

その理屈が分からず、おまえは黙ったままだ。

「でも、おまえ、明日、敬遠ばっかりだったらどうしようか、とか思わねえのか？　例によって、また邪魔されるんじゃねえかって」

どうでしょうね、と山田王求は淡々と返事をする。どちらでも良かった。天気と同じだ、と思った。旅行に行く日の天候が、晴れなのか雨なのかはコントロールできない。どうにもならないことを鬱々と悩み、天気予報に一喜一憂するくらいであれば、どんな天気であっても受け入れて、雨が降れば傘を差し、晴れたなら薄着をしていこう、と構えているほうがよほどいい。

「天気と野球が一緒なのかよ」と服部勘太郎が笑う。

「昔、俺の親が言ってたんですよ。打席も天気も一緒だって」

「いい親御さんだよな」服部勘太郎はビールの入ったグラスを傾け、飲み干す。隣にいる三田村博樹に、「な」と同意を求めるが、三田村博樹はさすがに、殺人を犯した父親をいい親だとは素直に認められないのか返事はしなかった。

どっちに賭けてるんですか、と山田王求は質問をぶつけた。服部勘太郎が大のギャンブル好きで、法的に認められていない賭け事にも手を出していることは知っていた。以前のことは分からないが、山田王求が入団後は、ある打席で安打を打つかどうか、本塁打を放つかどうか、三振をするかどうか、記録を作るかどうか、とさまざまなことを対象とし、親しい仲間と賭けをしている。山田王求はそのことを嫌とも良いとも感じなかった。好きにすればいいと思った。

「俺はもちろん、おまえがホームランを打つほうに賭けている」服部勘太郎は笑うが、真実を口にしているかどうか、はっきりしなかった。三田村博樹の顔を窺うと、彼は彼でいつも通りの、秘書然とした生真面目な顔のまま、箸を動かしている。この男たちはホモセクシャルというわけでもないだろうに、長年連れ添った夫婦のように見える、と山田王求は感じた。「がんばれよ、って言うためだけに、呼んだんですか？」

「たまに、おまえの顔を見たくなることがあるんだよな。それに、この間、ふと思ったんだけどよ」と服部勘太郎が目を輝かせた。「王求、おまえ、ベイブ・ルースって知ってるか？　知ってるよな。アメリカの」

さすがに名前くらいは知っていたので、うなずいた。

「あのベイブ・ルースは予告ホームランってのをやってたって言うだろ。スタンドを指差して、で、本当に打球をそこに打ち込んだ」

「神話みたいなものだと思いますけどね」三田村博樹が口を開いた。「ちょっとした話に尾ひれがついて、そうなったのかもしれないですよ。信憑性はあまりないような」

「いいんだよ、それはそれで。なあ」服部勘太郎は機嫌良く、山田王求を見る。「夢があるじゃないか。予告ホームランってのは」

「そうですか？」山田王求は首を捻る。予告してホームランを打つことに、どういう夢を重ね合わせればいいのだ、と思った。

「有言実行ってのは、人を惹き付けるんだよ。だから」服部勘太郎がそこで言葉を止める。結論を焦らす演出ではなく、単に、むせただけのようで咳払いを何度か、しつこくやった。が、彼がどう続けるつもりだったのかは聞かずとも分かった。隣の三田村博樹も同様だったらしく、「そんなことを今、やったら、非難囂々ですよ。スタンドを指差して、ホームランを予告するなんて、投手や相手チームを侮辱してますしね。やりすぎです」と言った。社長の失言や暴挙に狼狽《ろうばい》するというよりは、もっと淡々と、諦《あきら》めと慣れを浮かべた独り言のようだった。言うだけ言っておきますけど、どうせ、届かないだろう、と思っている節がある。服部勘太郎は平然としたもので、「問題ないだろう、そういう意味では」と自分の肩を自分で揉《も》むようにした。「王求はもとから、非難囂々じゃないか」

　山田王求はまっすぐに、服部勘太郎を見据えたまま、そうですね、と答える。実際、そうなのだから、否定するつもりもなかった。雨が土砂降りであるのに、「雨なんて降ってない」と言い張るよりも、豪雨を認めた上で雨具を身に着ければいいのだ。

「俺は、予告ホームランなんてやりませんよ」卓上にある湯呑《ゆの》みに口をつける。すでにお茶はなくなっていたが、傾けて、その残った滴《しずく》を舌に落とす。

「じゃあ、こういうのはどうだ。予告ホームランじゃなくて、もし、三振しなかったら首にする、と言ったらどうするんだ？」

「わざと三振しろってことですか」

「もし、だよ。もし、そう命令したらどうする」

「賭けの話ですか？」

「そうじゃねえよ。もしも、の話だ」

　山田王求はあまり悩まなかった。分からない、と正直に答えた。やるかもしれないし、やらないかもしれない。望まないことをやらされるのは腹立たしく、抵抗を感じずにはいられないが、首になり野球ができなくなってはもともこもない。プロの力を知った今となっては、素人の中で野球をやることは物足りないに決まっていた。三振くらいならやっても構わないと思うかもしれない。

「三振したら、おまえの親父を釈放してやると約束したらどうする？」

「できるんですか、そんなことが」

「たとえば、だよ」服部勘太郎は平然としたままだ。「おまえがどういう気持ちで野球をやってるのかさっぱり分からねえんだよ。おまえにとって、野球がどれだけ大事なのか把握できねえから、聞いてみたくなっただけだ。おまえはもう打席に立てばホームランかヒットを打つんだから、予告ホームランだとか、予告三振でもしたほうがいいぞ」

山田王求は腕時計に目をやり、「そろそろ、いいですか」と言った。「母と会う予定なんです」

「なあ、王求、明日の打席で、ストライクゾーンに球が飛んでくると思うか？　新記録達成間近のおまえに」服部勘太郎は座ったままだった。山田王求は首を傾げる。天気予報はできない、と思った。すると服部勘太郎が、「飛んでくるぞ。ストライクに。豪快に打って記録作れよ」とそれこそ、豪快に笑う。

山田桐子が、「また、大きくなった？」と言った。仙醍市の市街地から少し離れた場所の、マンションだ。玄関を開き、山田王求を迎え入れた山田桐子は、リビングに入ったところでじっと視線を向けてきた。息子である山田王求を上から下へ、眺める。「筋肉はまだ、ついてきてるけど。大きくなったというほどじゃないよ」と言って、食卓に座る。テレビの正面の席だ。子供の頃からいつだって、山田王求はその場所で、食事を取った。常に正面から野球中継を観られるように、だ。テレビは昔から比べるとずいぶん、変わった。子供の頃はブラウン管の奥行きのあるものだったのが、だんだんと薄くなり、今ではただの板のようでもある。壁には床から天井までの書棚が設置され、ビデオテープやＤＶＤをはじめ、映像が記録された媒体が並んでいる。録画されているのは当然ながら、野球の試合の記録だ。山田王求が子供の頃から、その書棚には隙間がない。あれからずいぶん歳月も経っているが、どこにどう収納しているのか、まだ溢れた様子がないのが不可思議だった。

山田桐子が食卓の上のリモコンを操作する。テレビに映ったのは予想通り、山田王求の出場した試合の映像だった。一年前の、東卿ジャイアンツとの三連戦の一回戦だ。すぐに分かった。マウンドに立つのは、エースナンバーをつけた大塚洋一だ。

仙醍キングスに入団し、プロの世界に入ってからというもの、山田王求はことあるごとに、大塚洋一と比べられた。有名野球選手の息子で、子供の頃から活躍してきた野球エリートの大塚洋一と、裏道も裏道、地下道から無理やり陽の当たる場所に出てきたような山田王求は対照的だったから、世間も対比することが楽しくて仕方がない、という様子だった。当然、天才ピッチャーと怪物バッターの対決を望む声は最初から多かったのだが、なかなか実現しなかった。実現しない理由は、試合スケジュールや、投手のローテーションなどさまざまな要因があったが、主には、東卿ジャイアンツの、大塚洋一側の、都合によるものだった。端的に言えば、彼らが、山田王求との対決を避けたがっていたのだ。理由ははっきりしている。メリットがないからだ。大塚洋一は新人であるにもかかわらず、知名度も実力も球界のトップクラスで、山田王求と対戦することで得るものは特にない。山田王求を打ち取り、完膚なきまでとはいかないまでも、有無を言わせない結果を出せば、大塚洋一の評価もさらに上がり、ファンも歓喜するだろうが、そうならない可能性もあった。それを東卿ジャイアンツは恐れていた。東卿ジャイアンツのオーナーと、大塚洋一の父でもある、大塚監督が、だ。彼らは山田王求の力を正しく認識している。だからこそ脅威に思っていた。

「君を怖がってるんだよ」と、山田王求は、面識のあるスポーツ新聞の記者にそう言われたことがある。「そのことについて、どう思う?」と。山田王求は例によって、「別にどうも思いません」と答えた。

「大塚投手と対戦してみたくない?」

「分かりません」本当に分からなかった。記者としては、「すごい投手の球を打つのが楽しみで仕方がない」とでもいうような返事を期待していたのかもしれない。が、山田王求は素っ気なく、「分からない」を繰り返すだけだった。

対戦が実現したのが去年、プロ二年目のシーズン終わり間際、だった。その試合を録画した映像が、食卓の向かい側で流れている。

「いいピッチャーだけどね」山田桐子が缶ビールを持って、椅子に座る。どうして、これを観てたのか、と山田王求は訊ねた。

「特に意味はないわよ。王求の試合はしょっちゅう観てるし、今、たまたま、これを観てただけ」

テレビの中の山田王求が体を回転させた。カメラは勢い良く飛ぶボールを追った。スタンドが映り、立ち尽くす大塚洋一が映り、ゆっくりと一塁ベースへ向かう山田王求が映る。

「これから、彼、スランプになっちゃったのよね」山田桐子は片肘（かたひじ）をついた手を顎に当て、淡々と言った。「新人王になったけど、スランプなんだから、どうにもなんないわよね」と同情はなく、あっさりとした言い方をした。

テレビでは、山田王求の打球が何度か繰り返される。その日に放った、他の本塁打二本の映像も流れる。山田王求は特別な感慨もなく、画面を眺めた。少しして、「そういえば、あのスポーツライター覚えている？」と山田桐子が言う。「権藤とかいう。昔、王求に付きまとっていたでしょ」

ああ、と山田王求は答える。中学から高校にかけて、頻繁に会いに来た男のことだ。

「あの人、王求は天才だからそれを私は記録しますよ。伝記を執筆するんです、なんて言っていたけれど、結局、そのままだったね」山田桐子は恨めしそうでもなく、淡々と話す。

山田王求は、昨シーズンの終わりごろ、たまたま入ったファミリーレストランで、権藤に遭遇したことを思い出した。オフの日で、王求は一人でランチメニューを頼み、筋力トレーニングについての本を読んでいたのだが、その隣の四人用テーブルに権藤がいた。大人びた、思春期通過中と思しき娘二人と、ふくよかな妻と一緒だった。「久しぶりだなあ」と権藤は照れ臭そうに、声をかけてきた。「おい、これは、あの天才打者の山田王求だぞ」と自慢気に家族に説明するが、妻も娘たちもまるで興味を示さず、「どうも」と小さく頭を下げるだけだった。その家族の間に漂う白々とした空気は、権藤の家における立場を表しているかのようで、山田王求は同情を覚えた。

「おまえはすげえな。打者の成績の基準を根底から変えちまった」と権藤は口元にケチャップをつけたまま、力説した。「今までは、バッターってのは良くて三割、四割は偉業だっただろ。でも、おまえはまったく違う。六割、七割は当然で、下手したら八割だ。

あの、真面目で優等生の監督が、おまえに嫉妬《しっと》して、二軍に塩漬けさせてなければ、打率は悠々と一位だったろうし、下手したら二位の倍の打率だったかもしれねえぞ」

「嫉妬？」

「当たり前だろ。あの監督はおまえに妬《や》いてんだよ。だから、ずっとおまえを一軍に上げなかったんじゃねえか」

「俺は育成選手枠で入団したから、一軍登録が遅れたんだ」

「関係ねえよ。監督と、ほら、あとはコーチのトラック、あの二人がおまえを疎《うと》ましく思ってるんだ」

　トラックとは、四角い顔に短髪、背が高い打撃コーチだった。現役時代はその屈強な体格と、故障知らずであることから、大型トラックという意味合いでそう呼ばれていた。駒込良和とは高校時代からの友人で、周囲からは同性愛を疑われるほど仲が良いことで有名だった。

「あのトラックも、おまえのことが気に食わない」

「あの人は、俺のフォームを褒めてくれた」

「そりゃそうだ。おまえのフォームは完璧《かんぺき》すぎる。褒めざるを得ない」

　山田王求はそう言われ、ある場面を思い出す。打撃練習のため、室内練習場でバットを振っていた時だ。機械が投げる球を次々と打ち返していると、隣の打席にいる選手に、コーチのトラックが指導をはじめた。そして自分自身でバットを持ち、素振りをしてみせる。山田王求はそれを見るとはなしに眺めていたのだが、その視線に気づいたトラックが急に動作を止め、居心地悪そうに顔をそむけた。恥ずかしがるようでもあったし、不愉快そうでもあった。山田王求はその理由が分からず、結局、その場から立ち去った。あれはいったい何であったのか、山田王求は今も分からない。

「おまえがホームランを打って、ベンチに帰ってきた時、トラックはおまえを出迎えるか？　まあ、出迎えて手を叩(たた)いたりはするだろうけどな、目は笑ってねえだろ？」

断定するかのような権藤の言葉を聞きながら、山田王求は記憶を辿(たど)る。本塁打を打った際、ベンチ前で自分を待っている打撃コーチの表情を思い出そうとした。どういうわけか頭に浮かぶのは、あのコーチが能面のような無表情で自分を迎え入れる姿と、もしくは、ホームランに気づかなかったかのように、よそを向いている横顔だけだった。

「おまえみたいな奴がいたら、コーチの存在意義がなくなっちまうよ」権藤は言う。

「来シーズンはたぶん、おまえは相手にされなくなるぞ」

敬遠されるという意味か、と山田王求は訊ねる。

権藤はかぶりを振る。「そうじゃない。あまりにもおまえが凄いんで、みんな、何が何だか分からなくなっちまうんだよ。凄さが麻痺(まひ)しちまう。九割打者はもう、別格すぎて、どう扱っていいか誰も判断できないんだ。つまり、なかったことにするしかねえんだよ。例外ってやつだ。トラックも監督も、おまえを相手になんてしなくなる。おまえを認めたら、自分が駄目になる」

「俺はどうすれば」

「まあ、どうすることもできねえよな。プロ野球選手の生活をだらだら過ごすだけだ。ただ、これは言える」

「何ですか」

「そんなおまえがいても、仙醍キングスは優勝できない。いや、Aクラスだって無理だ。そういう球団だからな」

「ねえ、王求、明日、どう?」山田桐子が言って来て、山田王求は、権藤についての記憶から現実へと意識を戻した。連続試合ホームランのことを問われているのだとは分かった。「どうだろう。でも」

「でも?」

「オーナーは、明日、ストライクゾーンに球が来るって言ってた。どうしてか分からないけど、自信満々だったな」

山田桐子は複雑な表情を見せた。おかしみを覚えているようだったが、同時に、疎ましさも浮かべた。「あのオーナーは胡散臭い」「あのオーナーは恩人だ」「あの恩人は可笑しい」といった思いが入り混じっている。「明日のチームの監督か、投手かキャッチャーか、誰かを買収したんじゃない？　ちゃんと勝負するようにって」

「俺のために？」

「たぶん、金でも賭けてるのよ」

かもしれない。それは山田王求も認めた。少年時代、両親が、王求を敬遠しないようにと相手チームの監督に金を渡していたのを思い出す。懐かしさと同時に、性交の後のような切なさとむなしさのまざった思いが胸にせり上がってくる。テレビ台に載った、フォトスタンドに目が行く。小学生の時の山田王求がいた。バットを肩に担ぎ、胸を張っている。山田亮と山田桐子が背後にいる。野球グラウンドの前で撮ったものだ。この人たちのおかげで、と山田王求はふと思う。自分はここにいて、野球をやっている。

この時点で、山田王求の野球人生が残り二年だとは、誰も知らない。

二十二歳

津田純太は、「去年、あの時はどういう気持ちだったの」とおまえに言った。仙醍駅の西側、去年まではファミリーレストランだった場所だ。今はハンバーガーショップで、店内は座席数が多い割に客は少ない。この店も来年には別の店になっているのではないか、とおまえは想像しているが、惜しい、その店が消えるのは三年後だ。

去年も同じような言葉を、同じ少年から投げつけられたことをおまえは思い出さない。

小学校四年の津田純太のつるつるとした肌の顔面に、老いた枯れ木のような佇(たたず)まいの津田哲二の面影を見つけ、おまえは遺伝子の力について、素朴に感心する。

津田純太は長いスプーンを駆使し、壺(つぼ)のような容器に入ったアイスクリームをほじっている。「ほら、ホームランの新記録を作った時だよ」

そう言われてもおまえはどの時のことなのか、判断できなかった。ホームランの新記録であれば、去年、二つ更新したからだ。十試合連続本塁打と、六打席連続本塁打だ。

「打った時、王求はいつも通り、むすっとしてるしさ。まあ、打って当然だとは思ったけど、まるで嬉しくないような感じだったから。感じ悪かったよ」

「もちろん嬉しかった。表情にあまり出ないだけなんだ」

実際には、嬉しい、という感覚はなかった。どちらの新記録を作った時も、というより、ホームランに限らず、たとえば一試合最多打点などのほかの記録を作った時も含め、おまえは嬉しく思ったことなど一度もなかった。おまえ自身はそれを具体的な感覚として捉えられていないが、強いて言えば次のようにたとえることができるだろう。

ある朝、おまえが家を出ると遭遇する人遭遇する人、全員が、おまえの手に握られているその欠片は何なのだと問いかけてくる。いったい何のことだ、と右手を見下ろし、ゆっくりと指を開けてみれば、中に、不恰好に切り取られた厚紙が入っている。いつから持っていたのか思い出そうとするが分からない。それこそ生まれた時からずっと持ち歩いていたのではないかと慄くほどだった。その厚紙の切れ端を捨てることはできない。手に握ることはやめたものの、いつも持ち歩くようになった。ポケットや鞄に入れて運び、引越しの際も捨てずにいた。時が過ぎ、おまえは成長し、老い、結婚をしてもしなくても、子供が誕生してもしなくても、とにかくある場所で道に迷う。近道を選んだつもりが奥へ奥へ、遠くへ遠くへと進んでいき、袋小路に突き当たる。するとその、正面の壁に巨大なパネルがはめ込まれていることに気づく。老人たちがそれを眺め、誰かは杖を突き、別の誰かは座り込み、パネルをじっと見つめている。それがジグソーパズルであり、中央部分に一箇所だけ空白があることに気づいたおまえは、唐突に、例の厚紙に思い至り、それを空白部分に押し付ける。するとかちりと厚紙がはまり、パズルが完成する。老人たちは喝采を上げることもなく、深くうなずき合い、それを見たおまえも胸を撫で下ろす。間に合ったと思い、自分の役割を果たすことができたと安堵する。まさにそれだ。ホームランを打つたびにおまえが感じる感覚は、そのような思いに近いはずだ。「間に合った」もしくは、「役割を果たした」だ。

「今の王求はどういう気持ちで野球をやっているの」と津田純太は訊ねてくる。「おじいちゃんがこないだ言ってたんだよ。王求はもう、やることがなくなった王様みたいなもんだ、って」

おまえは急な言葉にはっとした。

「実際、そうだよね。いつもヒットかホームランを打つんだし、そうじゃなかったらフォアボールかデッドボールでしょ。なんか、凄すぎて、その凄すぎなのが普通になっちゃってるから、凄くても凄くないというか、訳が分かんないよね」

おまえは返事に困る。ただ、去年と今年で変化があるのかといえば、ほとんどないと答えるほかないのも事実だった。幼稚園の頃から高校生までのほうがよほど日々の生活に刺激があった。プロ野球選手の毎日は、去年が今年であっても変わらぬような、代わり映えのないものに思える。たとえば、今日という日を切り取り、昨年の同じ日と重ね合わせてみれば、ほとんどがぴたりと一致するのではないか。そう感じるほどだった。

そこでおまえはふと、以前から気にかかっていたことを口に出した。「俺がいることで」と言っている。「俺がいることで、野球はつまらなくなっていないだろうか」

津田純太はきょとんとする。「王求、それ、どういうこと？」

「俺がいることで、バランスが崩れてはいないだろうか」

「そんなことないよ。みんな、王求が打つのを楽しみにしてるんだし」

そうだろうか、とおまえは首を傾げる。俺はバランスを崩しているのではないか。やはり、その思いを拭えない。

恋人がおまえに、「ねえ、大丈夫なの？」と言ってくる。仙醍駅の西側、小さなホテルの一室、ダブルベッドの上でだ。おまえはすでに下着を穿いていたが、女は全裸のままだ。昼過ぎにホテルに来てから、おまえたちは無我夢中になって体を動かし合った。いや、正確に言うなら、おまえは無我夢中というほどではなく、むしろ上の空だったのかもしれない。明らかに別のことを、夕方に訪れるべき病院のことと、そこで会う人物について考えていたからだ。女はシャワーを浴びた後、下着も穿かずに窓から景色を眺め、冷蔵庫を開けると勝手に飲み物を楽しみはじめた。肉付きのいい女の胸はとても大きく、彼女の飲み干した液体は全てそこに溜まり、水風船さながらに張りを作っていくのではないか、と思えた。大丈夫とはいったい何のことなのか、とおまえは訊ねる。そして、どうして俺はこの女とここにいるのか、と疑問を感じる。おまえ自身にはっきりとした自覚はないが、実はおまえとこの女とは、価値観や生活のスタイル、性癖や食事の好みを含めて、何もかもが異なっている。交際がうまくいくはずがなく、おまえは心の底のほうで、その歪みを感じ取っていた。

「明日、試合でしょ。昼間からいちゃついてる場合じゃないんじゃないの」と女が言う。おまえは目をしばたたく。「このやり取りを前にもしたような気がする」

女の表情が、ふわっと緩んだ。猫にも似た大きな目が細くなる。「デジャブってやつじゃない、それって。ねえねえ、興味深いね」と豊かな胸を揺らした。

おまえは、女と初めて出会った時の、半年前の中華料理店のことを思い出す。シーズンオフ中のおまえは、突然仙醍市にやってきた大塚洋一をもてなすつもりで、その、高層階にある店を予約した。夕食のコース料理を食べた。あの時のおまえの心にあったのは、罪悪感かそれとも同情だったのか、疎ましさなのか優越感なのか、はっきりしない。もしくは、その全てだったのか。大塚洋一は東卿ジャイアンツの投手だ。二年前の公式試合で、おまえと対戦し、完全に敗北した。誰の目から見ても明らかに格が違うことが露呈し、それ以降、調子を崩し、去年から今年にかけては大半をファームで過ごしていた。その彼が、直接、おまえに連絡を取り、完全なプライベートとして仙醍を訪れるか会ったはいいものの大塚洋一はほとんど喋らなかった。おまえも話題を探そうとしなかった。展望が良い個室であったにもかかわらず景色の話すらしなかった。無言で箸と口を動かす二人の男たちを、店員たちは物珍しそうに眺め、皿を出し入れした。

「王求、おまえはさ、ちょっと異常だよ」曰く、ふんわりとした美しい女性の裸体を思わせるデザートを食べ始めた頃、ようやく大塚洋一は口を開いた。おまえをちらっと眺め、視線を少し泳がせたかと思うと、泣き出しそうな顔つきで、「何で、来たんだよ」と言った。なぜ来たのか、と問われたおまえは顔を上げ、「来たのはおまえのほうじゃないか。仙醍にわざわざ新幹線でやってきたじゃないか」と聞き返した。

そういうことじゃない、と大塚洋一はかぶりを振る。

「来たというのは、プロに来た、という意味か」とおまえは訊ねた。それとも、どうしてセ・リーグに来たのか、という意味か。すると大塚洋一は大きく溜め息をついた。

「そうじゃない。どうして、この世におまえが来たんだ、という意味だ。どうして、俺と同じ世代におまえなんかがいるんだ」

おまえは答えを見つけられず、肩をすくめるだけだった。

「宇宙に帰れよ。そうじゃなかったら、魔界に」大塚洋一は続け、今度は明らかに冗談だと分かるように歯を見せ、そこでおまえも笑みを見せた。大塚洋一が会いに来た理由が、おまえは最後まで分からなかった。真相を簡単に話せば、彼は、大塚洋一は、自分の能力に限界を感じていたのだ。父親であり、東卿ジャイアンツの監督でもある大塚文太の存在や影響が重荷でもあった。だから、プロ野球界から逃げ出そうと考えていた。もちろん、大塚洋一にも人並みはずれた才能はある。おまえのような選手と比較することをやめ、親のしがらみから抜け出し、別の球団で活動する、という選択肢もあった。が、それを選択できないところが、大塚洋一の弱さに違いない。引退したいが、その方法が分からず、何か不祥事でも起こして、強制的に野球人生を終わらせるべきではないか、と強迫観念に襲われはじめていたのだった。危機感を覚えた大塚洋一はそこで、自分のスランプの原因であるおまえに会おうと考えた。そうすれば、精神が落ち着くのかと期待し、だから仙醍までやってきたのだ。三年後、大塚洋一は東卿の繁華街で酔い潰れ、そこを体格のいい女子プロレスラーに介抱されたのをきっかけに、野球界から引退し、女子プロレスのマネージャーとして生きていくことになるのだが、もちろんおまえは知るはずがない。

そして、その中華料理店の店員で、おまえが会計をした際に応対したのが、今、おまえがベッドで抱き合ったその女だった。女は長い髪を後ろで結び、化粧の薄い顔をしていたが、おまえは瞬間的に親しみを感じた。財布を触っていた手をはっと止め、しみじみ眺めてしまうほどだった。頭を過ぎったのは十代の頃に交際していた関口美登里のことだ。交際とは呼べぬほどの、幼い付き合いに過ぎなかったことはおまえも分かっていて、思い出すこともめったになくなっていたのだが、中華料理店のその女と向き合った時、記憶がどっと溢(あふ)れ出した。大いなる勘違いと言うべきなのだが、おまえは、その女が関口美登里であるかのような感覚を覚えた。

「ねえ、明日の記録って何だっけ」全裸のまま、ホテルのベッドに腰を下ろした女はそのマットレスのスプリングの弾み具合を楽しむようにしている。それに合わせ、胸がゆらりゆらりと邪魔そうに動く。「九試合連続ホームランだっけ？　何だっけ」

「明日、ホームランを打てば十一試合連続」

「それって凄い記録なの？」

「新しい記録ではあるけど、だからと言って何かが変わるわけでもない」

「でも、誰かが喜ぶわけでしょ」女は言う。おまえも察しているだろうが、この女は、翌日おまえが新記録を出したところで喜びはしないだろう。記録を更新することで、特別ボーナスでも出ないだろうか、と考えてはいる。もし出るのなら自分の買い物に、良い影響を与えないか、と楽しみにしている。

「たぶん、敬遠されるだろう」おまえは枕(まくら)に頭を落とし、天井を眺める。「明日はまともな球はこない。たぶんそうだ」

「何で分かるの。ねえ、何で何で。あ、でも、あれだよね。敬遠されなくても、どうせ、バントのサイン出されちゃうんじゃない？」

女は意外に鋭かった。今シーズンに入ってから、おまえが連続打席ホームランの記録を作りそうになると、駒込良和が犠打のサインを出すことがよくあった。四死球では連続記録は中断しないが、犠打であれば中断する。

「絶対、わざとだよね、あれ。あの監督、王求のことを嫌いなんじゃない。サイン無視して、打っちゃえばいいじゃない」

「それをして、何が得られるんだ」

「王求は真面目なんだか何だか分からないね」

倉知巳緒がおまえに、「ホームランで、わたしを救ってみたら」と言った。冗談を口にするというよりは、挑発的な物言いだ。おまえは、その女のことを懐かしいとは感じなかった。別れてからほぼ一年が経っていたが、あまりに彼女の顔つきが変貌していたため、過去に肉体関係のあった女性と再会したというよりは、初対面の女性に無遠慮に話しかけられている気分だったからだ。倉知巳緒はベッドから上半身を起こし、左手に接続されている点滴の管を、扱いに慣れている者だからこそできるような、ぞんざいなやり方で横にどかした。

倉知巳緒はとても痩せていた。おまえと会っていた頃も細身だったが、今は頬がこけ、顎が尖り、目が窪み、身体の肉が削り取られたような痛々しさに満ちている。

倉知巳緒からは前日にメールが届いた。

「病院にいるから見舞いに来たら」とだけ、あった。去年、連続試合本塁打の記録を達成し、少し経った頃、倉知巳緒が別れ話を持ち出してきたが、それ以来まったく音沙汰がなかった。唐突な連絡に対し、おまえも警戒した。病院にいると言っても、風邪か骨折のようなもので、その入院費が払えず、金を無心してくるのかと想像した。が、文面には、「縁の病なのよ」とも書かれていた。

「『不治』の病って書くと悲劇っぽいけど、『縁』だと崖っ縁みたいでいいでしょ。まだ、がんばってる感じがしない？　往生際が悪いの」ベッドに起き上がる倉知巳緒は洟を何度かウェットティッシュでかみながら、言った。おまえは病名を確かめなかったし、彼女も言おうとしなかった。ただ、「あなたにも感染してるような、そういう病気じゃないから安心していいよ。これはわたしの中で起きて、わたしの中で終わっていく闘いだから」と倉知巳緒は言い、「外野に迷惑はかけないわ」と唇を震わせた。

倉知巳緒はもともと、名伍屋に住んでいて、おまえと親しくなるために仙醍に来た。だからどうして、仙醍の病院に入院しているのか、と訝った。が、さほど不思議なことはない。単に彼女の病の専門家が仙醍の病院の医師であるため、名伍屋からまた、仙醍にやってきたのだ。

倉知巳緒は、病室の窓から射し込む、淡い情熱の名残りとでも呼べるような夕焼けを見つめ、「仙醍に来たら、王求がどうしてるのか気になって、で、メールしたんだけど」と言う。おまえは立ったまま、やはりその夕焼けに視線をやった。かすれた雲が薄い赤で滲んでいる。頭に立ち昇ってくるのは、少年の頃にバットを振っていた公園の光景だ。素振りを繰り返しているうちにゆっくりと日が傾き、空が赤らみ、暗くなっていった。自分がバットを振らなければ、夕闇すら来ないのではないかと思う瞬間もあった。「野球のこと、考えてるでしょ」と倉知巳緒に言われ、我に返る。「久々に会った、昔の恋人が病で苦しんでるのに、君は野球のことを考えている」

倉知巳緒は恋人だったのか、とおまえはぼんやりと考える。性交渉はあったが精神的なつながりもあったのか、と。そして、つい先ほどまでベッドで一緒にいた女と、倉知巳緒を比べ、似ている部分もあるが、似ていないところも多い、と考えた。倉知巳緒は流れの速い川のようだが、今の女は沼のようだ、と。

「この間、本を読んでいたら面白いのが載ってたのよ。『お祈りと妊娠の間に関係があるのか』っていう記事」

おまえは、骨が浮かび上がるほどにやせ細った倉知巳緒が喋るのを、黙って聞く。

「何年か前に発表されたのよ。コロンビアかどこかの大学の医学部の研究らしいんだけどね。いい、眉に唾をつけて聞いて」倉知巳緒はどこまで本気なのかそう前置きをして、話をはじめた。ソウルのある病院で、体外受精治療を受けた二百十九人の女性を対象にした実験のことだ。女性たちは二つのグループにこっそり分けられた。「片方はね、他者からのお祈りを受けるグループで、もう半分は、お祈りを受けないグループだったんだって」

「お祈りを受ける？」

「そう。その対象となった女性の写真をね、アメリカとかカナダとかオーストラリアに住む人に送って、お祈りをしてもらうわけ。このお祈りの中身も面白いんだけど、それは省くわ。まあ、ようするに、『この女性が妊娠しますように』というお祈りね。で、当然だけど、この対象となった女性たちもお医者さんたちも、この実験のことは知らなかったの」

「医者も知らなかったのか。でも、何のためにそんな実験をしたんだ？」

「テレパシーみたいなのが実在するかどうか知りたかったんじゃない？」倉知巳緒は肩をすくめ、指に唾をつけ、念入りに眉にこすりつける仕草をした。「その結果が凄いのよ。お祈りを受けたグループは、受けなかったグループに比べて、妊娠の率が倍近かったんだって」

おまえはまばたきをし、答えに困る。一笑に付すつもりはなかったが、倉知巳緒はこのような話を信じる人間だったか、そんな兆候はあっただろうか、と考えてしまった。

「わたしもね半信半疑だし、その結果が本当に正しいものと受け止めていいのかどうかは分かんないけど、お祈りには何か効果があってもいいような気はするの」

「前からそうだった？」前から君はそういう人間だったのか、と訊ねる。

「変わったのよ」倉知巳緒は力強く言う。「つい最近、変わったの。野球で言えば、八回裏くらいに。君も、わたしのことをお祈りしてよ。というよりも、したほうがいいよ」

「お祈りなんてしたことがない」

「わたしの病気が治るようにお祈りしながら、ホームランをばんばん打ってみせたら？」まさにこのことを言いたいがために、倉知巳緒はおまえを呼んだのだ。「わたし、テレビで観てるから。君が、わたしのためにホームランを打ってくれたら良くなる気がするじゃない。昔、王様のことを話したのを覚えてる？」

おまえはうっすらと記憶にそのような場面が残っているのを感じるが、詳しくは思い出せない。

「王様は、民衆の首を刎ねるのも救うのも、自由自在なんだよ。一般市民の病気を治すのだって、片手でできる」

「バットは両手だ」

「じゃあ、両手で」

俺は、とおまえは答える。誰かのためにホームランを打ったりはしないのだ。いいじゃないベイブ・ルースみたいにさ、打ってよ。君の好きな南雲慎平太だって、似たようなことをやったんでしょ。「知ってる？　悲しみというやつはうつるのよ」

「急にどうしたんだ」

「悲しみというやつ、どうやらうつるものらしいな。そういう台詞（せりふ）があるのよ。悲しみはどんどん、人から人へうつっていくわけ。不安や苦痛もね。だけど、王様にはうつらないのよ。悲しみも苦しみも。だから王様が全部、ごっそり救ってあげて」

「意味がよく分からない」

「君がホームランをばんばん打ってると、ある時、医者がベッドに来て、言うわけ。『信じがたいことなのですが、良くなっています。しかも、ずいぶん。いったい何があったんでしょう。学会で発表しなければ』とかね」

おまえは、馬鹿（ばか）な、と言いかけて、口を閉じる。

彼女は、少し疲れたわ、と横になり、掛け布団（ぶとん）を引っ張り上げた。瞼（まぶた）を閉じ、おまえがいるにもかかわらず、眠ってしまいそうだった。唇だけが動いた。「今のわたしはツーストライクまで追い込まれちゃってる感じなんだよね。ファウルで粘ってるの。何回も何回もバットを振って、どうにか三振を先延ばしにしてるわけ。もういい加減疲れたけど、終わりにするわけにもいかないからね。粘るわよ、ファウルファウルファウルで」

おまえは、倉知巳緒の病について、その治療については何も知らないため、ただ、点滴の管を見やり、脇に置かれたウェットティッシュを眺めるだけだ。布団の白さが、彼女の顔色の白さにまざり、光り、周辺はぼやけていく。

「粘って粘って。倉知選手、またファウル。しつこいですね。ピッチャーも疲れてきたんじゃないですかね」倉知巳緒は目を閉じたまま、架空の実況中継をするようだった。

おまえは表情を崩さず、彼女の耳元に口を近づけると、「バットを短く構えて、ボールをよく見て」とつぶやいた。


三田村博樹が、「明日はどうなるんだろうな」と言った。仙醍市の繁華街、古いビルの最上階にあるダイニングバーの個室だ。夕方に差し掛かる時間帯で営業時間ではないのだが、店のオーナーが融通を利かせてくれた。オーナーは、おまえのファンなのだ。広々とした座敷で、テーブルは六人が座っても余裕があるような大きさだったが、いるのはおまえと、仙醍キングスのオーナーである三田村博樹だけだ。半年前、仙醍キングスのオーナーだった服部勘太郎が、仙醍駅構内のトイレで、背中から刺されて死亡してからというもの、三田村博樹は急造オーナーとして奮闘していた。「もともと服部勘太郎は何もしないオーナーだったので、私もそれほどやることはないんですよ」と表向きは言ったが、不慣れな役回りゆえ、苦労は多かった。おまえは、三田村博樹のことを嫌いではなかったが、好きでもない。

「どうなるんだろう、とはどういう意味ですか」おまえは訊ねる。

「記録だよ。ホームランの」

「三田村さんも賭けてるんですか？」

「私にはそんな度胸はないし、賭ける金もない」三田村博樹は白髪頭を後ろに撫で付けた。そういった反応に、おまえは物足りなさを覚える。猛獣たちが集う檻の中にやってきた、穏やかな草食動物を思わせる。「賭け事で死ぬのは真っ平だ。スリルというのは、死なないから楽しめるんだ。死んじゃったら、スリルどころじゃない」

おまえはそこで、三田村博樹が、前オーナーの死をただの通り魔事件ではなく、賭け事のトラブルの延長だと見なしていることに気づいた。そうなんですか？　おまえは具体的なことは述べず、ただそう訊ねた。

「たぶん、そうだ。恨みを買ったんだ」

そのことにお前は別段、驚きを感じない。服部勘太郎は、仙醍市の一流企業、服部製菓の三代目で、金には困らず、奔放に、自由気儘な人生を送っていた。直感力に優れ、運に強く、冷徹で狡猾な部分もあった。恨みを買うことは日常茶飯事だったはずだ。

「王求、おまえも一応、気をつけておけよ」三田村博樹がそう言うので、おまえは眉を動かす。どういう意味合いなのか分からない。「最近、噂が耳に入った。前オーナーを殺害した者たちは、昨シーズンの試合が原因で怒ったらしいんだ」

おまえは、者たち、と複数形で呼ばれる存在を思い描いてみようとするが失敗する。黒々とした影が見えるだけだ。目の前のテーブルでゆらゆらと揺らぐ、急須から立ち上る湯気の動きを眺める。

「めったに起きないことが起きた時、それに賭けてた人間が儲かる。賭けとはそういうものだろ。梅雨の時期に晴れを予想したり、子供が格闘家に腕相撲で勝つのを言い当てたりした場合だ。野球で言えば、たとえば山田王求が」

「三振するとか?」おまえは察しよく、正解を口にする。その通りだ、と三田村博樹が答える。「おまえが三振したら儲かる人間が、三振に賭けた人間がいたわけだ。もちろんおまえが三振することはほとんどない。放っておいたら、そんな賭けが当たるわけがない。だからその者たちは、前オーナーに頼んだわけだ。山田王求に三振させろ、と」

おまえは首を捻る。頼まれませんでしたよ、と正直に言う。記憶になかった。

「頼まなかったから、前オーナーは刺されたんだ」

「そうなんですか?」

「そういう噂を聞いた。私もそんなことは初耳だった。逆ならあった。おまえが敬遠されないように、相手投手に働きかけることなら、あのオーナーは何度かやった」

「あの人はどうしてそんなことをやったんですかね。親でもないのに」

三田村博樹は呆れるように肩をすくめた。「面白そうだったからだろうね」

さて、その頃、おまえの知らないところで、おまえの知っている男が手紙を書いていた。おまえが五年も前に一度だけ、街の通りを歩いている際に遭遇した男だ。紺のジャケットを着たセールスマンで、おまえのことを、「殺人犯の息子」と罵り、絡んできた。おまえは煩わしく感じつつも、どうすることもできなかったが、そこに別の男がやってきて裁縫針で撃退した。もしかするとおまえはすでに憶えていないかもしれないが、男は決して、そのことを忘れていない。そればかりか、記憶は都合の良いように歪み、おまえへの怒りは膨れ上がり、しかも、おまえがプロの球団、それも弱小とはいえ地元の球団に入り、驚くべき活躍をしだすものだから、「こんなことが許されて良いのか」と義憤すら感じていた。そして、ある時から男は、せっせと手紙を書き、投函をはじめた。要約すれば、「山田王求をそっこく、首にすべし」という内容だ。それを仙醍キングスのオーナー、首脳陣、スポーツ新聞各紙へ、定期的に送った。もちろん、それは相手にされず、次第に彼の書く文面は少しずつ変化を見せる。送る相手も特定の人間に絞られる。どうして、監督である駒込良和が選択されたのか、理由ははっきりしない。が、男はもしかすると、山田王求憎しの視点で、野球中継を観戦し、ニュースや記事を読んでいるうちに、駒込良和に自分と似た思いを嗅ぎ取ったのかもしれない。この男であれば自分のメッセージに理解を示すのではないか、と思った可能性がある。セールスマンはハガキに便箋に、毎回、手書きの文字を走らせた。手紙の書きかたなどまるで知らぬ男は最初の頃こそ、指南書を読み、時候の挨拶などを駆使したが、そのうちにまどろこしくなり、手元にある文庫本を引っ張り出し、引用をはじめ、最終的には、山田王求を専制君主シーザーに見立てて、文章を書き写す。「あの男、山田王求は、現在はとにかく、やがて力を増せば、これこれの暴虐非道を演じかねぬ、かかる人物こそ蛇の卵と見なさねばならない、孵れば、その仲間のつね、きっと人に害を及ぼそう、殻のうちに殺してしまうにしくはない」「駒込良和よ、あなたと山田王求、その山田王求という一語のなかに何があるというのだ？　どうしてその名が君の名よりも、多くの人の口の端にのぼせられるのか？　君の名だって立派なものだ。一緒に並べて呼んでみるがいい、響きのよさに変わりはあるまい。駒込良和、ほら、良い響きではないか」回数を重ねるほどに、セールスマンの文章は上達していく。

　この手紙は、駒込良和が仙醍で生活をしているホテルに届いた。男の字が美しかったせいもあるが、文面の異様さに警戒心を持ちながらも、駒込良和は最後まで読み通し、それを畳むと、ホテルの机に置いた。男の手紙の内容は、駒込良和に確かに沁みこんだ。

　おまえの母親が、「また、大きくなった？」と言う。仙醍駅の西口アーケード通りをまっすぐに進み、大通りを一つ越えたエリアの角、ビルの地下にあるレストランだった。待ち合わせの時間に遅れて現われ、椅子に座る前にジャケットを脱いでいるおまえを見上げてきた。

「筋肉はまだ、ついてきてるけど。大きくなったというほどじゃないよ」おまえは座った。横から女性店員がすっと手を伸ばし、メニューを置く。グラスに水を注ぐ。照明の明るさは意図的に抑えられ、店内は、客たちの表情に意味ありげな暗さを漂わせている。

「ここはね、お父さんと昔、何度か来たのよ。結婚指輪をもらったのも確かこのお店だった気がする。その時のテーブルはどこだったかな」とおまえの母は嬉しそうに周囲を見渡す。おまえは、初めてそれを聞いたかのような反応を浮かべる。

コース料理の前菜が運ばれ、その淡い色のテリーヌをフォークで一刺しし、口に放り込む。「お父さん、元気そうだったわよ」

二日前、刑務所へと面会に行った時の話をはじめた。面会場所では、透明の板を間に挟んではいるものの、おまえの両親は自宅マンションのダイニングテーブルで向き合うような感覚で、どうしてこの場にテレビがないのか、と違和感を覚えるほどの和やかさで、会話を交わした。おまえの父親は笑い、おまえの母親の表情も柔らかかった。おまえの父親は、おまえの近況を聞くと、目を細める。

肉料理の皿が空き、デザートが運ばれてくるまでの間に、おまえの母親は席を立った。

店員にトイレの場所を確認し、「何度も来てるのに、どこにあるのか覚えないわね」と苦笑し、歩いていった。年は取ったが、手足はもとより、首も長く、細い身体は昔のまだ。おまえはその背中を見送る。

しばらくそこで、グラスの水で舌を湿らすようにしながら、店内に目をやった。そして、左前方のカウンター席に座る男に視線を留める。

「ついにこの時が来たか」とおまえは、男の着ているユニフォームを見つめながら、思った。驚きはなく、確かに鼓動が一瞬、強くなったものの、唾を飲み込み、覚悟を胃に流し込むと、落ち着きが戻った。気取ったムードに満ちたレストランに、その、泥だらけのユニフォームは明らかに異質だったが、誰も気にかけない。ユニフォームはおまえに馴染(なじ)みがあるもので、その背中にある背番号「5」にも見覚えがある。数字の上にあるローマ字を確認し、おまえはさっと立った。まっすぐにカウンターに近づき、そのユニフォームの男の横に腰を下ろすと、「いつも、気にかけてくれてありがとうございます」と言った。

急に礼を言われたユニフォームの男、南雲慎平太は、すなわち私は、「こちらこそ、いつも覗(のぞ)き見しているようで申し訳ないね」と答えた。おまえは、こちらを見なかった。だから、おまえと私は二人で同じ方向を眺め、カウンターに座っているだけだ。

「子供の頃、時々、見かけました。バッティングセンターの柱の陰とか、公園とか」とおまえは言う。「はじめは父親が隠れて、俺を見守っているのかと思ったり、スカウトかとも思ったけれど」

「私が、誰か分かったのかい」

おまえはそこで、噴き出した。見たこともないような、愉快そうな表情だった。私は、おまえのそんな笑い方を初めて、見た。「だって、背中にでかでかと名前が書いてありますよ、ユニフォーム」と言い、NAGUMOと読んだ。

「私が死んだ日に、君は生まれたんだ」

「父と母はそのことにとてもこだわっていますよ」

「迷惑かけるね」

おまえは答えなかった。おまえが何を思ったのか、はっきりとは把握できない。

「人生はどうだい。野球は楽しいかい」

おまえはやはり、何も言わなかった。ただ、小さくうなずいたのは分かる。おまえが何を思ったのか、今度は、察することができた。

「野球は楽しい」きっとそれだ。

あと一年だ、と私は告げた。

二十三歳

売店には客がいなかった。というよりも、通路付近一帯が閑散としている。津田哲二がビールと、孫のためのオレンジジュースを頼むと、若い店員が、物好きな人間でも見るかのような目を向けてきた。こんな大事な場面によくグラウンドから目を離せますね、と言いたいのだろう。売店付近に人がいないのは、観客が少ないからではない。誰もが席から立ち上がらず、夢中で観戦しているからだ。店の脇(わき)には小さな薄型テレビが設置されているため、それで試合状況は把握できるものの、やはり、生で見なくては球場にいる意味がない。

大きな音が背後から、わっと襲ってきた。見えない波が岩場にぶつかり勢いよく跳ね上がるような圧力を感じた。観客席からの声だともなかなか気づかないほどだ。

振り返ると、内野に立つ鉄塔、その照明設備が、黒い空を背景に煌々(こうこう)と光っている。選手たちのいるグラウンドは、すり鉢状の観客席の谷底にある。こちらから投手や打者の状況は見えない。どよめきやざわつきがスタンドから立ち昇っているため、これは何か特別なことが起きたのだ、と察した。

二万人を収容する仙醍球場には屋根がついていない。静まり返った夜の暗さが頭上にあり、その下で照明を大々的に点灯させてスポーツを開催する行為は、暗黒の中で火を焚き、必死に祭りを行うかのような、奇妙な騒ぎに思えた。

観客席の椅子は青色で染まり、グラウンドの土の、赤に近い茶色とともに映えた。芝の緑が海のようでもある。

熱気が満ちている。観客の誰もが目を輝かせ、鼓動を速くしている。試合の前半からすでに興奮はあったが、先ほどの九回表、山田王求の素晴らしい守備が、それに拍車をかけた。レフトスタンドに飛び込むように見えた飛球を、山田王求が跳躍しながらキャッチし、塁から離れていた三塁ランナーを高速送球で刺したのだ。山田王求はレフトのフェンスに衝突したせいか、筋を痛めたようで、九回裏がはじまる前に一度、ベンチ裏に引っ込んだが、簡単な応急手当を受けると、再び現われた。観客は手を叩き、喜んだ。

津田哲二は、店横の薄型テレビに視線をやる。画面の手前に東卿ジャイアンツの投手宮田のエースナンバーが見える。奥側が、バックネットだ。

主審と捕手が立っている。彼らの視線は、横に向いていた。左バッターボックスで転がる、仙醍キングスの打者を心配そうに眺めている。どうして、打者が寝転がっているのか。死球でも当たったのか、と思いながら津田哲二は一歩ずつ、階段を下りた。グラウンドの芝の穏やかな緑と土の赤茶色が眼下に広がる。それを囲む、観客席の人々の頭は、無数の砂利のようだ。半年前から車椅子なしでも歩けるようになったが、どうしても歩行はゆっくりにならざるをえない。そのことがもどかしかった。

王求、何で倒れているんだ？　と思った。

空振りした。悔しさに奥歯を嚙む。捕手のミットに収まった硬球の音が苛立たしくて仕方がない。マウンドの宮田は相変わらず無表情であるから、余計に腹立たしい。スタンドからの溜め息が聞こえた。どよめきと言うべきか、悲しみの塊と言うべきか、大きな声がする。球場の半分以上は埋まっている。一万数千人はいるんじゃないだろうか。うちのチームの試合としては、びっくりするくらいの観客数だ。観客たちの嘆きの意味は分かった。九回の裏、ツーアウト、ここで俺がアウトになれば試合は五点差のまま、終了だ。けれど観客は仙醍キングスの敗北を悲嘆しているわけではない。当たり前だ。ここ数年では最速のペースでリーグ優勝を決めた東卿ジャイアンツと、奇跡的な奮闘を見せて、どうにか四位を確保したうちのチームとでは力の差は明白で、いくら最終戦とはいえ、最終回で五点差を逆転できると考えるほど、うちのチームのファンは楽観的ではない。期待を裏切られることには慣れているはずだ。彼らが残念そうに息を洩らしたのは、ネクストバッターズサークルにいる男のために他ならない。あと一打席、最終戦で、最後の打席があの男に巡ってこないかと待っている。ここで山田王求の出番が来ることを誰一人として疑っていないかのようだ。そのためには俺が出塁するのが前提で、彼らは当然のように、俺がその使命を果たすのだと思い込んでいる。三振でもした暁には、一万数千の観客たちが雪崩れ込んでくるのではないだろうか。

脚が震えている。これじゃあ打てるわけがない。顔を上げる。投手の宮田が見える。宮田の顔に余裕がないのは、もちろん、次の打者、山田王求のことを考えているからだろう。何としても山田王求に打席を回すなよ、と指示でも受けているに違いない。宮田の目つきは、真剣勝負のそれだ。こいつは無理だ。全チームの中で、今年最も活躍した投手とも言える宮田に、三番バッターとはいえ、打率二割七分の俺がどうやって勝てると言うのだ。運よく、ボールが先行し、四球でも狙えないか、と淡い期待を抱いていたが、ツーストライクノーボール、もう万事休すだ。「何ぶつぶつ言ってんだよ、栗田ちゃん」と声をかけられ、はっとする。捕手の菅井がマスクの向こうから、見上げている。

「念仏唱えてたんだよ」と俺は苦笑まじりに答える。

「悪いけどおまえで今シーズンは終わり。あいつには回らないよ」菅井が言ってくる。

逃げて終わりかよ、と俺は言ったが、菅井には聞こえなかったようだ。聞こえたが、無視したのかもしれない。そりゃ逃げたくもなるだろう。今、あのサークルでしゃがんでいるのは、ここ三試合、四球を除いては全ての打席でホームランを打っている男なのだ。この試合もすでに、二本のホームランを放った。しかも、最近のあの男は、ホームランを打つ前に右腕を伸ばし、スタンドを突き刺すように指を突き出す。本人はそのことに説明を加えないが、あれは明らかに予告ホームランの作法だ。観客は喜び、俺たちチームメイトは驚き、東卿ジャイアンツの投手、野手、首脳陣は不快感を示した。昨日は、東卿ジャイアンツのオーナーが、「対戦チームへの敬意が感じられない。侮辱している」と異例のコメントを発することになったが、ファンが喜んでいるのは間違いない。仙醍キングスのファン、ではない。野球ファンすべて、だ。東卿ジャイアンツのファンにしても、表面上は怒っているが、その騒動に興奮し、王求の打席を楽しみに待っている。マスコミは当然、大喜びだ。東卿ジャイアンツとしては、俺をアウトにして、山田王求から逃げ切りたいに決まっている。

息を吸い、長く吐く。主審にタイムをもらい、ネクストバッターズサークルに近寄った。山田王求からロージンバッグを受け取る。おい王求、と言いかけたがやめた。ここで王求に何かを言おうものなら、その場で縋(すが)るようにして、「助けてくれ」と弱音を吐き出してしまう気がした。山田王求の表情はいつになく深刻で、口を開いて言葉を発するような状態にも見えなかった。ロージンバッグを手に持つ。打席に戻り、首を傾け、空を見上げる。黒くて、遠近感がなく、画用紙でも貼(は)り付けただけのようだ。「絶対、塁に出るからよ」と声が聞こえた。え、と左右を見てしまう。捕手の菅井が喋(しゃべ)ったのか、と見やるが、彼は訝る目を向けてくるだけだ。空耳か。

バットを揺らし、打席に戻る時、山田王求の姿が目に入った。打席を待つ円の中で、下を向き、バットを杖のように構えて俯いている。

「俺が塁に出たなら」と思った。「俺がもしここで塁に出たなら、次の、王求は必ずや本塁打を打つだろう」その思いはさらに広がり、「そのためにも、何としても塁に出なければ」と使命感が胸を満たした。

「おまえなら、王求に繋げられるぞ」と今度は、そんな声が耳の奥で響いた。「根拠はねえけど」と続く。根拠はないのかよ、と俺は思わず笑うが、すると肩の力がすっと抜けた。脚の震えが止まった。

おまえの母親は病室のテレビを観ている。個室病棟の東の端にあたる一室で、素っ気ない木製の椅子にクッションを載せ、座っていた。ベッドでは倉知巳緒が身体を起こし、やはり画面を見つめている。電子音が鳴り、倉知巳緒は脇から体温計を引っ張り出すと、横で立っている看護師に手渡した。「三十七度ちょうどですね。倉知さん、食欲はどうですか?」「最近は少しずつ、食欲出てきました」「顔色もいいみたい」「お祈りが効いてるのかも」看護師はそれを冗談だと受け止め、歯を見せ、病室から出て行った。

「見たこともない顔をしてるわ」

「どうしたんですか、桐子さん」

「王求が」

おまえの母親が、倉知巳緒を見舞いに来るようになって半年近くが経った。二人が知り合ったのは、おまえがうっかり発した失言と、おまえの母親の勘違い、電話の行き違いなどがきっかけだったが、今となってはほぼ毎日、おまえの母親はこの病室で時間を過ごし、倉知巳緒とプロ野球のナイトゲームを観戦している。当然ながら、おまえはその状況を知らない。赤の他人であるのに、毎日見舞いにくるおまえの母親のことを、医師や看護師たちははじめ警戒していたが、今となっては、熱心に看病する家族としか見なくなっていた。

「どこか変ですか?」と倉知巳緒は身を乗り出すようにして、テレビを覗き込もうとする。東卿ジャイアンツの投手、宮田の背番号が見える。打席に立つ山田王求は、遠くに、小さく見える程度だ。左打席に立ち、頑強な岩のようなしっかりとした姿勢でバットを構えている。妙なところは見当たらない。というよりも、顔などはっきりと把握できない。倉知巳緒は、おまえの母親の横顔を、その真剣な面持ちを見る。普段は、明るく穏やかな表情豊かな、年齢の割にずっと若く見えるおまえの母親は、テレビでおまえを見つめる時だけは、尋常ならざる顔になる。倉知巳緒もその表情を目の当たりにしたばかりの時は、恐ろしさを感じ、ひるんでしまうところがあったが、だんだんと理解もできるようになった。おまえの、その、人並みはずれた精神力と威風の源泉が、この異常ともいえるほどの母親の関心、庇護にあるのだとすれば、それはさほど奇妙なことは思えず、むしろ腑に落ちた。必要とあらば誰かの首を斬ることもためらわない、冷淡で神聖な王、それを支えるのは歴史の力強さ、引き継がれる血の魔力に違いない。倉知巳緒はそう思う。マクベスには妻がいたが、山田王求にはこの親がいる。

「倉知さん、王求に打席が回ってくると思った？」おまえの母親は画面を見たままだ。

「無理だと思いました」九回の裏、ツーアウトツーストライクまで追い込まれた三番打者の栗田がまさか、内野安打で出塁するとは、倉知巳緒も予想していなかった。タイムを取り、ロージンに触れ、おどおどと素振りをする様子はどこからどう見ても、浮き足立っていたからだ。「桐子さんはどうですか？　打席が王求に回ると思っていました？」

おまえの母親は表情を変えない。意味のない質問だった、と倉知巳緒はすぐに反省する。聞かずとも分かることだ。おまえの母親からすれば、そこで、打席が回ってこないはずがないのだ。「そうなってるのよね」と達観とも諦観ともつかない言い方をする。

テレビから割れんばかりの歓声が聞こえてきた。病室に反響するかのようだ。打席に立ったおまえの上半身が拡大される。おまえの母親は無言で、おまえを見つめていたが、すぐに藪の中を確かめるかのように顔をしかめた。「やっぱり、少し変」

「顔色ですか？」倉知巳緒が訊ねたところで、投手の宮田が振りかぶる。倉知巳緒は唾を飲む。その音が病室を越え、球場にも聞こえるのではないか、と怖さを感じていた。一塁に到着した栗田久人はといえば、自分の役割を果たした安堵で、放心状態となっている。リードを取ることもなく、一塁ベースにしゃがみ込み、おまえが本塁打を打つのを待つ観客の一人と化していた。

おまえが倒れた時、病室のおまえの母親と倉知巳緒は声を上げなかった。宮田の投げた球がストライクゾーンを外れ、おまえの頭部近くへと飛び、おまえはバットを横にし、それを避け、転んだ。場内は大きく、どよめく。倉知巳緒は息を呑んだものの、さほど驚きはしなかった。また死球か、と思うほどだ。おまえに四球や死球はつきものだからだ。変だ、とおまえの母親が言って、ようやく心配になる。倒れたおまえが一向に起き上がらない。

おまえはネクストバッターズサークルでしゃがみ、顔を下に向けている。バットによりかかるようにし、脇腹を眺める。青のユニフォームが、下から溢れてくる血で黒ずんでくるのを見た。

九回表が終わったあとのことを思い出す。

三塁走者をアウトにしたおまえはベンチに帰ると、すぐに、トレーナーに声をかけられた。「フェンスと激突したところは平気か？　心配だから、念のため」

おまえはベンチ裏へと連れて行かれる。ユニフォームを脱がしたトレーナーは、おまえの左腕をゆっくりと伸ばす。髭を生やした、小太りのそのトレーナーは冷静を装ってはいるが、鼻息は荒い。「見事な送球だった。驚いた」とささやく。おまえは曖昧に相槌を打ち最終回の打順を思い浮かべていた。一番からのはずだ。誰か一人出塁すれば、打順は回ってくる。

「王求、聞きたいんだけどな」トレーナーはフェンスと激突した身体の部分を、撫でるような眼差しで観察している。

「痛みはないです。大丈夫です」

「そうじゃないよ。予告ホームランだよ。どうして、あんなことをやるんだ」

「まずいですか」とおまえは首を捻って、背後のトレーナーを見ようとした。

「反感買うぞ。何がしたいんだ」

おまえは無言のままだ。おまえ自身がその答えを知らなかったからだ。

「おまえは凄いぞ、本当に」小太りのトレーナーは独り言のように続けた。おまえは、そのトレーナーが嫌いではない。もともとは一軍のコーチをしていた男だ。数年前、プロテストを受けてきたおまえに興奮し、当時のオーナーだった服部勘太郎に報告したのも、その男だ。コーチを解任された後、トレーナーの資格を取り、また球団に戻ってきた。器用ではないぶん、丁寧に仕事をし、何よりもおまえに対し、機嫌を窺うことも敬遠することもなく、自然な態度で応対してくれる貴重な大人の一人だった。予告ホームランは反感買いますか、とおまえは聞き返す。ユニフォームを再び、着る。

「どうだ」と別の声がした。振り返ると、打撃コーチが立っている。トラックの愛称で呼ばれていた、あの男がそこにいる。

「バッティングに影響はなさそうですよ」とトレーナーは、その、打撃コーチに報告し、おまえの背中を軽くぽんぽんと叩く。「反感買ってこいよ」と声をかけ、ベンチに消えた。おまえも同じ方向へ歩き出し、打撃コーチの横を通り過ぎようとした。そこで、刺された。打撃コーチのトラックに、刃物で、だ。おまえは刺さった箇所を見下ろし、反射的に手を当てる。それから、青褪(あおざ)めた顔の打撃コーチを真っ直(まっす)ぐに見据えた。

その時、おまえの周囲に三つの影が浮かんだ。気配に寒気を覚える。はっきりとした輪郭は伴っていなかったものの、そこにいるのが、あの黒い服に黒い帽子を被(かぶ)った女たちであることくらいはおまえも察しがついた。

「とうとうだなあ」と声がする。

「とうとうだなあ」

「とうとうだなあ」

三つの影が音吐朗々と歌うかのように言うのが聞こえてくる。

「おまえを刺したこの男は」

「その理由はいったい何か」

「ほら、あの監督の指図だ」

仙醍キングスの監督、駒込良和はまさに公明正大、高潔にして賢明、勇あって誠実な人物だ。地味で、実直に生き、使命感があるがために弱小プロ野球チームの監督を引き受けた。その駒込良和からすると、おまえは許しがたい存在だった。理由はいくらでもあった。一つ、おまえが野球を続けるために何人かの人間が命を落としている。二つ、愛想が悪く、人間関係に苦慮することを放棄している。駒込良和からは、そう見える。そして、三つ、おまえは優秀な野球選手だ。日本はおろか、世界でも最も優秀な打者だ。つまり、彼は、おまえに嫉妬し、敗北を感じているわけだ。さらに、だ。ここ数試合、おまえは予告ホームランを続けている。駒込良和の信念、美学からすれば、それは許しがたい行為に他ならない。これで、四つとなる。そしてもう一つ、手紙だ。あのセールスマンが執拗に送り続けた、おまえを糾弾するその内容は、駒込良和の心をじわじわと、そして確実に、侵食したのだ。「駒込良和、おまえは眠っている。目を醒ませ。口を開け、斃せ、救え」「できることなら、山田王求の精神だけを捉えて、その肉を傷つけずにすませたいのだ！　が、そうはゆかぬ、となればやむをえない、山田王求に血を流してもらわねばならぬのだ！　おれは君に、駒込良和の名を持つ貴方に、言っておきたい。恐れることなく、山田王求を殺そう、それはよい、が、憎しみに身を委ねてはならぬ。

いわば神々への捧げもの、その気持ちで手をくだすのだ」

手紙に書かれたその言葉は、シェイクスピアの引用の改良に他ならないのだが、駒込良和は感銘を受け、奮い立つ思いに駆られた。セールスマンはいつの間にか、手紙をしたためる達人と化していた。その文章は、読む者の心をつかまずにはいられない。駒込良和も、「神々への捧げもの、その気持ちで」と言われれば、高揚した。

屈強の打撃コーチ、トラックは、駒込良和とは高校時代から親交のある男だ。絆は深く、一心同体と本人たちが感じている節もある。そのため、駒込良和の思いを、打撃コーチが以心伝心で察知し、わざわざ駒込良和の手を汚すよりは、とこの最終打席前の野蛮な行動を起こした。

それで、おまえの腹に刃物が刺さった。そういうことだ。

土をつかんだ。指という指、手足の先から血管が逃げてしまったような感覚がする。浮遊感を覚える。照明が眩しい。夜の空はどうしてこうも作り物じみているのか、と思ったところで、自分が仰向けに近い恰好で倒れているのだと気づいた。何者かが上からこちらを見ている。キャッチャーと主審だ。二人ともマスクをかけ、まるで顔の似た親子のようだ。深刻な顔をして何をしているのか、と思うがようするに、こちらを眺めているのだろう。死球に近い球を避け、ひっくり返ったのだが、なかなか起き上がらないものだから、心配しているのかもしれない。

身体のどこにも力が入らない。「いったいどうしたんでしょうね。山田王求が立ち上がりません」と実況がどこかで鳴る。

どうにか首を動かす。空が見えた。こちらを冷淡に見下ろす巨大な瞳とも思える、その夜の黒さを眺め、父親が昔、広げた黒い布のことを思い出した。不安や恐怖を黒い布にくくりつけ、吹き飛ばさなくてはならない。

おーく、とどこからか自分を呼ぶ声が聞こえる。おーく、おおくをのぞむな、と。それはとても馴染み深い声だ。「王求、多くを望むな」「王求、多くを望むな」と三つの声が重なってくる。

「なあ、お父さん、どうなってんの、これ」と同い年の男が不安そうに、テレビを指差した。刑務所内の大部屋には、七人の男がいた。山田亮を含めて、七人だ。

「おいおい、ぎりぎりだね。時間」別の男が、部屋の時計を振り返る。就寝時刻の二十一時が近かった。試合の進行が早かったため、最終回まで観戦できただけでも幸運だったが、ここまで来たのなら、最後を見届けたいという思いが、七人にはあった。部屋の全員で、テレビを観ることは久しぶりだ。観る番組の選択権は、毎日交代の順番制なのだが、今日はたまたま、山田亮が握っていた。いつもであれば、テレビを観る者と、そうではなく、たとえば本を読んだり、手紙を書いたりする者とに分かれることが常だ。が、今日は全員がテレビの前にいる。

「どうして、起き上がらないんだよ」若い男が落ち着きを失って、指を震わせている。「でも、お父さんの息子、全然起き上がらない。倒れたままで。心配だろ、あれは」

山田亮はうなずきながらも、さほど不安を覚えていない。画面の中で、倒れた息子を観て、この後で何が起きるのかを全て了解していた。もしかすると、ここからこれをやるがために、自分は罪を犯し、服役しているのではないか、と思うほどだった。

「あの」と同室のほかの六人に声をかける。「あの、せえの、でお願いします。せえの、で頑張れーって声をかけてください」山田亮が言う。「せえの」

頑張れー、と大の大人が声を合わせる。


頑張れの声がどこからか聞こえ、腕が動き、はっとする。バットのグリップをつかんだ途端、場内が少し明るくなる。脚が動く。土がこすれる音がする。流れた血は、泥のようだ。方向感覚を失っている。スタンドの観客が見えた。手を地面につく。膝を曲げる。痛みが脇腹から、全身に広がったが、それも一瞬だった。

視線を上げると、自分のまわりに何かがぼんやりと見える。誰かが手を伸ばしているのだ、と気づく。目の焦点が合わないため、誰であるかは分からない。少し離れた空中に、黒い衣装の女が浮かび上がっているのは、把握できた。彼女たちの囃すような拍手がぱらぱらと落ちてくる。額が陥没した四本足の獣がその周囲を駆け回っていた。

「見せてみろ」と上を舞う女が言った。

「見せてみろ」もう一人の女が笑った。

「見せてみろ」三人目が首を振り出す。


黒々とした雲が空を覆いつくしていて、私は、投手を睨みつけました。今にも雷鳴が轟くのではないか、雨が降り出すのではないか、と心配で、早くそれをホームランで払いのけなくてはいけない、と思いました。投手が投球をはじめるのが見えます。私は本塁打を打つだろう。

と、キュリー夫人は思いました。

レフトスタンドの端の席にぽつんと座る男は、手元の紙にそのような文章を書き、くすっと笑う。子供の頃、あの公園で見た時とまるで変わらない友人を、小学校を一時期ともにした友人の姿を、じっと見る。


ゆっくりと自分の筋肉に語りかけながら、立ち上がる。

スパイクの、つま先のあたりについた土が気になり、手で払う。

ぱらぱらと茶色の土が、砂時計が時間を刻むのを模すように、地面に落ちる。
身体を伸ばし、尻（しり）を手で叩く。
こぼれた土が一粒一粒、足元の土とまざりあう小さな音が聞こえる。
もう一度、尻を叩く。
少しずつ、ユニフォームの汚れが落ち、生地の色があらわになる。
ベルトの位置を直す。
背筋を伸ばす。
バットを回し、両手でグリップを握る。
息を吸う。
意識を鎮（しず）め、皮膚や骨に耳を澄まし、自らの鼓動の響きを探る。
瞼（まぶた）を軽く閉じる。
夜がすっと顔を寄せ、暗闇（くらやみ）が鼻息を自分に吹きかけてくるように感じる。
父親の顔を思い出す。母親の顔を思い出す。
目を開く。
生まれた時のことを思い出そうとする。
視線を上に移動する。
黒い空に目を凝らす。

血が流れている。
平気なふりをする。
数え切れないほど繰り返してきた、自分のスイングを思い返す。
指を、スタンドに向ける。
歓声が、音の塊となって、飛び掛ってくる。

〇歳

試合はどうなったの、と口を動かす女の手を、男は握っていた。「まだやってるはずだよ」と答えた。白い分娩台のところだ。「痛みが来たら、いきみますよ」と下半身側に立つ助産師が声をかけてきた。「あなたたち、本当に、野球好きなのね。仙醍キングスって弱いんでしょ」

少しすると、「陣痛？」と助産師が訊ねる。女の目から、涙がこぼれ、それはまさに滂沱と表現すべき、激しいものだった。痛みのなかった女はかぶりを振り、なぜか涙が出たのだ、止まらないのだ、と不思議そうに返事をする。それを助産師は、妊婦が母親となる瞬間の、感動的な精神的変化だと解釈し、深くうなずいた。

君は陣痛を引き起こす。外の世界はもう少しだ。

仙醍球場では山田王求が、投手の放った外角低めの鋭い速球を、素人の素振りでも見かけないような、山田王求自身が人生において一度も見せたことのない、あまりにバランスの崩れためちゃくちゃなバッティングフォームで、本塁打を打ったところだ。

その打球はセンター方向に、というよりもほぼ真上を狙うかのような角度で飛び、速度を落とすことなく、むしろ増すかのような迫力で、ぐんぐんと伸び上がった。夜の深さをさぐるように、どこまで上昇すれば空に触れることができるのか、まるで世界の寛容さを確かめるかのように、飛んでいった。

だから、だ。その本塁打が雨雲に満ちた夜空はおろか、ありとあらゆる不安を吹き飛ばしたために、君が出てくるこの場所は、おだやかでやわらいだ風に満ちている。もちろん、一時的なものに過ぎない。君の番だ。みんなが待っている。早く出てくればいい。

あるキング

magazine

〇歳

山田亮は、その夜、テレビを観ていた。仙醍市役所の公聴相談課、町づくり相談係での勤務を終え、自宅マンションに帰り、風呂を浴びた後だ。食卓で、さんまと煮豆、冷奴を食べながら、部屋の南西の角に置いたテレビに視線をやっていた。隣には、妻の山田桐子が座っている。臨月の腹はすでに風船のように大きくなっていて、その風船を抱える恰好で、脚も開き気味だった。

山田亮は、山田桐子と一緒に野球の試合を見つめていた。

仙醍球場で行われているペナントレースの最終戦、東卿ジャイアンツと仙醍キングスの試合はすでに七回表で、仙醍キングスの、エースナンバー18を付けた投手が、独特のアンダースローで投球を続けていた。

「いよいよだね」山田桐子が言ったのは、打者がショートゴロに倒れ、七回表が終了し、コマーシャルに入ったところだ。

「陣痛？」山田亮は反射的に言った。予定日を二日過ぎている。

「違うよ。縁起でもない」

「縁起でもない、って」

「この試合中に陣痛が来たらたまったもんじゃないから」

山田亮と山田桐子は二人とも、仙醍市生まれの仙醍市育ち、三十二年間仙醍市から出て生活をしたことは一度もなく、当然のように、仙醍キングスのファンだったが、その熱は山田桐子のほうがはるかに強かった。何より彼女の、南雲監督への思いはひとかたならぬものがあった。

「責任を取って、今季限りで監督を辞任する」南雲慎平太監督が漏らしたのはシーズンも終盤に入り、仙醍キングスがリーグ最下位確定となった頃だ。就任してから五年間、セ・リーグ六球団中、五位か六位の成績しか残せなかったのだから辞めることは当然とも言えたが、一方では、「いつも下位であるのだから、いまさら責任を感じることもないのではないか」とも言えた。「どうしたの急に？」という雰囲気があったが、どちらにせよ、さほど大きな話題にはなっていなかった。仙醍キングスの動向など、一部のファン以外にはほとんど意味を持たないものだったからだ。

が、裏を返せば、一部のファンには衝撃的な出来事だった。

山田桐子はその、一部のファンだ。彼女は、「南雲監督の最後の試合を見届けるまでは、子供を産まない。生まれてしまったら、きっと野球観戦どころではなくなるだろうから」と宣言していた。「きっと、子供もそれは理解してくれるだろう」とこじつけめいたことも口にした。そして、ついにこの日、その試合が行われていた。

対戦相手である東卿ジャイアンツはセ・リーグはもとより、日本プロ野球チームの中で最も人気のある球団だった。歴史も古く、過去に活躍したスター選手は数知れない。試合のほとんどは地上波のテレビ放送で中継され、人気チームの定めと言うべきか、常に勝つことが求められ、優勝争いに絡むことは当然で、三連敗などすれば袋叩きに遭う。そういった宿命を背負っている。期待に見事、応えるシーズンもあれば、期待を裏切り、目も当てられない年もあるのだが、今シーズンは、開幕から連勝を重ね、あっという間にリーグ優勝を決めていた。

一方の仙醍キングスは、地元の製菓会社「服部製菓」が運営する、負けて当たり前、連勝すればよくやったと感心される球団だった。優勝はもとより優勝争いですら目的ではなく、もちろんファンは勝利を求めているし、負ければ悔しがるが、それでも常勝チームに比べれば負けることに慣れてはいて、年間一〇〇敗は勘弁してほしい、惨めな大敗は免れてほしい、という希望はあるものの、勝利へのこだわりは他球団のファンのそれに比べれば微々たるものだった。

以前、服部製菓の二代目社長、仙醍キングスのオーナーである服部勘吉は、チームのあまりの弱さについてコメントを求められ、「仙醍峡の紅葉を知っているか」と答えたことがある。曰く、「仙醍キングスはあの紅葉と同じなのだよ。毎年、見物客を迎えて、地元の人間のちょっとした誇りになっている。紅葉が勝ったり負けたりするだろうか？　紅葉に勝利を望むだろうか？　そんなことはないはずだ。それと同じだ。仙醍キングスは勝った、負けたではなくて、そこに在ることが大事なのだ」と。もちろん、これは、まるで論理的ではない。記者は、「野球チームはやはり、勝ってくれないと誇りにならないのではないですか」と再度質問をした。すると服部勘吉は目を丸くし、「え、そうなの？」と心底、驚いた顔をしたのだという。

オーナーからしてこんな具合であるから、チーム全体に諦観が滲んでいるのも仕方がない。仙醍キングスの選手の着るユニフォームの胸の部分には、「臥薪嘗胆」と四字熟語が縫い込まれている。初代オーナーの服部勘一が好んで口にした言葉だったらしいが、「臥薪嘗胆」すなわち、「苦労と我慢」が前提である、と宣言しているようなものだ。

五年前、アメリカのマイナーリーグからやってきた、フランクリン・ルーズベルトという打者がいた。その、第三二代のアメリカ大統領と同姓同名の彼は、ろくな記録も残さぬまま帰国したが、その直前、こう言い残した。「仙醍キングスにこれ以上いると、悟りを開いてしまう」

半分は冗談もしくは皮肉だったろうが、残りの半分は本心だったに違いない。臥薪嘗胆を胸に刻みながら、仙醍キングスはチーム創立以来、今シーズンに至るまで、一度も日本一になったことがなく、あろうことかリーグ優勝すらも経験していなかった。ひたすら敗戦に耐えることが日常的に続くのだから、何らかの達観に至ってもおかしくはなかった。そしてそのアメリカ人選手は、「私たちが恐れるべきは、負けることではなく、負けることを恐れなくなっていることだ」と、まさにルーズベルト大統領の演説のアレンジとも言えるそんな台詞（せりふ）も残した。

「最後が東卿ジャイアンツ戦で幸運だったよ。そうじゃなかったら、テレビでは観られなかったんだから」山田桐子が言った。彼女は背が、山田亮とほぼ同じ一七〇センチで、女性としては長身だった。すらっと細い身体（からだ）をしている。顔は丸く、外国のアニメ、ポパイに出てくるオリーブを思わせ、妊娠して腹が膨らんでくると、細い管の上部と真ん中に球体がくっついているようにも見えた。

もし、と山田亮は思った。もし、テレビ中継がなかったら、妻は、臨月とはいえ球場へ出向いたのではないだろうか。

監督の南雲慎平太はもともと、仙醍市生まれで、少年野球の頃から注目を浴びていた。甲子園、大学野球でも見事な成績を残し、プロでももちろん、その活躍が見込まれた。だから、ドラフト会議のくじ引きで仙醍キングスへの入団が決まった時は、誰もが同情した。こんなに優れたバッターがいたところで、仙醍キングスでは宝の持ち腐れであるし、彼がいくら奮闘したところで、優勝は経験できないのだから、あまりに可哀想だ、と。

確かに、その通りで、仙醍キングスは、南雲選手をまさに持ったまま腐らせた。個人としてはそれなりの成績を残し、たとえば、ある年には本塁打王の、ある年には打点王の、ある年には首位打者争いに加わったが、一つもタイトルは取れなかった。個人記録とはいえ、チームの勢いや周囲の選手の士気が影響することは間違いないし、仙醍キングス以外のチームにいたならば、と誰もが残念がった。

南雲慎平太がFA権を取得した時には、誰もが、南雲慎平太は移籍すると考えていた。仙醍キングスの首脳陣すら、そう思った。だから南雲慎平太がFA宣言をせず、移籍の「い」の字も口に出さないのは周囲を驚かせた。当時の監督がわざわざ、「おまえ、移籍できるんだよ」と親切に、その権利についてレクチャーしたという話や、チームメイトが「仙醍キングスにいるデメリット」について箇条書きにし、南雲慎平太に渡したというエピソードまで残っている。

それでも南雲慎平太は、当然のような顔で、引退まで仙醍キングスに在籍し、レギュラーとして、主力打者として活躍した。一般の野球ファンからすれば、ただの物好きに思えたが、仙醍キングスファンにとっては自己犠牲の神様のようなものだった。

山田桐子には、南雲慎平太にこだわる特別な理由があった。彼女の小学校時代のことだ。その頃、山田桐子の同級生に長期入院している子がいた。病名は教えてもらっていなかったが、山田桐子は仲の良いその彼女のことをよく見舞い、授業のノートを貸し、学校での出来事を伝えた。ある時、その同級生がベッドで、いつになく顔色の良い時があった。理由を訊けば、「今まで、南雲選手が来てたんだよ」と彼女は頬が落ちんばかりの表情で、言う。「入院中、時間があるから、南雲選手にファンレターを書いて、何通も何通も送ってたの。そうしたら、来てくれたの」

それはすごい、と山田桐子は自分のことのように、はしゃいだが、南雲慎平太が去り際、「次の試合でホームランを打つから、君も手術を頑張るんだよ」と約束したと聞き、さらに興奮した。興奮し、少し不安になった。同級生が手術を受けることは初耳だったが、そんな約束をして、もしもホームランが打てなかったらどう責任を取るのだろうか、と怖くなったのだ。が、同級生の女の子は無邪気に喜び、幸せそうに、「きっと打つよ」と言った。隣で、彼女の母親が困惑気味だったのが、山田桐子の印象に強く残った。

「ベイブ・ルースだ」その話を初めて聞いた時、山田亮は言った。

「そう、ベイブ・ルースと一緒。ホームランを子供と約束して」

「で、どうなったんだ？」

「三本、打ったよ。三打席連続ホームラン」

「覚えてる！」山田亮は声を大きくしてしまった。「あの試合？」

「そう。わたし、テレビ観ながら、震えちゃった」

山田桐子は、まだ、精神の殻が柔らかく、スポンジ並みに物事を吸収する小学生の頃に、そんな出来事を体験した。その感激たるや、想像してあまりある。南雲慎平太は彼女にとって、好きな野球選手から、唯一無二の英雄に格上げとなった。

「それにしても、1対0っていうのは心許ない」山田亮は、球場が映ったテレビ画面を見ながら言う。「もっと大差つけてくれないと」

「まあね。でも、さすがにそのへんは東卿ジャイアンツだって分かってるでしょ」

すでにリーグ優勝を決め、日本一へのシリーズ戦に照準を合わせている東卿ジャイアンツと、最下位の仙醍キングスとの試合なのだから、ここでの勝敗がお互いの成績に重大な影響を与えることはない。であるなら、南雲慎平太監督最後の試合である、この最終戦は、仙醍キングスに花を持たせるのが道理とも言えよう。もちろん、公式な約束はないが、そこは暗黙の了解、武士の情け、紳士協定と呼ぶべきもののはずだ。実際、東卿ジャイアンツのスタメンは、普段はベンチをあたためている一軍半とも呼べる選手が多く、投手も今年入団したばかりの、高卒の新人だった。

七回裏の、仙醍キングスの攻撃はずいぶんあっさりと終わった。

山田桐子はほうじ茶を啜った。「どっちだろうね」

「さっき、君が言ったじゃないか。勝利に固執する東卿ジャイアンツも、さすがに心得ているはずだって。今日はこのまま、勝つよ」

「そうじゃなくて、子供だよ。男か女か」

「ああ、そっちか、そうだよな」

定期健診でのエコー検査では最後まで、子供の性別は分からずじまいだった。一応、エコーの写真を見るたびに、「これが男性器ではないか？」と疑ってかかるのだが、確証は得られぬまま、臨月を迎えていた。

「いったい、どっちなんだろうね、君は。男かな、女かな」と自分のお腹を愛しげに撫で、話しかける山田桐子に眼差しを向けながら、山田亮はごく当たり前の、シンプルな感想を抱いていた。「人の心は変わるものだなあ」という感慨だ。七年前に合コンで出会い、数回、食事を共にした後で交際がはじまったのだが、その頃、彼女は、「子供なんて欲しくない」と会話の中で口にしたことがある。軽口だったのか、軽口に見せかけた宣言だったのかは判然としなかったが、山田亮はべつだん嫌悪感を抱かなかった。以前、職場で、「うちにはテレビがないんだ。テレビなんて観なくても生活できるし、むしろ、解放された気がするよ。なければないでまったく問題がないものだね」と上司が言っていたが、まさにそれと似たようなものに感じられた。テレビを不要だと思う人間がいるように、サッカーが不要だと考える男がいるように、子供が不要だと感じる女性がいても、何らおかしなことはない。

もともと、子供が不可欠という暮らしではなかった。山田亮の両親にしてもすでに、仙醍市の家を売り払い、栃木県のほうへ移り住んでいて、すっかり縁遠くなっていたし、五人兄弟の四番目であったから、親に孫を見せることを重荷に感じる必要もなかった。

妊娠したのは意図的ではなかったが、事故というほどでもなかった。

「妊娠してるみたい」と彼女が報告した時、山田亮は、「へえ」と驚いた。そして、その後に続ける言葉を選んだ。産むわけ？　と訊ねると自分が出産に反対しているように思われるかもしれず、「楽しみだね」と前向きな発言をするのも何らかの方針を決めてしまうように感じた。かと言って、「で？」と曖昧に意思の確認をするのは無責任に違いなく、いったい、どう返事をしたものか、と逡巡した。が、先に彼女のほうが言った。

「とりあえず、産んでみるよ」

投げやりな意見にも聞こえたが、山田亮は納得した。テレビをとりあえず置いてみる、サッカーの試合をとりあえず観戦してみる、子供をとりあえず産んでみる、そういうことで、別段、問題はない。

山田桐子の変化は少しずつ、着実に、起きた。つわりを越え、病院へ通い、膨らんでくる腹を見つめていくうちに、ジャンクフードを慎みはじめ、運動を兼ねて歩くことが増え、そして育児書を次から次に読みはじめた。自分の体内で動く子供に彼女が愛着を感じているのは、火を見るより明らかだった。

テレビが野球中継に戻る。八回の表、東卿ジャイアンツの攻撃だった。打線は、九番、高卒の新人投手からだった。彼はまだ筋肉もさほどついておらず、華奢(きゃしゃ)で、少年のようだった。

「この高卒ピッチャー、よく、八回まで投げてるよな」山田亮は感心した。ここで交代させられるものだとばかり、思っていた。

「あと二イニングだしね。頑張ってほしい」山田桐子は、敵投手を励まし、よいしょ、と椅子(いす)から立った。台所へと歩き出す。

「急須(きゅうす)なら、俺が取ってくるけど」「いいよいいよ、これも運動だし」

それは、山田桐子がテレビに背を向け、流しのところへ姿を消した直後に起きた。

まず、歓声が上った。山田亮はテレビ画面を慌(あわ)てて、確認する。アナウンサーが何かを喋っている。よく聞き取れなかった。画面の中、バットを振った高卒ルーキーが空を見上げ、高らかに拳を突き上げている。

「あ」山田亮は言葉を漏らしていた。

「あ」台所から山田桐子の声がする。

仙醍球場が一瞬、静まり返った。その、しんとした空気は、画面越しにも伝わってくる。呆然と立ち尽くす、背番号18、仙醍キングスの投手の姿が映し出される。まさか、新人の投手に本塁打を打たれるとは思ってもいなかったのだろう。なかなか戻ってこない山田桐子が気になり、山田亮は立ち上がり、台所へと向かった。「おい、打たれたぞ。見たか」

山田桐子は急須を前にし、立っていた。無表情と言うほどではなかったが、心ここにあらずの様子で、山田亮は慌ててしまう。「打たれたけど、まあ、同点になっただけだ」と取り繕うように言い直した。が、山田桐子は表情を変えず、ぼうっとしていた。自分の名前が思い出せず、記憶を片端からひっくり返しているかのような、我を失った顔つきだった。

「どうしたんだ？」「破水したみたい」

中央区の西側、自宅と仙醍市役所のちょうど中間あたりに位置する、個人経営の産婦人科医院だった。院内に入り、当番の助産師、小柄な女性に状況を説明すると、山田亮は一度、待合所に残された。山田桐子は奥へ消え、また戻ってくる。出産用の、服に着替えていて、「やっぱり破水してるって」と言った。山田亮は、入院準備品の入ったバッグを持ち上げ、唾(つば)を飲む。緊張してはいたが、実感がない。

助産師が言う。「まだ本格的に陣痛がはじまるまでは、時間がかかると思います。空いてる部屋があるので、お母さんにはそこで休んでもらいますが、お父さんはどうされますか。一度、帰宅されますか？」

山田亮は、お父さんと呼ばれることに慣れておらず、不思議な恥ずかしさを感じた。「一緒にいます」答えたのは山田桐子だった。「ちなみに、その部屋、テレビ観られますか？」

こんな時にわざわざテレビを観なくてもよいのではないか。助産師の表情には一瞬、そんな感情が浮かんだ。山田桐子は堂々としたものだった。「試合結果を確認するだけです。もしかするともう終わっているかもしれないし」

案内された部屋に入ると、山田桐子はドアを閉め、すぐにテレビの前に座った。これから初産(ういざん)に臨もうという妊婦の態度ではなかったが、山田亮は違和感を覚えず、むしろ首尾一貫しているとさえ感じた。

薄型のテレビが徐々に明るくなり、仙醍球場が映し出された。リモコンをいじくり、音声を消す。画面の真ん中に、仙醍キングスの投手がいた。背番号は32だ。エースの彼は降板したことになる。嫌な予感で、胸が痛んだ。そして、打席に立つ相手チームの打者を見て、山田亮は目を疑った。

目を何度もしばたたき、呼吸を整える。これはいったい、いつの試合だ？　と思った。試合は八回の表だったが、今もまだ八回の表なのだ。しかも打席にいるのは、東卿ジャイアンツの投手だった。高卒で新人の、少年の面影を残す、華奢な身体の男だ。彼はつい先ほど、それこそ八回表に、ホームランを打ったばかりではないか。これは録画なのか、と思いかけるが、画面の隅に出ている点数表示はそれを否定する。「八回の表ツーアウト　ランナー一、三塁」とあり、スコアは、「5対1」となっていた。え？

山田亮は状況が理解できない。

「打者一巡？」山田桐子はぼうっと試合を見つめていた。

スタンドの観客が映る。東卿ジャイアンツの応援なのか、大勢の人間たちが歓声を上げている。何を叫んでいるのかは分からないが、打者の活躍を願っている。

山田亮はえもいわれぬ、強い怒りを感じた。頭に血液が大量に、それこそ台風後の川の濁流よろしく流れ込み、脳の細胞がその勢いで、ぷつぷつと泡を立て、弾（はじ）けるようだった。山田亮が思い浮かべたのは、弱々しい若者が屈強な男たちに囲まれ、蹴（け）られ、ひいひいと苦しさに喘ぐ姿だった。負け試合を眺める悔しさではなく、リンチを目撃した不快感を覚えていたのだ。

仙醍キングスベンチが見えた。南雲監督の表情があった。腕を組み、無表情だったが、寂しさが滲んでいるのを、山田亮は見た。

東卿ジャイアンツの高卒投手が、一イニング二打席連続となるホームランを放ったのは、その直後だ。

投手が投げたと同時に、レフトスタンドに球が飛んだ。

山田亮はしばらく固まったまま、動けない。無邪気に、万歳しながら飛び跳ねる高卒投手が高慢に見えた。「8対1」の表示が、これ以上ないくらい大きく、現われる。山田桐子に視線を向けると、彼女は奥歯をぐっと嚙み、テレビを食わんばかりの迫力で、見入っている。腹に両手を当てていた。

少しして、チェンジとなる。音声は消してあるものの、「長い長い八回の表がようやく終わりました」と実況アナウンサーが言っているのだろうとは分かった。

八回の裏、仙醍キングスの攻撃がはじまると、山田亮は期待した。ここから、反撃がはじまるのではないか、と。一縷の望みというよりは、「そうならなくては辻褄が合わない」と感じていたのだ。仙醍キングスにとってはとても大事な試合が、こんな惨めな展開で終わるはずがないのだから、なるほど、これも演出の一つなのだな、と思い込むほかなかった。だから、ツーアウトからではあったが、ヒットと死球、四球と続き、満塁になった時には、やはりこういう筋書きになっていたんだ、と納得した。

打席に、仙醍キングスの四番が立つ。山田亮は興奮する。拳を強く握り、自分の息が激しくなっていることにも気づかない。隣にいる山田桐子が気になり、ふと視線をずらそうとしたが、そこで、ドアが開き、助産師が顔を出した。「どんな具合ですか？」「痛いです。間隔も短くなってます」山田桐子が言った。見れば、呼吸も荒く、額には汗があった。目はテレビを捉(とら)えたままだ。いつの間に陣痛がはじまっていたのか、と山田亮は驚いた。「早く言えよ」と喉(のど)まで出かかったが、その時、仙醍球場の打席に立つ、四番打者が胸に刻まれた、「臥薪嘗胆」の刺繍(ししゅう)を歪(ゆが)ませながら、空振りをした。画面のこちらまでその空を切る音が聞こえてくるような、豪快な空振りだった。

破水してからずいぶん早い、と助産師は首をひねっていたが、おそらくこの試合展開に興奮し、出産のリズムに変調を来たしたのではないか。山田亮はそう思った。

「山田さん、そろそろ陣痛室に移動しましょうか」

驚くべきことが二つ、あった。一つは、仙醍キングスの四番打者が、何の工夫も粘りもなくあっという間に三振をし、八回裏の攻撃を台無しにしたことだった。もう一つは、陣痛室に向かう山田桐子が、「あなたはここで見届けて」と言い出したことだ。

最初は何を血迷ったことを言うのかと思ったが、彼女が本心からそれを願っていることが分かり、山田亮はその言葉に従った。「じゃあ、俺はもう少し試合を観ているよ。終わったら、すぐに行く。残すは九回の表裏だけだし、出産には間に合うだろう」

「九回の表の東卿ジャイアンツの攻撃が、長引かない限りは」山田桐子はそう言った。助産師は心底、呆れ、「何のためにここに来たのだ」と言いたげだった。

妻と助産師が部屋を出て行った後、一人残った山田亮はテレビを眺め続けた。まさか本当に、東卿ジャイアンツの攻撃が長引くとは思ってもいなかった。

それは、すでにダウンを喫し、グロッキー状態にあるボクサーを、サンドバッグよろしく、殴りつけ、弄ぶのに似ていた。もっと言えば、無抵抗となった虫の肢を寄ってたかって千切って、蹂躙するようなものだった。東卿ジャイアンツの打者たちは次から次と、投手の球を打ち返し、出塁し、終わることのない攻撃を延々と続けた。

ボクシングの試合にはドクターストップがあり、そうでなくても、セコンドがタオルを投げられる。が、プロ野球にはコールドゲームもない。点差がどんどんと開き、勝敗が完全に決まったにもかかわらず、試合は続く。

山田亮は茫然自失の状態で、観戦していた。

極めつきは、カメラが仙醍キングスのベンチを映し出した時だ。弱っている人間の、惨めな様子を晒そうとしたのか、画面に南雲監督の顔が大きく映った。口を若干尖らせた、その表情は、泣くのを我慢する子供にしか見えない。

そこに、打球が飛んだ。

バッターの振り遅れたバットが、打球を横に飛ばし、ファウルボールとなったのだ。ボールはまっすぐ、南雲監督に向かった。幸いなことにぶつかることはなかったが、それに驚いた南雲監督は体勢を崩し、綺麗に転び、頭をベンチの端にぶつけた。弱々しい、恥ずかしそうな笑みを浮かべ、南雲監督は起き上がるが、それが何とも惨めに見えた。無事で何より、と思うよりも、自分の応援するチームの自尊心が、隅から隅まで踏み躙られたような気分になった。

山田亮の鼻息は荒くなり、目からは涙が流れ出した。テレビをじっと見つめながら、こんな時に自分の子供は生まれてくるのか、と感じずにはいられない。こんな試合を目撃した日が、誕生日となるとはいったいどんな子供になるのだ、と心配が浮かんだ。

九回表はとてつもなく長かった。中継時間内に収まったのは、中盤までの試合展開が早かったためだろう。九回表が終了した時点で二十一時を少し回ったところ、スコアは、「15対1」となっていた。

一矢報いてほしい。九回裏がはじまった時、山田亮はそれだけを願った。もはや、逆転勝利などは望んでいなかった。一点でも良いから、返してくれないか、と縋るように思った。それだけでも南雲監督は救われるに違いない、いや、救われることにしよう、と念じた。そして、呆気なく、二人の打者が凡退に終わった時、この時点で中継が終わってくれないか、と願った。勝利を得ることも、点が入ることも最早どうでもいい。ただ、この情けない試合が終了する瞬間だけは観ないで済まないか、とそう思った。最後の希望だけが叶った。仙醍キングスの七番バッターが打席に立ち、弱々しくバットを構えた時、唐突に野球中継が終わったのだ。南雲監督最後の試合への敬意などどこにも見受けられない、ぶつ切りだった。試合をもう観なくて済む。そのことだけを喜び、残りは何も考えず、すぐに山田桐子のいるべき場所へと向かった。

エレベーターを降り、陣痛室に着くと、山田桐子が助産師に付き添われ、分娩室に入るところだった。山田桐子はかなりの疲労と苦痛を見せていたが、分娩台に寝ると、横に座る山田亮を見て、ほんのわずかではあるが目を細めた。「どうだった?」と訊いた。山田亮はうまく答えることができず、彼女の右手を握ったまま、口をもごもごとさせる。負けた。ただの、敗戦ではない。十四点もの差をつけられた、屈辱的な敗戦だった。これから子供が誕生するという時に、それは口にしてはならないものに思えた。

手を強く握り返してくる妻の力を感じ、山田亮は顔を上げる。山田桐子は両目に涙を溜めながら、顎を引いた。「私たちが恐れるべきは、負けることではなく、負けることを恐れなくなっていることだ」外国人選手の発したその台詞が、頭にこだました。

「わたしには分かるけど」ささやくように山田桐子は言う。

「え、何が？　子供が？」

「たぶん、男の子だ」

「男の子なのか」

「だとしたら」と彼女は言うが、その先は続けなかった。

一時間後、山田桐子は、体重三〇五〇グラムの男の子を産んだ。その産声は、分娩室にしばらく響き渡り、その場にいた助産師たちは目を丸くし、「こんなにすごい泣き声ははじめてかも」と感心した。山田亮は、ぎゃあぎゃあと甲高く泣く赤ん坊を前にし、狼狽しつつも、これは雄叫びだ、と感じていた。この息子のやるべきことが、自分のすべきことが、俺には完璧に把握できている、と思った。

同じ頃、仙醍市内の救急病院には南雲慎平太がいたことを、後に、山田亮は知る。南雲慎平太は試合後、ホテルに戻った後で嘔吐し、眩暈に耐え切れず、救急車で運ばれ、そして、救急隊員と医師の処置も空しく、死亡した。九回表、ベンチに頭が衝突した際、そのぶつけどころが悪かったのだという。

これが、山田亮、山田桐子の息子、山田王求の〇歳の時だ。

三歳

おまえの三歳の誕生日、おまえの父親はいつもよりも早く帰宅した。七月に急遽、異動となったばかりの新しい部署で、イベントの準備を担当していたため九月下旬から残業が続いていたのだが、その日は同僚たちに無理を言って帰ってきたのだ。

ただいま、と玄関を開けたおまえの父親は居間に向かって言うが、おまえは返事をしない。マンションのリビングで野球中継を観ていた。座った母親の太股を座布団代わりに腰を降ろしている。

おまえの父親は、「おかえりなさい」の言葉がないことに落胆しなかった。むしろ、野球を熱心に観戦するおまえが微笑ましく、もっと言えば、誇らしかった。

東卿のドーム型球場で行われている、仙醍キングスと東卿ジャイアンツの試合だ。三連戦の二戦目で、これがシーズン最後の対戦カードとなる。おまえは先ほどから、仙醍キングスの選手が映るたび、「あ、ジョージ」と二塁手の福田譲二を指差し、「あ、タカハシ」と右翼手の高橋宗宏を呼んだ。そして、東卿ジャイアンツの白と黒のユニフォームが見えると、「ぶー」と、否定の意味を込めた低い唸り声を発し、首を横に強く振る。そうすると両親がとても喜ぶことを知っていた。

「試合は？」おまえの父親は訊ねてくる。

「1対3。まあ、予想通りだね」おまえの母親が言う。淡々とした声だ。怒りの口調も諦めの調子もない。おまえがおむつの脇から小便を漏らした際の反応に似ていた。少しうんざりしつつも、仕方がないよね、と言う時の達観の雰囲気だ。おまえの母親は、試合はまだ三回の表を迎えたばかりであるものの、このまま仙醍キングスが点差を詰めることもなく、負けるだろうと分かっているのだ。

「南雲さんのことは何か触れられていたか？」おまえの父親の声はさり気なかったが、それはさり気なさを装っただけだった。おまえは知らないが、三年前のこの日、両親を襲ったのは信じ難い屈辱的な試合結果と、それ以上に信じ難い南雲慎平太の死だった。

「放送がはじまった時に、実況の佐藤何とかって人が、『思えば、三年前の今日、仙醍キングスの南雲慎平太監督が亡くなったんですよね』なんて、自分の卒業旅行を振り返るような感じで、言っただけ」

「そんなもんなんだな」

母親は膝の上のおまえを床に下ろし、立ち上がった。夕食の支度をするためだ。それを目で追った際、父親の手に紙切れがあるのを、おまえは発見した。薄い、色のついた紙だ。「これ何？」と立ち上がり、首を傾けながら、紙を引っ張った。おまえの父親はすぐに、「ああ、これは関係ない」と紙をひったくるようにした。くしゃくしゃと丸めかけたが、思い直したように、おまえの母親のいる台所へとその紙を持っていく。「この辺に、変質者が出るらしいぞ」と説明する父親の声が、おまえにも聞こえてくる。

「変質者？」母親が聞き返す。

「下着泥棒とからしい。警戒しろというビラだ」

「怖いわね。護身用というか、防犯用にバットでも買おうかしら。いずれ、王求も使うんだし。木製のバットとか」

おまえはそこで自分の名前を呼ばれたことを察する。自分が？　何を？　何を使うことになっているんだ？

「木製は、まだ早すぎる。王求が使うのはずっと先だ」

早すぎる？　何が？　おまえは少しだけ混乱する。自分に関することが、自分には分からない言葉で、頭上を飛び交うのはもどかしかった。

「まあ、そうよね」

「軽いバットで思い切り振ることからはじめるんだ」

おまえの父親は地味な背広を着た、公務員だ。痩（や）せぎすで一重瞼（ひとえまぶた）、横分けの髪に、下がり気味の眉（まゆ）、鼻は低くもなければ高くもない。あまり特徴のない男だ。中年に差し掛かりつつも、人生について何も分かっていない三十五歳でしかない。が、おまえはまだそのことに気づいてはいない。おまえの父親は、おまえにとっては唯一無二の、指導者であり、見本だった。

王求という名前をつけたのは、おまえの母親だ。産院のベッドで横になり、母乳を飲み終えて眠るおまえを眺めながら、閃いたのだ。「将来、この子は仙醍キングスで活躍する男になるのだから、王という漢字がつかないのはおかしいと思ったの」

「王という漢字をつけたい」でもなければ、「王という漢字を使うのはどうかしら」でもなく、「つかないのはおかしい」という言い方をした。そうでなければ、世の摂理として説明がつかないのではないか、という具合だった。

おまえの父親もすぐに賛同した。「それならば、将来、キングスに求められる存在なのだから、王に求められる、と書いて、王求はどうだろう」

「王が求める、という意味でもいいよね」

「王が求め、王に求められる。凄くいい」

おまえの両親は盛り上がり、さほど悩むことなく、その名を決定した。おまえの父親は区役所に出向き、出生届を記入したが、その時、王求と横書きではじめて書いた瞬間、その文字の並びが、「球」という漢字を横に間延びさせたようにも見えることを発見した。それは気が利いているというよりは、時代遅れの駄洒落にも似た気恥ずかしさを伴っていて、もしかすると小学生や中学生になるとその名前を理由に迫害されるのではないか、と嫌な予感もよぎった。子供とは悪意はなくとも、どんなことでもからかいの材料にするものだから、「王求」を「球」と読み変え、「球野郎！」「ボールボーイ！」と嘲笑まじりに呼んでくる可能性はあった。

　が、おまえの父親は少しの間しか悩まなかった。数回まばたきをした程度だ。すぐに決断し、当初の予定通り、「王求」と出生届を出した。おまえの母親にはこう説明した。

「この子のやるべきことを考えたら、名前を理由にからかわれるくらいの試練は楽々と乗り切らなくてはいけないだろう。そう思ったんだ」

おまえの母親も即座にうなずいた。よくぞそのことに気づいたわね、と褒め称えるような言い方までした。「わたしたちの息子、山田王求は当然ながら、タフに育つはずだね。なぜなら、王になるんだから」

　食卓に全員が座り、おまえの誕生日を祝う晩餐がはじまる。テレビはつけたままだ。いつの間にか点差は開き、「1対5」となっていた。「いったい何点差つくんだろうな」おまえの父親の声にはやはり、白々とした諦めがあった。

　仙醍キングスは、おまえが生まれる前から、リーグ最下位の成績が定位置ともいえる、弱小チームだった。が、おまえが生まれて以降、つまりはあの屈辱的な夜以降は、その弱さがさらにひどくなった。

三年前、故南雲慎平太の後任として監督に就任したのは、仙醍キングスに投手として在籍していたことのある、佐藤武だ。とはいえ現役だったのは五十年も、半世紀も前のことだ。彼はあたりさわりのない、目立たない名前そのままに、現役時代に残した実績も、あたりさわりのない目立たないものだった。年齢はすでに七十五を越えている上に、闘争心も向上心もなく、チームを強くするつもりなどまったくない男で、就任会見の時に、「定年後にやることもなく、年金生活も張り合いがないので、趣味でパチンコに興じるつもりで、引き受けました」とうっかり発言するくらいに責任感もなかった。

どうしてそんな男に監督を要請したのか、普通であれば信じ難いことだが、チームの事情からすればいたし方がない部分もあった。

そもそも球団に資金力がないのだ。たとえばオーナーの服部勘吉は、「そろそろ、選手にはこちらから年俸を払うのではなく、月謝をもらうことにしようかな」と洩らしたことがあるくらいで、チームを強くするためにお金を使う気などさらさらないのだ。つまり監督になったとしても、遣り甲斐もなければ、報酬も良くない。負けるのが宿命付けられているチームを率いるなど、よっぽどの物好きではないと務まらない。

そんな球団が強いわけがない。リーグ最下位という順位こそ三年前から変わらないが、勝率は年々下がり、点は取れず失点は多い。監督は置物に近く、置物にしては可愛げがない。これ以上魅力のないチームはないというレベルにまで、仙醍キングスは落ちた。が、おまえの父親と母親は落胆はしていなかった。

仙醍キングスの一般的なファンは、目も当てられない弱さに悲壮感を抱き、場合によっては、ファンであることをやめ、野球観戦から遠ざかることを決意していたし、熱狂的なファンは、「どんなに弱くなってもこれが仙醍キングスなのだ」と自らを鼓舞し、究極の判官贔屓を体現するかのような、使命感を覚えていた。

おまえの両親はそのどちらでもなかった。つまり一般的なファンはおろか熱狂的なファンでもなくなっていたのだ。いつからか？　おまえが生まれた、あの三年前の今日からだ。

「今はこれでいい」それがおまえの両親の、共通した認識だった。今はまだ、弱小球団で構わないのだ。どんなに連敗を続けても、どんなに屈辱的な試合を経験しても、耐えていれば、それでいい。二人はそう思っている。意識の射程はもっと遠い場所に置かれている。おまえの両親は、仙醍キングスが驚くべき大変身を遂げ、勝利に勝利を重ね、今までの鬱憤を晴らす未来を見つめていた。仙醍キングスはいずれ変わる。ある選手が加入し、大いなる変化を遂げるのだと確信していた。ある選手、つまり、おまえのことだ。

「これもまだ早いんじゃない？」食事をはじめた後、父親が手渡してきたプレゼントの箱をおまえが開けると、母親が言った。

箱から出てきたのは、おもちゃのバッティングマシンだった。プラスチックの小さいバット、カラフルなプラスチックボールが十個ほど、それから電池で駆動するボール投球用の機械だ。土台に、回転するアームがついた簡単な仕組みになっている。

「まだ、王求はできないでしょ」

「そうだな」おまえの父親はあっさりと認める。「ただ、慣れておくのはいいんじゃないかと思ったんだ。バットとボールはやっぱり身近にあったほうがいいし。最初は俺が遊んでもいいんだ」

おまえの母親は納得したようにうなずいた。子供に野球をさせるためには、まず、親がその野球で楽しんでいる姿を見せるべきだと、あるガイド書にはあった。嫌がる子供に無理やりバットを持たせ、素振りを強要し、バッティングセンターに連れて行ったところで、身につくものは何もない。むしろ嫌悪感を抱かせることのほうが強い。

食事を終え、おまえの母親が食器を片付けはじめる。おまえは背伸びをし、自分の使った皿とカップを重ね、胸で抱くようにするとよたよたと、シンクに立つ母親へと運んでいった。

「王求、ありがとう」と母親が手を伸ばし、皿を受け取ってくる。頭を撫でられ、おまえは笑みを浮かべる。温かい空気が胸を満たす。

居間に戻ると、相変わらず、テレビが点いたままだ。目をやったおまえは、「ぶー」と口を膨らませる。打席に立っているのが、白と黒のユニフォームを着た、東卿ジャイアンツの選手だったからだ。テレビの脇に父親が立っていた。手には、先ほどおまえが箱から引っ張り出したばかりのプラスチックのバットが握られている。おまえは、父の手にあるバットと、テレビの中で選手が持つ木製バットを交互に眺めた。「一緒、一緒」と指を向け、それが同一の形状をしていることを指摘する。

父親がプラスチックバットを構えた。右打ちの姿勢であったため、テレビの中の左打者とは姿が異なっている。バットを振った。子供用のおもちゃであるせいか、両手に持ってスイングするのはかなり窮屈そうだった。ぶん、と軽い音がする。近くにあったサイドボードにバットがぶつかった。おまえは唐突に鳴った物音と、驚いたような顔をする父親が可笑しくて、けたけたと声を立てる。

父親は何度か、素振りをした。そのうちにボールをつかんで、軽く放り、バットで打とうとしたが空振りだった。距離感がつかめていないのだ。苦笑いをしながらも、何度も繰り返す父親の姿は楽しげだったが、表情に強張りも垣間見え、今までに見たことのない父親を発見したように、おまえは感じる。

父親は顎を上げ、バットを置く。運動不足だな、と言いながら椅子に腰を下ろした。テレビの試合中継に目をやる。おまえも釣られるように、視線をテレビへ戻した。体格のいい男が打席に立つところだった。左打ちのバッターボックスに入ると、靴で地面をこすった。堂々たる姿勢で、仙醍キングスの投手を睨んでいる。

「今年、二冠王となった大塚文太ですが今日は球場にご家族が観戦に来ているらしいですよ」実況中継の男、佐藤何某が言った。試合はいつの間にか、1対12となっており、すでに結果は出たも同然であったから、試合展開に面白味を見出すのは難しかったからかもしれない。どうにか観客の興味を引こうと、必死に話題を探している。

「確か、息子さんがいるんでしたっけ」元東卿ジャイアンツ投手の解説者が応じた。

「この間、三歳になったばかりだそうです。実は、お父さんへの応援メッセージをもらったんです」実況者が言うと、画面が切り替わる。母親に抱かれた子供が映った。

おまえの父親が舌打ちをした。「試合中にそんなの映していいのかよ」

「仕方がないって。あっちのテレビ局なんだから」母親が台所から戻ってきた。皮を剝いたりんごを皿に、山のように載せていた。爪楊枝が二つ、刺さっている。

おまえが見つめているテレビ画面には、大写しで、おまえと同い年の子供が映っていた。髪が長く、眉がくっきりとした、四角い輪郭の顔つきだ。唇を尖らせ、「洋一、ピッチャー、なる」と力強く、マイクに向かって言い、「うん、なる」と自らを納得させるかのような声を出した。

録画映像が終わり、再び、打者の大塚文太の姿が画面に戻る。実況者が、「洋一君は、ピッチャーになって、お父さんと対戦するのが夢みたいですよ」と言った。「彼がプロのマウンドに上がるまで、現役でいないといけないから、文太も大変ですね」解説者が気取った口調で言い、実況者が笑った。追従笑い（ついしょう）としか思えない、乾いた笑い声だ。

「あら、プロ野球選手の子供がプロになれると思ったら大間違いよね」とおまえの母親は言って、りんごを齧（かじ）った。果汁が飛ぶとともに、甘い匂（にお）いがおまえの鼻先にも漂い、慌（あわ）てて、テーブルの皿に手をやった。りんごを手づかみにし、齧る。予想していたよりは、酸味の強いりんごだったが、それがまた心地好（ここちよ）かった。歯を動かすたびに、頭に軽やかな音が鳴るのも楽しい。

りんごを齧りながら、おまえは、テレビの大塚文太選手を見つめた。彼は顎を引き、腰を落としている。高い位置に固定されたバットは、天を指し示すようでもあった。頑丈な置物にも似た、どっしりとした重心を感じる。風が吹こうが、手で押そうが、ぴくりともしないのではないか。不気味な角度で枝のねじれた、樹木さながらだった。

おまえはふと、その大塚文太のフォームが頭に飛び込んでくるのを感じた。テレビ画面の中から浮き出し、明瞭（めいりょう）な実体を持った絵として、間近に見えたのだ。りんごを皿に置き、テレビの前に落ちているプラスチックのバットをつかんでいた。そして、テレビの横に並ぶと、頭の中でくっきりと描かれている大塚文太の姿をなぞるように、自分の身体（からだ）を動かした。左右の向きが分からず、戸惑い、混乱したが、そのうち肘（ひじ）の動かし方をつかんでくると、イメージ通りの体勢を作ることができた。

「お、おい」

おまえの父親がいつになく神妙な声で、おまえの母親を呼んだ。聞こえなかったのだろうか、母親は最初、反応しなかったが、もう一度、「おい、桐子」と名前を呼ばれ、顔を上げた。どうしたのよ、と訝（いぶか）る表情をする。おまえの父親は、指し示すようにおまえへ顎を向けた。母親も、おまえを見る。最初はぼんやりと眺めているようだったが、急に目を見開いた。信じ難いものを目の当（ま）たりにし、呆気（あっけ）に取られている気配だった。おまえは、自分の背後が光っているのか、とバットを下ろし、背中に首を捻（ひね）った。両親の表情が、眩（まぶ）しさに陶然としているようだったからだ。

「王求、そのまま」と父親が少し声を強めて、言った。

「王求、もう一回」母親が人差し指を立て、うなずく。

何がそのままなのか、何をもう一回なのかすぐにはぴんと来なかった。が、大塚文太のバッティングフォームを真似（まね）たことを指しているのだろうか、と気づいた。そして、先ほどやったのと同様にバットを構える。

おまえの両親は、神々しいものでも見たかのような表情になる。父親はまばたきもせず、うっとりするようだったし、母親は口に手を当て、やはりぼうっとしていた。彼らは少しすると顔を見合わせ、うなずき合った。おまえは、両親の態度を訝りつつ、横のテレビ画面を見やった。仙醍キングスの投手が振りかぶった。

ボール、とおまえは内心で思う。おまえはすでに野球用語のいくつかを学んでいる。一年前に、地元のケーブルテレビ局が、仙醍キングスの試合を放映するようになってから、ほぼ毎日、母親と一緒に野球中継を観ているから、否も応もなく用語が耳に入ってくるのだ。ある程度は自分で口に出して、発音することもできた。「ボール」は言えた。「ストライク」は後半部分だけをどうにか、「アイク」と歪ませる形でなら発音できた。

投手が投げる直前、おまえはその投球が、ストライクゾーンに入らないのが分かった。だから、ボール、と思った。テレビをじっと見つめていると、ボールは向かって左側へと軌道を描き、キャッチャーが左手をどうにか伸ばした位置で、ミットに入った。

「すごいよ、王求。美しいフォームだったよ」いつの間にかおまえの父親が横に立ち、おまえの髪の毛をくしゃくしゃと触ってきた。「何でできるんだ。教えてもいないのに」

おまえはテレビ画面を指で触れた。液晶画面に指紋をつけるように、そこにいる左打者、大塚文太をなぞった。「これ」

「これを真似したの？」しゃがんで、おまえと視線の高さを合わせたおまえの母親が訊ねる。

おまえは首肯する。おまえの両親は驚愕の表情を見せる。「すごい」「やっぱり」と繰り返し、短い言葉を出し、そうなんだそういうことなんだ、と二人で言い合った。おまえは取り残された気持ちになり、退屈も感じていたため、テレビ画面に見入る。投手が身体を捻り、投球の動作に入った。

ストライク、とおまえは察した。理由は分からないが、おまえには球の通る道筋が頭に浮かんだのだ。「アイク」と言葉が洩れ出るが、両親は気づいていないようだ。

投手の手を離れたボールが飛んでいく。大塚文太の待つ、ホームベースに吸い込まれるように、まさにストライクゾーンに飛び込むように、伸びていく。おまえは何かを考えるより先に、バットを振っていた。構えは崩れていたため、右手ででたらめに振り回しただけだった。横にいたおまえの父親の股間にバットがぶつかるのと、テレビから打撃の音が飛び出すのが同時だった。

おまえの父親は呻き、うずくまり、股間を押さえている。大塚文太は自分の打った球の行方を追っている。レフトスタンドに飛び込む打球が映る。

「アイク」とおまえはまた、画面を指す。

「ホームランだね」おまえの母親は諦観のたっぷり浮かんだ言い方をする。

「オームアン」おまえは言ってみるが、綺麗には発声できない。

その日以降、おまえはおもちゃのバットをよく振り回すようになった。大塚文太のバッティングフォームを真似て、立ってはみたが、頭に残っていたそのイメージが時間が経つうちに薄くなり、構え方も曖昧になった。もう一度、テレビで観れば思い出せるのだろうが、ペナントレースが終わってしまい、おまえの家では野球中継を観なくなったため、それもできなかった。

おまえのバッティングフォームが、当初の美しく完成されたものから、徐々に崩れてきても、おまえの両親たちはがっかりしなかった。あれは偶然の産物だったとは微塵も思わず、むしろあれは、数年後に到達する完成形の、予告だったと判断していた。

おまえはバットを振り、時にはボールを叩いたが、両親たちは特別、バットの構え方を教えようとはしてこなかった。簡単な持ち方は口に出したが、グリップがどうこう、腕がどうこうとは言わなかった。まだそういう時期ではないことを、彼らは知っていたからだ。

年末に近づいた日曜日、おまえは父親とともに家にいた。おまえの母親は、新しく市内で開店したスーパーへ、有機野菜と健康食品の品揃えを確かめに出かけていた。肉体を作るのは食べ物であるから、その食材にはこだわる必要がある、おまえの両親はそう考え、なるべく、「身体に良いとされている」野菜を手に入れることを心がけていた。

オープン初日であるからたぶん、ひどい混雑に違いない、とおまえの母親は予想していた。「わたしが行ってくるから、あなたは王求と待っていて」

電話がかかってきたのは、午前の十一時過ぎだ。おまえに向かって、プラスチックのボールを転がしていたおまえの父親はそこで、「お母さんからだ」と言い、携帯電話に耳を当てた。

お母さん、とおまえは思いながら、その電話をじっと見つめる。おまえの父親は相槌を打ちながら、何度か質問を口にした。どうして、であるとか、何でまた、であるとか怪訝そうに眉をひそめた。いったい何があったのか、とおまえは不安になる。電話を切った後で父親が、「お母さんが来てほしいんだって。一緒に行こう」と手を広げた。おまえは両手を上げ、抱きかかえられる。母親に会いに行くことが嫌なわけがない。心は浮き立った。早く行こう、と宙で足をばたつかせる。

おまえの父親はマンションの駐車場にある、ワゴンの後部座席におまえを乗せた時もまだ、浮かない面持ちだった。怪しみ、思案し、不審がっている。おまえは心配と不安で少しだけ泣き出しそうになるが、車が発進した揺れで機を逸した。

途中で、スポーツ用品店の前に停車した。県道沿いにある店舗だ。「お母さん？」母親はここにいるのか、という意味で訊ねるとおまえの父親は、「ここに用事があるんだ」と答えた。そして、おまえを抱くと、店の中に入っていく。はじめて入る場所で、おまえは胸にもぞもぞとした違和感を覚えるが、それに浸っている間もないほどに、父親は足早に店内をうろつき、野球帽の売り場を見つけ出すと、そのうちの一つを迷わずつかんでレジに向かった。どうしてこんなものを、と父親が独り言のようにこぼすのをおまえは聞き、釣られてその帽子に目をやる。反射的に、「ぶー」と言いそうになった。白と黒で、洒落た柄の、東卿ジャイアンツのキャップだったからだ。「それ、買うの？」「お母さんが、持って来いって言うんだよ」おまえの父親も状況が把握できていないようだった。

　その店を後にし、ワゴンは北へ向かった。心なしか、父親の運転はいつもよりも荒く感じられた。到着したのは、老舗(しにせ)スーパーマーケットだった。おまえの父親は車を停め、おまえを外に引っ張り出した。

「急に悪かったわね」おまえの母親が待っていた。おまえを抱え、頬ずりをしてくる。

「どうしたんだ、一体」おまえの父親は少し責めるような口調になっていた。こんなものも買わせて、と汚いものでも触るかのように、スポーツ用品店の袋を持ち上げた。

「ちょっとついてきて」母親は顔を引き締め、顎を引いた。おまえを抱いたまま、歩きはじめる。スーパーマーケットの裏を通り、細い階段を下る。古い住宅街だ。山を切り崩して造成されたのだろう、勾配(こうばい)のきつい街並みで、おまえの母親は踏ん張るようにして、下り坂を進んだ。おまえは、長身で痩せた母親の長い足が、軽快に前後に、小気味良く動くのを見下ろしていた。

「どうしたんだよ」

「こっちよ。お店からバス停まで歩いていたら、見つけたの」

工事現場に出た。おまえの母親は、「ここをたまたま通ったら」とその敷地を横切っていく。マンションの建設予定地らしいが、日曜日であるためか作業者はいない。工事車両も眠ったかのように止まっている。建材が積まれた場所に近づく。「たまたま、こっちを見たら、おかしな影があるのに気づいたの」とおまえの母親は説明をする。

倒れている人がいた。

おまえは、「あ」と人差し指を出してしまう。「あ」とおまえの父親も言った。ぴくりとも動かない、人形のようだった。仰向けで左手を上に、右手を下に折り曲げ、非常口の看板を模すかのような体勢で倒れている。

「何だこれは」おまえの父親の声は上擦っていた。「おい、これ」

「知らないわよ。でも、たぶん」母親は言って、天を仰ぐようにした。おまえも同じように首を傾ける。斜め、上方にマンションがあった。濃い茶色で、聳（そび）えるように立っている。「あそこのベランダから落ちたんじゃないかしら」

「ベランダから」それは大変だ、救急車は呼んだのか、とおまえの父親は泡を食った声を出す。携帯電話を取り出した。

「もう死んでるって」おまえの母親は乾いた言い方をした。そして、「ほら、それに」と倒れている男の手を指差す。二十代の後半あたりに見えた。なで肩で、頬がこけ、ひょろっとしている。青白い肌だった。作業着のような服装で、その左手には布のようなものが握られている。ピンク色の薄い生地だ。

「これは」おまえの父親は不気味がりながらも近づく。「下着だ」と言った。

「下着泥棒よ、きっと」

「こんな昼間に？」

「分からないけど、昨日の夜に落ちて、そのままだったのかも」

おまえの両親はしばらく無言で、その、下着をつかんだ若者の死体を眺めている。おまえは無意識に、空気を強く吸い込んでいた。特別な匂いは感じなかった。ただ死体の周囲に、じめじめとした影が集まるような、黒い蠢(うごめ)きは見えた。

「可哀想に」おまえの父親がしんみりと言う。

「自業自得(じごう)よ」と母親は冷淡だった。

「で、これが必要だったのか」父親はすでに、どうしてそのキャップが必要だったのか、把握しているようだった。もちろん、おまえには分からない。

「警察に通報する前に、と思って」おまえの母親は落ち着いて、穏やかに言う。いつの間にか手にはハンカチを巻いていて、そのハンカチで包むように、東卿ジャイアンツのキャップを受け取った。死体に近づくと、死体の頭に載っていた、爽やかな水色の帽子を外した。仙醍キングスのトレードマークがしっかりと刻まれた帽子だ。

かわりに、東卿ジャイアンツのキャップを被せる。

「下着泥棒が、わたしたちの仙醍キングスファンだなんて許せないからね」

「そうだな」おまえの父親も、すべてを了解したかのような声を出す。

キャップをしっかり被せると、おまえの母親は携帯電話で、警察に通報する。

おまえは、瞼で空をつかもうとするかのように、大きく目を見開いた死体を見下ろしながら、両親の満足そうな態度に、満足した。

十歳

またやってる、と思った。教室の廊下側の一番後ろの席、開き戸の近くに座っている山田君が、机に手を出している。手の甲を上にして、指をぐっと開いて、それを覗き込んでいた。授業中は縦横に並んでいる机が、昼休みだからなのか、少しばらけている。

給食が終わってすぐに、クラスの男子のほとんどは校庭に出て行った。少し前から、サッカークラブの田之上君が中心となって、みんながサッカーをやるようになって、運動があまり得意じゃない古谷君や高橋君も、昼休みになるとサッカーをしに行く。僕もそうだった。だけど先週、左手首を骨折したばかりなので、さすがに無理で、だからギプスをしたまま、この一週間は一人で本を読んでいる。左手の肘の部分でページを押さえて、右手でめくっていけば、読むのは大変ではなかった。

図書室で借りた、世界の偉人シリーズだ。今読んでいる巻は、キューリー夫人のことが書いてある。昔から、野菜のキュウリの話題が出ると、クラスで一人くらいは、キュウリ夫人、という駄洒落を口にするから名前はよく知っていたけれど、いったい何をやった人なのか知らなかった。サンドウィッチを発明したのが、サンドウィッチ伯爵だっていうのを聞いたことがあったし、キュウリを作り出した人なのかと本気で思っていた。読んでいくと、キューリー夫人が、自分の身体の危険を恐れずに、実験を続けた、偉い人だということが分かった。けれど、それよりも僕が驚いたのは、本の中には、キューリー夫人の子供の頃の話が載っていて、しかも、キューリー夫人が何を思ったのかが書いてあることだった。たとえば、「その時、彼女は、お母さんのことが怖くなった」とかそんなふうに、書いてある。キューリー夫人が偉くなったのは、大人になった後なのに、子供の時から、将来偉くなるのが分かっていて、誰かがずっとキューリー夫人の気持ちや出来事を記録していたのかな、と思った。そうでなければ、子供の時の気持ちなんて、誰も覚えていないはずだ。そう考えると今度は、寂しくなった。今の自分のまわりには、誰もいないからだ。誰も、僕の子供の時のことを記録していないし、ノートに残してもくれていない。今、何を思ったのか、何を考えたのか、インタビューもしてくれない。それはたぶん、大人になっても、偉い人にはならないと分かっているからだろう。偉人伝を書く必要がないからだ。

教室の前のほうに女子の集団があって、トランプをやっている。給食当番が食器を片付けて、がちゃがちゃと音を出していた。数人でスケッチ帳に漫画を描いている女子とか、将棋をやっている男子がいる。一人きりでいるのは、僕以外には、端の席で手を見つめる山田君だけだった。山田君はクラスの中でも、人一倍背が高かった。たぶん、学年の中でも、学校の中でも一番かもしれない。いつも、青色のジャージを着ている。胸のところには、難しい漢字らしき文字が刺繍されているけれど、読めなかった。

山田君は不思議な存在だった。苛められているわけでも、無視をされているわけでもないのに、いつもだいたい一人だ。野球が好きで、市内のリトルリーグで練習しているのは有名だったけれど、それ以外のことはあまりみんな知らなかった。

話しかければ、返事をしてくれるし、授業中も先生に呼びかけられると答えるし、無愛想ということもなかった。ただ、気づくといつも一人でいる。あの田之上君も、四年生のクラス替えの後、最初の頃はサッカーに誘ったり、遊びや会話の輪に入れようとしたり、いろいろ声をかけていたけれど、最近は、あまり気にかけていないようだった。

昼休みに、山田君が一人で手を眺めている。そのことに気づいたのは、二日くらい前だった。手相でも見ているのかとも思ったけれど、手の甲が上を向いている。昨日もそうで、今日もそうだった。そして、十分くらいすると今度は、教室の後ろに置いてある、大きな辞典を持ってくるんだ、と思っているとまさに山田君が立ち上がって、辞典を取りにいくところだった。鈴虫の入った飼育ケースの横、小さな書棚に入っている、みんなで使う辞典だった。机に置いて、ぱっと開いて、そして、すぐに閉じた。また、開く。それを繰り返している。昨日も今日もそうだった。何をやっているんだろう。

席を立って、戸のところまで歩いていく。少し、どきどきした。たまたま山田君の動きが目に入った、というふりをして、「ねえ、それ、何を調べているの」と声をかけた。ゆっくりと反応した山田君が顔を向けてくる。

「辞典を開いたり閉じたりしてるから」言いながら周囲をちらちら確認した。山田君に声をかけるのが悪いことであるかのように、思ってしまった。

ああこれ、と彼は下顎を前に出すようにした。丸い顔で、髪は短くて、一重瞼で、目尻が少し釣りあがっている。鼻が大きくて、唇は横に広かった。耳がすごく大きい。改めて近くで見ると、不思議な顔をしているなあ、と思った。動物っぽさと、博士っぽさが、まざっている。

「眼の運動」と彼は言った。小さくはないけれど、声がぼとっと床に落ちるみたいだった。「こうやって、辞典を開いてすぐに閉じて、瞬間的に何が書いてあったか覚えるんだ。で、開けて確認する」と机の上の辞典をばたんばたんとやる。

瞬間視、って言うんだ、と彼は話してくれた。そして、手の甲をじっと見ている理由も教えてくれた。あれは、ツメを見つめて、眼を素早く動かす訓練をしているんだという。左手の親指のツメからはじめて、右手の親指、左手の人差し指、右手の人差し指というふうに、ジグザグに眼を動かしていって、眼の運動をしているんだ、と教えてくれた。「顔とか首は動かさずに、眼だけで、できるだけ速くやるんだ」

どうしてそんなことをやるの、と訊ねると山田君は少し驚いた顔で、「そりゃ」と答えた。「そりゃ、野球のためだよ。眼の力は、野球に必要だから」

学校が終わると、山田君の後をつけた。見失わないように、ばれないように、気をつけながら追った。白いガードレールの設置された歩道を進んでいくと、上り坂につながった。足がもつれて、ガードレールに寄りかかる。着ていたズボンに白い跡がついた。坂を上りきった山田君は、クリーニング屋の横道を右に歩いていった。公園があったので、そこに用があるのかと思った。でも、山田君は公園を横切るだけで、まだまだまっすぐに歩いていく。

着いたのは、ジャスコの隣にあるバッティングセンターだった。緑色の、東卿に住むおばあちゃんの家の蚊帳みたいな、ネットで囲まれていて、不気味な場所だ。横のジャスコの綺麗な感じとは、正反対だ。ネットの張られた場所の手前に、小屋があって、そこから出てきたおじさんが、すぐにバットを山田君に手渡した。山田君も当然のようにバットを受け取って、ランドセルをおじさんに差し出した。一番奥へと歩いていく。僕は、ぐるっと遠巻きにするようにして、山田君が入っていったネットのほうへと近づく。バッティングセンターの看板があったから、その柱に隠れた。

山田君がバットを構えている。あ、綺麗なフォーム、そう思った。野球をやったことがないのにどうして分かるんだろう、と自分でも可笑しかったけれど、考えてすぐに気づく。テレビで観る、プロ野球選手のフォームと似ているからだ。肩の向きや、足の開き方、バットの立て方、顎の角度、そういうところがプロの選手みたいだった。押してもびくともしないような、堅そうな恰好に思えた。

機械からボールが飛んできた。山田君の身体が素早く回転する。打球が一直線に、向かい側のネットに突き刺さる。一瞬のことで何が起きたのか分からない。びゅん、と球が飛んできて、すぐに、きん、と音がして打ち返されている。アニメで観たことがある、忍者の戦う場面を思い出した。右と左から二人が走ってきて、空中に飛んだ、と思うと、甲高い刀の音だけが鳴って、交叉して着地する、そんな感じだ。ボールがびゅん、と来て、きん、と打ち返す。ばさ、とネットにぶつかっている。次々と、ボールが飛んできた。山田君はそのたび、綺麗に打ち返した。しばらくすると、ボールが飛んでこなくなる。山田君は、機械に硬貨を投入する。さっきと同じことが続く。ボールが飛んできて、山田君の身体が回転する。空振りなんて一回もなくて、次々とボールを打ち返した。見ているだけで、気持ちがいい。音が、身体の中で響く。山田君の打ち返す球が、全部、右側に飛んでいってることに気づいたのは、少ししてからだ。最初に打ちはじめた時は、真正面のネットに刺さっていたのに、今は右方向に飛んでいる。面白いように、同じ角度で、もしかすると狙っているのかな、考えすぎかな、と思った。もう一度、硬貨を入れて、山田君が打ちはじめる。今度は、打つ球打つ球、すべてが左方向へと飛んでいった。どっちに打ち返すのか、わざと狙っているんだ、と分かって、ぞくっとした。

風が吹いて目にゴミが入った。手を動かした時に左手をひねってしまって、骨折したところが痛んだ。ギプスを押さえる。顔を上げると山田君の姿が消えていた。大慌てでまわりを見渡す。バットを持ったまま、来た道を歩いていく山田君を見つけ、追った。

「付き合えよ」そう言われたのは、すぐ後だった。細い道の角を右に、何も考えずについていったら、曲がり角のところに山田君が立っていたのだ。驚いて悲鳴を上げていた。「暇なんだろ、俺のことつけてきてたんだし。それなら、付き合ってくれよ。練習」

「練習？」返事をしながら、「あ、ばれてたんだ？」と訊ねてしまう。

「俺は目がいいんだ」と山田君は言う。咄嗟に、昼休みの辞典のことを思い出した。ぱっと開いて、書いてあることを覚える訓練をしていた。あんなことをしているくらいだから、ちらっと振り返った時に、ギプスをつけた同級生がいることくらいは、いくら離れていても、分かったのかもしれない。山田君の言う、「目がいい」は普通の視力とかそういう意味合いではないんだろう。

断ることもできなくて、気づけば僕は公園で、山田君の練習に付き合っていた。左手が使えないし、僕は野球なんてできないから、と尻込みしたものの、「大丈夫」と言われた。「本当は、父さんが手伝ってくれる予定だったんだけど、急に仕事で駄目になったんだ」

「山田君のお父さん、何をしているの？　平日が休みの仕事？」

「市役所だよ」と山田君は答える。「いつもは母さんが練習の相手をしてくれるんだけど、今日はほかに用事があるみたいだった。そういう時は、父さんが仕事を早退してくれるんだけど」

「わざわざ？」驚いてしまった。野球の練習のために、仕事を早退してくるなんて、考えられなかった。

山田君はその後、タオルを脇に挟んで、バットを振りはじめた。フォームが崩れたら言ってくれ、と頼まれたけれど、僕には、何回素振りをしても山田君の動きは崩れていないように見える。それが終わると今度は、バドミントンの羽根を、渡してきた。ランドセルから取り出した。公園の端っこに、フェンスがある。それだって山田君が用意したのかもしれない。「片手でも投げられるだろ。トスしてくれよ」と山田君は言う。緊張しながら、羽根を放ってみた。はじめはうまくいかず、羽根は地面近くに落ちたり、山田君の身体にぶつかったりした。ただ、山田君に怒る感じはなくて、「もう少し強く」「もっとこの辺に」と言うだけだった。少しずつ慣れてくると、上手に投げられるようになった。すると山田君は、その羽根を打った。間近で見る、山田君のバッティングはすごかった。ぶん、ぶん、と鋭く風が切られて、大袈裟ではなく風の力で、僕は飛ばされそうになる。ふわっと浮いたバドミントンの羽根が、バットで素早く叩かれるのは、本当に、剣で何かを斬るようだった。日が少しずつ、沈んでくる。まるで山田君の振るバットの回転が、時間とか空とかを回しているようだ。その後、山田君は、僕に硬式ボールを手で投げさせた。軽く、弓なりに、だ。やっぱり、山田君は綺麗に打つ。夜の七時近くになって、気づけば空はかなり暗くなっていた。山田君は練習をやめた。バッティングセンターに戻って、受付の小屋にバットを置き、ランドセルを受け取る。

「山田君、いつもこんなに練習してるわけ？」

「まあ、そうだね。帰って、夕ご飯を食べたら、またやるけど」

「え？」

「このバッティングセンター、夜もやってるんだよ。遅くまで」

「一日中、野球しかやらないみたいだ」

自分の家に戻ってきて、玄関を開けると、靴脱ぎのところにお父さんの黒い靴があって、暗い気持ちになった。お父さんが帰ってきている。そうか、山田君のあとをつけたのは、山田君のことが気になったせいもあったけれど、家に帰りたくなかったからでもあるんだな、と思った。別の人の気持ちを想像するような感覚だった。「キューリー夫人は家に帰りたくなかったのです」と本にそう書いてあるのと似ていた。

お父さんの性格が今までと変わってしまったことを寂しく感じていました。お母さんは、「お父さんは悪くないのに会社で悪者にされちゃって、悔しいし悲しいし、だからちょっと苛々(いらいら)しているのよ」と言います。お父さんに早く元気になってほしいと思いましたが、お父さんがどんどん機嫌が悪くなって、薬を飲んでぼうっとしたり、時々、びっくりするくらい大きな声を出して、物を投げるのは怖くて仕方がありませんでした。一週間前には、お父さんの投げた植木鉢が当たって、左手の骨が折れてしまったので、痛みと怖さで、お父さんには会いづらくなりました。誰が？　僕じゃなくて、キューリー夫人が。そうだったらいいな、と思った。

廊下を進んで、居間に入ると、台所のお母さんが、「遅かったわね。心配したのよ」と言う。顔色は悪くなかったけれど、目や口が影で隠れているような雰囲気があって、とても疲れているのが分かる。お父さんは？　と訊ねると、「寝てるのよ」とお母さんが二階を指差した。

次の日も学校が終わると、山田君を追った。というよりも、追おうとしたのだけれど、昇降口の下駄箱のところで、ばれた。「今日も来るのか」と言われ、一緒に帰ることになった。前の日と同じように、坂道を上って、公園を横切って、バッティングセンターへ辿(たど)り着いたけれど、違っていたのはそこに山田君のお母さんがいたことだった。背が高くて、痩せていて、山田君とそっくりの丸顔だった。「昨日、練習手伝ってくれたんだってね。ありがとう」と山田君のお母さんは言って、すぐに、「野球チームはどこのファン？」と質問してきた。その目がまったく笑っていなかったので、緊張してしまう。山田君がいつも着ている青いジャージの胸の部分に、仙醍キングスのマークが入っていることに気づいていたので、「地元だからやっぱり」とぼそぼそ答えてみた。

「あら、ほんと」と山田君のお母さんの表情がやわらいだ。それならいいんだけど、とも言う。そうじゃなかったらまずかった、ということなんだろうか。

練習内容はほとんど、昨日と同じだった。バッティングセンターでバットを振って、公園に移動して、脇にタオルを挟んだり、バドミントンの羽根をバットで打ったりした。山田君のお母さんはずっとそれに付き添って、時々、声をかけた。大声で怒鳴ったり喚いたりすることはなかった。分厚い本みたいなのを持っていて、それを見ながら、「この写真みたいに、もっとこうしたほうがいいよ」とか、「この練習、今度やってみようか」とか、山田君と一緒に相談している。

「いつも、こんなに練習してるんですか？」

「こんなに、というか、そうね。ずっとよ」

「プロ野球選手を目指しているんですか」

「目指しているというよりも、なるのよ」

「なるんですか？」

「なっちゃうのよ」

山田君のお母さんはそう言った時、目を見開いて、どこかまったく別の場所を眺めているような顔つきになった。笑ってはいるけれど、怖いくらいにきらきらした目だった。山田君のバッティングは本当に恰好良くて、見惚(みと)れているうちに、またしてもいつの間にか夜の七時近くになっていた。まわりの建物が薄暗くなって、ぼんやりして、自分の胸の中が萎(しぼ)むような、寂しい気持ちになった。

公園から帰る途中、「あの、山田君のチームって強いんですか」と質問をした。

「王求の？　東仙醍リトルのこと？」

「はい」僕は答えている。「山田君、すごく上手(うま)そうだけど、みんな、あんなに上手いんですか？」

山田君のお母さんはすぐに、「今週末、試合があるんだけど、観にくれば分かるわよ」と言った。その隣にいる山田君はにこりともしないで、もちろん怒っているわけでもなくて、うなずいているだけだった。

日曜日、山田君の試合を観に行けたのは、お父さんのおかげだった。朝食の時からお父さんは機嫌が悪くて、独り言を言いながら、新聞を乱暴にめくっていた。僕は怖くて、近づきたくなかったし、お母さんもたぶん同じ気分だったんだろう。「買い物に出かけてきますね」と僕を連れて、外に出た。ただ、出たはいいものの買い物に行く予定もないようで、「どうしようか」と溜め息をついていたので、「野球観たい」と思わず、言った。「友達の試合があるんだ」

お母さんの運転する軽自動車で、廣瀬川の土手まで行った。天気が良くて、空は真っ青で、土手の道は高い場所だったから、気持ちが良かった。広い運動場が見え、野球をやっているのが見下ろせた瞬間、胸の中、身体の中にあたたかい風が吹いて、そわそわした。どうしたの、にこにこして、とお母さんに言われて、そうかにこにこしていたんだ、と分かった。

土手の階段を下って、野球グラウンドに近づいていく。すでに試合中だった。僕たちが到着した時に、ちょうど打席に立っている選手が、ひときわ大きくて、目立っていて、何だか山田君みたいだな、と思ったら、何てことはなくてそれが山田君だった。学校帰りの練習で見た時と同じ、頑丈そうな構えをして、立っている。「ほら、あれが山田君」とお母さんに教えた時、山田君の身体が回転した。打った球が青空に向かって、ぽーんと飛んだ。打球の飛んでいく先をずっと、見送った後で、グラウンドに視線を戻すと、赤のユニフォームを着た守備の選手たちが全員、肩を落としていた。あらあ、とお母さんが口を開けて、笑った。お母さんの笑うところを久々に見た。スコアボードを見るとまだ一回の裏で、そうか、第一打席でいきなりホームランだったんだ！　いいタイミングに間に合ったと思った。お母さんも、「ちょうど良かったね」と幸運を喜んでいたけれど、試合が終わってみれば、それほど貴重な場面ではなかったことが分かる。山田君はその試合、五回打席に立って、五回ともホームランを打ったからだ。ライト方向へ、レフト方向へ、毎回違った方角を狙って、打っているようだった。

どことなく奇妙だったのは、打った山田君が冷静なのはまだしも、味方であるはずの、東仙醍リトルのベンチにいる選手たちがみんな、白けているような顔つきだったことだ。

「すごいね」とお母さんは試合が終わった後も、しばらく感心していて、僕は誇らしかった。山田君に声をかけたくて、試合後の掃除や後片付けが終わるの待っていた。お母さんの携帯電話がその時に、鳴った。かかってきた番号を見て、お母さんはまず眉をひそめて、すぐにベンチから立った。離れた場所で喋っているお母さんは青褪めた表情で、さっきの山田君のホームラン五連発の爽快感なんて、霧になって消えてしまったようだった。「お父さんからなんだけど、家にすぐに帰らないといけないから、お母さんだけ、先に行ってるね」と戻ってくると、言った。「バスで帰ってこられるよね。ゆっくり帰ってきていいから」

一人で残って、ぼんやりとグラウンドを眺めた。土が綺麗で、盛り上がったマウンドが柔らかそうだった。その丸みを見ているうちに、なぜか、昔、お父さんたちと出かけた、信州の高原のことを、あの時はすごく楽しかったな、と思い出した。ソフトクリームを買った時、お父さんが、「一口だけ一口だけ」と頼んできたので、仕方がなく渡したら、口を思い切り開けて、ほとんど全部食べてしまった場面。ごめんごめん、とお父さんは謝りながら、別にもう一個、買ってくれた。あれは本当に可笑しかったなあ、と思うと、寂しくて仕方がない。あの時のお父さんの面影が、今は少しもない。

グラウンドを片付け終わった東仙醍リトルの子供たちが何人か、こっちに向かって、歩いてきた。それぞれ、親と一緒で、汚れたユニフォームのまま、立派なバッグを持っている。前を通る時、子供の一人が、「ねえ、お父さん、王求がいるとつまんないよ、やっぱり。そう思わない？」と言っているのが聞こえた。そう言ったのは先ほどまで山田君と同じチームでピッチャーをやっていた選手だった。「そうなんだよ、あんなのつまんねえよ。打てばいいってもんじゃねえよ」とその隣にいた別の、バットを担いだ選手も言った。すぐに通り過ぎていったので、その後の会話は聞こえなかったけれど、聞いてはいけないことを聞いてしまったような気がした。

この間のバッティングセンターの時と同じで、いつの間にか、山田君がいなくなっていて、はっとする。あれ、と立ち上がって、周囲を見渡すけれど、山田君はもちろん他の誰もいなくなっていた。慌てて、土手を駆け上がる。身体を揺すったせいで、左手に痛みが走った。そこからさらに周囲を見渡した。ふと後ろを見ると、グラウンドとは逆側に土手を下ったところに小さな駐車場があって、そこに大人が立っているのが分かった。白い車の横で、ユニフォームを着た男の人がいて、その前に立つ男の人と女の人が箱のようなものを差し出していた。あ、と思った。その女の人が、すらっと背筋の伸びた山田君のお母さんだったからだ。何をしているのか。

「お金、渡してるんだ」急に隣から言われたため、ひい、と悲鳴を上げてしまった。山田君が立っていた。いつもと同じ顔つきで、笑顔でもなければ、怒っているわけでもない。「父さんと母さんが、向こうの監督に約束して」

そうか、あれが山田君のお父さんなんだ、と思って、もう一度見る。穏やかそうな、真面目(まじめ)そうな、男の人に見えた。「約束ってどういう」

「俺を敬遠しなければ、お金をあげるって」

「え」

「俺、敬遠されることが多いんだよ。最近の試合、三試合連続で、最初の打席以降は全部、敬遠。試合で敬遠ばっかりだと、俺のためにもならないっていうんで、父さんたちが念のため、相手の監督に頼んだんだよ」

「敬遠しないように？」それがいけないことなのかどうか、咄嗟には分からなかった。信号無視とか、小銭泥棒とかを見て、悪いことだ、と感じるようには、悪いこととは思えなかった。手を抜いてくれ、ってお金を渡すのは卑怯かもしれないけれど、本気を出してくれ、って言うんだから別に、ずるくもないんじゃないかな、とも思えた。

白い車をもう一度見る。山田君のお父さんとお母さんはすでにそこからいなくなっていて、箱をもらった監督がそれを車の助手席に入れていた。山田君も後ろめたい様子はなくて、「一緒に帰ろうか」とあっさり言ってきた。「父さんたちには、先に帰ってていいって言われたんだ」

「それにしても、全打席ホームランってすごいよね」

「大したことでもないよ。昔からさ、ピッチャーの投げる球が分かったんだ。ピッチャーが振りかぶった時に、ストライクになるかボールになるかは」

「直感?」そんな馬鹿な、と思ったけれど、言えない。

「なんだろうな」

山田君が、自転車の荷台に乗せてくれた。右手だけでつかまるのは、かなり怖かったけれど、平気なふりをする。

家に着いた時、何かが変だ、とすぐに感じた。それこそ、直感だったのかもしれない。その時、キューリー夫人は何かが家で起きている、と分かったのです、と頭の中で文章を考えてしまう。たぶん、キューリー夫人は、庭に近い和室の障子が、あちこち破けていることに気づいたのかもしれません。

山田君が自転車を止めて、じゃあまた、と言うのにも返事をせずに、僕は、家の玄関にゆらゆらと近づいていった。嫌な予感で、胸騒ぎがした。玄関の戸を開けて、そっと足を踏み入れると廊下の奥から、お母さんの声が聞こえる。靴を脱ぐと中に入った。床が汚れていて、靴下のまま、ぬるっと滑った。転ばないように踏ん張ったところで、左手が痛む。身体の芯が震えるみたいに、痛い。恐る恐る腰をかがめて、床に触れて、それが血だと分かった。気が遠くなりそうだった。何だろうこれは。居間のドアから、姿を現わしたのは最初、知らない男だと思った。人というよりは、鬼のようで、手に包丁を持っていたから現実味がなかったのだけれど、僕の名前を呼びながら、目を見開いて、呼吸を荒くして、やってくるその鬼が、お父さんだと気づき、目を疑ってしまう。お父さんはどんどん歩いてくる。僕は仰向けの四つん這いになるような恰好で、ギプスがあるから左手だけは肘を使って、後ろに下がった。身体を捻って、どうにか立つ。足が震えて、踏ん張れない。膝が曲がって、倒れた。すると、後ろから来ていたお父さんもぶつかって、転んだ。手に持っていた包丁が転がった。お父さんの着ているパジャマが血だらけなのに、そこで気づいた。必死に足をばたつかせて、お父さんを遠くへ蹴りやって、居間に逃げ込む。左手の痛みは、ずきずきを通り越して、しびれで麻痺しているみたいだ。「一緒に死のう」と廊下から声が飛んできたけれど、気にしていられない。テレビの置いてある横に、お母さんは倒れていた。お腹を押さえていて、血だらけで、顔は真っ白で、がたがた震えている。その震えに合わせるみたいに自分も震えてしまった。がたっと音がする。お父さんが来る。何も考えていなかった。居間の窓を開けると、靴下のまま、庭に飛び出していた。踏み石の上を駆けて、外に向かう。お父さんが後ろから、雄叫びみたいなのを上げて、追ってくる。

家の門を出て、道路に出ると、真正面に山田君が立っていた。まだ帰っていなかったんだ、と待たせていたことを申し訳なく思ってしまう。どうかしたのか、というように山田君はこっちを見た。必死に、「お父さんが」と声を出す。それ以上、言葉が続かない。山田君は、僕のシャツに血がついていることに、一瞬だけ目を丸くした。そして、危険を察知したのかバッグからバットを取り出した。

門から出てきたお父さんはもう、興奮していて、まわりが見えていないようだった。山田君を指差して、何か叫んだ。包丁は持っていなかったけれど、手を振り回そうとしていた。お父さん、どうしたんだよ、とその横顔を見た瞬間、その、お父さんの顔がひん曲がった。首から上が、飛ぶように、鋭く揺れた。何があったのか分からない。

山田君に目を移動すると、彼が例の、綺麗な恰好でバットを振り切っているところだった。バッグから取り出した硬球を、バットで打っていた。その球が、お父さんの頭に激突したんだ。ものすごい速度の打球は、頭ごとどこかへ飛び出すように思えた。

お父さんは白目を剥き、ふらっと身体を揺らして、その場にひっくり返った。電池が切れたようで、ぴくりとも動かない。どうしたらいいのか分からなくて、立ち尽くすしかなかった。山田君は、僕のお父さんに駆け寄ることもしなければ、近づいてくることもなかった。唇を少し尖らせただけで、あとは、自分のフォームを確認するように、数回、素振りをその場でやった。やっぱり、とても美しい、フォームだった。

お父さんは結局、意識を取り戻すこともなく、そのまま、死んでしまい、死んだまま、お母さんを傷つけた犯人として、逮捕された。僕の左手首の骨折は前よりひどくなった。

僕と山田君は、お父さんが家の中で包丁を振り回している時、たまたま、外でバッティングの練習をしていました。興奮したお父さんが玄関から飛び出してきた時、山田君が思い切り、打った球が、運悪く、頭にぶつかったんです。狙ってもあんなふうに当たらないのに、本当に、びっくりしました。

僕も山田君も、そう証言をした。お母さんも話を合わせてくれた。

十二歳

木下哲二（きのしたてつじ）は盛岡（もりおか）市で生まれた。中学入学前に、親の転勤の関係で仙醍市に引っ越し、高校まで公営団地で暮らした。私立大学への入学を機に東卿での生活を開始し、卒業後は証券会社に勤務し、年下の女性と結婚し、一男一女の子供を得て、そして子供たちの独り立ちと自らの定年を機に、妻と二人で仙醍市に居を移した。退職金を使い、中古の一戸建てを購入した。どうして仙醍市を選んだのかといえば、十代の頃には、刺激が少なく穏やかで物足りなく感じていた東北地方都市のたたずまいが、還暦を過ぎた今の自分たちにはむしろ住み心地が良いのではないか、と閃（ひらめ）いたからだった。

生活はそれなりに順調だった。年金と貯蓄で生活するお金には困らなかったが、気分転換や日々のリズムをつけるために、何かパートタイムの仕事はないだろうかと思っていたところ、まさに渡りに船で、家から目と鼻の先に、働き場所を見つけることができた。木下バッティングセンターの管理人だ。近所の整骨院の待合所で知り合った男性が、その男も苗字（みょうじ）がたまたま、「木下」で、あちらこちらでビルを所有しているらしいのだが、ある時に、「空き地にバッティングセンターを放置しているんだ。あんた、管理人、やってみるかい。木下バッティングセンターって名前だから、あんたがオーナーのつもりにもなれるぞ」と言ってきたのがきっかけだ。

バッティングセンターの管理人は閑だろうな、と予想したが、その予想通りに閑だった。朝から夕方まで小屋に座り、時折訪れる客たちの両替に応じたり、機械の簡単な整備やボールの片づけをするだけだ。閉店時にお金を回収し、金庫に保管すればそれでい い。性格的に、地味で退屈なことは合っていたため、不満はなかった。家で妻とずっと顔を合わせているのも息が詰まる。小学生や大人がバットを無邪気に振り回しているのを眺めていると、気分も晴れた。

王求がやってきたのは、働きはじめて一年も経たない頃だった。「一番速いので、何キロですか?」と一緒に来た父親がまず、話しかけてきた。左バッター用だと百三十キロだけど、右だと百四十キロのが一番端っこにあるよ、と木下哲二は答えた。「今すぐじゃなくていいんですけど、いずれ、左打者用のも百四十キロくらいは出るようにしてくれないですか」と今度は母親が言ってくる。

バットを担いでいる少年を見て、「ぼくは、左打ち?」と質問してみると、彼が、こくん、とうなずいた。「ぼく、百四十キロとか打つようになりたいんだ?」

「それ以上ですよ」両親のうちどちらかが言い、木下哲二は、「どこまで本気なんだか」

と苦笑した。

将来の夢はプロ野球選手、と意気込む親子が、バッティングセンターの客の中には少なからず、いた。意外に多かった。子供がバットを振る後方、ネットの外から厳しく指示を出す父親や、しゃにむに高速の球に挑戦しようとする子供もよく、いた。教育熱心なのか、子供の夢を後押ししているのか、もしくは自分の夢を子供に託しているのかは分からないが、何もそんなにむきにならないでもいいではないか、と思ってしまうこともしばしばだった。楽しくやるのが一番ではないか、と言いたくもなる。だから山田親子に対しても同じ印象を持っていた。

ただ、山田家が毎日のように通いはじめると、木下哲二も気持ちが変わってきた。もしかすると、という思いを抱きはじめたのだ。もしかすると自分は本当に、将来のプロ野球選手の成長を目(ま)の当たりにしているのではないか？

小学校の高学年となるにつれ、それはもはや、疑いようのないものに思えた。山田王求のフォームやスイングは、素人目(しろうとめ)にも完璧(かんぺき)で、どのような速度の球も打ち返し、初めの約束通り、百四十キロの機械を左打者用に変更せざるをえなくなったのだが、それすらも王求少年は容易に打った。木下哲二は機械のメーカーに問い合わせ、自分でも駆動ベルトの調節を行い、どうにかそれ以上の速球を可能にしようと試みたが、やはり難しかった。仕方がなく、打席を通常の場所よりも前、機械寄りに移動させることにしたが、それすらも王求は苦にしなかった。日に日に力を増し、優秀な打者に育っていく少年のために、自分は少しでも役立たねばならない、と木下哲二はそんな思いに駆られた。使命感以外の何物でもなかった。「プロになったら」と王求が口にしても、それは単なる夢の話ではなく、いずれ訪れる未来のことだと感じた。

だから、小学校六年生となった王求を前にして、「これ以上、球は速くできないし、これ以上、前に出るのも効果はないと思うんだ」と告げた時には、まさに、王様の希望に応えられない家臣のような思いで、力の至らなさにぺしゃんこになってしまったのだが、当の王求は、バッティングセンターの管理人のそんな思いを知るはずもなかった。

王求少年は、木下バッティングセンターの管理人からランドセルを受け取り、肩にかけた。来年になって中学校に通うようになればこのランドセルともお別れだ、と思うと少し気が楽になる。肩や胸のあたりが窮屈でたまらないからだ。

夕方を過ぎているのにまだ、ずいぶん暑い。

「来月だったっけ？　全国大会は」管理人のおじさんが聞いてきた。王求少年はうなずく。東卿で開催される大会が、来月の日曜にある。全国の地方予選を勝ち抜いた十六チームがトーナメントで試合をするのだ。「去年の雪辱を果たしておいで」

王求少年には、ぴんと来なかった。するとおじさんは、雪辱という言葉の意味を説明してくれ、「去年はほとんど敬遠だったじゃないか」と続けた。そのことか、と王求少年は思った。それならいつものことだし、それなら雪辱だらけになっちゃうよ、と。

「悔しくないのか？」

「慣れてるし」王求少年はごく普通に答える。「プロになったら敬遠されないから」とも続けた。プロ野球の世界では、自分と真っ向から勝負をしてくる選手や投手がごろごろいる、両親からそう教えられていた。

「プロのほうが敬遠するかもしれないぞ。なりふり構わないからな」

「え。でも、父さんたちが言ってた」

「王求のお父さんたちだって、プロのことはよく分かんないだろうよ」

王求少年は耳を疑う。まただ、と思う。最近、そういうことが何度かあった。自分の心の中の枝をぽきんと折られるような、感覚がある。

それから、機械にこれ以上、速い球を投げさせられないことを、おじさんが謝ってくる。しょうがないよ、と答える。機械の限界なのだからどうしようもないではないか、おじさんは何をそんなに申し訳なく思うのだ、と不思議に思った。「いいよ」ともう一度言う。「きりがないよ。それに、速い球を打てればいいってわけじゃないよ」

「でも、お父さんたちには頼まれているんだ」

「お父さんたちは」王求少年はそこで言葉を飲み込んだ。その後に何と続けようとしたのか自分で明確には分かっていなかったが、発してしまったら取り返しがつかなくなるような不安が過ったからだ。言った途端に足元に穴が空き、奈落の底へ降下していく恐怖があった。「何でもない」

「あ、バット、預からなくていいのか？」

「さっき、打ち損なったのがあったから、公園で素振りしてから帰ろうと思って」

「打ち損じ？　そんなのあったのか」とおじさんは溜め息をついた。高く美しい山を前に、畏怖を感じて溜め息をつくような、そういう息だったが、王求少年は気づかない。

公園に移動すると、芯で捉えられなかった球のことを思い出しながら、素振りをやった。頭の中にはいつだって、自分に向かって投げられたボールの軌道や速度がきっちりとした映像として、記憶に残っている。だから、そのイメージを再生させ、バットを振る。打ち返す映像を確認する。ボールがなくとも、頭で、打った手応えを感じる。

それが終わるとフェンス脇の物置を開けた。大きな布袋が置かれている。両親が練習用のグッズを収納するために用意したものだ。プラスチックのコップを二つ取り出す。

つい最近までは、放課後の練習には、両親のうちどちらかが付き添ってくるのが常だった。練習メニューの指示を出し、フォームや動作の確認をするためだ。ただ最近になり、週の半分は一人きりで練習をしている。「一人で大丈夫だよ」と言い出したのは王求少年だったが、母親は心配そうだった。「大丈夫、さぼらないし」と言うと、「王求がさぼらないのは分かってるよ」と母はうなずいた。そもそも、さぼる、ということを王求少年は理解していなかった。「食事を取るのをさぼる」「睡眠をさぼる」ということがイメージしにくいのと同様に、野球の練習をさぼることもよく分からなかった。

「でも、暗くなった公園は一人じゃ怖いでしょ」母はそう心配したが、彼女もパートで働く必要があるため、最終的には、一人での練習を了解した。

公園に立つ時計を見ると夕方の五時だったが、日が長くなってきているからか、薄ぼんやりとしながらも、周囲は充分に明るかった。水道でコップになみなみと水を注ぐと、それを両手に持って、階段へと向かう。噴水のある敷地が高台にあり、水で満杯のコップを両手に一つずつ持つと、腰を落とし、その階段を昇った。「下半身は力強く、上半身は柔らかく」という身のこなしがバッティングには重要であるため、その動きを身体に馴染ませるための練習だった。足を踏ん張り、コップを持つ腕は柔軟に、だ。それを繰り返す。「足は踏ん張り、腕は柔らかく」と念じながらやる。何度かやると、水を捨て、コップを布袋へ片づける。また、素振りに戻った。

バットを持ち、構える。体の二つの軸、左の肩甲骨と骨盤を結ぶ軸、右の肩甲骨と骨盤を結ぶ軸を意識しながら、身体を回転させる。テイクバックからフォロースルーまで、イメージ通りにバットを振ることができると、何者かに褒められたような、安堵とも喜びともつかない気持ちになる。父親や母親の拍手の音が聞こえる。

バットが風を切る音と自分の呼吸の音だけが周囲にはあったが、途中で、人の声がかすかに聞こえ、動きを止めた。がさごそと音もする。周囲を見やれば、右後方の植え込みから、数人の男たちが出てくるところだった。学生服を着た三人で、王求少年よりも大きかった。ごく近くの、公立中学校の生徒たちだ。その彼らが通り過ぎるのを、銜えている煙草と、そこから立ち昇る煙を、何とはなしに目で追った。彼らのうちの一人が、「何をじろじろ見てるんだよ」と威勢のいい声を発し、王求少年を脅した。けたたましく笑う。が、すぐに別の一人が、「あ、なんだ、あいつ人殺しじゃん」と言った。え、とほかの二人が足を止める。あいつ、たぶん俺の弟の同級生なんだけど、小四の時に人を殺してんだよ。「なあ、そうだよな」

王求少年は直立不動で立ち、バットを持ったまま、返事ができなかった。気づけば、空は暗い。周囲の景色が把握できない。公園の植え込みが風もないのに、ざわざわと揺れ、囁き合うように思える。

「あれは、事故だったから」王求少年は答えた。二年前、ある住宅地で、王求少年が打った硬球が、家から出てきたばかりの男の頭を直撃し、男は死亡した。死んだ男は、同級生の父親だった。

「心無いことを言って、おまえをいじめるような奴が出てくるかもしれないけど、事故だったんだから、そう説明してやればいい」両親がよく、励ましとも指導ともつかない口調で言ったが、実際に、学校などで悪口を言ってくる生徒はいなかった。

「事故と言っても、相手が死んじゃったのは本当だろ」先ほどまでは数メートルの間隔があったはずであるのに、あっという間に、中学生たちが王求少年の前に移動していた。見下ろしてくる黒い制服の彼らには、素行が悪いもの特有の威圧感があったが、王求少年は怖いと感じなかった。

「でも実は、あれは事故ではなかったよね」気安く言ってくる声が聞こえた。誰かと思えば、自分だった。心の中で、そう呼びかけてくる。「あれは事故ではなかった」刃物を持って、正気を失った顔つきで飛び出してきたあの男を、自分は狙った。男の頭に、ボールをぶつけて動きを止めるべきだ、と思ったのだ。もっと言えば、照準を定めた男の頭に、正確に球を打つことができるかどうか試す気持ちもあった。事故じゃない、と思う。

「結局、その同級生は引っ越しちゃったんだよな。父親を殺した奴と同じ学校には通えねえもんな」中学生がまだ言っている。顔を見つめる。

「知ってる？　法律で裁かれるのって十四歳からなんだってよ。いいよな、小学生は人を殺しても関係ないいなんてさ」

「あれは事故だったから」王求少年が繰り返すと、「あれは事故だったから」と中学生は同じ台詞(せりふ)を、わざと女々しい言い方に変えて、口にした。

そして彼らは、王求少年の持つバットを眺め、「野球の練習したって、偉くなれねえぞ。女にもてねえし」と嘲笑(ちょうしょう)した。火の点(つ)いた煙草を下ろし、王求少年の眼前に移動させると、「ほら、おまえも吸う？」と言いもした。

かぶりを振り、「いらない」と答える。彼らは甲高い笑い声を上げ、つまんねえなあ、ちんぽに毛も生えてねえやつは、などと言っている。ちんぽの毛がどうしたのだ、と王求少年は自分の股間(こかん)を見下ろした。

「ほら、打ってみろよ」

同級生の兄だという男が離れた場所にいて、投手の真似(まね)をするようにして立っていた。ゆっくりと振りかぶる。王求少年は反射的に、バットを構えた。

男の構えは綺麗(きれい)ではなかった。力を誇示するかのような大袈裟(おおげさ)な腕の動きの割りに、バランスが悪い。手から放たれたのは、石だった。拳(こぶし)の半分くらいの大きさで、それが、王求少年の身体の脇に投げ込まれた。ストライクゾーンからは外れていた。おい、打ってみろよ、と男は笑った後で、「こいつ、野球めちゃくちゃうまいんだってよ。弟が言ってたけどよ」とほかの二人に話をし、腰をかがめるとまた足元から石を拾った。おい、ぶつけるなよ、と一人が冗談めかしつつも、言う。

もう一度、石が飛んできた。あまりに外れた場所だったため、バットは振らなかったが、小さいからか、バッティングセンターの球よりも速く感じた。王求少年は少し嬉しくなる。「もう一回お願い」と思わず言った。

「馴れ馴れしいな」男は苦笑しつつも、また大きく振りかぶる。「もう少しこの辺に」と王求少年は自分の腰の高さ、ホームベースがあるだろう位置を指し示す。コースを要求する王求少年のふてぶてしさに、ほかの二人の中学生が大きく笑った。

石は風を切って、鋭く飛んできた。王求少年は身体を回転させる。バットが石を捉える。バットが尖った鏃で削られるような感覚がある。チップして、石が横に飛んだ。おお当たった当たった、と中学生二人が手を叩いている。一人が銜えていた煙草を、足元に捨てた。

「もう一回お願い」

「もう疲れた」男は面倒臭そうな声を発し、「付き合えねえよ」と言う。が、王求少年は、「ごめんなさい。もう一回だけ」とお願いをした。ストライクゾーンに入ってきたにもかかわらず、うまく打ち返せないなんて、と思った。新鮮だった。自分が前に打てなかったことなんて、いつぶりなんだろう。「もう一回お願いします」と懇願していた。

何なんだよおまえ。中学生は苦々しそうに言ったが、不快なわけではなさそうで、背を丸め、長い手をぶらんと下げたかと思うと、石を探し出した。公園の外灯が点灯し、王求少年たちを照らしている。いくぞ、と男が石をつかみ、投球フォームに入る。王求少年は目を凝らし、意識を集中する。石が、飛んでくる。バットを振る。短い音がした。芯で打ち返した手ごたえがある。おお、と中学生が短く歓声を上げ、よし、と王求少年も納得するのと同時に、がしゃん、とガラスが割れる音がした。打った石が、右前方マンションの二階の窓を直撃したのだ。王求少年も中学生も一瞬、黙った。外灯の、空気を振動させるかのような音がするだけで、あたりは静まり返っている。「逃げるぞ」中学生がしばらくして囁いた。王求少年も慌てて、ランドセルを拾う。「いいか」と石を投げた男が、王求少年の肩に手を置いた。「おまえは悪くない。俺も悪くない。これは事故だ。事件じゃねえぞ」と調子のいいことを言い残し、消えた。うん、とうなずき、駆けながら王求少年は自分の胸の中にむず痒さを覚えていた。楽しい、という感覚にそわそわしていた。

　次の日曜日、いつもと同じように母親の車に乗って河川敷の野球グラウンドに行く。駐車場に車を停めて、グラウンドへの階段を下りはじめたところで、いつもとは雰囲気が違うと思った。東仙醍リトルの練習日であるから、青いユニフォームを着たメンバーが集まっていて、ベンチ脇に父母たちがお弁当の支度をしているのは変わらないが、どこか賑やかで、華やかさを感じた。ユニフォームを着た、普段見かけない大人が何人も交じっている。

グラウンドへ下りていくと、「おはようございます」と母親たちからの挨拶が飛んでくる。王求少年の母親はおざなりに返事をしつつ、監督のところへまっすぐ向かった。

「何なんですか、これは」王求少年の母は、奥寺監督に訊ねる。説明をしてください、と問い詰めるような、ぴりぴりした気配に満ちているが、周囲はそのことにたじろぐわけではなかった。彼女が、監督に食って掛かることはこれが初めてではなく、というよりもむしろ日常茶飯事に近かったため、やはり、という反応のほうが強かった。

「言ってなかったでしたっけ？　今日は野球教室なんですよ」奥寺監督は、あちゃあ、と困惑しつつ頭を掻く。監督は食えない人だ。脇にいた王求少年は思った。自分の両親が時折、「あの監督は食えないよ。飄々としてるけど」と口にするため、意味は分からないながらも、覚えた言葉だった。

「そんなこと聞いていないですよ」

「山田さん、こんなことって滅多にないですよ、プロ野球選手が時間を割いて、指導してくれるなんて」奥寺監督は顔を左へ向けた。そちらには、ユニフォームを着た、大きな身体をした男たちが五人ほど立っている。それを取り囲むように、テレビカメラやマイクを持った者もいた。「全国大会を前に、いい刺激になるかなー、と思って」

「なるかなー、じゃないですよ」

王求少年は、母親がなぜそこまで怒っているのか、すぐに理解できた。野球教室のことを聞いていなかったからではない。通常通りの練習をやってほしかったからでもない。問題は、やってきたプロ野球選手が、地元の仙醍キングスではないからだ。「何で、ジャイアンツなんですか」と母親は声にも出した。

「東卿ジャイアンツが来てくれるなんて、すごいことですよ」奥寺監督は言う。口は笑っているが、眉（まゆ）がぴくぴくと痙攣（けいれん）していることに王求少年は気づき、監督はたぶん、わざと言わなかったんだな、と思った。事前に野球教室のことを知らせると、どうして仙醍キングスの選手じゃないんだ、と王求少年の両親が、やいのやいのと言ってくるのは予想できたからだ。

「監督、どうされました？」そこで近づいてきたのが、白と黒のスマートなユニフォームを着た、東卿ジャイアンツの大久保幸弘選手だった。

「いや、何でもないんですよ」奥寺監督は目を細める。そして、大事なことに気づいたかのようにはっとし、王求少年の母に向かい、「山田さん、ほら、大久保選手は一昨年まで仙醍キングスにいて」と説明をはじめる。

「知ってますよ」王求少年の母はむすっと答える。そうだよ当然知っているよ、と隣にいる王求少年も思った。仙醍キングスのことなら何でも知っているんだ。大久保幸弘選手は一昨年のシーズン、全試合出場、三割五分の打率、二十本の本塁打と大活躍をした。

守備の面でも失策ゼロ、仙醍キングスで唯一、ゴールデングラブ賞をもらった。いつも通り、チームの成績は最下位だったが、それだけに大久保選手の活躍は光った。

「その関係もあって、今日、野球教室にも来ていただけたんですよ」

「裏切って、東卿ジャイアンツに行ったくせに？」

「え」奥寺監督と大久保選手は、清々しい青空の下、耳をそばだてれば川のせせらぎすら聞こえてくるのではないか、と思えるほどの平和な空間に、まさかそんな攻撃的なメッセージが飛び出してくるとは思ってもいなかったのか、虚を突かれたかのようだった。

「フリーエージェントとか言ったところで、結局はお金が欲しいだけじゃない」

「山田さん」奥寺監督がさすがに、たしなめるような声を出した。大久保選手は戸惑いを浮かべていたが、むっとした様子はなかった。そういった批判については慣れているのかもしれない。優しい笑みを浮かべ、「そこはもう、分かってもらうしかないんです」と言った。そして場を取り繕うように王求少年に向かって、「君は、どこを守っているんだい」と話しかけた。

「決まっていない」王求少年はぼそっと答える。「どこでも」

どこでも？　大久保選手が首を傾げると奥寺監督が慌てて、「どこでもできるんですよ。王求は。でも最近は、レフトに固定していますけど」と説明を加える。

「ああ、そうだよね、俺も子供の頃はそうだったよ。プロになる選手はたいがい、そうじゃないかな。ピッチャーで四番ってパターンも多いし」

　そこで王求少年の母がぼそっと、吐き捨てるように、「一緒にしないで」と言ったが、それは王求少年にしか聞こえなかった。

「よし、じゃあ、素振りしてみる？　フォームを見るよ」大久保選手が言った。

　王求少年はうなずき、持っていたバッグを下ろすと、バットをつかんだ。膝(ひざ)の屈伸でもしようかと思ったところで、「王求、帰ろう」と母親の声が降ってきた。え、と見上げる。「今日は帰って、お母さんと練習しよう」

　怒りで興奮している様子ではなく、もちろん目は強張(こわば)っていたが、穏やかに母親が言ってくる。奥寺監督が驚いたように何か言い、母親が言い返し、その応酬が続く。王求少年はその間、大久保選手をじっと見つめていた。こんなに間近で、プロ野球選手と向かい合うのは初めてのことだった。これが、と思った。これが自分の将来なるべき職業の人間か。不思議な思いになった。そこには憧憬(しょうけい)も、落胆も、緊張もなく、王求少年はまじまじと、がっしりとした体格の男を見た。「バット振ってみるか？」と言ってくる。

「王求、今日は家で練習しよう」母親が、王求少年の右手を引っ張った。

「おい、王求、それでいいのか。プロの選手に見てもらったらどうだ？」奥寺監督の声は優しく、切実さもこもっていた。「お母さんとは別に練習してもいいじゃないか」

「勝手なことを言わないでください」

「でも、お母さんも野球をやっていたわけではないんですから」

何気なく、奥寺監督はそう言った。母親も受け流していた。が、王求少年の胸にはその言葉が引っかかった。それは、先日のバッティングセンターで、管理人のおじさんに自分が発しようとした台詞と同じだ、と思った。ぽきん、と心の枝のようなものがまた、折れる。

なんで東卿ジャイアンツなのよ、と母親はつぶやきながら、土手の階段を上がっていく。王求少年もそれについていく。上り切ったところで一度だけ振り返ると、グラウンドに立つ奥寺監督が手を上げ、こちらをずっと見ていた。


家に着いたところで、小さな事故が起きた。と言っても、マンション駐車場に車をバックで入れる際、隣のワゴンにぶつける、という些細なものだったが、母親は動転した。ああ、どうしよう、と落ち着きを失った。「悪いけど、王求、今日は一人で練習してもらえる？　バッティングセンターで」

王求少年は了解し、荷物を持つとバッティングセンターへ向かった。頭の中にはどういうわけか、先ほど向かい合った大久保選手の大きな身体、太い腕がこびりつき、それが離れなかった。

いつものようにバッティングセンターに辿り着くと、やはりいつも通り管理人のおじさんが現われた。「今日は一人？　リトルの練習は？」と歯を見せたが、そこで王求少年は自分でも驚くくらい滑らかに、「おじさん、河川敷のグラウンドに行きたいんだけど、バス代を貸してくれないかな」と言っていた。自ら、はっとする。あれ、どうしてそんなことを言ってるんだろ、と驚いた。が、その戸惑いよりも、「早く行かないと」という思いのほうが強かった。いったいどうしたんだい、家出かい、とおじさんは的外れなことを口にしたが、王求少年が、野球教室のことを話すと目を輝かせた。「それは早く行ったほうがいい。タクシーで行こう」と財布から五千円札を取り出し、「これで往復できるはずだ」とつかませてきた。

「いいの？」

「そりゃ、いいに決まっている。行くべきですよ」どういうわけか、おじさんは丁寧な言葉を使った。

王求少年は礼を言い、タクシーに乗った。河川敷に到着すると、空はまだ透き通るほどに青く晴れていて、グラウンドの土の色が映え、眩しかった。足早に土手の階段を下りる。奥寺監督が駆け寄ってくると、「やっていくか」と抱きしめんばかりの興奮を見せた。王求少年はうなずき、すぐにバットを構え、素振りをした。いつの間にか、大久保選手が隣にいる。王求少年はバットを振りつづける。奥寺監督も大久保選手も何も言ってこない。いったん、素振りを止めると、大久保選手はフォームについての指示を出すわけでもなく、奥寺監督に向かって、「すごいですね」と上擦った声を出すだけだった。

「鈴木卓投手の球を打たせてあげてもいいですかね」奥寺監督は満面の笑みを浮かべ、居酒屋に誘うかのような口ぶりで言った。

「え」と大久保選手が聞き返す。

「この子に、プロの凄さを教えてあげたくて」

大久保選手はきょとんとしたが、すぐに、「うそでしょ、それ。この子の力を試したいんじゃないですか？」と苦笑した。

「そんなことないですよ」

「食えない人だなあ。でも、プロを舐めてもらっては困りますよ」


十数分後、バッターボックスに立つ少年と向き合った、鈴木卓は、ずいぶんしっかりした構えだな、とマウンドで感心した。小学生だから身体は小さかったが、バットをしっかりと立てたフォームの美しさは本物だった。「頑張れよ、王求」と三塁側のベンチ脇にいる、リトルリーグの監督が、少年に声をかけている。その横に、ほかのチームメイトたちも座っていた。野球教室では、地味な基礎的な練習を指導するのが目的だが、こういった余興のようなものがあってもいいだろう、と鈴木卓は思っていた。だから、「あの子、チームの主砲らしいんだが、何球か投げてやってくれないか」と大久保幸弘に提案された時もすぐに了解した。テレビや新聞の取材者はいなくなっていた。もちろん、本気で投げるつもりはない。それなりの速度で、打ちやすいコースに投げ込む。それを少年が打ち返す。それでいい。そうすれば彼は今日の練習を楽しく終えるだろうし、楽しい記憶が残れば、野球をさらに好きになる。自信がつき、野球を上達させる。そういった好循環は自分も経験したことであるし、プロ野球選手が、子供たちに会うのはその循環を起こさせるためだという思いもあった。

いともたやすく、少年はホームランを打った。

ライト方向の空を打ち抜くかのような、鋭い打球を放った。観ている子供たちが盛り上がり、後ろにいる東卿ジャイアンツの仲間たちがからかいの声をかけてきた。鈴木卓は苦笑しつつ、大袈裟に悔しがってみせる。そして今度は、球速はそのままにコースを変え、低目を狙って、投げた。

するとそれもまた、軽々と打った。今度はレフト方向へ打球が飛ぶ。おい、どうした、と背後から揶揄の声が飛んでくる。まいったな、と思いつつ、バッターボックスに向いた鈴木卓は、ふとそこで、違和感を覚えた。あれ、どこか変だぞ、と思った。

全力で投げたわけではないから、打たれても不思議ではない。確かに、小学生がホームランを二球連続で打ったことは感心し、驚くことだったが、ありえないわけではない。だからそのことは奇妙に感じなかったのだが、それ以外の何かが引っかかった。

そして、分かる。

打席にいる少年がまったく嬉しそうではないのだ。プロ野球選手が投げた球をホームランにしたというのに、そこには、満足そうな顔も、嬉しそうな面持ちも、まるでなかった。当然のことをしただけのような冷めた気配すらあり、もっと言えば物足りなさそうだった。

これは、と鈴木卓は気を引き締める。正確には、少しむっとした。プロの自分の力を侮(あなど)られた気分になり、最後は全力で放り、プロと少年との圧倒的な差を見せつけてやろう、と決めた。少しくらいは、プロの力を思い知らせておくほうがいいだろう。悔しさもまた、野球上達への近道のはずだ。

鈴木卓は大きく振りかぶり、試合に臨むのと同じ全力に近い力で、球を放った。少年の動きが、ひどくゆっくりと見えた。バットが動き、身体が回転する。流れるようなフォームだった。どういうわけかバットがホームベースの上を過ぎるあたりで、少年の姿が空を突くかのような巨大なものに見え、その圧迫感にのけぞって、転びそうになる。

音がする。少年がバットを振り切っている。鈴木卓は目を丸くし、身体をねじり、センターの方角に飛んでいく球を見送った。頭の中にどんよりとした屈辱や悔しさの泥がどっと流れ込むが、それも束(つか)の間(ま)、すぐにその粘々(ねばねば)とした泥は消え、爽(さわ)やかな空気で満ちる。鈴木卓は笑い声を立てた。

十三歳

おまえは顔を蹴られる。鼻が熱く、何かが目の前で炸裂したのだとおまえは思う。長身の男に両手で押し飛ばされ、背中から壁にぶつかり、その振動で頭がくらっとし、地面に尻をついたところだった。その顔面を学生服の男が蹴ってきたのだ。「サッカーボールキックかよ容赦ねえな」と横にいる別の男子生徒が囃している。おまえを取り囲んでいるのは五人、同じ中学の上級生、三年生だ。二人は煙草を吸い、一人は眼鏡をかけている。全員が似たような、太股の膨らんだ制服を穿いていた。さらにもう一人はこの小部屋の外で、見張りをしている。

ぼやけていた視界が戻ったおまえは手を鼻にやり、痛い、と気づく。塩水を鼻の奥に注入されたかのような、匂いがある。鼻の下を何とはなしにぬぐうと血がついていた。鼻の骨が心配だったが、触ると鼻の筋はしっかりとしている。

仙醍東五番中学校の北側にある体育館、そのステージの裏側だ。暗い狭苦しい空間に詰め込まれた体操用マットや跳び箱、ふんだんに溜まった綿埃を避け、さらに先へ踏み込んだところに、小さな部屋がある。おまえはそこへ、先輩生徒たちに連れて来られた。入学してから半年が過ぎ、おまえも中学校の生活に慣れてきていたが、体育館の中にこのような部屋があることは知らなかった。

体育館ではバドミントンの羽根が飛び交い、卓球の球が軽やかに空気を小突き、誰かの発する掛け声や靴が床とこすれる音が響き、熱気に満ちている。が、おまえのいるこの裏部屋はひんやりとした冷たさが漂っていた。

「王求、大橋先輩が呼んでたぜ」おまえに声をかけてきた時の、乃木の言葉を思い出す。ほんの二十分ほど前だった。野球部の練習に行くため、教室でユニフォームに着替えるところだった。乃木は凝った髪型をした、色白の男だ。東卿都の小学校にいたのが、親の転勤のために中学から仙醍市にやってきた。軽薄な優男じみた外見で、運動部にも属していないが、小学校時代には百メートル走で都大会上位の成績を残したことがある。が、おまえを含め、同級生たちはそのことを知らないままだ。

「大橋先輩？　何部の？」とおまえは訊ねる。「あれだよ、ほら、三年を締めてる」と乃木が説明する。大橋久信は三年生の中で、もっとも体格が良く、素行が悪い男だった。小学生の頃に空手とキックボクシングを習っていただけあり、喧嘩は強く、教師たちも大橋久信と向き合う時は緊張を隠せなかった。親は医師で病院を経営しているのだが、その病院の薬を持ち出し、物騒でいかがわしいことをやっているとの噂もあり、というよりもそれは事実なのだが、悪い評判は尽きなかった。けれど、おまえには上級生のことなど関心がなく、大橋久信の存在も知らなかった。

「俺は練習に行くんだ」おまえは答える。週末には、練習試合が控えていた。

「でも、呼ばれたのに無視したら、かなりやべえよ」乃木は言う。顔が引き攣っているが、おまえはそれには気づかなかった。

おまえは、乃木を好きになれない。が、かと言って嫌う理由もない。クラスの中では、もっとも頻繁に、おまえに話しかけてくる同級生だった。乃木は、おまえにまとわりついてきた。クラスの女子生徒の胸の大きさについて言及したり、雑誌を開き、おまえが望んでもいないのにバイクの説明をすることもあった。おまえは教室内で特別に親しい友人がいなかったから、声をかけてくる乃木は、疎ましい一方でありがたくもあった。授業と授業の合間の休憩時間、小便に席を立つ以外にはほとんどやることもなく、まわりの席で何人かが集まって笑い合っているのを見ると、おまえは自分が集団に溶け込んでいない居心地の悪さを覚えた。おまえは孤独や孤立感に悩んでいたわけではないだろう。自分が無愛想にただ椅子に座っていることで、クラスの規律や雰囲気を壊しているのではないか、とそれが気になっていたのだ。だから、乃木が話しかけてくるとおまえは、げんなりしつつも、自分が教室の中の一生徒として機能している安心感も覚えた。

「王求は」と乃木は最初からおまえを呼び捨てにし、馴れ馴れしかった。「身体でかいし、むすっとしてるからみんな、びびってんだよ。だから、喋りづらいんだよなあ」

おまえは中学校に入学する際から、身長一七五センチを超えていて、学年の中でも体格が良いほうだった。夏休みを過ぎたあたりから途端に筋肉が付きはじめ、胸板は厚く、二の腕は太くなった。

おまえに、性行為のことをレクチャーしたのも乃木だ。梅雨が明けた時期の放課後、男子トイレにおまえを引っ張っていったかと思うと、女性の裸の載った写真集や漫画を鞄から取り出し、「王求、おまえ当然、童貞だよな」と肩に手を回してきた。女性器が露わになった写真や裸の男女が絡み合う絵に、おまえは驚いた。そういった行為を知ったのも初めてのことで、嫌悪感と気色悪さを覚えたが、同時に、今まで感じたことのない興奮にはっとした。おまえの様子を見た乃木は少し優越感を浮かべ、王求はマスターベーションをしているのか、とも訊ねた。おまえは何のことか分からず眉をひそめる。乃木は勝ち誇ったかのように、その手法と手順を説明した。

その日、野球部の練習を終え、バッティングセンターで百球を打ち、家に戻り、風呂に入り、眠るために布団についたところでおまえはさっそく、乃木の言った通りに性器を触った。今までも股間が硬くなることはたびたび、あった。そのたびに性器にも触っていたが、興奮と硬直をどう鎮めるべきなのかは分からず困り果てていたため、なるほど、と感心した。はじめのうちはぎこちなかったが、要領を得てくると夢中になった。マスターベーションを終えると、ある種の達成感とともに虚脱感がおまえを取り囲む。おまえは得体の知れない罪悪感に戸惑った。翌日、おまえは、母親と顔を合わせると気まずさで居たたまらなくなり、二度としないほうがいいのではないか、と思うが夜になるとまた性器を触った。

一週間ほどしたところでおまえは、珍しく自ら乃木の席に近づき、「あれは、癖になる」とぼそっと言った。事実を述べただけだったが、乃木は愉快がり、たまたま周囲にいたほかの男子生徒も喜んだ。彼らは、おまえのことを、逞しく頑丈で、無欲恬淡を地で行く男だと思い、自分たちとは格が違うと認識していたのだ。それが、おまえも性欲に翻弄される仲間だと分かり、ほっとしたのだろう。もちろんおまえは依然として彼らとは別格で、マスターベーションの一点をもって、同じ程度の人間だと安堵した彼らは明らかに間違っているのだが、そうたしなめても仕方がない。

「やりすぎると身体に悪いっていうけど、限度が分かんねえよな」と乃木の隣の席のバスケットボール部の男が言う。「スポーツなどで発散しましょう、なんて言われてもよ、性欲は別物だよ」

「今度は、ＤＶＤとか貸してやろうか？」乃木が、おまえに言った。「えろいやつ」

いや、とおまえは答える。ＤＶＤを観るにも、機械は居間にしかなく、それをこっそりと使うことを考えると面倒で仕方がなかった。

「ああ、早く、やりてえよなあ」と別の同級生が口元を緩め、ほかの生徒たちも笑った。おまえも少しだけ表情をほころばし、性行為への漠然とした期待にぼうっとしてしまう。自分もいつか誰かと裸で抱き合い、性器を触るのかと想像するが、現実的なものとは考えられなかった。まさか、それから二年もしないうちに自分がそれをやることになるとは、おまえは思ってもいない。

「でもよ、そのうち、女とほんとにやる時のために、素振りしてるようなもんだよな」乃木はある時に言った。「素振り素振り」とスイングする恰好をした。マスターベーションを素振りと言い切るのが可笑しくて、おまえは噴き出した。

おまえが笑ったことに、乃木をはじめ、ほかの同級生が驚く。それは、おまえ自身も同じだった。「早く、打席回ってこねえかな」と誰かがうっとりするように言った。


「おまえ、何、調子に乗ってんだよ。少し、野球が上手いからって、いい気になるんじゃねえぞ」顔面を蹴ってきた長身の男、つまり大橋久信が唾を吐いた。埃だらけの床にその唾が落ちる。おまえは立ち上がりつつ、声を出す。「何で、俺なんですか」

すると彼らの一人が、煙草をくわえていた茶色い髪の男が、「おまえ、俺らのことボロクソに言ってるらしいじゃねえか」と言った。「他校の奴らに、大橋も俺らも大したことねえし口だけだ、って喋ってるんだろ」

　もちろん、おまえには心当たりがない。

「あのな、俺の彼女が西中なんだよ。西仙醍中。そこの後輩が言ってたんだと。東五中の大橋ははったりだけだってな。で、誰に聞いたのかって訊けば、うちの学校の後輩だって言うじゃねえか。いろいろあちこち聞きまわったら、ほら、おまえのクラスの」

　乃木か、とおまえは咄嗟に閃く。

「乃木ってやつだ。で、昨日、呼び出して話を聞いたんだよ。そうしたら、まあ、情けないくらいにびびって、吐いたよ。もともとは、おまえが言いふらしてるんだってな。おまえが、俺らの悪口、吹聴してんだってな」

「お、大橋、難しい言葉、知ってるな。吹聴って」茶色の髪の男が笑う。

「それくらい知ってるっての」

　乃木が嘘をついたとおまえはすぐに分かる。なすりつけてきたのだな、と。

「おまえ、一年で速攻、野球部のレギュラーなんだろ？　だからって、三年舐めたら、どうなるか分かってるのかよ」大橋久信の体が動いた。おまえは目を見開き、その彼の姿勢を捉える。向かって右側の足に重心がかかっていて、左足が浮かんだ。膝が曲がる。甲で蹴るのではなく、靴の裏を押し付けるように蹴り飛ばすつもりに違いない、と考えた。視界の広さと状況の判断力に関して、おまえはやはり、他の人間よりも群を抜いている。おまえは横に寝そべるように身体を倒した。大橋の靴は壁を叩いただけだ。

避けるんじゃねえよ、と怒鳴った茶色の髪の男が、拳を振ってきた。「遅い、まるで、トンボールだ」とおまえは思った。小学生の頃、リトルリーグの仲間内で、あまりに遅くて、トンボが羽を休めるために止まることすらできるのではないか、という意味で、球速の遅いボールを、「トンボール」と揶揄していた。茶髪の男の拳は、トンボールどころか、さらにゆっくりしたものだった。おまえは咄嗟に左手を上げ、グラブで球をキャッチする感覚で、その拳をつかんだ。先輩生徒たちの表情が一瞬、固まる。拳を受け止めたことが、おまえの宣戦布告、暴力を受けて立つ表明だと思ったのだ。

筋肉の付き方は未完成ではあるものの、おまえは体格が良く、本気を出して暴れたなら厄介なことになるのではないか、とその場の五人は恐れていた。だから慌てて、動いた。五人でおまえを取り囲み、殴り、蹴った。おまえはさほど痛いとは感じなかったが、息つく間もなく攻撃を受け、その場に座り込むことになる。上から靴で蹴り潰されるような恰好で、腹を抱えて丸くなるほかなかった。誰かが頭を蹴りつけた際、意識が遠のくが、学生服のボタンが取れて落ちた音で、我に返る。

マンションに帰ると、おまえの父親と母親は、「どうしたんだ」と青褪めた。夜の七時前であるから、普段であればおまえの父親はまだ役所で働いている時間だが、たまたま外回りの仕事があり、早めに帰宅をしていたところだった。いつものように野球部の練習をしてきたと思いきや、おまえが破れた学生服で、顔に痣《あざ》を作っているものだから、驚くのは当然だった。

　何があったのか、誰にやられたのか、とおまえの母親はまくし立てる。丸顔で、いつもは穏やかな笑みが浮かんでいるのが、真っ赤になり、目は三角で、唇は震えていた。おまえは居間に移動すると学生服を脱ぐ。袖《そで》が破けている箇所を確認しながら、腕の傷に触れ、痛みの残っている場所を探る。

「王求、どうしたんだ、それは」おまえの父親も顔は真っ赤だ。地味な顔立ちが、その興奮で醜く見え、おまえは胸が痛む。

「喧嘩《けんか》したんだ」何もなかったとは言えない。それにおまえは隠す必要も感じなかった。

「言いがかりだよ。三年生が急に呼び出してきたんだ」

「野球部か？」おまえの父親は目を充血させ、少しではあるが震えている。「だから中学の軟式野球部には入れたくなかったのだ」とおまえの父親は嘆きたくなったが、そもそも硬式野球のリトルシニアに入りづらくなり、おまえを中学の野球部に所属させるほかなくなったのは、自分たちの責任であるから、口にはできなかった。

「野球部じゃないよ。ただの三年生だ。あちこち痛いけど、骨とかは問題がないと思う」とおまえは自分に言い聞かせるようにした。鼻も曲がってない。触ると少し痛むだけだ。週末の試合には支障がないはずだ。

日曜日に、神奈川県の横濱中学校が練習試合にやってくる。春の全国大会で優勝した中学校だ。どうして伝統ある強豪チームが、わざわざ新幹線に乗り、おまえの仙醍東五番中学校と試合をするかといえば、理由は二つだ。一つは、横濱中学校の野球部顧問が、仙醍市内に住んでいる女性と不倫関係にあることだ。遠征を口実に、週末を仙醍市で過ごそうと考えているのだ。そしてもう一つの理由は、その野球部顧問が最近、横濱中学校のOBであるプロ野球選手から、「仙醍にすごい中学生がいるらしい。また聞きではあるけど、小学生の時、プロの投手の全力投球を軽くホームランにしたようだ」と聞き、眉に唾をつけながらも、興味を持っていたからだ。一つ目の理由は誰にも明かされず、二つ目の理由は、仙醍東五番中学校軟式野球部の顧問に伝えられ、そのまま、王求にも明かされていた。自分の力に興味を抱いて、確かめに来る人間がいることに、おまえは少しではあるが興奮していた。そのことは両親には黙っていた。リトルリーグの頃と違い、中学の部活動では保護者の観戦はあまりなかった。おまえも、自分の両親が不自然なほどの熱気を漂わせ、試合を観に来ることに違和感を覚えはじめている。

自分の部屋に戻り、学生服をクローゼットにかけた。部活の練習を休んだのはこれが初めてだな、と感慨深く思いながら、ジャージを穿き、浴室に向かう。

脱衣所の手前で、母親が立っていた。「王求、大丈夫なの」と手を伸ばしてきた。おまえの頬を撫でてくる。おまえはのけぞり、その手を避けそうになった。母親に触れられることが気恥ずかしく、また、気を抜くと、母親への甘えが飛び出し、あっという間に自分が幼児へ逆行するような恐怖を無意識に察していたからだ。思えば、野球チーム内での諍いや試合中の小競り合いで、ちょっとした喧嘩はあったが、本格的に殴られ、蹴られたのはこれが初めてのことだった。自分が暴力を受けた時、両親はこういう反応を示すのだな、と新鮮な気持ちにもなった。

「大丈夫だと思う」おまえは答えた。

「言いがかりって言ったわよね」おまえの母親は細い眉を神経質にしかめた。「その言いがかりは、誤解は、解けたの？」

「分からない」とおまえはこれもまた、正直に答える。たぶん、誤解は解けていない、と同時に思った。そうだ、その通りだ。誤解は解けていない。あの長身の大橋久信は、体育館の奥、埃だらけの暗い部屋で、おまえが惨めに丸くなり、殴る蹴るの攻撃に耐えている姿を見て、とりあえずは溜飲を下げたが、納得したわけではなかった。近いうちにまた、おまえを痛めつけようと考えている。

おまえは脱衣所に入る。家の電話が鳴った。自分には関係あるまい、と思い、シャツを脱ぎ、トランクスにも手をかけたがそこで、おまえの父親がドアの向こう側にやってきて、「おい、王求、同級生の乃木君から電話だ」と言った。

上半身裸のまま、居間に出る。

「喧嘩した奴か?」とおまえの父親が聞いてくる。そうじゃない、俺を攻撃してきたのは上級生だと言ったじゃないか、と口の先まで出かかる。無言で、首を横に振り、受話器を耳に当てた。「王求、大丈夫か。ごめん」と乃木の声がして、おまえは苦笑する。答えないでいると、「怒ってるか?」とも言ってきた。

怒ってない、とおまえは返事をする。確かに、おまえは怒っていない。それから乃木は、言い訳と謝罪のまじった話を長々とはじめるので、「今から風呂に入るんだ」とおまえは答えた。ああ、そうか、と乃木は声を震わせる。おまえは分からなかっただろうが、乃木は恐怖を感じ、後悔をしていた。上級生に脅されたとはいえ、おまえに罪をなすりつけるのではなかった、おまえに見捨てられることがこれほど心細いこととは知らなかった、と思っていた。「風呂から出た頃にまた電話していいかな」「困る」とおまえはむげに言う。風呂から出たら、柔軟体操と腕立て伏せ、腹筋と背筋、握力の強化をやらなくてはいけない、と告げる。「今日は、練習できなかったからな。少し、増やす」

そうか、と乃木は言った。悲しげな声の響きに気づいたおまえは、自分が怒っていないことを伝えたくなり、考えるよりも先に、「あとは、性器をいじって、寝る」と続けた。電話の向こう側の乃木の顔に光が差したが、もちろん、おまえには見えない。

おまえは風呂から出ると、和室で筋力トレーニングを終え、自室のベッドで寝た。ここからはおまえが眠った後の話だ。二十二時だ。おまえの父親は居間のソファでニュース番組を眺め、おまえの母親は台所のシンクの掃除をし、おまえの服にアイロンをかけていたのだが、おまえが眠りについたのを察知すると、おもむろに動きはじめる。おまえの父親はスウェットを脱ぎ、滅多に穿かないジーンズに足を通した。おまえの母親が薄手のジャンパーを手渡してくる。「腕時計はなくてもいいんじゃない？」おまえの父親はうなずき、手首に巻いていた時計を取り外し、棚に戻す。おまえの父親と母親は特別なことを話し合ったわけではない。が、何をすべきか理解していた。すでに、おまえが風呂に入っている間にも準備は行われていた。入浴中のおまえの動きを気にしながら、おまえの母親は電話機の着信履歴を確認し、電話をかけた。その電話はもちろん、乃木に繋がる。乃木は最初、「どうして王求の母親が？」と首を捻った。おまえの母親は淡々と嘘をつく。「今、王求が家を飛び出して、報復に向かったの。相手はどこの人だか分かる？　教えてもらえる？　止めにいかないと」と心配してみせた。乃木はあまり迷わずに、「大橋先輩のところかもしれないです」と答えた。「自宅は大学病院近くの大橋医院なんですけど」

「あ、そう、ありがとう。じゃあ、そっちのほうに王求が行ってないか探してみるから」とおまえの母親は電話を切る。そして、ソファに座っているおまえの父親の横に行くと、「大橋って言うらしいわ。大橋医院ってところの子ね」と告げた。おまえの父親はうなずき、すぐに携帯電話を操作し、大橋医院の場所を調べる。東卿ジャイアンツに大橋和己という投手がいたな、とぼそっと呟く。「やっぱり、そういうものなのよ」と応じたおまえの母親の目には、炎が小さく揺らめくようでもあった。

そして、おまえが眠った後、おまえの父親は動き出した。数時間前から降りはじめた雨がまだ粘っているので、傘を取り、ほかには何も持たなかった。「よろしくね」とおまえの母親は玄関で言う。うなずいておまえの父親は外に出る。二人が交わした会話は、これだけだ。繰り返しになるが、おまえの両親は、その目的や行動の内容について相談したわけではない。抱いていたのは共通の思いだ。「わたしたちの息子に暴力を振るった者を、わたしたちの息子に迫り来る暴力を、見過ごすわけにはいかない」

とはいうもののおまえの父親は自分も暴力的な行動に出ようとは考えていなかった。息子が殴られたからと言って、殴り返してしまったら、子供のやり取り、もしくは国家間のいざこざと同じではないか、待っているのは泥沼だけではないかと分かっていた。

小雨の降りしきる中、轍の水をはね散らかす車を避けて、歩道の隅を歩きながらおまえの父親は、相手に会ったら何と言ってやろうかと考えていた。「こんな夜に突然、訪問するなんて非常識ではないか。眠っていたら失礼ではないか」と胸を痛めるようなことはなかった。おまえを脅し、殴り、もしくは蹴ったことのほうがよほど非常識であるし、そんな相手の家の就寝時間などおもんぱかる必要を感じなかった。というよりも、このまま、腹の中で煮えたぎる怒りを抱えたまま一晩明かすことなど、できるわけがない、とおまえの父親は思っていた。

大橋医院はすぐに見つかった。国道の右側、深夜の霧をまとう、暗い城さながらの大学病院の建物を眺めながら、右手に折れ、細い道を北へ向かっていくと、たどり着いた。車が五台停まれるほどの駐車場と、二階建ての広い建物だ。おまえの父親はさっそく、建物の入り口を探した。病院の出入り口ではなく、個人住宅用の門、門扉(もんぴ)、門札のようなものがどこかにあるに違いなく、そこから訪れるつもりだった。インターフォンを押し、出てきた大橋に、もしくは大橋の親に、自分の怒りをぶつけるつもりだった。気づけば雨は上がっており、おまえの父親はビニールの傘を畳む。そこで背後から、幼くも騒がしい声が聞こえた。男と女だ。少年と少女と言ったほうが近い。おまえの父親はもしや、と振り返る。十字路の角で、別の道を行く少女と別れ、少年が手を振っている。街路灯でその姿がうっすら、見えた。背が高く、手には煙草があり、学生服だった。夜の遅い時間帯に見かける学生服姿の少年は、通学中に亡(な)くなった生徒の亡霊のようでもあり、場違いな雰囲気だな、とおまえの父親は思った。

少年は、ぼうっと突っ立っているおまえの父親の前をすっと通り過ぎ、少し先のところでがちゃがちゃと音を立てた。門の取っ手を動かしているのだ。おまえの父親はすぐに、大股(おおまた)で近寄っていき、その門の脇(わき)に、「大橋」と格調の高い表札が飾られていることを発見し、悩むこともなく、「大橋？」と口にした。少年は振り返った。背が高いな、とおまえの父親は思いながら、「大橋か？」と訊ねる。大橋久信は口の周りにニキビが目立ち、あどけなくも見えたがすぐに、眉を絞るようにひそめると、「何だ、おっさん？」と首を突き出してきた。

おまえの父親は一瞬、怯(ひる)んだ。が、そこで、大橋邸の庭からはみ出ていた松の木の枝が、雨の雫(しずく)を垂らし、おまえの父親の瞼(まぶた)に当たった。目に沁(し)みた。おまえの父親は目を閉じ、手でこする。周りの光景がぼやけて、よく見えない。「おい、おっさん」と大橋久信が言ってくる。おまえの父親はどうにか目を開けた。

先ほどまでは気づかなかったが、大橋久信が帽子を被(かぶ)っているのが、おまえの父親には見えた。白と黒のラインが並ぶ野球帽、東卿ジャイアンツのものだ、とおまえの父親は判断する。そして、まばたきをもう一度すると今度はその帽子が、どこかで見たことのある青い野球帽に見えた。つまり、おまえの父親は、そこに、おまえが小学生の時に属していた東仙醍リトルのユニフォームを見たのだ。

「お父さん、さすがにそれは受け入れ難いですよ」と言った、東仙醍リトルの奥寺監督の顔が浮かぶ。一年ほど前の、その場面が頭に甦(よみがえ)っていた。「いくら、王求が敬遠されるからって、相手チームにお金を渡すのは許されないことですよ」

何を、とおまえの父親は鼻の穴を膨らませ、抗議した。今度の試合は、小学校最後の、リトルリーグ最後の全国大会なんだぞ、王求が敬遠されたらどうするのだ、と。「いかさまをしてもらうわけじゃない。勝負をしてくれと頼むだけじゃないか」

　奥寺監督は皮肉めいた笑みを見せ、首を横に振った。「そうは言っても、健全じゃないですよ。王求に対する教育上もよくありません」

「王求の才能は、あなただって分かってるでしょう？　それを潰す気なの？」その時、おまえの母親はそう金切り声を発し、詰め寄った。が、奥寺監督の態度は変わらない。そして、全国大会の相手チームには自分から説明をし、謝罪をし、表沙汰(おもてざた)にはならないようにしたが、もう、うちのチームからは抜けてください、と言った。おまえの両親は、こちらから願い下げだ、と啖呵(たんか)を切り、その結果、おまえは中学校に入っても、リトルシニアには入らなかった。硬式野球のリーグにいる限り、奥寺監督と顔を合わせる機会があるからだが、そのことはおまえには説明されなかった。ただ単に、「軟式をやっておくのもためになるはずだ」とそう言われただけだ。

　全部、あの監督がいけないのだ、とおまえの父親は思い、気づくと傘を持ち上げていた。釣られるように、大橋久信が視線を傘に向けた。風を切るように、勢い良く、振り下ろされた傘が、大橋久信の耳を叩く。いたっ、と大橋久信は手で耳を押さえ、呻いた。おまえの父親は止まらない。より激しく、手足を動かした。うずくまる大橋久信に対し、傘を乱暴に当てる。傘の骨が折れ、ビニールを破いてもしばらくは、殴り続け、足で大橋の体を蹴りもした。上から靴で踏み、足の甲で腹を蹴り上げた。「いい気になるんじゃないぞ」とおまえの父親は言い続けた。「いい気になるんじゃないぞ」と傘を叩きつけ、「いい気になるんじゃないぞ」と腕を蹴る。おまえの父親は喧嘩や暴力と馴染みがある人生を歩んできたわけではない。だから、少年を足蹴にするのもぎこちなかったが、興奮のあまり頭の中は煮立った液体で満ちていて、何も考えることができない。大橋久信は小声で、悪い悪い許してくれよ、と洩らしたがおまえの父親には聞こえない。大橋久信の頭にはもともと野球帽などなかったことにも気づかない。

　おまえが翌朝、登校し、いつもと同様に席に着くと乃木が素早くやってきて、「おい、王求、大丈夫か」と言った。へらへらした口ぶりではなく、口を尖らせ、いかがわしい相談事でももちかけるような素振りだったので、おまえは訝ったが、昨日のことだなと察し、「もう怒ってない。大丈夫だ」と答えた。体のあちこちに痣はできていたが、特別な痛みはなかった。右頬は青く腫れていたものの、ガーゼで隠してあった。「乃木、あんまり先輩の悪口を言うなよ」

「まあ、そうだけどよ、そうじゃなくてよ」乃木は言ってくる。「昨日、おまえ、大橋さんに会ったのか？」

おまえは、何のことを確認されているのか分からない。会ったかと聞かれれば、会った。俺のことを呼び出したじゃないか、だからこうして痣ができた、知ってるじゃないか、と言うが、乃木は首を横に振り、声を落とした。「違う。夜だよ。おまえ、家を出て、大橋さんのところへ行ったんだろ」

おまえは首を傾(かしげ)る。乃木からの電話の後、風呂に入ってすぐに寝たぞ、と告げる。

乃木はしばらく唇をへの字にし、思案顔になったが、「まあいいか」と言い放つ。「とにかくよ、さっき聞いたんだけどよ、大橋先輩が行方不明なんだと」

大橋久信は朝から学校に来ていないのだという。もちろん、普段から真面目(まじめ)に学校に来るような生徒ではなかったから、そのこと自体は不思議ではないのだが、自宅にも帰ってきた様子がなく、さらには大橋邸の近くには血の痕(あと)のようなものが残っていたため、大橋の両親が心配になり、学校に相談したらしい、と乃木は続ける。

「そうか」とおまえは返事をする。それ以外に発するべき言葉もない。

話題のなくなったところで乃木が、「俺も、王求と一緒に野球をやってみたくなった」と言い出すが、おまえは週末の試合のことを考えていて、聞いてはいなかった。

十四歳

こんなにグラグラ地面が揺れているのにみんな平気で野球をやっている場合じゃねえだろ。おいおい、と俺は思っていた。自分の脚が震えているだけだった。胸が痛いくらいに弾んでる。心臓の勢いが凄い。そんなに必死になって、血を送り込む意味あんのかよ、と心臓に言ってやりたくなる。かくっ、と膝が折れ、バッターボックスにひざまずいてしまいそうだ。振り返り、審判に手を挙げる。「タイムお願いします」

打席から出て息を吐き出す。乃木先輩！　と向かい側、一塁側のダッグアウトから後輩が叫んでいる。何を言っているのかは分からない。

県大会の決勝となると、会場は市営球場で、いつものほかの中学校でやっている試合に比べると雰囲気がぜんぜん違う。監督も部員もみんな、ダッグアウトの中にいるし、正面のスコアボードも立派過ぎて、プロ野球の試合を観てるような、変な気分だった。

落ち着けよ、と自分の胸で唱える。バットをいったん置き、膝に両手をやって、屈伸する。バットを拾い上げて、両手に持って、伸びをした。マウンドにいる長身のピッチヤーは涼しい顔をして立っていた。緊張してねえのかよ、と腹が立つが、緊張してねえわけねえよな、とすぐに思い直した。仙醍白新中学といえば強豪で、全国大会には五年連続で出場し、地元の甲子園の常連校、東北すみれ高校へ何人もの選手を送り込んでいる。目指すは全国大会での優勝なのだから、この県大会の決勝戦で、俺たちみたいな普通の中学校相手に苦戦するのは許されないことだろう。ましてや、その普通の中学校の四番打者を今のところ全打席、四球で歩かせて、逃げ回った上での一点差なのだから、ここで負けてしまったら最悪だ。あの、一重瞼（ひとえまぶた）の涼しい顔のピッチャーだって、名前は確か奥田だったか、あの奥田も緊張を感じていないわけがないんだ。

「いい試合になればいいねえ」と三日くらい前に、練習を見に来た峰岸（みねぎし）が言ってた。フリーのスポーツライターらしいけど、少し前から王求のまわりをうろちょろしてる。王求が小学生の時に、プロの投手からホームランを打ったのは本当か、とか、王求が人を殺したことがあるのは本当か、とかそんなことばっかり聞いてきて、すげえ邪魔な奴（やつ）だけど、あんまりにしつこくやってくるから、チームのマネージャーみてえな感じもあった。その峰岸も観に来てるんだろうけど、姿は見当たらない。というより、観客席もやたら立派で、フェンスとかネットとかあるから、よく見えやしない。

深呼吸をしないといけねえな、とは分かった。実際に両腕を馬鹿（ばか）みたいに開閉して、息を吸ったり吐いたり、やってみた。だけど、力が入っているのかうまくできない。相手チームからからかいの塊が飛んできているようだが、聞き取れない。

心臓の高鳴りは収まらなかったし、脚だってよろよろのままだった。バットをつかんで素振りをする。ダッグアウトのヒラメが見えた。顧問の、体育教師の、ヒラメ顔の平井だ。手を口の近くに添え、何か怒鳴っている。「いいぞいいぞ、そのスイングだ」とでも言っているのだろうが、目がもういっちまってるじゃねえか、と俺は苦笑する。俺以上にヒラメのほうが浮き足立ってる。うちの中学で、全国大会に行けるかもなんて、誰も思ってなかっただろうし、ヒラメも信じられないでいるんだ。俺が今やった素振りがひどいものだってことは、練習の時とは違うぎくしゃくしたものだってことは、こんなに緊張している俺にも分かる。それにも気づかねえヒラメはもう、駄目だな、ありゃ。

足を踏ん張るつもりが、どこにも力が入らない。俺の次の打順の王求が、ネクストバッターズサークルの中でしゃがんでいる。俺のことなんて見ちゃいない。片膝を立て、腰を落としている。誰かが押しても絶対に倒れないような、姿勢だ。実際、俺は前に、練習試合の時に、ネクストバッターズサークルの王求の背後からこっそり近づいて、ひっくり返そうと押してみたことがあったが、びくともしなかった。杭でも打ってるみたいに動かなかった。王求は今、俺のことなど関心がないようで、じっとマウンドを見つめている。いったいどこ見てんだよ。

いったいどこ見てんだよ、というのは中学に入ってはじめて王求に会った時にも感じた。クラス分けの表を見て、着慣れない学生服、襟（えり）まわりの堅苦しさに戸惑いながら教室の戸を開けて中に入ると、見知らぬ同い年の奴らがぐちゃっといて、鬱陶（うっとう）しいなと思った。どいつもこいつも子供っぽいか、そうじゃなかったら田舎者の顔つきで、こいつらと仲良くなって三年間過ごすのかと思うと腹が立った。今なら分かるけど、あれは俺、びびってたんだろう。東卿から越してきて、知らない東北の土地に来たばっかりだったから、自分だけが浮いているんじゃないか、と怖かった。とにかく、目が合う奴、目が合う奴、全員を睨んでやって、俺はおまえたちとは違うんだと分からせてやろうと必死だった。何が違うのか、といえばもちろん違うところなんてないのだが、その時の俺は、「格が」違うのだ、と信じていた。そんな中、王求は独特の存在だった。俺みたいに周囲を威嚇（いかく）することもなければ、教師に反抗的な態度を取ることもないのに、クラスの誰も彼もが近寄りにくく感じている。まるで神社の謎（なぞ）の置物みてえだな、と俺は思った。王求の体は大きかった。クラスの誰よりもでかくて、たぶん、学年でも一番だった。どうやら野球が上手（うま）い、それも半端（はんぱ）な程度じゃなく上手いらしい、小学校の時にはリトルリーグで活躍したらしい、とは他の同級生から聞いた。野球少年かよ、健全だねえ、と思った。実際、小馬鹿にするように俺は言ったことがある。王求がいない場所で、王求の話題が出た時に、他の生徒に喜んでもらいたくて、「あいつ、体がでかいだけなんじゃねえの。実は大したことねえんじゃねえの」と言ったりした。

何てことはない、俺は、王求が気になっていた。王求はまわりの生徒のことなんて気にかける様子もなくて、無口で、いつもどこ見てるのかさっぱり分からねえ。気づくと俺は話しかけていた。「何見てんだよ」と休み時間に声をかけたのが最初だ、たぶん。

警戒する感じでもなくて、煩わしい虫の姿を確かめるみたいな目を向けてきた。王求はもう一度、質問を求めるようだった。「何見てんだって。ぼうっとして」と俺は繰り返した。そうすると王求は、「球だよ」と当然のように答えた。

「球？」

「この間の試合の打席を振り返ってたんだ。ファウルしたボール、どこで打ち間違えたかと思って」

もちろん、意味が分からなかった。今なら分かる。王求の頭の中には今までに自分が見た投手の投球や野手のプレイがはっきりと残っている。たぶん、自分のものだけではなくて、他の選手の打席や動きについてもだ。それを思い出しては頭の中で、バットを振ってみる。そうじゃなければ打球に向かって、グラブを伸ばしてみる。「イメージトレーニングってやつ？」

「じゃあ、それだ」

きっと違うのだろう。休み時間にこっそり観察していると、机に突っ伏すようになっていた王求が汗だくになっていることがあった。あれは、昼寝の寝汗などではなくて、頭の中のプレイで汗をかいたんじゃないか。嘘みたいだが、そうとしか思えない。

とにかく俺は最初、王求のことが分からなくて、ちょっかいを出した。みんなが遠巻きにしてる場所にわざわざ足を踏み入れて、まわりから一目置かれたかったのだ。神社の謎の置物を蹴飛ばす真似をして、実は死ぬほどびくびくしているようなものだった。

「エロい話が好きだな」と王求が言ってきたことがあった。「乃木はどうして、そういう話ばっかりするんだよ」

「そりゃ、俺がエロいからだよ」俺は笑って答えた。「ってか、みんな、エロいの好きだろ。王求だって。男はそうだろ」

それは言い訳などではなかったし、嘘でもなかった。ただ、王求より優位に立って喋れる話題がそれくらいしかなかったから、っていうのが本音かもしれない。王求の頭の中は野球のことでぎっしりだ。勉強もそれなりにできた。ただ、エロいことは俺のほうが詳しくて、言い方は悪いけど、そういう話題で、「何だよ王求、そんなことも知らねえのかよ」と笑う時だけは、ほっとできた。将来、王求がすげえプロ野球選手になった時には、「あいつに性器のいじくり方を教えたのは私です」と自慢してやるつもりだ。

くそ、と俺は小声で言っていた。空振りだ。奥田の投げた球は、俺のバットの上を通り過ぎて、キャッチャーミットに入った。ストライクを高らかに宣言する審判の声が、鬱陶しくて仕方がない。まだ、足が震えている。今の球もよく見えていなかった。顔を上げる。ピッチャーマウンドは見える。ライトやレフトが暗く感じる。空の色もよく分かんねえな、曇りかよ、天気予報じゃ快晴だったくせによ。八月のはじめだってのに、夏らしくねえじゃんか。スコアボードを見る。一対〇で仙醍白新中学が勝っている。つまり俺たちは負けている。最終回の裏で、アウト数は二つだ。走者はいない。俺がアウトなら、ゲームセット、当たり前だ。分かってるから緊張してる。キャッチャーからいつの間にかボールが、ピッチャー奥田のグラブに戻っていた。いつ、返球したんだっけ、というよりも、俺はいつ打席に入っていたんだ？　タイムを取って、素振りをしたのは覚えているが、バッターボックスに戻った記憶がなかった。

もう一度、タイムを取り、素振りをする。ベンチからヒラメが何か言い、他の部員も声をかけてきた。今までに聞いたこともないほどの、熱の入った応援だ。

俺が野球部に途中入部した時、当然ながら俺は一番下手だった。だいたいが、転校生でもないくせに、一年の半ば過ぎになって入部する奴なんていないから、先輩からも同じ一年部員からも変な目で見られた。それまでチェス部の幽霊部員だった俺は、生活態度が良くなかったし、教師にも始終、注意を受ける生徒だった。俺自身、自分のことを真面目な生徒というよりは不良生徒だと認識していたし、適当にだらだらと面倒臭いことはやらずに学校で遊んでいればいいな、と毎日考えていた。小学校の時の陸上クラブでの練習や大会のことを思い出すと、あんなにしんどいのはもう二度とごめんだった。上級生の真似をして煙草も吸ったし、万引きもやった。不良っぽい生徒たちは似たようなことを多かれ少なかれやっていたから、特に、罪悪感もなくて、早く二年になって、新入生をびびらせて、楽しみてえな、とそんなことを目標にしていた。

それが一年の秋に、急に、野球部に入ろうと思い立った。常に野球のことばかりを考えて、超然としている王求の姿を見るたびに、自分がどんどん置き去りにされる恐怖と劣等感を感じていて、だから、いっそのこと俺も野球の世界に、野球部に飛び込めば、恐怖と劣等感は薄れるんじゃねえかと思った。

気づけば奥田が振りかぶっている。勝手に投げ出すんじゃねえよ、俺まだ打席に立っていないじゃねえか、と慌てるが俺はいつの間にか打席にいる。バットを構える。球が飛んでくる。意識するよりも先に身体が回転するが、腰が引けていて、手打ちだった。かろうじてバットの先がボールにかすった。ファウル、と審判が大声で言う。

息を吐く。追い込まれたぞ、と俺は小声で、自分に対して言う。この県大会が終われば、三年の俺たちは引退で、あとはもう受験だとか進路だとか、そういうのだけだ。

「何も命を取られるわけじゃないんだし」その言葉が頭に響く。

次にもう一回、俺が空振りすれば、そうじゃなくても、ストライクを見逃せば、それで全部おしまいだ。足が震えたままだ。すげえ情けねえ、と笑いたいがそれもうまくかない。空が暗くて、色も分からねえじゃんか。その瞬間、俺の頭の中で、「絶対、塁に出るからよ」という囁き(ささや)が聞こえた。暗闇(くらやみ)の中で、身をかがめて擂(す)ったマッチに点(つ)いた火が、ぽっと照るみてえに、その声があった。俺の声じゃない。誰かは分からないがその男もまた、「俺の次の、王求は必ず打つ」と確信を持って、出塁することを約束している。俺は、「おまえなら、王求に繋(つな)げられるぞ」と励ましを呟(つぶや)いてみる。

一年の秋、野球部に途中から入った時、野球の経験がなかったにもかかわらず、どうにかなるだろう、と俺は簡単に思っていた。別に顧問のヒラメが、「今からでも大丈夫だぞ」と調子良く言ったのを鵜呑(うの)みにしたわけじゃない。単に、「王求の真似すりゃいいんじゃねえか」と思ったからだ。運動自体にはもともと自信があったし、王求のバッティングフォームを真似して、守備の仕方を真似て、練習を真似すりゃどうにかなるんじゃねえか、いずれ追いつけるんじゃねえか、と考えていた。その作戦は半分当たって、半分外れた。王求のフォームを必死でなぞって、筋力トレーニングでも王求に負けないようにと自分の限界を超えて必死に食らいついて、それが俺の技術をアップさせたのは間違いない。ただ、王求は、俺の手が届くような奴じゃなかった。上達すればするほど王求の凄さに気づいた。レベルの違いに、笑ってしまうこともしょっちゅうだった。

王求が打席に入る前の癖やら素振りをやるところは当然だし、そのうち食事の仕方すら俺は観察するようになった。

「おまえさ、ホモなの？　いつも王求のこと見て、ひっついてまわってるし、気持ち悪いな。ホモ乃木だな、ホモ乃木」

入部して二ヶ月くらい経(た)った頃、二年の先輩に言われたことがあった。部室で、着替えている俺の背中を叩(たた)いてきた。ほかの二年がそれに同調するかのように囃(はや)し立て、一年部員も嫌な笑い方をした。俺は何も言い返さなかった。少し前だったら、たぶん、すぐに殴りかかっていたはずだ。体格では敵(かな)わなくても、バットだとかボールだとか使えるものは何でも使って、先輩を殴りつけていた。でも、その時はそうしなかった。同じ部室にいた当の王求が、まるで気にかけないような顔をしていたし、俺はまだまだ野球が下手だった。だからそこで喧嘩(けんか)をはじめたら、恋人に相手にされないで感情を爆発させる片想(かたおも)いの男そのものになってしまいそうだし、そうじゃなかったら、野球が下手でその鬱憤を喧嘩にぶつけるだけのようだし、情けないのは間違いない、と思った。その時の、先輩のユニフォームの胸の部分に、ケチャップでもこぼしたのか、赤い染(し)みがあって、それと土が混ざっているのがどうにも気にかかり、俺はそれだけを見ていた。

「ホモじゃないっすよ。俺、女の子、めちゃくちゃ好きですし、エロいの知ってるじゃないっすか。ホモ乃木ってぜんぜん、語呂良くないっすよ」とへらへらと言い返すだけで、あとは練習に打ち込んだ。

それから少しして、ヒラメに、「希望のポジションはあるか」と言われた時、「ショート」と即答したのは、その、「ホモ乃木」と言った先輩のポジションがショートだったからだ。レギュラー奪ってやる、と俺は本気で思ったし、実際、自信があった。筋肉の付き具合だとか、バットを持った時の感じが日に日に良くなっているのが、自分でも分かっていたし、こりゃ近いうちにレギュラーも取れると感じていた。予感通り、二年になるとすぐに、そうなった。その先輩は不貞腐れた顔でライトに移動して、ざまあ見ろと思った。ある時、練習が終わった後で俺はその先輩に呼び出され、校庭の裏手へ行った。「ホモ乃木」の先輩は、「てめえ、調子に乗るなよ」と言ってきて、俺をうんざりさせた。思い出したのは、一年の時に三年の大橋先輩に脅された時のことだ。不良という呼び名がぴったりで、三年を「締めている」立場の大橋先輩は本当に迫力があって、一年生だった俺はびびってしまった。あまりにびびって、その場をどうにか切り抜けようと、「大橋先輩の悪口を言っているのは、王求ですよ」と嘘をつき、結果、王求は大橋先輩たちに襲われる羽目になった。あの時の俺は最悪だった。その日、王求に濡れ衣を着せた日、国語の授業があって、暇だったから、辞書を引きまくって、エロい単語の意味を調べていたのだけどその時に、「穴があれば入りたい」という言葉のところに、「恥じいって身を隠したいほどに思う」と説明があって、まさにそれだよ穴に入りたい、と本気で思った。王求は、大橋先輩たちにいろいろやられたらしいが、そんなに大きな怪我(けが)は負わなかった。頬にガーゼを貼って学校に来たが、それ以外には特に変化はなくて、俺は心底、ほっとした。だけど、かわりに大橋先輩がいなくなったのは驚いた。王求の母親から、「うちの子が大橋くんのところに仕返しに行った」と電話で聞いていたから、王求が、大橋先輩をどうにかしちまったんじゃねえか、って最初は心配になったんだ。ただ、王求に聞いても白ばっくれてる感じじゃねえし、王求は関係ねえんだろう。あの、峰岸って記者もそのことについては何も言っていなかった。あの記者は、王求が二年生の終わりに、どっかの女と初体験を済ませたってことまで知ってたんだから情報には通じてるはずだし、事件とは無関係なんだろう。

二年近く経っても、大橋先輩は行方不明のままだ。大橋先輩の親のところには、家出の連絡がメールで入って、そこには、「元気なので、慌てないでくれ」とか書いてあったらしいけど、それで納得しちまう親も親だし、納得されちまう大橋先輩も大橋先輩だと学校ではよく言われた。仙醍駅前で、大きなマンションが建設中だったから、大橋先輩は怖い人たちに絡(から)んだのが原因で殺されて、その基礎工事の部分に埋められた、って言ってる奴らもいたけど、まあそれもありがちな噂話(うわさばなし)だろう。

とにかく、何が言いたいかと言えば、大橋先輩に凄まれた時に比べれば、「ホモ乃木」

発言をした野球部の先輩などぜんぜん怖くなかったということだ。「先輩こそ調子に乗るなよ」と俺は言い返して、一歩前に出て、顔を思い切りに近づけてやると先輩は怯んだ。「俺のほうが上手いからレギュラーになっただけじゃないですか。というか、俺たち二年のほうが先輩たちよりよっぽど強いですよ」

それは嫌味ではなく、本当の気持ちだった。俺たちの学年は強い。それは間違いない。入部した直後は、野球をはじめたばかりだったから、自分のことで一杯一杯だったけれど、練習を重ねていくうちに他の部員の上達していく速度が凄いな、と実感した。俺もすげえけど、みんなすげえぞ、と。

たぶんそれは、王求がいたからだ。

同じチームの同い年に、あんなに真剣に野球に取り組んで、凄いプレイをする奴がいるのを目の当たりにしていたら、引き摺られないわけがねえんだ。王求の足を引っ張るわけにはいかない、という責任感もあったし、険しい山の上からぐいぐいと引っ張られるような感覚もあった。

音がして、俺は素振りをしていることに気づく。いつタイムを取ったんだ？　相手チームから何か、揶揄の声が飛んできた。向こうも必死だ。全国大会出場がかかっているんだから、そりゃそうだ。俺は深呼吸をまた、やって、素振りを続ける。

そこでふと、一日前、野間口と喋っていた時のことを思い出した。「言いづれえけどさ」と言ったピッチャーの野間口の声だ。ミーティングでヒラメがくどい話をした後だったから、てっきりその悪口でも言うのかと思ったが、違った。背が高くて、じゃがいもみてえな顔をした野間口は、「おまえのおかげだよ」と口元をゆがめた。

「はあ？　何がだよ」「俺たちが強くなったのがだよ」いったい何のことかと思った。「そりゃ、王求のおかげだろ。明日もスカウト来るみたいだぜ」「らしいな。ヒラメのところに、プロのスカウトも来たらしいぜ」「プロかよ」と俺は驚いてみせたが、思えば当然のことだ。あれで、プロに行けなきゃ、ぞっとする。「とにかく、決勝に来られたのは王求のおかげだろうが」と俺はもう一度、言った。

「そうじゃねえよ。王求がすげえのはもとから分かってたし、俺たちは最初、もう観客みてえな気分だったんだ。王求は特別だから、俺たちはついてけるわけねえし、せいぜい近くでその天才っぷりを見させてもらおうかな、とかな俺はそんな感じだったぜ。王求がプロになったら自慢になるな、とかな」野間口は渋い面をしていた。「でもよ、おまえが途中から入ってきて、やたら張り切ってただろ」

「初心者だからな」

「そうだけどよ、おまえは王求と張り合うみてえに練習してただろ。まあ、身の程知らずで馬鹿だなとか俺も思ったし、どうせすぐ辞めるって他の奴らも思ってただろうけど、おまえは続けただろ。それ見てたら、まあ、興醒めの顔してぼんやり見てる自分たちのほうが馬鹿みてえだな、って思ってさ。だから、もっと真面目にやるようになったんだ。おまえが、上級生を押しのけてショートを取ったのだって、純粋に、すげえって嬉しかったしさ。俺たちはおまえに引っ張られて、決勝まで来られて、相手が白新中だなんてよ、入部した時には想像もしなかったよ。それは、おまえのおかげなんだよ」

ふーん、と俺は答えるしかできなかったが、そう言われたことは嬉しかったのかもしれない。喜ぶのは恥ずかしかったけど、やっぱりそわそわしていたんだろう。家に帰って、夕食を食べてると珍しく家にいた母親が、「あんた、何かいいことあったのか」と言ってきた。「珍しく笑ってるじゃないか」

そりゃ俺だって笑う、とむっとして答え、決勝戦のことを話した。すると母親は、「野球もまあ大変だよね。でも、何も命を取られるわけじゃないんだし、緊張しないようにと言われた。「長い人生の、まあ、いい思い出だね。勝っても負けても」

命は取られない。そりゃ間違いねえな、でも、緊張するなっていうのが無理な話だった。俺がここでどうにか塁に出れば、次は王求だ。王求はホームランを打つだろう。世の中に、「絶対」はないにしても、これは絶対だ。王求はその場面になれば、絶対にホームランを打つ。王求がホームランを打てば、「逆転サヨナラ」だ。ここで俺が打つかどうかで、全国大会が決まるというわけだ。中学校の生活が終わっちまう、と思い、息をまた吸って、吐く。「おまえなら、王求に繫げられるぞ」と俺にも誰かが言ってくれないものか、と空を見る。

打席に入りかけるがそこでまた、「タイム」を申し出た。背後から、焦れた相手チームの罵声が飛んでくるが、それを聞き取る余裕もない。俺はネクストバッターズサークルに向かって歩いていた。滑り止めのロージンバッグを借りようとしたのだが、それは口実で、この最後の打席を前に、王求のそばに行きたかっただけだった。

王求は相変わらず、俺なんて存在していないみたいな顔で、グラウンドを見ていた。真剣ではあるけれど、力みはぜんぜんなかった。でかい山とか馬鹿でかい河とかを眺めてるような目だ。「王求、ロージン」と俺が声を発したところで、ようやくこちらを見た。すっと立ち上がり、無言で、ロージンバッグを寄越してきた。それを手で触りながら、「王求、俺、おまえに回すからな」と言っていた。「絶対、塁に出るからよ」

王求は返事をしなかった。じっと俺を見て、それは睨むのとも見つめるのとも違っていて、珍しいものをただ、静かに観察するのと似ていた。辞書でエロい単語を調べていた時の記憶がまた、飛び出す。「深い川は静かに流れる」いろいろ考えている人間は騒がしくない、とかそんな意味だったはずだけど、それは王求にぴったりだった。

「じゃあ、軽く、打ってくるわ」俺はわざと身軽な様子で言ってみせる。ロージンを落とし、バットを持って、打席に戻る。王求は結局、何も言ってこなかった。本当にこいつは野球のことしか考えてねえんだな、と思った。バッターボックスに入る直前で、ピッチャーの奥田を見た。先ほどまでとは打って変わって、奥田の背後に青い空が確認できた。快晴だ。こんなに青かったのかよ。視界は広がって、外野手の姿もはっきり見えた。足を見下ろす。スパイクが目に入り、そうかこの靴は王求と一緒に買いに行ったんだよな、と仙醍駅前のスポーツ用品店のことを思い出す。眼鏡をかけた肥満体型の店長は、「乃木君は足が速いだろ。このスパイク、走るのにもいいんだよ」と勧めてきた。あ、と思う。足が震えていなかった。スパイクで地面を少し削る。

構えると、奥田の顔がさっきよりもしっかり見えた。ずいぶん汗をかいている、と思えば、俺の首筋にも汗が溜まっている。暑いな、夏は。奥田はワインドアップの動きをはじめていた。

バットをぎゅっと握り、腰を捻り、腕を掲げる。空振りだけはしない、と内心で唱えている。前にボールを転がしさえすれば、俺の足ならどうにかなる。当たれ、とにかくバットに当たれ、と念じる。もう、バッティングフォームなど関係ない。

奥田の体が捻れる。球が手から離れた。俺の身体も回転している。左足が宙に浮き、すぐに地面を踏み、腰を回す。腕を振り、軸足を動かす。バットにぶつかってくるボールの形が見える。当たったと思った瞬間、金属バットの芯が反響するような、心地よい感触を覚えた。打球がまっすぐ、三遊間に向かって、その空間を突き刺すように飛んでいくのが目に入り、俺は走っている。角度はないけど、ヒットにはなる、と思った。

土の色は綺麗な焦げた茶色で、そこに白線がある。俺はそれに沿うように、駆けた。身体を前傾にして、鉤型に曲げた腕を振る。球の行方なんて気にしている場合じゃなかった。腿を動かし、地面を蹴る。スパイクがグラウンドを抉る。前にいる一塁の選手が右手のグラブを伸ばし、構えている。視界の端に、ショートが送球動作に入っているのが見え、はっとした。抜けてない。てっきりレフトに抜けたと思ったが、ショートの奴が捕球してる。何でだよ。ショートゴロになるような打球じゃなかったはずだから、きっと飛びつくなりして球を落としたのか。ショートが慌てて、一塁へ投げようとしている。息ができない。一塁ベースは目の前だった。背中を何かが、たとえばこの陽射しだとか、ベンチから飛んでくる掛け声だとか、そうじゃなかったら俺の母親が言った、「命を取られるわけじゃないんだし」という台詞だとか、そういった見えないものが押してくる。いつもよりも身が軽かった。間に合う、と俺は思ったし、ベースを踏んだ時にはその感触に頭の中の脳とかがふわっと浮かぶような安心を感じた。そして一塁を駆け抜けた途端、脚が急に石みたいに重くなって、その場に転んだ。二十メートル強の長さだったが、まず間違いなく俺は今までの人生で、最速で走ったはずだ。土がユニフォームや腕につく。ファーストの選手がグラウンドの中心に向かって、駆け出した気配があって、あ、と思うとほぼ同時に、「アウト」と手を挙げる審判の声が耳に入り、俺は立ち上がれない。白新中学の奴らの歓声が聞こえてくる。

心臓が身体を破るくらいに、強く動いている。破裂するんじゃねえか、と本気で思った。どうにか膝を上げて、立ち上がる。くらっと眩暈(めまい)が来た。息が荒れている。酸素を身体中が欲しがって、ぜいぜいと全身を動かしている。

ダッグアウトを見ると、空を仰いで、目をぎゅっと瞑(つむ)り、ヒラメが泣いていた。「僕泣いたりするもんか」と踏ん張る幼児のような恰好(かっこう)だ。

ダッグアウトから出てきたみんなが寄ってきた。俺の坊主頭(ぼうずあたま)に触れてくる。「よくやったよ」「惜しかった」と聞こえる。ごしごしと髪を触られるので、頭を撫(な)でられる地蔵や置物のような気持ちになった。「撫でても、ご利益(りやく)とかねえから」と喚(わめ)いてみせたがその声がひっくり返っている。泣いてるんだと分かった。俺もだけど、みんな泣いてた。それから俺はひたすら、ちくしょうちくしょう、と繰り返した。しょうがねえよ、ショートのファインプレイだし、と誰かが言った。

ちくしょうちくしょう、と俺は繰り返す。まわりの部員を振り払うようにした。俺はきょろきょろとあちこちを見回して、王求の姿を探した。いない、いない、と母親を見失った迷子のような心細さに、次第に焦(あせ)りはじめた。

応援席は、学校の生徒や親たちでかなり、埋まっていた。そうかこんなに観客がいたのか、といまさら気づいた。手を叩いてる人が多い。

一塁側の観客席で立ち上がる、王求の両親が見えた。そこに背広の男が近づいていく。どこかのスカウトかもしれない。私立の高校なのか、プロなのか、とにかく王求を観に来た誰かだ。今日、まともに打つ機会のなかった王求をどう評価するんだろうか。

ぼうっとしていた俺の顔に、王求の母親の視線がぶつかった。心臓がひときわ激しく、瞬間的にだったが、跳ねた。王求の母親の目つきは、俺を見て、明らかに鋭くなった。蔑み(さげす)というよりは、恨みに満ちていた。

肩が叩かれた。はっとし、振り返ると王求の後ろ姿があった。通り過ぎる際に、俺を叩いたのだろう。いつもと変わらず、何の感慨も疲労も、悔しさも浮かべずに、王求はバットを持って遠ざかっていく。すぐに追って、何か言いたかった。謝りたかった。そして、「気にするな」と言ってほしかった。もちろん、そんなことは無理だから、俺はその場に立ち尽くして、次々と溢(あふ)れてくる涙をみっともなく拭(ぬぐ)う。叩かれた肩の部分が熱い。その熱さが次第に広がって、俺の全身をあたたかくする。スパイクから地面を伝わり、泣いている部員たちやヒラメを覆(おお)って、球場全体に膜がかかる。見えない風船で、球場が包まれる。ダッグアウトの裏のドアを開け、王求が姿を消すと、その途端、ぱちんとその膨らんだ風船が弾(はじ)け、これで中学生は終わりだ、と俺は実感する。

十五歳

あんまり人来てないですね。

そりゃそうだろ。まだ三回戦なんだし。ただ、ほら、前の前の席は横濱のスカウトだ。うしろはパ・リーグだし、やっぱりそれなりにいるよ。

ほんとだ。でも、山田って凄いんですか？

二回戦、見ただろ。二打席連続ホームラン。二打席敬遠。残りの一打席の四球も、あれも敬遠みたいなもんだよ。

相手は公立の普通の高校だったじゃないですか。甲子園常連の仙醍南の相手にならないですよ。五回コールドだったし。

王求は二十年に一人、というか百年に一人の天才だよ。

だって峰岸さん、去年も似たようなこと言ってましたよ。東北すみれ高校の河口は百年に一人だ、って。ぜんぜんパッとしないで結局、野球部辞めたじゃないですか。今、どこかで営業の仕事してるって聞きましたよ。

今日は天気がいいよな。

何ですか峰岸さん、そのあからさまな話題の逸らし方は。

あれを見ろよ。応援団の隣に座っている二人がいるだろ。あれが王求の両親だよ。

意外に普通っぽいですね。

いやあそれがそうでもないんだよな。ここからだと見えないけど、隣に座ってみろ、真剣な顔つきで、目とか血走って、怖いぞ。だいたい今日なんて、父親は役所を休んできてるに決まってる。三回戦から有給休暇だぞ。おかしいだろ。

やりすぎですね。

やりすぎなんだよ、あの両親は。

仙醍球場のスタンドで、ぼそぼそ喋り合う、スポーツ新聞の地元記者とフリーのライターをよそに全国高校野球選手権大会の宮城大会第三回戦は行われる。

仙醍南高校と櫻ヶ丘高校との一戦、仙醍南高校は県内では東北すみれ高校と並ぶ強豪で、甲子園常連校、対する櫻ヶ丘高校はごく普通の公立校、力の差は歴然としており、結果について誰かの興味を惹くような試合ではなかった。それでもスタンドにはカメラやパソコン、ノートやペンを携えた記者たちがちらほら見える。プロ野球チームのスカウトと思しき男たちの姿もある。

「仙醍南高校の山田って一年は観ておいたほうがいいらしいぞ」情報とも噂ともつかな

い話がどこからともなく漂ってきていた。もちろんそれは、毎年のことだ。どこそこの学校の投手が一五〇キロを出すらしい。どこそこの打者は、東卿ジャイアンツの大久保の再来だぞ。眉に唾をつけながらも、スカウトはその選手を観に行くほかない。

東卿ジャイアンツの広報部スカウトマン、井口光もグラウンドを眺めている一人だ。が、双眼鏡や手帳、ペンや携帯電話などは携えていなかった。軽装で、手ぶらで、ただの観客としてそこにいる。


井口光は、プロ野球のスカウトマンとしては最も早い時期に山田王求に注目し、接触を試みた。そもそものきっかけは、東卿ジャイアンツの慰労会の宴席で、投手の鈴木卓が、俺の全力投球を打った小学生がいたが、あの子ももうそろそろ高校に入る頃だろうか、と洩らしたことだった。井口光は飲んだ酒のせいで壁に背をつけたままこくりこくりと眠りこけていたのだが、それを耳にした途端、がばっと目覚め、詳細を教えてください、と身を乗り出した。恐るべき、讃えるべき、スカウト魂と言えるのかもしれない。

当時、山田王求はまだ中学生だった。仙醍東五番中学の三年で、中総体の直前だった。井口光はすぐに学校に出向き、練習を見て感嘆した。体格の良さも目を引いたが、それ以上に、体が柔らかく、野球のセンスに富んでいることに驚いた。得てして、恵まれた体格や筋力に頼って活躍している若い選手は、遅かれ早かれ、成長の壁にぶつかってしまうことが多い。山田王求はそういう意味では体型のほうはまだ未完成で、伸びしろを感じさせた。

「打率九割以上」練習試合をいくつか観戦した井口光はその結果に愕然とした。敬遠や四球が多いため、有効な打席数がもともと少ないのだが、それでもストライクゾーンに入ってくる球は確実に前に打ち返した。数字を見ると信じがたいが、試合を観ていると理解はできる。確かに山田王求はいつだって、ストライクの球は打ち返し、その大半はホームランにした。空振りは皆無だ。

「王求の凄さは、意外に、選球眼なんだよ」試合を観に行くたびに顔を合わせた、峰岸というフリーライターは、井口光にそう教えてくれた。彼は、「俺はあの天才少年をずっと追い続けているんだ」と嘯き、「プロ野球球団も気づくのが遅えよな。まあ、でも、あんたが一番乗りだ」と笑った。

「選球眼、確かにいいですよね」

「あいつ、投手の球がストライクに入るかどうか直感で分かるらしい。本当か嘘なのかも分からないけどな。あ、でも、おたくがあいつの親に会いに行っても、門前払いだぜ。それは保証する」

井口光はむっとしたが、中学校の野球部顧問に挨拶に出向いた時にも、「きっと無理です」と同情の目で見られた。「王求の両親は、あなたの話に耳を貸さないでしょう、それどころか目も合わせませんよ」

どうして？　と訊ねた時の相手の答えは簡単だった。

山田王求の両親は、東卿ジャイアンツを目の仇にしているんです。

というよりも仙醍キングスにしか興味がないんです。

そのことを井口光は深刻には受け止めなかった。球界一の人気を誇る東卿ジャイアンツを毛嫌いする人間は少なからずいるから、山田王求の両親もその手合いだと考えた。接触や最初の交渉に入るまでは難航するだろうが、時間をかければどうにかなるはずだ、知名度と資金力でどうにかなるはずだ、今までもそうだったではないか、と。

飛んだ計算違いだった。

山田王求の両親の態度は頑なだった。削ることもできない岩壁のようだ。井口光が訪問した際も最初は喜びを浮かべたが、「東卿ジャイアンツの」と言った途端、それこそ、「東卿」の「と」を発音した時には表情が変わった。鬼の形相となった。父親のみならず母親までもが目を吊り上げ、眉をねじらんばかりにしかめ、「興味ないです」と言った。ぴしゃん、と拒絶の窓が閉じる音が聞こえた。

何度通っても同じだった。時に偶然を装い、時に事前に電話を入れ、会って話をしようとしたがことごとく拒絶された。取り付く島がなく、警察を呼ぶ、とも言われた。それでも諦めることができず、学校帰りの山田王求に直接、名刺を渡したこともあった。

一度だけだ。駄目でもともとの気分だった。あれほど強硬に、異常と言ってもいいほどに東卿ジャイアンツを嫌っている両親に育てられたのだから、息子の対応も推して知るべしとは思った。だから、名刺に目を落とした山田王求がひどく冷静な面持ちで井口光を眺め、哀れみのようなものを浮かべ、「ごくろうさまです」と丁寧に言ったことには心底びっくりした。「父や母に罵倒されませんでしたか？」と彼は穏やかに続けた。

体格の良さと野球の実力からすれば、もっと粗野で幼い反応を覚悟していた。大人を小馬鹿にし大物ぶるのだろう、と想像していた。が、山田王求にはそんな素振りはなかった。「俺が東卿ジャイアンツに行くようなことは絶対にないです」優しい口調ではないが、こちらを軽侮する様子はなく、誠実に感じられた。「せっかく声をかけてもらったのに申し訳ないです」

「君のご両親は、何か東卿ジャイアンツに恨みでもあるのかい」

「南雲慎平太って知ってますか？　仙醍キングスにいた。監督もやった」

急に出てきた固有名詞に井口光は動揺した。「ああ、あの、試合中に」

「死んだんですよね。ファウルボールで」

井口光はぴんと来た。あれは東卿ジャイアンツとの試合だった。山田王求の両親は、仙醍キングスのファンなのか。南雲慎平太にも並々ならぬ思い入れがあったのかもしれない。そして、その死の原因となった東卿ジャイアンツを恨んでいるのだろうか？　分からないでもないが、それにしても、少し極端にすぎないか？　あれは何年前のことだ。

「父や母はとてもいい人間なんですが、こと野球のこととなると人が違ってしまうんです。特に、仙醍キングスのこととなると」

「君は、子供の頃から野球をやっていたんだろうね」やらされていたんだろうね、という言い方になりかけたのを、口に出す寸前で修正できた。

「生まれて最初にバットを振った時のことを覚えています。テレビに映る大塚文太の恰好を真似して、振ったんです。三歳で」

井口光はその言葉をどう受け取るべきか判断できなかった。三歳の時の記憶が明確に残っているとは思いがたかった上に、どうしてそこで、東卿ジャイアンツの人気選手だった大塚文太が登場してくるのか分からない。

「俺が生まれたのは、南雲慎平太が死んだ日らしいですよ」

山田王求は、「それで説明はおしまい」「必要最低限の情報は与えた」と言わんばかりにその場を立ち去った。

井口光はそれ以降、山田王求を勧誘することをやめた。プロのスカウトマンとしてはまさに失格としか言いようがない清々しいばかりの諦め方だったが、これ以上、接触しても逆効果になるだけだと思った。時間を空け、機会を窺うべきだと判断した。ただし、井口光は、おそらくそんな機会はやってこないだろうな、と直感してもいた。スカウトマンとしての勘だ。だから仙醍南高校の試合を観に来ているのは、ただの一ファンとしてに過ぎなかった。

山田王求はネクストバッターズサークルにしゃがみ、グラウンドを眺める。バックスタンドのスコアボードを見た。五回の裏、７対０で、山田王求のいる仙醍南高校が勝っている。打席に立つ先輩、三年生の金杉仁(かなすぎひとし)は真剣な顔をしていた。点差がついた試合、格下の対戦相手、格下の投手にも気を抜かないその表情に、山田王求は好感を持つ。仙醍南高校野球部といえば名門だ。全国各地から生徒がやってくる。部員数はおよそ九十名で、ロッカーやジム施設、シャワー室まで整った部室を持っているような、立派な野球部だった。プロ野球選手となった仙醍南高校野球部ＯＢが、恩返しという名目で多額の寄付をし、それが設備や部員の質に反映されていく。

「俺たちがどんだけ真面目(まじめ)に練習してきてると思ってんだ。足引っ張るんじゃねえよ」と金杉仁が怒鳴ったのは、一ヶ月前、二年生部員の三人に対してだった。練習の後で、全体ミーティングが終わり、それぞれが帰宅しようとしていた時だ。

その二年生部員たち三人は隅で携帯電話を持ち寄って、にやにやしていた。山田王求はそばにいた。彼ら三人は練習こそさぼらないものの、レギュラーになれないことが不満なのかいつも愚痴ばかりをこぼしていた。山田王求はいい印象を持っていなかった。

練習でのプレイを見る限り、彼らの野球の能力には見るべきものがまるでなかった。どんなに性格のいい人間でもね、野球の才能がなければ、あなたにとっては価値がないのよ、と母親から言われて育った山田王求には、その判断基準が確固たる土台として、体の中にできあがっている。頭で考えるよりも先に、野球のプレイを見て人の優劣を意識することが多かった。

「おまえら、それ、何見てるんだ」金杉仁は、二年生部員のうしろから彼らの携帯電話を覗(のぞ)き、大声を出した。

彼らは、先輩から突然、問い質(ただ)され、しどろもどろになった。ほどなく、そのうちの一人が説明をはじめる。自棄(やけ)になったようにも、開き直ったようにも見えた。女子トイレに小さなカメラを仕掛け、盗み撮りをしている。それを携帯電話に保存し、仲間内に配り、見て楽しんでいる。それだけっすよ。

すると金杉仁は、「俺たちがどんだけ真面目に練習してきてると思ってんだ。足引っ張るんじゃねえよ」と怒鳴った。どこかにばれてみろ、試合なんてできなくなるぞ。

その騒ぎに、ほかの部員がわらわらと集まってきた。携帯電話を見ていた二年生部員を囲んだ。金杉仁が引き続き、彼らを叱責(しっせき)する中、誰かの足が飛んだ。アンダーソックスを穿(は)いた黒い足が宙を突いた、と思った時には二年生部員が転んでいた。携帯電話が飛ぶ。誰かがそれを拾い上げ、真っ二つに折った。次から次に、さまざまな人間の足が動いた。ろくろく抵抗もできず、二年生部員が呻き、腕で頭を守っている。

山田王求は特別、そのことに興味を持たなかった。強いて言えば、彼らはどうしてわざわざその盗み撮りの映像を、この部室内で見ていたか、ということが気になったくらいだ。ばれると思わなかったのか、ばれても笑って済ませられると思ったのか、それとも、野球では勝てないほかの部員たちにその盗撮映像によって優越感を得ることができたのだろうか。浅はかだ、と山田王求は感じた。目も当てられない、と。

一方、怒った金杉仁には親しみを感じた。彼は盗み撮りを、倫理や法律の問題として怒るのではなく、「試合ができなくなる」という理由で憤っていた。もしかすると野球が関係しなければ、盗撮を気にかけなかった可能性もある。

もうやりません、と謝罪をはじめた二年生部員は、まるで止む様子のない蹴りに混乱したのか、必死に声を出していた。甲高くも、切羽詰った謝罪だ。山田王求は足元に白い石のようなものが落ちていたので、拾い上げる。歯だ。灯りに晒し鑑定するかのように眺めると、床に放った。

「おまえら、殴られたとか蹴られたとか絶対に言うんじゃねえぞ。学校の奴らには練習中に怪我をしたとかうまいこと言って誤魔化せよ。もし、誰かに言いやがったら、おまえたちの盗み撮りのこと、親に言うからな」と誰かが吐き捨てた。幸いなことに、そこで暴行を受けた二年生部員三人は、寮で生活をしている生徒たちだったため、親に怪我を見咎(みとが)めることはなかった。親元から離れている自由さと、わざわざ寮生活までしているのに野球で結果を残せないストレスが、彼らを盗み撮りに走らせたのだろうか。山田王求は考えてみるが、答えは分からない。

金杉仁の振った金属バットが軽やかに鳴った。軽やかではあっても、球場全体の空気を震わせるには充分な音だ。打球はセカンドベースの右脇(みぎわき)をすんなり抜け、センター前に転がっていく。山田王求は腰を上げる。三塁の脇に立つ三年生が手をぐるぐる回しているのが、目の端に見えた。二塁にいた選手が三塁を蹴り、ホームを走り抜けていく。8対0だ。

打った金杉仁はセカンドに到着する。静かな表情でユニフォームの土を払っていた。山田王求は打席に向かって、歩き出す。今日、四打席目だ。地区予選、しかも授業のある平日であるから、学校の全校生徒が大勢で応援しにきているわけではない。ベンチに入れなかった部員数十人と応援団がいるだけで、大人の観客といえば、保護者を含めても多くはなかった。それでも、場内に、「六番レフト」のアナウンスが流れた瞬間、歓声が湧(わ)いた。

スタンドの新聞記者やスカウトマンたちはぐっと身を乗り出す。三脚に据えてあるビデオカメラが動いているかどうかを再確認する男たちの姿がある。井口光も目を凝らすが、何かを記録する素振りは見せない。彼はあくまでも熱心な観客に過ぎない。

打席の土をスパイクで均した山田王求はバットをゆらゆらと振った後で、ぴたっと姿勢を固める。投手を睨む。投手の持つボールをじっと見つめ、その軌道を想像する。頭の中は、雲のない晴天さながらに、美しいほどの空白で、ただ一つだけ、確信の芯のようなものが中心に浮かんでいるだけだった。「俺は打つ」という漠然としながらも、確固たる思いだ。「俺はホームランを打つ」という未来の事実を、前もって知っている。

その打席が、山田王求にとって高校時代最後のものとなるとは、誰も想像していなかった。もちろん、山田王求自身もだ。

同時刻、その仙醍球場から五キロほど離れた場所を二トントラックが走っていた。引越し業者に勤める三十五歳の男、中田庄次郎がハンドルを握り、会社へ戻るところだった。積荷を全部下ろし、午後から別の場所に出向くのだがその前に一度会社に戻るつもりなのだ。助手たちはすでに次の現場に向かっている。

中田庄次郎は前日の晩に電話で喋っていた相手のことを思い出し、溜め息をついた。不愉快が腹から胸にふわっと広がる。

「週末のことだけど、やっぱり、無理かもしれない」と彼女はむすっと言った。「大丈夫そうな時、わたしから連絡するから」

飲み屋で口説いた相手だ。スポーツ観戦が好きだというから、地元の仙醍キングスの試合を週末に観に行こう、と誘った。相手が承諾したから、わざわざチケットも用意した。にもかかわらず、断りの電話だ。もちろん、断ってくるのは仕方がないと中田庄次郎も思うが、「やっぱり」という表現が引っ掛かった。「やっぱり無理」とはどういうことか。もとから断るつもりだったのではないか？　そして、断るのであればその理由を説明するのが筋ではないか？　彼女は、キャンセルに至る事情を話す素振りも見せなかった。理由をでっち上げる労力すら惜しんでいるのだ。中田庄次郎は不快になり、溜め息が止まらない。

後ろからクラクションが鳴らされた。信号が青だ。慌(あわ)てて、アクセルを踏んだ。

山田王求はバットを途中で止めた。外側へ逃げていく変化球はホームベースを横切らず、キャッチャーのミットに入った。ボール、と審判の声がする。

アクセルを踏み込む中田庄次郎は道路標識を確認しながらも気はそぞろで、歩道に立つ女性を見かけるたびに、「やっぱり無理」とすげなく言ってきた女を思い出し、睨みつけてしまう。

携帯電話が鳴っていることに気づいたのは、大きな交差点を右折した後だった。はじめは車の揺れている音かと思ったが、助手席に放り投げてあった黒い携帯電話が震動しているのだと気づいた。ハンドルを戻しながら、電話をつかむ。発信番号の表示欄を見て、反射的に受話ボタンを押した。まさに、「やっぱり無理」の女からだったのだ。

「あ、今、仕事中？」と女は言った。

「運転中」中田庄次郎はむすっと答え、「何の用？」と質問した。

「週末、暇ですか」と言う女の声は神妙で、中田庄次郎は頬を緩める。気を引き締めるべきだ、と思うが、その思いがでれんと液体のようになり、垂れ下がるかのようだ。

「暇というか、野球行く約束だったじゃねえか。しょうがねえな、今回は一緒に行ってやるからな」中田庄次郎は答えながら、こんな調子であれば週末はどこかでこの女と寝ることができるな、と計算をはじめた。俺の家は片付けるのが大変だから、ホテルしかないか。最近、混んでるんだよな、と考える。するとそこで急に女がはっとし、「野球って何。というよりもあんた誰」と声色を変えた。

誰も何も、おまえが電話してきたのではないか、と怪訝に感じながら、中田庄次郎は名乗った。

あ、と女が声を上げた。悲鳴に近かった。

「間違えました。発信履歴と着信履歴を間違えて、電話をかけてしまいました。かけたかったのはあなたにじゃなくて、別の男にでした。ものすごくつらい気分です」という意味合いの台詞を、かなり砕けた若者風の口調で、乱暴に攻撃的にまくし立ててきた。電話が切れた。どこかでクラクションの音が聞こえている。

中田庄次郎は一瞬呆然とする。何が起きたのか理解できず、ぽかんとした。遅れて、怒りと屈辱が身体を駆け巡った。携帯電話を握り締め、睨んだ。日本語とは到底思えない喚き声をぶつける。クラクションの音がさらに大きくなった。いったいどこのどいつが騒いでいるのか、とその時にようやくフロントガラスに意識を戻した。目の前に対向車線の軽自動車があった。トラックが道を外れている。歩道方向へとハンドルを切った。

ストライクだ。山田王求は、投手がボールを手放す直前に分かった。飛んでくる軌道も見えた。バットを振っている。ホームベースの直前で、ふわっと球が落ちたが、それも予測していた。バットがボールを捉える。腰を振り切る。ライトスタンドに打球は消えていく。山田王求はバットを置き、一塁へ向かった。五回十点差コールド勝ちを決める本塁打だ。ベンチで部員たちが喜びの声を上げている。スタンドからは悲喜こもごもの叫びが滲んだ。

中田庄次郎の運転するトラックは歩道に乗り上げ、小さな時間貸しの駐車場に飛び込んだ。歩行者が見え、さらにハンドルを捻る。混乱し、何も考えられない。ガラス越しの風景が回転するのをひたすら、眺めるだけだ。ブレーキを踏み込んではいるが、なかなか止まらない。駐車場のフェンスを突き抜け、トラックがようやく止まる。その横にある林に乗り上がる。真正面に桜の木があった。激突し、クッションに顔をうずめ、息を切らす。エアバッグが作動する。中田庄次郎はその膨らんだクッションに顔をうずめ、息を切らす。心臓は高鳴っているが、身動きが取れない。外では、花弁のない裸の桜の木が傾いていた。根は地面を強くつかんでいるが、トラックの衝撃でさすがに引き剝がされた。周囲の土がめくれる。引越し業者の名前の入った荷台のまわりに、人が集まってきていた。マンションに住む子連れの主婦がほとんどだ。

ママ、あれ、何。子供の一人が、桜の木の足元の、根が折れ、ひっくり返った地面を指差した。白いものが転がっていた。人の骨だ、と誰かが叫んだ。

山田王求はゆっくりとダイヤモンドを回る。高校時代最後の一周とも知らず、特別な感慨も持たず、走っている。

発見された白骨死体はその日のうちに、仙醍市内の大橋医院の長男、大橋久信のものだと判明した。衣類もなく、身元の特定は難航しそうだったが、上の歯の数が通常よりも二つ少ないという身体的な特徴が決め手となった。約三年前に行方が分からなくなっていたが、両親は家出だと決めつけ、捜索願も出していなかったという。警察から連絡を受け、やってきた大橋久信の母はぼうっとしたままで、涙もほとんど見せなかった。

警察はまず、死体遺棄事件として捜査をはじめた。当時、大橋久信は中学の三年生だった。いわゆる、「不良」に分類される少年だったため、刑事の何人かは、「不良同士の喧嘩(けんか)じゃないですか。最近の若いのは物騒で、たちが悪いから、桜の木の近くに埋めちゃうくらいはやりますよ」「だよな」と言い合った。

捜査はすぐに別方向へと動き出した。死体が発見された土の中から、小さなビニールの切れ端が発見されたからだ。はじめはごく普通のゴミかと思われたが、ビニール傘の一部だということが分かった。しかも透明のどこでも販売されているたぐいのものではなく、ある特定の商品だということも明らかになる。仙醍球場の売店もしくは仙醍キングスのグッズ取扱店で販売している、仙醍キングスファンのための傘だ。

球場で売ってる傘だからって、犯人が特定できますかね？

大橋久信の周辺で、仙醍キングスのファンがいないかどうか調べてみるべきだな。当時、中学生だったことを考えれば、野球部とか関係しているんじゃないか？

そんな安直な。それで手がかりが見つかれば苦労しませんよ。

苦労はしなかった。聞き込みをはじめて二日目には、刑事たちは、大橋久信の後輩であった、ある野球部員に注目した。当時、その野球部員は、大橋久信をリーダーとする不良グループから暴行を受けていた、という情報も手に入った。何よりも大きかったのは、地元リトルリーグで一緒だった母親たちの話だ。

山田さんところはもう、熱狂的な仙醍キングスファンだから。鬼気迫るものがあって、普通じゃなかったね。

普通じゃないとはどんな風にですか。

子供のためなら人を殺しちゃうくらいに。

地区予選は三回戦から準々決勝まで二週間の間があった。山田王求の父、山田亮のもとへ警察がやってきたのはちょうどその期間だった。まだ確固たる証拠もないからか、市役所から出てきたところに、いかにもたまたま遭遇したという調子で話しかけてきた。先日、死体が発見されたニュースはごらんになりましたか？　おまけのように、警察手帳を広げてくる。

山田亮は取り乱しもしなければ、邪険にもしなかった。ごく普通に、それなりの好奇心とそれなりの面倒臭さを携えて、応対した。

その日の晩、山田亮は、山田王求に話をした。「おまえと同じ中学校にいた、上級生の大橋久信という男を覚えているか」からはじまり、「その男の死体が発見されたんだ」「そのことで、お父さんは警察に行くことになるかもしれない。いや、行くだろう」と打ち明けた。

山田王求は、母の山田桐子の表情を見た。彼女は台所からちょうど現われたところで、切ったばかりのリンゴの載った皿を持っている。彼女の眼差しは鋭かったが、山田亮を責めるものではなかった。

テレビでは子供の頃に観たコント番組が流れている。十数年前から番組が続いているのか、それともたまたま特集が組まれているのか、山田王求には判断がつかない。コントの中、刑事役の男が銃で撃たれ、体中から大量の血を流しているにもかかわらず、「これは血じゃない。ケチャップだ」と言い続け、苦笑を誘っている。結局、路上で息を引き取る際にも、「ケチャップで汚してごめん」としつこく続けるという、下らない寸劇だった。

懐かしいな、と山田亮が洩らした。昔、観たことがあるなあ、これ、と。好きとも嫌いとも面白いともつまらないとも、言わなかった。

「あれは、父さんが自分のためにやったことだ」山田亮は、山田王求に視線をやる。

「俺は、おまえを苛めるような奴は許せなかった。おまえのためにそれをやったんじゃない。俺は、自分のために、自分の思いのためにやったんだ」

抽象的な指示語ばかりの台詞だった。あれ、とか、それ、とか。大橋久信を殺害したことを認めているのかいないのか、それすらもはっきりしないような言葉を、山田亮は喋っている。ただ、ひどくしょげて、恐怖に震え、「明日警察に出向こうと思う」とは明確に口にした。

プロ野球が雨で中止で、そのためにコント番組が流れているのだ、と山田王求はようやく気づいた。ケチャップのコントが終わり、今度は別の刑事がどたばたと騒いでいる。

山田王求は、父親の告白を聞いても動揺しなかった。大橋久信のこともあまり記憶に残っていなかった。中学生の時に上級生に囲まれ、暴力を振るわれたことは覚えていたが、その時、中心人物だった男の名前など気にもしていなかった。そうか、あの男はもうこの世の中にいないのか、存在していないのか、と頭では認識するが実感など湧かない。自分の父親が悲しみを湛え、そして、自分のことを憂えている事実のほうにはるかに心が痛んだ。

おまえには、仙醍キングスを救う、大打者になってもらうはずだったのだが、と山田亮が声を絞り出すようにした。「こんなことになってごめんよ。俺があんなことをしたばっかりに」

「心配ないよ」山田王求は意識するより先に口に出していた。両親が素早く目を向けてくるのが分かった。「心配ないよ。俺の人生はまだ、問題ない。俺の野球はまだ、まったく異常なしだ」

山田亮と山田桐子はきょとんとした。息子の台詞に驚いた。

もちろん彼らは、息子である山田王求のことを一人の人間として、若者として、捉えていた。それでも彼らからすれば、山田王求は自分たちと航海を共にする、同じ船に乗る仲間同士だという認識だった。大人びてはいるものの、山田王求の言動は自分たちが想像できる範囲のものに限られるだろう、と。それがどうだ。今や、息子は同じ船にはおらず、頭上を飛ぶ飛行機にでもいるようなものだった。息子はとうに離陸し、遠い場所へ移動している。心配ない、と上空から大きな言葉を落としてくるほどになっていた。目をしばたたき、耳を疑ったのも無理はない。

「俺は大丈夫だ。そして、父さんが悪人じゃないことは、俺はよく知っているから。だから、心配ない」

涙をこぼし、嗚咽をはじめる山田亮を眺めながら山田王求は、明日になったなら学校に退学届を出さなくてはいけない、と考えていた。父親が警察に逮捕されたなら、マスコミが騒ぎ出すのは間違いなかった。山田王求も当然注目されるだろう。「犯罪者の息子は、甲子園での活躍が予想されていた高校一年生」とでもいうような記事タイトルが付くに違いない。もしそうなれば、山田王求は犯罪者の息子と揶揄される可能性もあった。何より、野球部が心配だ。練習どころではなくなるはずだし、甲子園に行くことなどになれば、さらに話題になる。というよりも、甲子園出場辞退にも繋がるのではないか？　野球部員によるトイレの盗撮などとは次元の違う問題だ。

「高校は辞めるよ」

それでどれだけ状況が変わるのかは分からない。ただ、学校に留まるよりは迷惑をかけないはずだ、と考えた。

山田亮と山田桐子の顔が青褪（あおざ）める。高校を辞めるということは、甲子園とも縁を切るということでもある。もしそうだとしたら、野球はどうするのだ、と彼らは呆気（あっけ）に取られているのかもしれない。それでどうして、「俺の野球はまだ、まったく異常なしだ」と言えるのか？

「父さん、俺の名前は、王に求められる人間になるようにという意味で付けられたんだろ。だから、王求という名前になったんだろ？　それなら平気だ。俺は、王に求められる野球選手になるはずだ。野球は続けられる。野球の道はまだ途切れていない」

山田王求の高校野球における公式戦の記録は次の通りだ。二試合で九打席、四安打。そのうち、ホームランが三本。フォアボールが五つ。打率十割。

十七歳

おまえは、声をかけてきた相手が誰か判断がつかない。というよりも、それはおまえの知らない男だった。声をかけてきたこと自体は不審には感じなかった。よくあることだったからだ。名前を呼ばれることはもとより、もっと抽象的に、「ほら、あれ見てよ、あの子」とひそひそと言われることも頻繁だった。ほらあれ見てみなよ、中学生を殺しちゃった人の息子だよ。それどころか、あの子も人を殺しちゃったことがあるらしいよ、事故扱いだったけれど。

おまえの父親が警察に出頭したのはもう一年以上も前のことであるのに、未だに、後ろ指を差される。

おまえの父親が逮捕された時、「殺人犯の息子は超高校級の高校球児」と週刊誌やテレビ局は騒いだ。おまえの住むマンションの周辺を囲み、さまざまな、真偽不明の証言を流した。もちろん十代のおまえやおまえの母親の顔写真が公開されるようなことはなかった。目かくしを入れた写真もなかった。だが、近隣の家や同じ学校に通う生徒たちの間では、おまえこそがその、人殺しの息子であることは明白で、おまえは体格も良かったために、遠くからも一目瞭然（りょうぜん）であったし、指を差し、「ほら、あいつ」とやられるのは避けられなかった。

　それにしても、おまえは堂々としていた。カメラを担（かつ）いだ男たちが駆け寄ってきて、リポーターがマイクを突き出したり、記者を名乗る男が馴（な）れ馴（な）れしく近づいてきたりしても、顔を背けず、質問に答えた。テレビに関しては結局、放送はされなかったものの、おまえの態度は立派だった。

「今、どういう気持ちですか」という問いかけは漠然としている上に、無意味この上ないものにしか感じられなかったが、意外に多くの人間がその問いかけを口にした。おまえはそのたび、答えを真剣に考える。果たして、「気持ち」というものは言葉で表現できるのかどうか、それすらも分からない。「複雑です」とおまえは答える。何と素晴らしい回答だろう！　真実だ。にもかかわらず、彼らは納得しない。仕方がなく、おまえは彼らが受け入れてくれそうな回答を探し、「父がああいう恐ろしいことをしてしまって、驚いていますし、悲しいです。父は、僕が苛（いじ）められていると思い込んで、我を失ってしまったんです」と言う。もちろんその回答も、彼らを満足させない。が、それ以上のことは要求してこない。おまえは芸能人でもなければ、政治家でもなく、ただの、高校を中退した未成年者に過ぎないのだ。そして、世の中ではさまざまな事件が起きる。

殺人事件など日常茶飯事と言ってもよく、おまえの父親の起こした事件は地味な部類だった。だから三ヶ月もしないうちに、記者やリポーターたちは、おまえの周辺から消えた。いなごの大群が立ち去った農地のように、静まり返った荒廃だけが残った。

今、おまえに声をかけてきたのは、紺のジャケットを羽織った男だった。縦縞のワイシャツに、ベージュのスラックスが似合っている。年齢は三十歳くらいだろうか、とおまえは想像したが、外れだ。実際は、二十七歳だ。フレームに柄の入った眼鏡は気取った感じだったが、それも似合っている。ネクタイはない。テレビ局であるとか、広告代理店であるとか、そういうところで働いている人か、とおまえは推測するがそれも外れだ。不動産会社の営業社員だった。彼は、個性にこだわっていた。スーツやネクタイを軽蔑し、折り目正しく客に相対するような営業社員になどなりたくない、と強く思っている。彼は、初対面の誰かに、「会社員に見えないですね」と言われると、それこそ天にも昇る気持ちになる。自らのアイデンティティが、かちりと音を立て、芯に火が灯ったかのような満足感を覚える。そういう男だった。

平日の昼食の時間が終わって間もない時間帯だ。アーケード街を二本外れた裏通りで、ひっそりとモーテルが二軒並んでいる。

彼は、住宅街で売りに出されていた物件の状態を確認した帰りだった。会社に向かうための近道を選んだ結果、その通りに出た。一方のおまえは、アーケード街にあるファストフード店からの帰り道だ。アルバイトの面接に行ってきたのだ。高校を中退したのだから、自分の食費、雑貨を買うためのお金くらいはどうにか稼ぎたい、稼がなくてはならない、と思ったわけだ。けなげで感心だ。が、それは誤っている。大きな誤りだ。おまえはそんなことをする必要がないのだから。

「お金の心配は不要よ」おまえの母親は言っていたではないか。あれは嘘(うそ)ではない。さすがに母親も人前に出る仕事、たとえば、レジ打ちなどの店員はできなくなったが、それでも、機械化された場所で弁当やパンを作る仕事には就けた。おまえの父親は公務員の給料を、きっちりと貯金してもいた。当座の暮らしについては心配はない。

おまえの母親は、おまえに負けず劣らず、冷静だった。マスコミに連日追い掛け回された頃は、いたずら電話が家に散々かかってきた。郵便物も妙なものが多く、脅迫や非難、罵詈(ばり)雑言(ぞうごん)は電話、メール、郵便、噂話(うわさばなし)などありとあらゆる通信手段を使って、おまえの家に届けられた。それでもおまえの母親は取り乱さず、生活を続けた。プロ野球の試合中継を相も変わらず予約し、おまえに野球の練習を促した。何より驚いたのは、おまえの父親がなしたことに対する罪悪感など、少しも見せなかったことだ。

フランクリン・ルーズベルトは、「わたしたちが恐れなくてはいけない唯一(ゆいいつ)のことは、恐れることそのものだ」と言った。かつて仙醍キングスに在籍したことのあるアメリカ人選手ではない。それと同姓同名の第三二代アメリカ大統領の演説の言葉だ。おまえの母親はその言葉を肝に銘じていた。

　何かを恐れることが、もっとも恐ろしい。

　そしてそれは、おまえの両親が心酔していた、かの南雲慎平太が現役時代に残した言葉とも重なり合う。雑誌「月刊野球チーム」に掲載された、それはそれは小さなインタビュー記事での台詞(せりふ)だ。「まわりが、おまえたちのチームは弱すぎる、最低だ、って罵(のの)しってくるとね、必死に自分に言い聞かせるんです。恐れちゃいけないって。プレイをしているのは俺だから。俺は俺のプレイを、俺の野球をやらなくてはいけないって。俺の野球人生に代打は送れないですしね」

　恐れてはいけない、正気を失って取り乱してはならない、とおまえの母親は分かっていた。まわりの雑音や攻撃に流され、山田桐子の人生を失ってはいけない。山田王求の母親の人生を生きなくてはいけない。母親に代打は送れない、と。

　さて、とにかくおまえはファストフード店のアルバイトの面接に行った。おまえはおまえなりに自分の状況を、自分たちの家の状況を考えた末の行動ではあったわけだ。父親に対する裁判費用がかかる上に、被害者の大橋久信の両親に何らかの賠償金を払う可能性もある。だからお金が必要だ、とおまえは思った。だが、そんなことを気にかける必要はないのだ。時給八百円のアルバイトで、一人の人間の死を償うのにどれほどの労働が必要になると思っているのだ。おまえにはそれよりも別にやるべきことがある。進むべき道がある。そのことは、自分でも理解しているではないか。警察に出頭する父親に対し、おまえは言った。「俺は、王に求められる野球選手になるはずだ」と。にもかかわらず、おまえがアルバイトに申し込んだのは迷いが生じているからだろう。このままで、本当にいいのか、と。手を伸ばし、何かに縋ろうとしている。

紺ジャケットの男、不動産会社の営業社員は、すれ違った直後に、「おい」とおまえを呼び止めた。おまえが立ち止まり、振り返ると、「おい、おまえ、何を考えてるんだよ」と言った。人殺しの息子じゃないか、こんな風にのこのこ街を歩いて、何を考えてるんだよ、と口を尖らせた。

「何を考えているか？　考えていることは、複雑ですよ」反射的におまえは答える。怯えず、萎縮もせず、はっきりとした声を出した。腹は立っていた。諍いを起こして面倒になるのは自分のほうであるから、腹立ちを紛らわすつもりで視線を逸らした。男の背後には、ラブホテルがあった。クリーム色の外壁に、真っ赤なバルコニーが設置された五階建ての建物だ。アルファベットのホテル名が建物のいただきに大きく描かれている。まわりのビルや店舗からは明らかに浮き上がっている。室内の装飾もパステル調で、ベッドには苺やらイルカが描かれ、しっとりとした密会のためではなく、軽薄な感覚で一休みをするため、という雰囲気に満ちたホテルだった。高校を中退する時までに数回、おまえはここに来たことがあった。中学校で同級生だった関口美登里と、だ。学校帰りに制服から私服に着替え、二人で初めてこのホテルに入った時、部屋選びに戸惑いながらも興奮を感じ、鼓動が痛かったのをおまえはまだ覚えている。部屋に入ると同時に彼女に手を伸ばし、まるで数十枚の服を脱がすかのような焦れを感じながら、手を必死に動かし、自分の服も破るかのように脱いだ。全身でしゃぶりつくように抱きついた。その時のことをおまえは思い出したが、それはもはや、子供の頃に見た夢を無理やり呼び起こすかのような薄ぼんやりとしたものでしかない。

　高校中退後は、関口美登里と連絡を取っていない。彼女からの連絡は途絶えた、とおまえは思っている。実際には、関口美登里は何度かおまえの家に電話をかけていた。家の前にも一度やってきた。ただ、おまえの家の電話機はコードを抜いたままであるし、記者たちが邪魔で、彼女は玄関に近づくことさえできなかった。

　目の前の紺ジャケットの営業社員はなかなかおまえを解放しない。おまえの親父は人殺しだ、街を歩くならそれ相応の、わたしは人殺しの息子です、とでもいうようなプラカードをぶら下げてから歩け、と言ってきた。当然、下を向くんだぞ、と。「もうとっくの昔に越してると思ってたよ。よくもまあ、同じ街に住んでいられるもんだ」

　男は悪人ではない。まわりから一目置かれたい、という欲求を持つはた迷惑な男ではあるが、一般的には、常識と法律を守る、ごく普通の善良な男といえた。彼は前日の夜、同僚の送別会に出席し、不愉快な目に遭ったところだった。先輩社員、上司からねちねちと、「おまえはまったくもって、子供だ」「人生や仕事をなめている」と責められたのだ。酒の入った場とはいえ、彼は不快だった。そして、上司たちが絡んでくること以上に、まわりにいる女性社員たちが、そのことをたしなめる様子もなく、むしろ彼女たちも同意見であるかのような態度を取ったことが許し難かった。「これが俺の仕事のスタイルですから」と彼が言った時、女性社員の数人は笑った。その笑いが好意的なものではなく、失笑に近いものだったことがいっそう彼を傷つけた。落ち着きを失い、苛々した。夜が明けても不快なままだった。おまえに会ったのはそんな時だったのだ。

「前にネットで見たよ。おまえも、子供の頃に人を殺したことがあるんだって？　親子揃ってかよ。おまえが打った球が頭に当たって、そいつは死んだんだってな」営業社員は鼻の穴を膨らませた。

おまえは、彼を避けて、先に進むべきだと思った。一歩、右へ移動する。すると彼も移動し、立ちふさがった。「人殺しのくせに」と嚙み締めるように、彼は言った。が、その直後、彼は、はっとする。目の前にいるこの体格のいい十代の若者、つまりはおまえのことだが、「この男は何とほかの人間と異なる人生を歩いているのだろう」とそう気づいたのだ。小学生の頃に人を死亡させ、野球で活躍し、さらには父親までもいる。これほど個性的な人生はない。「背広ではなくノーネクタイでジャケットを着る」が殺人を犯し、そのために高校を辞めた。そして今、街中で自分のような男に罵られている。これほど個性的な人生はない。「背広ではなくノーネクタイでジャケットを着る」というような低レベルの個性ではない。そう考えた瞬間、彼は、おまえの胸を突いていた。おまえの人生が羨ましかったせいでもあるし、いくら責め立てても表情を変えないおまえが怖かったせいでもある。うしろへ突き飛ばすつもりで、強く、叩いた。ただ、想像以上におまえの胸板が厚く、ぴくりとも動かないことに狼狽した。

「法律で裁かれるのは十四歳からなんだろ。小学生は人を殺しても関係ねえんだよな。ひどいもんだよな」営業社員は捨て台詞のように言った。

するとそこで、その彼の背後から、手を叩きながら背広の若者が一人、現われた。「はいはい」とあしらうかのような口調だ。「あのさ、それとまったく同じ会話、五年くらい前にもう俺がやってるから。二番煎じ二番煎じ。なあ、王求君」

誰だよこいつは、という具合に営業社員が振り返った。誰だ、とおまえも思う。

「どいてどいて」男は割って入るようにし、ゆったりとおまえに歩み寄ってくる。「よお。久しぶり」

鼻が大きく、腫れぼったい目をし、人相が悪い。口が大きく、爬虫類の、たとえばトカゲに似た顔だった。年齢は若い。まだ二十歳になったばかりだ。この知らない男は誰だ、とおまえは首を捻った。実はおまえは、その男を知っている。会ったことがあるのだが、忘れているのだ。

「覚えてねえのか。まあ、当たり前か。五年前に一度、遊んだだけだしな」

おまえはさらに首をかしげる。面識があること自体、思い出せなかったが、遊んだ記憶などさらにない。

「公園で、野球やったじゃねえか。俺が石投げて、おまえが打ってさ」トカゲの顔をした彼は、右手をひょいひょい動かし、物を投げる真似（まね）をする。「で、おまえが打って、見事、近くのマンションの窓を割っちまった。がしゃん」

おまえの記憶が甦（よみがえ）る。夜の薄暗い公園、木々が茂り、風が葉を揺する音がする。そこに三人の男たちが現われた。当時、おまえは小学校六年で、男たちは中学生だった。その背の高いトカゲ顔の男は、おまえの同級生の兄だと言った。「あの時の」

「あの時の、だよ。おまえ、すっかり有名人になったよな」トカゲ顔はその、前に突き出た口先から、長い舌を見せる。「あの時は、ただの人殺しだったのが、いまや、父親も人殺しだなんてな。出世したなあ」

紺ジャケットの営業社員は取り残された形になったため、不愉快だ。蔑（ないがし）ろにされている気分だった。我慢ならず、「おい、何だおまえ」と声を荒らげた。「割り込んでくるなよ」と言ったが、その後で、情けない悲鳴を発し、尻餅（しりもち）をついた。自分の尻に手をやり、体を捻り、必死にそのズボンを見ようとしている。「何をしたんだ」と怯えながらも、怒りの声を出す。

「あ、これで刺したんだよ」背広の若者は子供のように笑みを浮かべると右手に持っているものを上げた。裁縫用の針だ。それをこっそり手に握り、下に構え、営業社員の尻に突き刺したのだ。営業社員の男はズボンの中に手をやり、擦るようにして、血が出ているぞ、と泣き声を出した。早く消えないともっと刺すぞ、と背広の若者が迫力を見せると、彼は這いながら走るかのような必死さで去った。


今は会社勤めですか。その場に残ったおまえは、背広の若者に訊ねた。彼はどこからかお手玉のような布製の針刺しを取り出し、そこに丁寧に針を刺してからポケットにしまった。

「背広を着てるのは会社員だからじゃない。会社員のふりをしてるんだよ」と彼は説明した。「こんな日中に、俺みたいな、いい年齢の男がうろうろしてたら気味が悪いだろ。怪しまれる。だから背広を着るわけだ。背広でうろうろしていれば、安心してもらえる。営業で、外回り中なのかな、と勝手に納得してくれるわけだ。俺はよ、あそこの写真撮ってるだけなんだよ」彼が親指を肩越しに、背後へと向けた。あそこ、と言われてそれらしいのは、クリーム色の外壁のラブホテルしかない。するとトカゲ顔の彼は、「ホテルに入っていく利用客の写真を撮るのだ」と言った。手に持ったデジタルカメラを揺らす。

いったい何のために、という質問が口から出かかった。ホテルへいそいそ入っていく男女の写真をコレクションにし、個人的に楽しむとは思えない。

するとその時、背広の若者はうしろを眺め、ラブホテルへと小走りで進んだ。「ちょっと待っていてくれよ、仕事だ。まだ話をしたいから、ここにいてくれ。すぐに戻ってくる」と言い残して、行く。

ラブホテルの建物から中年の男女が出てきたところだった。背広姿の若者は、出てきたばかりの男女の前に立ち、話しかけている。部屋の中で裸になり、抱き合ってきたばかりの二人をじろじろ眺めるのは気が引けたため、おまえは目を逸らしたが、やはり気になる。視線を戻す。トカゲ顔の男はデジタルカメラを男女に見せている。ホテルから出てきたばかりの男女は顔面蒼白（そうはく）、世をはかなむ詩人のようにうつろな目つきとなった。「え、これ撮ったんですか？」と間の抜けた質問をしている。やり取りは少し続き、最終的には、そのホテルから出てきた男が財布から紙幣を数枚取り出し、背広の若者、トカゲ顔の彼に手渡していた。紙幣を受け取った彼は満足げにうなずき、デジタルカメラを操作し、また彼らに見せた。「はい、これで、画像は消えました。ご安心を」

しばらくして、おまえの前に戻ってきた背広の若者は言う。「ああやって、脅して、金をもらうのが俺の仕事だ。軽蔑するか？」

おまえは顔をしかめた後で、首を左右に振る。

おまえたちはいつの間にかその細い裏道を出て、大通りを反対側に渡り、バス停のベンチに腰を下ろしていた。バスを待っていないにもかかわらずベンチを占拠することにおまえは後ろめたさを感じたが、平日のせいか誰もいなかった。

「ほら食えよ」トカゲ顔の男がおまえにアイスを手渡してくる。すぐ近くのコンビニエンスストアで買ってきたのだ。棒がついたアイスキャンディーだった。おまえは礼を言い、袋を開け、舐めはじめる。体がぶるっと震えた。十一月も近い。仙醍市はすっかり寒くなっており、外でアイスなどを齧れば、その冷たさで体の熱という熱が吹き飛んでしまう。それでもおまえたちは男二人でアイスを食べた。「美味いか」「冷たいです」「クールな反応だなあ」「駄洒落ですかそれは」

しばらく二人で、アイスキャンディーを食べ、しゃくしゃくと音を立てた。齧ったあとで、一口大のアイスが地面に落ちる。水分が弾ける。靴でこすりつけ、伸ばす。

「おまえ今、何やってるんだよ。高校を辞めたのは知ってる。野球はやってねえのかよ」

そこに、赤ん坊を抱っこ紐で抱えた若い女性がやってきた。バスに乗るつもりなのか、時刻表を眺めている。おまえがベンチから立つと、トカゲ顔の男も腰を上げ、アイスを食べながら、席を譲った。その場を離れるでもなく、すぐ近くで喋り続けるおまえたちを、ベンチに座った若い女は何度も振り返り、気にかけてくる。赤ん坊が声を発した。

「野球はやってますよ。練習を」

「試合はどうなんだよ。試合は」

「試合は」おまえは下を向いた。アイスが垂れ、アスファルトに飛び散る。「試合はあんまりやってない」

あんまり、ではない。まったくやっていない。

高校を辞めてからの一年間、おまえは練習を一日たりとも休んでいない。授業を受ける時間もなくなったため、練習の時間は倍増した。最初はもちろん、記者やリポーターが、バッティングセンターにもやってきた。公園にもついてきた。が、黙々と汗を流し、ほとんど休憩もせずにバットを振り、筋力トレーニングに息を荒くするおまえには、記事にできるような面白さはまるでなく、むしろ触れ難い恐れを感じずにはいられなかったため、そのうちにいなくなった。日に日におまえは強くなった。体に筋肉がつき、スイングも早くなった。おまえは、自分ではあまり実感がないだろうが、高校の野球部に属していた時よりも、野球が上達している。だが、試合に出られない。出ようという意志もなかなか持てないでいた。体内で、野球力とでも言うべきエネルギーが膨らみ、出口を探し、溢れんばかりになっている。それが今のおまえの状態だ。

「あの二人はどうしてるんですか」おまえはアイスキャンディーを食べた後で訊ねる。棒に、当たりの文字がないかどうかを確かめた。

「あの二人ってどの二人だよ」背広の若者は青色のアイスを大事そうに、舌で舐める。

「俺が小学生の時、公園で石を打った時、一緒にいた」あの時、中学生は三人いた。

「ああ、あいつらか」と首を上下に揺すった。そうすることで記憶を呼び起こせると、彼は信じているのだ。「もう知らねえよ。中学を卒業したら、だんだん付き合いはなくなったし、東卿とかに行ったんじゃねえのかね。信じられないかもしれねえけどさ、名前も思い出せねえよ」

おまえは、じっと男を見た。唇を開き、言葉を発しようとしたが思いとどまった。何だよ、と男がおまえの視線に気づき、言ってくる。おまえは無言で、首を振り、アイスキャンディーの棒をいじくる。おまえが飲み込んだのは、「寂しいものですね」という言葉だった。それを口に出したら、うそ臭い社交辞令のようになるのが分かった。

「それ、当たりくじとか付いてねえからな」男は言って、またアイスを舐める。

そのうち、バスがやってきた。西から勢い良く近づいてきて、ぴたりと停車場前で止まる。降りる客はいなかった。赤ん坊を連れた母親が乗り込むと同時に、呼吸音のような音を発し、発車した。おまえと男はそのバスの尻が曲がり角に消えていくまで、眺めていた。バスには、五年前の公園にいた、あの、残りの二人が乗っていて、その彼らがことは違う、遠い場所へ去っていくのを二人で見送るような、おまえはそういう気分だった。

「おまえ、プロ野球とか目指してるわけ」バスのいなくなった方角を眺めたまま、背広の若者がぼそっと言った。いつの間にかアイスを食べ終えている。「ガキの頃にあんだけ練習してたじゃねえか」

「今はもっと練習してます」おまえは答える。

「プロに行く気かよ」

　おまえはそこで即答しない。やはり、迷っている。悩んでいるのだ。自分の進んでいる道が誤っているとは思わなかったが、その道の先がどこまで繋《つな》がっているのかまでは自信が持てないでいる。おまえは、王に求められる男だというのにだ。

　やがて背広の若者は、「じゃあ、俺は行くからな。また会おうぜ」と通りを渡ろうとする。彼はまだ、ラブホテルの前で写真を撮る予定なのだ。そこには横断歩道も信号もなく、なかなか車道を横切れない。タイミングを探しながら彼は、「おまえがプロ野球選手になったら、自慢してもいいか？」と言ってきた。「俺が昔、おまえと野球をやったことにしてもいいか？」

　その三日後、木下バッティングセンターの管理人、木下哲二が、「王求、やっぱり試合勘というのは必要だから、定期的に試合に出場したほうがいい。今度、知り合いの草野球チームに頼んであげてもいい」と言ってきた。

おまえは小学生の頃からほぼ毎日、そのバッティングセンターに通っている。高校中退後もそれは変わっていない。いわばそのバッティングセンターは、第二の自宅と言っても過言ではなく、学校以上に身近で、必要な場所だった。木下哲二についても同様だ。学校の教師よりもおまえのことをよく知っていた。おまえが毎朝、裸足で乗る体重計よりも、木下哲二はおまえの体調を分かっていただろう。彼は今まで、おまえに何千回とバットを手渡してきた。おまえのスイングを何千回と見てきた。そして、事件の騒ぎがひどかった頃には、木下哲二は執拗に付け回している記者たちに近寄って、教え諭すようなこともした。「ほら、あの子の打撃を見てごらん。胸が熱くならないか。あの子が静かに、野球に打ち込めるようにしてやってくれないか。あの子がプロ野球の世界でどう活躍するのか見てみたいとは思わないか。もう、そっとしてあげてくれ」

そう言われた記者の大半は、「こんな風に話題になった犯罪者の家族が、プロ野球でプレイできるわけがないだろうが」と皮肉まじりに思った。そして、そのうちの半数の人間はすぐに、「でも、こんな風に話題にしたのは俺たちだよな」とやましい気分を抱えたが、残りの半数はやましさすら感じなかった。

おまえは、木下哲二が紹介してくれた草野球チームの試合に出ることにした。試合が行われるのは、仙醍市を北へ行った、県境にあるグラウンドだったため、当日は木下哲二が車で送ってくれることになった。

当日の早朝、おまえは待ち合わせ場所である木下バッティングセンターに出向いたのだが、そこにいたのは木下哲二ではなく、恰幅のいい別の男で、おや、と思った。その男の苗字も木下だった。俺がバッティングセンターのオーナーだ、と彼は自らを紹介し、「君に伝えることがある」と重々しい口調で言った。おまえはてっきり、「君みたいな親子で殺人を犯したような人間は、このバッティングセンターに来ないでほしい。迷惑だ」と宣告されるのだと覚悟し、背筋を伸ばし、耳を傾けるが、その木下オーナーが口にしたのは予想もしていない内容だった。

「てっちゃんが昨日の夜、自宅で倒れたんだ」

てっちゃん、が木下哲二のことだとはすぐに分かった。ようするに木下哲二は、脳の出血で意識不明になり、病院に運び込まれ、だから今日は来られない。そういうことなのだ。木下オーナーに連絡を寄越したのは、木下哲二の妻、木下清美だ。彼女は病院での検査や入院手続きの合間に、おまえのことを気にかけた。前日の晩、木下哲二がそれはそれは嬉しそうに、「明日、王求を試合に連れて行くのだ」と語っていたことを思い出したのだ。そして、すぐに、木下オーナーに電話を入れた。

「だから、俺は、おまえにそれを告げに来たんだ」と木下オーナーはおまえに言う。てっちゃんが来られない、だから俺がおまえを車に乗せていく、と。

おまえは最初、木下哲二がいる病院に行きたかった。試合に行くよりも、あの木下哲二がどうなったかが心配だった。木下バッティングセンターは古くからその土地に根を張る巨大な樹のように、永遠にそこに存在しているものだと、おまえは思い込んでいた。同様に、そこを管理する木下哲二も自分が存在している限りは、そこにいるものだと考えていた。それだけに、木下哲二が意識不明で病院にいる、という事実が受け入れ難い。もしかすると、と想像した。もしかすると、バッティングセンターはもとより、木下哲二もいずれ、自分の前から消えてしまうのか？　あの、小学生の時に公園で会った中学生三人が、今や、一人きりになってしまったかのように、あらゆる人間はいずれ消え、自分のもとから離れていくのか、といまさらながらに思い、すると胸のあたりをスプーンでほじくられたかのような、痛みを、空白を、感じた。

「おまえは、試合に行け。おまえにできることはそれくらいだ。そうだろ。景気良くホームランでも打ってこいよ。そうすりゃ、てっちゃんだって喜ぶ」

夕方になってからおまえは病院に出向いた。試合を終えた後で、木下オーナーと一緒にだった。木下哲二は相変わらず、意識が戻らないままベッドに眠っている。病室のあたりには、木下哲二の子供たちが集まっていたため、おまえと木下オーナーは邪魔にならないようにと、飲食スペースで木下清美と会った。疲れと戸惑いを抱えた彼女は、おまえの顔を見ると真っ先に、「試合出られた?」と訊ねてきた。はい、とおまえはうなずく。手に持っているバッグを見下ろす。今日のチームに借りたユニフォームが詰め込んである。洗って返さなくてはいけない。たぶん、とおまえは分かっていた。たぶん、あのチームで試合をすることももうないだろうな、と。試合中、草野球チームの家族や観客たちから指を差されることがあった。「ほら、あれ見てよ、あの子」と言われているのだろう、とは理解できた。おまえのことをそうやって噂する人間はどこにでもいる。草野球の基本精神は、楽しく野球をすることであるだろうから、自分がそこにいるのは迷惑になるとおまえは察した。監督兼選手の男も、笑顔を絶やさず、おまえに気を遣ってはくれたものの、試合後、「次の試合はいついつだから、また来てくれ」などとは言わなかった。

「打った?」木下清美が、おまえの顔を窺うように首をかしげた。木下哲二とはあれほど毎日、顔を合わせていたというのに、彼女に会うのは初めてだった。

「三本」隣の木下オーナーが指を立てる。「三打席連続ホームランだ」と病室のある方向を振り返る。が、すぐに、「でも、驚かないでしょうね。あの人、喜ぶわ」「あの人、あなたは、そんじょそこらの野球選手とは違うっていつも言ってるわ。プロでも絶対に活躍するって」と言い足す。

おまえの頭の中を、子供の頃からの記憶が駆け巡る。はじめてバットを持ち、部屋の中で構えた時のことや、バッティングセンターへ両親と向かい、管理人の木下哲二に胡散臭そうに見られたこと、マシンのベルトを調整し、球速を上げてくれた木下哲二の姿も浮かんだ。親に内緒でプロ野球選手のいる河川敷に行こうとした際、木下哲二がタクシー代を出してくれたことも思い出す。殴られた記憶も飛び出してくる。中学生の先輩、大橋久信たちに絡まれ、顔面を殴られた。中学、高校でのさまざまな試合での自分の打席が次々に頭に浮かび、自分のバットの振りが克明に過ぎる。

「てっちゃん、おまえがプロ野球で活躍したら、きっと自慢しまくりだろうな」木下オーナーが言う。

「いえ」木下清美がかぶりを振る。「もう自慢してますよ。百年に一人の天才野球少年のお手伝いができるなんて、俺の人生は後半になって、わくわくしてきたぞ、って。あなた、そんなに野球が上手なの？　天才なの？」

すぐには反応できなかったものの、おまえは返事をするため、息を吸う。

十八歳

　株式会社服部製菓取締役、株式会社仙醍キングス野球団代表取締役社長兼仙醍キングスオーナー、それが服部勘太郎、四十歳の肩書きだった。彼より一つ年下の私はといえば、株式会社服部製菓総務部部長、株式会社仙醍キングス野球団総務部部長だ。総務部とはずいぶん曖昧(あいまい)で網羅的、どうとでも解釈できる名称だったが、簡単に言えば、服部勘太郎のお目付け役、相談相手だ。もっと乱暴に表現すれば、遊び仲間だ。

　五年前、代表取締役である服部勘吉が私を社長室に呼び出し、こう言った。「息子をこっちに呼び戻そうと思っているのだが、相談相手になってくれないか」

　私は驚いた。そもそも服部勘吉が、私のような一兵卒の存在を知っていることが意外であったし、一人息子の相談相手を探していることにもびっくりした。なぜでしょうか、と訊(たず)ねると、小柄で角刈り頭の服部勘吉社長は、「息子の勘太郎は、父親の俺から見ても駄目な男でな。東卿では散々悪いことをしてるんだ。それで、こっちに呼ぶつもりなんだが、放っておいたら何をするか分からん。だから、おまえに、ついてもらいたいんだ」と答える。質問はいくつも浮かんだ。どうして私が指名されたのか。「散々悪いこと」とは具体的にはどういったことなのか。私がついていたところで効果があるのか。社長は最初の質問には即答した。「三田村、おまえは息子と一歳違いだろ。似た年の男性社員がほかにいないんだ」

社長命令を断る勇気もなく、私は引き受けた。いくら妻子と別れた一人身とはいえ、職を失うのが怖かったからだ。

服部勘太郎は外見が社長そっくりで、小柄で角刈り、蟹股（がにまた）で歩く姿も同じだった。皺（しわ）は少なく、餅肌（もちはだ）で、太り気味でもあった。私が挨拶（あいさつ）した時には、名刺をちらっと眺め、「三田村、よろしく。親父（おやじ）に何を言われているのか分からないけどな、親父よりも俺のほうが長生きするのは明らかだ。俺についてこいよ」と言った。それから五年、私はまだ、服部勘太郎にくっついて行動している。無茶な命令は出されなかったが、何かあると、「三田村、来いよ」と呼び出され、付き合わされた。

社長、服部勘吉が、息子の服部勘太郎を仙醍キングスのオーナーに据えたのは、単に、自分がオーナーをやっていることに飽きたか、嫌気が差して、誰かに押し付けたかったからだろう。しかも社長は、どんなに不要な物であっても他人に譲るのは惜しい性格のようだったから、弱小野球チームといえども赤の他人に渡すつもりはなかったのだろう。

服部製菓は創業百年以上を誇る、地味ながらしっかりとした企業だ。経営は順調で、仙醍市をはじめとする各自治体と密接な関係にあって、時折、癒着の問題が取り沙汰されるが、ようするにそれほど地域に密着しているわけだ。一方の仙醍キングスといえば、先代の社長が半ば道楽に近い感覚で買い取り、運営をはじめたもので、当時から余計なお荷物に過ぎなかった。

球団オーナーの仕事はほとんどない。野球の試合やチーム運営については現場の人間が考え、対外的なスポークスマンとしては広報の人間が存在する。勘太郎は現場の人間の提案や広報の担当者の計画に了承を与え、もしくは却下をし、予算を用意したり、削減したりの判断をするだけだった。つまり服部勘太郎は年中、暇だと言っても良く、結果的に、市内を遊び歩き、私もその遊び歩きに付き合わされた。

苦痛に感じていたのは最初の頃だけだった。私は、服部勘太郎に付き添い、行動をともにするにつれ、その危険で怪しげな世界に惹き込まれていた。真面目な中学生が、不良の先輩に引っ張られ、怯えつつも高揚を覚え、魅力を感じるのと同じだ。

実際、服部勘太郎のやっていることは物騒で、非合法のことが多かった。「東卿で散々悪いことをしていた」彼は、「仙醍に来ても、散々悪いことをしている」と、そういうことだ。

服部勘太郎は大のギャンブル好きだった。パチンコ、スロット、競馬のような一般的な遊びはもちろんのことだったが、それだけでは飽きたらず、気づけば仙醍の繁華街の裏カジノにも出入りをはじめた。舎弟分よろしく付き添う私は、彼が次々とそういった裏通りの人脈を作っていくのを目の当(ま)たりにした。ある賭場(とば)で常連になれば、そこの客から別の賭場を紹介される。そしてその別の賭場では、別の客と知り合う。

服部勘太郎という男は大雑把で、退廃的、豪放磊落(らいらく)で面倒臭がり、しかし肝は据わっている。安定したことよりも危険に満ちたことを好む。それが、初対面の時からの変わらぬ印象だ。一般的な社会人としては不適切で、会社の経営者としても適切とは言いがたい人間に違いなかったが、非合法の世界で生きている人間たちからは好まれるタイプだった。服部勘太郎を、「ハットリ君」と親しげに呼び、可愛がってくる年配者もいれば、「勘太郎さん」と慕ってくる若者もおり、私はその様子に、まるで自分が信頼を得ていくかのような気持ちよさを感じた。もちろん最初は、彼が法律を犯したり、明らかに物騒な男たちと親しくなったりするのを見ると、社長の服部勘吉に報告すべきだと思った。そのために私は相談役になったわけだから、そうしなければ職務を放棄したのと同じことだろう。が、私は、社長に報告することをためらった。社長に報告をしたところで、服部勘太郎の言動が大人しくなるとは思えなかったし、もともと社長の服部勘吉自身が破天荒な言動で有名だったのだから、その血に逆らうことはできないのではないか、と感じた。何より私は、服部勘太郎に惹かれていた。

服部勘太郎は賭(か)け事に強かった。麻雀(マージャン)ともなれば、ほとんど確率の神に惚(ほ)れられたかの如き強さを誇り、対戦相手のことごとくを負かし、金を奪った。

三年ほど前、ある飲み屋で、「仙醍キングスのあの弱さは尊敬に値するよ」と寄ってきた男がいた。服部勘太郎が球団オーナーだと知り、親しげに話しかけてきたのだ。服部勘太郎は、「仙醍キングスは、弱いことに意味があるんだ。負けっぷりを楽しむのも娯楽の一つだ」と応じた。強がりでもなければ、でまかせでもない。服部勘太郎の父、社長の服部勘吉は昔、「仙醍キングスは勝った、負けたではなくて、そこに在ることが大事なのだ。紅葉みたいなものだ」と意味不明の発言をし、「そろそろ、選手にはこちらから年俸を払うのではなく、月謝をもらうことにしようか」と口を滑らすほどにチームの補強に関心を払わなかったが、服部勘太郎はそれよりさらに、「仙醍キングスは負けてりゃいいんだよ」論を前面に出していた。「どの会社でも一番金がかかるのは人件費だ。選手のギャラが一番、かかる。逆に考えりゃ、それを抑えりゃ、経営は成り立つんだよ。勝とうとするから、いい選手を揃えたくなる。勝たなくていいなら、選手はどうでもいい。それでも一定のファンはいる。俺には理解しがたいが、あんなに弱い野球チームを応援する物好きが、ある一定数いる。そのお客様相手に細々と経営していけば、まあ、悪い商売じゃない。服部製菓の宣伝にもなっている。強いやつより弱いやつのほうが愛されるんだよ。判官贔屓ってもんだ」と言うのを、私は少なくとも十回は聞いたことがある。

服部勘太郎がオーナーになってからは、ほとんどがリーグ最下位、それも五位からも大量のゲーム差をつけられた最下位だった。セ・リーグにはもはや五球団しか存在しないかのようだった。だから飲み屋で、「仙醍キングスは弱い」と言われたところで服部勘太郎は怒りもしなければ、後ろめたさも見せなかったのだが、「あんたみたいな若造がオーナーならしょうがないね、それも。三代目が会社を潰すってのは本当だな」と笑われると、顔色を変え、急に立ち上がり、その男を殴った。鈍器まがいの灰皿で頭を殴り、蹴りつけた。血が噴き出し、男は気を失い、私は慌てふためいたが、幸い、男の命に別状はなかった。どうして彼がそこまで激昂し、暴力を振るったのかは分からなかったが、「三代目が会社を潰す」というフレーズが許せなかったのかもしれない。店は騒然となり、警察がやってきた。が、服部勘太郎は逮捕されず、その騒ぎが表沙汰になることもなかった。服部勘太郎の知り合いのおかげだった。彼に、借りのある人間は多い。高レートの賭け麻雀ですっからかんになり、服部勘太郎に払うべき金を滞納している輩も多かった。そしてそういった輩の中には、金はないが人の繋がりはある、何らかの権利を持っている、という者も多かった。役所勤めの人間、警察の関係者もいた。暴力をもって、人を脅すのが得意な人間もいれば、通常では手に入らない情報を持っている人間もいる。起こした傷害事件をなかったことにするくらいは、訳がなかった。

「服部さん、申し訳ないです。この通りです」

　マンションの一室で、男が土下座をしている。絨毯（じゅうたん）に額をこすりつけ、服部勘太郎に謝っている。高級な背広を着た五十代の男だった。私は直接、紹介を受けていないが、聞けば誰もが知っている食品メーカーの重役だという。先ほどまで、リビングにぽつんと置かれた麻雀卓で、麻雀をやっていたところだった。参加者は、服部勘太郎と、その土下座をしている重役、芸能プロダクションの社長、東卿でプロの雀士として有名らしい若者だ。このマンションでは時折、そういった、腕に覚えのある者や金を持っている者、もしくは金を欲する者が集まり、高レートの麻雀大会が開催される。ギャラリーは基本的にいないが、参加者の付き添いの人間は部屋の隅で、ごろごろと観戦することができる。私もその、ごろごろ、の一人だ。

　八時間にわたる麻雀は、服部勘太郎の圧勝で終わった。すべての半荘（ハンチャン）で彼がトップを取り、結果、ほかの三人が負けた。脇（わき）にあるダイニングテーブルには点数計算の用紙とともに、いくつかの札束やカード、履歴書まで置かれている。土下座をしている食品メーカーの男は最も負けが込み、どうにもならなくなった。金に見合う何か、も出せなくなった。芸能プロダクションの社長もずいぶん負けたのだが、うろたえていない。先ほど服部勘太郎に、「もう半荘勝負しよう、今日の負け分を全部取り返すために全額賭けよう」と持ちかけもした。それに対し服部勘太郎は、「クイズ番組とかで、『次は最後の問題です。これを解けたら五万点です。全員に逆転のチャンスがありますね』とかいうのがあるだろ。あれ、俺はあまり好きじゃないんだ」と相手にしなかった。むっとした芸能プロダクションの男は、「うちの若いモデルの女をつけてもいい」と鞄の中から履歴書めいたファイルを取り出した。服部勘太郎は肩をすくめ、いいよ女はどうせ俺は好かれないし、と首を左右に振った。

「それならこういうのはどうだろう」芸能プロダクションの社長は顔を引き攣らせながらも、言ってきた。「俺の知り合いの奴らがよく、人の弱みを見つけてくるのが得意なんだ」

「人の弱みね」服部勘太郎はその時点で興味を半分失っている。提案の内容が想像できたのだろう。人の弱みを見つけてやるから、おまえが誰かを蹴落としたくなったり、利用したくなった時にはそういった面で役に立てますよ、とそういうことだ。私ですら、そういった提案には食傷気味だった。よくあることなのだ。仙醍市内にも似たような仕事をやっている人間は多い。服部勘太郎が雀荘で会った若者は、モーテルの前で、出てきたカップルの写真を撮影し、脅して金を取る、という小遣い稼ぎをやっていた。「価値はあるのかもしれないけれど、面白味を感じない」服部勘太郎はぼそっと言った。彼を動かす原動力はいつも、面白味なのだ。

額を絨毯にこすりつける重役を無視するようにして、服部勘太郎はリモコンを手に取った。壁に設置された大きなテレビの電源を入れる。彼はギャンブルの後、「金がない」と訴えてくる相手が苦手だ。勝負をしている間は、真剣に、やるかやられるか、取るか取られるかの緊張感を楽しむが、実際に、儲けることに興味はない。「どきどきできればいいんだよ。そう思わねえか、三田村」とよく言った。だから、勝負が決した後のことには関心がなく、かと言って、「お金はどうでもいい」と許してしまったら、次の勝負への緊張感が失われてしまう。こだわりはないが、許すこともできず、金のことで揉めることを何より嫌った。面倒臭いからだ。

テレビはワイドショーを放送している。もう朝なのだ。芸能プロダクションの社長がカーテンを開けると、眩しい陽射しが室内を白く照らす。画面には、体格のいい親子が映っていた。ユニフォームを着ていて、父親のほうは東卿ジャイアンツの監督、大塚文太だった。その堂々たる姿は、見てすぐに彼だと分かるほど、特徴的なものだった。「夏の甲子園を沸かした、大塚洋一君の半生」なる特集だ。大塚文太の息子が高校野球で活躍したのは確かに話題になった。

「半生ってまだ、十代じゃないかよ」服部勘太郎は心の底から驚いた顔をした。チャンネルを替えようとはしない。「エリートは違うよな」嫌味や皮肉、やっかみというよりは、純粋に心の底から羨んでいるようだった。「服部さんもエリートではないですか」と土下座をしていた重役が顔を上げていた。あからさまな追従口で、私は、彼に軽蔑よりも同情を感じる。彼は彼で必死だ。服部勘太郎は、重役に視線を向けたものの、無言だった。

私は五年、服部勘太郎と、悪友よろしく行動をともにしているが、それでも彼が自分の家業や立場についてどう感じているのかは分からない。服部製菓の三代目であることを嫌悪(けんお)しているのか、喜んでいるのか、達観の境地にいるのか、把握できない。

「こいつ、今年のドラフトで東卿ジャイアンツ入りが決まっているよ」と芸能プロダクションの社長が当然のように言う。「父親が監督するプロ野球チームに、息子が入団ってのはいい話題になる」

「ドラフト会議って籤引(くじび)きじゃなかったでしたっけ」それまで黙っていた若者、自称、最強の麻雀師が高い声を出す。

「どうにかなるんだよ、それも」芸能プロダクション社長は曖昧に言うが、嘘(うそ)をついているそぶりでもない。

「そんな裏事情なんて知らないなあ」服部勘太郎は自らも球団オーナーであるにもかかわらず、言った。「うちはいつだって、本気で籤を引いてるぜ。まあ、いい選手は籤で当てたところで、うちには来ないけどな」

仙醍キングスの首脳陣は毎年、気を使っている。ドラフト会議で、有力な選手を指名したい、という思いのある一方で、「もし、うちの球団に指名されたら、優秀な選手は死ぬほどがっかりするのではないか」と心配していた。私にもその葛藤は伝わってくる。

服部勘太郎は以前、そのことについて相談を受けた際、あっさりと回答を出した。「うちに来ても構わないって奴だけを取ればいい。わざわざそいつの人生を台無しにしてまで、いい選手を取る必要はねえよ。金もかかるし、どうせ数年したらフリーエージェントでよその球団に行く。だいたい俺がいつ、試合で勝て、と頼んだんだ」

それを聞き、チーム関係者は腹を括った。「仙醍キングスはそれでいいのだ。そこに存在していることに価値があるのだ」と共通の認識を持った。

「この大塚洋一君が、我が仙醍キングスに来てみろよ。まず間違いなく、宝の持ち腐れだぜ。意気消沈して、絶望でへこたれちゃうだろうな」テレビを指し、服部勘太郎が言う。

「面白いと言えば面白いけどね」自称麻雀師の若者が口を尖らせた。「エリートが絶望でへこたれちゃうのを見るのは、面白いですよ」

「俺の趣味じゃない。俺はな、優雅に飛んでる鳥が落っこちたりするのを見て溜飲を下げるよりも、絶対飛ばないような牛が空飛ぶのを眺めて、爆笑するほうが好きなんだ。面白味を感じるんだよ」服部勘太郎は笑う。

「それは、服部君」芸能プロダクション社長が愉快そうに声を弾ませた。「今の話は、東卿ジャイアンツが弱小になるよりも、仙醍キングスが優勝するほうが面白い、という意味合いかい」

「そんなこと考えてもいなかったが、確かに似てるな」服部勘太郎は納得した。「ただ、仙醍キングスが優勝することは絶対にない」

「なぜですか」急に私がそう声を出したものだから少し驚いた面持ちで、服部勘太郎は振り返った。「俺が金を出すつもりがないからだ」

「資金がなくても、球団が強くなる可能性はありますよね」

「そんな可能性はない」

「言い切れる根拠は何ですか」

「仙醍キングスが証明している。金をかけないおかげで、万年ビリで、ひどいものだ」

「今日の予定はなんだっけ」服部勘太郎が訊ねてきた。マンション麻雀を終えて、私は、車で彼を家まで送るつもりだった。「徹夜だったし、眠ったほうがいいですよ」と私は率直に言った。何より、やるべき仕事などない。あったところで服部勘太郎は、気が乗らなければ、いつだって簡単にすっぽかす。「眠れないんだよな。何だか面白くなくてな」と助手席で頭を掻く服部勘太郎を窺う。

十時から仙醍キングスの入団テストがあることを思い出した。いわゆるプロテストだ。秋になると各球団がちらほら開催する。

服部勘太郎は助手席の窓を開けると風が顔に当たるのが良かったのか、気持ちいいな、とうっとりした声を出した。「常識的に考えて、仙醍キングスのプロテストにいい選手がやってくるとは思えないよな」

野球の才能がある人間はほぼ確実に、高校の野球部なり大学の野球部なりどこかのチームで活躍をしているだろうし、それらの選手はスカウトが確実にチェックをし、ドラフト会議で球団から選ばれる。プロテストはそれ以外の、どこのチームにも所属していない選手を受け入れるための仕組みだが、そこで優秀な選手が見つかる可能性はほとんどなく、仮に優秀な選手がいたとしても人気球団のテストを受けにいくに決まっている。だから仙醍キングスのプロテストなど、落ちこぼれも落ちこぼれ、箸にも棒にも引っかからず、そのくせプロ野球選手への夢を捨てられなくて、「もはやどの球団でもいい」と思うような人間が集まってくるだけだった。

「うちにとっては好都合だけどな。そいつらは年俸を払わなくても、月謝を取ったとしても、喜んでやってくる」

そういう考え方もある。実際、仙醍キングスのプロテストは合格者が多い。ほかの球団の場合は、百人から二百人近い選手が受けるが、一次テストを合格できるのが数十人、そして二次テストもクリアとなるのは一桁、というよりも大半がゼロだ。プロでプレイができるような人材は、プロテストをわざわざ受けることはない。プロ野球選手へのルートが確立している現代日本では、そういう仕組みになっているのだ。が、仙醍キングスでは毎年、数名が合格している。理由は簡単だ。基準が甘いからだ。

「そういえば」私ははっとした。どうしてこんなに面白い話を、服部勘太郎に言わずにいたのか、と自分でも驚いた。信号が赤になり、ブレーキを踏んだところで、今年はすごいのが応募してきたらしいですよ、と言った。

「すごいのってどうすごいんだ」

「人殺しです」「人殺し？」仙醍市に在住の、十代の男だった。名前を山田王求と言う。数年前、彼の父親が中学生を殺害していたことが発覚し、大騒ぎとなったのだ。大人が、息子の上級生を殺害した事件は、テレビや週刊誌を賑わせた。

「あの息子が、プロテストに応募してきてたんですよ」

「あの息子って、その、上級生を殺害した父親の息子？ そいつまだいるんだ？」

まだいる、とは、「まだこの街にいる」という意味なのか、「まだ生きている」という意味なのかは分からなかった。「昔から野球で有名だったらしいんですよ。小学生の時に、プロの投手の全力投球をホームランしたとかいう逸話も持ってるらしくて」

「小学生相手にプロが本気で投げるわけないだろ」

「東卿ジャイアンツのピッチャーだったらしいんですよ。噂によれば。中学、高校と打席に立てばホームランだったらしくて」

窓から風が車内に吹き込んでくる。服部勘太郎の髪をなびかせる。昼前の街中には人影がない。荒涼とした無人の廃墟をドライブしているような気分になった。いい年した男二人でドライブというのも妙な気恥ずかしさがある。

「二つ質問がある」服部勘太郎は窓から外を眺めながら言う。徹夜明けの疲れと、賭け事を終えたばかりの神経の高ぶりでぼうっとしているのだろう。「一つ目、そんなにすごい野球少年が、どうしてプロテストを受けるんだ。ドラフトじゃねえのかよ」

「人殺しの息子だからですよ」私は即答する。「父親が捕まった直後に、高校を中退してるんですよ。野球部には所属していないんです」

ふうん、と気のない相槌を打った服部勘太郎は、「二つ目」と言う。「テストを受けるにしてもどうして、うちなんだ？　いいか、俺はその山田とかいう奴のことはまったく知らないけどな、これだけは言える」

「何ですか」

「俺がそいつなら、仙醍キングスのプロテストは絶対に受けない」

「その答えも一緒です。人殺しの息子だからですよ」私は答えながら、黄色の信号を見て、アクセルを踏む。十字路を越え、次の大きな交差点を左折する。向かうのは、仙醍球場だった。「人殺しの息子なんて、球団からすれば迷惑もいいところですからね。どこもほしがりません」

「だけど、そいつが人を殺したわけではないんだろ。犯罪者じゃない」

「まあ、そうですけどね。どの球団も余計なリスクは負いたくないんですよ。だから、山田王求は他球団を受けても、合格できるわけがない。山田王求の名前は球団関係者やスカウトマンはよく知っていますし、応募した時点ですぐに切り捨てられちゃうでしょうね。うちでも応募があった時点ですぐに判明しました。地元だということもありますが、みんな驚いていましたよ。あの、山田王求がプロテストに応募してきた、と」

「言っておくけど、うちだってごめんだぜ。入団させるわけがないだろ、人殺しの息子」服部勘太郎が笑った。

「当然です」高架下を通る。地下道に入って、すぐにまた外に出た。「うちも、応募の段階で、不合格にしました」書類選考で落ちるのは、体格や年齢のような基本条件に満たない場合がほとんどで、山田王求のような理由で却下するのは珍しかった。

「あ、そうなのか」服部勘太郎が、くるっと体をひっくり返し、私のほうを見た。「不合格にしたんだ？」と言った。

「興味あるんですか」と訊ねると、「さほど」とまた窓の外を見ている。

　昼食を蕎麦屋で済ませ、球場に到着すると一次試験は終了していた。ダッグアウトからグラウンドへと上る。太陽の光が私たちを照らした。先ほどまで遮光カーテンの部屋で麻雀をしていた私たちは、純朴な少年に見つめられるような気後れを感じる。

「三田村さん、来てくれたんですか」と仙醍キングス野球団打撃コーチ、野田翔太が声をかけてきた。二十年前、仙醍キングスでレギュラーだったとはいえ、引退後は焼肉屋を経営していただけの彼は、でっぷりと太った体型で、まともに走ることもできない。そんな彼でも一軍コーチが任されるのが我が仙醍キングスの実状だ。「俺はいつも来るじゃないか。いつも来ないのは、この人だよ」私が後ろにいる服部勘太郎に目をやる。

野田翔太は目を丸くし、「ひい」と悲鳴を上げた。「オーナー、来てくれたんですか」

「そりゃ来るよ。俺の球団だ」と嘯（うそぶ）く服部勘太郎は台本を棒読みするようだった。プロテストの様子はどんな具合か、と訊ねると野田翔太は、ちょうど手に持っていた受験シートを手渡してきた。一次をクリアした二十人の情報が載っているらしい。三分写真で撮られた、男のむすっとした顔が並んでいるのは気持ちよくなかった。ぺらぺらとめくる。一次の結果も記されていた。基準をクリアしている者もいれば、基準に満たない者もいる。五十メートル走で六秒五以内、遠投で八十五メートル以上という基準は、他球団に比べるとずいぶんハードルが低いが、それ以上に試験官であるコーチや二軍監督の一存で、記録に下駄を履かせることも可能なのが仙醍キングスだ。

「すごいのが一人」と野田翔太が目を輝かせた。一番後ろにあった受験シートを引っ張る。「乃木信二」とある。五十メートル走が六秒三、遠投百三十メートルとある。身長は百八十五センチメートルだ。高校を卒業し、今はどこのチームにも所属していない。横から覗き込んできた服部勘太郎は、へえ、と笑った。興奮はない。「すごいな、これ」「素振りがまた、迫力あるんですよ。そろそろ二次試験ですから、観ていってください」野田翔太は言うとダッグアウトの奥へと消えていく。トイレにでも行きたかったのかもしれない。私は服部勘太郎と目を合わせる。「もう少し近くで観ましょうか」「いいよ。観客席から観よう」と彼は肩をすくめた。「恥ずかしいじゃないか」「オーナーなのに」「駄目な三代目は遠慮するんだよ」

二次試験は、希望のポジションごとに試される。野手志望の者はまず打撃からだ。投げるのは仙醍キングスの、しかも二軍の投手であるから高が知れていると言えば高が知れているのだが、その球ですらまともに打ち返せない打者が多いのも事実だった。

乃木信二は二番目に登場した。打席に立ち、バットを構えた瞬間、私は自分の座っている場所がどこであるのかを見失い、ぐらっと球場の構造が歪み、グラウンドを見下ろしていたはずの観客席がいつの間にか地面に潜るような位置に埋まり、自分たちが打者を見上げているような奇妙な感覚に襲われた。巨木のようだった。打席の乃木信二は、そびえる巨木のようで、私たちはその根のところから幹を見上げているのだ。

乃木信二はいとも容易く、打った。外野スタンドに打球は飛ぶ。ピンポン球でも打ち返すかのようだった。しかも投手の真剣な様子に比べ、乃木信二はあまりに落ち着き払っていた。全力で投げられた球が、呆気《あっけ》ないほどに軽々とホームランにされる。時折、コースを外れた球が来ると、微動だにせず、見送る。そのうち野田翔太と投手兼バッテリーコーチの野地栄太が相談しはじめるのが分かった。今度は別の投手がマウンドに上がった。あれは誰だ、と服部勘太郎がグラウンドに指を向けた。「佐藤ですよ。一軍から落ちてきたばかりですけど。いい投手です」「うちの中では、だろ」「ですね。仙醍キングスでは一流ですが、ほかでは分かりません」「三田村は正直だな」

乃木信二は、投手が変わってもまったく動じず、先ほどと同じようにホームランを打ち続けた。ライトに打ったと思えば、次はセンター、センターの次はレフトだ。グラウンドにいるコーチ陣は口をぽかんと開けていたし、それはテストを受けにきていたほかの受験生たちも同様だった。打撃を終え、何事もなかったかのように打席から戻ってくる乃木信二に、コーチの野田翔太と野地栄太が握手を求めに行く。まるで英雄に挨拶するかのようだ、と私が感想を述べると服部勘太郎は、「乃木君は」と言った。「乃木君はほかの球団に行くんだろ。小手調べでうちのテストを受けにきたんだろうな。でも、三田村、あんなにすごい若者がどうして、プロテストなんて受けてるんだろうな」

さあ、としか私は答えられない。強いて言えば、彼もまた人殺しの息子なんじゃないですか、といい加減に答える。もしくは、と続ける。

「もしくは何だよ、三田村」

「CGなんですよ」

服部勘太郎は、三田村は真面目な顔で変なことを言うなあ、と笑い、グラウンドをじっと見つめた。


その日の夜には、さまざまなことが判明した。まず、乃木信二はなぜプロテストを受けなくてはいけなかったのか。答えは、私が冗談で言った通りだった。つまり、人殺しの息子だったのだ。

「乃木信二ってのは偽名か」雀荘で牌（パイ）を掻き回す服部勘太郎は言った。「CGではなかったわけだ」

「中学時代の友人が、名前を貸したそうですよ」山田王求は自分の正体を隠し、別人のふりをしてテストを受けにきたのだ。最初は自分の名前で応募したが門前払いを食らったため、彼も考えたのだろう。乃木信二の名を騙（かた）り、やってきた。仙醍キングスの事務方も、顔写真を見て、「山田王求がまた応募してきた」とは判断できなかった。

煙草（たばこ）の煙でくもった雀荘は、牌の音や舌打ち、掛け声で満ち、倦怠感（けんたいかん）と緊迫感のない交ぜになった空気があった。私は、服部勘太郎の下家（シモチャ）に座っていたのだが、「リーチ」と牌を横にした。

「服部さん、それ何の話なんですか」私の正面に座って、牌を触る若者が口を開く。心なしか前のめりになっている。

「すげえ奴が俺のチームのプロテストに来たって話だ」

「すげえ奴って誰ですか」

「人殺しの息子。誰君だっけか、三田村」

「山田です。山田王求」

若者は指を鳴らさんばかりだった。顔がぱっと明るくなり、「本当ですか！」と喜びの声を上げる。

「知ってるのか」私が訊くと、彼は誇らしげに数回、うなずいた。

「じゃあ喜んだほうがいいな」服部勘太郎はあっさりとした口ぶりだった。「来年からおまえは、山田王求のプレイが見られるぞ。仙醍キングスに入団するからな」

私は目を見開き、ぽかんとしてしまう。ちょうどその時、若者が、私の当たり牌をぽろっと捨てたが、「ロン」という余裕もなかった。山田王求の、仙醍キングス入団が決まった瞬間だった。

二十一歳

少年が、「去年、あの時はどういう気持ちだったの」と言った。仙醍駅の西側、大きなホテルの裏側に位置するファミリーレストランの二階だ。小学校三年生の彼は野球帽を被っている。仙醍キングスのものではなく、東卿ジャイアンツのものだった。「カムフラージュだよ、カムフラージュ」と笑った。まさか東卿ジャイアンツの帽子をつけた子供が、仙醍キングスの山田王求と会ってるとは思わないじゃないか、ということらしい。ただ、体格のいい山田王求は、ニット帽を深く被っているため正体はばれていないものの、そのことで反対に、子供を誘拐する怪人のように見えた。

あの時とはどの時のことか、と山田王求は訊ねる。ウーロン茶を飲んでいた。月曜日の午前十時で、店内には人もあまりいない。

少年はチーズの載ったハンバーグを綺麗に食べ終え、皿に残ったソースを、顔を近づけ舐めた。「ほら、敬遠された時だよ」

そう言われても山田王求にはどの時のことを訊かれているのか、判断がつかない。去年一年で、山田王求は敬遠四球を二十二回体験していた。

「ホームランの新記録を出しそうだった時だよ」

それでもまだ絞りきれない。一シーズンにおけるホームランの数なのか、もしくは連続打席ホームランの数なのか、連続試合ホームランの数なのか。そのいずれについても山田王求は新記録を出しそうになった。実際に新記録を出したものもある。

「八試合連続でホームランを打ってもさ、九試合目で敬遠されちゃうんだから、絶対に新記録なんて作れないよ」少年が続けた。

プロ野球における、連続試合本塁打の記録は、四年前に東卿ジャイアンツの、車田史郎（くるまだしろう）が達成した、「九試合連続」だ。十五年もの間、誰も破ることのできなかった記録「八試合連続」を更新したのだから、当時は大きな話題だった。山田王求はそれを、木下哲二を見舞いに行った時に開いたスポーツ新聞で知った。二十代後半だった車田史郎は、二枚目の女好き、いくにんもの女優やテレビ局のアナウンサーと浮名を流し、揶揄（やゆ）されることも多かったが、長距離バッターとして脂（あぶら）が乗ってきたこともあり、野球界全体の新しいヒーローとしての地位を築いていた。山田王求はその記事を見た時、あまりぴんと来なかった。九試合連続でホームランを打つことがどれほど難しいことなのか、実感が湧（わ）かなかったからだ。

もし自分がプロ野球選手になったら、と考えてもみた。プロの投手にきりきりまいさせられ、プロの世界の厳しさやホームランの記録の偉大さを痛感することになるのか、それともプロに入ったところで、ホームランを打つことなど苦でもなく、赤子の手を捻るが如く、九試合連続のホームラン記録を簡単に塗り替え、物足りなさを覚えるのか、どちらなのか、想像もつかなかった。結論から言えば、そのどちらでもなかった。プロの投手は、アマチュアに比べれば桁違いの迫力と技能を備えていたが、かと言って、恐れおののくほどでもなかった。九試合連続でホームランを打つことは、簡単ではないが、やってやれないことでもないと山田王求は感じていた。

「俺は、プロの選手は敬遠しないと思っていたんだけどな」

「それはないよ」少年がその言葉を聞き逃さず、言ってくる。「プロはまず、勝利することが第一なんだから、敬遠だってやるよ。根性とか青春とかの高校生と違うんだから。王求甘すぎ」

小学生の少年が大人びたことを言うものだから、山田王求は可笑しかった。

「高校生の時から、俺は敬遠ばっかりだった。いや、それこそ、君くらいの年齢、リトルの時からだな。何打席も敬遠で、十回に一回、まともに打てる球が飛んでくれば幸運だったくらいだ。野球はそういうスポーツなんだと思っている。基本的に、投手はストライクゾーンに球を投げてこない。だから、ひたすら待つだけだ。大事なのは、その少ないチャンスを逃さないことだよ」

「十打席に一回しかまともに打てないなんて、野球じゃなくて、剣道とか柔道みたいじゃん。睨み合って、隙ありー、ってやる感じの」

「俺のやってきた野球はずっとそうだったから、そういうもんだと思っていたよ」

プロになったら敬遠もなくなるはずだ。山田王求はそう言われて、育った。「少年野球のうちは、投手の力量から言っても、おまえを敬遠せざるをえないだろうが、プロになればプライドを賭けた闘いにもなるから、敬遠されることは減るだろう」と。実際、プロに入ってから、敬遠の数は減った。理由の一つは、確かに、プライドの問題でもあったのだろう。相手チームからすれば、入団一年か二年の新人相手に始終、敬遠するような屈辱的な真似はできなかったはずだ。どうしても負けられない試合、しかも接戦の好機に山田王求に打順が回ってくる時は敬遠されたが、それ以外には、なかった。所属チームが仙醍キングスだったから、ということも大きな理由だったはずだ。もともとが弱小の球団であるため、王求に本塁打を打たれたところで、そして仮に一試合を落としたところで、優勝争いにはさほど影響がなかったのだ。相手チームの首脳が、「7対1で勝つのも、7対5で勝つのも勝ちは勝ち」と判断することもある。

「でも、東卿ジャイアンツが敬遠するなら、まだ、分かるんだよ。自分のチームの車田が記録を持ってるからさ、それを守ろうっていうのは分かる」と少年は力説した。「なのに、他の球団まで、王求の記録を邪魔することないじゃないか」

「そのへんはよく分からないけれど」

　山田王求がプロ野球の記録を塗り替えそうになるたび、敬遠や四球、死球などの戦略が取られた。それは記録を保持している仲間の名誉を守るためというよりは、もっと別の、憎むべき相手に領地を奪われてなるものか、というヒステリックで、必死なものだと山田王求は感じていた。「俺の父親のことがあるし、仙醍キングスの選手なんかに記録を取られてたまるか、ってこともあるのかもしれない。嫌われているから」

　少年は納得がいったのかいかないのか、唇を尖らせ、「変なの」と言った。

「おじいちゃん、元気？」と山田王求が訊ねると、「うん、元気。先週もね、遊びに行ったよ。王求のことを気にしてた」と返事がある。言われてみれば、木下哲二と会ったのは去年のシーズンが終わった頃、木下バッティングセンターが解体されると知り、その工事の様子を眺めに行った時が最後だった。車椅子に乗った木下哲二は少し寂しそうな顔をしていたが、「バッティングセンターがなくなっても、まだ続くんだよな」とにやにやしながら言った。「そうだよ、続く」と山田王求はうなずいた。


　恋人が、「ねえ、大丈夫なの？」と言った。仙醍駅の西側、大きなホテルの一室、ダブルベッドの上でだ。山田王求もその女も裸だった。昼過ぎにホテルに来て、それから二人でひとしきり絡み合い、欲求を満たした後だ。女はシャワーを浴び、下着も穿かず、また布団の中に潜ってきた。大丈夫とはいったい何のことなのか、と山田王求は訊ねた。「明日、試合でしょ。昼間からいちゃついてる場合じゃないんじゃないの」と女が言うので、山田王求は目をしばたたく。「それは、裸になる前に言うべきじゃないのか」「はじめる直前で、『じゃあ、やめる』とか言われたら寂しいからね。王求なら言いそう」

女とは一年前、名伍屋での試合の後、夜の公園で知り合った。その日、ナイトゲームで山田王求は三打席連続して、死球をもらった。どの打席も二塁に走者を置いた、得点機だった。投手は際どいコースを狙おうとしたのだろうが、山田王求にファウルで粘られた結果、体にぶつけてしまった。そのことに腹は立たなかった。むしろ、それ以外の二打席で安打が打てなかったことに納得がいかなかった。試合後にホテルに戻っても、自分のスイングを確かめずにはいられず、スポーツ新聞の記者たちから、「食事行こうよ」と誘われたが、断った。遠征となると記者たちが、山田王求を食事や飲み屋に誘ってくる。愛想があるとは言えない山田王求だが、記者たちは近寄ってくる。「父親が殺人犯」ということにはじまり、プロテストでデビューし、一年目から大活躍しているのだから、話題性からすれば最高の対象だろう。山田王求自身もそのことは分かっていたし、彼らは彼らの仕事をしているだけであるから、むげにするのも気がひけた。ただ、その日は誘いには応じなかった。宿泊していたホテルを抜け出すと少し離れた場所、大きな公園に向かい、素振りをした。ぽつぽつと立つ外灯と頭上の月が薄ぼんやりと照らす中、何度もバットを振る。スイングが乱れている感覚はなかった。打ちそこなった投球を頭の中で再生し、バットを振り続ける。悲鳴が上がったのは、ずいぶん経ってからだ。バットが切る風の音かと思ったが、違った。暗い、鬱蒼とした木々の方向から聞こえてきた。山田王求はバットを止めるとすぐに駆けた。目を凝らす。視界は良くなかったが、動く物体を把握するのはお手のものだ。目の端にちらと影が移動するのが見える。不審者、と思い半ば飛び掛かる恰好で、バットで殴ろうとしたが、直前でそれが女性だと分かった。悲鳴を上げた張本人なのだろう。「悪い奴でもいたのか」と訊ねると、胸元の開いたワンピースを着た、ハイヒールの彼女は、「いた」と顎を引いた。どこに？と訊くと、人差し指を山田王求に向け、「真夜中の公園で、バットをぶんぶん振り回す、おっかない人がいた」と真顔で口にする。山田王求は反応に困った。

「これは練習なんだ」

「野球少年？」女はワンピースの裾を少し持ち上げると足を開き、架空のバットを構える恰好をした。さまになってると思ったところ、「わたしね、ソフト部だったの。高校生まで」と言った。そこからどちらがどう誘ったのかははっきりしないが、山田王求と女は公園の隅でほとんど服を着たままの状態で、下着をずらし、性交をした。最初は横たわった姿勢だったが草や石が痛く、途中から立ち上がったものの今度は周囲の視線が気にかかった。スポーツ新聞の記者がいたら、歓喜するだろうな、と頭の隅では思いながらも途中ではやめなかった。遠征先での門限は午前一時であったが、その日、山田王求はそれに間に合わず、罰金二百万円が科せられた。門限破りなどのルール違反に対する罰則は、監督やコーチの裁量で決まるが、罰金二百万円は仙醍キングスの慣習からすると重い。監督の駒込良和からは、他の選手への戒めだ、と言われた。どれほど力のある選手であっても、規律を守らなければならない、と。が、実際には別の要因もある。もっとシンプルで、人間的な理由、つまり、好き嫌いだ。駒込良和は、山田王求のことを嫌悪していたのだ。潔癖な正義感の持ち主で、使命感に満ちていた彼は、山田王求が入団した年に、仙醍キングスの監督に就任した。縁もゆかりもなければ、引き受けるメリットもない、弱小球団の監督を務めたのはやはり、その使命感によるものだった。そしてその彼は、山田王求の野球に関する才能やセンスは認めるものの、中学生を殺害した人間の息子を、プロ野球選手として育成することには抵抗を感じていた。「野球が上手ければ、なんでも許される」という考え方が許せなかったのだ。オーナーである服部勘太郎が、山田王求の後ろ盾となり、うるさく命令をしてくるから仕方がなく、正選手として起用していると言っても良かった。

山田王求は罰金二百万について不満はなく、特別な驚きも感じなかった。ただ、その女が予告もなく、仙醍市に引っ越してきて、親戚のふりをして連絡を取ってきたことには驚いた。「いいじゃない。付き合いましょうよ」と彼女は言い、それ以降、山田王求はその女とよく会った。

「ねえ、明日の試合、大事じゃないの」裸の女が、山田王求の頬をつねる。

「試合はいつだって大事だ」

「じゃなくて、記録がかかってるんでしょ」

山田王求は感慨もなく、「そうだな」と返事をした。連続試合本塁打が八試合続いていた。オフの今日を挟むものの、明日、ホームランを打てば、プロ野球記録に並ぶ。

「でも、三度目だし、どうでもいいんだ。記録のためにやってるわけじゃない」

「まあ、そうだけどね。というか、あれか、また敬遠されるよね」と女が思い出したかのように声を高くした。「いつものように」

数時間前に会った、木下哲二の孫といい、今日は似たような話ばかりだな、と山田王求は思った。

「敬遠されて、記録を妨害されて、で、その翌日にホームラン打つんでしょ。それってさ、新記録みたいなもんじゃない」

女の言う通り、過去の二回、山田王求は八試合連続ホームランの後、敬遠や四球で記録を阻止され、次の試合ではホームランを打った。連続試合という意味では、厳密に言うと記録にならないのだが、それはすでに九試合連続と呼んでもいいのではないか、と誰もが感じていた。が、それを声高に訴える者がいなかった。山田王求自身も、監督の駒込良和も、特別なコメントは発しなかった。憤(いきどお)っているのは、仙醍キングスの一部のファンくらいで、プロ野球全体からすれば、仙醍キングスの一部のファンの声など、藪(やぶ)で鳴く蚊の囁(ささや)きにも似た、取るに足らないものだった。

ねえ、と女がそこで体を起こし、ベッドの上で、正座の姿勢を取ってくる。仰向けの山田王求の顔を上から覗(のぞ)き込んだ。「王求は何で、野球やってるわけ？　野球、楽しいの？　セックスとどっちが楽しい？」

山田王求は天井を見つめていたが、その視線を横にずらし、女の顔を見た。どうして聞くまでもないことを確認してくるのか、と呆(あき)れ、また目をずらした。女が不満そうにしているので、「俺は、野球をやるために生まれてきたんだ」と言った。「仙醍キングスで、野球をやるために、だ」

女が、馬鹿(ばか)じゃないか、と笑った。野球をやるために生まれたなんて、そんなにくだらない人生があるか、とはしゃいだ。山田王求はむっとすることもなければ、微笑(ほほえ)むこともなかった。再度、女に一瞥(いちべつ)をくれ、「君はいったい何のために生まれてきた？　何をやるために生きている？」と質問する。女は一瞬、口ごもる。

「何をやるべきか分かってる俺のほうが、よっぽどマシだよ」

服部勘太郎が、「明日はがんばってもらわないとな」と言った。仙醍市の繁華街、古いビルの最上階にあるダイニングバーの個室だ。夕方に差し掛かる時間帯で営業時間ではないはずだが、服部勘太郎が常連客のよしみで開けさせたのだ。広々とした座敷で、テーブルは六人が座っても余裕がありそうだった。囲んでいるのは三人、山田王求の向かい側に、仙醍キングスのオーナーである服部勘太郎、その横に総務部部長の三田村博樹だ。

「がんばるというのは、例の記録ですか？　連続試合ホームランの」山田王求は出された料理に箸（はし）を伸ばした。そんな記録に、服部勘太郎が興味を持っているとは信じられなかった。彼の求めるのは、利益や名誉、記録や試合結果などではなく、もっと漠然とした感情だ。山田王求はそのことに気づきはじめていた。子供と同じなのだ。「何か面白いことないかな」という、単純な感情を原動力に生きているようにしか見えない。

「そうと言えば、そうだけどな、そうじゃないと言えば、そうじゃない。記録なんてのは達成しようがしまいが、どちらでもいい。そもそも、おまえみたいな天才にかかったら、記録なんて達成して、当たり前なんだよ」四十代ではあるものの服部勘太郎の肌は、つやつやとし、子供のあどけなさを残している。昆虫の足や羽根をもぐような、無邪気な残酷さも併せ持っているように見えた。「あの記録を持ってる、何だっけか、車田だっけ？　あいつなんて、おまえと比べたら、凡人もいいところだ。スター選手みたいにもてはやされてるけどな。天才の前ではかすむ。本物と並べられたら可哀相だよな」

服部勘太郎は入団した直後から、山田王求のことを、「天才」と言った。茶化しているわけでも、お世辞を言うのでもない。

「じゃあ、何をがんばれ、って言うんですか」

「何でもだよ。でも、おまえ、明日、敬遠ばっかりだったらどうしようか、とか思わねえのか？　例によって、また邪魔されるんじゃねえかって」

どうでしょうね、と山田王求は淡々と返事をする。どちらでも良かった。天気と同じだ、と思った。旅行に行く日の天候が、晴れなのか雨なのかはコントロールできない。どうにもならないことを鬱々と悩み、天気予報に一喜一憂するくらいであれば、どんな天気であっても受け入れて、雨が降れば傘を差し、晴れたなら薄着をしていこう、と構えているほうがよほどいい。

「天気と野球が一緒なのかよ」

「昔、俺の親が言っていたんですよ。打席も天気も一緒だって」

「いい親御さんだよな」服部勘太郎はビールの入ったグラスを傾け、飲み干す。隣にいる三田村博樹に、「な」と同意を求めるが、三田村博樹はさすがに、殺人を犯した父親をいい親だとは素直に認められないのか返事はしなかった。いい親です、と山田王求がうなずいてみせる。

どっちに賭けてるんですか、と山田王求は質問をぶつけた。服部勘太郎が大のギャンブル好きで、法的に認められていない賭け事にも手を出していることは知っていた。そして、以前のことは分からないが、山田王求が入団後は、安打を打つかどうか、本塁打を放つかどうか、三振をするかどうか、記録を作るかどうか、とさまざまなことを対象とし、親しい仲間と賭けをしている。山田王求はそのことを嫌とも良いとも感じなかった。好きにすればいいと思った。

「俺はもちろん、おまえがホームランを打つほうに賭けてるんだ」服部勘太郎はそう言って笑うが、真実を口にしているかどうか、はっきりしない。三田村博樹の顔を窺う(うかが)と、彼は彼でいつも通りの、秘書然とした生真面目(きまじめ)な顔のまま、箸を動かしている。この男たちはホモセクシャルというわけでもないだろうに、長年連れ添った夫婦のように見える、と山田王求は感じた。「がんばれよ、って言うためだけに、呼んだんですか？」

「たまに、おまえの顔を見たくなることがあるんだよな。それに、この間、ふと思ったんだけどよ」と服部勘太郎が目を輝かせた。山田王求はその表情を見ながら、あの、木下哲二の孫が、「いいこと思いついたんだけど」と言う時の顔と似ていると気づいた。子供がそう宣言した後で発するアイディアは、いつだって、それほどいいことではない。

「王求、おまえ、ベイブ・ルースって知ってるか？　知ってるよな。アメリカの」

さすがに名前くらいは知っていた。

「あのベイブ・ルースは予告ホームランってのをやってたって言うだろ。スタンドを指差して、で、本当に打球をそこに打ち込んだ」

「まあ、神話みたいなものだと思いますけどね」三田村博樹が口を開いた。「ちょっとした話に尾ひれがついて、そうなったのかもしれないですよ。信憑性はあまりないような」

「いいんだよ、それはそれで。なあ」服部勘太郎は機嫌良く、山田王求を見る。「夢があるじゃないか。予告ホームランってのは」

山田王求は首を捻る。予告してホームランを打つことに、どういう夢を重ね合わせればいいのだ、と思った。

「有言実行ってのは、人を惹き付けるんだよ。だから」服部勘太郎がそこで言葉を止める。結論を焦らす演出ではなく、単に、むせただけのようで咳払いを何度か、しつこくやった。彼がどう続けるつもりだったのかは聞かずとも分かった。隣の三田村博樹も同様だったらしく、「そんなことを今、やったら、非難囂々ですよ。スタンドを指差して、ホームランを予告するなんて、投手や相手チームを侮辱してますしね。やりすぎですよ」と言った。社長の失言や暴挙に狼狽するというよりは、もっと淡々と、諦めと慣れを浮かべた独り言のようだった。服部勘太郎は平然としたもので、「問題ないだろう、そういう意味では」と自分の肩を自分で揉むようにした。「王求はもとから、非難囂々じゃないか」

山田王求はまっすぐに、服部勘太郎を見据えたまま、そうですね、と応える。実際、そうなのだから否定するつもりもなかった。雨が土砂降りであるのに、「雨なんて降ってない」と言い張るよりも、豪雨を認めた上で雨具を身に着ければいいのだ。「でも、予告ホームランなんてやりませんよ」と念を押すようにし、卓上にある湯呑みに口をつける。すでにお茶はなくなっていたが、傾けて、その残った滴を舌に落とした。

「たとえば、いくら払うと言ったら、やる？」

山田王求はきょとんとする。「予告ホームランを？」

「そうだ。百万やると言ったら、やるか？」

王求は首を横に振る。服部勘太郎はもともとそれを予想していたかのように、「やらなかったら、首にするって言ったら、どうすんだよ」と言いかけた。が、途中で質問を変えた。「予告ホームランじゃつまらねえな。そうだ、もし、三振しなかったら首にする、と言ったらどうするんだ、おまえは」

「わざと三振しろってことですか？」

「もし、だよ。もし、そう命令したらどうする」

「賭けの話ですか？」

「そうじゃねえよ。もしも、の話だ」

山田王求はあまり悩まなかった。分からない、と正直に答えた。やるかもしれないし、やらないかもしれない。望まないことをやらされるのは腹立たしく、抵抗を感じずにはいられないが、首になり野球ができなくなっては元も子もない。プロの力を知った今となっては、素人の中で野球をやることは物足りないに決まっていた。三振くらいならやっても構わないと思うかもしれない。

「三振したら、おまえの親父を釈放してやるとか言ったらどうする？」

「いったい、何の話なんですか」

「たとえば、だよ。おまえがどういう気持ちで野球をやってるのかさっぱり分からねえからな。おまえにとって、野球がどれだけ大事なのか把握できねえから、訊いてみたくなっただけだ」

そんなこと俺にも分からないですよ、と山田王求は答え、腕時計に目をやり、「そろそろ、いいですか」と口に出した。「母と会う予定なんです」

「なあ、王求、明日の打席で、ストライクゾーンに球が飛んでくると思うか？　新記録達成間近のおまえに」服部勘太郎は座ったままだった。山田王求は首を傾げる。天気予報はできない、と答えようとした。すると服部勘太郎が、「飛んでくるぞ。ストライクに。豪快に打って記録出せよ」と豪快に笑う。

山田桐子が、「また、大きくなった?」と言った。仙醍市の市街地から少し離れた場所の、マンションだ。玄関のドアを開き、山田王求を迎え入れた山田桐子は、リビングに入ったところでじっと視線を向けてきた。息子である山田王求を上から下へ、眺める。

「背が伸びた?」

「筋肉はまだ、ついてきてるけど。大きくなったというほどじゃないよ」と言って、食卓に座る。テレビの正面の席だ。子供の頃からいつだって、山田王求はその場所で、食事を取った。常に正面から野球中継を観られるように、だ。テレビは昔から比べるとずいぶん、変わった。子供の頃はブラウン管の奥行きのあるものだったのが、だんだんと薄くなり、今ではただの板のようでもある。壁には床から天井までの書棚が設置され、ビデオテープやDVDをはじめ、映像が記録された媒体が並んでいる。野球の試合が録画されたものだ。山田王求が子供の頃から、その書棚には隙間がなかった。あれからずいぶん歳月も経っているが、どこにどう収納しているのか、まだ溢れた様子がない。

山田桐子が食卓の上のリモコンを操作する。テレビに映像が映ったのは予想通り、山田王求の出場した試合の映像だった。一年前の、東卿ジャイアンツとの三連戦の一回戦だ。すぐに分かった。マウンドに立つのは、エースナンバーをつけた大塚洋一だ。

仙醍キングスに入団し、プロの世界に入ってからというもの、山田王求はことあるごとに、大塚洋一と比べられた。有名野球選手の息子で、子供の頃から活躍してきた野球エリートの大塚洋一と、裏道も裏道、地下道から無理やり陽の当たる場所に出てきたような山田王求は対照的だったから、世間も対比することが楽しくて仕方がない、という様子だった。当然、天才ピッチャーと怪物バッターの対決を望む声は最初から多かったのだが、なかなか実現しなかった。実現しない理由は、試合スケジュールや、投手のローテーションなどさまざまな要因があったが、主には東卿ジャイアンツの、大塚洋一側の、都合によるものだった。彼らが山田王求との対決を避けていたのだ。メリットがないからだ。大塚洋一は新人であるにもかかわらず、知名度も実力も球界のトップクラスで、山田王求と対戦することで得るものは特にない。山田王求を打ち取り、完膚なきまでとはいかないまでも、有無を言わせない結果を出せば、大塚洋一の評価もさらに上がり、ファンも歓喜するだろうが、そうならない可能性もあった。それを東卿ジャイアンツは恐れていた。東卿ジャイアンツのオーナーと、大塚洋一の父でもある、大塚文太監督が、だ。彼らは山田王求の力を正しく認識していた。だからこそ脅威に思っていた。

「君を怖がってるんだよ」と、山田王求は、面識のあるスポーツ新聞の記者にそう言われたことがある。「そのことについて、どう思う？」と。山田王求は例によって、「別にどうも思いません」と応えた。

「大塚投手と対戦してみたくない？」

「分かりません」本当に分からなかった。記者としては、「すごい投手の球を打つのが楽しみで仕方がない」とでもいうような返事を期待していたのかもしれない。きっと、山田王求であればそう答えるのではないか、と想像していたのかもしれない。が、山田王求は素っ気なく、「分からない」を繰り返すだけだった。

　結局、対戦が実現したのは去年、プロ二年目のシーズン半ばになってからだった。その試合を録画した映像が、食卓の向かい側で流れている。

「いいピッチャーだけどね」山田桐子が缶ビールを持って、椅子に座る。どうして、これを観てたのか、と山田王求は訊ねた。

「特に意味はないわよ。王求の試合はしょっちゅう観てるし、今、たまたま、これを観てただけ」

　テレビの中の山田王求が体を回転させた。カメラは勢い良く飛ぶボールを追った。スタンドが映り、茫然と立ち尽くす大塚洋一が映り、ゆっくりと一塁ベースへ向かう山田王求が映る。

「これから、彼、スランプになっちゃったのよね」山田桐子は片肘をついた手を顎に当て、淡々と言った。同情はなく、あっさりとした物言いだった。

「ねえ、王求、明日、どう?」

　連続試合ホームランのことだ、と分かる。「どうだろう。でも」

「でも?」

「オーナーは、明日、ストライクゾーンに球が来るって言ってた。どうしてか分からないけど、自信満々だったな」

山田桐子は複雑な表情を見せた。おかしみを覚えているようだったが、同時に、疎ましさも浮かべた。「あのオーナーは胡散臭い」「あのオーナーは恩人だ」「あの恩人は可笑しい」といった思いが入り混じっている。「明日のチームの監督か、投手かキャッチャーか、誰かを買収したんじゃない？　ちゃんと勝負するようにって」

「俺のために？」

「たぶん、金でも賭けてるのよ」

かもしれない。それは山田王求も認めた。そして少年時代、両親が、王求を敬遠しないようにと相手チームの監督に金を渡していたのを思い出す。懐かしさと同時に、性交の後のような、切なさとむなしさのまざった思いが胸にせり上がった。テレビ台に載った、フォトスタンドに目が行く。小学生の時の山田王求がいた。バットを肩に担ぎ、胸を張り、立っている。山田亮と山田桐子が背後にいる。この人たちがいるから、と山田王求はふと、思う。俺は明日も野球をやるのだ、と。

「来た球を打てばいい。王求なら、できる」母の優しい声が、山田王求に届く。

この時点で、山田王求の野球人生が残り二年だとは、誰も想像していない。

二十二歳

木下純太は、「去年、あの時はどういう気持ちだったの」とおまえに言った。仙醍駅の西側、ファミリーレストランを取り壊しハンバーガーショップとなった店舗のテーブルで、だ。座席数が多い割に客は少ない。この店も来年には別の店になっているのではないか、とおまえは想像する。そして、小学校四年の木下純太のつるつるとした肌の顔面に、すっかり老いて、枯れ木のような佇まいとなった木下哲二の面影を見つけ、遺伝子の力について、素朴に感心した。「あの時とはどの時のこと？」とおまえは訊ねる。手元のコーヒーカップの取っ手に触れるが、口をつける気にはならない。せっかくのオフにどうして小学生と会っているのか、とおまえは自分でも不思議でならない。木下純太は長いスプーンを駆使し、壺のような容器に入ったアイスクリームをほじくっている。

「ほら、ホームランの新記録を出した時だよ」

そう言われてもおまえはどの時のことなのか、判断できなかった。ホームランの新記録であれば、去年、二つ更新した。つまり十試合連続本塁打と、六打席連続本塁打だ。

「打った時も、王求はいつも通り、むすっとしてるしさ。まあ、打って当然だとは思ったけど、まるで嬉しくないような感じだったから。感じ悪かったよ」

感じが悪かった、と言われることにも慣れたな、とおまえは思う。どうしてこうも、俺の人生は他人から見ると、総じて、感じが悪いのか、と考える。が、そのことを木下純太にぶつけても仕方がない。「嬉しかったよ。表情にあまり出ないだけなんだ」

実際には、嬉しい、という感覚はなかった。どちらの新記録を出した時も、というより、ホームランに限らず、たとえば一試合最多打点などの記録を出した時も含め、おまえは嬉しく思ったことなど一度もなかった。おまえ自身はそれを具体的な感覚として捉えられていないが、強いて言えば次のようにたとえることができるだろう。

ある朝、おまえが家を出て歩きはじめると遭遇する人遭遇する人、全員が、おまえの右手に握られているその欠片は何なのだと問いかけてくる。いったいどうして、と右手を見下ろし、ゆっくりと指を開けてみれば、中に、不恰好に切り取られた厚紙が入っている。いつから持っていたのかと思い出そうとするが分からない。それこそ生まれた時からずっと持ち歩いていたのではないかと慄くが、通りすがりの人間はその考えを笑う。おまえは、その厚紙の切れ端を捨てることができない。手に握ることはやめたものの、いつも持ち歩く。ポケットや鞄に入れて運び、引越しの際も捨てずにいた。時が過ぎ、おまえは成長し、老い、結婚をしてもしなくても、子供が誕生してもしなくても、とにかくある場所で道に迷う。近道を選んだつもりが奥へ奥へ、遠くへ遠くへと進んでいき、袋小路に突き当たる。正面の壁に巨大なパネルがはめ込まれている。老人たちがそれを眺め、誰かは杖を突き、別の誰かは座り込み、パネルをじっと見つめていた。それがジグソーパズルであり、中央部分に一箇所だけ空白があることに気づいたおまえは、唐突に、例の厚紙に思い至り、ぼんやりとしながらもそれを空白部分に押し付ける。するとかちりと厚紙がはまり、パズルが完成する。老人たちは喝采を上げることもなく、深くうなずき合い、それを見たおまえも胸を撫で下ろす。間に合ったと思い、自分の役割をこなすことができたと安堵する。ホームランを打つたびにおまえが感じる感覚は、そのような思いに近いはずだ。「間に合った」もしくは、「役割を果たした」だ。

「今の王求はどういう気持ちで野球をやっているの」と木下純太は訊ねてくる。「野球、楽しいの。つまらないの。ただの仕事なの？」

おまえは、木下純太がどうしてそのようなことを質問してくるのかが分からない。

「おじいちゃんがこないだ言ってたんだよ」

あのバッティングセンターの景色を思い出す。総合スーパーの駐車場の隣にある、場違いな柳の木が何本か立ち、それに隠れるようにして存在した、古いバッティングセンターだ。ネットが緑色だったせいか、受付から支柱から、看板からバット、飛び出してくるボールまでもが緑だったような印象がある。バットを振るおまえ自身の姿が蘇る。

球を投げてくる機械を見つめ、足を広げ、バットを構え、足と腰を回転させる。バットの芯がボールを捕らえる。鋭く飛ぶ打球の勢いに、自分の精神が引っ張られていくような感覚を覚える。自分の一部が、自分の立つ場所を越えて、一瞬にして遠くへと旅行するかのような、意識の跳躍とでも呼ぶべき、不思議なすがすがしさを感じる。いったい何球、打ったのか。何回、バットを振ったのか。おまえは当然、覚えていない。が、平安時代から生き続けるイチョウの木が複雑怪奇に幹を太くし、くねらせ、巨大に育っていく過程で、地面からの水や太陽の日差しを栄養としてきたのが明らかであるのと同じく、木下バッティングセンターの存在なくして、今のおまえはない。

「王求はもう、やることがなくなった王様みたいなもんだ」

「え？」おまえは急な言葉にはっとした。

「おじいちゃんが、そう言ってたんだよ。僕が、最近、王求がつまんなさそうに野球をやってる、って言ったんだ、そしたら、おじいちゃんがそう言った」

おまえは返事に困る。やることがなくなった王様、とはどういう状態を指すのか分からない。そもそも、王様にやるべき仕事があるのだろうか。

「もう王求は、記録とかそういうのにも興味がないんだろ？　というかさ、仙醍キングスにいる限り、チームの優勝とか勝利を楽しむことは難しいよね。年俸だってほかの球団に行けばもっともらえるのに」

その問いかけに対する答えは見つかった。が、口には出さない。説明をしても、理解を得られないと分かっていた。

恋人がおまえに、「ねえ、大丈夫なの？」と言ってくる。仙醍駅の西側、小さなホテルの一室、ダブルベッドの上でだ。おまえはすでに下着を穿いていたが、女は全裸のまだ。昼過ぎにホテルに来てから、おまえたちは無我夢中になって体を動かし合った。正確に言うなら、おまえは無我夢中というほどではなく、むしろ上の空だったのかもしれない。明らかに別のことを、夕方に訪れるべき病院のことと、そこで会う人物について考えていたからだ。女はシャワーを浴びた後、下着も穿かずに窓から景色を眺め、冷蔵庫を開けると勝手に飲み物を楽しみはじめた。肉付きのいい女の胸はとても大きく、飲み干す液体がそこに溜まり、水風船さながらに張りを作っていくようだ。大丈夫とはいったい何のことなのか、とおまえは訊ねる。そして同時に、どうして俺はこの女とここにいるのか、と疑問を感じる。おまえ自身にはっきりとした自覚はないが、実はおまえとこの女とは、価値観や生活のスタイル、性癖や食事の好みを含めて、何もかもが異なっている。交際がうまくいくはずがなく、おまえは無意識に、その歪みを感じ取っているはずだ。

「明日、試合でしょ。昼間からいちゃついてる場合じゃないんじゃないの」と女が言う。

おまえは目をしばたたく。「このやり取りを前にもしたような気がする」

女の表情が、ふわっと緩んだ。猫にも似た大きな目が細くなる。「デジャブってやつじゃない、それって。ねえねえ、興味深いね」と豊かな胸を揺らした。

女と初めて出会った時の、半年前の中華料理店のことを思い出す。シーズンオフ中のおまえは、突然仙醍市にやってきた大塚洋一をもてなすつもりで、その、高層階にある店を予約したのだ。夕食のコース料理を食べた。あの時のおまえの心にあったのは、罪悪感かそれとも同情だったのか、疎(うと)ましさなのか優越感なのか。もしくは、その全(すべ)てだったのか。大塚洋一は東卿ジャイアンツの投手だ。二年前の公式試合で、おまえと対戦し、完全に敗北した。誰の目から見ても明らかに格が違うことが露呈し、それ以降、調子を崩し、去年からは大半をファームで過ごしていた。その彼が、直接、おまえに連絡を取り、個人的な旅行で仙醍を訪れるから食事でも一緒にしないか、と言ってきた。

会ったはいいものの大塚洋一はほとんど喋(しゃべ)らなかった。おまえも話題を探そうとしなかった。展望が良い個室であったにもかかわらず、景色の話すらしなかった。無言で箸(はし)と口を動かす、二人の体格のいい男たちを店員たちは物珍しそうに眺めながら、皿を出し入れしていた。

「王求、おまえは、ちょっと異常だよ」白く、ふんわりとした、美しい女性の体を思わせるデザートが運ばれた頃、ようやく大塚洋一は口を開いた。おまえをちらっと眺め、視線を少し泳がせたかと思うと、泣き出しそうな顔つきで、「何で、来たんだよ」と言った。問われたおまえは顔を上げ、「来たのはおまえのほうじゃないか。仙醍にわざわざ新幹線でやってきた」と訊き返した。大塚洋一はかぶりを振る。「来たというのは、プロに来た、という意味か」とおまえは訊ねた。それとも、どうしてセ・リーグに来たのか、という意味か、と。すると大塚洋一は大きく溜め息をつくと、「そうじゃない。どうして、この世におまえが来たんだ、という意味だ」と言った。「どうして、俺と同じ世代におまえなんかがいるんだ」

「そこまでは知らない」とおまえは答える。

「宇宙に帰れよ。そうじゃなかったら、魔界に」大塚洋一は続け、今度は明らかに冗談だと分かるように、歯を見せ、そこでおまえもようやく、笑みを見せた。大塚洋一が会いに来た理由が、おまえは最後まで分からなかった。真相を簡単に話せば、彼は自分の能力に限界を感じていたのだ。父親であり、東卿ジャイアンツの監督でもある大塚文太の存在が重荷でもあった。だから、プロ野球界から逃げ出そうと考えていたのだ。もちろん、大塚洋一にも人並みならぬ才能はある。おまえのような選手と比較することをやめ、別の球団で活動する、という選択肢もあった。が、それを選択できないところが、大塚洋一の弱さに違いない。引退したいが、その方法が分からず、何か不謹慎な事件でも起こして、強制的に野球人生を終わらせるべきではないか、と強迫観念に襲われていた。危機感を覚えた大塚洋一はそこで、自分のスランプの原因であるおまえに会おうと考えた。そうすれば、精神が落ち着くのかと思い、だから、仙醍までやってきたのだ。三年後、大塚洋一は東卿の繁華街で酔い潰《つぶ》れ、そこを体格のいい女子プロレスラーに介抱されたのをきっかけに、野球界から引退し、女子プロレスのマネージャーとして生きていくことになるのだが、もちろんおまえは知るはずがない。

それに今ここで述べるべきは、その話題ではない。女の話だ。その時の中華料理店で働き、おまえが会計をした際に応対していたのが、今、おまえがベッドで抱き合ったその女だ。女は長い髪を後ろで結び、化粧の薄い顔をしていたが、おまえは瞬間的に、親しみを感じた。財布を触っていた手をはっと止めて、しみじみ眺めてしまうほどだった。頭を過《よぎ》ったのは十代の頃に交際していた関口美登里のことだ。交際とは呼べぬほどの、幼い付き合いだったことはおまえも分かっていて、思い出すこともめったになかったのだが、中華料理店のその女と向き合った時、記憶がどっと溢《あふ》れ出した。おまえは、その女に親近感を覚え、自分の電話番号を相手に手渡し、「今度、食事でも一緒にしないか」と誘っていた。「中華料理とか」と付け加えると、女は噴き出し、大きな声で、「中華料理屋にいいお店なんてあるの？　どこかいいお店教えて」と声を高くした。そして、その会話を、ちょうど通りかかったオーナーに聞き咎《とが》められ、女はバイトを辞めさせられることとなった。そんなことでバイトを辞めさせるオーナーもオーナーだったが、勢いに任せて、女と付き合いはじめたおまえもおまえだ。

「ねえ、明日の記録って何だっけ」全裸のまま、ベッドに腰を下ろした女はそのマットレスのスプリングの弾み具合を楽しむようにしている。それに合わせ、胸がゆらりゆらりと動く。「十試合連続ホームランだっけ？　何だっけ」

「明日、ホームランを打てば十一試合連続」

「それって凄い記録なの？」

「新しい記録ではあるけど、だからと言って、何かが変わるわけでもない」

「でも、誰かが喜ぶわけでしょ」女は言う。おまえも察しているだろうが、この女は、翌日おまえが新記録を出したところで喜びはしないだろう。記録を更新することで、特別ボーナスでも出ないだろうか、と考えてはいる。もし出るのなら自分の買い物に良い影響を与えないか、と期待してはいる。が、一方で、ボーナスなど出るわけがないな、と分かってもいた。球団や試合の話などほとんど知らない女も、仙醍キングス監督の駒込良和がおまえを嫌っていることくらいは感づいていた。

「たぶん、敬遠されるだろう」おまえは枕に頭を落とし、天井を眺めた。「明日はまともな球は来ない」

「何で分かるの。ねえ、何で何で」

「昔からそうだったんだ。ストライクゾーンに球が来ることなんてめったにない。だから俺はその、めったに来ない瞬間を息を潜めて、真剣に待っているしかないんだ」
「あ、でも、それってさ」
「武術の居合いみたいだろ」おまえは、それと似た言葉を以前、誰かに言われたような気がしてならなかった。

倉知巳緒がおまえに、「ホームランで、わたしを救ってみたら」と言った。冗談を口にするというよりは、挑発的な物言いだ。おまえは、その女のことを懐かしいとは感じなかった。別れてからほぼ一年が経っていたが、あまりに彼女の顔つきが変貌していたため、過去に肉体関係のあった女性と再会したというよりは、初対面の女性に無遠慮に話しかけられている気分だったからだ。倉知巳緒はベッドから上半身を起こし、左手に接続されている点滴の管を、扱いに慣れている者だからこそできるような、ぞんざいなやり方で横にどかした。

倉知巳緒はとても痩せていた。おまえと会っていた頃も細身だったが、今は頬がこけ、顎が尖り、目が窪み、体の肉が削り取られたような痛々しさに満ちている。おまえは、薄膜のかかったぼんやりとした夢を眺めるように、彼女を見ていた。倉知巳緒からは前日にメールが届いた。久しぶり、の挨拶もなく、「病院にいるから見舞いに来たら」とあった。去年、連続試合本塁打の新記録を達成し、少し経った頃、倉知巳緒は唐突に別れ話を持ち出してきたが、それ以来まったく音沙汰がなかった。唐突な連絡に対し、おまえは警戒した。病院にいると言っても、風邪か骨折のようなもので、その入院費が払えず、金を無心してくるのかと想像してみた。が、文面には、「縁の病なのよ」とも書かれていた。

「『不治』の病って書くと悲劇っぽいけど、『縁』だと崖っ縁みたいでいいでしょ。まだ、がんばってる感じがするじゃん。往生際が悪いの」ベッドに起き上がる倉知巳緒は洟を何度かウェットティッシュでかみながら、言った。おまえは病名を確かめなかったし、彼女も言おうとしなかった。ただ、「あなたにも感染してるような、そういう病気じゃないから安心していいよ。これはわたしの中で起きて、わたしの中で終わっていく闘いだから」と倉知巳緒は唇を震わせた。

　倉知巳緒はもともと、名伍屋に住んでいて、おまえと親しくなるために仙醍に来た。だから、どうして仙醍の病院に入院しているのか、とおまえは訝ったが、単に彼女の病の専門家が仙醍の病院の医師であるため名伍屋からまた、仙醍にやってきたのだ。倉知巳緒は、病室の窓から射し込む、淡い情熱の名残りとでも呼べるような夕焼けを見つめ、「仙醍に来たら、王求がどうしてるのか気になるでしょ。それで、メールしたの」と言う。おまえは立ったまま、やはりその夕焼けに視線をやった。かすれた雲が薄い赤で滲んでいる。頭に立ち昇ってくるのは、少年の頃にバットを振っていた公園の光景だ。素振り返しているうちにゆっくりと日が傾き、空が赤らみ、暗くなっていった。自分がバットを振らなければ、夕闇すら来ないのではないかと思う瞬間もあった。「野球のこと、考えてるでしょ」と倉知巳緒に言われ、我に返る。「久々に会った、昔の恋人が病で苦しんでるのに、君は野球のことを考えている」

倉知巳緒は恋人だったのか、とおまえはぼんやりと考える。性交渉はあったが精神的なつながりもあったのか、と。そして、つい先ほどまでベッドで一緒にいた女と、倉知巳緒を比べ、似ている部分もあるが、似ていないところも多い、と考えた。倉知巳緒は流れの速い川のようだが、今の女は沼のようだ、と妙なことを思う。

「この間、本を読んでいたら面白いのが載ってたのよ。『お祈りと妊娠の間に関係があるのか』っていう記事」

おまえは、骨が浮かび上がるほどに痩せ細った倉知巳緒が喋るのを、黙って聞く。

「何年か前に発表されたのよ。コロンビアかどこかの大学の医学部の研究らしいんだけどね。いい、眉に唾をつけて聞いて」倉知巳緒はどこまで本気なのかそう前置きをして、話をはじめた。ソウルのある病院で、体外受精治療を受けた二百十九人の女性を対象にした実験のことだ。女性たちは二つのグループにこっそり分けられた。「片方はね、他者からのお祈りを受けるグループで、もう半分は、お祈りを受けないグループだったんだって」

「お祈りを受ける？」

「そう。その対象となった女性の写真をね、アメリカとかカナダとかオーストラリアに住む人に送って、お祈りをしてもらうわけ。このお祈りの中身も面白いんだけど、それは省くわ。まあ、ようするに、『この女性が妊娠しますように』というお祈りね。で、当然だけど、この対象となった女性たちもお医者さんたちも、この実験のことは知らなかったの」

「医者も知らなかったのか。でも、何のためにそんな実験をしたんだ」

「テレパシーみたいなのが実在するかどうか知りたかったんじゃない？」倉知巳緒は肩をすくめ、指に唾をつけ、念入りに眉にこすりつける仕草をした。「その結果が凄いのよ。お祈りを受けたグループは、受けなかったグループに比べて、妊娠の率が倍近かったんだって」

おまえはまばたきをし、答えに困る。一笑に付すつもりはなかったが、倉知巳緒はこのような話を信じる人間だったか、そんな兆候はあっただろうか、と考えてしまった。

「わたしも半信半疑だし、その結果が本当に正しいものと受け止めていいのかどうかは分かんないけど、お祈りには何か効果があってもいいような気はするの」

「前からそうだった？」前から君はそういう人間だったのか、と訊ねる。

「変わったのよ」倉知巳緒は力強く言う。「つい最近、変わったの。そういうことを信じようと思いはじめたの。終わりに来て。だから君も、わたしのことをお祈りしてよ」

「お祈りなんてしたことがない」

「わたしの病気が治るようにお祈りしながら、ホームランをばんばん打ってみせてよ」

まさにこのことを言いたいがために、倉知巳緒はおまえを呼んだのだ。「わたし、テレビで観てるから。君が、わたしのためにホームランを打ってくれたら良くなる気がするじゃない」

俺は、とおまえは答える。誰かのためにホームランを打ったりはしないのだ、と。

いいじゃないベイブ・ルースみたいにさ、打ってよ。予告ホームランでもいいから、わたしのために。

祈りとは予告してからやるものなのか、とおまえは言う。冗談のつもりではなかったが、倉知巳緒は嬉しそうに声を立てた。それから、少し疲れたわ、と横になり、掛け布団を引っ張り上げる。瞼を閉じ、おまえがいるにもかかわらず、眠ってしまいそうだった。唇だけが動いた。「今のわたしはツーストライクで追い込まれちゃってる感じなんだよね。もうね、ファウルで粘ってるの。何回も何回もバットを振って、どうにか三振を先延ばしにしてるわけ。もういい加減疲れたけど、終わりにするわけにもいかないからね。粘るわよ、ファウルファウルファウルで」

おまえは、倉知巳緒の病について、その治療については何も知らないため、ただ、点滴の管を見やり、脇に置かれたウェットティッシュを眺めるだけだ。布団の白さが、彼女の顔色の白さにまざり、光り、周辺はぼやけていく。

「粘って粘って。倉知選手、またファウル。しつこいですね。ピッチャーも疲れてきたんじゃないですかね」倉知巳緒は目を閉じたまま、架空の実況中継をするようだった。

おまえは表情を崩さず、「ボールをよく見て」とつぶやいた。

三田村博樹が、「明日はどうなるんだろうな」と言った。仙醍市の繁華街、古いビルの最上階にあるダイニングバーの個室だ。夕方に差し掛かる時間帯で営業時間ではないのだが、店のオーナーが融通を利かせてくれた。オーナーが、おまえのファンなのだ。広々とした座敷で、テーブルは六人が座っても余裕があるような大きさだったが、いるのはおまえと、仙醍キングスのオーナーである三田村博樹だけだ。半年前、仙醍キングスのオーナーだった服部勘太郎が、仙醍駅構内のトイレで、背中から刺されて死亡してからというもの、三田村博樹は急造オーナーとして奮闘していた。「もともと服部勘太郎は何もしないオーナーだったので、私もそれほどやることはないんですよ」と表向きは言ったが、不慣れな役回りに、苦労は多い。おまえは、三田村博樹のことを嫌いではなかったが、好きでもない。服部勘太郎は破天荒な上に図太く、突飛な発想をした。だから、共通の言語では会話ができないようなもどかしさはあるものの、魅力はあった。

一方の三田村博樹とは会話が成立する。が、それは真面目な会社員と事務的な話をするだけのような、味気ない交流でしかない。

「どうなるんだろう、とはどういう意味ですか」おまえは訊ねる。

「記録だよ。ホームランの」

「三田村さんも賭けてるんですか？」

三田村博樹は怒らず、「私にはそんな度胸はないし、賭ける金もない」と認めた。白髪頭を後ろに撫で付けた、丸顔の三田村博樹のそういった反応は、威圧感のない好感の持てるものだったが、おまえは物足りなさを覚えた。猛獣たちが集う檻の中にやってきた草食動物に、どう接するべきか悩んでしまう感覚がある。「それに、賭け事で死ぬのは真っ平だよ。スリルというのは、死なないから楽しめるんだ。死んじゃったら、スリルどころじゃない」

おまえはそこで、三田村博樹が、前オーナーの死をただの通り魔事件ではなく、賭け事のトラブルの延長だと見なしていることに気づいた。そうなんですか？ おまえは具体的なことは述べず、ただそう訊ねた。三田村博樹は、おまえの言わんとすることは理解できた。「たぶん、そうだ」と生真面目な表情でうなずく。「恨みを買ったんだ」

そのことにおまえは別段、驚きを感じない。服部勘太郎は、仙醍市の一流企業、服部製菓の三代目で、金には困らず、奔放に、自由気儘な人生を送っていた。直感力に優れ、運に強く、冷徹で狡猾な部分もあった。恨みを買うことは日常茶飯事だったはずだ。

「王求、おまえも一応、気をつけておけよ」三田村博樹がそう言うので、おまえは眉を動かす。どういう意味合いなのか分からない。

「最近、噂が耳に入った。前オーナーを殺害した者たちは、昨シーズンの試合が原因で怒ったらしいんだ」

おまえは、者たち、と複数形で呼ばれる存在を思い描いてみようとするが失敗する。黒々とした影が見えるだけだ。目の前のテーブルでゆらゆらと揺らぐ、急須から昇る湯気の動きを眺める。

「めったに起きないことが起きた時、それに賭けてた人間が儲かる。賭けとはそういうものだ。梅雨の時季に晴れを予想したり、子供が格闘家に腕相撲で勝つのを言い当てたりした場合だ。野球で言えば、たとえば山田王求が」

「三振するとか？」おまえは察しよく、正解を口にする。その通りだ、と三田村博樹が答える。「おまえが三振したら儲かる人間がいたんだ。三振に賭けた人間がいたわけだ。もちろんおまえが三振することはほとんどない。放っておいたら、当たるわけがない。だからその者たちは、前オーナーに頼んだわけだ。山田王求に三振させろ、と」

おまえは首を捻る。頼まれませんでしたよ、と正直に言う。記憶になかった。

「頼まなかったから、前オーナーは刺された」

「そうなんですか?」

「そういう噂を聞いた。私も初耳だった。逆ならあった。おまえが敬遠されないように、相手投手に働きかけることなら、あのオーナーは何度かやった。ただ、おまえに三振させる話は知らないんだ。何かに負けた人間が、悔しさと憤りをぶつける相手を必死に探し出そうとすることはよくある。言いがかりでも、逆恨みでも」

つまり、おまえも恨まれている可能性がある。くれぐれも気をつけろ。それが言いたくて、三田村博樹は、おまえを呼び出した。誰も彼もが、おまえに何かを告げたくて、おまえを呼び寄せる。気をつけろ、と言われたところでどうして良いのか分からない、とおまえが話すと、彼は平然としていた。「いいんだ、それでも。私は、おまえに、気をつけろ、と助言した。少なくとも、助言はしたんだ。だから、後で何が起きても、私の受ける罪悪感は軽くなる」

おまえの母親が、「また、大きくなった?」と言う。仙醍駅の西口アーケード通りをまっすぐに進み、大通りを一つ越えたエリアの角、ビルの地下にあるレストランだった。待ち合わせの時間に遅れて現われ、椅子に座る前にジャケットを脱いでいるおまえを、おまえの母親が見上げてきた。

「筋肉はまだ、ついてきてるけど。大きくなったというほどじゃないよ」おまえは座った。横から女性店員がすっと手を伸ばし、メニューを置く。グラスに水を注ぐ。照明の明るさは意図的に抑えられ、客たちの表情には意味ありげな暗さが漂っている。「ここはね、お父さんと昔、何度か来たのよ。結婚指輪をもらったのも確かこのお店だった気がする。その時のテーブルはどこだったかな」とおまえの母は嬉しそうに周囲を見渡す。おまえは、初めてそれを聞いたかのような反応を浮かべる。

コース料理の前菜が運ばれ、淡い色のテリーヌをフォークで一刺しし、口に放り込む。やがて、おまえの母親が、「お父さん、元気そうだったわよ」と言う。二日前、刑務所へと面会に行った時の話をするのだ。透明の板を間に挟んではいるものの、おまえの両親は自宅マンションのダイニングテーブルで向き合うような感覚で、会話を交わした。おまえの父親は、おまえの活躍を聞き、目を細める。おまえがシーズン中に出した記録や、現在の打率、打点について確認をし、それを記憶し、頭にグラフを作る。「王求はすごいな」とおまえの父親はとても嬉しそうに微笑む。

おまえはこう心配した。母親は自分を安心させるために父親の状態を、現実以上に好ましく伝えてきているのではないか、と。だからおまえは、報告をそのまま真に受けるべきではないと考えている。が、実際に、おまえの父親は刑務所で不快な思いはしていない。快適に、愉快な生活を送っているとは言えないが、苦痛に満ち、精神が磨耗しているわけではない。心配は無用だ。

肉料理の皿が空き、デザートが運ばれてくるまでの間に、おまえの母親は席を立った。店員にトイレの場所を確認し、「何度も来てるのに、覚えないわね」と苦笑し、歩いていった。年は取ったものの、手足はもとより、首も長く、細い体は昔のままだ。おまえはその背中を見送る。

おまえはしばらくそこで、グラスの水で舌を湿らすようにしながら、店内に目をやった。そして、左前方のカウンター席に座る男に視線を留める。

「ついにこの時が来たか」とおまえは、その男の着ているユニフォームを見つめながら、思った。驚きはなく、確かに鼓動が一瞬、強くなったものの、唾を飲み込み、覚悟を胃に流し込むと、落ち着きが戻った。気取ったムードに満ちたレストランに、その、泥だらけのユニフォームは明らかに異質だったが、誰も気にかけない。ユニフォームはおまえに馴染(なじ)みがあるもので、その背中にある背番号「5」にも見覚えがある。数字の上にある、「NAGUMO」というローマ字を確認し、おまえはすっくと立った。まっすぐにカウンターに近づき、そのユニフォームの男の横に腰を下ろすと、「いつも、気にかけてくれてありがとうございます」と言った。

急に礼を言われたユニフォームの男、南雲慎平太は、すなわち私は、「こちらこそ、いつも覗(のぞ)き見ているようで申し訳ないね」と答えた。おまえは、こちらを見なかった。だから、おまえと私は二人で同じ方向を眺め、カウンターに座っているだけだ。

「子供の頃、時々、見かけました」とおまえは言う。「はじめは父親が隠れて、俺を見守っているのかと思ったり、どこかのスカウトかとも思ったけれど」

「私が、誰か分かったのかい」

おまえはそこで、噴き出した。びっくりするほど、愉快げな表情だった。心の底からくすぐったい思いがせり上がり、口と鼻から飛び出したように見えた。私は、おまえのそんな笑い方を初めて、見た。「だって、背中にでかでかと名前が書いてありますよ、ユニフォーム」と言い、NAGUMOと読んだ。

「私が死んだ日に、君は生まれたんだ」

「父と母はそのことにとてもこだわっていますよ」

「迷惑かけるね」

おまえは答えなかった。おまえが何を思ったのか、はっきりとは把握できない。

「人生はどうだい。野球は楽しいかい」

おまえはやはり、何も言わなかった。ただ、小さくうなずいたのは分かる。おまえが何を思ったのか、今度は、察することができた。

「野球は楽しい」きっとそれだ。

あと一年だ、と告げた。

二十三歳

売店には客がいなかった。というよりも、通路付近一帯が閑散としている。木下哲二がビールと、孫のためのオレンジジュースを頼むと、店員の若い男性が物好きな人間でも見るかのような目を向けてきた。述べたいことは分かる。こんな大事な場面によくグラウンドから目を離せますね、とそんなところだろう。売店付近に人がいないのは、観客が少ないからではない。誰もが席から立ち上がらず、夢中で観戦しているためだ。店の脇に設置された小さな薄型テレビで試合状況は把握できるものの、やはり、生で見なくては球場にいる意味がない。

大きな音が背後から、わっと聞こえた。見えない波が岩場にぶつかり、勢いよく跳ね上がるような、そんな圧力を感じた。木下哲二は身動きが取れない。その途端、老朽化した建物の一室で、自分が短い袖のシャツとジャージを穿いている気分になった。運動着への着替えにもたついていたところを、後ろから体育教師に、「木下！」と怒鳴られた小学生の頃の記憶が浮かび上がったのだ。年を取り、誰かに叱責されることなどなくなって久しいが、今はまさに巨大な者に大声で叱責されたような、そんな感覚に襲われていた。それが、観客席からの声だともなかなか気づかないほどだ。両手で持ったコップ二つをよくぞ落とさなかった、と自らに感心する。店員が気を利かせ、紙製のトレイを寄越してくれたので、それを受け取り振り返ると、内野に立つ鉄塔、その照明設備が、黒い空を背景に煌々と光っていた。グラウンドは観客席の谷の底にあるのだから、こちらから投手や打者の状況は見えない。どよめきやざわつきがスタンドから立ち昇っている気配に満ち、特別な事態となっているのは明らかだった。

球場には熱気が満ちている。観客の誰もが目を輝かせ、興奮し、鼓動を速くしている。試合の前半からすでに興奮はあったが、先ほどの九回表、山田王求の素晴らしい守備がそれに拍車をかけたのだろう。レフトスタンドに飛び込むように見えた飛球を、山田王求は跳躍しながらキャッチし、タッチアップした三塁ランナーを高速送球で刺した。山田王求はレフトのフェンスに衝突したせいか、筋を痛めたようで、九回裏がはじまる前に一度、ベンチ裏に引っ込んだ。そして、簡単な応急処置を受けると、再び現われた。観客は興奮し、心配し、喝采したわけだ。何かが起こるに違いない、とそこにいる全員が、確信に近いものを抱いていた。

木下哲二は、売店横の薄型テレビの存在を思い出し、視線を向けた。画面の手前に東卿ジャイアンツの投手宮田のエースナンバーが見える。奥側が、バックネットだ。こちらに身体を向け、主審と捕手が立っている。彼らの視線は、横を向いていた。左バッターボックスで転がる、仙醍キングスの打者を心配そうに見下ろしているのだ。どうして、打者が寝転がっているのか。死球でも当たったのか、と思いながら木下哲二は一歩ずつ、階段を降りた。グラウンドの芝の穏やかな緑と、薄い茶の土が眼下に広がる。それを囲む、観客席の人々の頭は、無数の砂利のようでもあった。グラウンドを見守る、粒の大きな白や黒の石だ。半年前から車椅子なしでも歩けるようになったが、どうしても歩行はゆっくりにならざるをえない。そのことがもどかしかった。

王求、何で倒れているんだ？　と思った。

当たったと思ったにもかかわらず、手応えがなく、空気が揺れる空しい音だけが響いた。悔しさに奥歯を嚙む。捕手のミットに収まった硬球の音が苛立たしくて仕方がない。力の差を嘲笑するような音じゃないか。マウンドの宮田は相変わらず無表情で、そのことが俺はさらに腹立たしい。スタンドからの溜め息が聞こえた。どよめきと言うべきか、悲しみの固まりと言うべきか、大きな声がする。球場は満員ではない。ただ、半分以上は埋まっているんだろう。一万数千人はいるんじゃないだろうか。うちのチームの試合としては、びっくりするくらいの観客数だ。その一万数千人の落胆が、液状になって、グラウンドに溢れ、スパイクのところまで達するんじゃないかと怖くなる。観客たちの嘆きの意味は分かった。九回の裏、ツーアウト、ここで俺がアウトになれば試合は五点差のまま、終了だ。けれど、観客は仙醍キングスの敗北を悲嘆しているわけではない。当たり前だ。ここ数年では最速のペースでリーグ優勝を決めた東卿ジャイアンツと、奇跡的な奮闘を見せて、どうにか四位を確保したうちのチームとでは力の差は明白で、いくら最終戦とはいえ、最終回で五点差を逆転できると考えるほど、うちのチームのファンは楽観的ではない。期待を裏切られることには慣れているはずだ。彼らが残念そうに息を洩らしたのは、ネクストバッターズサークルにいる男のために他ならない。あと一打席、最終戦で、最後の打席があの男に巡ってこないかと、待っている。ここで山田王求の出番が来ないとは誰一人として疑っていないかのようだ。つまり、そのためには俺が出塁するのが前提で、彼らは当然のように、俺がその使命を果たすのだと思い込んでいる。三振でもした暁には、一万数千の観客たちが雪崩れ込んでくるのではないだろうか。バットを持ち直したところで、脚が震えていることに気づいた。これじゃあ打てるわけがないよ、と笑いたくなる。顔を上げる。投手の宮田が見える。顔に余裕がないのは、もちろん、ネクストバッターズサークルの、山田王求のことを考えているからだろう。九割方、勝利の決まったこの試合に、エースの宮田が依然としてマウンドにいる理由も同じで、山田王求がいるからだ。あの男にホームランを打たせるわけにはいかない、と考える東卿ジャイアンツの意地に違いない。何としても山田王求に打席を回すなよ、と指示でも受けているのだろうか、宮田の目つきは、真剣勝負のそれだ。こいつは無理だな、と俺は顔をゆがめる。全チームの中で、今年最も活躍した投手とも言える宮田に、三番バッターとはいえ、打率二割七分の俺がどうやって勝てるって言うんだよ。運よく、ボールが先行して、四球でも狙えねえかなと思ったけれど、ツーストライクノーボール、もう万事休すじゃないか。「何ぶつぶつ言ってんだよ、栗田ちゃん」と声をかけられ、はっとする。捕手の菅井がマスクの向こうから、見上げている。「念仏唱えてたんだよ」と俺は苦笑まじりに応える。

「悪いけどおまえで今シーズンは終わり。あいつには回らないよ」菅井が言ってくる。逃げて終わりかよ、と俺は言ったが、菅井には聞こえなかったようだ。聞こえたが、無視したのかもしれない。そりゃ逃げたくもなるよな、と思わなくもない。今、あのサークルでしゃがんでいるのは、ここ三試合、四球を除いてはすべての打席でホームランを打っている男なのだ。この試合もすでに、二本のホームランを放った。しかも、最近のあの男は、ホームランを打つ前には右腕を伸ばし、スタンドを突き刺すように指を向けた。本人はそのことに説明を加えないが、あれは明らかに予告ホームランの作法だ。観客は喜び、俺たちチームメイトは驚き、東卿ジャイアンツの投手、野手、首脳陣は不快感を示した。昨日は、東卿ジャイアンツのオーナーが、「対戦チームへの敬意が感じられない。侮辱している」と異例のコメントを発することになったが、ファンが喜んでいるのは間違いない。仙醍キングスのファン、ではない。野球ファンすべて、だ。東卿ジャイアンツのファンにしても、表面上は怒っているが、その騒動に興奮し、王求の打席を楽しみに待っている。マスコミは当然、大喜びだ。東卿ジャイアンツとしては、俺をアウトにして、山田王求から逃げ切りたいに決まっている。恐ろしい化け物がいたら、なりふり構わず逃げる。それは、生き残るための、基本的な選択で、恥じることではない。俺だって、できることならここから逃げ出したいくらいだ。息を吸い、長く吐く。主審にタイムをもらい、ロージンバッグを拾った。手につける。首を傾け、空を見上げる。黒くて、遠近感がなく、画用紙でも貼り付けただけのようだ。日が落ちた暗い時刻に、ライトで照らされただ広い敷地でバットを振ってお金をもらうなんて、妙な仕事だな、となぜかそんな思いが頭に浮かぶ。「絶対、塁に出るからよ」と声が聞こえた。え、と左右を見てしまう。捕手の菅井か、と見やるが、彼は訝るように、目を向けてくるだけだ。空耳か。打席に戻り、バットを構える。びっくりするほど真剣な目をした宮田が、前にいる。俺相手に本気出してどうするんだよ。振りかぶり、球が飛んでくる。バットを振る。ファウルとなった。ボールが当たったことに安堵する。次もファウルだった。タイミングがずれている。当たっただけでも奇跡だ、と俺は思った。「絶対、塁に出るからよ」とまた、声がし、ぎょっとする。誰だ？　誰の声が？　先ほどよりも、明瞭な声ではあった。「タイム」と打席を外し、一回二回と素振りをしてみる。誰の声なのかは分からない。ただ、幼く、真っ直ぐな純真さを思わせる声ではあった。塁に出るからよ、とヒロイズムすら滲ませているのが、微笑ましい。思春期の少年の暑苦しさだな、とそう思ったところで、自分の額が汗ばむのが分かった。まるで、ここにはいない何者かの熱気が、俺に重なるかのようだった。バットを揺らし、打席に戻る時、山田王求の姿が目に入った。あの、打席を待つ円の中で、下を向き、バットを杖のように構えて俯いている。先ほど九回の表の、山田王求の守備を思い出した。セカンドの俺の目からは、おそらくは他の誰の目からも、ホームランとなる打球に見えた。それをあの男は涼しい顔で、とてつもないジャンプを見せ、易々と捕ってみせた。しかもその際、フェンスに激突したにもかかわらず、動じることなく矢を射るかのような送球をした。この試合を動かす権利は、あの男だけが持っているのだ、と俺は感じた。いや、この試合だけではない。もっと大きなものを、あの男は左右する。おそらくは、意識せずとも球場にいる誰もがそう察していたはずだ。国を治める王の如く、支配権を握っている。そんな貫禄があった。「俺が塁に出たなら」と思った。「俺がもしここで塁に出たなら、次の、王求は必ずや本塁打を打つだろう」その思いはさらに広がり、「そのためにも、何としても塁に出なければ」と使命感が胸を満たした。

「おまえなら、王求に繋げられるぞ」と今度は、そんな声が耳の奥で響いた。誰だか分からないが、無責任に言い切るなよ、と可笑しくなった。足の震えは止まっていた。

おまえの母親は病室のテレビを観ている。個室病棟の東の端にあたる一室で、素っ気ない木製の椅子にクッションを載せ、座っていた。ベッドでは倉知巳緒が身体を起こし、やはり、画面を見つめている。電子音が鳴り、倉知巳緒は脇から体温計を引っ張り出すと、横で立っている看護師に手渡した。「三十七度ちょうどですね。倉知さん、食欲はどうですか？」「最近は少しずつ、食欲出てきました」「顔色もいいみたい」「お祈りが効いてるのかも」看護師はそれを冗談だと受け止め、歯を見せ、病室から出て行った。

「見たこともない顔をしてるわ」

「どうしたんですか、桐子さん」

「王求が」

「王求？」

おまえの母親が、倉知巳緒を見舞いに来るようになって半年近くが経った。はじめは、おまえが発した失言と、おまえの母親の勘違い、電話の行き違いがきっかけだったのだが、今となってはほぼ毎日、おまえの母親はこの病室で時間を過ごし、倉知巳緒とプロ野球のナイトゲームを観戦するようになっていた。当然ながら、おまえはその状況を知らない。医師や看護師もはじめのうちは、おまえの母親に警戒心を持っていたものの、次第に、熱心に看病する家族としか見なくなっていた。

「どこか変ですか？」と倉知巳緒は身を乗り出し、テレビを覗き込もうとする。東卿ジャイアンツの投手、宮田の背番号が見える。打席に立つ山田王求は、遠くに、小さく見える程度だ。左打席に立ち、頑強な岩のようなしっかりとした姿勢でバットを構える山田王求に妙なところは見当たらない。というよりも、顔などはっきりと把握できない。

倉知巳緒は、おまえの母親の横顔を、その真剣な面持ちを見る。普段は、明るく穏やかで表情豊かな、年齢の割にずっと若く見受けられるおまえの母親は、テレビでおまえを見つめる時だけは、尋常ならざる顔になる。魂の目のようなものを駆使し、おまえの一挙手一投足を確かめるかのような、形相になる。倉知巳緒もその表情をはじめて目にした時は、恐ろしさを感じ、ひるんでしまったが、だんだんと理解できるようになった。

倉知巳緒も、短期間とはいえ、おまえと時間を過ごしたことがあるのだ。おまえの、その、人並みはずれた精神力と威風の源泉が、この異常とも言える母親の関心、庇護にあるのだとすれば、それはさほど奇妙なこととは思えず、むしろ腑に落ちた。必要とあらば誰かの首を斬ることもためらわない、冷淡で神聖な王、それを支えるのは歴史の力強さ、引き継がれる血の力に違いない。倉知巳緒はそう思う。つまり、山田王求の威光を支えるのは、その親だ、と。先ほどの九回表のファインプレイの時も、レフトへボールが飛んだ瞬間、おまえの母親は、「ぶつかるけど、大丈夫。捕る」と独り言を発していた。まさに、おまえがフェンスにぶつかりその打球をキャッチするのを予言するかのようだったが、倉知巳緒はこう感じていた。母親が、「それ」を思ったから、山田王求は、「それ」ができたのだ。

小さなテレビの画面からも、球場の熱気が伝わってくる。異様な興奮が仙醍球場にはあり、その興奮が倉知巳緒たちのいる病室の空気も熱した。

「倉知さん、打席が回ってくると思った？」おまえの母親は画面を見つめたままだ。

「無理だと思いました」九回の裏、ツーアウトツーストライクまで追い込まれた三番打者の栗田が、まさか内野安打で出塁するとは、倉知巳緒も予想していなかった。タイムを取り、ロージンに触れ、おどおどと素振りをする様子はどこからどう見ても、浮き足立っていた。「桐子さんはどうですか？　打席が王求に回ると思っていました？」

おまえの母親は表情を変えない。意味のない質問だった、と倉知巳緒はすぐに反省した。聞かずとも分かることだ。おまえの母親からすれば、そこで、打席が回ってこないはずがないのだ。「そうなってるのよね」と達観とも諦観（ていかん）ともつかない言い方をする。

テレビから割れんばかりの歓声が聞こえてきた。病室に反響するかのようだ。打席に立ったおまえが、センター方向へ人差し指を伸ばす姿が、画面に映し出されている。カメラが切り替わり、おまえの上半身が拡大される。おまえの母親は無言で、おまえを見つめていたが、すぐに藪（やぶ）の中を確かめるかのように顔をしかめた。「やっぱり、少し変」

「顔色ですか？」倉知巳緒が訊（たず）ねたところで、投手の宮田が振りかぶる。

一塁に到着した栗田久人はといえば、自分の役割を果たした安堵で、放心状態となっている。リードを取ることもなく、一塁ベースにしゃがみ込み、信じがたいことではあるが、山田王求が本塁打を打つのを待つ観客の一人と化していた。

おまえが倒れた時、病室のおまえの母親と倉知巳緒は声を上げなかった。宮田の投げた球がストライクゾーンを外れ、おまえの頭部近くへと飛び、おまえはバットを横にし、それを避け、転んだ。場内は大きく、どよめく。倉知巳緒は息を呑んだものの、さほど驚きはしなかった。おまえに四球や死球はつきものだからだ。変だ、とおまえの母親が言って、ようやく心配になる。倒れたおまえが起き上がらない。

おまえはネクストバッターズサークルでしゃがみ、顔を下に向けている。バットによりかかるようにし、脇腹を眺める。青のユニフォームが、下から溢れてくる血で黒ずんでくるのを見る。

九回表が終わったあとのことを思い返した。

三塁走者をアウトにしたおまえはベンチに帰ると、すぐに、トレーナーに声をかけられる。フェンスと激突したところは平気か、と確認された。「心配だから、念のため」と彼はおまえをベンチ裏へと連れて行く。ユニフォームを脱がし、おまえの左腕をゆっくりと伸ばしながら、「痛むか？」と訊ねてきた。髭を生やした、小太りのそのトレーナーは冷静を装ってはいるが、鼻息は荒い。「見事な送球だった。驚きだ」とささやく。おまえは曖昧に相槌を打ち最終回の打順を思い浮かべていた。一番からのはずだ。誰か一人出塁すれば、打順は回ってくる。「王求、聞きたいんだけどよ」トレーナーはフェンスと激突した身体の部分を、撫でるような眼差しで観察している。

「痛みはないです。大丈夫です」

「そうじゃないよ。予告ホームランだよ。どうして、あんなことをやるんだ」

「まずいですか？」とおまえは首を捻り、背後の相手を見ようとした。

「反感買うぞ。何がしたいんだ」

　何がしたいのか、おまえは自分でも把握できていなかった。一年前、倉知巳緒に言われた、「お祈り」の話が頭に残っていたからなのか、それとも服部勘太郎が、「予告ホームラン」を望んでいたことを気にかけているのか、もしくは単に、予告をすることで、集中力を高め、自らを追い込む訓練をしているのか。が、おまえが自覚していないだけだが、おまえはただ、自らの痕跡を残したいだけなのだ。

「おまえは凄いよ本当に」小太りのトレーナーは独り言のように続けた。おまえは、その男が嫌いではない。もともとは一軍のコーチをしていた。数年前、プロテストを受けにきたおまえに興奮し、当時のオーナーだった服部勘太郎に報告したのも、その男だ。コーチを解任された後、トレーナーの資格を取り、また球団に戻ってきた。器用ではないぶん、丁寧に仕事をし、何よりもおまえに対し、機嫌を窺うことも敬遠することもなく、自然な態度で応対してくれる貴重な大人の一人だった。予告ホームランは反感買いますか、とおまえは聞き返す。ユニフォームを再び、着る。

「どうだ」と別の声がして、振り返ると、打撃コーチが立っていた。四角い顔に短髪、背が高い男だ。現役時代はその屈強な体格と、故障知らずで、大型トラックという意味合いから、マスコミに、「トラック」と称されていた。

「バッティングに影響はなさそうですよ」とトレーナーは、その、元トラック現打撃コーチに報告し、おまえの背中を軽くぽんぽんと叩くと、「反感買ってこいよ」と声をかけ、ベンチに消えた。おまえも続いて、ベンチへ歩き出し、打撃コーチの横を通り過ぎようとした。そして、刺された。刺すというよりは、ぶつかってきたのかもしれない。打撃コーチも必死だった。おまえは刃物の刺さった箇所を見下ろし、反射的に手を当てる。熱さを感じる。それから、青褪めた顔の打撃コーチを真っ直ぐに見据えた。おまえは、一瞬ではあるが、打撃コーチがなぜそんなことをしてきたのかを考えた。あの、服部勘太郎に恨みを持った何者かたちが自分に怒りの矛先を向けてきたのか、それとも、単に、ホームランを打たせないようにと誰かが依頼をしたのか。そうでなければ、おまえの父親が殺害したと言われている、あの、中学時代の先輩、大橋久信の関係者の指図だと想像することもできる。

考えても仕方がないことだが、おまえは頭を悩ませた。そうしている間にも腹部から血が流れ出て、おまえの生命をゆっくりとではあるが終わらせている。

監督の駒込良和が関わっている、と考えることも可能だ。あの監督の、おまえへの憎しみが爆発した、というわけだ。仙醍キングスの監督、駒込良和は真面目で、正義感の強い男だ。地味で、実直に生き、使命感があるがために弱小プロ野球チームの監督を引き受け、精神的に疲弊している。そのような状態の駒込良和から見ると、おまえは許しがたい存在だった。理由はいくらでもあった。一つ、おまえが野球を続けるために何人かの人間が命を落としている。二つ、愛想が悪く、人間関係に苦慮することを放棄している。駒込良和からは、そう見える。そして、三つ、おまえは優秀な野球選手だ。日本はおろか、世界でも最も優秀な打者ではないか、と駒込良和は思っている。端的に言えば、彼は、おまえに嫉妬し、敗北を感じているわけだ。さらに、だ。ここ数試合、おまえは予告ホームランを続けている。駒込良和の信念、美学からすれば、それは許しがたい行為に他ならない。これで、四つだ。彼は嫉妬と憎しみを持て余していた。さらに言えば、屈強の打撃コーチ、元トラックは、駒込良和とは高校時代から親交のある男で、絆は深く、一心同体と本人たちが感じている節もある。そのため駒込良和のおまえへの怒りを、打撃コーチが以心伝心で察知し、この最終打席前の野蛮な行動に繋がったのかもしれない。可能性はゼロではない。

が、おまえはそんなことを知る必要がない。歴史を見てみればいい。王の命を狙う者はいつの時代も絶えることがない。その理由は様々で、暗殺者の立場もいちようではない。王は狙われ、死ぬときは死に、生きながらえるのであれば生きながらえる。理由は重要ではないのだ。

　おまえはその円の中で、ゆっくりと顔を上げ、打席に立つ栗田久人を見た。後ろから見ても、そのぎくしゃくとした様子が見て取れる。まるでなってないフォームだった。

　おまえはその場所が好きだった。誰にも話をしたことがなかったが、ネクストバッターズサークルで腰を下ろしている時間が、試合中で最も好きな瞬間だった。とりわけ、ツーアウトの攻撃終了直前のその場所が、だ。どうしてそう感じるのかおまえは理解していない。自分の感覚を、分析する習慣がもともとないから、それもいたし方がない。

　おまえが打席に立つには、前の打者が出塁する必要がある。それにはおまえの力は及ばない。おまえの筋肉も、おまえの神経も、おまえの努力も、おまえの才能も、その円の中にいるうちは無力だ。おまえは、自分とは異なる、明らかに自分より劣る、前の打者が出塁することを待つほかないわけだ。大袈裟（おおげさ）に言えば、おまえにできることは祈り、信じて、待つことだけだ。自分の傲慢（ごうまん）さと向き合い、謙虚になれるようで、だからおまえはそこが好きなのだ。

　歓声が上から降ってきて、目を開けた。目を瞑（つむ）っていたのか、と気づく。脇腹は熱い。

溢れる血が発覚したら、審判は退場を言い渡してくるのだろうか。おまえは突如として、不安に襲われる。土をつかむとその血の上から、軽くこすりつけた。血ではなく、土の汚れに見せかけたかった。

　視線の先で、転がりながら飛び込むような体勢で、栗田久人が一塁ベースに到達していた。不恰好（ぶかっこう）で、なりふり構わぬ栗田久人の必死さは、ほぼ同じタイミングで一塁に送球がされたにもかかわらず、塁審に、「セーフ」を叫ばせる。

　歓声が、スタンドから放射され、グラウンドに溢れる。

　おまえの出番だ。

　これから打席に立つおまえに、先のことを話すのは忍びないが、おまえは最初にバットを振った直後、バランスを崩し、転ぶはずだ。痛みに、というよりも、血を失い意識が朦朧（もうろう）とし、手足に力が入らなくなる。おまえはそこで再び立つかもしれないが、立たない可能性もある。が、もし、立てたのならば臆（おく）せず、手をスタンドに伸ばせ。立ち上がったおまえは、本塁打を放つ。

　土をつかんだ。指という指、手足の先から血管が逃げてしまったような感覚がする。浮遊感を覚える。照明が眩（まぶ）しい。夜の空はどうしてこうも作り物じみているのか、と思ったところで、自分が仰向けに近い恰好で倒れているのだと気づいた。何者かが上からこちらを見ている。キャッチャーと主審だ。二人して、マスクをかけ、まるで顔の似た親子のようだ。深刻な顔をして何をしているのか、と思うがようするに、こちらを眺めているのだろう。一球、空振りをしただけでひっくり返ったのだから、心配しているのかもしれない。空振りをしたのはいつ以来なのか、思い出せない。早く起き上がろうと、手をつく。動かない。身体のどこにも力が入らない。呼吸すらできていないのではないか、と顎を動かしてみる。頭の中が急に暗くなる。明かりのない洞窟に轟々と音を立てた風が吹き込むようで、その騒がしい音にまじり、声が聞こえる。聞き覚えがある声ばかりだったが、具体的に誰の声なのかは分からない。「わたしには分かるけど。たぶん、男の子だ」と女性の声が微かに聞こえ、「あれは、事故だったから」と子供がぼそりと答えたかと思うと、「一日中、野球しかやらないみたいだ」と別の男の子が笑いまじりに言った。誰かが、「一緒に野球をやってみたくなった」と照れ臭そうに言い、別の何者かが、「人殺しのくせに」と険しい声をかけ、さらには穏やかな女性の声が訊ねてきた。「あなた、そんなに野球が上手なの？」

バットはどこだ、と手を伸ばす。伸ばしたかったが、動かない。暗闇の洞窟の中、焦燥感に襲われながら、這って、出口を探す気分だ。バットの感触がある。「大丈夫か」と心配そうに言ってくるのは誰なのか。指先がぴくりと動いた。自分の血がゆっくりと減っていくのが分かる。早くしなければ、と少しだけ焦った。「いったいどうしたんでしょうね。山田王求が立ち上がりません。仙醍キングスのベンチも動こうとしませんね」と実況がどこかで鳴る。テレビの中継がなぜ、自分に届くのか。可笑しなことだ。

「頑張れよ、王求」と誰かが言う。

「なあ、お父さん、どうなってんの、これ」と隣の男が不安そうに、テレビを指差した。

十畳ほどの部屋には、七人の男がいた。山田亮を含めて、七人だ。

「おいおい、ぎりぎりだね。時間」別の男が、部屋の時計を振り返る。就寝時刻の二十一時が近かった。試合の進行が早かったため、最終回まで観戦できただけでも幸運だったが、ここまで来たのなら、最後を見届けたいという思いが、七人にはあった。部屋の全員で、テレビを観ることは久しぶりだ。観る番組の選択権は毎日交代の順番制なのだが、今日はたまたま、山田亮が持っていた。いつもであれば、テレビを観る者と、そうではなく、たとえば本を読んだり、手紙を書いたりする者とに分かれることが常だが、今日は全員がテレビの前にいる。山田亮自身もこの試合は、ぜひとも観たかった。シーズン最終戦だからという理由もあったが、それ以上に、漠然とした、「観なくてはいけない」という直観にも似た思いがあった。そして、どういうわけか他の六人も、いつになく関心を示し、「どれどれ、お父さんの息子の活躍を応援しよう」とテレビの前に行儀良く座った。

「どうして起き上がらないんだよ」若い男が落ち着きを失って指を震わせている。風呂(ふろ)場(ば)で、「タオルがない」と大騒ぎをした末に、自分の頭の上にタオルが載っていた、というようなエピソードには事欠かない、慌(あわ)て者の若者だったから、まわりの者たちも、「慌てるな慌てるな」となだめる。

「でも、お父さんの息子、全然起き上がらない。倒れたままで。心配だろ、あれは」

「息子は立ちますよ」と山田亮は言う。

「え」

「立ちます」

バットのグリップをつかんだ途端、景色が明るくなった。脚が動く。土がこすれる音がする。流れた血は、泥のようだ。方向感覚を失っている。スタンドの観客が目の端に見えた。手を地面につく。これはケチャップです、と主審に言いたかった。膝(ひざ)を曲げる。痛みが脇腹から全身に広がったが、それも一瞬だった。ユニフォームが窮屈なようにも、大きすぎるようにも感じる。踏め、と思う。土を踏み、力を込めるのだ。雄叫(おたけ)びを上げたつもりだったが、声は外に出ない。が、おそらく、自分の手足に、筋肉や血液、内臓や眼に、その叫びは届いたのかもしれない。

立ち上がる。そして、思う。私は本塁打を打つだろう。

試合はどうなったの、と口を動かす女の手を、男は繋いだままだった。まだやってるはずだ、と答えた。白い部屋は無機質で、実験室みたい、と女は笑う。「痛みが来たら、いきみますよ」と下半身側に立つ助産師が声をかけてきた。「あなたたち、本当に、野球好きなのね」と苦笑まじりに、感心の声を出した。「仙醍キングスって弱いんでしょ」

　そういう問題ではないのです、と女が答える。

少しすると、「陣痛？」と助産師が訊ねる。女の目から、涙がこぼれ、まさに滂沱の涙と表現すべき、激しいものだったからだ。痛みのなかった女はかぶりを振り、なぜか涙が出たのだ、止まらないのだ、と不思議そうに返事をする。それを助産師は、妊婦が母親となる瞬間の、感動的な精神的変化だと解釈し、深くうなずいた。

　その時、仙醍球場では山田王求が、投手の放った外角低めの鋭い速球を、素人の素振りでも見かけないような、山田王求自身が人生において一度も見せたこともない、あまりにバランスの崩れた、滅茶苦茶なバッティングフォームで打ち、センターのバックスクリーンに跳ね返していた。

　君はそのことをまだ知らない。ほどなく、君は陣痛を引き起こす。外の世界はもう少しだ。たぶん、君は男だ。

あるキング

paperback

Fair is foul, and foul is fair.

『マクベス』ウィリアム・シェイクスピア著

きれいは汚い、汚いはきれい。

――松岡和子訳（ちくま文庫）

いいは悪いで悪いはいい

――小田島雄志訳（白水Uブックス）

きれいは穢(きた)ない 、 穢ない はきれい。

――福田恆存訳（新潮文庫）

輝く光は深い闇(やみ)よ、深い闇は輝く光よ、

――木下順二訳（岩波文庫）

晴々しいなら　禍々(まがまが)しい、禍々しいなら　晴々しい

――安西徹雄訳（光文社古典新訳文庫）

きれいは汚い。汚いはきれい。

――河合祥一郎訳（角川文庫）

○　歳

仙醍キングスは、地元仙醍市の製菓会社「服部製菓」が運営しているプロ野球球団だ。負けて当たり前、連勝すればよくやったと感心されるチームで、優勝はもとより優勝争いですら目的ではないため、勝利へのこだわりは他球団のそれに比べれば微々たるもの、それこそ他球団の爪の垢を煎じて飲ませたい、その爪の垢程度のこだわりしかなかった。

服部製菓の二代目社長、仙醍キングスのオーナーである服部勘吉は、チームのあまりの弱さについてコメントを求められ、「仙醍峡の紅葉を知っているか」と答えた。「仙醍キングスはあの紅葉と同じようなものだ。毎年、見物客が訪れるが、紅葉が勝ったり負けたりするか？　しないはずだ。紅葉に勝利を望むだろうか？　それと同じだ。仙醍キングスは勝ったではなくて、そこに在ることが大事なのだ」

記者は、「野球チームはやはり、勝ってくれないと」と指摘をしたが、すると服部勘吉は目を丸くし、「え、そういうものなの？」と心底、驚いた顔をしたのだという。

五年前、アメリカのマイナーリーグからやってきた、フランクリン・ルーズベルトという打者がいる。第三二代のアメリカ大統領と同姓同名の彼は、アメリカでろくな記録もないがままに日本に来たのだが、日本でもろくな記録を残さないままに帰国した。そして、「仙醍キングスにこれ以上いると、悟りを開いてしまう」と言い残した。

半分は皮肉だったが、残りの半分は本心だった。仙醍キングスはチーム創立以来、今シーズンに至るまで、一度も日本一になったことがなく、リーグ優勝すらも経験していない。それどころか、ほとんど最下位なのだ。ひたすら敗戦に耐えることが日常的に続くため、何らかの悟りの境地に至ってもおかしくはない。そのアメリカ人選手は、「私たちが恐れるべきは、負けることではなく、負けることを恐れなくなっていることだ」と、まさにルーズベルト大統領の演説のアレンジとも言える台詞を発し、「いい修業ができたよ。虐げられる人の気持ちが分かった」と肩をすくめた。言葉に偽りはなかったのか、その五年後、彼は、貧困層における健康保険の問題に関心を抱き、熱心な活動をはじめたが、それはこの物語にはあまり関係がない。

さて、そのような仙醍キングスであるから、仙醍市に住むからといって、誰もが仙醍キングスのファンとはならない。むしろ地元の汚点、と憎んでいる者も少なくなかった。が、それでもファンはいる。地味な昆虫や味の薄い香辛料にも、どんなものにもファンはいるものなのだ。

弱小球団を応援するということに使命感を覚えた者もいれば、判官贔屓を感じている者もいる。地元市民としての仲間意識を持つ者も存在する。もちろん、ファン自身もどうしてその球団を応援するのか分かっておらず、「何でまた、仙醍キングスを応援するのか」と問われれば、「そこに仙醍キングスがあるから」としか答えるほかないのだ。

その日は、仙醍球場で行われているペナントレースの最終戦だった。

東卿ジャイアンツと仙醍キングスの試合で、南雲慎平太監督、最後の公式戦と言えた。

南雲慎平太の話もしなければならない。

仙醍市生まれの南雲慎平太は野球の才能に恵まれた、いわゆるエリートとしての人生を送った。途中までは、だ。少年野球の頃から注目を浴び、高校、大学野球でも見事な成績を残し、プロでも活躍が見込まれたが、ドラフト会議のくじ引きで仙醍キングスへの入団が決まった時には、誰もが同情した。

もったいない！　という悲鳴が全国のあちこちで、それこそ当の仙醍キングスのクラブハウスでさえ、響いた。

南雲慎平太のような優れたバッターがいたところで、仙醍キングスには宝の持ち腐れであるし、彼がいくら奮闘したところで優勝は経験できないのだから、あまりに可哀想だ、と。

実際、その通りだった。

「どうすればいいんだよ」仙醍キングスの当時の監督は困惑し、料理の勉強をはじめたばかりの男が、フォアグラを食材として渡されたかのように怯えた。「どうやって使えばいいんだよ」

南雲慎平太は、個人としてはそれなりの成績を残し、たとえば、ある年には本塁打王の、ある年には打点王の、ある年には首位打者のタイトル争いに加わったが、一つもタイトルは取れなかった。個人記録とはいえ、チームの勢いや周囲の選手の士気が影響することは間違いなく、仙醍キングス以外のチームにいればこのような悲劇は起きなかっただろう。

南雲慎平太がFA権を取得した時、大半の人間が、彼は移籍するものだと考えた。仙醍キングスの首脳陣すら、そう思った。だから、南雲慎平太がFA宣言をせず、移籍の「い」の字も口に出さないことに周囲は動揺し、当時の監督がわざわざ、「おまえ、移籍できるんだよ」と親切に、その権利について説明したという話や、チームメイトが「仙醍キングスにいるデメリット」を箇条書きにし、南雲慎平太に渡したというエピソードまであった。

それでも南雲慎平太は当然のような顔で、引退まで仙醍キングスに在籍し、主力打者として活躍した。そして引退後、しばらくすると懲りもせずにと言うべきなのか、監督として仙醍キングスに戻ってきた。

一般の野球ファンからすれば、ただの物好きにしか見えなかったが、ファンにとっては、自己犠牲の神様のようなものだった。

ここでようやく、山田桐子の話ができる。山田桐子が小学生の頃、その時は当然ながら結婚前であるから旧姓の佐藤桐子であったのだが、とにかく桐子には、長期入院をしている同級生がいた。

病名は教えてもらっていなかったものの、桐子は仲の良いその彼女のことをよく見舞い、授業のノートを貸し、学校での出来事を伝えた。ある時、その同級生がベッドで、晴れやかな顔をしている日があった。理由を聞けば、「今まで、南雲選手が来てたんだよ」と彼女は頬が落ちんばかりの表情で言う。「入院中、時間があるから、南雲選手にファンレターを書いて、何通も何通も送っていたの。そうしたら、来てくれたの」と、雨乞(あまご)いをしていたら雨が降ったの、といった具合に話した。

それはすごい、と桐子は自分のことのように、はしゃいだが、南雲慎平太が去り際(ぎわ)、「次の試合でホームランを打つから、君も手術を頑張るんだよ」と約束したと聞き、不安になった。

そんな約束を交わし、もしもホームランが打てなかったらどうするつもりなんだろう。無責任じゃないの、と。

が、南雲慎平太は打った。しかも三打席連続ホームランだ。

桐子は、入院中の同級生がどのような反応を示したのかは忘れてしまったが、その試合のことは大人になっても覚えていた。とりわけ三打席目の、特大の本塁打は記憶にまざまざと残っている。雲のない夜空は真っ暗で、球場の照明が派手に光ってはいたものの、空がどれほどの高さなのかはまるではっきりしない。その夜の幕を突き刺すかのように、南雲慎平太の放った打球は飛んだ。はじめは打席の真上に上がった内野フライだと思う観客も多かった。高く、垂直に近い角度で打ち上がったからだ。音はしなかった。その球は空の奥行きを測るかのように高く上昇し、そして、たっぷりと放物線を描いたかと思うと、外野スタンドに落ちた。

見たこともない打球と、前代未聞(みもん)の滞空時間に、鳥肌が立った。

十年以上が経(た)ち、結婚相手である山田亮(りょう)にそのことを話すと、彼は、「あのホームランにそんな裏話があったとは」と感激し、仙醍キングスのファンであることを誇りに感じた。

そして今、南雲慎平太は、仙醍キングスの監督である。もちろん、誰が監督をやろうと、仙醍キングスの弱さは変わらない。人間が何をやろうと重力や自転が消えないのと同様の、普遍的な事象とも言えた。

「責任を取り、今年で監督を辞任する」南雲慎平太監督が洩らしたのはシーズンも終盤に入り、仙醍キングスのリーグ最下位が確定となった頃だ。

就任してから五年間、セ・リーグ六球団中六位の成績しか残せなかったのだから辞めることは当然とも言えたが、一方では、「いつも最下位であるのだから、いまさら責任を感じることもないのではないか。どうしたの急に？」という意見もあった。

南雲慎平太の真意は誰も分からなかった。精神的な疲労が溜まったのか、もしくは、監督を務めるメリットが皆無であることにようやく気がついたのか、そうでなければ、野球自体に飽きてしまったのか。ある記者が、「実際のところ、どうして急に監督を辞めることにしたんですか」と訊ねたところ、南雲慎平太はぼそりと、「次の番が来るからだ」と答えた。記者はその真意が分からず、首を捻るだけで記事にはしなかったが、実はそれこそが、南雲慎平太の決意の真相だった。次の番が、次の王の番が来るからだ。

山田亮にとって、山田桐子にとって、その最終戦は、南雲慎平太監督最後の試合となるわけだから、とても重要なものだった。

対戦相手、東卿ジャイアンツはセ・リーグはもとより、日本プロ野球チームの中で最も人気のある球団だ。歴史も古く、過去に活躍したスター選手は数知れない。試合のほとんどは地上波のテレビ放送で中継され、人気チームの定めと言うべきか常に勝つことが求められ、優勝争いに絡むことは当然で、三連敗などすれば袋叩きに遭う。期待に見事、応えるシーズンもあれば、期待を裏切り、目も当てられない年もある。今シーズンは、開幕から連勝を重ね、あっという間にリーグ優勝を決めていた。

「1対0では心許ない」ダイニングテーブルの椅子に座った山田亮は、球場が映ったテレビ画面を見ながら言う。隣の妻、山田桐子の、妊娠中の腹部を眺める。

「さすがの東卿ジャイアンツも心得ているよ」

すでにリーグ優勝を決め、日本一へのシリーズ戦に照準を合わせている東卿ジャイアンツと、最下位の仙醍キングスとの試合なのだから、ここでの勝敗がお互いの成績に重大な影響を与えることはない。であるなら、南雲慎平太監督最後の試合とも言えるこの最終戦は、仙醍キングスに花を持たせるのが道理ともいえよう。もちろん、公式な約束はないが、そこは暗黙の了解、武士の情け、紳士協定と呼ぶべきもののはずだ。

実際、東卿ジャイアンツのスタメンは、普段はベンチをあたためている一軍半とも呼べる選手が多く、投手も今年入団したばかりの、高卒の新人だった。手加減不要、甘く見るな、本気を出せよ！　と憤る人間もいるのかもしれないが、山田亮たちはそうではない。手加減は必要なのだ。

　そのようなことに目くじらを立てるよりも、大切な、記念すべき一戦で勝利という結果を残すことのほうが明らかに大切だった。

　六回裏の、仙醍キングスの攻撃はずいぶんあっさりと終わった。山田桐子はほうじ茶を啜る。

「どっちだろうね」

「さっき君が言ったじゃないか。勝利に固執する東卿ジャイアンツもさすがに心得ているはずだ。今日はこのまま、勝つよ」

「そうじゃなくて、子供だよ。男か女か」

「ああ、そっちか、そうだよな」

　定期健診でのエコー検査では、子供の性別は分からずじまいだった。一応、エコーの写真を見るたびに、「これが男性器ではないか？」と疑ってかかるのだが、確証は得られぬまま臨月を迎えていた。

「いったい、どっちなんだろうね、君は」と自分のお腹を愛しげに撫で、話しかける山田桐子に眼差しを向けながら、山田亮はごく当たり前の、シンプルな感想を抱いていた。

「人の心は変わる」という感慨だ。七年前に合コンで出会い、数回、一緒に食事をした後で交際がはじまったのだが、その頃の彼女は、「子供なんて欲しくない」と何気ない会話の中で言ったことがある。軽口だったのか、軽口に見せかけた宣言だったのかは判然としなかったが、山田亮はべつだん嫌悪感を抱かなかった。

妊娠が判明した時、山田亮は、続ける言葉に悩んだ。すると、先に彼女のほうが言った。「とりあえず、産んでみるよ」「へえ」と驚いたが、

山田桐子の内なる変化は少しずつ、着実に、起きた。つわりを越え、病院へ通い、膨らんでくる腹を見つめていくうちに、ジャンクフードを慎み、運動を兼ねて歩くことが増え、育児書を次から次に読みはじめた。自分の体内で動く子供に彼女が愛着を感じているのは、火を見るより明らかだった。人は変わる。いや、人はなかなか変わるものではないが、身体の中に別の生命が出現するという出来事は、その、なかなか変わらざるものを揺さぶるほどの力を持っていてもおかしくはない。

テレビで観戦する試合は、すでに七回まで来ていた。仙醍キングスの、エースナンバー18を付けた投手が、独特のアンダースローで投球を続ける。

山田亮は仙醍市で生まれ、それから三十二年間仙醍市から出て生活をしたことは一度もない。妻の山田桐子も同様だった。二人は、地元球団である仙醍キングスのファンであり、その熱意は一般のファンの程度をはるかに超えていた。

もし山田桐子が妊娠中でなければ、いや妊娠中であっても、予定日を過ぎたこの時期でなければ、球場まで足を運んでいたはずだ。

いつの間にか八回の表、東卿ジャイアンツの攻撃の場面になっている。打順は九番、高卒の新人投手からだ。彼はまだ、筋肉もさほどついておらず、華奢で、少年のようでもあった。

高卒ピッチャーはさすがに前の回で交代になると思っていたため、山田亮は少し驚いた。まだ投げさせるのか。

山田桐子が、よいしょ、と椅子から立ち、台所へと歩き出す。急須ならば俺が取りに行くよ、と山田亮が腰を上げかけたが、彼女は、これも運動だから、と断った。

歓声が上がった。テレビを確認すると画面の中、バットを振った高卒ルーキーが空を見上げ、高らかに拳を突き上げていた。

「あれ?」と山田夫妻は間の抜けた声を発している。

仙醍球場が一瞬、静まり返った。その、しんとした空気は、画面越しにも伝わってくる。茫然と立ち尽くす背番号18、仙醍キングスの投手の姿が映し出される。まさか、新人の投手に本塁打を打たれるとは思ってもいなかったのだろう。

山田桐子は急須を前にし、立っていた。無表情と言うほどではなかったが、心ここにあらずの様子で、山田亮は慌ててしまう。「同点になっただけだよ」と取り繕うように言い直した。が、山田桐子は表情を変えず、ぼうっとしていた。自分の名前が思い出せず、記憶を片端からひっくり返しているかのような、戸惑いながらも何かを思案する顔つきだった。

「破水したみたい」

中央区の西側、自宅と仙醍市役所のちょうど中間あたりに位置する、個人経営の産婦人科医院だった。院内に入ると山田桐子は、当番の助産師に連れられ奥の部屋に一度消えた。山田亮は待合所に残される。ほどなく戻ってきた妻は、出産用の服に着替えていて、「やっぱり破水してるんだって」と言った。山田亮は入院準備の入ったバッグを持ち上げ、唾（つば）を飲む。緊張で実感がなく、柔らかい地面に立つかのように足元が覚束（おぼつか）ない。

助産師がいつの間にか前にいた。「まだ本格的に陣痛がはじまるまでには時間がかかると思います。空いてる部屋があるので、お母さんにはそこで休んでもらいますが、お父さんはどうされますか。一度、帰宅されますか」

山田亮は、お父さんと呼ばれることに慣れておらず、恥ずかしさを感じる。

「一緒にいます」答えたのは山田桐子だった。「ちなみに、その部屋、テレビ観（み）られますか？」

こんな時にわざわざテレビを観なくてもよいのではないか。助産師の表情には一瞬、そんな感情が浮かんだ。そして実際、そのようなことを喋（しゃべ）った。

「試合結果を確認するだけです。もしかするともう終わっているかもしれないし」

「お願いできますか？」と山田亮も頭を下げた。

案内された部屋に入ると、山田桐子はドアを閉め、すぐにテレビの前に座った。これから初産（ういざん）に臨もうという妊婦の態度ではなかったが、山田亮は違和感を覚えず、むしろ筋が通っている、今までの生き方とずれがないものだなあ、と納得した。

薄型のテレビが徐々に明るくなり、仙醍球場が映し出される。リモコンをいじくり、音声を消した。

画面の真ん中に、仙醍キングスの投手がいた。32の背番号が見える。エースはいつの間にか降板していた。

打席に立つ相手チームの打者を見て、山田亮は目を疑う。

これはいったい、いつの試合だ？　と思った。

家を出てくる際、試合は八回の表だった。そして今、つけたテレビの中も、まだ八回の表なのだ。しかも打席にいるのは、東卿ジャイアンツの投手だった。高卒で新人の、少年の面影を残す、華奢な身体の男だ。

君はつい先ほど八回表に、ホームランを打ったばかりではないか。ああ、そうかこれは録画映像か、と思いかけるが、画面の隅に出ている点数表示により、違うと分かる。

「八回の表　ツーアウト」とあり、スコアは、「5対1」となっていた。山田亮は状況が理解できない。

「打者一巡したんだね」山田桐子のほうが察しが良かった。

二万人収容の球場は、半数ほどの観客で埋まっていた。座席はチームカラーの青色で塗られているため、空席の青が海に見える。土の茶色や芝の緑は、その海の中心に現われた湿原のようだった。

画面に映った観客席では、東卿ジャイアンツの応援なのか、大勢の人間たちが歓声を上げている。打者の活躍を願っている。

山田亮はえもいわれぬ強い怒りを感じた。

紳士協定は、男と男の約束は、どこに行ったんだ！　もちろんそんなものは交わしていなかったのだが、納得できない。

仙醍キングスベンチが見える。南雲監督がいた。腕を組み、無表情ではあるもののその顔には今までに見たこともない、寂しさが滲《にじ》んでいる。寥々《りょうりょう》たる地に立つ細く脆《もろ》い木が、悲しい泣き声にも似た風に吹かれている、そのような空虚な物寂しさに満ちていた。

東卿ジャイアンツの高卒投手が、一イニング二打席連続となるホームランを放ったのは、その直後だ。投手が投げたと同時に、レフトスタンドに球が飛んだ。観客席の東卿ジャイアンツファンがいっせいに、蠢《うごめ》くように万歳をする。

山田亮はしばらく固まったまま、動けない。無邪気に、飛び跳ねながら塁を回る高卒投手が、ひどく高慢に見えた。

チェンジになった時、長大な時間が過ぎたように感じた。八回の裏、仙醍キングスの攻撃がはじまり、山田亮は、ここから反撃がはじまるのではないか、と期待した。一縷の望みというよりは、「そうならなくては辻褄が合わない」と感じたのだ。このとても重要な試合が、こんな惨めな展開で終わるはずがないのだから、これも演出の一つなのだな、と思い込むほかなかった。

ツーアウトからではあったが、ヒットと死球、四球と続き、満塁になった時には、やはりこういう筋書きになっていたのか、と腑に落ちた。

打席に、仙醍キングスの四番が立つ。山田亮は興奮する。拳を強く握り、自分の息が激しくなっていることにも気づかない。隣にいる山田桐子のことが気になり、ふと視線をずらそうとしたが、そこでドアが開き、助産師が顔を出した。「どんな具合ですか？」

「痛いです。間隔も短くなってます」山田桐子が言うものだから、山田亮は驚く。見れば呼吸も荒く、額には汗があった。目はテレビを捉えたままだ。いつの間に陣痛がはじまっていたのか。何か声をかけようかと喉を動かしかけたが、その時、仙醍球場の打席に立つ四番打者が空振りをした。画面のこちらにまでその空を切る音が聞こえてくるような、豪快な空振りだった。

「山田さん、そろそろ陣痛室に移動しましょうか」助産師の声はとても冷淡に響いた。

驚くべきことが二つ、あった。一つは、仙醍キングスの四番打者が、何の工夫も粘りもなくあっという間に三振をし、八回裏の攻撃を台無しにしたこと、もう一つは、陣痛室に向かう山田桐子が、「あなたはここで試合の結末を見届けてくれないか」と言い出したことだ。

最初は戸惑い、何を言うのかと焦ったが、彼女が本心からそれを願っていることが分かり、山田亮は従うことにした。

助産師は心底、呆れ、「あなた、何のためにここに来たの」と言いたげだった。

妻と助産師が部屋を出て行った後、一人残った山田亮はテレビを眺めた。九回表の東卿ジャイアンツの攻撃は想像を絶するほど、長引いた。それは、すでにダウンし、意識不明に近い状態にあるボクサーを、サンドバッグよろしく殴りつけ、弄ぶのに似ていた。東卿ジャイアンツの打者たちは次から次と、投手の球を打ち返し、出塁し、終わることのない攻撃を続ける。

極めつきは、カメラが仙醍キングスのベンチを映し出した時だ。弱っている人間の惨めな様子を晒そうとしたのか、画面に南雲監督の顔が大きく映った。口を若干尖らせた、その表情は、泣くのを我慢する子供にしか見えない。

南雲慎平太の愛読書は、シェイクスピアの戯曲で、中でも、「マクベス」が好きだという話を、山田亮は思い出す。以前、スポーツ新聞の取材に答えていたのだ。その影響で、山田夫妻も、「マクベス」は繰り返し読んでいたが、ではいったい、南雲慎平太がその戯曲のどこに惹かれているのかは分からないままだ。

ただ、「マクベス」はシェイクスピアの四大悲劇の一作であることから考えると、南雲慎平太の野球人生とは、まさに、「悲劇」という点では一致しているのではないかと感じる部分はあった。

テレビに映る、南雲慎平太の表情は悲劇の主役そのものに思える。

さてそこで、仙醍キングス側のベンチに、打球が飛んだ。

バッターの振り遅れたバットが、打球を横に飛ばし、ファウルボールとなったのだ。ボールはまっすぐ南雲監督に向かった。幸いなことにぶつかることはなかったが、それに驚いた南雲監督は体勢を崩し、綺麗に転び、頭をベンチの端にぶつけた。南雲監督は弱々しい恥ずかしそうな笑みを浮かべ、起き上がるが、その姿は見るに忍びなかった。

山田亮の鼻息は荒くなる。頰に湿り気を感じ、涙が流れていることに気づいた。テレビをじっと見つめ、こんな日に、こんな夜に、子供が生まれてくるのか、と思った。

九回表が中継時間内に収まったのは、中盤までの試合展開が早かったからだろう。スコアは、「15対1」となっていた。

仙醍キングスの八番バッターが打席に立ち、弱々しくバットを構えた時、唐突に野球中継が終わった。放送時間が終了したのだ。南雲監督最後の試合への敬意などどこにも見受けられない、ぶつ切りだった。

エレベーターを降り、陣痛室に着くと、山田桐子が助産師に付き添われ、分娩室に入るところだった。山田桐子はかなりの疲労と苦痛を見せていたが、分娩台に寝ると横に座る山田亮を見て、ほんのわずかではあるが目を細めた。どうだったか、と訊いた。

山田亮はうまく答えることができず、ただ、顔を左右に振ることしかできなかった。

一時間後、山田桐子は、体重三〇五〇グラムの男の子を産んだ。その産声は分娩室にしばらく響き渡り、その場にいた助産師たちは目を丸くし、「こんなにすごい泣き声ははじめてかも」と感心した。

同じ頃、仙醍市内の救急病院には南雲慎平太がいたことを、のちに、山田亮は知る。

南雲慎平太は試合後、ホテルに戻った後で嘔吐し、眩暈に耐え切れず、救急車で運ばれ、そして救急隊員と医師の処置も空しく、死亡した。九回表、ベンチに頭が衝突した際、脳に与えられた衝撃が原因だ。

死ぬ人間がいれば、誕生する人間もいる。

戯曲「マクベス」において、冒頭で現われた三人の魔女たちはこう言う。「Fair is

foul, and foul is fair.」

フェアはファウル、ファウルはフェア。「きれいは汚い」「良いは悪い」と訳されることもあれば、「光は闇(やみ)」と訳されることもある。

もともとは、言葉遊びの思い付きに過ぎないようにも感じるが、ようするに、「良い」と見えるものでも、魔女からすれば、「悪い」かもしれず、その反対に、「悪い」ことが、魔女には、「良い」ことかもしれない。物事は見方によって変わる、そういう意味だと山田亮は解釈していた。

そして、マクベスが最初に登場してきた場面での、開口一番の台詞はこうだ。「So foul and fair a day I have not seen.」

直訳すれば、「こんなにフェアでファウルな日は、はじめてだ！」となる。

まさに、山田夫妻にとって、この日がそれだった。息子の誕生という素晴らしい輝きと、南雲慎平太の死という絶望的な出来事が、同時に起きた。

フェアはファウル！　ファウルはフェア！

三　歳

おまえの三歳の誕生日、おまえの父親はいつもよりも早く帰宅した。

玄関を開けた父親は挨拶(あいさつ)をし、居間に向かうが、おまえは返事をしない。マンションのリビングで野球中継を観(み)ていた。

東卿のドーム型球場で行われている、仙醍キングスと東卿ジャイアンツの試合だ。三連戦の二戦目で、これがシーズン最後の対戦カードとなる。

おまえは先ほどから、仙醍キングスの選手が映るたび、笑い声を立てた。一方、東卿ジャイアンツの白と黒のユニフォームが見えると、「ぶー」と、否定の意味を込めた低い唸(うな)り声を発し、首を横に強く振っている。

そうすると両親がとても喜ぶことを知っていた。そうだろう？

「試合は？」おまえの父親が訊(たず)ねてくる。

「3対1」おまえの母親が答えた。

「どっちが3？」

「それはもちろん」

「南雲さんのことには何か触れられていたかな」おまえの父親の声はさり気なかったが、さり気なさを装(よそお)っただけだ。三年前のこの日、おまえの両親を襲ったのは、信じ難いほど屈辱的な試合結果と監督の死だ。

「放送がはじまった時に、実況の人が、『思えば、三年前の今日、仙醍キングスの南雲慎平太監督が亡(な)くなったんですよね』なんて言っただけ。『思えば』ってどういうことなんだろうね」

母親は膝(ひざ)の上のおまえを床に下ろし、立ち上がった。不安になるかもしれないが、安心しろ。夕食の支度をするためなのだ。どこに行くわけでもない。

その母を目で追った際、父親の手に紙切れがあるのを、おまえは発見したか。薄い、一枚の色のついた紙だ。よく見つけたな。

「これなに?」とおまえは立ち上がり、首を傾けながら、紙を引っ張る。

「ああ、これか」父親は、おまえの母親のいる台所へとその紙を持っていく。「この辺に、変質者が出るらしいぞ。下着泥棒らしい。警戒するように、とビラが入っていた」

「護身用というか、防犯用にバットでも買おうかしら。いずれ王求(おうく)も使うんだし。木製のバットとか」

おまえはそこで自分の名前を呼ばれたことを察する。自分が? 何を? 何を使うことになっているのだ、とそわそわする。その、そわそわとした感覚は、おまえが自分のやるべきことに気づきはじめた証拠だ。

「木製は、まだ早すぎるよ。王求が使うのはずっと先だ」

早すぎる？　何が？　おまえは混乱しているだろう。自分に関することが、自分には分からない言葉で、頭上を飛び交っているのはもどかしい。

「軽いバットで思い切り振ることからはじめるんだ」

おまえの父親は地味な背広姿で働く、公務員だ。痩せぎすで一重瞼、横分けの髪に、下がり気味の眉、鼻は低くもなければ高くもない。特徴のない男だ。中年に差し掛かりつつも、人生について何も分かっていない三十五歳でしかない。が、おまえはまだそのことに気づいてはいない。おまえの父親は、おまえにとっては唯一無二の指導者であり、見本だった。それでいい。そういうものだ。

王求という名前をつけたのは、おまえの父親だ。

産院のベッドで、母乳を飲み終えて眠るおまえを眺めながら、母親は閃いた。「将来、この子は仙醍キングスで活躍をする男になるのだから、王という漢字がつかないのはおかしいと思ったのだけれど」

おまえの父親もすぐに賛同した。「それならば、将来、キングスに求められる存在なのだから、王に求められる、と書いて、王求はどうだろう」

「王が求める、という意味にもなるね」

おまえの両親の気持ちは盛り上がり、悩むことなく、その名に決定した。おまえの父親は区役所に出向き、出生届を記入したが、その時、王求と横書きではじめて書いた瞬間、その文字の並びが、「球」という漢字を横に間延びさせたようにも見えることを発見した。それは気が利いているというよりは、時代遅れの駄洒落にも似た気恥ずかしさを伴っていて、もしかすると小学生や中学生になるとその名前を理由に迫害されるのではないか、と嫌な予感もよぎった。子供は悪意がなくとも、どんなことでもからかいの材料にするものだから、「王求」を「球」と読み変え、「球野郎!」「ボールボーイ!」と嘲笑まじりに呼んでくる可能性はあった。

が、おまえの父親は少しの間しか悩まなかったぞ。すぐに、当初の予定通り、「王求」と出生届を出した。この子の未来を考えたら、名前を理由にからかわれるくらいの試練は楽々と乗り切らなくてはいけないだろう。そう考えたからだ。

それで、おまえの名前は王求になった。

食卓に全員が座り、おまえの誕生日を祝う夕食がはじまる。テレビはつけたままだ。いつの間にか点差は開き、「5対1」となっている。

仙醍キングスは、おまえが生まれる前から、リーグ最下位が定位置ともいえる、弱小チームだが、おまえが生まれて以降、つまりはあの屈辱的な夜以降は、その弱さがさらにひどくなった。

前はもう少し、まだこれよりも、ましだったんだ。

三年前、監督に就任したのは、仙醍キングスに投手として在籍していたことのある、佐藤武(たけし)だ。とはいえ現役だったのは五十年も前、半世紀も前のことだ。彼はあたりさわりのない、目立たない名前そのままに、現役時代に残した実績も、あたりさわりのない目立たないものだった。年齢はすでに七十五を超えている上に、闘争心も向上心もなく、チームを強くするつもりなどまったくない男で、就任会見の時に、「定年以来この方、特にやることもないため、引き受けました」とうっかり発言するくらいに責任感もなかった。どうしてそんな男に監督を要請したのか？　チームの事情からすればいたし方がない部分もある。

球団に資金力がない。

ビジョンがない。

やる気がない。

ないものばかりだ。

あまり知られていないが、オーナーの服部勘吉は、「そろそろ、選手にはこちらから年俸を払うのではなく、月謝をもらうことにしようかな」と洩らしたことがあるほどだから、チームを強くするためにお金を使う気などさらさらないのだ。

監督になったとしても、遣り甲斐もなければ、報酬も良くない。負けるのが宿命付けられているチームを率いるなど、よっぽどの物好きでないと務まらない。

そのような球団が強くなるはずがない。リーグ最下位という順位こそ八年前から変わらないが、勝率は年々下がり、点は取れず、失点も多い。監督は置物に近く、置物にしては可愛げがまるでない。そう、監督は苦労が絶えないものだ。

が、おまえの父親と母親は落胆していなかった。

「今はこれでいい」とおまえの両親はそう思っていたのだろう。

今はまだ、弱小球団で構わない、と。どんなに連敗を続けても、どんなに屈辱的な試合を経験しても、耐えていれば、それでいい。二人はそう思っている。意識の射程はもっと遠い場所に置かれていた。

仙醍キングスはいずれ、変わる。ある選手が入団し、大いなる変化を遂げるのだと確信していた。ある選手、もちろん、おまえのことだ。

「これもまだ早いんじゃないの」食事をはじめた後、父親が手渡してきたプレゼントの箱をおまえが開けると、母親が言った。

箱から出てきたのは、おもちゃのバッティングマシンだった。プラスチックの小さいバット、カラフルなプラスチックボールが十個ほど、それから電池で駆動する、ボール投球用の機械だ。土台に、回転するアームがついた簡単な仕組みになっている。

「まだ、王求はできないでしょ」

「そうだな」おまえの父親はあっさりと認める。「ただ、慣れておくのはいいんじゃないかと思ったんだ。バットとボールはやっぱり身近にあったほうがいいし。最初は俺が遊んでもいい」

子供に野球をさせるためには、まず、親がその野球で楽しんでいる姿を見せるべきだと、ガイド書にはあった。嫌がる子供に無理やり、バットを持たせ、素振りを強要し、バッティングセンターに連れて行ったところで、身につくものは何もない。むしろ、嫌悪感を抱かせることのほうが多い、と。それは正しい。おまえの両親は、正しい選択を積み重ねている。

食事を終え、おまえの母親が食器を片付けはじめた。おまえは背伸びをし、自分の使った皿とカップを重ね、胸で抱くようにするとよたよたと、母親のいるシンクまで運んでいった。「王求、ありがとう」頭を撫でられ、おまえは笑みを浮かべる。温かい空気が胸を満たす。

居間に戻ると、テレビが点いたままだ。目をやったおまえは、「ぶー」と口を膨らませる。打席に立っているのは、東卿ジャイアンツの選手だった。

ほら、横を見てみろ。

父親が立っているぞ。

手には、先ほど箱から引っ張り出したばかりのプラスチックのバットが握られている。おまえは、父の手にあるバットと、テレビの中で選手が持つ木製バットを交互に眺めた。

「同じ、同じ」と指を向け、それが同一の形状をしていることを指摘する。

父親がプラスチックバットを構えた。バットを振る。子供用のおもちゃだから両手に持ってスイングするのはかなり窮屈だ。近くにあったサイドボードにバットがぶつかった。おまえは唐突に鳴った物音と、驚いたような顔をする父親が可笑しくて、けたけたと声を立てる。

父親は何度か素振りをした後で、顎を上げ、バットを置いた。それから、テレビの試合中継に目をやる。おまえも釣られるように、視線をテレビへ戻した。

体格のいい男が打席に立つところだった。左打ちのバッターボックスに入ると、スパイクで地面をこすった。堂々たる姿勢で、仙醍キングスの投手を睨んでいる。

「今年、二冠王となった大塚文太ですが、今日は球場にご家族が観戦に来ているらしいですよ」実況中継の男が言った。

どうして唐突に、選手の家族の話題になったのか分かるか？　スコアボードを見ればいい。いつの間にか、12対1となっているだろう。結果は出たも同然だから、試合展開に面白味を見出すのが難しかったのだ。中継の男はどうにか視聴者の興味を引こうと、必死なのだ。

「大塚選手には、息子さんがいるんでしたっけ」元東卿ジャイアンツ投手の解説者が応じた。

「この間、三歳になったばかりだそうです。実は試合前に、お父さんへの応援メッセージをもらいました」実況者が言うと、画面が切り替わる。母親に抱かれた子供が映った。

おまえの父親が舌打ちをした。「試合中にそんなの映していいのかな」

「仕方がないよ。あっちのテレビ局なんだから」母親が台所から戻ってきた。皮を剝いたりんごを皿に、山のように載せていた。爪楊枝が二つ、刺さっている。

そう、東卿ジャイアンツ側のテレビ局なのだから、偏りは仕方がない。

おまえが見つめているテレビ画面には、大写しで、おまえと同い年の子供が映っていた。髪が長く、眉がくっきりとした、四角い輪郭の顔つきだ。唇を尖らせ、「洋一は大きくなったら、ピッチャーをやる」と力強く、マイクに向かって言った。おまえはこの子供の顔をよく憶えておくべきだ。いずれ、おまえはその、大塚洋一と会う。投手とバッターとして、対戦もする。

そういうことになっている。

おまえの母親がりんごの載った皿を持ってきて、食卓に置いた。おまえはりんごを齧った。果汁が飛ぶとともに、甘い匂いが鼻先に漂う。あふれ出す果汁が口の中を満たすと、甘さが広がる。歯を動かすたびに、頭に軽やかな音が鳴るのも楽しいはずだ。

りんごを齧りながら、おまえは、テレビの大塚文太選手を見つめた。彼は顎を引き、腰を落としている。高い位置に固定されたバットは、天を指し示すようでもあった。

ふと、その大塚文太のフォームが、おまえの頭に飛び込んでくる。テレビ画面の中から浮き出し、明瞭な実体を持った絵として、間近に見えた。

りんごを皿に置く。

テレビの前に落ちているプラスチックのバットをつかみ、テレビの横に並んだ。

大塚文太の姿をなぞるように、自分の身体を動かす。左右の向きが分からず、戸惑い、混乱したが、そのうち肘の動かし方をつかんでくると、イメージ通りの体勢を作ることができた。

「お、おい」おまえの父親がいつになく神妙な声で、おまえの母親を呼んだ。「おい、桐子」と名前を呼ばれ、彼女も顔を上げた。父親が、指し示すように顎をくいっと動かし、目を見開いた。おまえは、自分の背後が光っているのか、とバットを下ろし、背中に首を捻る。自分を見た両親の表情が、眩しさに陶然としているようだったからだ。

「王求、そのまま」と父親が少し声を強めて、言った。

「王求、もう一回」母親が人差し指を立て、うなずく。

何がそのままなのか、何をもう一回なのかぴんと来なかった。が、大塚文太のバッティングフォームを真似たことを指しているのだろうか、と気づき、先ほどやったのと同様にバットを構える。

両親は、眩しそうに目を細めた。顔を見合わせ、うなずき合った。

おまえは、両親の態度を訝りつつ、横のテレビ画面を見やる。仙醍キングスの投手が振りかぶる。

ボール、と内心で思う。すでに野球用語のいくつかを学んでいる。一年前に、地元のケーブルテレビ局が、仙醍キングスの試合を放映するようになってから、ほぼ毎日、母と一緒に野球中継を観ているため、否も応もなく、用語が耳に入ってくるのだ。ある程度は自分で口に出し、発音することもできた。「ボール」は言えた。「ストライク」は後半部分だけをどうにか、「アイク」と言う形でなら発音できた。

テレビをじっと見つめていると、ボールは向かって左側へと軌道を描き、キャッチャーが左手をどうにか伸ばした位置で、キャッチャーミットに入った。

おまえはテレビ画面に見入る。投手が身体を捻り、投球の動作に入った。

ストライク、とおまえは察する。球の通る道筋が頭に浮かんだからだ。「アイク」と言葉が洩れ出るが、両親は気づいていない。

ストライクゾーンに入るかどうか、おまえには分かった。

投手の手を離れたボールが飛んでいく。大塚文太の待つ、ホームベースに吸い込まれるように、伸びる。おまえは何かを考えるより先に、バットを振っていた。構えは崩れていたため、右手ででたらめに振り回しただけだった。

その日以降、おまえはおもちゃのバットをよく振り回すようになる。ボールを叩くこともあった。両親たちは特別、バットの構え方を教えようとはしてこなかった。簡単な持ち方は口に出したが、グリップがどうこう、腕がどうこう、とは言わない。まだそういう時期ではないことを、彼らは知っていた。


年末近く、日曜日のことだ。おまえは父親と総合スーパーを訪れた。投球マシン用の電池を買うためだったが、敷地内の特設会場で、戦隊ヒーロー物のショーが行われており、その前で自然と立ち止まった。

野球の中継以外にテレビ番組を観たことがないのだから、おまえにはもちろん、それが何であるのか分からないだろう。自分と似たような背恰好の子供たちが夢中になって見つめるステージには、赤や青のピカピカした服を着た数人が、怒った顔をした獣のような存在とぶつかり合っている。あれは何か、とおまえは訊ねる。

「何とかレンジャーだろうな。悪い奴らを、いい人たちがやっつけるんだ」と言いながらおまえの父は、あれは、「人」なのだろうか、と疑問を覚える。

「どっち？　どっちが悪者？」

おまえの問いに父親は一瞬、きょとんとする。

「どっちが悪者なの？」

「ああ、そりゃあ」と言いかけ、おまえの父親は、なるほどな、と感心の声を洩らした。見てくれの良い、清潔感のあるほうが正義で、不恰好で醜い姿のほうが悪者だと決め付けるのはもしかすると、偏見かもしれない、と気づいたのだろう。

まさに、それは正しい。そういった先入観こそが様々な悲劇を生むのだ。

仙醍キングスは弱い、だからそこにいる選手は不幸に違いない。といった先入観も同様だろう。仙醍キングスの選手は、野球を楽しんでいないと当然のように信じている。実際はどうなのか、を誰も気にかけない。

フェアはファウル、ファウルはフェア。きれいは汚い、汚いはきれい。

まさに、「マクベス」に出てくる魔女の台詞がぴたりと来る話ではあった。外見が恰好いいからと言って、善人とは限らず、その逆ももちろんある。

良いと悪いは、簡単には決めつけられない。

「さあ、みんなで応援するよ。せえので、頑張れーって声をかけるよ」ステージ脇に現われたマイクを持った女性が、ショーを観ている子供たちに呼びかけた。

おまえは見知らぬ儀式を見るかのような新鮮な気持ちでそれを眺めている。「もともと、我を張れ、ってところから来ているんだ。我を張り通す。『我を張れ』が変化して、『がんばれ』だ。自分の考えを押し通せ！　ってことかもな」

「頑張れ、というのはさ」山田亮は、おまえに向かって話しはじめる。「もともと、我を張れ、ってところから来ているんだ。我を張り通す。『我を張れ』が変化して、『がんばれ』だ。自分の考えを押し通せ！　ってことかもな」
もちろん、三歳のおまえにはそのことは理解できない。山田亮も独り言のような気持ちだったのだろう。「あ、そういう意味では、頑張れ！　っていうのは『おまえの考えは間違っていないから、そのまま突き進め』という意味合いなのかもしれない。頑張れ、間違っていないぞ、と」

掛け声の後、子供たちが大きな声で、「頑張れー」と言うのが聞こえてくる。

おまえの父親はそこで、「野球で言えば、『フェアだ！』と叫ぶのと同じかもしれない。ファウルじゃない、フェアだ！　だから自信を持って走れ！　って」

おまえたちが次に辿り着いたのは、公園だった。

遊具が並び、砂場のある場所で駆け回る。父親は息を切らしながらも目尻に皺を作り、おまえを追いかける。前回やってきた時には途中で降りてしまった滑り台の階段を、おっかなびっくりではあるが、父親の手を借りずに昇り切れた。おまえの身体は日々、大きくなり、できることが増えてきている。滑り台の頂で手すりにつかまり、下にいる父を見下ろすと、自分が浮遊するかのような心地好さがあった。

敷地の外から、三人の女性がやってきたことにはなかなか気づかなかったはずだ。ブランコに腰掛け、父に押してもらいながら、足をゆらゆらとさせ、自分の靴が地面に着かないだろうか、と試していると急に、「おーく」と声がした。

父親がさっと首を捻り、おまえのことをブランコから下ろした。

上から下まで黒い服の女性が三人、砂場脇の植え込みのところで立っていた。いよいよと言うべきか、さっそくと言うべきか、彼女たちが現われた。

女たちは三人とも似たような背恰好で、黒色のロングコートを羽織り、頭には黒のチューリップハット、靴まで黒かった。

おまえは、「魔女」のイメージを知らないだろうが、それはまさに、「魔女」と呼ぶに相応しい、典型的と言ってもよい姿だ。

おまえの父親は、女たちを不審に感じ、睨みつけた。無視をし、遠ざかろうともしたがそこで女の一人が、「おーく。おおくをのぞむがいい」と大きな声で歌うようにした。

多くを望むがいい、と。

「おーく。おおくをのぞむがいい」もう一人の女が言った。

「おーく。おおくをのぞむがいい」と三人目の女も言った。

おまえは恐怖は感じなかったものの、あれは何のことなのか、と父を見上げる。おまえの父は眉根を寄せながら、女たちを眺める。

「めでたいねえ。おまえは王になるのだから」女の一人が喚（わめ）いた。表情は真剣で、威嚇（いかく）するようでもなく、ただ、おまえたちに向かい呼びかけている。

「めでたいねえ。おまえは王になるのだから」

三人が同じ言葉を高らかに口にするのは、芝居がかっており、おまえは可笑しくて、くすっと笑う。可笑しいね、と同意を求めるような気持ちで父を見れば、おまえの父は真剣な面持ちだった。「本当だろうな。この子は王になるのか?」と訊ねた。何の王だ、とは言わなかった。

「ファウルとフェア」と女のうち一人が言う。

「おーく、フェアに生きろ」別の女が歌うような声を出す。

「おーく、フェアネスを貫けるか」

「当たり前だ」おまえの父親は毅然（きぜん）とした態度を取る。「この子は、フェアに生きる」

「そううまくいくだろうか」「まわりがフェアに扱ってくれるだろうか」「フェアに振る舞う人間ほど、不幸になるぞ」

「きれいはきたない。きたないはきれい」

「フェアはファウル。ファウルはフェア」

何のことかおまえは当然分からない。

唐突に現われる魔女、そのようなものが実在するのかどうか。

疑問に感じるのであれば、こう考えればいい。

魔女は、おまえや、おまえの父親の心の姿である、と。

携帯電話が鳴った。「お母さんから、メールだ」とおまえの父親が言う。「来てほしいらしい。一緒に行こう」

はっと見れば、先ほどの、黒ずくめの気味の悪い三人組の姿はすっかり消えていた。

だが、寂しがることはない。彼女たちはおまえの人生において、何度も現われる。おまえの心が、おまえにいつも付き添うのと同じだ。

さて、おまえの父親は電話で母親と話をした後で、ワゴンを発進させたのだが、まず立ち寄ったのは環状道路沿いのスポーツ用品店だった。

母親はスーパーにいたのではなかったか、と疑問に感じるおまえをよそに、父親は店の中に入っていく。はじめて入る場所であったから、おまえは好奇心と怯(おび)えを感じ、胸にもぞもぞとした違和感を覚える。

父親は足早に店内をうろつき、野球帽の売り場を見つけ出すと、そのうちの一つを迷わずつかんでレジに向かった。

白と黒で、洒落た柄の、東卿ジャイアンツのキャップだった。「それ、買うの？」

仙醍キングスの帽子ではないことに、よりによって東卿ジャイアンツの帽子であることに、三歳のおまえも動揺したのか。なるほど、正しい反応だ。

「お母さんが、これを買ってくるように言ってきたんだ」おまえの父親も状況が把握できていないようだった。

ワゴンは北へ向かい、到着したのは、老舗スーパーマーケットだった。

「急に、悪かったね」おまえの母親が待っていた。おまえを抱え、ごく自然に頬ずりをしてくる。

「どうしたんだ、一体」

「ちょっとついてきて。びっくりしたことがあって」

おまえの母親は、おまえの手を繋ぎながら、歩きはじめた。スーパーマーケットの裏を通り、細い階段を下る。古い住宅街だ。山を切り崩して造成されたのか、坂道が多い街並みで、下り坂を踏ん張るようにして進んだ。

やがて、工事現場に出た。

おまえの母親は、「ここをたまたま通ったら」とその敷地を横切っていく。マンションの建設予定地らしいが、日曜日であるためか、作業者はいない。工事車両も眠ったかのように止まっている。建材が積まれていた。

「ほら、あそこに変な影があるでしょ」と指差す。

倒れている人がいて、おまえは、「あ」と人差し指を出してしまう。「あ」とおまえの父親も言った。ぴくりとも動かない、人形のようだった。仰向けで、左手を上に、右手を下に折り曲げ、非常口のマークを模するかのような体勢で倒れている。

綺麗なものだ。出血もなければ、骨が飛び出してもいない。首が不自然に折れているだけだ。

「誰なのかは知らないけど、でも、たぶん」母親は言って、天を仰ぐようにした。おまえも同じように首を傾ける。斜め、上方にマンションがあった。濃い茶色で、聳えるように立っている。「あそこのベランダから落ちたのかも」

それは大変だ、救急車は呼んだのか。おまえの父親は携帯電話を取り出した。

「大変なんだけれど、ただ」おまえの母親の言い方は乾いていた。「ほら」と倒れている男の手を指差す。男は二十代の後半あたりに見えた。なで肩で、頬がこけ、ひょろっとしている。青白い肌だった。作業着のような服装で、その左手には布のようなものが握られている。ピンク色の薄い生地だ。

「これは」おまえの父親は不気味がりながらも近づく。「下着だ」

「でしょ」

「彼が落ちる時に、胸から外したブラ？」

「だったらすごいよね」

「じゃあ、何だろう？」

「きっと下着泥棒だよ」

「こんな昼間に泥棒？」

「昨日の夜に落ちて、そのままだったのかも」

おまえの両親はしばらく無言で、その、下着をつかんだ若者の死体を眺めている。おまえは無意識に、空気を強く吸い込んでいた。特別な匂いは感じなかったはずだ。

「可哀想に」おまえの父親がしんみりと言う。

「可哀想じゃないよ、自業自得よ」と母親は冷淡だ。

「で、これが必要だったのか」父親はすでに、どうしてそのキャップが必要だったのか、把握した様子だ。もちろん、おまえには分からないだろうが、それでいい。分からないことは無数にあるが、それでも生きていくことは可能だ。

「警察に通報する前に、と思って」おまえの母親は落ち着き払った声で言う。いつの間にか手にはハンカチを巻き、そのハンカチで包むように、東卿ジャイアンツのキャップを受け取った。死体に近づくと、死体の頭に載っていた、爽やかな水色の帽子を外した。男は、仙醍キングスのトレードマークがしっかりと刻まれた帽子を被っていたのだ。おまえの母親はそのかわりに、東卿ジャイアンツのキャップを載せる。

おまえの母親は、下着泥棒が仙醍キングスのキャップを被っていたことが許せなかったのだ。そのことを記事にされてしまったら、たまらない、と感じたのかもしれない。そして、どうせならば、と別球団のキャップと交換することを思いついた。

　東卿ジャイアンツのキャップを死体に被せると、おまえの母親はおもむろに携帯電話で、警察に通報をはじめる。

　おまえは将来、もし、この日の出来事を知ったら、どう思うだろうか。もしかすると、嫌悪感を抱くだろうか。恐ろしいと思うだろうか。

　が、恐れる必要はない。おまえの両親は、間違ったことをやったかもしれないが、それほど間違ってもいない。ファウルラインをぎりぎりに飛ぶ打球と似ている。フェアだ、と信じて一塁に走れ！

十　歳

またやっている。教室の廊下側の一番後ろの席、開き戸の近くに座っている山田君が、机に手を出していた。手の甲を上にして、指をぐっと開いて、それを覗き込んでいる。授業中は縦横にきっちり並んでいる机が、昼休みだからなのか少しばらけて、教室は乱れた雰囲気だった。

給食が終わってすぐに、クラスの男子のほとんどは校庭に出て行った。僕は先週、左手首を骨折したばかりなので、さすがにサッカーはできなくて、だからギプスをしたまま、この一週間は一人で本を読んでいる。左腕の肘の部分でページを押さえ、右手でめくっていけば、読むのはそれほど大変ではない。

図書室で借りた、世界の偉人シリーズをずっと読んでいる。今読んでいるのは、キュリー夫人の伝記だ。昔から、野菜のキュウリの話題が出ると、クラスで一人くらいは、キュウリ夫人、という駄洒落を口にするから名前はよく知っていたが、いったい何をやった人なのかは知らなかった。サンドウィッチを発明したのがサンドウィッチ伯爵だっていうのを聞いたことがあったし、キュウリを作り出した人なのかと思っていた。読んでいくと、キュリー夫人が、自分の身体の危険を恐れずに、実験を続けた、偉い人だと分かり、驚いた。

ただ、それよりも僕が驚いたのは、本の中には、キュリー夫人が何を思ったのかが書いてあることだった。たとえば、キュリー夫人の子供の頃の話が載っており、そこに、「その時、彼女は、お母さんのことが怖くなった」であるとか、「彼女は、二度と同じ失敗はしないと心に固く誓ったのです」であるとか、そんな風に記されている。キュリー夫人が偉くなったのは大人になってからなのに、どうして、子供の時の彼女の心情が克明に書かれているのか。それが不思議でならなかった。将来偉くなることを知っている誰かが、こまめに日記をつけるように、キュリー夫人の気持ちや出来事を記録していたのかもしれない。そう考えると今度は、寂しくなった。今の自分のまわりには、誰もいないからだ。誰も、僕の子供の時のことを記録していないし、ノートに書いてくれてもいない。今、何を思ったのか、何を考えたのか、インタビューもしてくれなければ、メモも残してくれていない。それはたぶん、大人になっても、偉い人にはならないと分かっているからだろう。偉人伝を書く必要がないからだ。僕は偉人にはならない。なれないのではなく、もともと、ならないと決まっているんだ。

教室の前のほうに、女子の集団があって、トランプをやっている。給食当番が食器を片付け、がちゃがちゃと音を出していた。

一人きりでいるのは、僕以外には、端の席で手を見つめる山田君だけだ。

山田君はクラスの中でも、人一倍背が高い。たぶん、学年の中でも、学校の中でも一番かもしれない。ひょろっとした体型でもない。

山田君は不思議な存在だった。苛められているわけでも、無視されているわけでもないのに、いつも一人だ。野球が好きで、市内のリトルリーグで練習していることは有名だけれど、それ以外のことはあまりみんな知らなかった。野球がどのくらい上手いのかも分からない。

話しかければ、返事をしてくれる。授業中も先生に呼びかけられれば、答える。無愛想というのとは少し違う。ただ、気づくと一人で行動していた。

昼休みになると、山田君が一人で手を眺めている。

そのことに気づいたのは、二日くらい前だ。手相でも眺めているのかな、とも思ったけれど、手の甲が上を向いている。昨日もそう、今日もそうだった。そして、十分くらいすると今度は、教室の後ろに置かれた大きな辞典を持ってくるのだ、と思っているとまさに山田君が立ち上がり、辞典を取りにいくところだった。鈴虫の入った飼育ケースの横、小さな書棚に入っている、みんなで使う辞典だ。机に置いて、ぱっと開いて、そしてすぐに閉じた。また開く。それを繰り返す。いったい何をやっているのか見当もつかない。

席を立ち、戸のところまで歩いた。緊張を必死で隠す。たまたま山田君の動きが目に入った、というふりをして、「ねえ、それ、何を調べているの」と声をかけた。

ゆっくりと山田君が顔を向けてくる。

「あ、その、辞典を開いたり閉じたりしてるから」自分が周囲を気にしていることに気づいた。山田君に声をかけるのが悪いことであるかのように思えた。

ああこれ、と彼はぼそっと言った。山田君は丸い顔だ。髪は短く、一重瞼で、目尻が少し吊りあがっている。鼻が大きく、唇は横に広かった。耳がすごく大きい。改めて近くで見ると、動物のような野蛮な感じと、たとえば博士のような賢さが、まざっている。

「眼の運動」

「眼の運動？」

「こうやって、辞典を開いてすぐに閉じて、瞬間的に何が書いてあったか覚えるんだ。で、開けて確認して」彼は言いながら、机の上の辞典をばたんばたんとやった。

瞬間視と呼ぶんだ、と彼は話してくれ、それから、手の甲をじっと見ている理由も教えてくれた。あれは、ツメを見つめて、眼を素早く動かす訓練をしているのだ、と。左手の親指のツメからはじめ、右手の親指、左手の人差し指、右手の人差し指と、ジグザグに眼を動かし、眼の運動をしているらしい。「顔とか首は動かさずに、眼だけで、での力は、野球に必要だから」
「そりゃ」山田君はそんな質問をされる理由が分からない様子だった。「野球だよ。眼
「どうしてそんなことをやるの」
きるだけ速くやって」

学校が終わると、山田君の後をつけた。見失わないように、ばれないように気をつけながら後ろを歩いた。白いガードレールの設置された歩道を進んでいくと、上り坂につながる。クリーニング屋の横道を右に歩いていく。公園があったので、そこに用があるのかと思った。でも、山田君は公園を横切るだけで、まだまだまっすぐに歩いていく。

着いたのは、総合スーパーの隣にあるバッティングセンターだった。道路や駐車場、淡い色の建物の一画に、ぽつんと緑色のネットで囲まれている。まるで、街中で育った巨大なカビのようだった。おばあちゃんの家にある蚊帳も思い出した。

ネットの張られた場所の手前に、小屋があり、そこが受付らしい。出てきたおじさんが、すぐにバットを山田君に手渡した。山田君も当然のようにバットを受け取り、ランドセルをおじさんに差し出した。一番奥へと歩いていく。僕は、ぐるっと遠巻きにするようにして、山田君が入っていったネットのほうへと近づいた。バッティングセンターの看板があったから、その柱に隠れる。

山田君がバットを構えると、機械からボールが飛んできた。

山田君の身体が素早く回転する。

打球が一直線に、向かい側のネットに突き刺さる。一瞬のことで何が起きたのか分からない。

びゅん、と球が飛んできて、すぐに、きん、と音がして打ち返されている。僕はとっさに、アニメの、忍者が戦う場面を思い出した。右と左から二人が走ってきて、空中に飛んだ、と思うと、甲高い刀の音だけが鳴って、交叉して着地する、それと似ている。

びゅん、と来て、きん、と打つ。ばさ、とネットにぶつかる。次々と、ボールが飛んできた。山田君はそのたび、綺麗に打ち返した。しばらくすると、ボールが飛んでこなくなる。山田君は、機械に硬貨をまた投入する。さっきと同じことが続く。ボールが飛んできて、山田君の身体が回転する。空振りなんて一回もなくて、次々と、ボールを打ち返した。見ているだけで、気持ちが良くて、ぼうっとした。

怪しげな人影があった。僕の前方、緑色のネットの外側で、大きな柱に隠れるようにして黒い服の大人が立っているのだ。しかも三人だ。黒ずくめで、黒い帽子の三人組で、全員が女の人のようだった。彼女たちは身を隠すように肩を寄せ合い、バットを振る山田君を見ていた。怪しい人たちだな、と僕は、自分も同じように覗き見をしているにもかかわらず、思った。管理人のおじさんに伝えるべきだと考えていると、別の人が現われた。野球チームのユニフォームを着た男が、犬を追い払うかのように手を振りながら黒服の三人に近づいていく。あっちへ行け、という仕草に見える。やがて、黒い服装の三人はいなくなった。

　音がまた響き、視線を山田君に戻す。打ち返す球が全部、右側に飛んでいってることに気づいたのは、少ししてからだ。最初に打ちはじめた時は、真正面のネットに刺さっていたのに、今は右方向に飛んでいる。もう一度、硬貨を入れて、山田君が打ちはじめる。今度は、打つ球打つ球、すべてが左方向へと飛んでいった。どっちに打ち返すのか、わざと狙（ねら）っているんだ、と分かって、ぞくっとした。

　ユニフォームを着た男性は、先ほどまで三人の女の人たちがたむろしていた場所に立ち、柱の陰からやはり山田君を見ていた。

　もしかしてスカウトというやつかな、と僕は興奮しかけるが、男の人がユニフォーム姿でいることは奇妙に思えた。これは何かの幻かしら、と思ったところで風が吹き、目にゴミが入った。手を動かすと、骨折したところが痛んだ。ギプスを押さえる。顔を上げると、ユニフォームの男の姿はない。

　あれ、と目をこすると山田君もいない。大慌（おおあわ）てでまわりを見渡す。バットを持ったまま、来た道を歩いていく山田君を見つけ、追った。

「手伝ってよ」そう言われたのはすぐ後だ。細い道の角を右に、何も考えずについていったら曲がり角のところに山田君が立っていたのだ。僕は驚いて、しりもちをついた。

「ちょっと練習を手伝ってくれよ」と山田君は繰り返した。

「練習？　あ、僕がつけていたこと、ばれてたんだ？」

「俺は目がいいから」

断ることもできなくて、公園まで一緒に行って、山田君の練習に付き合った。左手が使えないし、僕は野球なんてできないから、と尻込みしたものの、「大丈夫」と言われた。「父さんが手伝ってくれる予定だったんだけど、急に仕事で駄目になったんだ」

「山田君のお父さん、何をしているの？　平日が休みの仕事？」

「市役所だよ」と山田君は答える。「いつもは母さんが練習の相手をしてくれるんだ。ただ、母さんに用事がある時には、父さんが仕事を早退して」

「わざわざ？」野球の練習のために、仕事を早退してくるなんて、考えられなかった。

山田君はその後、タオルを脇に挟んで、バットを振りはじめた。フォームが崩れたら言ってくれ、と頼まれたけれど、僕には、何回素振りをしても山田君の動きは崩れていないように見えた。

それが終わると今度は、バドミントンの羽根を、渡してきた。

公園の端っこにフェンスがある。それだって山田君が用意したのかもしれない。「片手でも投げられるだろ。トスして」

緊張しながら、バドミントンの羽根を放ってみた。はじめはうまくいかず、羽根は、地面近くに落ちたり、山田君の身体にぶつかったりして、焦った。山田君に怒る感じはなく、「もう少し強く」「もっとこの辺に」と言うだけで、少しずつ慣れてくると、うまく投げられるようになった。

山田君は上手に、その羽根を打った。間近で見る、山田君のバッティングはすごかった。ぶん、ぶん、と鋭く風が切られて、大袈裟ではなく風の力で、僕は飛ばされそうになる。ふわっと浮いたバドミントンの羽根が、瞬間的にバットで叩かれるのは、本当に、剣で何かを斬るようだった。

日が少しずつ、沈んでいく。山田君の振るバットの回転が、時間とか空とかを回しているんじゃないだろうか。

「さっき、僕以外にも山田君のバッティングを見ている人がいたけど」あの黒服と黒帽子の三人組やユニフォームの男が気になって、途中で一度、訊ねた。

「黒い服の三人?」山田君はバットを止めた。

「そう。三つ子じゃないけど、似た恰好で。魔女みたいで」

「じゃあ」山田君はこともなげに言う。「魔女かな」

「魔女なんているのかな」

「いないと思うけど。『マクベス』って本には出てくるんだって。父さんが言ってた」

「マクロス？」

「マクベス。王様の話らしい」山田君は興味もなさそうに答える。「マクベスは魔女の言葉を信じて、王を殺して、自分が王になる」

「図書室にあるかなあ」

その後、山田君は、僕に硬式ボールを寄越し、「次はこれを投げてくれ」と頼んできた。最初、硬球を手に握らされた時、僕はその重量感にバランスを崩した。先ほど放っていたバドミントンの羽根と、あまりに重さが違ったからだ。腕ががくんと落ちるほどだ。はじめはなかなか加減が分からず、上手に投げられなかったけれど、だんだんと弓なりに放ることができるようになる。

山田君は綺麗に打つ。飛ぶ硬球の響きは、まるで自分が殴られているかのような感覚を与えてきた。

夜の七時近くになり、空はかなり暗くなった。山田君は練習をやめた。僕の右手は、硬球の重さにすっかりだるくなり、うまく放れなくなっていた。

「山田君、いつもこんなに練習してるわけ？」

「そうだよ。帰って、夕ご飯を食べたら、またやるけど」

「え？」

「あそこのバッティングセンター、夜もやってるんだよ。遅くまで」

「一日中、野球しかしないみたいだ」

「そんなことない。息もしてる」

同級生たちが言うような冗談を、山田君は淡々と、顔色ひとつ変えずに口にする。


自分の家に戻ってきて、玄関を開けると、沓脱ぎのところにお父さんの黒い靴があり、暗い気持ちになった。胸の中に黒いもくもくとした煙が浮かんでくる。お父さんが帰ってきている。そうか、山田君のあとをつけたのは、山田君のことが気になったせいもあるけれど、家に帰りたくなかったからでもあるんだな、と僕は、別の人の気持ちを想像するような感覚で、思った。「キュリー夫人は家に帰りたくなかったのです。父親が苦手だったからです」と本に書きたくなった。何でもかんでも、キュリー夫人のことにしてしまえば面白いのに。

お父さんはいつからか今までと変わってしまい、そのことを寂しく感じていました。お母さんは、「お父さんは悪くないのに会社で悪者にされちゃって、悔しいし悲しいし、だからちょっと苛々しているのよ」と言います。お父さんに早く元気になってほしいと思いましたが、お父さんの機嫌が悪くなって、薬を飲んでぼうっとしていたり、時々、びっくりするくらい大きな声を出して物を投げるのは、怖くて仕方がありませんでした。はじめはただ不機嫌で乱暴になっただけでしたが、やがてお父さんは言葉を失い、四つん這いとなり、獅子と虎がまじったかのような猛獣に姿を変えました。顔面の色は緑になり、背中には硬い鱗のようなものも生え、見たことのない獣に変わりました。家の隅でだらしなく寝そべっていたかと思うと、喉を鳴らして歩き回り、自分の気に入らないものを見つけると歯茎を剝き出しにし、低い唸り声を発するのです。お母さんの腕に嚙み付くこともあります。一週間前には、お父さんが階段の上から飛び掛かってきたのを避けた拍子に、僕は左手の骨が折れてしまいました。

お父さんが本当に怖くなってきました。自分で自分のことが可哀想になります。とキュリー夫人は思いました。頭の中で、そんな文章を浮かべて、僕はくすっと笑う。

全部、ただのお話になってしまえばいいのに。

廊下を進み、居間に入ると、台所のお母さんが、「遅かったわね。心配したのよ」と言う。顔色は悪くなかったけれど、陰で隠れているような雰囲気があって、とても疲れているのが分かる。お父さんは？　と訊ねると、「寝てるのよ」とお母さんが二階を指差した。ぐるるる、と喉を鳴らす音、もしくは発作的に上げる獣の雄叫びが聞こえてきそうで、頭を強く左右に振った。

次の日も学校が終わると山田君を追った。というよりも、追おうとしたのだけれど、昇降口の下駄箱のところで、ばれた。「今日も来るのか」と言われ、一緒に帰ることになった。

前の日と同じように、バッティングセンターへ行くと山田君のお母さんがいた。背が高くて、痩せていて、山田君とそっくりの丸顔だった。

「昨日、練習手伝ってくれたんだってね。ありがとう」と山田君のお母さんは言い、

「野球チームはどこのファン？」と質問してきた。どうしようかと困った。山田君がいつも着ている青いジャージの胸の部分に、仙醍キングスのマークが入っていたので、

「地元だからやっぱり」とぼそぼそ答えてみた。「仙醍キングスかな」

「あら、ほんと」と山田君のお母さんの表情がやわらいだ。

　練習内容はほとんど、昨日と同じだった。バッティングセンターでバットを振り、公園に移動して、脇にタオルを挟んだり、バドミントンの羽根をバットで打ったりした。昨日見かけた黒い服の女たちやユニフォームの男はいなかった。山田君のお母さんはずっと付き添って、時々、声をかけた。大声で怒鳴ったり喚いたりすることはなかった。分厚い本みたいなのを持っていて、それを見ながら、「この写真みたいに、もっとこうしたほうがいいよ」であるとか、「この練習、今度やってみようか」であるとか、山田君と一緒に相談している。

「いつも、こんなに練習してるんですか」

「こんなに、というか、そうね。ずっと」

「プロ野球選手になるんですか？」と訊くと、山田君のお母さんは、「なればいいな、と思っているの」と笑った後で、「みんなのために」と続けた。

その意味が分からなかったのだけれど、山田君がプロになれなかったら世界中のみんなが困るような、そういう言い方だったから、僕は笑いそうになった。

公園から帰る途中、「山田君のチームって強いんですか」と訊ねた。

「王求の？　東仙醍リトルのこと？」

「はい」僕は答えている。「山田君、すごく上手そうだけど、みんな、あんなに上手いんですか」

「今月末、試合があるんだけど、観にくる？」

その隣にいる山田君はにこりともしないで、もちろん怒っているわけでもなく、まっすぐに前を見ているだけだった。

その日曜日、山田君の試合を観に行けたのは、お父さんのおかげだ。

朝食の時からお父さんは機嫌が悪かった。独り言を言いながら、いや、涎を垂らして唸りながら、新聞を前肢で引っ掻いていた。びりびりと破り、噛み付き、歯で引きちぎる。僕にはそうにしか見えない。いつ吼えるか分からなくて、僕は怖くて、近づきたくなかったし、お母さんもたぶん同じ気分だったんだろう。「買い物に出かけてきますね」

と僕を連れ、外に出た。

ただ、出たはいいものの買い物に行く予定もないようで、「どうしようか」と自転車の準備をしながら、溜め息をついていたので、「野球観たい」と思わず、言った。「友達の試合があるんだ」

「いいね、そうしよう」

お母さんと縦に並んで自転車に乗り、廣瀬川の土手まで行った。空は澄んだ青色で、土手の道は高い場所だったから、気持ちが良かった。広い運動場が見え、野球をやっているのが見下ろせた瞬間、胸の中にあたたかい風が吹いた。どうしたの、にこにこして、と自転車を止めたところで、お母さんに言われて、そうかにこにこしていたのか、と分かった。

土手の階段を下り、野球グラウンドへ歩いていく。試合は始まっていた。打席にいるのが山田君だった。学校帰りの練習で見た時と同じ、あのしっかりとした、頑丈そうな構えをして、立っている。

「ほら、あれが山田君」とお母さんに教えたのとほとんど同時に、山田君の身体が回転した。打った球が青空に向かって、ぽーんと飛ぶ。打球の飛んでいく先を無言で見送る。グラウンドに視線を戻すと、赤のユニフォームを着た守備の選手たちが肩を落としていた。あらあ、とお母さんが口を開け、笑った。お母さんの笑うところを久々に見た。スコアボードを見るとまだ一回の裏で、そうか第一打席でいきなりホームランだったんだ！　いいタイミングに間に合ったと思った。お母さんも、「ちょうど良かったね」と幸運を喜んでいたけれど、試合が終わってみれば、それほど貴重な場面ではなかった。山田君はその試合、五回打席に立って、五回ともホームランを打ったからだ。ライト方向へレフト方向へ、まるで毎回違った方角を狙って、打っているかのようだった。

近くを流れる川が音を立てているのかもしれないが、河川敷グラウンドはとにかく静かで、空に雲がまるでないせいか、とても平和な光景に思えた。山田君の打ったホームランが、青空に向かって手を伸ばすかのような、そういう雰囲気で飛んでいく。

こーん、と気持ちのいい音を出して、空を撫でるように落下する。

気持ちが晴れ、胸の中が大きく膨らむ。お父さんのことはすっかり忘れた。

奇妙だったのは、打った山田君が冷静なのはまだしも、味方であるはずの、東仙醍リトルのベンチにいる選手たちがみんな、白けた顔だったことだ。

試合後、山田君に声をかけたくて、グラウンド整備や後片付けが終わるのを待つことにした。すると、お母さんの携帯電話が鳴った。お父さんからだと、その歪んだ表情から分かった。「家にすぐに帰らないといけないから、先に行ってるね」とお母さんは言い、そそくさと自転車で去った。

一人残って、ぼんやりとグラウンドを眺める。土が綺麗で、盛り上がったマウンドが柔らかそうだった。

しばらくすると、片付けの終わった東仙醍リトルの子供たちが何人か、こっちに向かってきた。それぞれ、親と一緒で、汚れたユニフォームのまま、立派なバッグを持っている。前を通る時、子供の一人が、「ねえ、お父さん、王求がいるとつまんないよ、やっぱり。そう思わない？」と言っているのが聞こえた。

僕は、自分の悪口を言われたかのような気分で、胸が痛くなる。

先ほどまで山田君と同じチームでピッチャーをやっていた選手だった。「そうなんだよ、あんなのつまんねえよ。打てばいいってもんじゃねえよ」とその隣にいた別の、バットを担いだ選手も言った。「まったくさ、相手のチーム、王求を敬遠すればいいのに」

通り過ぎていく彼らの後ろ姿を見送ってからまたグラウンドに目をやるが、この間のバッティングセンターの時と同じように、いつの間にか山田君がいなくなっていた。見失ってしまった。

立ち上がり、周囲を見渡す。土手を駆け上がり、視線を走らせる。ふと後ろを見ると、グラウンドとは逆側の土手を下ったところに小さな駐車場があり、そこに大人がいた。白い車の横で、ユニフォームを着た男の人がいて、その前に立つ男の人と女の人が箱のようなものを差し出していた。あ、と思った。その女の人が、すらっと背筋の伸びた山田君のお母さんだったからだ。

「お金、渡しているんだよ」急に隣から声がする。

驚いてのけぞると、山田君が横に立っていた。いつもと同じ顔つきで笑顔でもなければ怒っているわけでもない。「父さんと母さんが、向こうの監督に約束していたんだ」

山田君のお父さんは、とても真面目そうだった。「約束ってどういう」

「俺を敬遠しなければ、お金をあげるって」

意味が分からず、返事に困る。

「俺はよく敬遠されるんだ。最近の試合、三試合連続で、最初の打席以降は全部、敬遠。試合で敬遠ばっかりだと、俺のためにもならない。だから、父さんたちが念のため、相手の監督に頼んだんだよ」

白い車をもう一度見る。山田君のお父さんとお母さんはそこからいなくなっていて、箱をもらった相手チームの監督がそれを車の助手席に入れていた。

「それって、やってもいいことなの？」僕は訊ねた。

「分からないんだ。俺にも。父さんたちは一生懸命やってくれているし、真剣勝負をお願いしているんだから良いことだとは思うけれど。だって、あっちの監督だって、あのお金を自分のために使うわけじゃないんだ。チームの運営のお金が足りないらしいから、それに足すみたいだし。ただ、ああやって、こそこそ隠れて、渡しているところを見ると、悪いことのようにも思える」

「良いけど、悪いこと、なのかな」と答えた頭には、山田君に教えてもらった、「マクベス」の話が過ぎった。図書室にあったから読んでみたのだ。難しかったけれど、ところどころではっとする文章が出てきて、興味深かった。そしてそこに、マクベスのせいで命を落とすことになる、ある夫人の言葉があった。腐った世の中だ、と嘆いた後で、こう言う。「悪いことをして褒められたり、いいことをすると大馬鹿と言われたり」

まさに、山田君を囲んでいる出来事は、それじゃないか、と思わずにはいられない。

敬遠して勝負を避けることが褒められて、ホームランを打つことで馬鹿にされる。

「一緒に帰ろうか」山田君が言ってくる。「父さんたちには、先に帰っていいと言われたから」

「あ、うん」僕は動揺を隠すために、「それにしても」と話をする。「全打席ホームランってすごいよね」

「昔から、ピッチャーの投げる球が分かったんだ。ピッチャーが振りかぶった時に、ストライクになるかボールになるかは」

感心するほかなかった。僕は何を喋ったらいいか分からなくて、「そういえば、『マクベス』読んだよ。図書室にあったやつ。確かに、魔女が出てきた」と話をした。

「そうか。俺は読んだことはないんだ。面白かった？」

「怖かった」

「怖かった？　魔女が出てくるから？」

自分でもよく分からなかった。ただ、マクベスが王になったというのに、まったく安心できず、おろおろしている様子なのが恐ろしかったのかもしれない。

「一番怖かったのはね、マクベスの奥さんが、眠りながら手を洗っているところ」

「手を？」

マクベスが王を刺し殺した時、その剣をマクベスは持って帰ってきてしまう。焦っていたんだろう。奥さんは慌ててそれを、現場に返しに行くのだけれど、それからというもの、夜になると寝ぼけたまま、「どうして血が消えないの！」と手を洗うようになった。その場面が怖かった。それを言うと、山田君は、「やっぱり、人を殺しちゃったショックが隠せないのかな」と答えた。

山田君が自転車を漕いでくれて、僕は後ろの荷台に乗った。二人乗りは禁止されているけれど、気にするつもりもなかった。

家に着いた時、何かが変だ、とすぐに察した。

その時、キュリー夫人は何かが家で起きている、と分かったのです。

たぶん、キュリー夫人は、庭に近い和室の障子が、朝は何事もなかったのに、今はあちこち破けていることを変だと思ったのかもしれません。

山田君が自転車を止めて、じゃあまた、と言う。返事をせず、僕は家の玄関にゆらゆらと近づいていった。胸騒ぎがあった。玄関の戸を開け、そっと足を入れると廊下の奥から、お母さんの声が聞こえた。感情的な、言葉にならない声だ。靴を脱ぐと中に入った。床が汚れていて、靴下のまま、ぬるっと滑った。べとべとした感触がある。血だ。え、と思う。

低い地響きにも似た音がした。居間のドアから、ぬっと姿を見せたのは、獅子とも虎ともつかない、獣だった。毛むくじゃらで、顔面の部分が緑色に照り、口のまわりを赤く染め、廊下についた肢をぶるっと震わせる。ぐわっと顎が開くと、そこから轟音とも呼べる唸り声が噴き出し、廊下の壁がびりびりと振動した。

僕は膝をつき、四つん這いの恰好で、後ろに下がる。身体を捻り、どうにか立つ。足に力が入らないものだから膝が曲がり、倒れた。

雄叫びじみた声が聞こえた。壁と床がまた震え、後ろの獣の身体が風船のように膨らんで、巨大な河豚のようになり廊下を塞ぎ、そのまま、飛び掛かってくる。

緑の毛や背中の鱗が光る。それは、恐竜のように硬い身体なのか、それとも、ぬめぬめとしたやわらかいものなのか、僕には分からない。飲み込まれる、と怖くて仕方がない。悲鳴を上げる余裕もなく、その場で転がり、避けた。獣は廊下の壁に顔面をぶつけたのか、肉がひしゃげるような音がした。「死のう」と廊下から聞こえてきた。お父さんの声だったけれど、あの不気味で野蛮な獣が発するものだから、奇妙でならない。

居間に逃げ込むと、テレビの置いてある横に、お母さんは倒れていた。顔は真っ白で、がたがた震えている。それはまだ生きている証拠でもあるから、安心もした。

僕は居間の窓を開けると、靴下のまま庭に飛び出した。踏み石の上を駆けて、外に向かう。獣の喚く声が反響した。

家の門を出て、道路に出ると真正面に山田君が立っていた。まだ帰っていなかったことに僕は少し驚く。

山田君はこちらを見て、僕のシャツに血がついていることに気づいたからか、目を丸くした。そして、バッグからバットを取り出した。

立ち止まって、振り返る。門から出てきたのは、膨れ上がるかのように身体を大きくした、緑の獣だ。視界に膜がかかり、はっきりと把握できないが、口を大きく開き、そこからまたしても、炎を噴くような叫び声を吐き出した。

その獣の顔面がへこんだ。鈍い音とともに、額に球体のものがめり込んでいる。

驚いて、横を見る。

山田君が美しい姿勢でバットを振り切っていた。バッグから取り出した、ずしりとした重量感の硬球を、バットで打ったのだ。その球が、獣の額の真ん中に激突した。ものすごい速度の打球は、そのまま獣の頭を貫通しそうでもあった。

獣は白目を剝くと、身体を揺らして、その場にひっくり返った。地響きはない。山田君は唇を少し尖らせただけで、あとは、自分のフォームを確認するように、数回、素振りをその場でやっている。

山田君のフォームはやはり、とても美しかった。竜を倒した騎士みたいでもあった。

それから何がどうなったのか、僕はよく分からないけれど、警察には何度か、話を聞かれた。

僕と山田君は、お父さんが家の中で暴れ、包丁を振り回している時、たまたま、外でバッティングの練習をしていました。興奮したお父さんが玄関から飛び出してきて、山田君が打った球が、運悪く、頭にぶつかったんです。狙ってもあんなふうに当たらないのに、本当に、びっくりしました。ショックです。

警察には、そう証言をした。お母さんも話を合わせてくれた。「マクベス」の最後、マクベスを倒した男が言う台詞を僕はそれから、よく思い出す。

「自由な世が来ました」

十二歳

十二歳の山田王求を記す。

そのためには、彼のまわりにいる人物に触れていく必要があるだろう。

たとえば、津田哲二だ。

彼は盛丘市で生まれた。もちろん当時は、バッティングセンターの管理人ではない。であるばかりか、幼少時から野球とは無縁の生活だった。父親は運動が苦手で、彼自身もそうだった。中学入学前に、親の転勤の関係で仙醍市に引っ越し、高校まで公営団地で暮らすようになる。私立大学への入学を機に東卿での生活を開始、卒業後は証券会社に勤務し、年下の女性と結婚し、一男一女の子供を得て、そして子供たちの自立と自らの定年を機に、妻と二人で仙醍市に居を移した。

スポーツに関しては、テレビで野球観戦をする程度で、それよりはアニメや漫画を楽しむことのほうが多かった。

退職金を使い、中古の一戸建てを購入した。

どうして仙醍市を選んだのかといえば、十代の頃には、刺激が少なく穏やかで物足りなく感じていた地方都市のたたずまいが、還暦を過ぎた今の自分たちにはむしろ住み心地が好いのではないかと思ったからだ。

年金と貯蓄で生活するお金には困らなかったが、気分転換や日々のリズムをつけるために、何かパートタイムの仕事はないだろうかと思っていたところ、まさに渡りに船で、家から目と鼻の先に、働き場所を見つけることができた。

津田バッティングセンターの管理人だ。

近所の整骨院の待合所で知り合った男性が、その男も苗字がたまたま、「津田」で、あちらこちらのビルを所有していた。「空き地にバッティングセンターを放置しているんだが、あんた、管理人、やってみるかい。津田バッティングセンターって名前だから、いつかあんたがオーナーになっても困らない」

バッティングセンターの管理人は閑だろうな、と予想したが、その予想通りに閑だった。朝から夕方まで小屋に座り、時折訪れる客たちの両替に応じ、機械の簡単な整備やボールの片づけをするだけだ。閉店時にお金を回収し、金庫に保管すればそれでいい。性格的に、地味で退屈なことは合っていたため、不満はなかった。家で妻とずっと顔を合わせているのも息が詰まる。

小学生や大人がバットを無邪気に振り回しているのを眺め、その合間に好きな、アニメ雑誌をめくっていれば気分も晴れた。

　王求がやってきたのは、働きはじめて一年も経たない頃だ。

「一番速いので、何キロですか？」と一緒に来た父親がまず、話しかけてきた。

左バッター用だと百三十キロだけど、右だと百四十キロのが一番端っこにあるよ、と津田哲二は答えた。

「今すぐじゃなくていいんですけど、いずれ、左打者用のも百四十キロくらいは出るようにしてくれないですか」と今度は母親が言ってくる。バットを担いでいる少年を見て、「ぼくは、左打ち？」と質問してみると、彼が、こくん、とうなずいた。「ぼく、百四十キロとか打つようになりたいの？」

「それ以上ですよ」父親がうなずく。

　将来の夢はプロ野球選手、と意気込む親子が、バッティングセンターの客の中には少なからず、いた。というよりも、意外に多かった。

　子供がバットを振る後方、ネットの外から厳しく指示を出す父親や、しゃにむに高速の球に挑戦しようとする子供もよく、いた。教育熱心なのか、子供の夢を後押ししているのか、もしくは、自分の夢を子供に託しているのかは分からないが、そんなにむきにならなくてもいいではないか、と思ってしまうこともしばしばだった。何事も楽しくやるのが一番なのに、と。だから、山田親子に対しても同じ印象を持った。

ただ、山田家が毎日のように通いはじめると、津田哲二は、もしかすると、という思いを抱きはじめた。もしかすると、自分は本当に、将来のプロ野球選手の成長を目(ま)の当たりにしているのではないか。

山田王求のフォームやスイングは、素人目(しろうとめ)には完璧(かんぺき)に見えた。どのような速度の球も打ち返すようになり、初めの約束通り、百四十キロの機械を左打者用に変更せざるをえなくなったのだが、それすらも王求少年は容易に打った。気づくと津田哲二は機械のメーカーに問い合わせていた。自分で駆動ベルトの調節を行い、どうにかそれ以上の速球を可能にしようと試みたのだ。もちろん、そのような改造は難しかった。仕方がなく、打席を通常の場所よりも前、機械寄りに移動させることにしたが、王求は苦にしなかった。日に日に力を増し、優秀な打者に育っていく少年のために、自分は少しでも役立たねばならない、と津田哲二はそんな思いに駆られた。

だから、小学校六年生となった王求を前にして、「これ以上、球は速くできないし、これ以上、前に出るのも効果はないと思うんだ」と告げた時には、まさに、王の希望に応(こた)えられない家臣のような思いで、力の至らなさにぺしゃんこになってしまったのだが、当の王求は、バッティングセンターの管理人のそんな思いを知るはずもなく、「できることしか人はできないよ」とぼそっと言うだけだった。

王求少年は、津田バッティングセンターの管理人からランドセルを受け取り、肩にかけた。夕方を過ぎているのに空気はまだ、ずいぶん暑い。

「全国大会は来月だったっけ」管理人のおじさんが聞いてきた。王求少年はうなずく。東卿で開催される大会が、来月の日曜にある。全国の地方予選を勝ち抜いた十六チームがトーナメントで試合をするのだ。「去年の雪辱を果たしておいで」

王求少年は首を傾げた。するとおじさんは、雪辱という言葉の意味を説明してくれ、「去年はほとんど敬遠だったじゃないか」と続けた。ああ、そのことか、と思った。

「悔しくないのか」

「慣れてるから」王求少年はごく普通に答える。「プロになったら敬遠されない」とも続けた。

「プロのほうが敬遠するかもしれないぞ。なりふり構わないからな」

「でも、父さんたちが言ってた。プロは真っ向勝負をしてくるって」

「王求のお父さんたちだって、プロのことはよく分かんないだろう」

王求少年はそこで、胸を小突かれた感覚になる。胸の奥をノックされたかのようだ。またた、と思う。最近、そういうことが何度かあった。自分の心の中の枝がぱきぱきと折れ、頭の中の豆電球が一瞬、切れる。

「どうかしたか」

「最近」と王求少年は言いかけて、黙る。自分のその感覚を何と説明していいのか分からなかった。

かわりに、昨日の夜に見た夢について話した。

自分はどこかの見知らぬ国で、巨大ロボットに乗り、悪人たちと戦っている。どういうわけか巨大ロボットの腹部には、人が入り込める空間があり、そこに自分が立ち、木製バットを振り回すとその動作に合わせ、巨大ロボットも武器を操作するのだった。巨大ロボットに乗り、戦い続ける。その夢には決まって、親が登場してくる。父の時もあれば、母の時もあるのだが、とにかく突然現われたその親は、「これを使え」と不思議な機械を手渡してくる。目覚まし時計を分解したかのような小さなもので、「これを使えば、もっと強くなる」と真剣な面持ちで言う。王求少年はそれを受け取るが、その機械がまったく役立たずの、時代遅れのがらくたであることをなぜか知っている。が、そのことを親に伝えることはできない。達成感に満ちた親の表情に気圧(けお)され、小声で礼を口にするのが精一杯だ。

「で、帰り道にその機械を捨てるのか?」夢の話を聞いた管理人のおじさんは哀れむように言った。

何で知っているのか。王求少年は訊(たず)ねる。

「ガンダムだな、それは」

おじさんは言うが、王求少年には意味が分からない。

公園に移動すると、先ほどのバッティングセンターで打ちそこなった球のことを思い出しながら、素振りをやった。頭の中にはいつだって自分に向かって投げられたボールの軌道や速度が映像として、記憶に残っている。そのイメージを再生させ、バットを振る。打ち返す映像を確認する。ボールがなくとも、頭で、打った手応えを感じる。

次にフェンス脇（わき）の物置を開けた。大きな布袋が置かれている。両親が練習用のグッズを収納するために用意したものだ。袋を開け、プラスチックのコップを二つ取り出す。

つい最近まで、放課後の練習には、両親のうちどちらかが付き添ってくるのが常だった。練習メニューの指示を出し、フォームや動作の確認をするためだ。が、最近は、一人きりで練習することを選んだ。実はそれは、巨大ロボットの夢を見はじめた時期と一致しているのだが、王求少年自身はそのことに気付いてはいない。

「でも、暗くなった公園は一人じゃ怖いでしょ」母はそう心配したが、彼女もパートで働く必要があるため、最終的には、一人での練習を了解した。

公園の時計を見ると夕方の五時だ。日が長くなってきているからか、薄ぼんやりとしながらも、周囲は充分に明るい。水道でコップになみなみと水を注ぐと、それを両手に持ち、階段へと向かう。噴水のある敷地が高台にあり、水で満杯のコップを両手に一つずつ持つ。腰を落とし、階段を昇った。「下半身は力強く、上半身は柔らかく」という身のこなしがバッティングには重要であるため、その動きを身体(からだ)に馴染(なじ)ませるための練習だった。足を踏ん張り、コップを持つ腕は柔軟に。

何度かやると、水を捨て、コップを布袋へ片付ける。また、素振りに戻った。

バットを持ち、構える。体の二つの軸、左の肩甲骨(けんこうこつ)と骨盤を結ぶ軸、右の肩甲骨と骨盤を結ぶ軸を意識しながら、身体を回転させる。テイクバックからフォロースルーまで、イメージ通りにバットを振ることができると、そこには誰もいないにもかかわらず、何者かに褒められたような、安堵(あんど)とも喜びともつかない気持ちになる。父親や母親の拍手の音が聞こえる。

石投げの男、この時はまだ中学生であるのだが、その石投げの中学生のことにも触れておく必要がある。

公園で練習を続けていた時のことだ。

バットが風を切る音と自分の呼吸の音だけが周囲にはあったが、途中で、人の声がかすかに聞こえ、王求少年は動きを止めた。がさごそと音もする。右後方の植え込みから、数人の男たちが出てくるところだった。学生服を着た三人で、王求少年よりも大きかった。公立中学校の生徒たちだ。彼らが銜(くわ)えている煙草(たばこ)と、そこから立ち昇る煙を、何とはなしに目で追った。すると彼らのうちの一人が、「何をじろじろ見てるんだよ」と威勢のいい声を発し、王求少年を脅した。けたたましく笑う。別の一人が、「あ、なんだ、あいつ人殺しじゃん」と言った。え、と他の二人が足を止める。あいつ、たぶん俺の弟の同級生なんだけど、小四の時に人を殺してんだよ。「なあ、そうだよな」

王求少年は直立不動で立ち、バットを持ったまま、返事ができなかった。気づけば、空は暗い。周囲の景色が把握できない。公園の植え込みが風もないのに、ざわざわと揺れ、囁き合うように思える。

「あれは、事故だよ」王求少年は答えた。

「事故と言っても、相手が死んじゃったのは本当だろ」先ほどまでは数メートルの間隔があったはずであるのに、あっという間に、中学生たちが王求少年の前に移動していた。見下ろしてくる黒い制服の彼らには、素行が悪いもの特有の威圧感があったが、王求少年は怖いと感じなかった。

「それは錯覚だろうに。あれは事故ではなかっただろうに。額を狙って、打ったのだろうに」

どこからかそんな声が聞こえ、王求少年は後ろを向く。敷地を囲むようにして立ち並ぶ木々のひとつ、その裏側に黒い影のようなものが見えた。さっと姿を出したかと思うと、「王になるお方」と叫んだ。叫び声は風にまざり、というよりも風の音以外の何物でもない震えとなって、聞こえてくる。

「それは錯覚だろうに。あれは事故ではなかっただろうに。狙って、額を狙ったのだろうに」隣の木からも黒い人影が覗く。

「それは錯覚だろうに。あれは事故ではなかっただろうに。狙って、額を狙ったのだろうに」さらにその隣からも聞こえた。

王求少年はその三つの黒い影を特別、気にかけなかった。怖さも感じず、さらには、正体を確かめるつもりにもならない。そのかわり、「その通りだ」と内心で考えている。あの時、同級生の家から飛び出してきた男を目の当たりにした瞬間、自分はおぞましい怪物を退治する思いで、バットを取り出した。事故ではない。

「ああ、王になるお方」

「球が当たったあの男」

「死んだわけではない」

三つの影が口々に言う。

死んではいない？　王求少年は首を捻る。あの同級生の父親は、自分の打球を頭に受け、絶命した。そのはずだ。記憶はあった。

「いや、そうではない」と黒い人影が言う。

「あの一撃で、あの男」

「優しい父親に戻った」

馬鹿なことを言うな、と王求少年は言い返したくなるが、やめた。

続けて頭に浮かんだのは、黒い布だった。あの、同級生の父親の出来事があった後で、王求少年の父が突然、大きな黒い布を持ってきたことがある。この公園で、広げた。布の四つの角には紐がつけられ、それぞれを引っ張り、樹や遊具にくくりつけた。黒い布が、小さな的のようになった。

「よし、王求」と父親はうなずいた。「この黒い布には、おまえの抱えているもやもやとした気持ちが入ってる。罪悪感とか恐ろしさとか不安とか、そういうものすべてこの黒布なんだ」

どういう意味なのかよく分からなかったが、王求少年は顎を引く。

「今から球を打って、この黒布を吹っ飛ばすんだ」

「吹き飛ばす？」

「ホームランというのはそういうものなんだ」

「そういうもの？」

「世の中の不安だとか怖いこと、忌々しいこととかを全部突き刺して、宇宙に飛ばす。いいか、譬え話じゃないぞ。おまえならたぶんホームランで世の中の陰鬱とした問題を、一瞬かもしれないが、消し去れる」

本気で父親はそんなことを信じているのか、と王求少年は意外に感じた。が、それ以上に、父親がそう言うのであればそうに違いないとも思った。

父親が軽く投げてきた硬球を、王求少年は打った。

打球は鋭く、力強さを漲らせ、黒い布に激突し、王求少年の鬱々とした思いをごっそりどこかへ解放するかのような爽快感とともに、遠方まで飛んだ。

世界は平和になった。一瞬ではあるが、確実に。


「なあ、結局、その同級生は引越しちゃったんだろ。父親を殺した奴と同じ学校には通えねえもんな」中学生がまだ言う。彼の弟が誰なのか、思い浮かばない。

「知ってる？　法律で裁かれるのって十四歳からなんだぜ。いいよな、小学生は人を殺しても関係ないなんて」

「あれは事故だから」王求少年が繰り返すと、「あれは事故だったから」と中学生は同じ台詞を、わざと女々しい言い方に変えて、口にした。木々の向こう側から、またしても、「事故ではないだろうに」の呼びかけが飛んでくる。「王になるお方！」

この中学生たちには、あの人影は見えないらしいと分かる。

中学生たちは、王求少年の持つバットを眺め、「野球の練習したって、偉くなれねえさせる。「ほら、おまえも吸う？」

ぞ。女にもてねえし」と嘲笑した。火の点いた煙草を下ろし、王求少年の眼前に移動

かぶりを振り、「いらない」と答えた。彼らは甲高い笑い声を上げ、つまんねえなあ、

ちんぽに毛も生えてねえやつは、などと言っている。毛がどうしたのだ、と王求少年は

自分の股間を見下ろした。

「知ってるか。野球ってのは、春の野原で蝶と戯れながらキャッチボールするから、野

球って言うんだぜ」中学生の一人がにやにやしながら、言う。

そうなの？　と聞き返すように王求が首を捻ると、「明治時代に、『ベースボール』を

『野球』と翻訳したおっちゃんの言葉だよ」と中学生は笑い、「打ってみろよ」と顎でく

いくいとやった。

同級生の兄だという彼は離れた場所で、投手の真似をするようにして立っていた。ゆ

っくりとした動作で振りかぶる。王求少年は反射的にバットを構えた。

男の構えは綺麗ではなかった。力を鼓舞するかのような大袈裟な腕の動きの割に、バ

ランスが悪い。手から放たれたのは、石だ。拳の半分くらいの大きさで、王求少年の脇

に投げ込まれた。ストライクゾーンからは外れていた。おい、打ってみろよ、と男は笑

う。「おまえ、野球めちゃくちゃうまいんだってな。弟が言ってたけどよ」彼は腰をか

がめ、また足元から石を拾った。「あと、地球って青いんだってな。これは、ガガーリ

ンが言ってたんだけどよ」と笑う。

もう一度、石が飛んできた。あまりに外れた場所だったため、バットは振らなかったが、小さいからか、バッティングセンターの球よりも速く感じた。王求少年は少し嬉しくなる。「もう一回」と思わず口に出している。

「おいおい、馴れ馴れしいな」男は苦笑しつつも、また大きく振りかぶる。「もう少しこの辺に」と王求少年は自分の腰の高さ、ホームベースがあるだろう位置を指し示す。コースを要求する王求少年のふてぶてしさに、ほかの二人の中学生は愉快そうだった。

石は風を切り、鋭く飛ぶ。王求少年は身体を回転させる。バットが石を捉える。尖った鏃で削られるような感覚がある。実際、バットに傷がつく。チップして、石が横に飛んだ。おお当たった当たった、と中学生二人が手を叩いている。木々の後ろからも拍手が、ぱらぱらと散発的に聞こえてきた。黒い三つの人影が手を鳴らしている。石を投げた男が、銜えていた煙草を足元に捨てた。

「もう一回」

「もう疲れた」男は面倒臭そうな声を発し、「付き合えねえよ」と言う。が、王求少年は、「ごめんなさい。もう一回だけ」と頼む。ストライクゾーンに入ってきたにもかかわらず、うまく打ち返せないなんて、と思った。

新鮮だった。自分が前に打てなかったのは、いつ以来なのか。

何なんだよおまえ。中学生は苦々しそうに言ったが、不快なわけではなさそうで、背を丸め、長い手をぶらんと下げたかと思うと、石を探し出した。公園の外灯が点灯し、王求少年たちを照らしている。男が石をつかみ、投球フォームに入る。王求少年は目を凝らし、意識を集中する。石が、飛んでくる。バットを振る。短い音がした。芯を捉えた手ごたえが、身体に響く。

がしゃんとガラスが割れる音がした。

打った石が、右前方のマンションの二階窓を直撃したのだ。王求少年も中学生も一瞬、黙った。外灯の、空気を振動させるかのような音がするだけで、あたりは静まり返っている。「逃げるぞ」中学生がしばらくして囁いた。王求少年も慌てて、ランドセルを拾う。「いいか」石を投げた男が、王求少年の肩に手を置いた。「おまえは悪くない。俺も悪くない。これは事故だ。事件じゃない。野原で、球を投げてガラスを割ることから、『野球』と言う」

そしてもう一人、山田王求の人生において重要な役割を果たす人物がいるため、それにも触れなければならない。

日曜日、王求少年が、母親の車に乗って河川敷の野球グラウンドに行った時のことだ。車を停め、グラウンドへの階段を下りはじめたところで、いつもとは雰囲気が違う、と王求少年は思った。東仙醍リトルの青いユニフォームを着たメンバーが集まり、ベンチ脇に父母たちがお弁当の支度をしているのは普段通りだが、それ以外の部分で華やかさを感じたのだ。ユニフォームを着た、普段見かけない大人が何人も交じっている。

グラウンドを歩いていくと、母親たちからの挨拶が飛んできた。王求少年の母親はおざなりに返事をしつつ、監督のところへまっすぐ向かった。

「何なんですか、これは」王求少年の母は、奥寺監督に訊ねる。

「言ってなかったでしたっけ？　今日は野球教室なんですよ」奥寺監督は、あちゃあ、と困惑しつつ頭を搔く。

「聞いていないです」

「山田さん、こんなことって滅多にないですよ、プロ野球選手が時間を割いて指導してくれるなんて」奥寺監督は顔を左へ向けた。ユニフォームを着た、大きな男たちが五人ほど立っている。テレビカメラやマイクを持った者もいた。「全国大会を前に、いい刺激になるかなー、と思って」

「なるかなー、じゃないですよ」

王求少年は、母親がなぜそこまで怒っているのか、すぐに理解できた。野球教室のことを聞いていなかったからではない。通常通りの練習をやってほしかったからでもない。問題は、やってきたプロ野球選手が、地元の仙醍キングスではないからだ。「何で、ジヤイアンツなんですか」と母親は声にも出した。

「東卿ジャイアンツが来てくれるなんて、すごいことですよ」奥寺監督は言う。口は笑っているが、眉(まゆ)がぴくぴくと痙攣(けいれん)している。監督はたぶん、母がうるさいのでわざと言わなかったのだな、と王求少年は察した。

「監督、どうされました」白と黒のユニフォームを着た、東卿ジャイアンツの大久保幸弘選手が近づいてきた。

「いや、何でもないんですよ」奥寺監督は目を細める。「山田さん、ほら、大久保選手は一昨年まで仙醍キングスにいて」

「知ってますよ」王求少年の母はむすっと答える。王求少年も当然知っている。大久保幸弘選手は一昨年のシーズン、三割五分の打率、二十本の本塁打と大活躍をした。守備の面でも失策ゼロ、仙醍キングスで唯一(ゆいいつ)、ゴールデングラブ賞をもらった。いつも通り、チームの成績は最下位だったが、それだけに大久保選手の活躍は光った。

「その関係もあって、今日、野球教室にも来ていただけたんですよ」

「裏切って、東卿ジャイアンツに行ったくせに、ですか」

「え」奥寺監督と大久保選手は、清々(すがすが)しい青空の下、耳をそばだてれば川のせせらぎすら聞こえてくるのではないか、と思えるほどの平和な空間に、そんな攻撃的なメッセージが飛び出してくるとは思ってもいなかったのか、不意を突かれたかのようだった。

大久保選手は場を取り繕うように、王求少年に向かい、「君は、どこを守っているんだい」と話しかけた。

「決まっていない」王求少年はぼそっと答える。「どこでも」

「どこでもできるんですよ。王求は。でも最近は、レフトに固定していますけど」奥寺監督は微笑みながら説明するが、その目は誇らしげで、鼻の穴も膨らんでいる。

「ああ」大久保選手が合点がいったように、相槌を打つ。「俺も子供の頃はそうだったよ。プロになる選手はたいがい、そうだよな。ピッチャーで四番ってパターンも多い」

「一緒にしないでほしいのだけれど」王求少年の母がぼそっと、吐き捨てるように言ったが、それは王求少年にしか聞こえない。

「じゃあ、素振りしてみる？　フォームを見るよ」

王求少年はうなずき、持っていたバッグを下ろすと、バットをつかんだ。膝の屈伸でもしようかと思ったところで、「王求、帰ろう」と母親の声が降ってきた。え、と見上げる。「今日は帰って、お母さんと練習しよう」

奥寺監督が驚いたように何か言い、母親が言い返し、言葉の応酬が続く。王求少年はその間、大久保選手をじっと見つめていた。こんなに間近で、プロ野球選手と向かい合うのは初めてのことだった。これが、と思った。これが自分の将来なるべき職業の人間か。憧憬も、落胆も、緊張もなく、王求少年は、がっしりとした体格の男を見た。

「バット振ってみるか？」と言ってくる。

「どうした」ともう一人、東卿ジャイアンツのユニフォームを着た男が現れた。白髪まじりの中年の男で、明らかに現役選手ではない。

この男だ。この男こそが、山田王求の未来において、重要な役を果たすことになる。

「コーチの駒込です」と彼は、王求少年と母親に挨拶をする。白い歯が光る。肌は日に焼け、健康的で、体格の良い姿は若々しい。

奥寺監督が声を高くし、「あ、お母さんもご存知ですよね。東卿ジャイアンツで、犠打の名手と呼ばれ、鉄壁のセカンド守備を見せた、あの駒込さんです」と、憧れの相手を紹介するかのように言った。

「昔の話です。それに、ただの地味な選手です」駒込良和は苦笑いを見せる。

するとそこで奥寺監督が今までとはまったく異なる無表情で、それはまるで操作される舞台上の人形のような動きで、「そんなことはありません。駒込さんはまさに公明正大、高潔にして賢明、勇あって誠実な人物です」と言った。

「王求、今日は家で練習しよう」母親が、王求少年の右手を引っ張る。

「おい、王求、それでいいのか。プロの選手に見てもらったらどうだ？」奥寺監督の声が横から聞こえる。

「勝手なことを言わないでください」

「でも、お母さんは、野球をやっていたわけではないんですから」

何気なく、奥寺監督はそう言った。母親も受け流していたが、王求少年はそこでまた、胸を突かれた。痛みはないものの、重要なことに気付かされる感覚だ。

例の巨大ロボットと、時代遅れの機械部品の夢が思い浮かぶ。熱心に巨大ロボットの説明をする母が、実のところ一度も、巨大ロボットを動かしたことがなく、時代からも取り残されている、という悪夢だ。

母親が不満を洩らしながら、土手の階段を上がっていくので、王求少年もそれに続いた。上り切ったところで一度だけ振り返ると、グラウンドに立つ奥寺監督が手を上げ、こちらをずっと見ていた。

家に着くと、小さな事故が起きた。マンション駐車場に車をバックで入れる際、隣のワゴンにぶつける、という些細なものだったが、母親は動転した。ああ、どうしよう、と珍しく、落ち着きを失った。「悪いけど、王求、今日は一人で練習してもらえる?」

王求少年は了解した。荷物を持つとバッティングセンターへ向かう。頭の中にはどういうわけか、先ほど向かい合った大久保選手の大きな身体、太い腕がこびりつき、それが離れなかった。バッティングセンターでは、いつも通り管理人のおじさんが現われる。

「あれ、リトルの練習はどうしたのだ」と歯を見せたが、そこで王求少年は自分でも驚くらい滑らかに、「河川敷のグラウンドに行きたいんだけど、バス代を貸してくれないかな」と言っていた。自ら、はっとする。どうしてそのような台詞が飛び出したのか、と驚いた。が、その戸惑いよりも、「早く行かないと」という思いのほうが強かった。いったいどうしたんだい、家出かい、とおじさんは的外れなことを口にした。王求少年は、野球教室のことを話す。

「それは早く行ったほうがいい。タクシーを使え」おじさんは財布から五千円札を取り出す。「これで往復できるはずだ」

いいのか、と王求少年は確かめる。

「そりゃ、いいに決まっている。行くべきですよ」

王求少年がタクシーで河川敷に到着すると、空はまだ透き通るほどに青く晴れていた。グラウンドの土の色が映え、眩しい。足早に土手の階段を下りる。奥寺監督が駆け寄ってきて、「やっていくか」と抱きしめんばかりの興奮を見せた。王求少年はうなずき、すぐにバットを構え、素振りをした。いつの間にか、大久保選手と駒込良和が脇にいる。王求少年はひたすらにバットを振る。大久保選手はしばらく無言でそのスイングを眺めていたが、フォームについての指示を出すわけでもなく、駒込良和に向かって、「すごいですね」と上擦った声で言うだけだった。

「すごいな」高潔の士、公明正大の士、駒込良和は言いにくそうに言った。王求少年の完成されたフォームに唾(つば)を飲み込む。

「どうですか、王求のフォームは美しいでしょ」奥寺監督は嬉しそうに言う。

「ええ。少し悔しいくらいに」駒込良和は正直で、心を取り繕うことをしなかった。

「鈴木卓投手の球を打たせてあげてもいいですかね」奥寺監督は満面の笑みで、居酒屋に誘うかのような口ぶりで言った。

「え」大久保選手が聞き返す。

「この子に、プロの凄(すご)さを教えてあげたくて」

大久保選手はきょとんとしたが、すぐに、「うそでしょ、それ。この子の力を試したいんじゃないですか?」と苦笑する。

「そんなことないですよ」

「奥寺さん、プロを舐(な)めてもらっては困りますよ。フォームは良くても、プロの球が打てるというのは別問題です」駒込良和は諭すように言う。

その時だけ、奥寺監督は尊敬すべき相手に逆らう、不敵な表情を見せた。「どうだ、王求。やってみるか。プロを舐めてもらっては困るらしいぞ」

王求はそこで、「たぶん打てます」とすぐに答えたが、まわりの大人たちがきょとんとするので、すぐに、「とガガーリンが言っていました」と付け足した。

十数分後、バッターボックスに立つ少年と向き合った鈴木卓は、そのしっかりした構えに感心した。小学生だから身体は小さかったが、バットをしっかりと立てたフォームの美しさは本物だった。

「頑張れよ、王求」と三塁側のベンチ脇にいる、リトルリーグの監督が、少年に声をかけている。その横に、ほかのチームメイトたちも座っていた。

野球教室では、地味な基礎的な練習を指導するのが目的だが、こういった余興のようなものがあってもいいだろう、と鈴木卓は思った。だから、「あの子、チームの主砲らしいんだが、一打席分、投げてやってくれないか」と駒込コーチに提案された時も喜んで承諾した。テレビや新聞の取材陣の姿はもう、ない。もちろん、本気で投げるつもりはなかった。それなりの速度で、打ちやすいコースに投げ込む。それを少年が打ち返す。それでいい。そうすれば彼は今日の練習を楽しく終えるだろうし、楽しい記憶が残れば、野球をさらに好きになる。自信がつき、野球が上達する。そういった好循環は、自分も経験したことであるし、プロ野球選手が、子供たちに会うのはその循環を起こさせるためだという意識もあった。

少年はホームランを打った。

ライト方向の空を打ち抜くかのような、鋭い打球を放った。観ている子供たちが盛り上がり、後ろにいる東卿ジャイアンツの仲間たちがからかいの声をかけてくる。鈴木卓は苦笑しつつ、大袈裟に悔しがってみせる。そして今度は、球速はそのままにコースを変え、低目を狙って、投げた。

するとまた、軽々と打たれた。今度はレフト方向へ打球が飛ぶ。背後から揶揄の声が飛んでくる。まいったな、とバッターボックスに向いた鈴木卓は、ふとそこで違和感を覚えた。どこか、何かが変だ。

全力で投げたわけではないから打たれても不思議ではない。小学生がホームランを二球連続で打ったことは感心し、驚くことではあるものの、ありえないわけではない。だからそのことが奇妙なのではなかった。それ以外の何かが引っかかった。

そして、分かる。打席にいる少年がまったく嬉しそうではないのだ。プロ野球選手が投げた球をホームランにしたというのに、そこには、満足そうな顔も、嬉しそうな面持ちも、まるでなかった。当然のことをしただけのような冷めた気配すらあり、もっと言えば、物足りなさそうだった。

鈴木卓は気を引き締める。正確には、むっとした。自分の力を侮られた気分になり、最後は全力で放り、プロと少年との圧倒的な差を見せつけてやろう、と決意した。ファウルグラウンドに立つ駒込コーチを見れば、彼も少年の力に何かを感じていたのか、意味ありげにうなずいている。

鈴木卓は大きく振りかぶり、全力に近い力で、球を放った。少年の動きが、ひどくゆっくりと見えた。バットが動き、身体が回転する。どういうわけかバットがホームベースの上を過ぎるあたりで、少年の姿が天を突くかのような巨大なものに見え、鈴木卓はその圧迫感にのけぞり、転びそうになった。音がする。少年がバットを振り切っている。鈴木卓は目を丸くし、身体をねじり、センターの方角に飛んでいく球を見送った。頭の中にどんよりとした屈辱や悔しさの泥がどっと流れ込むが、それも束の間、すぐに泥は消え、爽やかな空気で満ちる。

「まいったな」鈴木卓は笑い声を立てた。

十三歳

おまえは知らないだろうが、人間は思春期を迎えると、九歳の頃から比べて、男性ホルモン、テストステロンが二十倍にもなる。別のホルモン、バソプレッシンも活性化することにより、縄張りや仲間内での優劣に敏感になる。だから、友人たちとの序列や、他者からの嘲(あざけ)りに強く反応するわけで、十三歳のおまえが今そうやって、顔を蹴(け)られたのも、突き詰めれば、相手の男性ホルモンの攻撃性のためと言えるだろう。

おまえは鼻の先が炸裂(さくれつ)したように感じたはずだ。

何が起きたか分かるか。

長身の男に両手で押し飛ばされ、背中から壁にぶつかり、その反動で地面に尻(しり)をついたところを、学生服の男に蹴られたのだ。

痛いだろう? 怖くはないか?

「いいぞいいぞ」と横にいる別の男子学生が囃(はや)しているのが聞こえるはずだ。

おまえを取り囲んでいるのは五人、同じ中学の上級生、三年生だった。二人は煙草(たばこ)を吸い、一人は眼鏡をかけ、全員が太股の膨らんだ制服を着ている。小部屋の外で見張りをしている者もいた。

おまえはまた、蹴られた。目の前が一瞬、暗くなったはずだ。

安心していい。それほど時間はかからず、この場の暴力は終わる。

仙醍東五番中学校の北側にある体育館、そのステージの裏側だ。暗い狭苦しい空間に詰め込まれた体操用マットや跳び箱、ふんだんに溜まった綿埃を避け、さらに先へ踏み込んだところの、部屋だ。入学してから半年が過ぎ、おまえも中学校の生活に慣れてきていたが、体育館の中にこのような部屋があることは知らなかったはずだ。

体育館ではバドミントンの羽根が飛び交っている。卓球の球が軽やかに空気を小突き、誰かの発する掛け声や靴が床とこすれる音が響き、熱気に満ちていた。が、おまえのいるこの裏部屋は、また異なる熱気で一杯だ。テストステロンで溢れている。

「王求、森先輩が呼んでたぜ」乃木がおまえにそう声をかけたのは、二十分ほど前のことだ。簡単に信じて、のこのこやってきたおまえは素直だ。

素直であることは欠点ではない。

来た球を素直に打ち返すのが、バッティングの基本でもあるだろう。

ところで、乃木の来歴を知っているか？

東卿都の出身で、東卿の小学校にいたのが、親の転勤のために中学から仙醍市にやってきた。

軽薄な優男じみた外見で、今は運動部にも属していないが、小学校時代には百メートル走で都大会上位の成績を残したことがある。その俊足ぶりは都内で有名であったが、ここ仙醍では、おまえを含め同級生たちもそのことを知らない。

「森先輩？　何部の？」とおまえが訊ねた時、乃木は、「あれだよ、ほら、三年を締めてる」と答えたが、その後で視線を逸らしたのは後ろめたさからだった。

森久信のこともおまえはよく知らないだろう。

三年生の中で最も体格が良く、最も素行が悪い男だ。小学生の頃に空手とキックボクシングを習っていただけあり、喧嘩は強く、教師たちも森久信と向き合う時は緊張を隠せなかった。親は医師で病院を経営しているのだが、その病院の薬を持ち出し、物騒でいかがわしいことをやっているとの噂もある。悪い評判は尽きなかった。

「いや、俺は練習に行くんだ」おまえは答える。週末には練習試合が控えていた。「先輩は関係ない」

「でも、呼ばれたのに無視したら、かなりやべえよ」乃木は言う。そこでも彼の顔が引き攣っていたのを、おまえは見逃したな。

おまえは、乃木を好きになれない。

が、乃木はおまえにとって大事な存在だということに、気づいているだろうか。乃木はクラスの中でもっとも頻繁に、いや唯一、おまえに話しかけてくる同級生だ。クラスの女子生徒の胸の大きさについて言及したり、雑誌を開き、望んでもいないのにバイクの説明をしたりと、おまえにとっては煩わしい相手かもしれないが、乃木がいるからこそ、おまえの孤立が目立たないで済んでいるのも事実なのだ。

「王求は」と乃木は最初からおまえを呼び捨てにし、馴れ馴れしかった。「身体でかいし、むすっとしてるから、みんなびびってんだよ。だから、喋りづらいんだよなあ」

このところの、おまえの体の成長は著しい。背丈は百七十五センチを超え、夏休みを過ぎたあたりから筋肉が付きはじめ、胸板は厚く、二の腕は太くなっている。

そうだ、おまえも覚えているだろうが、おまえに、性行為のことをレクチャーしたのも乃木だったではないか。

放課後、男子トイレにおまえを引っ張り込み、女性の裸の載った写真集や漫画を鞄から取り出し、「王求、おまえ当然、童貞だよな」と肩に手を回してきた。女性器が露わになった写真や裸の男女が絡み合う絵に、おまえは驚き、嫌悪感と気色悪さを覚えたが、同時に、今まで感じたことのない興奮にはっとしたはずだ。

そして、おまえの様子を見た乃木は、少し優越感を浮かべた。「王求はマスターベーションをしているのか」と言い、その手法と手順を説明した。

おまえはその日、野球部の練習を終え、バッティングセンターで百球を打ち、家に戻り、風呂に入り、眠るために床についたところでさっそく、乃木の言った通りに性器を触ったろう。恥ずかしがる必要はない。すべては、脳の視床下部、そこの性的回路によりテストステロンがさかんに分泌されるためで、異常なことではない。

今までも股間が硬くなることはたびたび、あったはずだ。興奮と硬直をどう鎮めるべきなのか分からず困り果てていたのだから、乃木からの指導は渡りに船だったろう。

おまえはマスターベーションをこなし、達成感とともに虚脱感に包まれ、得体の知れない罪悪感に戸惑い、翌日、母親と顔を合わせると気まずさで居たたまれなくなり、顔を背けたが、それもまた特別なことではない。

何から何まで特別の、規格外の能力を持っているおまえも、そのあたりはごく普通の反応を示したわけだ。

一週間ほど経って、おまえが、自ら乃木の席に近づき、「あれは、癖になる」とぼそっと言ったが、あれは良い一言だった。

乃木やほかの男子生徒は、おまえのことを、逞しく頑丈で、無欲恬淡を地で行く男だと思い、自分たちとは格が違うと認識していた。他者との差異は、恐れや嫌悪感を生み、やがて、何らかの衝突を起こす可能性がある。だから、おまえのその言葉で、彼らが安心を覚え、仲間意識を感じたのは、おまえにとっても良いことだった。

もちろん言うまでもないが、おまえは依然として彼らとは別格で、マスターベーションの一点をもって、同じ程度の人間だ、と安堵した彼らは明らかに間違っている。が、誤解であったとしても、友人をほっとさせることは間違っていない。

　証拠に、乃木の隣の席のバスケットボール部の男が、「マスターベーションをやりすぎると身体に悪いっていうけど、限度が分かんねえよな」と言った声には、お前に対する親しみが滲んでいたはずだ。「スポーツなどで発散しましょう、なんて言われてもよ、性欲は別物だよ」

　そしておまえは気付いているだろうか。

　性欲の処理を行うようになったあたりから、あの、巨大ロボットの中に潜り込み、恐ろしい敵と戦闘を繰り返す夢を見なくなっている。あの夢は、増大する男性ホルモンと性的回路の構築などと関連していたのかもしれない。

「ああ、早く、やりてえよなあ」と別の同級生が口元を緩め、ほかの生徒たちも笑った時、おまえも少しだけ表情をほころばせた。性行為への漠然とした期待にぼうっとしたからだろう。実を言えば、それから二年もしないうちにおまえは性交を行う機会を得るのだが、今はまだ、現実のものとは捉えていない。それでいい。

　そして、だ。乃木が、「俺たちはさ、いつか女とほんとにやる時のために、素振りしてるようなもんだよな」と開き直ったかのように、マスターベーションを素振りと言い切った時、おまえは笑った。

乃木をはじめ、ほかの同級生も、おまえが笑ったことに驚いた。「早く、素振りの成果を見せてえよな」と誰かがうっとりするように言うと、おまえは目を細めた。あのような会話で、おまえが笑うとは、おそらくおまえ自身も信じられなかったのではないか。


さて、話を戻そう。おまえはまだ暴力を振るわれている。森久信たちに囲まれたままだ。「何、調子に乗ってんだよ。少し、野球が上手いからって、いい気になるんじゃねえぞ」と森久信が唾を吐いた。埃だらけの床にその唾が落ちる。おまえは立ち上がりつつ、声を出す。「何で、俺を」

すると彼らの一人、煙草をくわえていた茶色い髪の男が、「おまえ、俺らのことボロクソに言ってるらしいじゃねえか」と言った。「他校の奴らに、森も俺らも大したことねえし口だけだ、ってしゃべってるんだろ」

もちろん、おまえには心当たりがない。事実ではないから、当然だ。

「俺の彼女が西中なんだよ。西仙醍中。そこの後輩が言ってたんだと。東五番中の森ははったりだけだ、ってな。誰に聞いたのかって訊けば、うちの学校の後輩だって言うじゃねえか。いろいろあちこち聞きまわったらよ、ほら、おまえのクラスの」

さあ、おまえはそこで名前と顔を思い浮かべただろう。そうだ、その通り、乃木だ。

ほら。

「乃木ってやつだ」

「昨日、呼び出して話を聞いたんだよ。そうしたら、まあ、情けないくらいにびびって、吐いたよ。もともとは、おまえが言いふらしてるんだってな。おまえが、俺らの悪口、吹聴してんだってな」

「お、森、難しい言葉、知ってるな。吹聴って」茶色の髪の男が笑う。

「馬鹿にするなよ。俺もそれくらい知ってるっての。おまえ、一年で速攻、野球部のレギュラーなんだろ？　だからって、三年舐めたら、どうなるか分かってるのかよ」森久信の身体が動いた。

おまえは目を見開き、その彼の姿勢を捉えた。動くものを目で捕まえるのは、得意中の得意なのだから、森久信の右側の足に重心がかかり、左足が持ち上げられ、靴の裏が飛んでくるのも把握できただろう。だから、おまえは横に身体を倒して、避けた。

森の靴は壁を叩いただけだ。

さすがだ、と言いたいところだが、これくらいはおまえにとっては練習にもならない。

避けるんじゃねえよ、と茶色の髪の男が怒鳴る。拳を振ってきた。

おまえにはその拳の軌道がはっきり見える。それはそうだ。おまえが日頃、目にするボールの速度に比べれば、あまりにも遅い。

おまえは左手を上げ、グラブで球をキャッチする感覚で、その拳をつかんだ。

先輩生徒たちの表情が一瞬、固まったのに気付いたか。拳を受け止めたことが、おまえの宣戦布告、暴力を受けて立つ表明だと思ったのだ。

もう一度言おう。おまえをはじめ、男子中学生の脳は、男性ホルモン、テストステロンやバソプレッシンで溢れている。攻撃的な上に、力の優劣には敏感だ。

先輩たち五人は、おまえを取り囲み、殴り、蹴りはじめた。恐怖もあったからだ。

おまえはさほど痛いとは感じなかっただろう。ただ、下手に逆らうよりは、丸まっていたほうがいい。そう、そうやって。学生服のボタンが取れて落ちたが、それは後で拾えばいい。ひたすら、身を小さくし、暴力が止むのを待てば、そのうち終わる。

おまえがマンションに帰ったのは夜の七時前であるから、普段であればおまえの父親はまだ役所で働いている時間だ。が、たまたま、外回りの仕事があり、早めに帰宅していたところだった。いつものように野球部の練習をしてきたと思いきや、おまえが破れた学生服を着て、顔に痣を作っているものだから、驚くのは当然だろう。

「王求、どうしたんだ、それは」

「喧嘩をしたんだ」そう答える、おまえの素直さはやはり、好感が持てる。隠したところで、メリットはほとんどない。「三年生が急に呼び出してきたんだ」

「野球部か」おまえの父親が目を強張（こわば）らせた。

「野球部じゃないよ。ただの三年生だ。怪我（けが）のところはあちこち痛いけど、骨とかは問題がないと思う」

「そうか」

「試合はしばらくないから、次の試合までには治るだろうし」

おまえはそこで嘘（うそ）をついた。

試合は近々あるではないか。

日曜日に、神奈河（かながわ）県の横濱（よこはま）中学校が試合にやってくるだろうに。忘れたわけではあるまい。春の全国大会で優勝した中学校が、わざわざ新幹線に乗り、おまえの仙醍東五番中学校と試合をやりに来る。

どうしてそのような強豪チームが来てくれるのか。

理由は二つだ。

一つは、おまえが知らない理由だ。横濱中学校の野球部顧問が、仙醍市内に住んでいる女性と不倫関係にあるからだ。遠征を口実に、週末を仙醍市で過ごそうと考えているのだ。

そして、もう一つの理由、こちらはおまえも知っているはずだ。野球部顧問が最近、横濱中学校のOBであるプロ野球選手から、「仙醍東五番中にすごい中学生がいる。又聞きではあるけど、小学生の時、プロの投手の全力投球を軽くホームランにしたようだ」と聞き、眉に唾をつけながらも、興味を持っていたためだ。その話は、おまえも顧問の教師から聞いているだろう。

ただ、おまえはその試合のことを、両親には黙っているはずだ。気持ちは分からないでもない。もはや、おまえの野球は、両親が関わるレベルを超えている。

部屋に戻ったおまえは、学生服をクローゼットにかけると、浴室に向かった。脱衣所に入った時に、家の電話が鳴ったのは聞こえただろうか。聞こえたとしても、まさか乃木からだとは思わなかっただろう。

父親に、「乃木という同級生からだ」と告げられたおまえは、上半身裸のまま、居間に出る。その時、おまえの父親は明らかに、その乃木なる男子こそが、おまえをいたぶった先輩ではないかと疑っていたから、おまえが先に、「俺を殴った先輩とは違うよ」と説明し、安心させたのは親切だった。

電話を耳に当てろ。乃木が謝ってくるぞ。

「王求、大丈夫か。ごめん。王求、怒ってるか?」

ほら。

「何の話だ」

「森先輩のことだよ。おまえの名前を、俺が出しちゃったから。怖くて、言い逃れしちまったんだ」

「別に怒ってはいない」

　確かに、おまえは怒っていない。それから乃木は、言い訳と謝罪のまじった話を長々とはじめるので、「今から風呂に入るんだ」とおまえは答えた。ああ、そうか、と乃木は声を震わせる。おまえは分からなかっただろうが、乃木は恐怖を感じ、後悔をしていた。上級生に脅されたとはいえ、おまえに罪をなすりつけるのではなかった、おまえに見捨てられることがこれほど心細いこととは知らなかった、と震えていたのだ。

　物心ついた頃から、孤立に慣れているおまえからすれば、その震えは理解できないだろう。

「王求、風呂から出た頃にまた電話していいかな」

「困る」

「え」

「風呂から出たら、柔軟体操と腕立て伏せ、腹筋と背筋、握力の強化をやらなくてはいけない。今日は、練習できなかったからな。少し、増やすから」

　そうか、と乃木は言った。その、悲しげな声の響きに気づいたおまえは、自分が怒っていないことを伝えたくなり、考えるよりも先に、「あとは、性器をいじって、寝る」と続けていたが、あれもまた、悪くない返答だった。おまえは知らぬが、電話の向こう側の乃木の顔に光が差した。


さて、ここからはおまえが眠った後の話になる。

いったい何が起きたのか。

おまえの父親はそれまで居間のソファでニュース番組を眺め、おまえの母親は台所のシンクの掃除をし、服にアイロンをかけていたのだが、おまえが眠りについたのを察知すると、おもむろに動きはじめる。

夜行性の動物が、観察者が消えたことを確認したのち、がさごそと行動するのと似ていた。父親はスウェットを脱ぎ、滅多に穿かないジーンズに足を通した。母親が薄手のジャンパーを手渡してくる。

夫婦はやるべきことを知っていた。

口に出して、相談していないにもかかわらず、このあたりは阿吽の呼吸なのだろう。

向かうべき場所もすでに分かっている。

実は、おまえが風呂に入っている間に、おまえの親たちは調査を完了していたのだ。

電話機の着信履歴から乃木に電話をかけた。乃木に繋がる。乃木は最初、「どうして王求の母親が？」と首を捻ったが、そこでおまえの母親は淡々と嘘をついた。「今、王求が家を飛び出して、先輩の家に仕返しに行っちゃったんだけど、相手はどこの人なのか分かる？　教えてもらえる？　止めにいかないと」

乃木は迷わなかった。まさか同級生の母親がそのような嘘をつくとは思いもしない。「森先輩のところかもしれないです。自宅は大学病院近くの森医院なんですけど」

そして、おまえが眠るのを待ち、おまえの父親は森医院に向かったわけだ。

数時間前から降り始めた雨がまだ粘っているため、傘は持ったが、ほかには何も持たなかった。頭にあったのはただ一つだ。「息子に暴力を振るった者を、息子に迫り来る暴力を、見過ごすわけにはいかない」

おまえの父親ははじめ、暴力的な行動に出ようとは考えていなかった。

息子が殴られたからと言って、相手を殴り返してしまったら、子供同士の幼いやり取り、もしくは国家間のいざこざと同じではないか、待っているのは、決着のつかない泥沼でしかない、そのくらいのことは分かっていた。おまえの両親は理性的だ。

小雨の降りしきる中、轍の水を撥ね散らかす車を避け、進んでいく。

森医院はすぐに見つかった。

国道の右側、深夜の霧をまとう、二階建ての建物だ。個人の住宅としてはかなり大きく、貫禄があった。病院の出入り口ではなく、個人住宅用の門、門扉、門札のようなものがどこかにあるに違いない、とおまえの父親はうろうろする。

とにかく、インターフォンを押し、出てきた森に、もしくは森の親に、自分の怒りをぶつけるつもりだった。「二度とやるな」と釘を刺そう、と。

雨は上がっていた。おまえの父親はビニールの傘をとじる。コンビニエンスストアで売っている、どこにでもある透明の傘だが、それを畳んだところで、人の声が聞こえた。

男と女の、少年と少女と言ったほうが近いかもしれないが、その声がする。

おまえの父親が、もしや、と振り返ると十字路の角で、別の道を行く少女と別れ、少年が手を振っているところだった。街路灯でその姿がうっすら見えた。

中学生の夜遊びにしては本格的だ、とおまえの父親は呆れる。これは、ずいぶん悪質な不良だと気を引き締める。

少年は、おまえの父親の前をすっと通り過ぎ、少し先のところでがちゃがちゃと音を立てた。門の取っ手を動かしているのだ。

おまえの父親はすぐに、大股で近寄っていき、その門の脇に、「森」と格調の高い表札が飾られていることを発見すると、「森君？」と口にした。少年が振り返った。

「森君かい」

「何だ、おっさん？」

おまえの父親は一瞬、怯んだ。少年とはいえ、威圧感があった。そのまま何も言わず、踵を返し、立ち去ろうかと思うほどだった。が、そこで、森邸の庭からはみ出ていた松の木の枝から雨の雫が垂れ、顔面に落ちてきた。瞼のあたりに当たる。おまえの父親は目を閉じ、手で水滴を拭った。

「おい、おっさん」森久信が言う。

おまえの父親は瞼を開けた。

すると、見えたのはどういうわけか、そこにいるはずのない東仙醍リトルの監督、奥寺の姿だった。夜の湿ったアスファルトにぽつんと立ち、「お父さん、さすがにそれは受け入れ難いですよ」と言う、奥寺だ。もちろん、現実に、その場に奥寺監督がいるわけがない。思い出してみれば、「マクベス」において、魔女が幻影を見せる場面がある。あれと同じようなことかもしれない。

「いくら、王求が敬遠されるからって」奥寺監督の生真面目な声が、おまえの父親の頭で反響する。「相手チームにお金を渡すのは許されないことですよ」

それは、一年ほど前におまえの両親の前で、奥寺が実際に口にした台詞だ。「ほかの子供たちのためになりませんから、山田さん、チームから抜けてくれませんか」とそう話してきた時のものだ。

一年前、おまえの両親はどうしたか。

怒った。こちらから願い下げだ、と中学校入学以降は、リトルシニアではなく軟式野球部に進むことを決めた。

そう、だからおまえはリトルシニアではなく、中学の野球部で野球をしているのだ。

知っていたか？

「八百長とは違う。真っ向勝負しろと頼んでどこがいけない」おまえの父は、深夜の幻影とも呼べる奥寺に向かって、叫んでいる。

「はあ、おっさん何を言ってるの」と答えたのはもちろん、森久信だ。

森久信には、奥寺の姿など見えるわけがないのだから、それは常識的な反応とも言える。おまえの父親は、幻影である奥寺に話しかけ、おまえの父親に返事をするのは森久信、とちぐはぐなやり取りだった。

「あれが八百長だろうか。いや違う。あれはフェアでファウルだ」すぐ近くで、歌うような、声がする。

「あれが八百長だろうか。いや違う。あれはフェアでファウルだ」

「あれが八百長だろうか。いや違う。あれはフェアでファウルだ」

いつの間にそのような者たちがそこにいたのかはっきりしないが、おまえの父親の左右と背後に、三人の影が立ち上がっていた。黒いコートを羽織り、黒い帽子を被っているかのような、夜の闇以上に真っ黒の影、例の鬱陶しい、あの三人組だ。

おまえの父親は、その三つの影の気配を感じているが、はっきりと存在を認めている
わけではない。ただ、自分の周囲に風が吹き、囁（ささや）いてくるような感覚はあった。

前にも言ったが、魔女が実際にいるとは思えぬのならば、それは、おまえの父親の本
音や深層心理が顕在化したものだと考えればいい。

「今は家で眠っているところかしらね。王になるお方は」

「この若い不良かしら。王になるお方を怪我させたのは」

「王になるお方は、女の股から生まれた男には負けない」

三つの小声が語りかけてくるのを、おまえの父親は感じていた。

「おっさん、何だよ。黙ってて気持ち悪いな」森久信は不快さを吐き出し、その場で携
帯電話を取り出す。

おまえの父親はそこで、不吉なふくろうの声を耳にした。

「さあ、ふくろうの声がしたのであれば」

「それが合図に他ならない」

「さあ、今だ。勇気の糸をぴんと張れ」

それらの声に後押しされるかの如（ごと）く、おまえの父親は勢い良く、傘で森久信の耳を叩
いていた。もはや、後戻りは無理だ。

おまえの父親は、その一撃だけを担当したといえる。

森久信がその場に倒れた。あとは、おまえの父親を取り囲む三つの影がやったのだ。三つの影は、仙醍キングスのロゴの入った傘を握り、めったやたらに振りはじめた。三つの影が、先端の尖った傘で、森久信をひたすらに殴り続ける。金具の音と体が叩かれる音が繰り返された。

もう一度言っておくが、おまえの父親は最初の一撃以降は、立ち尽くしていただけだ。マクベスは王になるために、ダンカン王を殺害した。おまえの父親は、おまえを王にするために、ここで森久信に攻撃を加えた。

翌朝、おまえが登校し、いつもと同様に座席に着くと乃木が素早くやってきて、「おい、王求、大丈夫か」と言う。へらへらした口ぶりではなく、唇を尖らせ、いかがわしい相談事でももちかけるような素振りだったので、おまえは訝ったが、昨日のことだなと察し、「もう怒ってない。大丈夫だ」と答えた。体のあちこちに痣はできていたが、特別な痛みは残っていない。右頰は青く腫れていたので、ガーゼで隠してあった。

「王求、昨日、おまえ、森さんに会ったのか」

「昨日？　会ったと言えば、会った。俺のことを呼び出したじゃないか。だからこうして痣ができたんだし」

「違う。夜だよ。おまえ、家を出て、森さんのところへ行ったんだろ」

「いや、そんなことはない」

乃木はしばらく納得がいかない様子で唇をへの字にし、思案顔になったが、「まあいか」と言い放つ。「実はさっき聞いたんだけどよ、森先輩が行方不明なんだって」

「行方不明？」

森久信はその朝、学校に来なかった。もっと言えば、翌日以降も登校してこない。

「森先輩の親から、学校に連絡があったらしくて。噂でいろいろ流れてるんだ。自宅近くに、血が残っていたから、襲われたんじゃないか、とかさ。ほんとかよ、って感じだ。森先輩なんてあちこちで悪さしてるから、襲撃されても不思議じゃないけどさ」

「ああ、そうか」

おまえはまだ、何も分からないのだから、関心なく答えたのも無理からぬことだ。

話題のなくなったところで乃木が、「あのさ、俺も、王求と一緒に野球をやってみたくなった」と照れながら、言った。

おまえは週末の試合のことを考えていたため、聞き流している。

が、乃木は間違いなく本気だ。そして実際にほどなくして野球部に入り、活躍をする。

二年後の夏には重要な試合の打席で、こう思うほどまでになる。「王求まで打席を回さなくてはならない」

十四歳

王求まで打席を回さなくてはならない。

俺はそれだけを考えていた。

地面が揺れている。実際には地面ではなく、自分の脚が震えているだけだとは分かるが、それにしても揺れている。鼓動も激しく、そのせいで体の揺れが増しているように思えるほどだ。立っていられなくなって、バッターボックスにひざまずきそうだ。振り返り、審判に手を挙げる。「タイムお願いします」

打席から出て、息を吐き出す。向かい側、一塁側のダッグアウトから後輩が何やら叫んでいる。聞こえない。まったく聞こえねえよ。

県大会の決勝ともなると、会場は県営球場で、今までの試合に比べると雰囲気がまるで違った。監督も部員もダッグアウトの中に行儀良く収まっている上に、正面のスコアボードも立派で、プロ野球の試合に自分が放り込まれたかのようだ。

落ち着け。自分の胸で唱える。バットを置き、膝に両手をやり、屈伸する。バットを再び拾い上げ、両手に持ち、伸びをした。マウンドにいる長身のピッチャーは涼しい顔だ。腹が立つもののすぐに思い直す。あいつも緊張はしているはずなのだ。仙醍白桃中学は強豪で、全国大会には五年連続で出場し、地元の甲子園の常連校、東北すみれ高校へ何人もの選手を送り込んでいる。目指すは全国大会での優勝なのだから、この県大会の決勝戦で、俺たちのような格下の中学校相手に苦戦するのは許されないことに違いない。ましてや、こちらの四番打者を全打席、四球で歩かせて、逃げ回った上での一点差なのだから、これで負けたら言い訳のしようもない。一重瞼の涼しい顔の、あのピッチャーも心がはりつめている。絶対そうだ。

「いい試合になればいいねえ」三日くらい前に、練習を見に来た権藤が言った。フリーのスポーツライターらしいが、少し前から王求のまわりをうろちょろしてる。小学生の時にプロの投手からホームランを打ったのは本当か、人を殺したことがあるのは本当か、そんなことばっかり聞いてきて、とても邪魔だった。あんまりにしつこくやってくるから、マネージャーの仕事でもしてくれよ、と部員たちでからかうが、「それでもいいよ」とへらへらしている。時折、ファストフード店やパン屋でおごってくれることもあって、いいところもなくはないが、やはり胡散臭い。あの権藤もこの試合を見に来ているんだろう。姿は見つけられない。

深く呼吸をする。どこからか野次が飛んでくる。相手チームのベンチよりからかいの声が、たとえば、「ぼっちゃん、お遊戯、上手にできるかな」というような囃しが、飛んできているようだが、聞き取れない。

心臓の高鳴りが収まらない。脚に力も入らない。バットをつかみ、素振りをする。ベンチのヒラメが見えた。顧問の、体育教師の、ヒラメ顔の平井だ。手を口の近くに添え、何か怒鳴っている。「いいぞいいぞ、そのスイングだ」とでも言っているのだろうが、目がもういっちまってるじゃねえか。俺以上にヒラメのほうが浮き足立っているのだ。まさかうちのような中学で、全国大会の目前まで来られるとはヒラメにとっても予想外のことなのだろう。今やった自分の素振りがひどいものだってことは、こんなに緊張している俺にも分かる。それに気づかないようでは、ヒラメは駄目だ。

次の打順の王求が、ネクストバッターズサークルの中でしゃがんでいる。片膝を立て、腰を落としている。誰が押しても絶対に倒れないような姿勢だ。実際、俺は前に、練習試合の時に、ネクストバッターズサークルの王求の背後からこっそり近づき、ひっくり返そうと押してみたことがあったが、びくともしなかった。杭でも打ってるのか、と冗談ではなく、確認したくらいだ。

王求は今、俺のことなど関心がないようで、じっとマウンドを見つめていた。投手を睨んでいるのか、その背後の空を眺めているのか、それも分からない。

いったいどこを見ているのだ。中学に入ってはじめて会った時にも感じた疑問だ。クラス分けの表を見て、着慣れない学生服、襟まわりの堅苦しさに戸惑いながら教室の戸を開けて中に入ると、見知らぬ同い年の奴らがぐちゃっといて、鬱陶しかった。どいつもこいつも子供っぽいか、そうでなかったら田舎者の顔つきで、こいつらと仲良くなり三年間過ごすのかと思うと無性に腹が立った。今なら認めるが、あれは自分自身が怖がっていたんだろう。東卿から越してきて、知らない東北の土地に来たばっかりであったから、自分だけが浮いているのではないか、馴染めないのではないか、と不安で、だから、とにかく、目が合う奴、目が合う奴、全員を睨み、俺はおまえたちとは違うんだと分からせてやろうと必死だったのかもしれない。何が違うのか、といえばもちろん違うところなどない。ただ自分は、「格が」違うのだ、と信じていた。そんな中、王求は独特の存在だった。俺のように周囲を威嚇することもなければ、教師に反抗的な態度を取ることもない。であるのに、同級生たちは彼を、近寄りがたい存在として認めていた。神社に謎めいた置物があり、それを誰も彼もが遠巻きに眺めているようなものだ。

王求の身体はクラスの誰よりも大きく、おそらくは学年でも一番だった。野球が上手い、それも半端な程度じゃないとはほかの同級生から聞いていたが、俺は、「野球少年かよ、健全だねえ」と思った程度だった。実際、小馬鹿にするように俺は言ったことがある。王求がいない場所で、王求の話題が出た時に、他の生徒に一目置かれたくて、

「あいつ、体がでかいだけなんじゃねえの。実は大したことねえんじゃねえの」と。ようするに、気になっていたのだ。

当の王求はまわりの生徒のことなど気にかける様子もなく、無口で、いつもどこを見ているのか分からない。ある時、俺は話しかけた。「何を見てるんだよ」

王求は、俺のことを警戒するわけでもなく、煩わしい虫の姿を確かめるみたいな目を向けた。「球だよ」と当然のように答えた。

「球？」

「この間の試合の打席を振り返ってたんだ。ファウルしたボール、どこで打ち間違えたかと思って」

意味が分からなかった。今なら分かる。王求の頭の中には今までに自分が見た投手の投球や野手のプレイがはっきりと残っている。たぶん、自分のものだけではなく、他の選手の打席や動きについてもだ。それを思い出しては頭の中で、バットを振っている。想像の中の打球に向かい、グラブを伸ばし、捕球を試みている。

「イメージトレーニングってやつか」「そういうことでいい」

きっと違うのだろう。休み時間にこっそり観察していると、机に突っ伏すようになっていた王求が汗だくになっていることがあった。あれは、昼寝の寝汗などではなくて、頭の中のプレイで汗をかいたのではないか。嘘のようだが、そうとしか思えない。とにかく俺は最初、王求のことが理解できず、ことあるごとにちょっかいを出した。みなに認められたくて、神社の謎の置物を蹴飛ばす真似をし、内心では死ぬほどびくびくしている、そんな具合だった。

「乃木はどうして、そういう話ばかりするんだ」王求が言ってきたことがある。「えろい話が好きだな」

「そりゃ、俺がえろいからだよ」俺は笑って答えた。「ってか、みんな、えろいの好きだろ。王求だって。男はそうだろ」

それは言い訳などではなかったし、嘘でもなかった。ただ、王求より優位に立って喋れる話題がそれしかなかった、というのも本音だった。王求の頭の中は野球のことでぎっしりだ。勉強もそれなりにできた。ただ、えろいことは俺のほうが詳しく、「何だよ王求、そんなことも知らねえのかよ」と笑う時だけは、ほっとできたのだ。

くそ、と俺の口から声が出る。空振りだ。涼しい顔の投手が放った球は、俺のバットの上を通り過ぎ、キャッチャーミットに入った。ストライクを高らかに宣言する審判の声が腹立たしい。足はまだ震えている。今の球も見えなかった。

霧の中で闇雲にバットを振るようなものだ。顔を上げる。ピッチャーマウンドは見える。ライトやレフトの付近は暗く感じる。空の色もよく分からない。曇りだろうか。天気予報では快晴だったはずだ。八月のはじめだというのに、夏らしさが微塵もない。ススコアボードを見る。1対0で仙醍白桃中学が勝っている。俺たちは負けている。最終回の裏で、アウトはすでに二つ。走者はいない。俺がアウトならゲームセット、当たり前のことだ。ピッチャーがグローブの中の球を触っている。

あれ、いつ、キャッチャーは返球したんだ。

というよりも、俺はいつ打席に入っていたんだっけ。タイムを取り、素振りをしたのは覚えているが、バッターボックスに戻った記憶がなかった。

もう一度タイムを取り、素振りをする。ベンチから、ヒラメが何か言い、他の部員もまた声をかけてきた。下級生たちの応援には今まで耳にしたこともないほどの熱がこもり、空気を切り裂くような迫力を伴っている。俺の体の芯が、びりびりと震える。

俺が野球部に途中入部した時、当然ながら俺は一番下手だった。だいたいが、転校生でもないくせに、一年の半ば過ぎになって入部する生徒など滅多にいないため、先輩からも一年部員からも変な目で見られた。それまでチェス部の幽霊部員だった俺は、生活態度が良くなかったし、教師にも始終、注意を受ける生徒だった。俺自身、自分のことを真面目な生徒よりは不良生徒だと認識していたし、適当にだらだらと、面倒臭いことはやらずに学校で遊んでいればいいな、と毎日考えていた。小学校の時の陸上クラブでの練習や大会のことを思い出すと、あんなにしんどいことは二度とごめんであったし、上級生の真似をして煙草（たばこ）も吸ったし、万引きもやった。不良と分類される生徒たちは似たようなことを多かれ少なかれやっていたため、特に、罪悪感もなかった。早く二年になって、新入生をびびらせて楽しみてえな、とそんなことを目標にしていた。

それが一年の秋に、急に、野球部に入ろうと思い立った。野球のことばかりを考え、超然としている王求の姿を見るたび、自分がどんどん置き去りにされる恐怖と劣等感を感じていて、だからいっそのこと、俺も野球の世界に、野球部に飛び込めば、恐怖と劣等感は薄れるのではないか、と思った。

マウンドの投手が振りかぶっている。勝手に投げ出すんじゃねえぞ、こっちはまだ打席に立っていないじゃねえか、と慌（あわ）てるが俺はいつの間にか打席に入っていた。あたふたとバットを構える。球が飛んでくる。身体を回転させるが、腰が引けていて、手打ちだった。かろうじてバットの先がボールにかすった。ネットにボールが激突する音がする。ファウル、と審判が大声で叫んだ。

フェアとファウル。

その言葉を思い返す。シェイクスピアの話に出てくるらしい。王求から聞いた。

「俺も読んだことはないんだ。ただ、前に親から聞いた。魔女が出てきて、言うらしい。フェアはファウル、ファウルはフェア、と」

「どういう意味なんだよ」

「フェアもファウルも紙一重ってことじゃないか」

「奥が深いような深くないような」俺は答えたところで、その言い方自体が、フェアはファウル、の意味に思えた。

「前に俺の父親が言っていたんだけれど」王求はさらにそう続けた。

「何て」

「『頑張る』ってのは、もともと、『我を張る』って意味だったらしい」

「我を張る、って頑固おやじが開き直ったみたいだな」俺が言うと、王求もうなずいた。

「そうだな。ただ、『我を張ってもいいぞ。間違っていないぞ』と言う意味かもしれない。そのまま、我を張っても間違いないぞ、と」

「そうか」俺は納得する。打ったボールがファウルラインぎりぎりに飛んだ時、「フェアだ！」と叫んでくれるようなものか。フェアだ！　走れ！

この県大会が終われば、三年の俺たちは引退で、あとはもう受験や進路など、中学生活のおしまいを迎えることになる。

「何も命を取られるわけではあるまいし」その言葉が頭に響く。

もう一度、俺が空振りすれば、もしくはストライクを見逃せば、それで全部おしまいだ。足の震える自分がとてつもなく情けなく感じられる。笑いたいがそれもうまくいかない。空が暗い。その瞬間、俺の頭の中で、「絶対、塁に出るからよ」という囁きが届いた。聞こえるというよりは、暗闇の中で背中を丸めて擂ったマッチに点いた火が、ぼっと仄かに照るように、その声があった。

俺の声ではない。誰かは分からないがその男もまた、打席に立ち、王求に打席をつなげるために必死でいるのではないか。

「そっちも負けているのか？」俺は、その何者かに呼びかける。

「負けている。だが、次の王求まで回れば」

「こっちも一緒だ。王求が打てば」俺はその、見知らぬ男の声に親しみを覚える。立場は一緒だ。

「何としても、王求に打たせるんだ」相手は言った。

「そっちもな」

一年の秋、野球部に途中から入った時、野球の経験がなかったにもかかわらず、どうにかなるだろう、と俺は簡単に思っていた。別に顧問のヒラメが、「今からでも大丈夫だぞ」と調子良く言ったのを鵜呑みにしたわけではない。

単に、「王求の真似すりゃいいんじゃねえか」と思っていたからだ。

運動自体にはもともと自信があった。王求のバッティングフォームを真似して、守備の仕方を真似て、練習を真似すりゃどうにかなるんじゃねえか、と考えた。いずれ追いつけるんじゃねえか、とも思った。

その作戦は半分当たって、半分外れた。確かに、王求のフォームを必死でなぞり、筋力トレーニングでも王求に負けないようにと自分の限界を超えて必死に食らいつき、それが俺の技術をアップさせたのは間違いない。ただ、王求は、俺の手が届くような奴じゃなかった。野球が上達すればするほど、王求の凄さを理解した。レベルの違いに笑うほかなかった。

音がする。俺は素振りをしていた。いつタイムを取ったのだろうか。相手チームから野次が飛んでくる。「ぼっちゃん、タイムが多すぎませんか。おしっこいかなくても平気かな」

向こうも必死だ。俺は深呼吸をまた、やって、バットを振る。

前日、野間口と喋っていた時のことを思い出した。「言いづれえけどさ」と呟くように発した、うちの中学のピッチャー、野間口の声だ。ミーティングでヒラメがくどい話をした後だったから、てっきりその悪口でも言うのかと思ったが、違った。背が高く、じゃがいもじみた顔をした野間口は、「おまえのおかげだよ」と口元をゆがめる。

「はあ？　何がだよ」

「俺たちが強くなったのがだよ」

いったい何のことかと思った。

「そりゃ、王求のおかげだろ。明日も高校のスカウト来るみたいだし」

「らしいな。ヒラメのところには、プロのスカウトも挨拶(あいさつ)に来たらしいぜ」「プロかよ」と俺は驚いてみせたが、思えば当然のことだ。あれで、プロに行けなければ、そのほうがぞっとする。「とにかく、決勝に来られたのは王求のおかげだろうが」と俺はもう一度、言った。

「そうじゃねえよ。王求がすげえのはもとから分かってたし、俺たちは最初、もう観客みてえな気分だったんだ。王求は特別で、自分たちがついていけるわけがねえ。せいぜい近くでその天才っぷりを見させてもらうかな、と俺はそんな気分だったぜ。王求がプロになったら自慢になるな、とかな」野間口は渋い面(つら)をしていた。「でもよ、おまえが途中から入ってきて、やたら張り切ってただろ」

「初心者だからな」

「おまえは王求と張り合うみてえに練習してただろ。まあ、身の程知らずで馬鹿だなとか俺も思ったし、どうせすぐ辞めるって他の奴らも思ってただろうけど、おまえは続けた。それ見てたら、まあ、興醒(きょうざ)めの顔してぼんやり見てる自分たちのほうが馬鹿みてえだな、とも思ってさ。だから、もっと真面目にやるようになったんだ。おまえが、上級生を押しのけてショートを取ったことだって、すげえ嬉しかったしさ。俺たちはおまえに引っ張られて、決勝まで来られて、相手が白桃中だなんてよ、入部した時には想像もしなかったよ。おまえのおかげなんだよ」

ふーん、と答えるしかなかった。喜びを露わにはできなかったものの、感激してはいたのだろう。家に帰り、夕食を食べていると珍しく家にいた母親が、「あんた、何かいいことあったのか」と言ってきたほどだ。「珍しく笑ってるし」

そりゃ俺だって笑うって。とむっとして答え、決勝戦のことを話した。すると母親は、「野球もまあ大変だよね。でも、何も命を取られるわけではあるまいし、緊張しないように」と言われた。「長い人生の、いい思い出だね。勝っても負けても」

勝っても負けても、フェアでもファウルでも、命は取られない。そりゃ間違いなかった。けれど、緊張するなっていうのが無理な話だった。俺がここでどうにか塁に出れば、次は王求だ。王求はホームランを打つだろう。世の中に、「絶対」はないにしても、これだけは絶対だ。

王求はその場面になれば、絶対にホームランを打つ。王求がホームランを打てば、「逆転サヨナラ」だ。つまり、ここで俺が打つかどうかで、全国大会が決まるというわけだ。中学校の生活が終わっちまう。息をまた吸っては吐く。

打席に入りかけるがそこでまた、「タイム」を申し出た。焦れた相手チームから、罵声が飛んでくるが、それを聞く余裕もない。俺はネクストバッターズサークルに向かって歩いた。滑り止めのロージンバッグを借りようとしたのだが、それは口実だ。

最後の打席を前に、王求のそばに行きたかったんだ。

王求は相変わらず、俺なんて存在していないかのような顔で、グラウンドを見ていた。見晴らしの良い場所から広い世界や民衆を見渡す王のような、目つきだ。「王求、ロージン」と俺が声を発すると、ようやくこちらに視線を向けた。すっと立ち上がり、無言で、ロージンバッグを寄越す。ぱたぱたと手で触りながら、「王求、俺、おまえに回すからな」と俺は言った。「絶対、塁に出るからよ」

王求は返事をしなかった。珍しいものをただ、静かに観察するような眼差しを向けてくるだけだ。

「王求、じゃあ、打ってくるわ」俺はわざと身軽な様子で言ってみせる。ロージンを落とし、バットを持ち、打席に戻る。王求は結局、何も言ってこなかった。

打席に入る直前で、相手投手を見た。

先ほどまでとは打って変わり、バックスクリーンの後ろに青い空が確認できた。快晴だ。視界は広がり、外野手の姿もはっきり見えた。

目を落とせば、スパイクが目に入る。この靴は王求と一緒に買いに行ったのだ。

仙醍駅前のスポーツ用品店のことを思い出す。眼鏡をかけた肥満体型の店長は、「乃木君は足が速いだろ。このスパイク、走るのにいいんだよ」と勧めた。

足は震えていない。スパイクで地面を少し削る。

構えると、投手の顔がしっかり見えた。あいつはずいぶん汗をかいている、と思えば、俺の首筋にも汗が溜まっている。暑いな。相手がワインドアップの動きをはじめた。

バットをぎゅっと握り、腰を捻り、腕を掲げる。空振りだけはしねえぞ。前にボールを転がしさえすれば、俺の足ならどうにかなる。当たれ、とにかくバットに当たれ。当たればいい。もう、バッティングフォームなど関係ない。

ピッチャーの体が捻られ、球が手から離れた。俺の身体も回っている。左足が宙に浮き、すぐに地面を踏み、軸足の膝を前に入れ、腰を回し、腕を振る。バットにぶつかってくるボールの形が見える。金属バットの芯が反響するような、心地好い感触を覚えた。いった。打球がまっすぐ、三塁線を突き刺すように飛んでいく。

ファウルラインぎりぎりだったが、俺は走っている。

フェアだ！

誰かが叫ぶのが聞こえた。錯覚かもしれないが、耳に響いた。「フェアだ！　走れ」我を張れ！

土の色は綺麗な焦げた茶色で、白線がある。それに沿うように、ひたすら駆けた。身体を前傾に、鉤型に曲げた腕を振る。腿を動かし、地面を蹴る。スパイクがグラウンドを抉る。

一塁選手が右手のグラブを伸ばし、構えた。視界の端に、サードが送球動作に入っているのが見え、はっとする。抜けてない。てっきり、レフトに抜けたと思ったが、サードの奴が捕球してる。何でだよ。サードゴロの打球じゃなかったはずだから、きっと飛びつくなりして、球を落としたのか。息ができない。一塁ベースは目の前だった。間に合う、と俺は思い、ベースを踏んだ時にはその感触に頭の中の脳がふわっと浮かぶような安心を感じた。一塁を駆け抜けた途端、脚が急に重くなる。転んだ。二十メートル強の長さだったが、俺は今までの人生で、最も速く走ったはずだ。土がユニフォームや腕につく。ファーストの選手がグラウンドの中心に向かい、駆け出した気配があり、あ、と思うのとほぼ同時に、「アウト」と手を挙げる審判の声が耳に入った。白桃中学の選手たちの歓声が聞こえてくる。

心臓が強く動いている。破裂するんじゃねえか。どうにか膝を上げ、立ち上がる。眩暈が来た。息が荒れている。酸素を身体中が欲しがって、ぜいぜいと全身を動かしている。ベンチを見ると、空を仰いで、目をぎゅっと瞑り、ヒラメが泣いていた。「僕泣いたりするもんか」と踏ん張る幼児のような恰好だ。

ダッグアウトから出てきたみんなが寄ってくる。
俺の坊主頭に触れてくる。「よくやったよ」「惜しかった」
ごしごしと髪を触られるので、頭を撫でられる地蔵や置物のような気持ちになった。「撫でても、ご利益とかねえから」と喚いてみせたがその声がひっくり返っている。泣いているのだ。俺も、他のみんなも泣いていた。ひたすら、ちくしょうちくしょう、と繰り返した。しょうがねえよ、サードのファインプレーだし、と誰かが言った。

ちくしょうちくしょう、と俺は繰り返すしかない。まわりの部員を振り払うようにした。きょろきょろとあちこちを見回して、王求の姿を探した。いない、いない、と母親を見失った迷子のような心細さに、次第に焦りはじめた。

応援席は、学校の生徒や親たちで埋まっていた。そうかこれほどの数の観客がいたのか、といまさら気づいた。手を叩いてる人が多い。一番前、フェンスに一番近い場所にはユニフォーム姿の人物もいた。背番号5をつけた彼は体格が良く、まるで野球選手が試合を終えたその足でそのまま応援に来たかのような、奇妙な雰囲気だったが、その彼も手を叩いている。優雅で、静かな、ほかの人間とはまた異質の拍手のようだった。

王求の両親もいた。背広の男が近づいていく。どこかのスカウトかもしれない。私立の高校なのか、プロなのか、とにかく王求を観に来た誰かだ。今日、まともに打つ機会のなかった王求をどう評価するのだろうか。

肩を叩かれた。はっとし、振り返ると王求の後ろ姿があった。通り過ぎる際に、俺を叩いたのだ。

バットを持ち、遠ざかっていく。すぐに追い、何か言いたかった。謝りたかった。

何よりも、「気にするな」と言ってほしかった。

俺は次々と溢（あふ）れてくる涙を、みっともなく拭う。王求に叩かれた肩の部分が熱い。じりじりとする。いったい何の熱なのだ、と動揺する俺をよそに、その熱さはどんどん全身に広がる。さらにはスパイクから地面を伝わり、泣いている部員たちやヒラメを覆（おお）い、球場全体に熱を伝えていく。目には見えない熱い風船が、音もなくふわふわと膨らみ、球場を包む。ベンチの裏のドアを開け、王求が姿を消すと、針に突かれたかのようにぱちんと風船が弾（はじ）ける。これで中学生活は終わりだと俺は実感した。

十五歳

山田亮は、「マクベス」を閉じる。

仙醍キングスの南雲慎平太がその戯曲を愛読していると知った頃から読んではいたものの、最近になってからも頻繁に読み返していた。ずいぶんよれよれの本になっている。今の山田亮にとっては、スコットランドの王位を巡る、悲劇とも喜劇ともつかない戯曲が、他人の物語とは思えなくなっている。

王になるためにダンカン王を殺害し、その結果、マクベスは不安に駆られ、明らかに情緒不安定になっていくが、そのありさまが自分と重なった。

強く思い出すのは、あの夜、森久信を傘で叩いた後、自分のかわりに傘を振り回していた、黒い服を着た三人の人影のことだった。

あれは何だったのか。怒りの感情や、おぞましいほどの殺意が、影という形で出現したのだろうか。「マクベス」にも三人の魔女が出てくることが頭に引っかかった。

マクベスは、魔女の言葉に唆され、操られるようにして、ダンカン王を殺害した。

自分があのようなことをしたのも、もしかすると、あの魔女たちのせいではないか。

山田亮は時計に目をやる。夜の十一時を過ぎていたが、外に行くための服を探しはじめる。ジャージを着た。妻の山田桐子はすでに寝室で寝ているため、音を立てぬように気を付け、玄関から出た。息子の王求も眠っている。

久しぶりに訪れる公園だった。以前はよく、息子と野球の練習をしにきた場所であったが、ここ数年はほとんど来たことがない。

夜は更けており、公園にぽつぽつと申し訳なさそうに立つ外灯だけではかなり薄暗く、植え込みが黒い毛の動物にも見え、木々も無言で息を潜めているかのようだ。山田亮はふらふらと通路を進み、時折、つまずきそうになりながら、広い敷地に出る。

そして、前方に三つの影を把握したところで、その三つが黒い服を着た人間だと山田亮は考える。稲光こそなかったが、空には黒い雲が立ち込めて、雨がいつ降り出してもおかしくはない。

黒い影の一つが、「フェアはファウル。ファウルはフェア」と言った。

「フェアはファウル。ファウルはフェア。おまえはそれで悩んでいる」

「自分のやったことが、良いことなのか悪いことなのか、悩んでいる」

「おまえは今、こう思っている」黒い影が言った。

「いっそのこと、宇宙が砕けて、落ちてくればいい。食事をするのも恐ろしければ、眠るのも恐ろしい。あの少年を殺した感触が、絶えず襲ってくるのだから、あの死んだ少年と一緒にいるほうがよほどいい、と」別の影が言う。

「マクベスも同じような台詞を吐いた」

「おまえたちは、何を知っているんだ」山田亮は訊ねた。夜の公園で、独り言のように言葉を発するのは恥ずかしさ以上に怖かったが、言わずにはいられない。「おまえたちは昔、この公園で、うちの息子、王求に言った。『多くを望むがいい』と」

「ああ、言った。おーく。おおくをのぞむがいい」

「おーく。おおくをのぞむがいい」

「おーく。おおくをのぞむがいい」

その声はまさに、不吉の知らせを発するフクロウの鳴き声で、山田亮は同じような声を、あの、傘で森久信を殴った時にも耳にした、と思い出した。

「だが、王求は本当に、望んだものを叶えてもらえるのか？　野球を一生懸命、練習すればするほど一人になり、試合では敬遠される」

「フェアはファウル。正しいことが喜ばれるとは限らない」

「個性を大事にしろと言われるが目立った人間は潰される」

「それが世の中の常だ。目くじら立てることではあるまい」

それに、と黒い影がまた言う。「王求が多くを望めば、それが叶うと保証した覚えはないぞ」

「そうだ。王求が多くを望めば、多くの人間が救われるのだが」

「王求自身が幸福になるとは約束していない」

山田亮は呆気にとられ、詐欺に遭ったような思いに駆られた。「話が違う！」とぶつけたくなったが、言いがかりだとも分かったため、言葉を飲み込む。

「では、王求はどうなるんだ」山田亮が訊ねたところ、三つの黒い影が、ひゅう、と口笛でも吹いたかのような息を洩らし、その後で、ぱちぱちと音を立てた。木と木が触れ合うかのような軽やかな響きだった。「どうして、手を叩く」

「おまえの問いかけが、『俺はどうなるんだ』ではなく
『王求はどうなるんだ』であったからだ」

「案じているのが、息子のことだからだ。偉いと思って、拍手した」

親なら誰でもそうだろうに、と山田亮は首を傾げたくなる。「王求がどうなるのかを教えてくれ」

あの戯曲「マクベス」では、と思い出す。マクベスが三人の魔女に、これからのことを訊ねる。すると、魔女がいくつかの幻影を呼び出す。幻影たちが、未来に対する忠告、予言のようなものを見せる。

幻影たちは、二つのことを断定する。

マクベス、おまえは、女の股から生まれた男には絶対に負けない。

マクベス、バーナムの森が動いて攻めてくるまでは、おまえは絶対に負けない。

その二点だ。

それを聞き、マクベスは安心する。女から生まれない男などいない。バーナムの森が根っこを抜いて、移動することなどない。であるなら、自分は無敵だ、と。

「いいか、王求の高校時代の成績は」と影の一つがそこで語りはじめる。

山田亮は耳を澄ます。未来の話を聞き逃してなるものか、と神経を集中させた。

「公式戦は九打席、四安打。そのうち、ホームランが三つ」「フォアボールが五。それがすべてだ」「打率で言えば十割になるぞ。さすが、おーく。王になるお方」

山田亮は、「打率十割」なる響きに驚いたが、すぐに、「九打席」と言われたことも思い出す。「九打席とはどういうことだ。高校時代の全打席が、たった九打席とは。おかしいじゃないか」

「打席は九回で、試合の数でいえば、二試合だ」

「最後の試合は、高校野球の宮城大会第三回戦」

「王求の仙醍南高校は櫻ヶ丘高校と試合をする」

ちょっと待ってくれ、と山田亮は手を前に出す。「それは明日のことではないか」

「そうだ、その通り。明日の試合だ」

「対戦相手の櫻ヶ丘高校は強くない」

「呆気なく、王求たちは勝つだろう」

ではいったいどうして、その試合で公式戦の記録がおしまいになるのだ。

山田亮は眉をひそめ、髪を掻く。妻が横にいれば、相談をするところだ。

「おまえは、おまえの心の不安については気にならないのか」影が言う。それはもはや、公園の外灯に照らされ、ただの遊具、象の形を模した滑り台にしか見えぬのだが、山田亮には人の形として浮かび上がって見える。風の音が言葉として、耳に入る。「あの少年の命を、森久信の命を奪ったことで、おまえは眠れぬ夜を過ごしているだろうに」

「あれは良いことなのか悪いことなのか」

「おまえはどちらだと考えているのだ？」

分からない、と山田亮はかぶりを振る。不安と恐怖に日々、悩まされているのは事実だが、あの行為の意味を考えることができない。「だいたいが、あれはおまえたちがやったことではないのか」

「いいか、マクベスはこう言ったぞ。『悪を始めたからは悪で支えて行くよりない』と」

「それは開き直りだ」と山田亮が答えると、黒い影からまた拍手の音がした。

黒い影が、それはブランコを取り囲む手すりに過ぎないのだが、それが言う。「バーナムの森が動いたことで、マクベスは死んだ」

「お前の場合も、森が動いて、罪が露呈するだろう」砂場近くのリスの置き物が続けた。

山田亮には、三人の魔女にしか見えない。「森が動くのか」と呟き、「マクベス」を思い出す。あの戯曲では、最後、バーナムの森が動くのだ。実際には動くわけがないのだが、敵たちが木の枝を体につけ、カムフラージュして近づいてきたがために、森が動いたように見えた。マクベス側の人間が、「バーナムの森が動いた！」と勘違いをし、マクベスは動揺する。

読者からすれば、あまりにもくだらないこじつけで、苦笑したくなるほどの展開だ。

さらにもう一つの、「マクベスは、女の股から生まれた男には負けない」という予言についての結末もまたおかしなこじつけで終わる。

マクベスは最後、その言葉にも裏切られるのだ。なぜなら、剣をぶつけ合う敵のマクダフがこう言うからだ。「俺は、母親の腹を裂いて生まれたのだ！」

ようするに、帝王切開で生まれてきたのだから、女の股から誕生したのではない、という理屈だ。拍子抜けするコントのような展開だが、その馬鹿馬鹿しさを山田亮は気に入っていた。

「森が動くのか」ともう一度確認する山田亮に対し、「中田庄次郎という男が重要な役割を果たす」と告げる。「どうせならば、明日、起きる出来事を今、おまえに見せてやるとしよう」

その直後、山田亮の目の前が明るくなり、光を発し、そこに野球場が浮遊する。

山田王求はネクストバッターズサークルにしゃがみ、グラウンドを眺めていた。バックスクリーンのスコアボードによれば、五回の裏、７対０で、山田王求のいる仙醍南高校がリードしている。

打席に立つ、味方の、先輩三年生は真剣な顔をしており、点差がついた試合、格下の対戦相手、格下の投手相手にも気を抜いていない。

仙醍南高校野球部は名門だ。全国各地から生徒がやってくる。部員数はおよそ九十名で、ロッカーやジム施設、シャワー室まで整った部室を持つ、立派な野球部だった。プロ野球選手となった仙醍南高校野球部ＯＢが、恩返しという名目で多額の寄付を行い、それが設備や部員の質に反映されていく。

先輩三年生の振った金属バットが軽やかに鳴った。球場全体の空気を震わせる音だ。打球はセカンドベースの右脇(みぎわき)をすんなり抜け、センター前に転がっていく。三塁の脇に立つ三年生が手をぐるぐる回す。二塁にいた選手が三塁を蹴(け)り、ホームを走り抜けていく。スコアボードが動き、８対０となる。

打った先輩三年生はセカンドに到着する。喜びも見せず、静かな表情でユニフォームの土を払った。

そして山田王求は腰を上げる。打席に向かい、歩き出す。

四打席目だ。地区予選、しかも授業のある平日であるから、観客席にはベンチに入れなかった部員数十人と応援団がいるだけで、大人といえば、保護者を含めてもそれほど多くはないのだが、それでも、場内に、「六番レフト」のアナウンスが流れた瞬間、歓声が湧いた。スタンドの新聞記者やスカウトマンたちはぐっと身を乗り出す。三脚に据えたビデオカメラが動いているかどうかを再確認する男たちの姿がある。

打席の土をスパイクで均した山田王求はバットをゆらゆらと振った後で、姿勢を固める。魔女の見せるその光景に表示された「山田王求の高校野球、最後の打席」という見出しが、山田亮の前に浮かび上がった。

「さてそれと同じ時」と、次の見出しも浮かぶ。

別の場面だ。仙醍球場から五キロほど離れた場所を二トントラックが走っている。

引越し業者に勤める三十五歳の男、中田庄次郎がハンドルを握り、会社へ戻るところだ。積荷を全て下ろし、午後から別の場所に出向くのだが、一度会社に戻るつもりだ。

中田庄次郎は前日の晩に、携帯電話に届いたメールのことを思い出し、溜め息をついた。不愉快が腹から胸にふわっと広がる。

飲み屋で知り合った女からのメールだった。スポーツ観戦が好きだというから、地元の仙醍キングスの試合を週末に観に行こう、と誘い、わざわざチケットも用意したにもかかわらず、断りのメールを入れてきた。「やっぱり、無理っぽい」

断るのであれば、理由を説明するのが筋ではないか？　彼女は、キャンセルに至る事情を話す素振りも見せなかった。理由をでっち上げる労力すら惜しんでいるのだ。

中田庄次郎は溜め息が止まらない。後ろからクラクションが鳴らされた。信号が青に変わっている。慌てて、アクセルを踏んだ。

一方その頃、野球場では、山田王求がバットを途中で止めたところだ。外側へ逃げていく変化球はホームベースを横切らず、キャッチャーのミットに入った。ボール、と審判の声がする。

さらに場面は戻る。中田庄次郎は脇見をしていたつもりはなかった。ハンドルを握り、しっかりと前を見据えていた。が、助手席に置いてあった携帯電話がメールを受信したため、手を伸ばしてそれをつかんだ。もしや、あの飲み屋の女から、「やっぱり野球を観に行くわ」と連絡が来たのではないかと淡い期待を持ったからだ。

が、操作して開封したメールは、通販サイトからの広告メールに過ぎず、「ふざけるな」と乱暴に携帯電話を放った。

弾んだ電話機が座席の下に潜り込む。

あ、と視線をそちらにやり、それからフロントガラスに目を向けたのだが、そこで、車道の大きな塊が視界に入った。

ぎょっとする。

前の車両のバンパーや荷台などではなく、予期せぬものがそこにはあった。四つん這いで、獅子とも虎ともつかない動物だ。毛の色は緑に見える。前脚の付け根、肩と呼ぶべきところだろうか、その部分が盛り上がり、堂々たる姿勢の獣は、中田庄次郎のほうに顔だけを向け、口を大きく開き、咆哮した。

身体が膨張し、信じがたいほどに顎が開き、車を飲み込まんばかりだ。

硬直した中田庄次郎には、その獣の額の部分に丸い陥没があるのが分かった。重い球が、まさに野球の硬球のようなものが、激突した痕だ。獣の体躯はさらに膨張し、トラックを弾かんばかりになる。歩道方向へとハンドルを切った。

ストライクが来る。山田王求には、投手がボールを手放す直前に分かる。飛んでくる軌道も見えた。バットを振る。ホームベースの直前で、ふわっと球が落ちたが、それも把握していた。バットがボールをがっしりと捉える。腰を振り切る。レフトスタンドに打球は消えた。山田王求はバットを置き、一塁へ向かった。五回十点差コールド勝ちを決める本塁打だ。ベンチで部員たちの喜びが発散される。

中田庄次郎の運転するトラックは歩道に乗り上げ、時間貸しの駐車場に飛び込んだ。歩行者が見え、さらにハンドルを切る。ガラス越しの風景が回転するため、中田庄次郎は混乱していた。ブレーキを踏み込んでいるのになぜ止まらないのだ、と憤るが、それはブレーキではなくアクセル、という始末だ。駐車場のフェンスを突き抜け、横にある林に進入する。真正面に桜の木があった。激突し、トラックがようやく止まる。エアバッグが作動する。中田庄次郎はその膨らんだクッションに顔をうずめ、息を切らす。

心臓は高鳴っているが、身動きが取れない。するとと激突されたほう、つまり花弁のない裸の桜の木が、傾いた。根は地面を強くつかんでいるが、それもトラックの衝撃で引き剝がされた。周囲の土がめくれる。

やがて引越し業者の名前の入った荷台のまわりに、人が集まる。マンションに住む子連れの主婦がほとんどだったが、何事か、と恐る恐る近づいてきた。

ママ、あれ、何。子供の一人が、桜の木の足元の、根が折れ、ひっくり返った地面を指差した。白いものが転がっていた。人の骨だ、と誰かが叫んだ。

その間、山田王求はゆっくりとダイヤモンドを回る。高校時代最後の一周とも知らず、特別な感慨も持たず、走った。

「桜の木は、別に、森と呼べるものではないだろうに」山田亮は、今、自分が見せられた光景について口にする。周囲はまた薄暗い公園に戻っている。「あれは、森が動いたのではなく、桜の木が動いたんだ」

「おまえは細かいことを気にかける」黒い影が言った。

「森だろうが桜だろうが、困らない」

「とにかくそれが明日起きることだ」

山田亮は公園から家に帰り、眠った。いつになくよく眠れ、翌朝目覚めると、頭もすっきりしていた。

公園での出来事が夢ではなく、現実に体験したものなのだ、と山田亮に確信させたのは、その日の夜、新聞で確認した二つのニュースだった。

一つ目は、スポーツ欄だ。地区予選の試合結果だった。王求の仙醍南高等学校が、櫻ヶ丘高校に五回十点差コールド勝ちをした、とある。

二つ目は、社会面だ。死体発見の記事があった。引越し業者のトラックがよそ見運転で道を外れ、桜の木に衝突したところ、白骨死体が見つかった、と。

山田亮の気持ちはその時点で固まっていたが、最後の一押しをしてくれたのは、妻の山田桐子だった。

「あなた、この間の夜、眠っていたのがむくりと起き上がって、ふらふらと洗面所に向かっていったんだけれど。覚えてる？」と彼女は言った。

詳しく聞くと、どうやら、山田亮は夜、寝ぼけたまま動き、電気の消えた洗面所のところで手を洗い出したのだという。

「水も流さないで、手を何度もこすって。どうして落ちないのか、どうして落ちないのか、って呟いていて」その時点で妻の桐子も、山田亮のやっていることの意味が分かっていた。

山田亮もうなずく。それはおそらく、森久信の命を奪い、家に帰ってきた時に、手に付いた血を洗い流した時の行動そのままだろう。「意識はなかったけれど」と説明する。

「もしかすると、俺の心が勝手に俺を動かしたのかもしれない」

「それは罪の意識とか？」

「悪いことをしたとは思っていないけれど、もちろん、あれは悪いことではあった」山田亮は言う。そして、すっと息を吸った後で、「警察に行くよ」と言った。すっくと立ち、買い物に出かけるかのような言い方をした。

ちょうどそこに、起床して居間にやってきた山田王求がいた。

山田亮は朝の挨拶をした後で、王求に向き合い、事の次第を説明した。「もし、これからの人生で困難にぶつかったなら」と続けた。

「困難にぶつかったなら？」

「生まれた時のことを思い出すんだ」

「思い出すも何も、憶えていないよ」

「思い出そうとしてごらん。あの時、ずっとおまえを待っていたし、歓迎したんだ」

意味が分からない、と言わんばかりに山田王求が肩をすくめる。

山田亮はそこで、妻の顔を見る。彼女は目に涙を溜めながらも、「大丈夫」と答えた。

「頑張れ」と山田亮は、息子に言う。「おまえは間違っていない。我を張れ」

ファウルじゃない、フェアだ。フェアだと信じて、一心不乱に走ればいい。

山田亮はそう伝える。翌日、警察署に自首し、自分のやったことを告白する。

王求が仙醍南高校を退学するのは、その次の日だ。

十七歳

母親に代打は送れない。

おまえの母親はことあるごとにそう自らに言い聞かせ、生活をしてきた。そのことをおまえは知らないだろう。

まわりの雑音や攻撃に流され、山田桐子の人生を失ってはいけない。山田王求の母親の人生を生きなくてはいけない。と念じるようにしてきた。

おまえも覚えているだろうが、いや、おまえは例によって我関せずだったかもしれないが、マスコミに連日追い掛け回された頃は、いたずら電話が家に散々かかってきたはずだ。脅迫や非難、罵詈雑言が、電話、メール、郵便、噂話などありとあらゆる通信手段を使って、おまえの家にどっさりと届けられた。それでもおまえの母親は取り乱さず、生活を続けたのだから、さすがではないか。

プロ野球の試合中継を相も変わらず楽しみにし、録画を予約し、おまえに野球の練習を促した。

自分の夫の罪をどう受け止めているのか誰にも分からない。彼女自身が理解していなかったに違いない。

そういえば、おまえが生活するための費用がいったいどこから出ていたのか、おまえは知っているか。

生活するためには生活費が必要で、そのためには仕事が必要なのだ。

おまえの母親は、人前に出る仕事、たとえばレジ打ちなどの店員はできなくなったが、それでも、機械化された場所で弁当やパンを作る仕事には就けた。さらに、おまえの父親は公務員の給料を、きっちりと貯金してもいたから、当座の暮らしの費用は困らなかった。

おまえは街中を歩いている。ほら、声をかけてきた男がいる。知らない男のはずだ。いや、知らない人間から声をかけられることに、おまえは慣れているんだったな。名前を呼ばれることはもとより、もっと抽象的に、「ほら、あれ見てよ、あの子」とひそひそと言われることはしばしば経験しているんだった。ほらあれ見てみなよ、中学生を殺しちゃった人の息子だよ。というより、あの子も人を殺しちゃったことがあるらしいよ、事故扱いだったけれど。

おまえの父親が警察に自首したのは一年以上も前だが、未(いま)だにおまえたちは、後ろ指を差される。永遠に指を向けられつづけるべきなのか。

当時、「殺人犯の息子は超高校級の高校球児」と週刊誌やテレビ局は騒いだ。おまえの住むマンションの周辺を囲み、さまざまな真偽不明の証言を流したが、あの時、おまえはどういう気持ちだったのか。

おまえはいつも、堂々としていた。カメラを担いだ男たちが駆け寄ってきて、リポーターがマイクを突き出し、記者を名乗る男が近づいてきても、顔を背けず、しっかりと向き合い、質問に答えたではないか。おまえの年齢のこともあるため、放送はされなかったが、あの態度をみなが知れば、その立派な姿に感心した者も現われたのではないか。

「今、どういう気持ちですか」という問いかけは漠然としている上に、無意味この上ない。が、意外に多くの人間がその問いかけを口にした。そして、おまえはそのたび、答えを真剣に考えたはずだ。

そう、「気持ち」というものは言葉で表現できるのかどうか、それ自体が難問だ。

「複雑です」おまえの答えは、素晴らしかった。これ以外にない、というほどの正しさだった。

にもかかわらず、彼らは納得しなかったが、おまえはそこで機嫌を損ねるのではなく、彼らが受け入れてくれそうな回答を探し、「父があああいう恐ろしいことをしてしまって、驚いていますし、悲しいです。父は、僕が苛められていると思い込んで、我を失ってしまったんです」と言った。あれもまた、賞賛すべき対応だった。

もちろんその回答も彼らを満足させない。ただ、それ以上のことは要求してこない。なぜか。おまえは芸能人でもなければ、政治家でもなく、ただの、高校を中退した未成年者に過ぎなかったからだ。

おまえは認識していないだろうが、世の中ではさまざまな事件が起きる。殺人事件など日常茶飯事と言ってもよく、おまえの父親の起こした事件は地味な部類だった。

だから、だ。だから、三ヶ月もしないうちに、記者やリポーターたちは、おまえの周辺から消えた。


さて、おまえに声をかけてきた男に話を戻そう。紺のジャケットを羽織っている。縦(たて)縞(じま)のワイシャツに、ベージュのスラックスも似合っていた。年齢は三十歳で、地元企業のセールスマンをしている。新しい住宅街をひとまわりしてきた帰りだ。会社に向かうための近道を選んだ結果、その通りに出たわけだが、おまえを見かけて、思わず声をかけずにいられなくなったのだ。

おまえは無視をする。そう、それでいい。ただ、この男はそれでは終わらない。「おい」と呼び止めてくるだろう。

「おい、おまえ、何を考えてるんだよ。人殺しの息子じゃないか、こんな風にのこのこ街を歩いて、何を考えてるんだよ」

ほら、予想した通りに、話しかけてきただろう。

おまえがそこで答えるべき台詞は多くない。

「何を考えているか？　考えていることは、複雑ですよ」

怯えず、萎縮もせず、はっきりとした声を出したのはさすがであるし、諍いを起こさないように、と視線を逸らしたのも良い判断だ。

が、若いセールスマンはおまえをなかなか解放しない。先走って言ってしまえば、彼はおまえの生涯において、解放を許さないのだが、今はそれは知らないでいい。

それより視線を横にずらしてみろ。セールスマンの背後に、モーテルが見えるだろう。クリーム色の外壁に、真っ赤なバルコニーが設置された五階建ての建物で、見覚えはないか？　アルファベットのホテル名が建物のいただきに大きく描かれ、まわりのビルや店舗からは明らかに浮き上がっている。

高校を中退する時までに数回、おまえはここに来たことがある。中学校で同級生だった関口美登里と、だ。学校帰りに制服から私服に着替え、二人でこのホテルに入り、彼女の服を着物でも剝がすかのような焦れったさを感じながら脱がし、抱き合ったはずだ。

関口美登里のことを思い出せ。

彼女からの連絡は途絶えている。おまえの父親が殺人犯として捕まったものだから、おぞましいものと縁を切るためにし、距離を空けることにしたのだろう、とおまえは思っている。だが、実際は少し違うのだ。

関口美登里は何度かおまえの家に電話をかけていた。家の前にも一度やってきた。が、おまえの家の電話機はコードを抜いたままであるし、記者たちが邪魔で彼女は玄関に近づくことさえできなかったのだ。

おまえは、彼女に見離されたわけではない。ただ、会えないでいるだけだ。

おまえがその事実を知り、何が変わるのかといえば特に大きな変化はないのだが、事実は伝えておきたい。


ああ、まだ、目の前のセールスマンはそこにいる。せっかくであるのだから、セールスマンとして商品を売りつければ良いだろうに、それもしない。

罵るだけだ。「おまえの親父は人殺しだ、街を歩くならそれ相応の、わたしは人殺しの息子です、とでもいうようなプラカードをぶら下げてから歩け」と言う。面白い発言かもしれないが、口調におかしみがない。

「おまえなんて、とっくの昔に越してると思ってたよ。よくもまあ、同じ街に住んでいられるもんだ。ネットで見たよ。おまえも、子供の頃に人を殺したことがあるんだって？　親子揃ってかよ。おまえが打った球が頭に当たったって、そいつは死んだんだってな」

ネットで見た、と言われたおまえはきっと、「バックネットから自分の打席を見てくれたのか」と思いかけたのではないか？　野球のことしか頭にないおまえにとって、ネットと言えば、野球場のネットしかない。しかし、当然ながらここでのネットはバックネットではない。

「人殺しのくせに」若いセールスマンは嚙み締めるように言い、おまえの胸を突いた。

なぜか分かるか？　いくら責め立てても表情を変えないおまえが怖かったからだ。後ろへ突き飛ばすつもりで、強く叩いた。

その後で顔を強張らせる。なぜか分かるか？

想像以上におまえの胸板が厚く、しかも、ぴくりとも動かないことに慌てたのだ。

「法律で裁かれるのは十四歳からなんだろ。小学生は人を殺しても関係ねえんだよな。ひどいもんだ」

するとそこで、その彼の背後から、手を叩きながら背広の若者が一人、現われた。

「はいはい」とあしらうかのような口調だ。「あのさ、それとまったく同じ会話、五年くらい前にもう俺がやってるから。二番煎じ二番煎じ。なあ、王求君」

誰だよこいつは、という具合にセールスマンが振り返ったが、それはおまえも同じ気持ちだったろう。何者だこの男は？

「どいてどいて」男は割って入るようにし、ゆったりとおまえに歩み寄ってくる。「よお。久しぶりだな」

鼻が大きく、腫れぼったい目をし、人相が悪い。口が大きく、爬虫類の、たとえばトカゲに似た顔だった。

どうだ。見覚えはあるか？　思い出せるか？

おまえは、その男に以前会ったことがあるぞ。忘れているだけだ。

「覚えてねえのか。まあ、五年前に一度、遊んだだけだしな。そう、一回きりだ」

おまえはさらに首を傾げる。思い出すのは簡単だ。ほら、小石や割れたガラス、だ。あれを思い出せ。

「公園で、野球やったじゃねえか。俺が石投げて、おまえが打ってさ」トカゲの顔をした彼は、右手をひょいひょい動かし、物を投げる真似をする。

おまえはとぼけるわけでもなく、すぐに反応できなかった。

すると男はさらに、「教えてやったじゃねえか。『野原で蝶と戯れながらキャッチボールするから、野球だ』ってな」と続けた。

ああ、とおまえはようやくぴんと来たはずだ。小学生の頃、公園で会った中学生の一人だ。おまえに向かって石を投げた、あの男だ。

「おまえが打って、見事、近くのマンションの窓を割っちまった。がしゃん」

再会の喜び、というほど大袈裟なものではなかったが、石投げの男とおまえとのやり取りに苛立っているのが、取り残された形のセールスマンだ。「何だおまえ、割り込むなよ」と声を荒らげた。その直後、甲高い、ぎゃっという悲鳴を上げた。自分の尻に手をやり、体を捻り、必死にそのズボンを見ようとしている。

「あ、これで刺したんだよ」石投げの男は、右手に持っているものを上げた。裁縫用の針だ。それをこっそり手に握り、下に構え、セールスマンの尻に突き刺したのだ。かなり、深くだ。セールスマンの男はズボンの中に手をやり、擦るようにして、血が出ているぞ、と泣き声を出した。

「ここから早く去らないともっと刺されるぞ」と若者は針を突く真似をした。

セールスマンは尻をさすりながら、顔を青くし、脚を引き摺り、立ち去る。

だが、彼がややこしいのはここからなのだ。

このセールスマンは家に帰るとまず尻に消毒薬を塗り、大きな絆創膏を貼り、くそあの人殺しのガキめ、と呻く。そして、その言いがかりに過ぎない恨みを、彼はずっと温めることになる。何年も、だ。やがて、おまえへの怒りを熟成させると、野球関係者に熱心に手紙を書きはじめる。苦情とも忠告とも、助言ともつかぬ、手紙だ。

そのことがおまえの人生に重大な影響を与えることになるのだが、まあ、それは少し先の話だ。

「あのな、俺が背広を着てるのは、会社員だからではないんだぜ。会社員のふりをしてるんだ」針をしまった後で石投げの男は、おまえに説明した。「こんな日中に、俺みたいな、いい年齢の男がうろうろしてたら気味が悪いだろ。怪しまれる。だから、背広を着るわけだ。背広でうろうろしている分には、営業で、外回り中なのか、と勝手に納得してくれる。こういう時は、背広か作業用の制服、どっちかだ。で、俺は、あそこの写真撮ってるだけなんだけどな」彼が親指を肩越しに、背後へと向ける。

あの、おまえが関口美登里と入ったことのある、クリーム色の外壁のモーテルだ。

「あそこの写真？」

「ホテルから出てくる利用客の写真を撮るんだ」と手に持ったデジタルカメラを揺らし、そして、「あ」と言ったと思うとモーテルへと小走りで進んだ。「ちょっと待っていてくれよ、仕事だ。まだ話をしたいから、ここにいてくれ。すぐに戻ってくる」

そのモーテルの建物からは、中年の男女が出てきた。石投げの男は、ささっと二人の前に立ち、話しかける。デジタルカメラを男女に見せていた。

ここからが、石投げの男の労働だ。

「これ、撮らせていただいたんですが」と撮ったばかりの写真を表示させる。モーテルから出てきたばかりの男女は顔面蒼白(そうはく)、世をはかなむ詩人のようにうつろな目つきとなり、「え、これ撮ったんですか?」と間の抜けた返事をする。石投げの男にすれば、これはもう、「いらっしゃいませ」「お飲み物はいかがいたしますか」のような、いつものパターンだ。そのモーテルから出てきた写真を買い取りませんか」と持ちかける。「二人で今、ホテルから出てきた男が財布から紙幣を数枚取り出し、石投げの男に手渡した。紙幣を受け取った彼は満足げにうなずき、デジタルカメラを操作し、また彼らに見せた。「はい、これで、画像は消えました」

しばらくして、おまえの前に戻ってきた石投げの男は言う。「ああやって、脅して、金をもらうのが俺の仕事なんだよ。ホテルに来たのがばれたら困る人間ってのが、意外にいるんだ。世の中の仕事を有意義な順番に並べていったら、まあ、後ろから五十番くらいには入るような仕事内容だよな」

その評価が甘いのか辛いのか、おまえには判断がつかない。

細い裏道を出て、大通りを反対側にわたり、バス停のベンチに腰を下ろしたおまえは、バスを待っていないにもかかわらずベンチを占拠することに後ろめたさを感じただろう。おまえには、そういうところがある。今は、平日のせいか誰もいない。

「ほら食えよ」石投げの男がおまえにアイスを手渡す。すぐ近くのコンビニエンスストアで買ってきた、棒付きのアイスキャンディーだ。ありがたくもらっておくがいい。

「なあ、おまえ、今、何やってるんだよ。高校を辞めたのは知ってるけど、ベースボールはやってねえのかよ。ベースボールとは翻訳すると、『野球』な。秋になれば野原で、ススキの穂の中で球を追いかける、だから、野球だ」

「野球はやってますよ。練習を」

「試合はどうなんだよ。試合は」

「試合は」おまえは下を向いた。アイスが垂れ、アスファルトに飛び散る。「試合はあんまりやってないけれど」

嘘をついたな！　まったくやっていない、というのが真実ではないか。

高校を辞めてからの一年間、おまえは練習を一日たりとも休んでいない。それは事実だ。授業を受ける時間もなくなったため、練習の時間は倍増した。最初はもちろん、記者やリポーターが、バッティングセンターにもやってきたし、公園にもついてきた。ただ、すぐにいなくなった。黙々と汗を流し、ほとんど休憩もせずにバットを振り、筋肉トレーニングに息を荒くするおまえには、記事にできるような面白さはまるでなく、むしろ、触れ難い恐れを感じずにはいられなかったためだ。

日に日におまえは強くなっている。身体に筋肉がつき、スイングも早くなった。

おまえは、自分ではあまり実感していないが、高校の野球部に属していた時よりも、野球が上達している。

だが、試合には出られない。出ようという意志もなかなか持てないほどだ。体内で、野球力とでも言うべきエネルギーが膨らみ、出口を探し、溢れんばかりになっている。時折、顔面の皮膚や腕のあたりがひくひくと痙攣するのを感じるだろう？　それは、おまえの体の中で野球の獣が呻いているのだ。

「おい、王求」石投げの男が言ってきた。

おまえは顔を上げる。

「試合に出ろ。試合に出なけりゃ、勘も鈍る。野球の素人の俺でも分かるよ」

その通りだ。よく聞け。

「それとな、そんな風に暗い顔をしてるんじゃねえよ」

おまえは戸惑うが、実際、最近のおまえの表情は曇っている。

毎日、いったい自分はどうすればいいのか、と闇の中を歩くような思いで、野球の練習に打ち込み、ではその練習をどこで生かすのか、という問いかけには気づかぬふりをしている。暗い。まさにそうだ。この一年強の間で、おまえは笑ったことがあるか？　ないだろう。浮かない表情で、ただ、野球をやっている。

「あのな、ベイブ・ルースはこう言ったらしいぞ」石投げ男が言う。なるほどこの男は名言好きなのだ。以前、会った時は、ガガーリンを引用し、今回はベイブ・ルースだ。

「何て？」

「『あきらめない奴を負かすことはできない』」

なるほど、いいことを言う。

おまえも少し、はっとしたのではないか。背筋が伸びたぞ。

「あとな、ヨギ・ベラってメージャーリーガーを知っているか？　捕手でさ、そいつもいいこと言ってるぜ」

石投げ男が続けた、その実在の野球選手の言葉は、シンプルであったが意味不明なところもあり、可笑しくて、おまえは噴き出した。

よし。

たぶん、そのあたりで気持ちが変わったのではないか？　つまり、ベイブ・ルースとヨギ・ベラに後押しされたのではないか？

だからおまえは、三日後、バッティングセンターの管理人、津田哲二に対し、「試合に出たいのだ」と打ち明けた。

それにしても、なぜ、津田哲二に相談したのか。

津田ならば解決できると思ったわけではないはずだ。おそらく、おまえからすれば、親しく話ができる相手が、津田哲二しかいなかったからだろう。

おまえは小学生の頃からほぼ毎日、津田バッティングセンターに通っている。高校中退後もそれは変わっていない。いわばそのバッティングセンターは、第二の自宅と言っても過言ではなく、学校以上に身近で、必要な場所だった。津田哲二も同様だ。学校の教師よりもおまえのことをよく知っていた。おまえが毎朝、裸足で乗る体重計よりも、津田哲二はおまえの体調を分かっていただろう。彼は今まで、おまえに何千回とバットを手渡してきた。おまえのスイングを何千回と見てきた。

「試合に出たほうがいい」おまえの相談に対し、津田哲二は答えた。「俺の知り合いが、会社員同士で草野球をしている。そこでプレイをしたらどうだろう」

ありがたいことではないか。

おまえがすぐにその話に乗ったのは、いい判断だった。野球の道はどこから行こうと、おまえの先に繋がっているが、その、草野球を経由するルートも間違ってはいない。

そして今、おまえは待ち合わせ場所である津田バッティングセンターに出向いてきている。久しぶりに試合ができることに、緊張や興奮を抱えているのか？　外から見る限りではまるで分からない。相変わらずの、堂々たる樹のようで、頼もしい限りだ。

そこから津田哲二が県の北部まで、車に乗せてくれる。事前におまえはそう聞いていたはずだ。が、その通りにはならない。やってくるのは、津田は津田でも、別の津田だ。目の前に駐車したばかりの黒いベンツを見ていろ。運転席が開き、出てくる恰幅のいい男がいるぞ。

それが、二人目の津田、このバッティングセンターのオーナーであり、津田哲二と整骨院で知り合いとなった男だ。

「君に伝えることがある」二人目の津田は、おまえの前に立つと、重々しい口調で言う。「君みたいな親子で殺人を犯したような人間は、このバッティングセンターに来ないでほしい。迷惑だ」そう宣告されるのだと覚悟したかもしれないが、それは違う。

二人目の津田は、津田哲二が来られないことを告げに来たのだ。

「てっちゃんが昨日の夜、自宅で倒れたんだ」

そうなのだ、津田哲二は、脳の出血で意識不明になり、病院に運び込まれ、だから今日は来られない。

二人目の津田に連絡を寄越したのは、津田哲二の妻、津田夫人だ。彼女は病院での検査や入院手続きの合間に、おまえのことを気にかけた。前日の晩、津田哲二がそれはそれは嬉しそうに、「明日、王求を試合に連れて行くのだ」と語っていたことを思い出したからだ。一人でおまえがここに、忠犬よろしく突っ立っているようではいけない、と彼女は考えた。

「だから、俺が来た」二人目の津田はおまえに言う。

てっちゃんが来られない、だから俺がおまえを車に乗せていく、と。

「病院は近いんですか」

「おまえは医者か？」恰幅のいい、二人目の津田は矢で刺すような言い方をする。

おまえは首を左右に振る。

「じゃあ、てっちゃんは医者に任せておけ。おまえにはもっとやることがある」

さすがにおまえも、え、と小さく言葉を発した。津田哲二が倒れた時に、自分は野球をやっていていいのだろうか、と。

「おまえは野球をやれ。おまえの野球が、てっちゃんを救う」

「医者じゃないけれど」

「医者は向かい合った相手しか治せない。おまえはもっとすごい」立っているおまえに対し、二人目の津田はこう言う。「あのな、第二次世界大戦の最中、アメリカのフランクリン・ルーズベルトがコミッショナーに書いた手紙を知っているか？」

おまえはとっさに、昔、仙醍キングスに在籍していたあのアメリカ人選手のことを思い浮かべただろうが、それは違う。大統領のほうだ。

「『野球がこれまで通り続行されることが、アメリカ国民にとって最良のことである』だと。てっちゃんが前に教えてくれた。それと同じでな、おまえがこれまで通りに野球をやることが、津田哲二にとって最良のことなんだよ」

夕方になり、つまりは試合を終えた後で、おまえは、ようやく、二人目の津田と共に病院へ向かうことになる。

津田哲二は意識が戻らないまま、ベッドに眠っている。病室には、津田哲二の子供たちが集まっていたため、おまえと二人目の津田は、邪魔にならないようにと、飲食スペースで津田夫人と会った。

疲れと戸惑いを抱えながらも彼女は、おまえの顔を見ると真っ先に、「試合出られた？」と訊ねた。

おまえはうなずき、手にしたバッグを見下ろす。今日のチームに借りたユニフォームが詰め込んである。洗って返すものだ。

あのチームで試合をすることはもうない。試合中、草野球チームの家族や観客たちが指を差してきたのには気づいているだろう。「ほら、あれ見てよ、あの子」と棘のある言葉が発せられた。これ以上、参加すれば、あちこちに波風を立てることになる。

あえて言わせてもらえれば、王とはそのような陰口に晒される運命なのだ。「あの王様は、敵国の兵士はもちろんのこと、自国の兵士をもたくさん殺したのよ」そう非難される立場にいつでもいる。

「打ったの？」津田夫人が、おまえの表情のない顔を窺うように首をかしげた。

津田哲二とは毎日、顔を合わせていたというのに、彼女に会うのは初めてだ。

「三本だよ」おまえが黙っているものだから、二人目の津田が答えたではないか。「三打席連続ホームランだ」

津田夫人の表情が明るくなった。「あの人、喜ぶわ」と病室のある方向を振り返る。

「あ、でも、驚かないでしょうね。あの人、あなたは、そんじょそこいらの野球選手とは違うっていつも言ってたから。プロでも絶対に活躍するって」

おまえの頭の中に、子供の頃からの記憶が駆け巡る。

はじめてバットを持ち、部屋の中で構えた時のことや、バッティングセンターへ親と向かい、管理人の津田哲二に胡散臭そうに見られたこと、マシンのベルトを調整し、球速を上げてくれた津田哲二の姿も浮かんだのではないか。殴られた記憶、中学校の先輩、森久信たちに絡まれ、顔面を殴られたこともだろう。中学、高校でのさまざまな試合での自分の打席が次々に頭に浮かび、自分のバットの振りが克明に過ぎる。それを反芻しろ。野球の知識と体験をもう一度、体に漲らせろ。

「でも、あなた、本当にそんなに野球が上手なの？」津田夫人がそこで訊ねた。特別に深い意図はなかったのだろうが、おまえは答えに困る。そこでごく単純に、「そんなことはありません」と謙虚に答えることはできるだろうが、おまえはそれをしなかった。理由は分かる。意識を失い横たわる津田哲二に申し訳が立たないのではないか、と直感的に感じたからだ。

おまえが答える必要はない。別の人間がやる。あと、五秒もすれば彼が目を覚まし、おまえのかわりに答える。

五、四、三、二、一。

「当たり前だ。天才に決まってるだろ！」

ほら。

ベッドの上で津田哲二が声を張り上げた。

ずいぶん離れた病室のベッドに横になり、天井を見つめた津田哲二は、口を塞いでいたマスクを無理矢理、引き剝がし、ぎゅっと言葉を握り締めるように叫んだのだ。

津田夫人が一瞬、言葉を失い、目を見開き、病室を振り返る。

おまえは、あの、石投げの男が教えてくれた、ヨギ・ベラの名言を思い出す。

「試合は終わるまで終わらない」

メジャーリーガーのヨギ・ベラは意味不明ながら、深読みされそうな、おかしな名言をたくさん残したらしいが、この言葉はそのうちの一つだ。

試合は終わるまで終わらない。

笑ってしまうが、力強い気持ちになる。

こうも言い換えられる。人は死ぬまでは不死身だ。

十八歳

株式会社服部製菓取締役、株式会社仙醍キングス野球団代表取締役社長兼仙醍キングスオーナー、それが服部勘太郎、四十歳の肩書きだった。彼より一つ年下の私はといえば、株式会社服部製菓総務部部長、株式会社仙醍キングス野球団総務部部長だ。総務部とはずいぶん曖昧で網羅的、どうとでも解釈できる名称だったが、仕事を簡単に言ってしまえば、服部勘太郎のお目付け役、相談相手だ。もっと乱暴に言えば遊び仲間だ。

五年前、代表取締役である服部勘吉が私を社長室に呼び出し、こう言った。「息子をこっちに呼び戻そうと思っているのだが、相談相手になってくれないか」

服部勘吉が、私のような一兵卒のことを知っていることが意外であったし、一人息子の相談相手を探していることにもびっくりした。なぜでしょうか、と訊ねると、小柄で、角刈り頭の服部勘吉社長は、「息子の勘太郎は、父親の俺から見ても駄目な男でな。東卿では散々悪いことをしてるんだ。それで、こっちに呼ぶつもりなんだが、放っておいたら何をするか分からん。だから、おまえに、ついてもらいたいんだ」と答えた。質問はいくつも浮かんだ。どうして私が指名されたのか。「散々悪いこと」とは具体的にはどういったことなのか。私がついていたところで効果があるのか。社長は最初の質問には即答した。「三田村、おまえは息子と一歳違いだろ。似た年の男性社員がほかにいないんだ」

積極的な理由ではなく、消去法のような形で私が残ったようだ。社長命令を断る勇気もなく、私は引き受けた。妻子がいる身としては、職を失うのが怖かった。

服部勘太郎は外見が社長そっくりで、小柄で角刈り、蟹股で歩く姿も同じだった。皺は少なく、餅肌で、太り気味だ。私が挨拶した時には、名刺をちらっと眺め、「三田村、よろしく。親父に何を言われているのか分からないけどな、親父よりも俺のほうが長生きするのは明らかだ。俺についてこいよ」と言った。それから五年、私はまだ、服部勘太郎にくっついて行動している。無茶な命令は出されなかったが、何かあると、「三田村、来いよ」と呼び出され、付き合わされた。

社長、服部勘吉が、息子の服部勘太郎を仙醍キングスのオーナーに据えたのは、単に、自分がオーナーをやっていることに飽きたか、嫌気が差して、誰かに押し付けたかったからだろう。社長は、どんなに不要な物であっても他人に譲るのは惜しい性格のようだったから、いくら弱小野球チームといえども、自分の血縁以外に渡すつもりはなかったはずだ。

服部製菓は創業百年以上を誇る、地味ながらしっかりとした企業だ。創業以来、餡と苺入りの、海苔を巻いた大福を売り続けている。その、旨いとも不味いともつかない曖昧な味わいが、独創的と好意的に受け入れられ、そのせいか経営は順調だった。仙醍市をはじめとする各自治体と密接な関係にもあり、時折、癒着の問題が取り沙汰される。ようするにそれほど地域に密着しているわけだ。一方の仙醍キングスといえば、先代の社長が半ば道楽に近い感覚で買い取り、運営をはじめたものにすぎず、当時から余計なお荷物に過ぎなかった。

球団オーナーの仕事はほとんどない。

野球の試合やチーム運営については現場の人間が考え、対外的なスポークスマンとしては、広報の人間が存在する。勘太郎は現場の人間の提案や広報の担当者の計画に了承を与え、もしくは却下をし、予算を増やしたり、削減したりの判断をするだけだった。つまり、服部勘太郎は年中、暇だと言っても良く、結果的に、市内を遊び歩き、私もその遊び歩きに同行した。

そのことを苦痛に感じていたのは最初の頃だけだった。私は、服部勘太郎に付き添い、行動をともにするにつれ、その危険で怪しげな世界に惹き込まれていた。真面目な中学生が、不良の先輩に引っ張られ、怯えつつも魅力を感じるのとまったく同じだ。つまり、実際、服部勘太郎のやっていることは物騒で、非合法のことが多かった。

「東卿で散々悪いことをしていた」彼は、「仙醍に来ても、散々悪いことをしている」と、そういうことだ。住む場所を変更させたところで、人間は成長も改善もしない。

服部勘太郎は大のギャンブル好きだった。パチンコ、スロット、競馬のような一般的な遊びはもちろんのことだったが、それだけでは飽きたらず、気づけば仙醍の繁華街の裏カジノにも出入りをはじめた。舎弟分よろしく付き添う私は、彼が次々とそういった裏通りの人脈を作っていくのを目(ま)の当たりにした。ある賭場(とば)で常連になれば、そこの客から別の賭場を紹介される。そしてその別の賭場では、別の客と知り合う。

　服部勘太郎という男は大雑把で、退廃的、豪放磊落(らいらく)で面倒臭がり、しかし肝は据わっていた。何より、安定したことよりも危険に満ちたことを好む。それが、初対面の時から変わらぬ印象だ。

　賭(か)け事にも強かった。麻雀(マージャン)ともなれば、確率の神に惚(ほ)れられたかの如(ごと)き強さを誇り、対戦相手のことごとくを負かし、金を奪った。

　今、マンションの一室で男が土下座をしている。

絨毯(じゅうたん)に額をこすりつけ、服部勘太郎に謝っている。高級な背広を着た、五十代の男だった。私は直接、紹介を受けていないが、誰もが知っている食品メーカーの重役だという。先ほどまで、リビングにぽつんと置かれた卓で、麻雀をやっていたところだった。

参加者は、服部勘太郎と、その土下座をしている重役、芸能プロダクションの社長、東卿でプロの雀士として有名だという若者だ。このマンションでは時折、そういった、腕に覚えのある者や金を持っている者、もしくは金を欲する者が集まり、高レートの麻雀大会が開催される。

八時間にわたる麻雀は、服部勘太郎の圧勝で終わった。すべての半荘で彼がトップを取り、結果、ほかの三人が負けた。

脇にあるダイニングテーブルには点数計算の用紙とともに、いくつかの札束やキャッシュカード、履歴書まで置かれている。

土下座をしている食品メーカーの男は最も負けが込み、どうにもならなくなった。金に見合う何か、も出せなくなった。芸能プロダクションの社長もずいぶん負けた。「うちの若いモデルの女を好きにしていいから」と鞄の中から履歴書めいたファイルを取り出したが、服部勘太郎は肩をすくめ、「いや、そういう古臭いやり方は駄目だろ」と首を左右に振った。「まあ、男はみんな女に弱いけど。賭けの負け分は別の話だ」

「それならこういうのはどうだ」芸能プロダクションの社長は顔を引き攣らせながらも、粘る。「俺の知り合いの奴らは、人の弱みを見つけてくるのが得意なんだ」

「人の弱みね」服部勘太郎はその時点で興味を半分失っている。提案の内容が想像できたからだ。人の弱みを見つけてやるから、あなたが誰かを蹴落としたくなったり、利用したくなった時にはそういった面で役に立てますよ、とそういうことだ。私ですら、そのたぐいの提案には食傷気味だった。よくあることなのだ。仙醍市内にも似たような仕事をやっている人間は多い。服部勘太郎が雀荘で会った若者は、モーテルの前で、出てきたカップルの写真を撮影し、脅して金を取る、という小遣い稼ぎをやっていた。「人の弱みを突くことに、面白味を感じない」服部勘太郎はぼそっと言った。彼を動かす原動力はいつも、面白味だ。

赦しを乞うために額を絨毯にこすりつける重役を無視するようにして、服部勘太郎はリモコンを手に取った。壁に設置された大きなテレビの電源を入れる。

彼は、ギャンブルの後、「金がない」と訴えてくる相手が苦手だ。

勝負をしている間は、真剣に、やるかやられるか、取るか取られるかの緊張感を楽しむが、実際に儲けることに興味はない。「どきどきできればいいんだよ。そう思わねえか、三田村」とよく言った。勝負が決した後のことには関心がなく、かと言って、「お金はどうでもいい」と許してしまったら、次の勝負への緊張感が失われてしまう。

こだわりはないが、許すこともできず、金のことで揉めることを何より嫌った。

テレビはワイドショーを放送している。もう朝なのだ。芸能プロダクションの社長がカーテンを開けると、眩しい陽射しが室内を白く照らす。画面には、体格のいい親子が映っていた。ユニフォームを着ていて、父親のほうは東卿ジャイアンツの監督、大塚文太だった。

「夏の甲子園を沸かした、大塚洋一君の半生」なる特集だ。大塚文太の息子が高校野球で活躍したのは確かに話題になった。

「半生ってまだ、十代だぞ」服部勘太郎は心の底から驚いた顔をする。チャンネルを替えようとはしない。「エリートは違うよな」と、子供の頃から、エースとして活躍していた大塚洋一の映像を眺めながら、感心の声を出した。

「服部さんもエリートではないですか」と土下座をしていた重役が顔を上げた。あからさまな追従口で、私は、彼に軽蔑よりも同情を感じる。彼は彼で必死だ。服部勘太郎は、重役に視線を向けたものの、無言だった。

私は五年、服部勘太郎と、悪友よろしく行動を共にしているが、それでも彼が自分の家業や立場についてどう感じているのかは分からない。服部製菓の三代目であることを嫌悪しているのか、喜んでいるのか、達観の境地にいるのか、把握できない。

「エリートなんかじゃないよ」と飄々と答える。

「いえ、服部さんは賭け事の王様みたいなものです」さらに土下座の男が続けた。

服部勘太郎は溜め息をつく。「王様、ねえ」と顔をしかめた。「今のこの世の中、神様も王様もいねえよ」

「夢のない話をしますね」私はそう言ってみた。

「庶民を救う王様なんてな、この世界には、少なくともこの国には、いねえよ。というか、そもそも王制じゃねえんだし」と彼は笑う。「でも、強いて言えば」

「強いて言えば、何ですか」

「野球がうまい奴ならいるよな」服部勘太郎はテレビ画面の大塚洋一に目を向けた。

「どういうことですか」

「ホームラン王だとか、打点王だとか言うだろ。王様は、バットを持ってんだよ」そう言うと、その発言が自分で気に入ったのか指を鳴らし、「『助けてください』『どうにかしてください』と縋るべき相手は、野球のすげえうまいやつだ」と大きな声を出した。

ああ、そうかもしれませんね。と誰かが媚びた笑い声を上げた。

服部勘太郎はそれには反応しない。「そうだ、おまえたち、王といえば、『マクベス』を読んだことがあるか。シェイクスピアのやつだ」

本になど興味を持たず、新聞どころかネットのニュースにさえ関心を持たない服部勘太郎ではあるが、「マクベス」のことはよく知っていた。どうやら、昔、仙醍キングスにいた南雲慎平太なる選手が、「マクベス」を愛読しており、その影響で、服部勘太郎も興味を抱いたのだという。

「影響を受けるなんて珍しいですね」と私が訊ねると、「南雲慎平太はさ、俺、嫌いじゃないんだよ」と珍しく、照れた表情を浮かべた。

「仙醍キングスに、貢献してくれたからですか」

「そんなんじゃねえよ。むしろ、馬鹿にしていた。でもな、あんなに弱いチームにずっといて、敗け続けて、自分の才能を無駄にした男が現役を引退する時、何と挨拶したか知ってるか？」

「知ってるんですか」

「俺はちょうど、親父と一緒にテレビで観ていた。さっきも言ったけどな、それまでは正直、馬鹿にしてたんだよ。仙醍キングスなんかにずっといて、愚かだな、ってな。たぶん、意地を張って、他球団に行かなかったんだろうってさ。ただあの挨拶は最高だったよ」

「そういうものですか」私は言ったが、確かそのあたりで別の用件が入り、思えば、南雲慎平太の引退の言葉は聞かずじまいだった。

「『マクベス』って、あの『マクベス』ですか？」重役が言う。

服部勘太郎はうなずいた。「あの中でな、ある母親と息子の会話があるんだけど、それが俺はお気に入りなんだ」

「どういう」

「母親は、『裏切り者は縛り首になるのだ』と話す。『約束を破る者は縛り首になる』と。

すると息子は、『縛り首にするのは、誰なのか』と訊ねる。母親は、『嘘をつかない人だ』と答える」

「はあ」つまり、悪い奴は、正直な人間が処罰する、というルールの話だろう。

「そうすると息子がこう言う。『じゃあ、約束を破る人は馬鹿だね。だって、約束を破る人はいっぱいいいるんだから、みんなで、嘘をつかない人を先にぶん殴って、縛り首にすればいいのに』とな」

なるほど、と私は内心で声を出している。一理ある、とは思ったし、服部勘太郎が好みそうな台詞だ。

「鋭いよな。ただ、これはもう、現実社会がすでにそうなっている。正直で真面目な人間を、約束を破る奴らがみんなで潰そうとする。自分たちが縛り首になるのを怖がって。フェアに生きようとする人間は、アンフェアな人間たちに先に虐げられちまう。なぜなら、なんだかんだ言って、アンフェアな奴らのほうが人数も多くて、強いからだ。皮肉なもんだろ」

そこで話は終わるのだが、少しすると芸能プロダクションの社長が、テレビ画面を指差した。「そういえば、この大塚ってガキ、今年のドラフトで東卿ジャイアンツ入りが決まっているんだよな」

「高校生のドラフト会議って籤引きじゃなかったでしたっけ」それまで黙っていた若者、

自称、最強の麻雀士が高い声を出す。

「どうにかなるんだよ、それも」芸能プロダクション社長は曖昧に言うが、嘘をついているそぶりでもない。「みんながフェアなわけじゃない」

「きれいは汚い、汚いはきれい、ってやつだな」服部勘太郎は言った。「だけど、うちはいつだって、本気で籤を引いてるぜ。まあ、いい選手は籤で当てたところで、うちには来ないけどな」

仙醍キングスの首脳陣は毎年、気を使っていた。ドラフト会議で、有力な選手を指名したい、という思いのある一方で、「もし、うちの球団に指名されたら、優秀な選手は死ぬほどがっくりするのではないか」と心配していた。私にもその葛藤は伝わってきた。服部勘太郎は以前、そのことについて相談を受けた際、あっさりと回答を出した。「うちに来てもいいって奴だけを取ればいい。わざわざそいつの人生を台無しにしてまで、いい選手を取る必要はねえよ。金もかかるし、どうせ数年したらフリーエージェントでよその球団に行く。だいたい、俺がいつ、おまえたちに試合で勝て、と頼んだんだ」

それを聞き、チーム関係者は腹を括った。いくら弱小球団にいても、試合をすれば、勝ちたいと思うのが人情だ。野球を少しでもやってきた人間であれば、「勝てるものならば勝ちたい」「強くなれるのであれば強くなりたい」と感じるはずだ。が、関係者も、服部勘太郎の言葉にうなずき、「仙醍キングスはそれでいいのだ」と改めて理解し、そこに存在していることに価値がある、と共通の認識を持った。

「この大塚洋一君が、我が仙醍キングスに来てみろよ。まず間違いなく、宝の持ち腐れだぜ。意気消沈して、絶望でへこたれちゃうかもしれねえよ」テレビを指し、服部勘太郎が言う。

「面白いと言えば面白いけどね」自称麻雀士の若者が口を尖らせる。「エリートが絶望でへこたれちゃうのを見るのは、面白いですよ」

「俺の趣味じゃない。俺はな、優雅に飛んでる鳥が落っこちたりするのを見て溜飲を下げるよりも、絶対飛ばないような牛が空飛ぶのを眺めて、爆笑するほうが好きなんだ。面白味を感じるんだよ」

「それは、服部君」芸能プロダクション社長が愉快そうに声を弾ませた。「今の話は、東卿ジャイアンツが弱小になるのよりも、仙醍キングスが優勝するほうが面白い、という意味合いかい」

「考えてもみなかったが、確かに似ているな」服部勘太郎は納得した。「ただ、仙醍キングスが優勝することは絶対にない」

「なぜですか」急に私がそう声を出したものだから、少し驚いた面持ちで服部勘太郎は振り返った。「言うまでもないだろう、俺が金を出すつもりがないからだ」

「資金がなくても、球団が強くなる可能性はありますよね」私は単に、彼との言い合いを楽しみたかった。

「そんな可能性はない」

「言い切れる根拠は何ですか」

「仙醍キングスが証明している。金をかけないおかげで、万年ビリで、ひどいものだ」

「だけど、南雲慎平太のような選手がまたやってくるかもしれません」

服部勘太郎は少し黙った。もしかすると、南雲慎平太の引退の言葉を思い出していたのかもしれない。「いや、無理だ。そんな奴がいるわけがない」

「今日の予定は何だっけ」服部勘太郎が訊ねてきた。マンション麻雀を終えて、私は、車で彼を家まで送るつもりだった。「徹夜だったし、眠ったほうがいいですよ」と率直に言った。何より、やるべき仕事などない。あったところで服部勘太郎は、気が乗らないと感じれば、いつだって簡単に、すっぽかす。「眠れないんだよな。何だか面白くなくてな」と服部勘太郎が助手席で頭を掻く。そして急に、「三田村、そういや、おまえの子供、どうしてる？　前に小学校で苛めにあってるって言ってただろ」とぶっきらぼうに口にした。

ああ、と私は唐突な話題に少し動揺し、同時に、小学四年生の息子の怯えるような表情が脳裏を過ぎり、胸が締め付けられる。「どうなんでしょうね。苛めと言っても、それほど悪質ではないようで」

「苛めに良質も悪質もないだろうが」

「まあ、そうですね。ただ、苛めている生徒がはっきりしないみたいです」

「そりゃ悪質だろ。アンフェアだ。フェアはファウル。ファウルはフェア」

「『マクベス』でしたっけ」

「魔女がな、そうやって言うんだ」

「フェアはファウル、ですか」

「何が正しいかなんて、誰にも分からないってことだろ」

その後、しばらくは無言の間が続いた。ハンドルを回し、左折する。赤信号に停まったところで、十時から仙醍キングスの入団テストがあることを思い出した。いわゆるプロテストだ。秋になると各球団がちらほら開催する。

服部勘太郎は助手席の窓を開けると風が顔に当たるのが良かったのか、気持ちいいな、とうっとりした声を出した。「常識的に考えてな」と続けた。「仙醍キングスのプロテストにいい選手がやってくるとは思えないよな」

野球の才能がある人間はほぼ確実に、高校の野球部や、大学、社会人の野球部なりどこかのチームで活躍をしているだろうし、それらの選手はスカウトが確実にチェックをし、ドラフト会議で球団から選ばれるはずだ。プロテストはそれ以外の、どこのチームにも所属していない選手を受け入れるための仕組みだが、そこで優秀な選手が見つかる可能性はほとんどなく、仮に優秀な選手がいたとしても人気球団のテストを受けにいくに決まっている。つまり、仙醍キングスのプロテストなど、落ちこぼれも落ちこぼれ、箸にも棒にも引っかからず、そのくせプロ野球選手への夢を捨てられなくて、「もはやどの球団でもかまわない」と思うような人間が集まってくるだけなのだ。

「うちにとっては好都合だけどな」服部勘太郎は言った。「そいつらは年俸を払わなくても、月謝を取ったとしても、喜んでやってくるだろう。プロテストはありがたいな」

そういう考え方もある。実際、仙醍キングスのプロテストは合格者が多い。ほかの球団の場合は、百人から二百人近い選手が受けるが、一次テストを合格できるのが数十人、そして二次テストもクリアとなるのは一桁、というよりも大半がゼロだ。プロでプレイができるような人材は、プロテストをわざわざ受けることはないのだ。プロ野球選手へのルートが確立している現代日本では、そういう仕組みになっている。が、仙醍キングスでは毎年、数名が合格していた。理由は簡単、基準が甘いからだ。

「そういや」私ははっとした。どうしてこんなに面白い話を服部勘太郎に言わずにいたのか、と自分でも驚く。信号が赤になり、ブレーキを踏んだところで、今年はすごいのが応募してきたらしいですよ、と言った。

「すごいのってどうすごいんだ」「人殺しです」「人殺し?」「人殺しの息子です」

仙醍市に在住の、十代の男だった。名前を山田王求と言う。数年前、彼の父親が中学生を殺害していたことが発覚し、大騒ぎとなったのだ。大人が、息子の上級生を殺害した事件は、テレビや週刊誌を賑わせた。

「あの息子が、プロテストに応募してきてたんですよ」

「あの息子って、その、上級生を殺害した男の息子？　そいつまだいるんだ？」

まだいる、とは、「まだこの街にいる」という意味なのか、「まだ生きている」という意味なのかは分からなかった。「昔から野球で有名だったらしいんですよ。小学生の時に、プロの投手の全力投球をホームランしたとかいう逸話も持ってるらしくて」

「小学生相手にプロが本気で投げるわけないだろ」

「東卿ジャイアンツのピッチャーが投げたようです。噂によれば。中学、高校と、打席に立てばホームランだったらしくて。打率も九割近かった、という伝説もあって」

服部勘太郎が笑った。「九割って何だよそれは。馬鹿にしてるのか。あるわけないだろうが」

「そう思いますけど。でも、選球眼が良くて、際どい球はカットできる技術があれば、できなくもないはずです」

「理論上は」

「ええ」

「二つ質問がある」服部勘太郎は窓から外を眺めながら言った。徹夜明けの疲れと、賭け事を終えたばかりの神経の高ぶりでぼうっとしているのだろう。「一つ目、そんなにすごい野球少年が、どうしてプロテストを受けるんだ。ドラフトじゃねえのかよ」

「人殺しの息子だからです」私は即答する。「父親が捕まった直後に、高校を中退してるんですよ。野球部には所属していないんです」

ふうん、と気のない相槌を打った服部勘太郎は、「二つ目」と言う。「テストを受けるにしてもどうして、うちなんだ？　いいか、俺はその山田とかいう奴のことはまったく知らないけどな、これだけは言える」

「何ですか」

「俺がそいつなら、仙醍キングスのプロテストは絶対に受けない」

「その答えも一緒です。人殺しの息子だからですよ」私は答えながら、黄色の信号を見て、アクセルを踏む。十字路を越え、次の大きな交差点を左折する。「人殺しの息子なんて、球団からすれば迷惑もいいところですからね。どこもほしがりません」

「だけど、そいつが人を殺したわけではないんだろ。犯罪者じゃない。しかも実力はすごいわけだ」

「どの球団も余計なリスクは負いたくないんですよ。だから、山田王求は他球団を受けても、合格できるわけがない。山田王求の名前は球団関係者やスカウトマンはよく知ってるらしいですし、応募した時点ですぐに切り捨てられちゃうでしょうね。実際、うちでも応募があった時点ですぐに判明しました。地元だということもありますが、みんな驚いていましたよ。あの、山田王求がプロテストに応募してきた、と」

「言っておくけど、うちだってごめんだ。入団させるわけがないだろ、人殺しの息子」

「当然です」高架下を通る。地下道に入って、すぐにまた外に出た。「うちも、応募の段階で、不合格にしました」書類選考で落ちるのは、体格や年齢のような基本条件に満たない場合がほとんどで、山田王求のような理由で却下するのは珍しかった。

「あ、そうなのか」服部勘太郎が、くるっと体をひっくり返し、私のほうを見た。「不合格にしたんだ？」

「興味あるんですか」

「ないな」服部勘太郎は苦笑し、「じゃあ、今日はこのまま家に帰って、寝て過ごすか」と欠伸(あくび)まじりに言った。

私はそれに従い、車を走らせる。窓の外を見ながら、服部勘太郎が考え事をしているのは分かった。眠そうであったはずの目が、だんだんと光りはじめている。

服部勘太郎は伸びをすると首をぐるっと回した。「やっぱり、どうせだから、プロテストの見学に行くか」

昼食を蕎麦屋で済ませ、球場に到着するとすでに一次試験は終了していた。ダッグアウトからグラウンドへと出る。太陽の光が私たちを照らした。先ほどまで遮光カーテンの部屋で麻雀をしていた私たちは、純朴な少年に見つめられるような気後れを感じた。

「三田村さん、来てくれたんですか」と仙醍キングス野球団打撃コーチ、野田翔太が声をかけてきた。二十年前、仙醍キングスでレギュラーだったとはいえ、引退後は焼肉屋を経営していただけの彼は、小太りで、まともに走ることもできない。が、そんな彼でもコーチを任される。それが我が仙醍キングスの実状だ。「俺はいつも来るじゃないか。いつも来ないのは、この人だよ」私が後ろにいる服部勘太郎に目をやる。野田翔太は目を丸くし、「ひい」と悲鳴を上げた。「オーナー、来てくれたんですか」

「そりゃ来るよ。俺の球団だ」

プロテストの様子はどんな具合か、と訊ねると野田翔太は、ちょうど手に持っていたらしい受験シートを手渡してきた。

一次をクリアした二十人の情報が載っているらしい。

三分写真で撮られた、男のむすっとした顔が並んでいるのは気持ち良いものではない。ぺらぺらとめくる。テストの結果も記されている。基準をクリアしている者もいれば、基準に満たない者もいる。五十メートル走で六秒五以内、遠投で八十五メートル以上という基準は、他球団に比べるとずいぶんハードルが低い。試験官であるコーチや二軍監督の一存で、記録に下駄を履かせることも可能だ。それが仙醍キングスなのだ。

「すごいのが一人」と野田翔太が目を輝かせた。一番後ろにあった受験シートを引っ張る。「乃木隼人」とある。五十メートル走が六秒三、遠投百三十メートルとある。身長は百八十五センチメートルだ。高校を卒業し、今はどこのチームにも所属していない。「すごいな、これ」横から覗き込んできた服部勘太郎は、へえ、と笑った。興奮はない。「素振りがまた、迫力あるんですよ。そろそろ二次試験ですから、観ていってください」野田翔太は言うとダッグアウトの奥へと消えていく。トイレにでも行きたかったのかもしれない。私は服部勘太郎と目を合わせる。「もう少し近くで観ましょうか」

「いいよ。観客席から観よう」と彼は肩をすくめた。

「オーナーなのに」「駄目な三代目は遠慮するんだよ」

二次試験は、希望のポジションごとに試される。野手志望の者はまず、打撃からだ。投げるのは仙醍キングスの、しかも二軍の投手であるから高が知れていると言えば高が知れているのだが、その球ですらまともに打ち返せない打者が多いのも事実だった。

乃木隼人は二番目に登場した。打席に立ち、バットを構えた瞬間、私は自分の座っている場所がどこであるのかを見失い、ぐらっと球場の構造が歪んだように思った。打席の乃木隼人が、そびえる巨木のようで、私たちはその根のところから幹を見上げる、そのような気分になった。

乃木隼人はいとも容易く、打った。外野スタンドに打球は飛ぶ。ピンポン球でも打ち返すかのようだった。しかも、投手の真剣な様子に比べると、乃木隼人は落ち着き払っていた。全力で投げられた球が、呆気ないほどに軽々とホームランにされる。時折、コースを外れた球が来ると、微動だにせず、見送る。

そのうち、野田翔太と投手兼バッテリーコーチの野地栄太が相談しはじめた。

今度は別の投手がマウンドに上がった。あれは誰だ、と服部勘太郎がグラウンドに指を向けた。「佐藤ですよ。一軍から落ちてきたばかりですけど。いい投手です」「うちの中では、だろ」「ですね。仙醍キングスでは一流ですが、ほかでは分かりません」「三田村は正直だな」

乃木隼人は、投手が代わってもまったく動じず、先ほどと同じように、ホームランを打ち続けた。ライトに打ったと思えば、次はセンター、センターの次はレフトだ。グラウンドにいるコーチ陣は口をぽかんと開けていたし、それはテストを受けにきていたほかの受験生たちも同様だった。

打撃を終え、何事もなかったかのように打席から戻ってくる乃木隼人に、コーチの野田翔太と野地栄太が握手を求めに行く。

英雄に挨拶するかのようだ、と私が感想を述べると服部勘太郎は、「乃木君は」と言った。先を見越しているような言い方だった。「乃木君はたぶん、ほかの球団に行くんだろ。小手調べでうちのテストを受けにきたんだろうな。でも、三田村、あんなにすごい若者がどうして、プロテストなんて受けてるんだろうな」

さあ、としか私は答えられない。強いて言えば、彼もまた人殺しの息子なんじゃないですか、といい加減に答える。もしくは、と続ける。

「もしくは何だよ、三田村」

「CGなんですよ」

三田村は真面目な顔で変なことを言うなあ、と服部勘太郎が笑う。「最近は、3Dのも流行(はや)ってるって言うしな。俺たちは、CGを観ているわけか。ありえる」

私はそこで視線を逸(そ)らした。観客席の少し離れた場所で、腕を組んで立ったままのユニフォーム姿の男が目に入った。5という背番号が見える。プロテストをあのように真剣に眺める男の正体は気にかかるが、声をかける気持ちにもなれない。

夜、さまざまなことが判明した。まず、乃木隼人はなぜ、プロテストを受けなくてはいけなかったのか。答えは、私が冗談で言った通りだった。

人殺しの息子だったのだ。

「乃木隼人ってのは偽名か」雀荘で牌(パイ)を掻き回す服部勘太郎は言った。「CGではなかったわけだ」

「中学時代の友人が、名前を貸したそうですよ」山田王求は自分の正体を隠し、別人のふりをしてテストを受けに来たのだ。最初は自分の名前で応募したが門前払いを食らったために、彼も考えたのだろう。乃木隼人の名を騙り、やってきた。仙醍キングスの事務方も、顔写真だけでは、「山田王求がまた応募してきた」と判断できなかった。

煙草の煙でくもった雀荘は、牌の音や舌打ち、掛け声で満ち、倦怠感と緊迫感のない交ぜになった空気がある。私は、服部勘太郎の下家に座っていたのだが、「リーチ」と牌を横にした。

「服部さん、それ何の話なんですか」私の正面に座って、牌を触る若者が口を開く。

「すげえ奴が俺のチームのプロテストに来たって話だ」

「すげえ奴って誰ですか」

「人殺しの息子。誰君だっけか、三田村」

「山田です。山田王求」

若者の顔がぱっと明るくなり、「本当ですか！」と喜びの声を上げる。

「知ってるのか」私が訊くと、彼は誇らしげに数回、うなずいた。「ええ、アイスを奢ったことがあります」

「アイスか」

「あとは、野球を教えました」

服部勘太郎が苦笑する。「それはさすがに、法螺っぽいじゃねえか」

「いえ、『野球』という言葉の意味ですよ。ベースボールを日本語にした人の言葉があってですね」

話し続けようとする若者を、服部勘太郎は手で制する。「分かった分かった。じゃあ、喜んだほうがいいな」

「喜ぶ？　俺がですか」

「来年から山田王求のプレイが見られるぞ。仙醍キングスに入団したからな」

私は目を見開き、ぽかんとしてしまう。ちょうどその時、若者が、私の当たり牌をぽろっと捨てたが、「ロン」という余裕もなかった。服部勘太郎がそのようなことを考えていたとは露知らず、山田王求の入団がいつ決まったのかまるで知らなかった。いや、おそらくは彼自身も今この瞬間にそれを思いついたに過ぎないのだ。

どこからか拍手が聞こえた。いったい誰が、と振り返ると別の卓で麻雀をしていた女が、しかも何のコスチュームなのか黒ずくめの服装をした三人の女たちが背広の会社員を囲むかのようにそこにいて、俯いたまま、軽やかに手を叩いているところだった。影を身体にまとったかのような、その薄気味悪い三人組は、しめしめ、とも、にこにこ、ともつかない小さな微笑みを口元に浮かべている。

「いやあ、やりましたな」と囁くような声がする。

「やっと決まりましたな」

「ええ、これからですな」

三人の小さな声が、私にだけ聞こえてくるかのようだ。自分の首周りに冷たい風が吹き込むのを感じ、ぶるっと震えた。

二十一歳

少年が、「去年、あの時はどういう気持ちだったの」と言った。仙醍駅の西側、大きなホテルの裏側に位置するファミリーレストランの二階だ。小学校三年生の彼は野球帽を被っている。山田王求はニット帽を深く被っているため、周囲に正体はばれていないものの、子供を誘拐する怪人のように見える。

店内は空いている。これでよくお店をやっていけているな、と少年ですら不思議に思うほどだ。

「あの時とはどの時のこと」山田王求は訊ねた。ウーロン茶を飲んでいる。月曜日の午前十時で、店内には人もあまりいない。少年はチーズの載ったハンバーグを綺麗に食べ終え、皿に残ったソースを舐めた。「ほら、敬遠された時だよ」

そう言われても山田王求にはどの時のことを訊かれているのか、判断がつかない。去年一年で、山田王求は敬遠四球を二十二回体験している。

「ホームランの新記録を出しそうだった時だよ。王求はいつも表情が変わらないから、どういう気持ちで野球をやっているのか、ちっとも分からないんだ」

まだ絞りきれない。ホームランの記録にもさまざまなものがある。一シーズンにおけるホームランの数なのか、もしくは連続打席ホームランの数なのか、連続試合ホームランの数なのか。いずれについても山田王求は新記録を出しそうになった。中には達成したものもある。

「九試合連続でホームランを打ってもさ、残りの打席はほとんど敬遠とかでまともに打てないんだから、絶対に記録なんて作れないよ」少年が唇を尖らせた。

「あれはシーズン終わり間際で、残り試合も少なかったから」

プロ野球におけるシーズン連続試合本塁打の記録は、四年前に東卿ジャイアンツの、車谷史郎が達成した、「九試合連続」だ。十五年間もの間、誰も破ることのできなかった記録「八試合連続」を更新したのだから、当時は大きな話題だった。二十代後半だった車谷史郎は、二枚目の女好き、いくにんもの女優やテレビ局のアナウンサーと浮名を流し、揶揄されることも多かったが、長距離バッターとして脂が乗ってきたこともあり、野球界の新しいヒーローとしての立場を築いていた。

その記録に、山田王求は軽々と並んだ。が、新記録を更新することはできなかった。

プロの選手は敬遠しないと思っていたのだけれど、と山田王求は呟く。

「それはないよ。プロはまず、勝利することが第一なんだから、敬遠だって何だってするよ。根性とか青春とかの高校生と違うんだよ」

「高校生の時から、俺は敬遠ばっかりだった。いや、それこそ、君くらいの年齢、リトルの時からだな。何打席も敬遠で、十回に一回、まともに打てる球が飛んでくれば幸運だったくらいだ。だから、野球はそういうスポーツなんだと思っている。基本的に、投手はストライクゾーンに球を投げてこない。だから、ひたすら待つだけだ」

山田王求は、両親からこう言われて、育った。「少年野球のうちは、投手の力量から言っても、おまえを敬遠せざるをえないだろうが、プロになればプライドを賭けた闘いにもなるから、敬遠されることは減るだろう」

実際、プロに入ってから、敬遠されることが減ったのは事実だ。

理由の一つは、プライドの問題だろう。相手チームからすれば、入団一年か二年の新人相手に始終、敬遠するような屈辱的な真似はできなかったはずだ。どうしても負けられない試合、しかも接戦の好機に山田王求に打順が回ってくる時は敬遠されたが、それ以外には、なかった。一方で、所属チームが仙醍キングスだったから、ということも大きな理由だった。もともとが弱小の球団であるため、王求に本塁打を打たれたところで、そして仮に一試合を落としたところで、優勝争いにはさほど影響がなかったのだ。相手チームの首脳が、「7対1で勝つのも、7対5で勝つのも勝ちは勝ち」と判断すれば、打たれてもともとの気持ちで、王求と勝負に出ても問題はない。

「東卿ジャイアンツが敬遠するなら、まだ、分かるんだよ。自分のチームの車谷がその記録を持ってるから。仲間の記録を守ろうっていう作戦は分かるもん」少年は言った。「なのに、他の球団まで、王求の記録を邪魔することないじゃないか」

山田王求がプロ野球の記録を塗り替える機会が来るたび、敬遠や四球、死球などの対策が取られた。

それは、記録を保持している仲間の名誉を守るためというよりは、もっと別の、憎むべき相手に領地を奪われてなるものか、というヒステリックなものだった。

自分の父親のことが影響しているのだろう、と山田王求も分かっている。殺人犯の息子が目立ってしまっては、世の中の規則が狂うような違和感があるに違いない。

そんなことよりも、と山田王求は訊ねた。おじいちゃんは元気か、と。

「うん、元気。先週もね、おじいちゃんちに遊びに行ったよ」

津田哲二と会ったのは去年のシーズンが終わった頃、バッティングセンターが解体されると知り、工事の様子を眺めに行った時が最後だった。車椅子（くるまいす）に乗った津田哲二は、なぜ王求が新人王に選ばれなかったのか理解に苦しむと心底、苦しそうな顔をした。

「一軍に上がったのが遅かったし」山田王求はそう答えた。

「一軍に上げなかったあの監督がおかしいんだよ。だけどそれにしてもな、一軍に行った後の、おまえの成績はすごかったじゃないか。あの大塚洋一よりもよっぽどすごい」

新人王は各スポーツ紙などの記者たちによる投票で決まる。厳密に成績によって決定するのではないとはいえ、目立った活躍をすればおのずと票が集まり、基本的には、観客の直感的な評価とズレはない。山田王求は一年目から、驚異的な成績を残した。が、新人王には選ばれなかった。記者たちの感覚の中に、「山田王求を選んではならない」と拒否反応が働いたのだろう。津田哲二はそう推理した。山田王求のことを面白おかしく記事に取り上げ、お祭り騒ぎで持て囃すことはしても、正式に表彰することに臆したのだ、と。山田王求の存在を正当化する責任を負いたくなかったのだ。それは、一般の観客の感覚も同様だったのか、新人王のことは表立って問題視されなかった。

恋人が、「ねえ、大丈夫なの？」と言った。仙醍駅の西側、大きなホテルの一室、ダブルベッドの上でだ。山田王求もその女も裸だった。昼過ぎにホテルに来て、それから二人でひとしきり絡み合い、欲求を満たした後だ。女はシャワーを浴び、下着も穿かず、また布団の中に潜ってきた。大丈夫とはいったい何のことなのか、と山田王求は訊ねた。「明日、試合でしょ。昼間からいちゃついてる場合じゃないんじゃないの」と女が言うので、山田王求は目をしばたたく。「それは、裸になる前に言うべきじゃないのか」

女の表情が、ふわっと緩む。「まあね」

一年前、名伍屋での試合の後、夜の公園で知り合った。

遠征中となると記者たちが、「食事行こうよ」などと声をかけてくることが多いのだが、その日は断った。試合でのバッティングに納得がいかなかったからだ。宿泊していたホテルを抜け出し、大きな公園でバットを振った。ぽつぽつと立つ外灯と頭上の月が薄ぼんやりと照らす中、何度もバットを振る。

打ちそこなった投球を頭の中で再生し、バットを振り続ける。

悲鳴が上がったのは、ずいぶん経ってからだ。はじめは、バットが切る風の音かと思ったが、違った。甲高い悲鳴だった。

山田王求はバットを止めるとすぐに駆けた。目を凝らす。動く物体を把握するのは慣れている。目の端にちらと影が移動するのが見えた。不審者、と思い、バットで殴ろうとしたところで、それが女性だと分かった。悲鳴を上げた張本人だ。

「悪い奴でもいたのか」

「うん、いた」胸元の開いたワンピースを着た、ハイヒールの彼女は顎を引く。

「どこに」

彼女は、王求を指差した。「真夜中の公園で、バットをぶんぶん振り回す、おっかない人がここに」

どこまでが冗談か分からず、山田王求は反応に困った。「いや、これは練習なんだ」

「野球少年？」女はワンピースの裾を少し持ち上げると足を開き、架空のバットを構える恰好をした。

どちらがどう誘ったのかははっきりしないが、その後、山田王求と女は公園の隅でほとんど服を着たままの状態で、下着をずらし、性交をした。最初は横たわった姿勢だったが草や石が痛く、途中から立ち上がったものの今度は周囲の視線が気にかかった。

その結果、遠征先での門限、午前一時に山田王求は間に合わず、罰金二百万円が科せられることになる。門限破りなどのルール違反に対する罰則は、監督やコーチの裁量で決まるが、罰金二百万円は仙醍キングスの慣習からすると重い。

監督の駒込良和からは、他の選手への戒めだ、と言われた。

どれほど力のある選手であっても、規律を守らなければならない、プロ野球選手にとってもっとも大事なのは技術や体力などではなく、正義感と使命感である、と公言して憚らないのが駒込良和という男だったからだ。

そもそも、引き受けるメリットが皆無と言える、仙醍キングスの監督を務めることにしたのも、使命感以外の何物でもなかった。

縁もゆかりも、借りもない弱小球団の監督に就任したのはひとえに、野球界全体が盛り上がるのであれば、とそう考えてのことだ。一部の口の悪いマスコミはそのような駒込良和を、「物好き」「売名」と茶化したが、大半の人間は好意的に評価し、素晴らしい自己犠牲だ、と称えた。

「私はあまり認めたくはない」

これは、駒込良和が監督に就任した際の記者会見で、同時期に入団の決まった山田王求のことを訊ねられた時に、洩らした言葉だ。

それ以上の言葉は重ねなかったが、駒込良和の誠実で生真面目な性格からすれば、いくら才能やセンスに恵まれていても、殺人犯の息子を、プロ野球選手として育成することに抵抗を感じていたのだろう。

記者の誰かが、「親が犯したことは許されませんが、息子には罪がありませんし、積み重ねてきた練習の苦労や結果を台無しにしてしまうのは酷ではないでしょうか」などと言えば、駒込良和も受け入れやすかったのだろうが、世間の論調は逆で、「天才なのだから、親の犯罪も帳消しでいいのではないか」と面白半分に囃すものばかりであったために、余計に、駒込良和は反発した。

山田王求は罰金二百万について不満はなく、特別な驚きも感じなかった。ただ、その女が予告もなく、仙醍市に引越し、親戚のふりをして連絡を取ってきたことには驚いた。

「いいじゃない。付き合いましょうよ」と彼女は言い、それ以降、山田王求はその女とよく会った。

「ねえ、明日の試合、大事じゃないの」裸の女が、山田王求の頬をつねる。「記録がかかってるんでしょ」

山田王求は特に感慨もなく、うなずいた。去年同様、連続試合本塁打が九試合続いていた。オフの今日を挟むものの、明日、ホームランを打てば、プロ野球記録を更新する。車谷史郎の記録を塗り替える。

「でもまあ、また敬遠されるよね」と女が思い出したかのように声を高くした。「いつものように」

「数時間前に、小学生にもそう言われた」

「小学生でも分かること」

「だが、去年は残り試合が少なかった。今年はさすがに、残り全部を敬遠するわけにもいかないだろうし、いつかは打てる球が来ると思う」

「でも、ずっと敬遠は無理でも、意地悪く、変なところばっかり投げてくると思うよ。よくみんな怒らないよね」

「俺の母親は憤っている」

「それ以外は？」

それ以外に憤っているのは、仙醍キングスの一部のファンくらいで、プロ野球全体からすれば、仙醍キングスの一部のファンの声など、藪(やぶ)で鳴く蚊の囁(ささや)きにも似た、取るに足らないものであった。当の山田王求もコメントを発しなかったし、監督の駒込良和も関心を示さなかった。

ねえ、と女がそこで体を起こし、ベッドの上で、正座の姿勢を取ってくる。仰向けの山田王求の顔を上から覗き込んでくる。「王求の名前って、どこからついたの？」

山田王求は天井を見つめていたが、その視線を横にずらし、女の顔を見た。じっと見つめ、どうしてそのようなことを確認してくるのか、と訝った。「詳しくは知らないけれど、王求と書くと、球という字になるのは確かだ。駄洒落みたいなものかな」

女は愛想笑いに近い表情を作った。「王求は、王になるの？　王様なの？　だから、敬遠されるのかな」

「どういう意味だ」

「敬遠って、そういう意味でしょ。『うやまって遠ざける』『避ける』って。王様は、みんなに敬遠されるに決まってる」

服部勘太郎が、「明日は頑張ってもらわないとな」と言った。仙醍市の繁華街、古いビルの最上階にあるダイニングバーの個室だ。夕方に差し掛かる時間帯で、本来であれば営業時間ではないはずだが、服部勘太郎が常連客のよしみで、開けさせた。

広々とした座敷にいるのは三人だけだ。

山田王求の向かい側に、仙醍キングスのオーナーである服部勘太郎、その横に、総務部部長の、三田村博樹だ。

「それは、連続試合ホームランのことですか?」

山田王求は出された料理に箸を伸ばし、訊ねる。そんな記録に、服部勘太郎が興味を持っているとは信じられなかった。

「記録なんてのは達成しようがしまいが、どちらでもいい。そもそも、おまえみたいな天才にかかったら、記録なんて達成して、当たり前なんだよ」四十代ではあるものの服部勘太郎の肌はつやつやとし、子供のあどけなさを残しているが、性格的には、昆虫の足や羽根をもぐような、無邪気な残酷さも持ち合わせている。「あの記録を持ってる、何だっけか、車谷だっけ? あいつなんて、おまえと比べたら、凡人もいいところだ。スター選手みたいにもてはやされてるけどな。天才の前ではかすむ。俺には分かる」

服部勘太郎は初めて会った時から、山田王求のことを、「天才」と言った。馬鹿にするわけでも、お世辞を言うのでもないのが分かるだけに、山田王求は特に気にかけなかった。

「だいたい、今シーズンなんておまえ、ほとんどの記録がおまえの断トツ一位じゃねえか。打率も本塁打も。もう、みんな、二位争いだ」

「じゃあ、何を頑張るんですか」

「何でもだよ。おまえさ、子供の時に戦隊ヒーロー物のショーとか観に行ったことがないか? ヒーローが危機に陥ると、お姉さんが、『さあみんな、頑張れーって応援しようね』とか言ってだな、みんなで大声出すだろ。頑張れー、って。そういうもんだよ。天才とかヒーローはいつだって、無責任な、頑張れって声に応えるんだ」

「頑張れ、という言葉はもともと、我を張れ、という言葉から来ているらしいですよ」

山田王求は、子供の頃、父親から聞いた話を思い出す。

「我を張れ、がんばれ、か。なるほどな」

「おまえは間違っていない！　という掛け声にも聞こえますね。我を張って、行け。と」

「そうかもしれないな」

「ファウルラインぎりぎりに打球が飛んだ時、『フェアだ！　走れ！』と叫んでくれるような」山田王求はその譬え話が、自分で思いついたものなのか、父から聞いたものなのか思い出せなかったのだが、口に出した。

「フェアだ！　走れ！　か。悪くないな」服部勘太郎はうなずく。「でも、おまえ、明日、敬遠ばっかりだったらどうしようか、とか思わねえのか？　例によって、また記録を邪魔されるんじゃねえかって」

どうでしょうね、と山田王求は淡々と返事をする。どちらでも良かった。天気と同じだ、と思った。旅行に行く日の天候が、晴れなのか雨なのかはコントロールできない。どうにもならないことを鬱々と悩み、天気予報に一喜一憂するくらいであれば、どんな天気であっても受け入れて、雨が降れば傘を差し、晴れたなら薄着をしていこう、と構えているほうがよほどいい。

「天気と野球が一緒なのかよ」と服部勘太郎が笑う。

「昔、俺の親が言ってたんですよ。打席も天気も一緒だって」

「いい親御さんだよな」服部勘太郎はビールの入ったグラスを傾け、飲み干す。隣にいる三田村博樹に、「な」と同意を求めるが、三田村博樹はさすがに、殺人を犯した父親をいい親だとは素直に認められないのか返事はしなかった。

どっちに賭けてるんですか、と山田王求は質問をぶつけた。

服部勘太郎が大のギャンブル好きで、法的に認められていない賭け事にも手を出していることは知っていたからだ。

山田王求が入団後は、ある打席で安打を打つかどうか、本塁打を放つかどうか、三振をするかどうか、記録を作るかどうか、とさまざまなことを対象とし、親しい仲間と賭けをしている。山田王求はそのことを嫌とも良いとも感じなかった。好きにすればいいと思った。それこそフェアかファウルか判断が下せない。

「俺はもちろん、おまえがホームランを打つほうに賭けている」服部勘太郎は笑うが、真実を口にしているかどうか、はっきりしなかった。三田村博樹の顔を窺（うかが）うと、彼は彼でいつも通りの、秘書然とした生真面目な顔のまま、箸を動かしている。この男たちはホモセクシャルというわけでもないだろうに、長年連れ添った夫婦のように見える。

「がんばれよ、って言うためだけに、呼んだんですか？」

「この間、ふといいことを思いついたんだけどな」と服部勘太郎が目を輝かせた。「王求、おまえ、ベイブ・ルースって知ってるか？　知ってるよな。アメリカの」

ベイブ・ルースの言葉を、山田王求は思い出した。

　あきらめない奴を負かすことはできない。それだ。

「あのベイブ・ルースは予告ホームランってのをやってたって言うだろ。スタンドを指差して、で、本当に打球をそこに打ち込んだ」

「神話みたいなものだと思いますけどね」三田村博樹が口を挟んだ。「ちょっとした話に尾ひれがついて、そうなったのかもしれないですよ。信憑性はあまりないような」

「いいんだよ、それはそれで」服部勘太郎は機嫌良く、山田王求を見てくる。「夢があるじゃないか。予告ホームランってのは」

「そうですか？」山田王求は首を捻る。予告してホームランを打つことに、どういう夢を重ね合わせればいいのだ、と思った。

「有言実行ってのは、人を惹き付ける。この時代、政治家が何をしたら、注目されるか分かるか。有言実行だよ。どんな小さなことでもいい。約束して、守る。当たり前のそんなことで、政治家は見直される」服部勘太郎がそこで言葉を止める。「最初から、『愛人は二人にします』と宣言しておけばいいんだ」

「でも、予告ホームランなんてことを今やったら、非難囂々ですよ。スタンドを指差して、ホームランを予告するなんて、投手や相手チームを侮辱してますしね。やりすぎです」三田村は言った。社長の失言や暴挙に狼狽するというよりは、もっと淡々と、諦めと慣れを浮かべた独り言のようだった。言うだけ言っておきますけど、どうせ届かないだろう、と思っている節がある。

服部勘太郎は平然としたもので、「問題ない。そういう意味では」と自分の肩を自分で揉むようにした。「王求はもとから、非難囂々じゃないか」

山田王求はまっすぐに服部勘太郎を見据えたまま、そうですね、と答える。実際、そうなのだから、否定するつもりもなかった。雨が土砂降りであるのに、「雨なんて降ってない」と言い張るよりも、豪雨を認めた上で雨具を身に着ければいいのだ。

「俺は、予告ホームランなんてやりませんよ」卓上にある湯呑みに口をつける。すでにお茶はなくなっていたが、傾けて、その残った滴を舌に落とす。

「じゃあ、こういうのはどうだ。予告ホームランじゃなくて、もし、三振しなかったらおまえは首だ、と言ったらどうするんだ？」

「わざと三振しろってことですか」

「もし、だよ。もし、そう命令したらどうする」

「賭けの話ですか?」

「そうじゃねえよ。もしも、の話だ」

山田王求はあまり悩まなかった。分からない、と正直に答えた。やるかもしれないし、やらないかもしれない。望まないことをやらされるのは腹立たしく、抵抗を感じずにはいられないが、首になり野球ができなくなってはもともこもない。

「三振したら、おまえの親父を釈放してやると約束したらどうする?」

「できるんですか、そんなことが」

「たとえば、だよ」服部勘太郎は平然としている。「おまえがどういう気持ちで野球をやってるのかさっぱり分からねんだ」

「半日前に、小学生にもそう言われました」

「小学生でも思うことだ。だいたい、おまえはもう打席に立てばホームランかヒットを打つんだから、予告ホームランだとか、予告三振でもしたほうがいいぞ」

山田王求は腕時計に目をやり、「そろそろ、いいですか」と言った。「母と会う予定なんです」

「なあ、王求、明日の打席で、ストライクゾーンに球が飛んでくると思うか? 新記録達成間近のおまえに、ずるい奴らがまともにチャンスをくれると思うか?」服部勘太郎は座ったままだった。

山田王求は首を傾げる。

天気予報はできない、と思った。すると服部勘太郎が、「安心しろ」と言った。

「え？」

「飛んでくるぞ。ストライクに」

「予言ですか？」

「予告だよ。明日、おまえは敬遠されない。だから、豪快に打って記録作れよ」


山田桐子が、「また、大きくなった？」と言った。仙醍市の市街地から少し離れた場所の、マンションだ。玄関を開き、山田王求を迎え入れた山田桐子は、リビングに入ったところでじっと視線を向けてきた。息子である山田王求を上から下へ、眺める。

「筋肉はまだ、ついてきているけど。大きくなったというほどじゃないよ」

食卓に座る。テレビの正面の席だ。子供の頃からいつだって、山田王求はその場所で、食事を取った。常に正面から野球中継を観られるように、だ。

壁には床から天井までの書棚が設置され、ビデオテープやDVDをはじめ、映像が記録された媒体が並んでいる。録画されているのは当然ながら、野球の記録だ。山田王求が子供の頃から、その書棚には隙間がない。あれからずいぶん歳月も経っているが、どこにどう収納しているのか、まだ溢れた様子がないのが不可思議だった。

山田桐子が食卓の上のリモコンを操作する。テレビに映ったのは予想通り、山田王求の出場した試合の映像だった。

一年前の、東卿ジャイアンツとの三連戦の初戦だ。マウンドに立つのは、エースナンバーをつけた大塚洋一だ。

仙醍キングスに入団し、プロの世界に入ってからというもの、山田王求はことあるごとに、大塚洋一と比べられた。

好対照だったからだ。

有名野球選手の息子で、子供の頃から活躍してきた野球エリートの大塚洋一と、裏道も裏道、地下道から無理やり陽の当たる場所に出てきたような山田王求は対照的で、世間も対比することが楽しくて仕方がなかったのだろう。

当然、天才ピッチャーと怪物バッターの対決を望む声は多かったのだが、なかなか実現しなかった。理由はいくつかあった。

試合スケジュールや、投手のローテーションなど、あとは、東卿ジャイアンツの、大塚洋一側の、都合によるものだ。

端的に言えば、彼らが、山田王求との対決を避けたがっていた。

メリットがないからだ。大塚洋一は新人であるにもかかわらず、知名度も実力も球界のトップクラスで、山田王求と対戦することで得るものは特にない。山田王求を打ち取り、有無を言わせない結果を出せば、大塚洋一の評価もさらに上がり、ファンも歓喜するだろうが、そうならない可能性もあった。それを、東卿ジャイアンツは、東卿ジャイアンツのオーナーと、大塚洋一の父は恐れていた。

「君を怖がってるんだよ」と、山田王求は、面識のあるスポーツ新聞の記者に言われたことがある。「そのことについて、どう思う?」と。山田王求は例によって、「別にどうも思いません」と答えた。

「大塚投手と対戦してみたくない?」

「分かりません」本当に分からなかった。

対戦が実現したのが去年、プロ二年目のシーズン終わり間際だ。

その試合を録画した映像が、食卓の向かい側で流れている。

「いいピッチャーだけどね」山田桐子が缶ビールを持って、椅子に座る。どうして、これを観ていたのか、と山田王求は訊ねた。

「特に意味はないわよ。王求の試合はしょっちゅう観てるし、今たまたま、これを観ていただけ」

テレビの中の山田王求が体を回転させた。スタンドが映り、立ち尽くす大塚洋一が映り、ゆっくりと一塁ベースへ向かう山田王求が映る。

「これから、彼、スランプになっちゃったのよね。大塚君」山田桐子は片肘(かたひじ)をついた手を顎に当て、淡々と言った。「新人王になったけど」

テレビでは、山田王求の打球が何度か繰り返される。その日に放った、他の本塁打二本の映像も流れる。山田王求は特別な感慨もなく、画面を眺めた。少しして、「そういえば、あのスポーツライター覚えている？」と山田桐子が言う。「権藤とかいう。昔、王求に付きまとっていたでしょ」

ああ、と山田王求は答える。中学から高校にかけて、頻繁に会いに来た男のことだ。

「あの人、王求の伝記を執筆しようと思いまして、なんて言っていたけれど、結局、そのままだったね」山田桐子は恨めしそうでもなく、淡々と話す。

山田王求は昨シーズンの終わりごろ、たまたま入ったファミリーレストランで、権藤に遭遇したことを思い出した。オフの日で、王求は一人でランチメニューを頼み、筋力トレーニングについての本を読んでいたのだが、その隣の四人用テーブルに権藤がいた。娘二人と、ふくよかな妻と一緒だった。「久しぶりだなあ」と権藤は照れ臭そうに声をかけてきた。「おい、これは、あの天才打者の山田王求だぞ」と自慢気に家族に説明するが、妻も娘たちもまるで興味を示さず、「どうも」と小さく頭を下げるだけだった。「おまえはすげえな。打者の成績の基準を根底から変えちまった」と権藤は口元にケチャップをつけたまま、力説した。「今までは、バッターってのは良くて三割、四割は偉業だっただろ。でも、おまえはまったく違う。六割、七割は当然で、下手したら八割だ。あの、真面目で優等生の監督が、おまえに嫉妬して、二軍に塩漬けさせてなければ、打率は悠々と一位だったろうし、下手したら二位の倍の打率だったかもしれねえぞ」

「嫉妬?」

「当たり前だろ。あの監督はおまえに妬いてんだよ。だから、ずっとおまえを一軍に上げなかったんじゃねえか」

「俺は育成選手枠で入団したから、一軍登録が遅れた。それだけだ」

「そんなの関係ねえよ。監督と、ほら、あとはコーチだ。コーチの高知。駄洒落みたいな、高知コーチだ。あの二人がおまえを疎ましく思ってるんだ」

高知とは、四角い顔に短髪、背が高い打撃コーチだった。駒込良和とは高校時代からの友人で、周囲からは同性愛を疑われるほど仲が良いことで有名らしかった。

「あの高知も、おまえのことが気に食わない」

「高知コーチは、俺のフォームを褒めてくれた」

「おまえのフォームは完璧すぎる。褒めざるを得ない」

山田王求はそう言われ、ある場面を思い出す。打撃練習のため、室内練習場でバットを振っていた時だ。機械が投げる球を次々と打ち返していると、隣の打席にいる選手に、コーチの高知が指導をはじめた。そして、自分自身でバットを持ち、素振りをしてみせる。山田王求はそれを見るとはなしに眺めていたのだが、その視線に気づいた高知が急に動作を止め、居心地悪そうに顔をそむけた。恥ずかしがるようでもあったし、不愉快そうでもあった。山田王求はその理由が分からず、結局、その場から立ち去った。あれはいったい何であったのか、山田王求は今も分からない。

「おまえがホームランを打って、ベンチに帰ってきた時、高知はおまえを出迎えるか？まあ、出迎えて手を叩いたりはするだろうけどな、目は笑ってねえだろ？」断定するかのような権藤の言葉を聞きながら、山田王求は記憶を辿る。が、よく思い出せない。

「おまえみたいな奴がいたら、コーチの存在意義がなくなっちまうよ」権藤は言う。

「俺はどうすれば」

「どうすることもできねえよな。プロ野球選手の生活をだらだら過ごすだけだ」

「だらだら、と？」

「去年も今年も変わらない。そういう生活だ。たぶん、来年になってもおまえは、今日と似たような日を生きる」

「そういうものかな」

「子供の頃から思春期までは波乱万丈でも、大人になって仕事をするようになったら、毎年、同じ繰り返しだ。特にお前の場合はそうだ」

「ねえ、王求、明日、どう？」山田桐子が言って来て、山田王求は、権藤についての記憶から現実へと意識を戻した。連続試合ホームランのことを問われているのだとは分かった。「どうだろう。でも」

「でも?」

「オーナーは、明日、ストライクゾーンに球が来るって言ってた。どうしてか分からないけど、自信満々だったな」

山田桐子は複雑な表情を見せた。おかしみを覚えているようだったが、同時に、疎ましさも浮かべた。「あのオーナーは胡散臭い」「あのオーナーは恩人だ」「あの恩人は可笑しい」といった思いが入り混じっている。「明日のチームの監督か、投手かキャッチャーか、誰かを買収したんじゃない? ちゃんと勝負するようにって」

「俺のために?」

「たぶん、金でも賭けてるのよ」

かもしれない。それは山田王求も認めた。

少年時代、両親が、王求を敬遠しないようにと相手チームの監督に金を渡していたのを思い出す。懐かしさと同時に、性交の後のような、切なさとむなしさのまざった思いが胸にせり上がってくる。

テレビ台に載った、フォトスタンドに目が行く。小学生の時の山田王求がいた。バットを肩に担ぎ、胸を張り、立っている。山田亮と山田桐子が背後にいる。野球グラウンドの前で撮ったものだ。

この時点で、山田王求の野球人生が残り二年だとは、誰も知らない。

二十二歳

おまえの前にいるのは津田純太だ。あの、津田哲二の孫だ。実は去年の同じ日、おまえはやはりこの少年と向かい合い、会話を交わしていたのだが覚えているだろうか。奇しくも、場所も同じだ。ただ、去年まではファミリーレストランであったのが、今はハンバーガーショップになっている。見渡してみろ。客席の割に、人は少ない。来年、また別の店になっている可能性も高いな、これは。

「去年、あの時はどういう気持ちだったの」と津田純太はおまえに言う。まさにその台詞も去年と同じだが、そのことにおまえはもちろん、津田純太も気づいていない。

どうだ、小学校四年の津田純太は。だんだんと津田哲二に似てきたと思わないか。

「ホームランの新記録を作った時だよ」

訊ねられてもおまえはどの時のことか判断できないようだが、それも致し方がない。

ホームランの新記録であれば、去年、二つ更新したからだ。

十試合連続本塁打と、六打席連続本塁打の二つの記録だ。

「打った時、王求はいつも通り、むすっとしてるしさ。どういう気持ちなのか知りたいじゃん。打って当然だとは思ったけど、まるで嬉しくないような感じだったから。あれは、感じ悪かったよ」

「感じが悪いか」

おまえが噛み締めるように、そう口にした気持ちは分かる。まさに、おまえの人生は、ほとんどの他者からそう受け止められてきたからだ。おまえは悪くないのだ。単に、おまえがいることで居心地の悪い者がいるだけだ。

アンフェアな人間からすれば、フェアな人間こそ、「感じが悪い」のだ。

「俺は嬉しかった。記録を作ったんだからな。表情にあまり出ないだけだ」

それは本心の何パーセントを言い表しているのか。

「あのさ、今の王求はどういう気持ちで野球をやっているの」津田純太は訊ねてくる。子供ならではの図々しさ故、ずけずけと直球を投げてくる。心地良いではないか。

おまえは、バッターボックスに放られる球はことごとく打ち返すが、会話において投げられた言葉は、ほとんど見送っている。見送り三振の山だ。「おじいちゃんがこのあいだ言ってたんだよ。王求はもう、やることがなくなった王様みたいなもんだ、って」

「そう言っていたのか」

「もうやることがない、って」

さて、やることがなくなった王様、と聞き、おまえは何を感じる。

王様とはそもそもやることがない、と思ったか？ それとも、「なるほどその通りだ」と膝を打ちたくなっただろうか。

「でも実際、そうだよね。王求はいつもヒットかホームランを打つんだし、そうじゃなかったらフォアボールかデッドボールでしょ。凄すぎて、その凄すぎなのが普通になっちゃってるから、凄くても凄くないというか、訳が分かんないよね」

「凄くても凄くない。いいのか悪いのか分からないな」とおまえはぼそりと溢す。

「そうだね、王求は、『いいもん』なのか、『わるもん』なのか区別がつかないよ」

そこでおまえは、半年前、やはりこの店で会った人物のことを、大塚洋一のことを思い出したはずだ。いや、思い出してはいないのかもしれないが、思い出したことにしよう。大塚洋一のことを時には考えてやらなくては申し訳ないではないか。

仮にも、おまえたちは好対照のライバル同士と呼ばれた仲なのだ。

半年前、大塚洋一はおまえのオフ中に、突然仙醍市にやってきた。

二年前の公式試合でおまえと対戦し、完全に敗北してから、向かい合うのは初めてのことだったから、そこがマウンドとバッターボックスではなく、レストランの席と席であったとはいえ、懐かしさを覚えたはずだ。

二年前の試合における直接の勝負は、誰の目から見ても明らかにおまえの圧勝だった。

当然のことではある。選手としての格がまるで違う。
大塚洋一はそれ以降、調子を崩した。去年から今年にかけては大半をファームで過ごし、表情も見るからに生気がなかった。おまえも、大塚洋一の不調は知っていただろう。が、おまえが想像する不調を二倍にして、さらにもう二倍にしても、実際の大塚洋一の不調には足らなかった。

この店で会ったはいいものの、大塚洋一はほとんど喋(しゃべ)らなかったな。しかも、おまえも話題を探そうとしなかったから、あれは本当に物静かな対面だった。離婚直前の夫婦ですら、もう少しは言葉を発するのではないか。

「王求、おまえはさ、ちょっと異常だよ」白く、ふんわりとしたデザートを食べ始めた頃、ようやく、大塚洋一は口を開いた。おまえをちらっと眺め、視線を少し泳がせたかと思うと、泣き出しそうな顔つきで、「何で、来たんだよ」と続けた。覚えているか？
なぜ来たのか、と問われたおまえは顔を上げ、「来たのはおまえのほうじゃないか。仙醍までわざわざ新幹線でやってきたじゃないか」と聞き返したが、あれは例によって的外れで、可笑(おか)しかった。そういうことじゃない、と大塚洋一は呆れながら、かぶりを振った。

するとおまえは、「来たというのは、プロに来た、という意味か」と続けた。どうしてセ・リーグに来たのか、という意味か、と。

大塚洋一はそこで、はあ、と溜め息を吐き出した。「そうじゃない。どうして、この世におまえが来たんだ、という意味だ。どうして、俺と同じ世代にいるんだ」

おまえは肩をすくめた。答えが見つからなかったからだろうが、あれは正しい反応だった。大塚洋一は、おまえに回答してもらいたかったわけではない。キャッチボールをしたかったのではなく、壁の向こうにボールを投げいれているようなものだったのだ。そして、大塚洋一は言った。「宇宙に帰れよ。そうじゃなかったら、魔界に」

明らかに冗談だと分かるように歯を見せてくれたのが好都合だったな、おまえも合わせて、表情を緩めることができた。

あの時、大塚洋一がどうしておまえに会いに来たのか。おまえは最後まで分からなかっただろうが、真相を簡単に話せばこうだ。

大塚洋一は、おまえとの対戦によって、自分の能力に限界を感じた。父親であり、東卿ジャイアンツの監督でもある大塚文太の存在や影響が重荷でもあったから、プロ野球界から逃げ出すべきだと考えはじめていた。もちろん、大塚洋一にも人並みならぬ才能はある。おまえのような選手と比較することをやめ、親のしがらみから抜け出し、別の球団で活動する、という選択肢もあった。が、それを選択できないところが、大塚洋一の弱さに違いない。引退したいが、その方法が分からず、何か不祥事でも起こして強制的に野球人生を終わらせるべきではないか、と捻じれた考えに囚われていた。

これではいけない、と危機感を覚えたのだろう。そこで、自分のスランプの原因であるおまえに会おうと考えた。原因と向き合えば、心が落ち着くのではないかと期待したわけだ。もしかすると、都会の生活に疲れた社会人が、大自然の広がる異国の地に出かけ、「ああ、この広大さからすれば、俺の悩みなどちっぽけなものだ」と定番の気分転換をするのと、似た感覚もあったのかもしれない。

おまえは人間というよりは、大きな自然に近い。規格の異なる、大きなものだ。

ここだけの話になるが、今から三年後、大塚洋一は東卿の繁華街で酔い潰れ、そこを体格のいい女子プロレスラーに介抱されたのをきっかけに、野球界から引退し、女子プロレスのマネージャーとして生きていくことになる。もちろんおまえは関心がないだろうが、それでもこれは伝えておかなくてはならない。野球を辞めて以降、女子プロレスのマネージャーとしての大塚洋一の人生は、幸福なものになる。

さて、今、おまえは病院に立ち寄ったが、そこで倉敷巳緒が、「ホームランで、わたしを救ってみたら」と言ったものだから、かなり驚いたのではないか。

冗談を口にするというよりは、挑発的な物言いだった。

倉敷巳緒と別れてからほぼ一年が経っていたが、彼女の顔つきは明らかに変貌している。面会に行ったおまえに微笑むと、ベッドから上半身を起こし、左手に接続されている点滴の管を、扱いに慣れている者だからこそできるような、ぞんざいなやり方で横にどかした。

倉敷巳緒の痩せ方は、おまえを驚かせたことだろう。おまえと会っていた頃も細身だったが、今は頬がこけ、顎が尖り、目が窪み、身体の肉が削り取られたような痛々しさに満ちている。

去年、連続試合本塁打の記録を達成し、少し経った頃、倉敷巳緒が別れ話を持ち出してきたが、それ以来まったく音沙汰がなかった。今後も永遠に連絡はないのだろう、と思いはじめた頃だった。

唐突な連絡に対し、おまえが警戒したのも当然だ。「病院にいる」とはいえ、おそらく、風邪か骨折のようなもので、その入院費が払えず、金を無心してくるのかと想像した。が、おまえは無視できなかった。理由は分かる。メールの本文にあった、「縁の病なのよ」の言葉のせいだろう。誤変換なのだろうとは察したが、では、実際の病は何であるのかが気になったのだ。

「『不治』の病って書くと悲劇っぽいけど、『縁』だと崖っ縁みたいでいいでしょ」ベッドに起き上がる倉敷巳緒は洟を何度かウェットティッシュでかみながら、言った。「崖っぷちで、踏ん張っている感じがするでしょ」

おまえは病名を訊ねなかったが、あれはどうしてなんだ？　確かめなかったし、彼女も言おうとしなかった。「あなたにも感染してるような、そういう病気じゃないから安心していいよ。これはわたしの中で起きて、わたしの中で終わっていく闘いだから」と倉敷巳緒は言い、「外野に迷惑はかけないわ」と唇を震わせた。

おまえは、倉敷巳緒が泣いているのだと受け止めただろうが、違う。咳も混じってしまったが、彼女は笑っていたのだ。「外野に迷惑はかけない」なる表現が、自分で愉快に感じられたからだ。

倉敷巳緒はもともと、名伍屋に住んでいて、おまえと親しくなるために仙醍に来た。だからどうして、仙醍の病院に入院しているのか。おまえはそれが気になったはずだ。が、さほど不思議なことはない。言えば、拍子抜けするほど、シンプルなことなのだ。単に彼女の病の専門家が仙醍の病院の医師で、だから、名伍屋からまた、仙醍にやってきた。そして仙醍に来たからにはおまえのことを思い出さずにはいられなかった。それだけのことだ。

倉敷巳緒は、病室の窓から射し込む、淡い情熱の名残りとでも呼べるような夕焼けを見つめ、「仙醍に来たら、王求がどうしてるのか気になって、で、メールしたんだけど」と言う。おまえは立ったまま、やはりその夕焼けに視線をやった。かすれた雲が薄い赤で滲んでいる。頭に立ち昇ってくるのは、少年の頃にバットを振っていた公園の光景だ。素振りを繰り返しているうちに、ゆっくりと日が傾き、空が赤らみ、暗くなっていった。

自分がバットを振らなければ、夕闇すら来ないのではないかと思う瞬間もあっただろう。

「今もどうせ野球のことを考えてるんでしょ。久々に会った、昔の恋人が病で苦しんでるのに、君は野球のことを考えている」

おまえが無言である理由なら、想像がつく。大方、「倉敷巳緒は恋人だったのか」とぼんやりと考えているのだ。

「この間、本を読んでいたら面白いのが載ってたんだけどね。『お祈りと妊娠の間に関係があるのか』っていう記事」

おまえはその言葉を聞きながらも、骨が浮かび上がるほどに、やせ細った倉敷巳緒の体型のことが気にかかる。入院着はゆったりとしているが、体は枝のようではないか。

「あのね、何年か前に発表されたんだって。コロンビアかどこかの大学の医学部の研究らしいんだけど。いい、眉に唾をつけて聞いて」倉敷巳緒はどこまで本気なのかそう前置きをして、話をはじめた。

ソウルのある病院で、体外受精治療を受けた二百十九人の女性を対象にした実験のことだ。女性たちは二つのグループにこっそり分けられた。

「片方はね、他者からのお祈りを受けるグループで、もう半分は、お祈りを受けないグループだったんだって」

「お祈りを受ける？」

「対象となった女性の写真をね、アメリカとかカナダとかオーストラリアに住む人に送って、お祈りをしてもらうわけ。このお祈りの中身も面白いんだけど、それは省くわ。まあ、ようするに、『この女性が妊娠しますように』というお祈りね。で、当然だけど、この対象となった女性たちもお医者さんたちも、この実験のことは知らなかったの」

「医者も知らなかったのか。でも、何のためにそんな実験をしたんだ？」

「テレパシーみたいなのが実在するかどうか知りたかったんじゃない？」倉敷巳緒は肩をすくめ、指に唾をつけ、念入りに眉にこすりつける仕草をした。「でもね、その結果が凄いのよ。お祈りを受けたグループは、受けなかったグループに比べて、妊娠の率が倍近かったんだって」

　おまえはまばたきをし、答えに困る。一笑に付すつもりはなかったが、倉敷巳緒はこのような話を信じる人間だったか、そんな兆候はあっただろうか、と考えてしまった。

「わたしも半信半疑だし、その結果が本当に正しいものと受け止めていいのかどうかは分かんないけど、でもね、お祈りには何か効果があってもいいような気はするの」

「前からそうだった？」前から君はそういう人間だったのか、と訊ねる。

「変わったんだよ」倉敷巳緒は力強く、言う。「つい最近、変わったの。野球で言えば、八回裏くらいに。だから、君も、わたしのことをお祈りしてよ。というよりも、したほうがいいよ」

「お祈りなんてしたことがない」

「わたしの病気が治るようにお祈りしながら、ホームランをばんばん打ってみせて」

まさにこのことを言いたいがために、倉敷巳緒はおまえを呼んだのだ。

「わたし、テレビで観てるから。君が、わたしのためにホームランを打ってくれたら体も良くなる気がするじゃない」

「俺は、誰かのためにホームランを打つわけではない」

「いいじゃない、ベイブ・ルースみたいにさ、予告した後で打ってよ。君の好きな南雲慎平太だって、似たようなことをやったんでしょ。君がホームランをばんばん打ってると、ある時、医者がベッドに来て、言うわけ。『信じがたいことなのですが、良くなっています。しかも、ずいぶん。いったい何があったんでしょう。学会で発表しなければ』とかね」

おまえは、彼女の言葉を夢物語のように聞きながら、どう答えるべきか必死に頭を回転させていることだろう。

いいか、おまえは知る必要はないかもしれないが、彼女の言っていることは本当だ。おまえの野球は、彼女の病など軽々と治す。彼女の病どころではない、おまえの本塁打が世の中の、不安や苦痛を、悲しみや恐怖をごっそり宇宙にまで飛ばすこともできる。比喩ではない。それではお伽噺だ、とおまえは顔をしかめるだろうか。

倉敷巳緒はそこで、少し疲れたわ、と横になり、掛け布団を引っ張り上げる。瞼を閉じ、おまえがいるにもかかわらず、眠ってしまいそうだった。唇だけが動いている。少し顔を近づけ、耳を寄せるがいい。彼女の声が聞こえるはずだ。聞き逃すなよ。

ほら。

「今のわたしはツーストライクまで追い込まれちゃってる感じなんだよね。もうね、ファウルで粘ってるの。何回も何回もバットを振って、どうにか三振を先延ばしにしてるわけ。もういい加減疲れたけど、終わりにするわけにもいかないからね。粘るんだからさ。ファウルファウルファウルで」

そうだ。

彼女は粘っている。

ボールを右に左へ打ち、ファウルで三振を免れている。

おまえは、倉敷巳緒の病について、その治療については何も知らないため、ただ、点滴の管を見やり、脇に置かれたウェットティッシュを眺めるだけだが、何か言葉をかけてやってもいいのではないか。

「粘って粘って倉敷選手、またファウル。しつこいですねえ。ピッチャーも疲れてきたんじゃないですかね」倉敷巳緒は目を閉じたまま、架空の実況中継をするようだった。

さあ、声をかけろ。そうだ、そうやって、彼女の耳元に口を近づければ、聞こえる。

「バットを短く構えて、ボールをよく見て」おまえはそう呟(つぶや)いた。

いいアドバイスだ。眠りの中で、彼女はバットを短く構え、体を回転させる。先ほどまでとは異なる快音が響き、三塁方向へ打球が飛ぶ。そこでおまえの声が轟(とどろ)く。

フェアだ！　走れ！


三田村博樹が、「明日はどうなるんだろうな」と言った時、おまえがまず何を考えたのかは分かる。どの人間も抽象的な質問ばかりだと驚いていたのだろう。おまえの父親の罪が露呈し、集まってきた記者たちがぶつけてきた質問と似たようなものだ。

仙醍市の繁華街、古いビルの最上階にあるダイニングバーの個室に、おまえは座っている。夕方に差し掛かる時間帯で営業時間ではないのだが、店のオーナーが融通を利(き)かせてくれた。オーナーは、おまえのファンなのだ。広々とした座敷で、テーブルは六人が座っても余裕があるような大きさだったが、いるのはおまえと、仙醍キングスのオーナーである三田村博樹だけだ。

去年の今日、やはりおまえは三田村博樹と会っているのだが、その時は服部勘太郎がいた。今はいない。

仙醍キングスのオーナーだった服部勘太郎が、仙醍駅構内のトイレで背中から刺されて死亡したのは半年前だ。以降、三田村博樹は急造オーナーとして奮闘していたのを、おまえも知っているだろう。表向きには、「もともと、服部勘太郎は何もしないオーナーだったので、私もそれほどやることはないんですよ」と発言していたが、不慣れな役回りゆえ、苦労は多かったのは間違いない。

おまえは、三田村博樹のことを嫌いではなかったが、好きでもない。なぜ、好きになれないのか。おまえは理由を言語化できていない。かわりに答えてやろう。物足りないからだ。猛獣たちが集う檻の中にやってきた、穏やかな草食動物を思わせる三田村博樹が、おまえには物足りない。前任の服部勘太郎のほうは明らかに、肉食の獣の一員だった。

「明日のこと、というのは」おまえは訊ねる。

「記録だよ。ホームランの」

「三田村さんも賭けてるんですか？」

「私にはそんな度胸はないし、賭ける金もない。賭け事で死ぬのは真っ平だ。スリルというのは、死なないから楽しめるんだ。死んじゃったら、スリルどころじゃない」

さて、おまえはこの三田村博樹の台詞から、何を察する。分かるか？　彼は、前オーナーの死をただの通り魔事件ではなく、賭け事のトラブルの延長だと見なしているのだ。

そして、そのことにお前は別段、驚きを感じないだろう。

服部勘太郎は、仙醍市の一流企業、服部製菓の三代目で、金には困らず、奔放に、自由気儘な人生を送っていた。直感力に優れ、運が強く、冷徹で狡猾な部分もあった。他人が見て、心地好くなる人間ではない。恨みを買うことは日常茶飯事だったはずだ。おまえの人生と同じく、服部勘太郎の人生も、他者からは、感じが悪かったのだ。

「王求、おまえも一応、気をつけておけよ」三田村博樹が言ったが、おまえはすぐには意味合いが分からなかったかもしれない。

実は、三田村博樹の耳には最近、ある噂が入ってきていた。前オーナー、服部勘太郎は、昨シーズンの試合が原因で殺されたらしい、と。

「めったに起きないことが起きた時、それに賭けた人間が儲かる。賭けとはそういうものだろ」三田村博樹は静かに説明をはじめる。

たとえば、梅雨の時期に晴れを予想したり、たとえば、子供が格闘家に腕相撲で勝つのを言い当てたりした場合こそ、賭けで儲かる。まさにその通りだ。

ギャンブルで大勝ちするためには、起きる確率の低いものに賭けるべきだ。

「野球で言えば、たとえば山田王求が」

「三振するとか？」

おまえは察しが良いな。その通りだ。

その通りだ、と三田村博樹もうなずいている。「つまり、おまえが三振をしたら、誰かが儲かることになっていた」

「俺は三振しない」

　その通りだ。そんなことは誰もが知っている。

「その通りだ」ほら、三田村博樹も知っていた。「おまえは三振なんてしない。ピッチャーが裸で投球することがないように、監督がベンチでピザを注文することがないように、おまえは三振なんてしない。そんな賭けが当たるわけがない。だから、無理やり、当たらせようとしたんだ」

「無理やり？」

「前オーナーに頼んだ人間がいるんだ。山田王求に三振させろ、と」

　脅迫のたぐいなのか、それとも商談や交渉といったものなのか。とにかく、服部勘太郎は、ある者たちから、もちろん温厚な人間たちではなかったが、「山田王求を三振させろ」と頼まれた。おまえは首を捻る。それはそうだ。心当たりがないからだ。「でも、頼まれませんでしたよ」

　服部勘太郎は、おまえに三振を頼まなかった。それは事実だ。

「頼まなかったから、前オーナーは刺されたんだ」三田村博樹は真面目な顔つきだった。

「そうなんですか？」

「そういう噂を聞いた。私もそんなことは初耳だった。逆ならあった。おまえが敬遠されないように、相手投手に働きかけることなら、あのオーナーは何度かやった」

おまえはそれを聞き、驚いただろうか。

そうなのだ。服部勘太郎は、おまえが敬遠されぬように、ストライクゾーンに正々堂々と投球するように、他球団の投手たちに働きかけていたのだ。脅しや買収や、いくつかの方法で、だ。

賭けのため?

それもある。が、それだけではない。義憤に駆られたわけでもない。

そのほうが面白いからだ。服部勘太郎は、敬遠などではなく、山田王求のバッティングが見たかったのだろう。

服部勘太郎にとっては、面白味こそが原動力だった。

「その噂が本当だとすると、三振しなかったおまえを、よく思っていない人間もいるかもしれない。だから、気を付けたほうがいい」

結論から言えば、おまえはそのことについて気を付ける必要はない。賭けに関わった人間たちはおまえの人生に影響を与えないからだ。

脅威となるべき人間は、別の場所にいる。まさに、おまえが三田村博樹と喋っていたのと同時刻、おまえの知らないところで、おまえの知っている男が手紙を書いていた。

五年前に一度だけ、遭遇した男だ。

覚えているだろうか。

町中で会った紺のジャケットを着たセールスマンで、おまえのことを、「人殺しの息子」と罵り、絡んできたではないか。鬱陶しく、しつこいあの男だ。

おまえは忘れているかもしれないが、男は決して、そのことを忘れていない。そればかりか、記憶は都合の良いように歪み、おまえへの怒りは膨れ上がり、しかも、おまえがプロの球団、それも弱小とはいえ地元の球団に入り、驚くべき活躍をしだすものだから、「こんなことが許されて良いのか」と義憤すら感じていた。

男は、せっせと手紙を書き、投函をはじめている。「山田王求を即刻、首にすべし」という内容の手紙だ。それを仙醍キングスのオーナー、首脳陣、スポーツ新聞各紙へ、定期的に送った。何度も何度も、郵便局に足を運んだ。

もちろん、それは相手にされず、次第に彼の書く文面は少しずつ変化を見せる。送る相手も特定の人間に絞られる。波状攻撃で、力を分散させるのではなく、ある一点に集中し、そこから城壁を切り崩そうと考え始めたのだ。

どうして監督である駒込良和が、その「一点」に選ばれたのか、理由ははっきりしない。が、男はもしかすると、山田王求憎しの視点で野球を観戦し、ニュースや記事を読んでいるうちに、駒込良和に自分と似た思いを嗅ぎ取ったのかもしれない。

この男であれば自分のメッセージに理解を示すのではないか、と。

セールスマンはハガキに便箋（びんせん）に、毎回、手書きの文字を走らせた。手紙の書きかたなどまるで知らぬ男は最初の頃こそ、指南書を読み、時候の挨拶（あいさつ）などを駆使したが、そのうちにまどろこしくなり、手元にある文庫本を引っ張り出し、引用をはじめ、最終的には、山田王求を専制君主シーザーに見立てて、文章を書き写す。

「あの男、山田王求は、現在はとにかく、やがて力を増せば、これこれの暴虐（ぼうぎゃく）非道を演じかねぬ、かかる人物こそ蛇の卵と見なさねばならない、孵（かえ）れば、その仲間のつね、きっと人に害を及ぼそう、殻のうちに殺してしまうに如（し）くはない」

「駒込良和よ、あなたと山田王求、その山田王求という一語のなかに何があるというのだ？　どうしてその名が君の名よりも、多くの人の口の端（は）にのぼせられるのか？　君の名だって立派なものだ。一緒に並べて呼んでみるがいい、響きのよさに変わりはあるまい。駒込良和、ほら、良い響きではないか」

回数を重ねるほどに、セールスマンの文章は上達していく。

この手紙は、駒込良和が仙醍で生活をしているホテルに届いた。男の字が美しかったせいもあるが、文面の異様さに警戒心を持ちながらも、駒込良和は最後まで読み通し、それを畳むと、ホテルの机に置いた。朝になり、もう一度読み返し、机に置く。

それから夜にまた開き、読んだ。

　さて、おまえはこの店に移動している。向かい側の席の、おまえの母親が、「また、大きくなった？」と言う。仙醍駅の西口アーケード通りをまっすぐに進み、大通りを一つ越えたエリアの角、ビルの地下にあるレストランだ。ジャケットを脱いでいるおまえからは、母親がかなり小さく見えている。

「筋肉はまだ、ついてきてるけど。大きくなったというほどじゃないよ」おまえは座った。横から女性店員がすっと手を伸ばし、メニューを置く。グラスに水を注ぐ。照明の明るさは意図的に抑えられ、店内は、客たちの表情に意味ありげな暗さを漂わせている。

「ここはね、お父さんと昔、何度か来たのよ。結婚指輪をもらったのも確かこのお店だった気がする。その時のテーブルはどこだったかな」とおまえの母は嬉しそうに周囲を見渡す。おまえがその話を聞くのは何度目だろうか。が、初めてそれを聞いたかのような反応を浮かべたのは、正しい。

　コース料理の前菜が運ばれ、その淡い色のテリーヌをフォークで一刺しし、口に放り込む。「お父さん、元気そうだったわよ」

　おまえの母親は二日前、刑務所へ面会に行っていたのだ。面会場所では、透明の板を間に挟んではいるものの、おまえの両親は自宅マンションのダイニングテーブルで向き合うような感覚だった。どうしてテレビがないのか、と違和感を覚えるほどの和やかさで、会話を交わした。おまえの父親は笑い、おまえの母親の表情も柔らかかった。

肉料理の皿が空き、デザートが運ばれてくるまでの間に、おまえの母親は席を立った。店員にトイレの場所を確認した後で、「何度も来てるのに、トイレの方向も覚えないわね」と苦笑し、歩いていった。年は取ったが、手足はもとより、首も長く、細い身体は昔のままだ。おまえはその背中を見送る。

しばらくそこでおまえは、グラスの水で舌を湿らすようにしながら、店内に目をやった。そして、左前方のカウンター席に座る男に視線を留めた。

「ついにこの時が来たか」とおまえは、男の着ているユニフォームを見つめながら、思ったはずだ。気取ったムードに満ちたレストランに、その、泥だらけのユニフォームは明らかに異質だろう。

ユニフォームの背番号「5」は見覚えがあるはずだ。そしておまえは、数字の上にあるローマ字を確認し、さっと立った。

まっすぐにカウンターに近づき、そのユニフォームの男の横に腰を下ろすと、「いつも、気にかけてくれてありがとうございます」と言った。

急に礼を言われたユニフォームの男、南雲慎平太は、すなわち私は、「こちらこそ、いつも覗(のぞ)き見しているようで申し訳ないね」と答えた。

おまえは、こちらをなかなか見ない。だから、おまえと私は二人で同じ方向を眺め、カウンターに座っているだけだ。

「子供の頃、時々、見かけました。バッティングセンターの柱の陰とか、公園とか」とおまえは言う。「はじめは父親が隠れて、俺を見守っているのかと思ったり、スカウトかとも思ったけれど」

「私が、誰か分かったのかい」

おまえはそこで噴き出した。見たこともないような、愉快そうな表情だった。心の底からくすぐったい思いがせり上がり、口と鼻から飛び出したようだ。私は、おまえのことを、それこそ赤ん坊の頃から眺めてきたが、そのように笑うのは初めて、見たぞ。

「だって、背中にでかでかと名前が書いてありますよ、ユニフォーム」とおまえは言い、NAGUMOと読んだ。

なるほど確かにその通りだ。私も可笑しくなり、息を洩らしてしまう。

「私が死んだ日に、君は生まれたんだ」

「父と母はそのことにとてもこだわっていますよ」

「迷惑かけるね」

おまえは、「いや」と言ったがそこで黙った。いったい何を喋ろうか、と私も悩んでしまう。フェアとファウルの違いについて、だろうか。

「ずっと知りたかったんですが」先に話をしてくれたのは、おまえのほうか。

「何だ」

「引退の言葉、何と言ったんですか」

ああ、そんなことか。「知らなかったか」

「ええ。あれほど仙醍キングスのことが好きで、南雲慎平太に心酔した俺の両親も、なぜか、その言葉だけは俺に言わなかったんです」

「他意はないだろうな」

「だと思います。たまたまそういう機会がなかっただけで」

「調べなかったのか。まあ、そこまでするほどのことでもないか」

「いえ、いつか会えると思っていたから。その時に聞こうと、取っておいたんですよ」

おまえはそう言い、私を驚かせる。そうか、会うことを分かっていたのか。

「引退の言葉か」私は思い出す。引退試合の後、マウンドに立てられたマイクの前に立った光景だ。あの時、事前に考えていた言葉は頭から綺麗に消えていた。満員とは言い難かったが、観客席からの視線を受け、緊張もあった。

さて何を喋ろうか、と考えるが、伝えたいことはなかった。ふんだんにあるように思える一方で、何もない、とも感じた。

のちに仙醍キングスの監督に就任した際、当時のオーナーのひとり息子である服部勘太郎に会った時、まっさきに言われたのが、あの引退の言葉のことだった。不良少年そのままの、苦労知らずの三代目、服部勘太郎はしきりに、「俺は、あの言葉に感動した」

と言った。最初はからかっているのだと思ったが、どうやら本気らしく、「あんたは、仙醍キングスなんて球団で野球人生を使い果たした。なんて可哀想な男だとずっと思っていたんだけどな。あの言葉でそうではないと分かった。人の気持ちは分からないものだよな」と握手を求めてきたほどだ。

「引退の言葉は」私は、おまえに言う。「一言だけだ」

「一言ですか」

楽しかった。

私はマイクに向かって、そう言った。野球が楽しかった。

それだけだ。

いろいろなことがあるものの、結果がどうあれ、野球は楽しい。

おまえも同じはずだ。

そして私は、おまえに告げよう。「あと一年だ」

売店には客がいなかった。というよりも、通路付近一帯が閑散としている。津田哲二がビールと、孫のためのオレンジジュースを頼むと、若い店員が、物好きな人間でも見るかのような目を向けてきた。

こんな大事な場面によくグラウンドから目を離せますね、と言いたいのだ。

売店付近に人がいないのは、観客が少ないからではない。誰もが席から立ち上がらず、夢中で観戦しているからだ。店の脇(わき)には小さな薄型テレビが設置されているため、それで試合状況は把握できるものの、やはり、生で見なくては球場にいる意味がない。

大きな音が背後から、わっと襲ってきた。見えない波が岩場にぶつかり、勢いよく跳ね上がるような、そんな圧力を感じた。観客席からの声だ。

振り返ると、内野に立つ鉄塔、その照明設備が黒い空を背景に煌々(こうこう)と光っている。選手たちのいるグラウンドは、すり鉢状の観客席の谷底にあった。こちらから投手や打者の状況は見えない。どよめきやざわつきがスタンドから立ち昇っているため、これは何か特別なことが起きたのだ、と察した。

二万人を収容する仙醍球場には屋根がついていない。静まり返った夜の暗さが頭上にあり、その下で照明を大々的に点灯させてスポーツを開催する行為は、暗黒の中で火を焚(た)き、必死に祭りを行うかのような、奇妙な騒ぎに思えた。

熱気が満ちている。試合の前半からすでに興奮はあったが、先ほどの九回表、山田王求の素晴らしい守備が、それに拍車をかけた。

レフトスタンドに飛び込むように見えた飛球を、山田王求が跳躍しながらキャッチし、塁から離れていた三塁ランナーを高速送球で刺したのだ。

山田王求はレフトのフェンスに衝突したせいか、筋を痛めたようで、九回裏がはじまる前に一度、ベンチ裏に引っ込んだが、簡単な応急処置を受けると、再び現われた。

観客は手を叩(たた)き、喜んだ。

津田哲二は、店横の薄型テレビに視線をやる。画面の手前に東卿ジャイアンツの投手宮田のエースナンバーが見える。奥側が、バックネットだ。

主審と捕手が立っている。彼らの視線は、横に向いていた。

あれ、と津田哲二は気にする。

左バッターボックスで、仙醍キングスの打者が転がっていた。

死球でも当たったのか、と思いながら津田哲二は一歩ずつ、階段を下りる。

グラウンドの芝の穏やかな緑と土の赤茶色が眼下に広がる。観客席の人々の頭は、無数の砂利のようだ。半年前から車椅子なしでも歩けるようになったが、どうしても歩行はゆっくりにならざるをえない。そのことがもどかしかった。

王求、何で倒れているんだ？　と思った。

その一打席前のことだ。空振りした。悔しさに奥歯を嚙む。捕手のミットに収まった硬球の音が苛立たしくて仕方がない。マウンドの宮田は相変わらず無表情であるから、余計に腹立たしい。スタンドからの溜め息が聞こえた。どよめきと言うべきか、悲しみの塊と言うべきか、大きな声がする。球場の半分以上は埋まっている。一万数千人はいるんじゃないだろうか。うちのチームの試合としては、びっくりするくらいの観客数だ。観客たちの嘆きの意味は分かった。九回の裏、ツーアウト、ここで俺がアウトになれば試合は五点差のまま、終了だ。けれど、観客は仙醍キングスの敗北を悲嘆しているわけではない。当たり前だ。ここ数年では最速のペースでリーグ優勝を決めた東卿ジャイアンツと、奇跡的な奮闘を見せて、どうにか四位を確保したうちのチームとでは力の差は明白で、いくら最終戦とはいえ、最終回で五点差を逆転できると考えるほど、うちのチームのファンは楽観的ではない。期待を裏切られることには慣れているはずだ。彼らが残念そうに息を洩らしたのは、ネクストバッターズサークルにいる男のために他ならい。あと一打席、最終戦で、最後の打席があの男に巡ってこないかと、待っている。そのためには俺が出塁するのが前提で、彼らは当然のように、俺がその使命を果たすのだと思い込んでいる。

脚が震えている。これじゃあ打てるわけがない。顔を上げる。投手の宮田が見える。宮田の顔に余裕がないのは、もちろん、次の打者、山田王求のことを考えているからだろう。何としても山田王求に打席を回すなよ、と指示でも受けているに違いない。宮田の目つきは、真剣勝負のそれだ。こいつは無理だな、と俺は顔をゆがめる。全チームの中で、今年最も活躍した投手とも言える宮田に、三番バッターとはいえ、打率二割七分の俺がどうやって勝てると言うのだ。運よく、ボールが先行し、四球でも狙えないか、と淡い期待を抱いていたが、ツーストライクノーボール、万事休すだ。

「何ぶつぶつ言ってんだよ、栗田ちゃん」と声をかけられ、はっとする。捕手の菅井がマスクの向こうから見上げている。「念仏唱えてたんだよ」と俺は苦笑まじりに答える。

「悪いけど、おまえで今シーズンは終わり。あいつには回らないよ」菅井が言った。

逃げて終わりかよと俺は言ったが、菅井には聞こえなかったようだ。聞こえたが、無視したのかもしれない。そりゃ逃げたくもなるだろう。今、あのサークルでしゃがんでいるのは、ここ三試合、四球を除いては全ての打席でホームランを打っている男なのだ。

この試合もすでに、二本のホームランを放った。

しかも最近のあの男は、ホームランを打つ前に右腕を伸ばし、スタンドを突き刺すように指を突き出す。本人はそのことに説明を加えないが、あれは明らかに予告ホームランの作法だ。観客は喜び、俺たちチームメイトは驚き、東卿ジャイアンツの投手、野手、首脳陣は不快感を示した。昨日は、東卿ジャイアンツのオーナーが、「対戦チームへの敬意が感じられない。侮辱している」と異例のコメントを発することになったが、ファンが喜んでいるのは間違いない。

仙醍キングスのファン、ではない。野球ファンすべて、だ。東卿ジャイアンツのファンにしても、表面上は怒っているが、その騒動に興奮し、王求の打席を楽しみに待っている。マスコミは当然、大喜びだ。

息を吸い、長く吐く。主審にタイムをもらい、ネクストバッターズサークルに近寄った。山田王求からロージンバッグを受け取る。おい王求、と言いかけたがやめた。ここで王求に何かを言おうものなら、その場で縋るようにして、「助けてくれ」と弱音を吐き出してしまう予感があった。

山田王求の表情はいつになく深刻で、言葉を発するような状態には見えなかった。ロージンバッグを手に持つ。打席に戻り、空を見上げる。黒くて、遠近感がなく、画用紙でも貼り付けただけのようだ。「絶対、塁に出るからよ」と声が聞こえた。捕手の菅井が喋ったのか、と見やるが、彼は訝る目を向けてくるだけだ。空耳か。

バットを揺らし、打席に戻る時、山田王求の姿が目に入った。打席を待つ円の中で、下を向き、バットを杖のように構えて俯いている。

「俺が塁に出たなら」と思った。「俺がもしここで塁に出たなら、次の、王求は必ずや本塁打を打つだろう」

山田桐子は病室のテレビを観ている。個室病棟の東の端にあたる一室で、素っ気ない木製の椅子にクッションを載せ、座っていた。ベッドでは倉敷巳緒が身体を起こし、やはり画面を見つめている。電子音が鳴り、倉敷巳緒は脇から体温計を引っ張り出すと、横で立っている看護師に手渡した。「三十七度ちょうどですね。倉敷さん、食欲はどうですか?」「最近は少しずつ、食欲出てきました」「顔色もいいみたい」「お祈りが効いてるのかも」看護師はそれを冗談だと受け止め、歯を見せ、病室から出て行った。

「見たこともない顔をしてるわ」

「どうしたんですか、桐子さん」

「王求が」

山田桐子が、倉敷巳緒を見舞いに来るようになって半年近くが経った。山田王求の母親と、山田王求の元恋人がどうして知り合ったのかといえば、山田王求がうっかり洩らした言葉から山田桐子が勘違いをし、さらには電話の行き違いが起きたことが、きっかけとなったのだが、とにかく今となってはほぼ毎日、二人は病室で一緒に過ごす間柄となっていた。赤の他人であるのに、毎日見舞いにくる山田桐子のことを、医師や看護師たちははじめ警戒していたが、今は、熱心に看病する家族としか見なくなっている。

「どこか変ですか？」と倉敷巳緒は身を乗り出すようにして、テレビを覗き込む。東卿ジャイアンツの投手、宮田の背番号が見える。打席に立つ山田王求は、遠くに、小さく見える程度だ。

「倉敷さん、王求に打席が回ってくると思った？」山田桐子が言った。

「無理だと思っていました」

九回の裏、ツーアウトツーストライクまで追い込まれた三番打者の栗田がまさか、内野安打で出塁するとは、予想していなかった。タイムを取り、ロージンに触れ、おどおどと素振りをする様子はどこからどう見ても、浮き足立っていたからだ。

「桐子さんはどうですか？　打席が王求に回ると思っていました？」

山田桐子は答えない。表情も変えなかった。

テレビから割れんばかりの歓声が聞こえてきたのは、すぐ後だ。病室に反響するかのようだ。打席に立った山田王求の上半身が拡大される。山田桐子は無言であったが、少しすると藪の中を確かめるかのように顔をしかめた。「やっぱり、少し変ね」

「彼が？　顔色とかですか？」倉敷巳緒が訊ねるのと同時のタイミングで、投手の宮田が振りかぶる。倉敷巳緒は唾を飲む。
一塁に到着した栗田久人はといえば、自分の役割を果たした安堵で、放心状態となっている。リードを取ることもなく、一塁ベースにしゃがみ込み、まるで、山田王求が本塁打を打つのを待つ観客の一人と化していた。

何球目かの投球の際、宮田の投げた球がストライクゾーンを外れ、山田王求の頭部近くを過った。山田王求はバットを横にし、それを避け、転んだ。

場内は大きく、どよめく。

倉敷巳緒は息を呑んだものの、さほど驚きはしなかった。また死球か、と思うほどだ。山田王求に四球や死球はつきものだからだ。変だ、と山田桐子が言ったことで、ようやく心配になる。

倒れた山田王求が一向に起き上がらない。

おまえはネクストバッターズサークルでしゃがみ、顔を下に向けている。バットによりかかるようにし、脇腹を眺める。青のユニフォームが黒ずんでいるのが分かるか。そうだ、それは血だ。止まる兆しはない。押さえてもどうにもならないぞ。

後悔する必要はない。その傷は、できるべくしてできた。

先ほどの九回表が終わった後、三塁走者をアウトにしたおまえはベンチに帰ると、すぐに、トレーナーに声をかけられた。「フェンスと激突したところは平気か？　心配だから、念のため」

ベンチ裏へと連れて行かれ、トレーナーに体のチェックをされた。髭を生やした、小太りのそのトレーナーは冷静を装ってはいるが、鼻息は荒く、「見事な送球だった。驚いた」と声をかけてきた。おまえは受け答えをしながらも、別のことを考えていたはずだ。おそらくは、最終回の打順のことだろう。

一番からのはずだ。誰か一人出塁すれば、そう、おまえにも打順は回ってくる。

「王求、聞きたいんだけどな」トレーナーがそう言った。

「痛みはないです。大丈夫です」

「そうじゃないよ。予告ホームランだよ。どうして、あんなことをやるんだ」

「まずいですか」

「反感買うぞ。何がしたいんだ」

おまえは無言のままだ。おまえ自身がその答えを知らなかったからだろう。『気持ち』や『考え』は、言葉にしにくいものだ。

「ただな、おまえは凄いぞ、本当に」小太りのトレーナーは独り言のように続けた。

おまえは、そのトレーナーが嫌いではないはずだ。そうだろう？　もともとは一軍のコーチをしていた男だ。数年前、プロテストを受けにきたおまえに興奮し、当時のオーナーだった服部勘太郎に報告したのも、その男だ。コーチを解任された後、トレーナーの資格を取り、また球団に戻ってきた。器用ではないぶん、丁寧に仕事をし、何よりもおまえに対し、機嫌を窺(うかが)うことも敬遠することもなく、自然な態度で応対してくれる貴重な大人の一人だった。

「予告ホームランは反感買いますか」おまえは聞き返す。ユニフォームを再び、着る。

「そりゃあ、反感は買う。目立つ人間は嫌われるからな」

そこで、「どうだ?」と別の声がしたのが、おまえには聞こえただろうか。背後に立っていたのは、打撃コーチだ。高知という苗字(みょうじ)のコーチだ。

「バッティングに影響はなさそうですよ」とトレーナーは、その、打撃コーチに報告し、おまえの背中を軽くぽんぽんと叩いた。「反感買ってこいよ」と声をかけ、ベンチに消えた。おまえも続いて、同じ方向へ歩き出し、打撃コーチの横を通り過ぎようとした。

おまえが刺されたのは、その時だった。ついに起きた。

高知コーチが、すれ違うところで腹部に刃物を突き出したのだ。

おまえは刺さった箇所を見下ろした。反射的に手を当てたが、きっと、熱さを感じたのではないか? 痛みよりも熱を覚えたはずだ。

おまえの周囲に三つの影が浮かんだのに気付いただろうか。はっきりとした輪郭は伴っていなかったものの、あの黒い服に黒い帽子を被(かぶ)った女たちだ。「とうとうだなあ」

と声がする。

「とうとうだなあ」「とうとうだなあ」

三つの影が音吐朗々と歌うかのように言うのが、耳に入ったか?

「おまえを刺したこの男は」

「その理由はいったい何か」

「ほら、あの監督の指図だ」

仙醍キングスの監督、駒込良和はまさに公明正大、高潔にして賢明、勇あって誠実な人物だ。地味で、実直に生き、使命感があるがために弱小プロ野球チームの監督を引き受けた。その駒込良和からすると、おまえは許しがたい存在なのだ。

気に入らない理由ならいくつもある。

一つ、おまえが野球を続けるために何人かの人間が命を落としていること。

二つ、愛想が悪く、人間関係に苦慮するのを放棄していること。

そして、三つ、おまえが優秀な野球選手であること、だ。

つまり、監督の駒込良和は、監督という立場にもかかわらず、おまえに嫉妬し、敗北を感じている。

さらに、だ。

ここ数試合、おまえは予告ホームランを続けているだろう。駒込良和の信念、美学からすれば、あれほど許しがたい行為は他にない。そしてもう一つ、手紙の件もあった。

　手紙の話を以前したのを覚えているか？

　おまえが一度だけ会ったセールスマンだ。

　ああ、あの男、とおまえはのんびり思い出すかもしれない。

　あの男のほうは、のんびりとは真逆の、逼迫した調子で、ひたすら手紙を書いていた。

　おまえを糾弾する内容を手紙にし、駒込良和に送りつけた。それを繰り返した。たとえば、「駒込良和、おまえは眠っている。目を醒ませ。口を開け、斃せ、救え」と記し、たとえば、「できることなら、山田王求の精神だけを捉えて、その肉を傷つけずにすませたいのだ！が、そうはゆかぬ、となればやむをえない、山田王求に血を流してもらわねばならぬのだ！おれは君に、駒込良和の名を持つ貴方に、言っておきたい。恐れることなく、山田王求を殺そう、それはよい。が、憎しみに身を委ねてはならぬ。いわば神々への捧げもの、その気持ちで手をくだすのだ」と書いた。それらはようするに、シェイクスピアの台詞の改良に他ならないのだが、駒込良和は感銘を受け、奮い立つ思いに駆られた。

　セールスマンはいつの間にか、手紙をしたためる達人と化していた。

　その文章は、読む者の心をつかまずにはいられない。

　屈強の打撃コーチ、高知は、駒込良和とは高校時代から親交のある男だ。絆は深く、一心同体と本人たちが感じている節もある。

そのため、駒込良和の思いを、高知コーチは以心伝心で察知した。わざわざ駒込良和の手を汚すよりは、と考え、この最終打席前の野蛮な行動を起こした。

それが、おまえの腹に刃物が刺さった経緯だ。分かったか。


土をつかんだ。指という指、手足の先から血管が逃げてしまったような感覚がする。浮遊感を覚える。照明が眩(まぶ)しい。夜の空はどうしてこうも作り物じみているのか、と思ったところで、自分が仰向けに近い恰好(かっこう)で倒れているのだと気づいた。何者かが上からこちらを見ている。キャッチャーと主審だ。二人ともマスクをかけ、まるで顔の似た親子のようだ。深刻な顔をして何をしているのかと思うが、ようするに、こちらを眺めているのだろう。死球に近い球を避け、ひっくり返ったのだが、なかなか起き上がらないものだから、心配しているのかもしれない。

身体のどこにも力が入らない。「いったいどうしたんでしょうね。山田王求が立ち上がりません。仙醍キングスのベンチも動こうとしませんね」と実況がどこかで鳴る。

どうにか首を動かす。空が見えた。こちらを冷淡に見下ろす巨大な瞳(ひとみ)とも思える、その夜の黒さを眺め、父親が昔、広げた黒い布のことを思い出した。不安や恐怖を黒い布にくくりつけ、吹き飛ばさなくてはならない。

試合は終わるまで終わらない。その通りだ。

「なあ、お父さん、どうなってんの、これ」と同い年の男が不安そうに、テレビを指差した。刑務所内の大部屋には、七人の男がいた。山田亮を含めて、七人だ。

「おいおい、ぎりぎりだね。時間」別の男が、部屋の時計を振り返る。刑務所の就寝時刻、二十一時が近かった。試合の進行が早かったため、最終回まで観戦できただけでも幸運だったが、ここまで来たのなら最後を見届けたいという思いが、七人にはあった。部屋の全員で、テレビを観ることは久しぶりだ。観る番組の選択権は、毎日交代の順番制なのだが、今日はたまたま、山田亮が持っていた。いつもであれば、テレビを観る者と、そうではなく、たとえば本を読んだり、手紙を書いたりする者とに分かれることが常だ。が、今日は全員がテレビの前にいる。

「お父さんの息子、全然起き上がらないぞ。倒れたままで。心配だろ、あれは」

山田亮はうなずきながらも、さほど不安を覚えていない。そして、「あの」と同室のほかの六人に声をかけた。「せえの、でお願いします。せえの、で頑張れーって声をかけてください」山田亮が言う。

「頑張れ、って言えばいいんだな」

「ええ。自分を信じて、我を張れ。そういう意味合いなんですよ。では、せえの」

頑張れー、と大の大人が声を合わせる。

頑張れの声がどこからか聞こえたおまえは、腕を動かした。バットのグリップをつかんだ途端、場内が少し明るくなるのが見えただろうか。脚は動くか？ 土がこすれる音がするだろう。

流れた血は、泥のようでもあるな。

スタンドは見えるだろうか。ほら、しっかりと立て。手を地面につけ、膝を曲げろ。痛みが脇腹から、全身に広がったかもしれないが、それも一瞬だ。

視線を上げると、自分のまわりに何かがぼんやりと見える。誰かが手を伸ばしているのだ、と気づく。目の焦点が合わないため、誰であるかは分からない。観客席にいる者たちを確認できるか？ いや、見えるわけがないか。乃木もいれば、大塚洋一もいる。あの男、石投げの男もどこかに座り、ガガーリンや誰かの言葉を引用しているはずだ。

そして、ここから離れた病室では、おまえの母親と倉敷巳緒がテレビを観ている。明日になれば、その病室には医師がやってくるぞ。倉敷巳緒の検査結果を手に持ち、首をしきりに傾げながら、「信じがたいことなのですが、良くなっています」と言うのだ。「学会で発表しなければ」とも。そうなっている。

黒々とした雲が空を覆いつくしていて、私は、投手を睨みつけました。今にも雷鳴が轟くのではないか、雨が降り出すのではないか、と心配で、早くそれをホームランで払いのけなくてはいけない、と思いました。投手が投球をはじめるのが見えます。私は本塁打を打つだろう。

と、キュリー夫人は思いました。

レフトスタンドの端の席にぽつんと座る男は、手元の紙にそのような文章を書き、くすっと笑う。子供の頃、あの公園で見た時とまるで変わらない友人を、小学校を一時期ともにした友人の姿を、じっと見る。

ゆっくりと自分の筋肉に語りかけながら、立ち上がる。

スパイクの、つま先のあたりについた土が気になり、手で払う。

ぱらぱらと茶色の土が、砂時計が時間を刻むのを模すように、地面に落ちる。

身体を伸ばし、尻を手で叩く。

こぼれた土が一粒一粒、足元の土とまざりあう小さな音が聞こえる。

もう一度、尻を叩く。

少しずつ、ユニフォームの汚れが落ち、生地の色があらわになる。

ベルトの位置を直す。

背筋を伸ばす。

バットを回し、両手でグリップを握る。

息を吸う。

意識を鎮め、皮膚や骨に耳を澄まし、自らの鼓動の響きを探る。

瞼を軽く閉じる。

夜がすっと顔を寄せ、暗闇が鼻息を自分に吹きかけてくるように感じる。

父親の顔を思い出す。母親の顔を思い出す。

目を開く。

生まれた時のことを思い出そうとする。

視線を上に移動する。

黒い空に目を凝らす。

血が流れている。

平気なふりをする。

数え切れないほど繰り返してきた、自分のスイングを思い返す。

指を、スタンドに向ける。

歓声が、音の塊となって、飛び掛ってくる。

こんなにフェアでファウルな日は、はじめてだ。

○歳

試合はどうなったの、と口を動かす女の手を、男は握っていた。「まだやってるはずだよ」と答えた。白い分娩台のところだ。「痛みが来たら、いきみますよ」と下半身側に立つ助産師が声をかけてきた。「あなたたち、本当に、野球好きなのね。仙醍キングスって弱いんでしょ」

少しすると、「陣痛？」と助産師が訊ねる。女の目から、涙がこぼれ、それはまさに滂沱と表現すべき、激しいものだった。痛みのなかった女はかぶりを振り、なぜか涙が出たのだ、止まらないのだ、と不思議そうに返事をする。それを助産師は、妊婦が母親となる瞬間の、感動的な精神的変化だと解釈し、深くうなずいた。

君は陣痛を引き起こす。外の世界はもう少しだ。

仙醍球場では山田王求が、投手の放った外角低めの鋭い速球を、素人の素振りでも見かけないような、山田王求自身が人生において一度も見せたことのない、あまりにバランスの崩れためちゃくちゃなバッティングフォームで、本塁打を打ったところだ。

そうだ。最後の最後、山田王求のフォームはひどかった。ひどかったが、すごかった。

ひどいが、すごい。すごくて、ひどい。

打球はセンター方向に、というよりもほぼ真上を狙(ねら)うかのような角度で飛び、速度を落とすことなく、むしろ増すかのような迫力で、ぐんぐんと伸び上がった。夜の深さをさぐるように、どこまで上昇すれば空に触れることができるのか、まるで世界の寛容さを確かめるかのように、飛んでいった。

だから、だ。

その本塁打が雨雲に満ちた夜空はおろか、ありとあらゆる不安を吹き飛ばしたために、君が出てくるこの場所は、おだやかでやわらいだ風に満ちている。

比喩(ひゆ)ではない。

山田王求の打球で、黒々とした闇(やみ)は消えた。もちろん、一時的なものに過ぎない。

君の番だ。みんなが待っている。早く出てくればいい。

参考文献

『わが子をプロ野球選手に育てる本』栗山英樹監修　立花龍司、海老久美子、真下一策、児玉光雄著　マキノ出版
『考える力を伸ばす！　ジュニア野球練習メニュー200』江藤省三監修　池田書店
『野球89のセンス上達法―いいフォームを身につける！』高畑好秀著　池田書店
『心の科学　戻ってきたハープ』エリザベス・ロイド・メイヤー著　大地舜訳　講談社
『マクベス』シェイクスピア　木下順二訳　岩波文庫
『マクベス』シェイクスピア　福田恆存訳　新潮文庫
『ジュリアス・シーザー』シェイクスピア　福田恆存訳　新潮文庫
『男脳がつくるオトコの行動54の秘密』ローアン・ブリゼンディーン著　早野依子訳　ＰＨＰ研究所
『言葉の魔球―野球名言集』栗山英樹監修　出版芸術社

あとがきに代えて　伊坂幸太郎インタビュー

――今回、雑誌掲載時のもの、単行本版、文庫版という三つの『あるキング』を一揃いで文庫で出すことになりましたが、そもそも、『あるキング』を執筆した動機とはどういうものだったんですか。

伊坂　雑誌連載をはじめたのが、『ゴールデンスランバー』『モダンタイムス』という長編小説を二つ終えたばかりの頃で、エンターテインメント小説を書くとなるとどちらかの縮小再生産になる恐怖があったんですよね。それだったら全然違うものを書きたいなと思ったんです。ジョン・アーヴィングやスティーヴン・ミルハウザーの作品のような、伝記的作り話というか、そういうものが好きなのでそれをやりたいと考えて。

――伝記といっても、どうして野球選手にしたんですか。

伊坂　ミルハウザー作品では、天才からくり人形師や天才アニメーション作家の人生が語られているんですけど、それと同じにするのも芸がないなと思って。ある時、「野球だ」と閃いたんですよね。少年野球や高校野球には、日本独特のものがありますし、その奇妙な人生を描くのは面白そうだとわくわくして。

——とはいえ、いわゆる野球小説とは違う感じですよね。

伊坂「ある天才の人生の悲喜劇を書きたい」という動機なので、「野球が書きたい」が発端じゃないんですよね。むしろ、いわゆる「野球小説」「スポーツもの」の定型は全部裏切ろうかなと思ったんですよ。野球漫画を読んだりして、すごい興奮するんですけど、あえてそういうのは省こうと思って。そうしないと、「野球小説」になってしまうので。だから、いかにもライバルになりそうな人物を出しながら、ぜんぜん勝負にならない、とか（笑）、そういう肩すかしをやって、個人的には楽しかったんですけど。ただ、野球ファンからは怒られるんじゃないかと心配はあって。実際、単行本が出た時は、評論家の人に、「打率八割とか馬鹿馬鹿しさしかない」「野球を愛する人はこれを許せるのだろうか」みたいに書かれたりして、申し訳ない気持ちになりました。今から思えば、別の架空のスポーツをでっち上げる、という手もあったんですよね。

──雑誌掲載時には、シェイクスピアの『マクベス』はまったく出てきていないことに驚きます。

伊坂　あらすじ的には大きな盛り上がりがなくても、語り方によって小説は面白くなる、という気持ちがあったので、この『あるキング』ではそれをやりたい気持ちが強かったんですよ。だから、毎回、人称を変えたり、視点を変えたり、いろいろやってみたんですが、連載を終えてみると、「なんだか普通の小説になっちゃったな」という気がしたんです。さらに、どうしても、山田家の話というか、「異常な両親に育てられた、一選手の話」のように読めちゃって。僕としてはもう少し大きな、運命の物語、寓話(ぐうわ)にしたかったので、悩んでしまったんですよ。『マクベス』は魔女の予言通りに物事が進行する話じゃないですか。王様も出てくるし、それと重ねることで、読者に、楽しみ方が分かりやすくなるかなと思って。「これだ！」と。

──単行本を出した時の反応はどうだったんですか？

伊坂　出す前から親しい人に読んでもらったんですけど、だいたい、「うーん」みたいな反応で（笑）。魔女とか謎(なぞ)の怪物とか出したことで余計に分からなくなっちゃったのか、「何がやりたいんだ?」という感じで。もともと、ストーリーで楽しませようというつもりがない話だったんですけど、とはいえ、「ミルハウザーみたいなのに挑戦したんだね」みたいな声もなく。

――文庫版の際にもまた手を入れられたんですよね。

伊坂　文庫になると、単行本版よりも多くの人が読む可能性が高いじゃないですか。なので、「うーん」みたいな反応も増大するだろうなあと思ったら（笑）、もう少し読者をもてなすというか、面白味を増やす方法があるんじゃないかという気持ちになって。とはいえ、本筋を変えたら意味がないので、いろいろ悩んだんですけど。単行本を発表した後で、「フェアはファウル、ファウルはフェア」という『マクベス』の言葉がかなり気になったというか、もっと全編に絡めるべきだったんじゃないかという気がしていたんですよ。なので、文庫ではもっと、ぐっと来る台詞を、物語を牽引するための掛け声として、使おうと考えて。野球選手の名言とか、そういうのでもすごく楽しいのがいくつもあるので、それを牽引力として使おうかな、と。さらには、単行本版よりももっと寓話的に読めるように工夫したり。なので、文庫版に関しては、これならみんな楽しんでくれるんじゃないか、という気持ちがあるんですよ。

──ということは、文庫版が一番気に入っているんでしょうか？

伊坂　個人的には、文庫版はかなり自信作というか、「これでつまらないと思われたらまあ、しょうがない」という気がしているんですが、ただたぶん、文庫読者も、「うーん」と思っている人が多いかもしれません（笑）。さらに、以前、ある親しい作家さんと喋（しゃべ）っていたら、「『あるキング』面白かったですよ。雑誌版のほうが良かったです」と言ってくれて。雑誌版と単行本版を両方読んでくれた上で、「雑誌版のほうがいいと思う」という意味合いだったと思うんですけど、「そうか、雑誌版のほうが読者には良かったのかな」と気になってしまって。なので、今回、デビュー十五周年という節目だから、というわけでもないのですが、こうして三つともセットで一冊を作ってもらえるというのは、すごくありがたくて。

──三つを比較すると、芯（しん）の部分が同じなのに、雰囲気が違っていますよね。

伊坂　雑誌版がバージョン1・0だとすると、単行本版がバージョン2・0みたいな感じで、文庫はその発展形で、バージョン2・5くらいの位置づけかもしれないですね。

ただ、こう言っては身も蓋もないですけど、三つともストーリーは同じじゃないですか（笑）。同じような文章が使われてもいますし、それを三つ重ねて一冊にするというのは、ちょっと申し訳ないところはあるんですよね（苦笑）。とはいえ、「ストーリーは同じでも、書き方によって小説は変わる」とも伝えたいので、こういう本に意義はあるんじゃないかなあ、と思っていて。一つだけ読みたいという意味でしたら、すでに文庫版『あるキング』が出ていますしね。

――「あるキング」はこの文庫バージョンでおしまいなんですかね。

伊坂　読者から、「もっと別の、『あるキング』が読みたい！」なんて声はまったく聞こえてこないんですけど（笑）、違ったバージョンのことも考えると少しわくわくするんですよね。あえて、「ストーリーで面白がらせる」バージョンの『あるキング』とか、どの章も試合の場面しか書かない形式とか、カッコ書きを駆使するとか、そういうスタイルもあるかもしれませんし。発表するかどうかは別にして、いつか書いてみたいですけど。

（平成二十七年三月、仙台にて）

曖昧(あいまい)さの前向きな受け入れ

柴田元幸

伊坂幸太郎は自作を文庫化する際に丹念に手を入れることで知られている。この『あるキング』も例外ではない。二〇〇八年四月から〇九年三月にかけて「本とも」に連載されたこの小説は、二〇〇九年八月に単行本化され、一二年に文庫化されて、そのたびにかなりの加筆が行なわれた。雑誌版、単行本、文庫、と三つのバージョンが存在するわけだ。

読み較(くら)べてみると、バージョンが新しくなるごとに作品の空気が緊密になっていくのがよくわかる。まず第一に、ユーモアの質が高まっている。文庫で初めて現われる、弱小球団仙醍(せんだい)キングスをめぐる「それでもファンはいる。地味な昆虫や味の薄い香辛料にも、どんなものにもファンはいるものなのだ」「もちろん、誰が監督をやろうと、仙醍キングスの弱さは変わらない。人間が何をやろうと重力や自転が消えないのと同様の、普遍的な事象とも言えた」等の寸評や、オーナーが主人公の天才打者に言う「おまえは三振なんてしない。ピッチャーが裸で投球することがないように、監督がベンチでピザを注文することがないように、おまえは三振なんてしない」といった科白(せりふ)は、それ自体はささやかなユーモアであれ、文章全体を引き締める上で大きな役割を果たしている。

第二に、この作品が下敷きにしている過去の文学作品の取り込み方が、どんどん有機的になっている。単行本か文庫版を読むかぎり、この作品がシェークスピアの『マクベス』を踏まえていることは、数回の言及からほとんど自明の事実に思えるが、意外にも雑誌バージョンでは、『マクベス』への言及はひとつも見られない。もちろん、それはそれでひとつのやり方であり、ぎこちない気取った引用などに頼るよりずっといいのだが、この作品の場合はやはり、単行本と文庫本での『マクベス』の取り込み方が実に巧みだと思う。

『マクベス』は、魔女三人の曖昧な言葉に翻弄(ほんろう)されるマクベスとほぼ同程度に、野心に満ちた、世界を動かそうとする意志は夫よりよほど強いマクベス夫人をめぐるドラマでもあり、また、脇役(わきやく)として三人の魔女が強い印象を残す作品である。『あるキング』では、それらのキャラクターが一対一対応で特定の人物に割り振られるのではなく、さまざまな人物のなかに巧みに配合されていて、単なる焼き直し、リメークとはおよそ違ったものになっている。特に文庫版では、いったん単行本で新たに採用された、『マクベス』がらみのやや象徴過多とも思える場面が削除されたり大幅に書き直されたりしていて、いっそう自然に先行作品が溶け込んでいる。

こうした丹念な改訂は、ひとまず、職人的な作家の良心的な姿勢のあらわれと取ってよいのだろう。が、単なる間違った深読み（つまり全然深くない読み）かもしれないが、これを、この作家が抱いているように思える「この世に絶対というものはない」という思いの反映と見ていい気もする。近作『PK』『夜の国のクーパー』を読んであらためて感じることだが、伊坂幸太郎という人は、たとえば絶対的な神が世界を司っているのだという考え方も、あるいは実は一匹のゾウリムシの動向が世界の命運を左右しているかもしれないという考え方も、等しく「ひとまず受け入れ、試してみる」柔軟さを持っているように思える。少し次元の違う話だが、『あるキング』の単行本のみで採用されている、一人のバッターが、自分が塁に出なければ強打者山田王求まで打順が回らずシーズンも終わってしまうという窮地に立たされた際の、「『おまえなら、王求に繋げられるぞ』と今度は、そんな声が耳の奥で響いた。『根拠はねえけど』と続く。根拠はないのかよ、と俺は思わず笑うが、すると肩の力がすっと抜けた。脚の震えが止まった」という一節なども、この作家らしい「曖昧さの前向きな受け入れ」が垣間見える気がする。

そういったしなやかな相対主義を思えば、世界のあり方のルールが一つひとつの作品で根本的に違っていることも当然に思えるし、個々の作品にも絶対の完成というものはありえず、文脈が変われば作品も変わるのも、まったく自然なことなのではないか。まあこの憶測が全然外れていても、読み較べの楽しみが読者に与えられているという事実さえ残ればいいのだが。

そしてそうした相対主義が、この作品ではまさに、坪内逍遥が「清美は醜穢　醜穢は清美」と訳して以来さまざまに訳されてきた、『マクベス』の魔女たちが口にする“Fair is foul, and foul is fair”の訳文がいくつか冒頭に並べられていることによって、シンプルかつ効果的に表現されている。「絶対的に正しいこと／間違っていることなど何もない」との意に解しうる一文の訳が、複数並べられることで、そういう見方自体も絶対視しなくていいかのようなユルさが生じている。少し拡大解釈になるかもしれないが、もしかしたらフェアはやっぱりフェアかもしれないしファウルはやっぱりファウルかもしれないという考え方さえ、そこでは許容されているように思える。実際、伊坂幸太郎の小説は、「相対主義だけは絶対視する」という硬直性にも陥ることなく、時にはある種の信念をあっさり前面に出したりもする。この人は間違っても、自分の主義に殉じて自分や他人を犠牲にしたりはしないと思う。

『マクベス』以外にも作者は、ジョン・アーヴィング、スティーヴン・ミルハウザーといったアメリカ人作家による、数奇な運命をたどる人物をめぐる小説を念頭に置いていたとインタビューで述べているし、事実『あるキング』を読んで、アーヴィングの『オウエンのための祈りを』（一九八九）やミルハウザーの『エドウィン・マルハウス』（一九七二）といった、死の影が色濃く感じられる擬似伝記的な小説との親近性を感じる人も多いだろう。加えて『あるキング』は、これまでに書かれたいくつかの野球小説も想起させる。読んでいて、たとえば、アメリカ野球史から消えた「愛国リーグ」をめぐるフィリップ・ロスの一大ドタバタ小説『素晴らしいアメリカ野球』（一九七三）や、マイナーに降格された大リーガーたちがキューバのウィンターリーグでプレーしなぜかカストロと対決するジム・シェパードの「カストロを敵に回して」（一九九三）などが思い浮かぶ。

共通しているのは、これらがみな、常敗球団の物語だという点である。『素晴らしいアメリカ野球』のルパート・マンディーズ一九四三年の戦績は三四勝一二〇敗、首位と五六ゲーム差だし、「カストロを敵に回して」のフィラデルフィア・フィリーズも「ワーテルローのナポレオンだってここまでみじめじゃなかったぜ」と語り手が感慨を抱くような試合をくり返している。そういえば、野球小説ではないがポール・オースターの小説でしばしば言及されるメッツも、（少なくともオースターの作品世界内では）たいていは不様な逆転負けを喫している。おそらく、ヒーローの行動が意味を持つためには、まず是正すべき現実が必要であり、常敗球団ほど是正すべき、かつ是正しがたい現実を体現しているものもそうざらにないのだろう。

『あるキング』がなかでも想起させるのは、ユダヤ系アメリカ人作家バーナード・マラマッドの第一作『ザ・ナチュラル』（一九五二）である。「農業やってりゃよかったなあ」という監督のぼやきから作品が始まることからも窺えるように、『ザ・ナチュラル』に出てくるのもやはり弱小球団のニューヨーク・ナイツ（騎士たち＝Knights：小説全体がアーサー王神話を踏まえているのだ）であり、そこへ強打者ロイ・ホッブズが入団してくる。ロイ（Roy）はフランス語 roi（王）を連想させ、『あるキング』の常敗チーム仙醍キングスに山田王求が入団してくるという設定と通じるものがある。

だが、読んでいて興味深いのは、常敗集団といったような野球小説共通の定番的要素よりも、むしろ両者の相違である（そしてそれは、『あるキング』とすでに挙げたいくつかの野球小説との相違でもある）。簡単にいえば、『ザ・ナチュラル』は天才バッターではあっても道徳的・人間的には欠陥を抱えたロイ・ホッブズがその欠陥ゆえに結局破滅する物語である（最初の邦訳題『汚れた白球』はこの点を強調している）。ユダヤ系という出自を反映してか、作者マラマッドの関心は、その後もほとんどつねに、人間の道徳的ありようを見きわめることにあった。これに対し、『あるキング』の山田王求は道徳的に欠陥を抱えているのでも、逆に優れているのでもなく、いわば道徳を超越した存在である。彼が背負う汚名や、一部の人から買う反感は、他人が彼を見て抱く感情の反映にすぎない。彼はよくも悪くも、彼は世界にとって異物でありつづける。知りあいの子供があっさり「王求は、『いいもん』なのか、『わるもん』なのか区別がつかないよ」と言ってのけるとおり、"Fair is foul, and foul is fair"をも宙づりにする柔軟さはこの点でも保たれているのだ（ちなみに、ロバート・レッドフォード主演の映画版『ナチュラル』は、原作とは逆にロイ・ホッブズが優れた道徳性を発揮していて――映画公開時に刊行された第二の邦訳の題『奇跡のルーキー』はその点を強調している――やはり『あるキング』とは違っている）。

一本の線を境に、一方の側にボールが落ちればフェア、反対側ならファウル。これ以上明快な話はない。唯一必要なつけ足しは、「線上に落ちてもフェア」という恣意的な約束事だけだ。ここから、だが人生にあってはフェアとファウルはそんなにきれいに分かれはしない、きれいときたないとを分ける不動・絶対の基準などありはしない、としたり顔でまとめるのは簡単だろう。だが、さまざまな視点を駆使した絶妙の語りを通して、伊坂幸太郎はそういう安定した教訓に話を帰着させはしない。彼はあくまで、落下してくるボールがどこにどう落ちるのか、正確に見きわめようと、いつまでも目を凝らしている。

（平成二十四年七月、アメリカ文学研究家・翻訳家）

利他と利己

都甲幸治

今の世の中にヒーローは存在できるか。『あるキング』における伊坂幸太郎の問いかけはこれだ。そんなの、できるに決まってるじゃないか。現にテレビ画面はたくさんのヒーローで溢（あふ）れている。スポーツ選手だけじゃない、アニメや特撮のヒーロー、そしてヒーローを気取る政治家たち。伊坂が言うのはそういうことじゃない。真実を見抜き、それに則して自分を厳しく鍛え上げながら、その力を他人のためだけに使える人物がどれだけいるかだ。

本書『あるキング』の構成は複雑だ。雑誌掲載版、単行本版、徳間文庫版の三バージョンに今回、新たに手を加えたものが収録され、さらに伊坂本人へのインタビューと、柴田元幸、そして私、都甲の解説がついている。どうしてこんなことになったのか。本文ではシェイクスピアの引用が現れ、消え去り、筋書きや説明は微妙かつ複雑に改変される。だが、こうした細部の変化を詳細に分析しても、おそらく意味がない。

この作品を書くにあたって、伊坂の中には明確でシンプルなモチーフがあったに違いない。だがそれを作品として読者に伝える段になって彼は苦しむ。なぜなら現代社会は、伊坂が望むほどシンプルではないからだ。だからこそ彼は、様々な書き方を試み、効果的な表現を模索する。その努力が単一の完全版としてまとまらなかったことそのものが、伊坂にとって本書のテーマがどれほど重要かを示している。

　本書の複雑さに足を取られないために、ここで補助線を引いてみたい。実は『あるキング』以外にも伊坂には二つの野球小説がある。『あるキング』雑誌掲載版の一年前、二〇〇七年に書かれた「ポテチ」（『フィッシュストーリー』所収）と、阿部和重との共著である二〇一四年の『キャプテンサンダーボルト』だ。もし『あるキング』の三バージョンが同一のモチーフを描いているとすれば、そのことはこの野球三部作すべてにも当てはまるだろう。

「ポテチ」の主要登場人物は尾崎と今村だ。例年最下位が定位置の、仙台の野球チームに所属している尾崎はなかなか試合に出られない。甲子園でホームランを五本も打った彼が、なぜそこまでくすぶっているのか。実は監督に嫉妬されて、なかなかチャンスをもらえないのだ。しかも男に絡まれている女性を助けても、当の彼女に「正義漢面されて気持ち悪かったんだってば、あの男」（新潮文庫、２９５頁）とまで言われてしまう。能力もあり、きちんと努力する人間が、どうして評価されないのか。

　しかしこの現状にいらだつのは本人ではなく、むしろ空き巣の今村だ。同じ誕生日に同じ産院で生れた今村は、尾崎をもう一人の自分だとすら感じている。実は尾崎と今村には、それだけではない、もっと深い因縁が存在していた。事情を知った兄貴分の黒澤は一肌脱ぐことを決める。監督を脅して、尾崎を代打に使わせたのだ。打席に立つ尾崎を見て、今村の彼女である大西は思う。「観客たちの動揺と緊張をよそに、彼一人が自分自身を信じ、つまりは坊主頭（ぼうずあたま）の十代の頃と変わらぬ真剣さでそこに立っているのだと分かり、大西はぶるっと震えた」（新潮文庫、３２４頁）。いままさに尾崎は、ホームランを打つことを通じて今村の心を救おうとしている。

自分の無能を棚に上げて、人の足を引っ張ることで心の平安を得ようとする監督、真（ま）っ直（す）ぐな努力や善意が評価されない社会。だがそれでも、少年時代のひたむきさを保ち続けている尾崎はほんの一瞬だけ、ヒーローであることに成功する。しかしそのためには、黒澤の脅迫という、正しく、かつ間違った行為が必要だった。この世界でヒーローがヒーローであるには、悪を通過するしかないのだろうか。こうして伊坂幸太郎は、エンターテインメントの勧善懲悪という枠組みをはみ出してしまう。堕落した社会という、退屈な悪を突破するには、少々の悪は許容されるのか。あるいはむしろ、現代においては正義の居場所はないのだろうか。こうした一連のモチーフはそのまま、『あるキング』に引き継がれている。それは少年野球チームの選手だったフリーターと、元チームメイトの営業マンが地球を救う『キャプテンサンダーボルト』も同じことだ。

山田王求は野球の天才だ。生まれつき本質を見抜く力を備えた彼は、投げられる前に、来る球がボールかストライクかを直感的に感じ取れる。しかも幼いころから、彼はひたむきな努力を続ける。だが、真っ直ぐな彼の人生はねじ曲がってしまう。狂い、怪物と化した父親に殺されそうな友人を守って人殺しの烙印を押される。王求の父親は、上級生の暴力から息子を守ろうとして殺人犯になる。ただ野球をやりたいだけなのに、気づけば王求自身が世間から、怪物として見られている。

ようやく入った仙醍キングスでも、王求の努力は妨げられる。彼の圧倒的な実力に嫉妬した監督は彼を一軍に上げない。連続打席ホームランの記録がかかれば、犠打のサインを出す。監督だけじゃない。リーグ全体で、敬遠や四球、死球を繰り出してくる。どうしてこうなのか。仙醍キングスオーナーの服部勘太郎は言う。「正直で真面目な人間を、約束を破る奴らがみんなで潰そうとする。自分たちが縛り首になるのを怖がって。フェアに生きようとする人間は、アンフェアな人間たちに先に虐げられちまう。なぜなら、なんだかんだ言って、アンフェアな奴らのほうが人数も多くて、強いからだ」（679頁）。アンフェアな人間たちによる多数決。こんな悲しい民主主義を、われわれは受け入れなければならないのか。

フェアはファウル、ファウルはフェア、悪は善で善は悪。シェイクスピア『マクベス』冒頭で三人の魔女たちは語る。「きれいは穢ない、穢ないはきれい」（新潮文庫、10

頁）。しかし汚い世の中で、フェアプレイの精神が重視されるスポーツの世界だけは、こうした混乱から免れているべきではないか。そうではない。むしろスポーツにおいてはその起源から、善悪が混ざり合っているのだ。

古代オリンピックでは男たちの清潔な世界を作りだすために、女性や奴隷たちが競技から排除された。そして一九世紀イギリスで近代スポーツが発明されると、金と時間に余裕のあるジェントルマンの倫理が、フェアプレイの精神として導入される。（多木浩二『スポーツを考える』、ちくま新書）。やがてイギリスの様々なボールゲームを基にアメリカ合衆国で発展した野球において、フェアプレイと男らしさ、賢明さ、力強さが結びつけられ、結果として女性たちや黒人たちが排除されてしまう。一八六〇年代にプロ野球が現れると、勝てる選手が金で買われるようになる（内田隆三『ベースボールの夢』、岩波新書）。ならば金銭にこだわらず、フェアプレイを貫くという姿勢は、建前を本気に取っただけの、奇妙なものとなるだろう。

王求を苦しめるのは、同業者の嫉妬だけではない。一般人の嫉妬も相当なものだ。仕事がうまくいかず、さえない自分に嫌気がさしたサラリーマンが、たまたま出会った王求を攻撃する。そして王求を人殺しと罵る。終いには彼に逆恨みして、王求を辞めさせるべきだという手紙を監督に送り続ける。

ここで重要なのは、サラリーマンが手近な正義の言い回しを利用しているだけだ、ということだ。社会のためにとか、野球界のためにとか口では言っていても、実は彼は倫理になど興味がない。ただ輝いている王求が羨ましくて、努力できない自分が嫌いで、だから王求を自分より下に引きずり下ろしたい。そして社会で受け入れられているマスコミ的な正義を、何の考えもなく武器として使ってしまう。

　彼の感覚はシェイクスピア『ジュリアス・シーザー』に登場するキャシアスに似ている。皇帝になろうとしている偉大なシーザーを、「自分と同列の人間を恐れながら生きるのなどはまっぴらだ」（新潮文庫、18頁）と拒絶し、暗殺をそそのかす手紙をブルータスに何通も送りつける。キャシアスには、自分もまた偉大な存在であろうという気持ちなど毛頭ない。彼にはただ、捻じれた自意識と嫉妬、そして劣等感があるだけだ。

　野球界の人々やサラリーマンは、自分の虚栄心や安心感のために王求の人生を邪魔する。この世には、自分のために行動する人間しかいないのか。そうではない。人のために動く人間も存在する。彼らは目立たない形で、王求を支援し続けるのだ。

　王求が子供時代から通い続けたバッティングセンターの親父は、王求のために機械を改良し続ける。彼がプロ野球の選手に会いに行くための金を貸し、一貫して王求の才能を信じ続ける。両親は少年野球の相手チームの監督に、王求を敬遠しないように頼み込む。それはオーナーの服部勘太郎も同じだ。服部の言葉がいい。「俺はな、優雅に飛んでる鳥が落っこちたりするのを見て溜飲を下げるよりも、絶対飛ばないような牛が空飛ぶのを眺めて、爆笑するほうが好きなんだ」（177頁）。彼の発言には嫉妬のかけらもない。あるのは、信じられないような光景に驚き、喜ぶ子供の心だけだ。寡黙な王求は、やがてバットで観客席を示し、予告ホームランをするようになる。なぜか。不治の病に苦しむ元恋人を救うためだ。彼の祈りのこもった打球は、やがて彼女の病状すら変える。利己的に振る舞う人間に人生の喜びはない。利他的になれたとき初めて、人は充実感を得られる。『キャプテンサンダーボルト』にも共通する、野球少年だったころの自分に恥じない人間となる道筋はこれだろう。もちろん、現世で利他的であり続けることは難しい。だがそれでも、ほんの瞬間的にでも、この世に奇跡は訪れ得るのではないだろうか。伊坂幸太郎にとって文学とは、そうした瞬間を記録することであるように僕は感じる。

（平成二十七年三月、翻訳家）

この作品は「本とも」平成二十年四月号から二十一年三月号に連載され、
同年八月に単行本が、二十四年八月に文庫版が徳間書店より刊行された。
新潮文庫版の刊行に際し、全ての原稿を収録した。

あるキング
完全版

新潮文庫　い－69－8

平成二十七年五月一日発行

著者　伊坂幸太郎（いさかこうたろう）

発行者　佐藤隆信

発行所　株式会社新潮社

郵便番号　一六二―八七一一
東京都新宿区矢来町七一
電話　編集部（〇三）三二六六―五四四〇
　　　読者係（〇三）三二六六―五一一一
http://www.shinchosha.co.jp

価格はカバーに表示してあります。

乱丁・落丁本は、ご面倒ですが小社読者係宛ご送付ください。送料小社負担にてお取替えいたします。

印刷・錦明印刷株式会社　製本・錦明印刷株式会社

ISBN978-4-10-125028-1　C0193